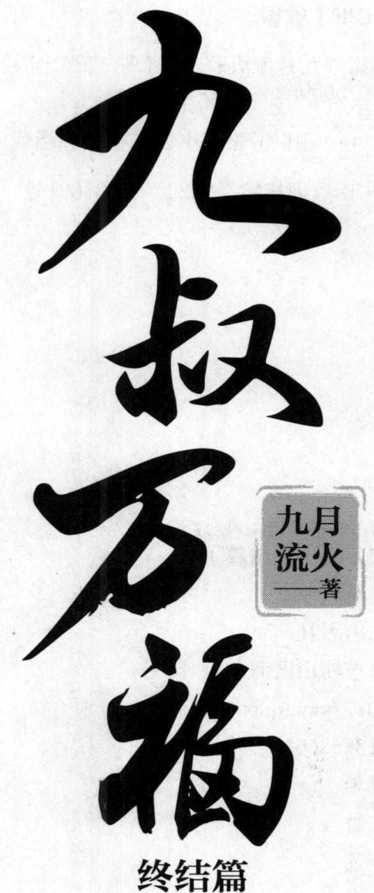

九叔万福

九月流火——著

终结篇

【上册】

青岛出版集团 | 青岛出版社

图书在版编目（CIP）数据

九叔万福. 终结篇 /九月流火著. —青岛:青岛出版社,2022.8
ISBN 978-7-5736-0059-2

Ⅰ.①九… Ⅱ.①九… Ⅲ.①长篇小说－中国－当代 Ⅳ.①I247.5

中国版本图书馆CIP数据核字（2022）第031621号

JIU SHU WANFU (ZHONGJIE PIAN)

书　　名	**九叔万福（终结篇）**
作　　者	九月流火
出版发行	青岛出版社
社　　址	青岛市崂山区海尔路182号
本社网址	http://www.qdpub.com
邮购电话	18613853563
责任编辑	龚雅琴
特约编辑	李文竹
校　　对	高玉莲
装帧设计	蒋　晴
照　　排	梁　霞
印　　刷	三河市良远印务有限公司
出版日期	2022年8月第1版　2022年8月第1次印刷
开　　本	16开（640mm×920mm）
印　　张	31
字　　数	398千
书　　号	ISBN 978-7-5736-0059-2
定　　价	65.00元（全2册）

编校印装质量、盗版监督服务电话　4006532017　0532-68068050

目录

【上册】

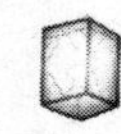

目录

【下册】

第一章　团　圆

大姑娘呢？

经过程元璟一问，寿安堂里的人才发现程瑜瑾不见了。

许多人咦了一声，程敏这才想起来好长时间没看到程瑜瑾了。程敏站起来，左右张望：“我记得刚刚瑾姐儿就站在这里，怎么一眨眼就不见了？”

程敏转了一圈，发现程瑜瑾真的不在，蹙眉将丫鬟召过来问：“大姑娘什么时候出去的？”

守在门口的一个丫鬟上前回道：“大姑娘刚才带着人出去了，说老夫人这里的厨房忙不开，她回去取些东西。”

“多久了？”

丫鬟皱着眉想了一会儿，不太确定地说：“大概有一刻钟了吧。”

程敏听到后，越发生气：“大小姐走了这么长时间，你们怎么不来禀报？”

小丫鬟低头听训，不敢辩驳。她心里也觉得委屈，大太太、二太太

和姑奶奶谈得正欢，她怎么敢上前打扰？

然而，这些话小丫鬟不敢说，二姑奶奶风头正盛，在宜春侯府便是金字招牌，自己怎么敢说程瑜墨不对？

程元璟隔着一道落地罩，静静地看着里面这些披金戴银的贵妇，心底忽然涌起一股怒意。

程瑜瑾离开了一刻钟，不光没人注意，有人说出来后，庆福郡主和阮氏还是一副不在意的模样。就连程瑜墨也只是扫了一眼，并不着急。显然，她们都觉得内宅里没什么危险，程瑜瑾又谨慎，一个人根本不会有事。

反倒是程敏这个做姑姑的，将整个屋子找了一圈，还找来丫鬟质问。相比之下，程瑜瑾的生母、养母、兄弟姐妹，对她冷漠得仿佛一块石头。

程元璟想到往常家族聚会，程瑜瑾都是到他身边看书说话，原以为是她不耐烦和人客套，来他这里躲清静。现在他再想想，恐怕多半儿是因为家族聚会里面没有她的容身之地。

程元璟心里仿佛有一团火落在干草上，轰地烧了起来。他又急又怒，最后，内心却涌上对程瑜瑾的浓浓的心疼。

这样的她是如何度过整个新年的？莫非这两天，她一直是这样孤零零的吗？

正如程元璟所想，庆福郡主和阮氏都觉得这不是什么大事，就连程老夫人也见怪不怪。女眷们随意讨论了两句，本来想回到之前断掉的话题，然而一回头看到程元璟的神情，顿时都噤了声。

程元璟没有刻意施加威压，只是看着刚才发声的那个丫鬟，不带情绪地问道："她走时带了谁？朝哪个方向走了？"

程瑜瑾说回去取东西，但程元璟不信。程瑜瑾场面话一套一套的，信五成都算多的。

丫鬟皱着眉想了想说："姑娘带了杜若，好像是朝西边去了。"

那确实是回锦宁院的路，程元璟多少放心了些。他转身就要离开，刚出门，正好遇到程元贤等人。

程元贤、程元翰领着霍长渊、徐二爷进了院子，他们一抬头就看见了程元璟，都愣了一下。

"你怎么回来了？"程元贤看见程元璟时内心毫无准备，心里的话脱口而出。

他说完后觉得不对，赶紧补救："你怎么今日才到？这段时间去哪儿了，连初一给母亲拜年都忘了？"

程元璟淡淡地看了对方一眼。程元贤被他这个眼神看得有些慌，不敢等程元璟回话，赶紧自顾自地说道："虽然外面忙，但也不能忘了家里。你赶路回来也不容易，先回去休息休息吧。"

霍长渊看着程元贤将自问自答这一套熟练地顺下来，全程不需要别人接话，自己就表演完了"惊讶、质问、找理由、圆场"等一系列操作，可谓行云流水，可见以前这样的操作他做过不少次。

霍长渊非常无语，程元贤哪里有侯爷、长兄的样子，在自家弟弟面前竟然卑微成这个模样。程元贤到底是他曾经的岳丈，霍长渊不忍心看下去了："程元璟，听说你今年过年都没回来？是公务上出了什么事吗？"

霍长渊一说话，话题立刻转移到了公务上，为程元贤解了围。程元璟被他们堵着，只能忍着不耐烦回了一句："不是。个人私事。"

这下连霍长渊都觉得脸面有些挂不住了，程元璟还真是惜字如金。霍长渊只好又主动道："私事我不方便打听，不过人回来了就好，老夫人和大伯父私下提到你好几次了。你如今全须全尾地回来了，他们终于能放心了。"

霍长渊说完觉得有点儿不对劲，刚才觉得程元贤自问自答，还要替程元璟找理由太过卑微，但现在自己不也在干同样的事情吗？

霍长渊的表情瞬间不好了。

程元璟没有接话，一时间冷场了。霍长渊算是体会到刚才程元贤的感受了，可惜此时没有替自己解围的人。

程元翰还一脸不满地瞪着霍长渊。霍长渊这个小子怎么回事？自己这个正经泰山还在这里呢，这小子倒好，一口一个大伯父叫着，不知道的还以为程元贤才是他的岳丈呢！

几个男人堵在门口，一时谁都不想说话。幸好这时候程瑜墨听到声音，从里间走了出来。

程老夫人的屋里烧着地龙，十分暖和。屋里的窗户都半支着以便通风散热，以免屋里的主子热出病来。程瑜墨走到正堂后，正好从半开的窗户往外看到一个熟悉的身影。

程瑜墨都顾不上披斗篷，掀开帘子就往外跑。出门后，冷飕飕的风冻得程瑜墨全身颤抖，程元翰看到她后，连忙喊道："墨儿你还穿着单衣呢，快回去加衣服！"

程瑜墨才不管，快步跑到霍长渊身边，亲昵地抱住霍长渊的胳膊："侯爷，您来了！"

霍长渊身上披着斗篷，此时又不能当着程家人的面将程瑜墨推开，只能顺势揽住她的肩膀，将她圈在自己的斗篷内。

刚刚反应过来的丫鬟们大呼小叫地跑出来，一出门见到这个场景，都停在门口，不知道该如何是好。

阮氏听说程瑜墨没穿外衣就跑到了外面，被吓了一跳，连忙追出来。阮氏手里搭着程瑜墨的斗篷，然而等她看到外面的场景，先是怔了一下，随后立刻笑了。霍长渊当着众人的面接住程瑜墨，没有呵斥她失仪，还用自己的斗篷将她裹住，可见有多么宠爱程瑜墨。阮氏十分得意，顿时也不急着给程瑜墨送斗篷了，而是说："二爷、长渊，你们可算谈完了。刚才母亲还说要摆饭了呢，你们正好回来了。快进来吧，外面冷。”

屋里的丫鬟们此时都趴到窗户上看，看到霍长渊和程瑜墨二人的情形都捂着嘴偷笑，就连程家几个男子也露出怪异的眼神。霍长渊在这样的目光中觉得十分尴尬，其实并不习惯程瑜墨在众人面前对自己的亲密动作，私下里她黏着他觉得受用，可大庭广众之下还拉拉扯扯就觉得丢人了。

然而程家毕竟是程瑜墨的娘家，当着岳父岳母的面，霍长渊不能直接将人家女儿推开。他眼看阮氏笑呵呵地站在台阶上，压根儿没打算将程瑜墨的披风送过来，甚至巴不得他们多抱一会儿。霍长渊无奈，停顿片刻后将自己的斗篷解下来，披在程瑜墨身上。

两边又传来小丫鬟的说话声和偷笑声。程元璟被人在眼前秀了恩爱，以前自己扫都懒得多扫一眼，现在却觉得扎眼。

他们有什么可秀的，程瑜瑾也披过他的衣服，还不是斗篷，而是外衣。

这样一来，程元璟更想见程瑜瑾了。他在外面忙忘了，直到除夕，终于在近侍的提醒下想起。然而那时候已经来不及赶回程家了，程元璟只好赶快将手里的事情收尾，之后立即往宜春侯府赶。

他回程家，并不是顾及程元璟的身份，也不是演戏给外人看，只是想见程瑜瑾。

程元璟自有记忆以来，就没有和家人真正过个年。他的母亲在他两岁那年就死了，他也“死了”。从前他不觉得新年和其他日子相比有什么特殊的，但今年不知道为什么竟再也忍受不了独自过年。

等他回到程家，已经是大年初二了。程元璟一回府就来找程瑜瑾，却莫名其妙被霍长渊秀了恩爱，程元璟就更想尽快看到程瑜瑾了。

此时屋里的女眷都知道霍长渊来了，甚至徐家那几个表姐妹挤在窗前，争先恐后地看外面的场景。她们来得晚，没看到霍长渊抱着程瑜墨的那一幕，但仅是看到程瑜墨披着霍长渊的衣服就已经够了，徐念春几人捂着嘴，激动又羞涩地围在通炕上嬉闹。

程敏也跟出来了，笑着说："知道你们小夫妻感情好，快进来吧。母亲早就念叨你们了。"

霍长渊如释重负，率先往前走。程元璟趁势往外走去。霍长渊觉得奇怪，问旁人："他这是去哪儿？"

丫鬟在一旁回答："九爷要去找大姑娘。"

霍长渊一愣："大姑娘不在屋里？"

霍长渊说不出心里是什么感觉，似乎有失望，也有气愤。程家到底是怎么办事的？大团圆的日子，一家人都围在一块儿说笑，唯独程瑜瑾不在？

霍长渊那一瞬间甚至也想出去找程瑜瑾，可他被人团团围着不得脱身。院子里的事早就被婆子绘声绘色地转述给程老夫人了，现在程家的女子们都笑着看向他，个个眼中又是调笑又是得意。霍长渊没法解释，一愣神的工夫，程元璟就走出去了。

二房可谓大大长了脸，阮氏正得意呢，说话一点儿都没有压低音量。阮氏看到程瑜墨手腕上换了个新镯子，故意问道："墨儿，你那个羊脂玉手镯呢？那是你祖母赐的，你怎么摘下来了？"

程瑜墨的声音夹杂在女子的喧闹声中，她说："我生辰时侯爷送了我一对新镯子，我不忍拂侯爷的意便把之前的换下来了。"

原来程瑜墨的这对是霍长渊送的。周围的女子又发出一阵艳羡的惊叹。程元璟马上就要走出大门了，鉴于他耳力好，听到这句话，生生停了下来。

"你说什么？"

程瑜墨冷不防听到程元璟这么一句，见他定定地盯着自己，才确定是在问她。程瑜墨有些惶恐道："我说前些日子是我生辰，侯爷送我的生辰礼物……"

程元璟的眼神更冷了，他果然没有听错，程瑜墨说的是生辰。

程瑜墨和程瑜瑾是双胞胎，程瑜墨过生辰，那程瑜瑾呢？

程元璟眸光沉沉地问她："什么时候？"

"啊？哦，九叔问我生辰吗？是腊月二十。"

此时将寿安堂闹得人仰马翻的程瑜瑾，正坐在花园旁的小阁楼里，一边烹茶，一边和林清远聊天。

她完全不知道外面为了找自己已经折腾成什么样子，更不知道程元璟已经回来了。程瑜瑾脸上带着笑，不动声色地打量着林清远。

这样近距离看，林清远越发眉清目秀。程瑜瑾越看越满意，脸上的笑容也愈加真诚。

林清远正在谈自己今日所看的书，一抬头撞到程瑜瑾看自己的眼神，接下来的话也未出口。

程大小姐仪态万千，端方美丽，但他为什么觉得她看自己的眼神不太对劲？

她像一位老农含笑看着养了一冬天的猪，也像老母亲看着终于金榜题名的儿子。

林清远生生被自己的联想惊出一身鸡皮疙瘩。

正好这时水开了，程瑜瑾熟稔地撇去茶壶里的茶沫，倒入第二拨生水。烹茶讲究的就是静、慢、雅，而这一套动作由程瑜瑾做下来，又是说不出的赏心悦目。

她纤细白皙的手仿佛带有魔力，林清远的目光不由得落在程瑜瑾的手上，再也移不开。程瑜瑾一边烹茶，一边问："林大哥学识渊博，瑜瑾大开眼界。林大哥学问这样好，竟然还如此勤奋，连过年都不松懈。"

程瑜瑾的问话终于将林清远从那种似玄非玄的境界中拉出来。他回过神，意识到自己竟然目不转睛地盯着姑娘的手，十分尴尬地低头咳了一声，耳朵不由得染上热意："大小姐过奖了，官假有限，我来不及回家乡，便只能留在京城看书。这几天同僚都陪家人团聚，我找不到漫谈学问的人，便想碰碰运气来找景行。可惜，景行也不在。"

"九叔出门访友，想来过几天就回来了吧。"程瑜瑾对外面的事一无所知，还笑眯眯地诱惑猎物，"若是林大哥着急，不妨留下话，等九叔回来了，我立刻派人去林府告诉林大哥。"

林清远非常感激，拱手道："多谢大小姐。程大姑娘热心好客，帮了我许多，倒让我不知该如何回报了。"

程瑜瑾低下头，纤长的睫毛如蝶翼一般微微颤动着："举手之劳，哪用得着林大哥回报？若是林大哥当真过意不去，不如教我些诗文？"

诗文，这个林清远擅长。他生性豁达，没有多想，随口就应承下来："这有何难？尽管包在我身上。"

程瑜瑾抬头，对林清远抿嘴笑了笑。林清远被她那一笑晃得眼晕，连忙移开视线，不知道该往哪里看了。最后，茶壶里的水又咕嘟起来，林清远像找到救星一般，连忙说："大小姐，水开了。"

"嗯。"程瑜瑾应了一声，抬手往壶里浇了第三道生水。水汽氤氲，茶叶被沸水冲得舒展开来，清淡绵长的茶香在屋子中弥漫。

程瑜瑾的声音和着茶香响起："林大哥，你孤身一人在外过年，家里不担心吗？"

林清远叹了口气，难得生出些落寞来："家父家母当然是不放心的。他们写信催了我好几次，但忠孝难两全，我既入翰林，总要以圣命为先。"

程瑜瑾点头，放下水，叹道："林大哥说得是。然而可怜天下父母心，林大哥这样，恐怕家中长辈更不能安心。林大哥为什么没想过成家？若是你身边有妻子照料，想必长辈也不会这般忧心。"

话题不知道怎么就变得私密起来，林清远呼出一口气说："家母和祖母都催过我，但我总觉得还不到时候。"

"不到时候？"程瑜瑾挑眉，问道，"这是怎么说？"

林清远沉默了片刻，然后怅然摇头："'男大当婚，女大当嫁'，按理这是人伦天常。可我总觉得还没到必须成婚时，现在我没找到那个人，不想贸然成婚。"

程瑜瑾听到这里挑了挑眉，显然又意外又震惊。林清远对婚姻的认真，远超程瑜瑾想象。她长这么大，身边的勋贵子弟哪个不是躺在祖宗的功劳簿上吃红利，成日走马游街，眠花宿柳，等到了年龄，便娶一个门当户对的闺秀当妻子。但这并不影响他们和红颜知己厮混，他们要做的只不过是给正妻体面，不要让若干红颜美妾的地位越过正妻。

程瑜瑾亦习惯了这样的夫妻相处模式，她的父母，她的姑姑、姑父，甚至她的兄弟姐妹们都过着这样的生活。妾不过是家族财产的一部分，不要让她们生出庶长子，不要让夫婿宠妾灭妻，这就够了，谁会和妾较真呢？

至于男人喜不喜欢自己、愿不愿意娶自己根本没人考虑过，像林清远这样没有遇到心仪的女子便拖着不成亲的简直是异类。

程瑜瑾呆了许久，然后低头笑了笑："真是羡慕林大哥未来的妻子，能得林大哥这般认真对待，是何等幸运！"

程瑜瑾一天都在笑，可唯有现在才是当真笑了。然而讽刺的是，她是苦笑。

程瑜瑾不无落寞地想，能被一个男子这样倾心相待，会是何等幸福舒心呢？她总是鄙视霍长渊和程瑜墨的感情，可程瑜墨上一世亦是被霍长渊真心爱护的。唯独她的一生，始于利益，终于利益。

林清远被程瑜瑾说得脸红了，看了程瑜瑾一眼，隔着水雾她的脸看不清晰，然而雾里看花更美。林清远突然有些结巴："其实……我不过

是一个俗人，大姑娘不必如此想。”

程瑜瑾抬头，对林清远粲然一笑：“怎么会？林大哥对自己也太没有自信了吧。”

林清远未来的妻子当然值得众人羡慕，因为那个人就是她啊！如此幸运儿，舍她其谁？

这样一个痴情人，程瑜瑾怎么能放他去寻找自己的真爱？程瑜瑾当然要耍手段拦截下来呀。

程瑜瑾看林清远的眼神仿佛在看一块肥肉。她意识到自己的目光太露骨了，赶紧低头咳了一声说：“小女无状，让林大哥见笑了。”

林清远听到程瑜瑾说“怎么会”那三个字，脸更红了。他不敢看程瑜瑾，一直看着地上，再听到程瑜瑾说话，才连忙摆手说：“没有没有，是我不该和大姑娘说这些话才是。唐突了大姑娘，是我不对。”

程瑜瑾笑着说：“林大哥太客气了。这些话从来没有人和我说过，你愿意信任我，和我说这些话，我高兴还来不及，哪里会唐突？”

林清远怔了一下，然后抬头看向程瑜瑾：“大姑娘……”

“林大哥对未来的妻子诚心诚意，处处为她考虑，未来的林夫人委实是天下一等一的幸运人！”程瑜瑾叹了口气，看起来有些闷闷的，“我虽然是长女，但众人都知道我是被过继的，这些年我虽然衣食无忧，可总是没法真正和母亲亲近起来。而二婶那里也有妹妹，并不需要我。我时常觉得自己没有地方可去，像今日二妹回家，众人都围在她的身边说话，我被退过婚，不适合久待，便悄悄退了出来。幸好在半路遇到了林大哥，要不然我都不知道自己该去哪儿。”

林清远哪里遇到过这种阵仗，顿时蒙了：眼前的少女美丽素雅，低下头轻声叹息，她展示在众人面前的一直都是聪明、大方、善解人意，谁能知道，她也有这样脆弱的时候呢？

林清远的心顿时碎了一地。他都不敢大声说话，轻声劝道：“大姑娘不必妄自菲薄，你已经做得很好了。无论是大太太还是二太太，她们能有你这样一个优秀的女儿，肯定都十分欣慰。或许只是她们没有告诉你。”

程瑜瑾含笑摇头。她虽然笑着，但神情却让人心疼。程瑜瑾望着外面说：“林大哥不必安慰我，生活‘如人饮水，冷暖自知’，我都明白的。我就是羡慕那些被人期待、被人妥帖安置的女子罢了。二妹从小就惹人疼，她身体不好，多灾多病，家里人都小心护着她。如果不是我在娘胎里抢了妹妹的养分，或许二妹从小就不会生病了。”

林清远听不下去了，君子不说人是非，但程家长辈的做法委实过分了。孩子出生后身体好坏都是先天的，将二姑娘的体弱多病怪到大姑娘头上算什么？

林清远不忿，看着眼前的女子越发怜惜：“大姑娘，这根本不是你的错。二姑娘体弱委实遗憾，可这些都与你无关。”

程瑜瑾轻轻笑了笑，面上难掩苍白：“谢谢林大哥。我小时候诚惶诚恐，生怕自己又做错了什么害二妹生病，可等长大了也就不那么在意了。现在二妹嫁给了自己的心上人，靖勇侯对她一心一意，奉若珍宝，她也算是得偿所愿了。”

林清远听着她这话感觉难受，他的记忆力不知道怎么了，突然变得特别好，几乎立即想起来，靖勇侯原本是程瑜瑾的未婚夫。

这……自己原本的未婚夫娶了妹妹，还对妹妹百依百顺，难怪程瑜瑾在正房里待不下去。换成他，这种事也没法用平常心对待。

林清远觉得程家人的做法极为不妥。大姑娘这样聪明懂事，放在林家必然是全家的掌中宝，众星捧月都不为过。结果，她在程家从小就承受着不是她的过错造成的自责与内疚，长大后将婚事让给妹妹。现在妹妹、前未婚夫和自己家人其乐融融，她竟然还要主动避开。林清远被气得不轻，简直恨不得将程瑜瑾带到自己家，省得她受这种闲气。

林清远心里突然一惊，将程瑜瑾带到自己家？

程瑜瑾继续说：“其实我对靖勇侯没什么执念，反正他也不喜欢我，既然妹妹喜欢他，他亦喜欢妹妹，那让有情人终成眷属才是最好的，我横在中间算什么呢？能成就一段佳缘也挺好，只不过我之后的路有些难走。”

林清远被自己过分的念头惊得浑身僵硬，现在心脏还怦怦直跳。他觉得自己简直太失礼了，怎么能对程大小姐起这样唐突的念头？可想法总是不跟着理智走，这个念头一旦起了，林清远竟然再也无法控制。

他不停地想，母亲明里暗里催过好多次，让他赶紧成家，父亲虽然没有明说，但也盼着他娶妻生子。他的父母都是士林世家出身，最喜欢知书达理、温柔大方的女子，宜春侯府虽然不是书香门第，可程大姑娘却饱读诗书、性情柔和，母亲见了她，一定会喜欢的。

林清远发现自己越想越过分，赶紧勒令自己不要再去想。正好这时程瑜瑾说话了，林清远鬼使神差地问道：“有什么难走的？”

“林状元郎怎么糊涂了？”程瑜瑾笑道，“我被退过亲，哪还能再说到好人家？我一辈子孤独终老无所谓，却不能拖累家族，若是我一直住在府里，以后的侄女侄子，该如何说亲？所以祖母给我找了个鳏夫，丧妻一年，尚未续娶。祖母说虽然对方年龄比我大，儿子也不小了，但毕竟嫁过去是做正妻的，我的情况摆在这儿，再挑下去连填房都做不成。而且对方已经有儿子了，我的压力就能减轻许多，左不过是换一个地方活着罢了。”

林清远越听眉头皱得越紧：什么？程家竟然委屈程大小姐去做继室？对方死了妻子，连儿子都不小了，这男人年龄得有多大？林清远下意识地想象出一个四五十岁、大腹便便的男人形象，眉头皱得更紧了。

程瑜瑾背着人肆意抹黑翟延霖，一点儿心理压力都没有。反正她又没说假话，他确实比她大，儿子也不小了，七岁了呢。

林清远并不知道程瑜瑾口中的鳏夫就是大名鼎鼎的蔡国公，自然更不知道这桩婚事虽然是续娶，其实蔡国公一点儿都不比霍长渊差。

他脑补了一场猥琐老男人强娶落难千金的戏码，都把自己气到了。林清远气愤不已，替程瑜瑾不值："大姑娘，你聪颖体贴，知书达理，天下男儿能娶到你该是多大的福分，一个年老无能、只会仗势欺人的男子，怎么配得上你？你竟然受这等侮辱，真是岂有此理！"

要不是程瑜瑾逼着自己入戏，她险些扑哧一声笑出来。林清远这些话骂得好，翟延霖活该被骂。

程瑜瑾听得畅快，忍住笑，继续拿捏着情绪，戚戚然地道："可我能有什么办法呢？祖母畏惧他的权势，不敢拒绝。他越发咄咄逼人，说过两天便要让人上门提亲。我自然是不愿意的，可我总不能不顾程家。若是我要死要活地不嫁，真死了倒轻省，可我的父母该怎么办？"

林清远气愤又心疼，紧紧握着拳头问："大姑娘，此人是何人？朗朗乾坤，哪能由着他横行霸道，我就不信没有王法了。"

程瑜瑾摇头，不肯说出对方的姓名："林大哥，我知道你是好意，但你不要问了，我不能给你惹麻烦。"

林清远愕然半晌，最后陡然失去了力气。他刚才热血上头，说得慷慨激昂，可很快就冷静下来。林清远并非不谙世事的少年，这几年的官场生涯早就将他的天真热血磨掉了。京城中卧虎藏龙，即便是任何一家公侯家的公子，他也不能贸然得罪。程瑜瑾的祖母是侯府老夫人，就这样的身份都被对方拿捏住了，他不过一个小小的六品官，拿什么给程瑜瑾讨回公道呢？

林清远说不出话，过了一会儿，茫然地问道："难道就没有办法了吗？"

"也不是没有。"程瑜瑾低着头，睫毛轻轻颤动，"对方即便势大，也不能强抢民女。若是我和别人有婚约，他再猖狂也无可奈何。但我已被退婚，去哪里找未婚夫呢？”说着，程瑜瑾叹了口气，神情悲戚，“是我妄想了，这个法子根本行不通，不说也罢。”

林清远嘴唇动了动，又动了动，迟疑地道：“其实，也并非完全不可能。”

程瑜瑾抬头，一双漂亮的眼睛静静地看着他，天真又无邪。林清远和别人辩论这么多年，头一次觉得自己口舌不伶俐。耳后不由得漫上热意，他突然鼓起勇气，说道：“程大小姐，你看……”

程瑜瑾在林清远开口时，眼睛便亮了。做戏做了这么久，鱼儿终于上钩了，她嘴角不由得微微弯起，此刻的神情和刚才柔弱的程大小姐全然不同。

程瑜瑾意识到自己露馅了，但又觉得一切已成定局，这点儿小破绽林清远不会注意。程瑜瑾微笑着、期待着，等林清远将话说完。

林清远还真没注意到程瑜瑾细微的表情变化。他现在紧张又激动，哪有心思注意其他的。他本来想说“你看我怎么样”，然而刚说完“看”字，房门突然被推开了。

林清远吃了一惊，把即将脱口的“我”字顿时吞回了肚子里。程瑜瑾也没料到这时候会有人来，立刻站起身前去查看，才走了两步，就看到门外站着一个人，黑衣绘金，革带束腰，眼如寒星。

不知道程元璟来了多久，他的目光缓慢地扫过屋内，倏地轻轻一笑：“看来，我来得不巧？”

林清远愣怔片刻，猛地站起身，又惊又喜：“景行，你回来了！”

林清远被意外的惊喜刺激，哪还记得自己刚才要说什么。他也没注意到，程瑜瑾比他先站起来，比他先往外走，甚至她此刻的表情完全不像温婉柔弱的大小姐。

林清远朝前迎去，拉着程元璟说话。程元璟并没有看他，而是越过他看向屋子中央的程瑜瑾。

程瑜瑾足足愣了五六秒。那一瞬间她甚至怀疑自己的眼睛看错了，用力眨了眨眼，见眼前的人影没有消失，于是更加用力地闭上了眼睛。然而苍天显然听不到她的心声，程瑜瑾再一次睁开眼，见那个人还是好端端地站在面前。此时她的心都要碎了。

天哪。

程瑜瑾头一次怀疑自己是不是被人下了“降头”，程元璟不是在忙回归东宫的事吗？他怎么突然回来了？

她不会这么倒霉吧，就今天遇到了林清远，结果程元璟正好今天回来。他哪怕再晚一盏茶的时间，事情就解决了！

不对，程瑜瑾猛地反应过来，林清远马上就要说出最关键的那句话，正好被程元璟打断了。天底下真有这么巧的事？程元璟什么时候来的？他来了多久？他听到了多少？

程瑜瑾不由得狐疑地看向程元璟，然而才抬眼就和程元璟的视线撞了个正着。程元璟也正在看着她。

程瑜瑾一腔怀疑、生气、悲愤等复杂的情绪顿时如被扎漏的气球，瘪了下去。她默默地垂下脑袋，只露出毛茸茸的后脑勺。

她知道，自己已经完了。

程元璟最恨别人骗他。程瑜瑾当初答应过他，甚至还发誓，保证这一年安心守孝，不乱动嫁人的心思。

谁知道他今天回来呀？但凡程元璟提前说一声，程瑜瑾肯定换场子了，何至于被逮个正着？

程元璟被气得狠了，反而面部表现得非常平静。他静静地扫了程瑜瑾一眼，虽然她乖巧地低着头，显得十分温顺，可程元璟非常确定，她完全没有悔过之心，甚至已经盘算着下次还这么做。

这简直好极了。

程元璟一言不发，不紧不慢地走到屋子里。程瑜瑾听到他缓慢平稳的脚步声越来越近，腿肚子都软了。她狠狠地掐了自己一把，然后抬起头，用毕生的演技对程元璟笑道："九叔，您回来了！"

程元璟看着她也笑了下："前天没来得及，今日特意赶回来给你封压岁钱，没想到大侄女倒让我好找啊。"

程瑜瑾的太阳穴一抽一抽地直跳。程元璟和她并无血缘关系，私底下程元璟从来都是直接唤她的名字，只有他生气时才会威胁性地叫她大侄女。程元璟哪怕冷着脸都好，这样不冷不热，反而让她更加害怕。

完了，这次太子殿下真怒了。

程瑜瑾像泄了气的皮球，灰溜溜地跟着程元璟坐下，坐好后一抬眼，好家伙，程元璟坐在了她刚才坐的位子上。

茶炉还咕嘟咕嘟地冒着气泡，程元璟垂眸瞥了一眼氤氲的雾气道："你们倒是好兴致，坐在这里烹茶。"

程瑜瑾眉心一跳，赶紧让杜若将已经烧好的水撤下去。程瑜瑾坐在程元璟身边，抬头乖巧地对程元璟笑道："九叔，这茶煮很久了，茶叶已经老了。九叔文武兼备，风姿绝世，我从心里钦佩九叔，怎么能让九叔用次等的东西？杜若，换新水来。"

杜若也被吓得不轻，赶快拿着东西出去，换了水。程瑜瑾重新试火、烧水、浇茶，态度之认真，手法之专业，比刚才上了好几个档次。

两次差距显而易见，谁都能看得出来，这才是程瑜瑾的真实水平。一个是认认真真尽善尽美，一个是轻松了事差不多就行了。

林清远此刻才知道，原来刚才程瑜瑾压根儿就没有认真烹茶。他看了一会儿，酸涩地道："果然内外有别，有景行在，程大小姐才肯拿出最好的东西。"

程瑜瑾悄悄瞥了程元璟一眼，眼睛都不眨地拍马屁："那是当然，我最敬仰九叔了，他的东西当然都要和别人的不一样。"

林清远听得啧啧出声，幸好知道他们是亲叔侄，不然他鸡皮疙瘩都要被酸出来了。

程元璟听到“内外有别”，心情稍微好了点儿。

程瑜瑾一直关注着程元璟的表情，说完这话后见对方不搭腔，就知道他还在生气。她忧愁地叹了口气，娴熟地封茶、分杯，然后将第一杯茶捧给程元璟。

程瑜瑾抬头，眨眨眼唤道：“九叔。”

她的声音刻意放柔了，两个字里仿佛转了九九八十一个弯。程元璟本来决意晾着她，可看到她的眼神，到底不忍心在外人面前拂她面子。

程元璟伸手接过茶，程瑜瑾着实松了口气。之后，她才倒了第二杯茶，递给林清远。

从程元璟进来后林清远就觉得芒刺在背，浑身不舒服，但以为只是自己的错觉。程瑜瑾的区别对待让林清远有些在意，可随后他一想程元璟乃是程瑜瑾的叔叔，又觉得完全能理解。

自家人总归要亲近些，林清远比不过也正常。

其实林清远很想继续刚才的话题，但鉴于程元璟在这里，那些话他不方便再说。而且很多话过了当时的语境，再说出来就变味了。林清远有些遗憾，只能暂且不提。

程元璟在这里，林清远不好直接和程瑜瑾说话，只能问程元璟：“景行，你为什么离家这么久？发生了什么要紧事吗？”

“没有。”程元璟语气淡淡的，“私事而已。”

程瑜瑾听到后撇撇嘴：私事，能影响天下大势的私事而已。

程元璟说是私事，林清远就不方便再问了。而且林清远莫名地信任程元璟，总觉得无论发生什么事，只要交到程元璟手上，就不会有什么大碍。林清远紧绷的心神放松下来，渐渐说起了一些生活琐事。

程元璟听林清远说了一会儿话，不紧不慢地问：“正值年节，即便林家祖籍不在京城，恐怕这几天迎来送往也不少。你怎么想起来程

府了？”

林清远哦了一声，毫无防备地回答：“其实也不是什么大事，我在家待着无聊，便想来你这里借书。听到你不在后我打算出府，正巧在路上遇到了程大小姐。”

程瑜瑾的头埋得更低了，程元璟含笑瞥了程瑜瑾一眼道：“可真巧。”

“对啊，真巧。”林清远心大，并没有注意到对面微妙的气氛，而是大咧咧地说道，“我来寻你借《临渊诗集》和《九斋杂谈》，大姑娘说正好这两本书放在她那里。她已经让丫鬟回去寻了，等时干坐着无聊，大姑娘便烹了茶。”

程瑜瑾想阻止林清远继续说下去又没法阻止，偏偏林清远还是个心大的，有什么说什么。等林清远说完，程瑜瑾简直想挖个坑把自己埋了。

她心如死灰，悄悄看了程元璟一眼。程元璟的手指摩挲着茶杯，嘴边甚至带着笑意：“《临渊诗集》和《九斋杂谈》？”

程元璟说着便看向程瑜瑾，眼中含笑：“这两本书放在你那里？”

显然不是，程瑜瑾只是随口胡诌。她打发丫鬟回去找书，当然是找不到的。然而书这种东西为什么要找到呢？她说记错了，然后借给林清远一本自己的书，等林清远来还时，自然又要找她。这样一来二去的，他们之间就能有故事了。

程瑜瑾抬头，眼神无辜又可怜：“九叔。”

程元璟一腔怒火，压抑得越来越难受，可低头看到程瑜瑾无辜的眼神时，又觉得满腔怒火无处安放。

程元璟知道她是装的，她圆滑、狡诈、惯会耍手段，最擅长的便是迷惑男人，其中便包括她此时对着自己撒娇又乖巧的情态。

程瑜瑾这些日子以来对自己的亲近讨好，也都是另有所图罢了。

他当然知道，可那又能怎么办？

对着她这样一双精致漂亮的眼睛，他能怎么办？

程元璟从程老夫人院里出来后，立刻往锦宁院走去，到了那里才发现程瑜瑾不在。他吃了一惊，最后冷静下来，让侍从打听后，才知道今日林清远来了。

程元璟站在外面，听程瑜瑾拐弯抹角地打听林清远的婚事，听她装可怜说她在程家的不容易，听她说程老夫人做主要把她嫁给一个鳏夫。

程元璟不同于林清远，才听了一会儿，就根据鳏夫、有个儿子、程家中意这三个条件推断出这个人是蔡国公翟延霖。

翟延霖被程瑜瑾如何抹黑程元璟一点儿都不关心，他只在意翟家近日要上门提亲。

翟延霖并没有把他当初的警告放在心上，程元璟早有准备，可当他猝不及防地从程瑜瑾的口中听到这件事，还是生气不已。

为什么她不和他说？为什么她宁愿求助于一个只有几面之缘的男人，都不来求助于他？他在程瑜瑾心里就这样一文不值吗？

翟家、林家都不是问题，他们无论谁来提亲都不会成功。可程元璟却十分在意程瑜瑾的态度。

程元璟站在外面一言不发，侍卫们跟在程元璟的身后，大气都不敢出。直到程元璟听到林清远即将表白的话，忍无可忍，才推门而入。

他原本下定决心，这一次绝不姑息，势必要好好晾晾她，然而此刻低头看到程瑜瑾的这双眼睛——形状美丽、黑白分明，其中眼神无辜又讨好，程元璟竟然狠不下心来。他甚至想人为财死鸟为食亡，人追逐利益乃是本能，程瑜瑾并不知道他的打算，她积极为自己寻找出路，似乎也无可厚非。

程元璟自己都觉得无奈。他自认赏罚分明、冷静理智，现在却给程瑜瑾之前的行径找起理由来。

程元璟沉默半晌，到底拿她没办法。他很无奈，恨铁不成钢。

程瑜瑾的脑子怎么这么不好使？她对他这个太子视而不见，却铆足劲儿地吸引林清远的注意。林清远即便前程再好，做到头不过是一介文臣宰辅，怎么比得上他？

程元璟无法理解程瑜瑾的想法。但上位者不能直接表露自己的想法，更不能暴露自己的喜好，大多数时候就靠下面人去意会。混得好的臣子，无一不是揣摩上意的高手。

程元璟从小就接受严格的储君教育。他不好直接告诉程瑜瑾，让她把目标换成自己，而程瑜瑾的脑袋跟生锈了一样，迟迟不明白他的意思。程元璟十分无奈，对一个自己不舍得打、不忍心去冷落的人，他无计可施，只好将矛头对准其他男人。

程瑜瑾为什么老是惹他生气，还不是因为外面那些男人不成体统，成日在她眼前晃，干扰了程瑜瑾的判断。这件事对太子殿下来说就简单了，碍眼的男人全部铲走就是了。

林清远便是黑名单第一位。

程瑜瑾是什么人，隐约察觉到程元璟似乎被自己软化了，之后好话不要钱一样往程元璟耳朵里灌。她此时面对这个男人既没有原则也没有立场，也就是九叔说什么都对。林清远见此啧了一声，知道今日是程家出嫁女回娘家的日子，程瑜瑾和程元璟还有事，再加上实在受不了程大姑娘对程元璟一副无脑吹捧的模样，便拿着桌上的书赶紧告辞。

程瑜瑾的目光扫到那两本书上，小心翼翼地瞄了程元璟一眼。察觉程元璟发现后，程瑜瑾立即收回了视线。

程元璟派人将《临渊诗集》和《九斋杂谈》取来了，程瑜瑾特别怕他当着林清远的面揭穿她，好在他看起来很大度，没有在林清远面前提起。

然而林清远一走，程元璟不再掩饰自己的心情，脸色瞬间冷了下来。程瑜瑾也不用在外人面前维持自己的颜面，立刻跪坐着挪到程元璟身前，讨好地拽着程元璟的袖子：“九叔，我错了。”

程元璟稳如泰山，眼风都没给她一个：“侄女将一切都安排得很好，何错之有？”

程瑜瑾听到这话后更加乖巧地拉着程元璟的袖子，眨巴眨巴眼睛说道：“都是我的错，九叔风尘仆仆地赶回来，我竟然没有在第一时间迎接九叔。除夕那天我等了九叔一宿，明明打定主意要第一个向九叔说新年好，结果没等到你人，初一也没等到。今天二妹他们都回来了，我不想在主院见到霍长渊，就避出来散心，没想到竟然错过了见九叔。”

程元璟本来就是假装着生气，虽然冷着脸，其实内心不舍得将程瑜瑾怎么样，现在听到她说除夕那天她等了他一宿，心就更软了。

至于此话真假，程元璟不想去深究。这些话只要是从她嘴里说出来的，就已经够了。

程元璟心情转好，只是脸上还带着冷意：“那我问你，你错在哪里？”

程元璟控制表情的功力一流，程瑜瑾没看出来他已经不生气了。她见他冷着脸，以为他还没消气，于是认起错来十分认真，不敢掺水：“我不该避开众人来这里，不该错过九叔，不该说那两本书在我这里……”

程瑜瑾看着程元璟的脸色说话，见他脸色始终冷冰冰的，只能硬着头皮继续认错，声音越来越低。

程元璟却没有丝毫放过她的意思，问道：“只是这些？”

程瑜瑾暗暗咬牙：程元璟这样不留情面吗？莫非要她亲口说出不该打林清远的主意？

她咬咬牙说：“我还不该停在这里和林编修说话。林编修是外男，我见到外男理应回避，不该为了打听九叔的消息而单独留下外男。”

程元璟心想她还真是会编理由，说得一套一套的，这样说来，她和林清远独处还是为了他？

程瑜瑾见程元璟没有立刻表态，便凑近了握住他的衣摆，轻声唤道："九叔。"

她的声音婉转悦耳，听完让人酥软入骨。程元璟叹了口气，冷着脸看着她："下不为例！"

"嗯。"程瑜瑾顿时喜笑颜开，眼中迸发出夺目的光芒。程元璟失神了片刻，直到听到她笑着脆生生地道，"九叔，新年快乐！您在新的一年里，一定会诸事顺遂，心想事成。"

程元璟回神，失笑道："你还记得。"

"那是当然。"程瑜瑾见程元璟已经消气，不再维持规规矩矩的正坐姿势，而是身子一歪，斜倚在茶桌上。程瑜瑾和程元璟坐在同侧，程元璟依然正襟危坐，而她的胳膊撑着桌沿，姿态随意，腰身窈窕，她像模像样地叹道，"可惜我不是第一个给九叔贺新年的人，等以后我一定要做第一个给九叔拜年的人。"

程元璟看着程瑜瑾笑了。他有光风霁月之姿，之前一直像仙人一样没人气儿，现在看着她笑，眼中带着程瑜瑾看不懂的幽深意味，终于有些人间烟火气了。

程瑜瑾看不懂程元璟那个眼神的意思，他的话落在耳边似乎有些意味深长："以后机会还有很多，总能实现的。"

辞旧迎新，要想第一个给别人贺岁，距离远了肯定不行，但如果是枕边人，那机会就大多了。

程瑜瑾看着程元璟似有所指的笑容，本能地生出一股危险感，脊背不自觉地绷直。程元璟听到了今年以来最舒心的话，心情大好，不由得伸手揉了揉程瑜瑾的头发说："别闹了，先把正事说完。你刚才的话到底是怎么回事？"

程瑜瑾还在分析程元璟的笑是什么意思，结果迎面撞上“别闹了”三个字。程瑜瑾愕然，连程元璟伸手弄乱自己的头发都没顾得上追究：“正事？我们刚才说的难道是玩笑吗？”

程瑜瑾整个人都不好了，她以为自己已经把太子殿下心里的气捋顺了，结果太子竟然说“别闹了”？

程元璟微微正色，问道：“续娶是怎么回事？”

程瑜瑾听到后表情一怔，也坐直了，抿嘴道：“没什么！程家的小事，不必劳烦九叔操心。”

“是翟延霖？”

程瑜瑾本来不想说，可他一张嘴就说出了对方的名字。她张了张嘴，最终无奈地叹道：“是。”

程元璟看着程瑜瑾的神情，良久后也轻轻叹了一口气，将手覆在程瑜瑾的头发上：“既然你现在还叫我一声九叔，我自然要尽叔叔的义务护着你。你面临这么大的危机，宁愿和林清远说都不和我说？”

“我并不是这个意思。”程瑜瑾连忙反驳他，但一接触到程元璟的眼神，最终无奈地叹气，“只是这种事并不风光，我还想在九叔那里保持个好形象，实在不想用这种事打扰您。”

“无妨。”程元璟以公谋私，借机摩挲程瑜瑾的头发，果然手感极好，表面上还正气凛然地说，“既然我知道了，就不会置之不理。你有难处，尽管说就是了。”

程瑜瑾并没有注意到程元璟手上的小动作。她从小偶像包袱极重，最不能接受像小孩一样被人摸头。程元璟君子端方，此刻说出这样正直的话，她心中感动，便说道：“其实也没什么。我上次在花园里管教翟小世子，正好被蔡国公看到，九叔当时也在，想必清楚那时的情形。”

程元璟点头。程瑜瑾继续说道：“后来，在香积寺时翟老夫人来和祖母说闲话，正好遇到我，说起他们家缺一个管教世子的人，而我正合适。我没有定亲，翟老夫人便想娶我回去给蔡国公做继室。之后我在花园外面偶然遇到了蔡国公，因不想蹚翟家的浑水便主动和蔡国公说明了此事。我以为已经说清楚了，没想到蔡国公还是向祖母表明了求娶之意。祖母觉得这门亲事很合适，等我从母亲那里得知消息再去劝祖母时，祖母已经听不进去了。"

因为面对的人是程元璟，程瑜瑾没有掩饰自己的不情愿和程家的盘算。程元璟听到后眯了眯眼，她在香积寺遇到了翟延霖，自己竟然完全不知道。

看来，他得给程瑜瑾的身边加派人手了，而且翟延霖这个人实在是欠收拾。

程瑜瑾一股脑地将自己的烦恼说完，果然觉得心里松快了些。她咬着牙，抱怨道："蔡国公这个人简直不可理喻！那天在香积寺，我明明把事情都和他说清楚了——我所求的他没有，他要求的我也做不到，他倒好，竟然直接到我祖母那里要求娶我。"

程瑜瑾被气得牙痒痒。程元璟听到后沉默不语，手指在她的鬓边流连，轻轻地拨弄着她的碎发。

"瑜瑾，世上不是所有的事情都能用讲道理就可处理的。"程元璟看着她，话中意有所指，"尤其是男人。所有的男人都自私，他们看到美好的事物，只会想着掠夺、拥有、霸占，即便你搬出上百个不合适的理由，都抵不过他们的私心。"

程瑜瑾怔怔地看着他。程元璟亦注视着她，忽而一笑："无一例外！"

男人都自私，无一例外，包括他。

这里面的区别只不过是，他比翟延霖权力更大一些。

程瑜瑾听完之后，沉默了许久。

她知道是自己太天真了，以为拒绝了翟延霖，他就会知难而退，可他如果不退呢？翟延霖的权势比宜春侯府大，话语权也远大于程瑜瑾这个门面上的大小姐。他撕破脸面一定要娶程瑜瑾回去当苦力，她就算不愿意又能怎么办？

强弱差距实在让人无可奈何，更何况她那样做还可能适得其反。她毫不留情地拒绝了他，很可能让他恼羞成怒，故意娶她报复呢。等结婚后，一个男人想让一个女子过得不好，有太多方法。

程瑜瑾从庆福郡主口中听到这个消息时就隐隐察觉到自己失策了，现在听程元璟说完越发觉得自己天真可笑。她竟然觉得靠自己可以说服蔡国公，在绝对的强者面前，哪有什么公平和道理可言？

见程瑜瑾不说话，程元璟多少能看出她的消沉，轻叹了一口气，将她的发簪扶正："你不必自责，你还小，不了解男人的劣根性，很正常。"

程瑜瑾摇头说："归根结底还是我太弱了。我什么都做不了，即便打听到消息，也没有办法。"

程元璟默然片刻，然后道："其实，你可以告诉我。"

程瑜瑾还是摇头，想都不想便回复道："九叔是何等身份，我哪能事事都来麻烦您呢？总归是我想岔了。"

程元璟的笑容变淡，他面色阴沉地看着她，忽地说道："为什么不行？"

程瑜瑾被吓了一跳，抬头看着程元璟，不明白他为什么突然生气了。程元璟盯着她的眼睛，良久后，才无奈地道："罢了。这件事你不必管了，我来解决。"

程瑜瑾皱眉，显然有点儿不太相信："真的？"

"再让你想办法，指不定要出什么岔子。"程元璟说完，特意点了点程瑜瑾的眉心，"不许再想乱七八糟的主意，乖乖待着，我来解决这一切。"

太子出手，显然要比程瑜瑾自己有力量得多，她欣然同意。此时距离程瑜瑾悄悄从寿安堂出门已经过去了很久，算算时间也到了摆饭的点了。程瑜瑾提醒程元璟后，两人双双起身。程元璟出门时，状似无意地说：“你很在意男子比你年纪大？”

程瑜瑾以为程元璟指的是翟延霖，立即点头道：“当然。有些男人明明年龄很大了，却还想娶十五六岁的小姑娘。明明他的年龄当人家的长辈都没问题，结果竟卑劣地趁着姑娘年轻不知事，骗人家嫁给他，甚至有时候都不是骗，而是强迫。我最讨厌这种人了。”

程瑜瑾自认为说这些就和翟延霖划清界限了，本以为这会让程元璟放心，然而抬头却见程元璟神色淡淡的，不太高兴的样子。

他怎么了？她说得不对吗？

程元璟本是随口试探，没想到却试探出这么一个结果。他比程瑜瑾大了五岁，虽然他们的年龄差得不是很多，但因与程老侯爷的关系，乃是实实在在比程瑜瑾大了一辈。

程瑜瑾方才的话每个字都正中程元璟的靶心。程元璟知道程瑜瑾是这样想的，心情复杂难以言表，周身的气场越发低沉。

程瑜瑾不明所以，试探地问道：“九叔，你怎么了？”

“没事。”程元璟语气淡淡的，“先去吃饭吧。”

“哦。”程瑜瑾低低地应了一声，不知道自己怎么又惹他生气了。程元璟面对她时似乎格外没有耐心，总是容易生气。果然，没人喜欢被麻烦，她总向太子殿下求助，是件很惹人嫌的事。

太子虽然让程瑜瑾有事去找他，但她还是尽量和太子保持距离，不要麻烦人家了。

走了一路，他们都没说话，两人穿过一道道拱门，走过一重重回廊，走上甬道时，一阵风扑面而来。甬道细窄，穿堂风力道很大，将程瑜瑾的披风都吹起来了。她连忙压住兜帽，侧身避风。程元璟看到后，身形一动便挡在了风口。

程瑜瑾整理好衣领，低声说："谢九叔。"

程元璟等她整理好了，才往前走。两人走了几步，程元璟问道："腊月二十是你的生辰？"

程瑜瑾顿了一下，然后惊讶地道："是。"

程元璟沉声问道："为什么不告诉我？"

程瑜瑾似乎没想到他会这样问，怔然片刻后，哑然失笑："这等小事，哪里值得特意说。九叔，您是从何处得知此事的？"

程元璟知道她不想听到霍长渊的名字，便略过不提，随意地道："方才听人提起的。府里为你庆生了吗？"

"没有。"程瑜瑾摇头，不甚在意地说，"一个普通日子罢了，又不是什么特殊的节日，只不过有些象征意义，没必要兴师动众。我现在还在守孝，相比于过生辰，还是日后的孝顺名声更重要。"

程瑜瑾并不喜欢过生辰，因为有记忆以来，每一年的生辰都要和程瑜墨一起过。她的身份本来就敏感，又比不上程瑜墨有亲生父母、两个弟弟捧着，所以两人一同过生辰，程瑜瑾总是被对比得很惨的那一个。时间长了，程瑜瑾对生辰就兴致寥寥，没人喜欢做什么事都有另一个人跟着学。相比之下，还不如像今年这样，清清静静，不摆酒席，她拿了生辰礼物就走。

"怎么不重要？"程元璟似乎叹了口气，"这是你降生的日子，一年里独属于你的节日，如何不重要？我先前不知道，错过了你的生辰，你想要什么礼物？我补给你。"

程元璟之前并不知道她的生辰是在腊月二十，要不然，无论如何都会赶回来。现在他说什么都晚了，只能在礼物上弥补她一二。

程瑜瑾有些受宠若惊："不必了吧。"

"无妨，说吧。"

程瑜瑾想到程元璟的生辰。他出生在五月初五，所谓的恶月恶日。

在世人眼里这是极其不祥的生辰，甚至因为这个生辰，他被杨太后断言活不长，还殃及了他的母亲钟皇后。

程瑜瑾心里涌上一股说不清道不明的感觉，程元璟从五岁起就流落在外，恐怕没人记得为他庆生。每年端午家家驱邪除恶时，他该如何自处？

程元璟自己从不过生辰，所以才想补偿她吧？

程瑜瑾想到这一点，有点说不出话来。程元璟早就注意到她神情的变化，粗粗一扫，便猜到程瑜瑾在想什么。程元璟早就不在意杨太后当年的话了，他们都说他活不长，可惜他还不是活到了今日。

程元璟觉得程瑜瑾怕是想多了，瞥了她一眼说：“不必想东想西，也不必顾及我的面子，你想要什么就说。你的一个生日愿望，我还不至于做不到。”

程瑜瑾对这话不太信，故意使坏，抬头狡黠地看着程元璟：“九叔，我想要什么您都能实现？”

程元璟由着她放肆：“你说便是。”

“那我就不客气了。我要以后事事顺遂，儿孙满堂，诸事无一处不顺心，无一人逆我的心意。”

程瑜瑾这是故意让他给自己开“空头支票”，这些话根本没有实形，哪能办得到？偏偏一个敢说，另一个竟然真敢应。程元璟笑了笑，又用那种意味深长的目光看着她：“这有何难？”

他又来了！程瑜瑾总觉得他的目光怪怪的，却想不通哪里奇怪。幸好此时到了寿安堂，她松了口气，就要往里面走。

跨上台阶之际，程瑜瑾听到身边有人说：“以后不许再叫林大哥。”

程瑜瑾脚步一顿，停在台阶上。而这个工夫，程元璟已经越过她往前去了。两人的身高本来就差很多，现在又加上台阶的高度，身高差更大。程元璟发现这个高度特别适合摸程瑜瑾的头顶，于是也不客气，伸手揉了揉她毛茸茸的脑袋。

程瑜瑾反应过来，异常嫌弃地躲开他的手。他觉得有点儿可惜，但知道程家人就在不远处，乱了程瑜瑾的发型她就要急了。于是他也不强求，顺势收回手说："你叫我叔叔，却叫他哥哥？以后不许叫了。"

程瑜瑾不太愿意，程元璟又不是她的亲叔叔。程瑜瑾要想嫁给林清远，就要潜移默化地改变林清远对她的定位，要从好友的侄女变成年轻美丽的女子。

世界上还有比哥哥妹妹更适合当掩护的称呼吗？程瑜瑾都打算好先叫林大哥，之后是清远哥哥，最后含糊成清远，如此宏图霸业，到底是哪里碍了程元璟的眼？

程瑜瑾挣扎道："可我和林编修年龄相仿……"

这话程元璟就不爱听了：自己和程瑜瑾的岁数也没差多少，她可一心将自己奉为长辈的。她都没叫过自己哥哥，凭什么便宜林清远？

"不行。"程元璟一句话便斩断了程瑜瑾的退路，"大家族里辈分最重要，我如何，他如何。明白吗？"

程瑜瑾低头，有气无力地应下："我明白了。"

程元璟垂眸看着她，心里知道她根本不明白。

这个毛茸茸的脑袋怕是榆木做的吧。

程元璟想着便伸手敲了敲程瑜瑾的脑袋。程瑜瑾捂着头，愤怒地瞪着他："你做什么？"

"听个响。"

程瑜墨和程敏都回娘家了，正巧今日程元璟也回来了，程家难得人聚得这么齐，比除夕还热闹。程老夫人看着满屋子的人很高兴，众人热热闹闹地吃了一顿团圆饭。

酒酣饭饱，睡意袭人。程老夫人到里间睡觉，徐念春也被程敏打发去睡觉了。程敏将徐念春安置在碧纱橱里，亲自替女儿关了门，才轻手轻脚地朝外面走去。

正房里稀稀拉拉地坐着些人，现在没有长辈和小孩的打扰，他们的精神都很放松，更适合聊天。徐二爷、程元翰和霍长渊坐在正堂说朝堂中的事，程瑜墨被阮氏拉着坐在次间的通炕上，说着这些日子的琐事。

程敏将五间正房绕了一圈，发现少了许多人。程瑜墨看程敏绕来绕去，似乎在找什么人，问道："姑姑，你在找二表兄吗？"

程敏摇头，也跟着侧坐在通炕上说："这倒不是，他都那么大的人了，有什么可担心的，我是在找瑜瑾。她吃饭点才回来，我去碧纱橱给念春铺被褥，才一会儿没注意又不见她了。"

程瑜墨笑容淡了些说："原来姑姑在找大姐姐，刚才九叔回来了，现在姐姐一定在九叔那儿。"

"哦，是吗？"程敏迟疑片刻后，道，"瑾姐儿什么时候和九郎这样相熟了？"

随侍在旁的一个丫鬟接话道："姑太太有所不知，这一年大姑娘和九爷十分投缘。老太爷还在世时，让大姑娘绣了一幅九爷的字，姑太太应当知道，正是送到宫里的那一幅。"

程敏点头："这我知道。"

"那就是了，为了这个绣品，大姑娘和九爷学了近两个月的字，之后屏风绣好了，大姑娘也时常去九爷院里借书，现在想必也在那里呢。"

程敏一年回不了几次娘家，对宜春侯府的近况并不了解，以前印象中的程瑜瑾总是跟在程老夫人身边，这次才知道原来程瑜瑾和程元璟那么亲近。

程瑜墨不知道想到了什么，抬手用帕子掩了下嘴，状似无意地说道："不光如此，今天我们正在说话，突然找不到大姐姐了，还是九叔出去找的。自从九叔回来，大姐姐很少和别人待在一起，基本只跟在九叔身边。他们总是同进同出，我难得回娘家，却许久没有和姐姐说过话了。可能是九叔学识高，大姐姐才愿意跟九叔待着吧。”

阮氏在一旁应和：“没错呢！惹得下人都说闲话，说什么他们俩老是单独坐在外面，从不和大伙凑在一块……不知道的还以为他们俩才是一体的呢。”

程敏看了程瑜墨一眼。程瑜墨垂下头，白净柔润的脸上看不出神态变化。程敏到底什么也没说，笑着道：“孩子大了，总会有自己的主意。再说了大姑娘从小就懂事，念春还和皮猴一样时她已经知道帮大嫂管家了。让她和念春坐一块，估计也没什么共同话题，我们谈论的事又不适合她一个姑娘家听，要不是九郎在，恐怕她连个说话的人都没有。幸好九郎回来了，九郎和她年纪相近，阅历却比她多，这两人才有话谈。我年纪大了，跟不上年轻人的喜好，索性让他们自己去玩吧。”

程瑜墨脸色平淡，略略扯了扯嘴角，僵硬地笑道：“姑姑说得是。是我没注意大姐姐的处境。”

程敏亲切地笑着，将话题扯开说旁的去了。程瑜墨和阮氏说起霍家的事，程敏看着曾经天真柔弱的二侄女三句话不离霍家，心底深深地叹了口气。

孩子们都在长大，曾经怯怯地躲在大人身后的程瑜墨也会拐着弯给自己的姐姐上眼药了。程敏叹息不已，倒不是说程瑜墨的做法不对，只不过就是觉得心里不太好受。

她们是双胞胎，一个被过继给别人，一个留在阮氏身边，种种原因让大伙提起她们时总会将她们放在一起比较。前十五年，程瑜瑾以绝对的优势抢了众人的目光，程敏怜惜她的处境，总是忍不住偏心她些，而且她也确实做得很好。

程敏原以为这对姐妹花被教育得十分好，姐姐沉静端庄，妹妹天真活泼，彼此之间也相互友爱，并不像其他人家那样明争暗斗。

可事实给了程敏沉重的一击，她以为的姐妹守望相助只是幻想。这对双胞胎姐妹的命运在十四岁时走向不同的方向，最终结果可谓大爆冷门。程瑜墨嫁入高门，反而是被众人寄予厚望的程瑜瑾被退婚，迟迟找不到好夫家。程瑜墨嫁到霍家才四个月，便暗暗给长姐上眼药，在姐姐身上找优越感。

孩子争夺家族的资源和注意力是常事，但这些事情发生在自己家里，程敏的心情有些复杂。这还只是四个月，日后程瑜墨在霍家站稳跟脚，生下长子，而程瑜瑾因为被退婚定不到好亲事，姐妹两人的差距越来越大，这还了得?

程敏不停地叹息，不忍让程瑜瑾面对这些，但想起自己家里那个混世魔王，还是什么都没说。

徐之羡也不知道怎么了，前段时间神魂颠倒，程敏身为母亲大致能看出儿子的想法。她本以为先前放下的那桩婚事有了转机，结果没过多久徐之羡参加完程瑜墨的婚礼，回家后整个人变得很消沉，程敏再提起程瑜瑾，徐之羡只是摇头，什么都不说。

程敏看出来这次两人的事没希望了，偏偏无论她怎么问，徐之羡都不肯说。程敏除了长叹一口气，也没办法。

孩子们都长大了啊。

程敏正在长吁短叹，突然听到程瑜墨叫她，回过神见程瑜墨穿着一身锦绣华服，如京中常见的少奶奶一般装扮。程瑜墨矜贵又温雅地笑着说："姑姑，你想什么呢？我唤了你好几声都没应。"

程敏看到程瑜墨的神情，心中那种莫名的失落更重了。然而她毕竟是公府的二太太，顷刻间便调整好表情，笑道："我在想你二表哥那个混世魔王呢。墨儿你刚才说了什么？"

程瑜墨抿抿唇，颊边露出一对酒窝："我和娘亲正在说上元节灯会的事情呢。上元节三天京城不宵禁，侯爷难得有假期，说要带我去街上看看。但靖勇侯府人丁少，婆婆懒得出门，人少了没意思，所以我想着，要不和姑姑一家一起走？昌国公府少爷、姑娘们多，我嫁去霍家后才晓得晚辈多是件多热闹的事。侯爷也喜欢昌国公府人丁兴旺，所以我们两家一起走，姑姑看如何？”

程敏先是一惊，随后大喜过望。霍长渊如今炙手可热，而昌国公府这些年不上不下，全靠送进宫里面去的娘娘撑门面。昌国公府也想过和靖勇侯攀关系，奈何一直找不到合适的时机。眼前这个机会，徐家上下当然求之不得。

程敏一口答应下来，程瑜墨是她的侄女，这个消息由程敏带到徐老太君面前，无疑会给程敏大大长脸。

程敏隐约察觉到程瑜墨是故意的，毕竟自己一直更喜欢端方懂事的程瑜瑾，这种对人的喜好掩饰不了。程瑜墨现在这样说，是有意和程瑜瑾争高下，告诉程敏这些年她看错人了。

程敏倒十分希望是自己想岔了，是她以小人之心度君子之腹，误会了程瑜墨。可程瑜墨如今水涨船高，妻凭夫贵是不争的事实。

程敏也不得不向二侄女低头，瞧了瞧阮氏问：“能和侯府一起看灯，我们当然乐意。不过墨儿你难得见二嫂一次，不和二嫂一起走吗？”

阮氏叹气，接话道：“我原本也是这样想的，可母亲先前说了，上元节灯会她自有安排，让我们不要随意应承。墨儿现在毕竟是霍家的人，我不好违逆母亲的意，只能托姑太太看顾墨儿一二。”

程敏自然一口应下。说起上元节，女子们的兴致都来了，你一言我一语地讨论起来。不光程敏、程瑜墨，京城中的女子，无论未婚的还是已婚的，无论贵族小姐还是平民百姓，大概都盼着上元节这一天。

上元节三日不宵禁，皇上和百姓普天同庆，众人都上街看灯，平日里管控格外严格的男女大防此刻也松动了。没有幕篱也没有行障，郎君、小姐们三五成群，路上遇到了，眉眼一动都是春意。

换言之，上元节乃是不折不扣的情人节。

正月十三时，丫鬟们就开始骚动了。等到了正月十五，她们都换上新衣，欢欢喜喜，热闹非凡。杜若和连翘更是铆足了劲儿将程瑜瑾打扮成天仙一般，今天是一年中难得没有任何限制的时候，她们的大姑娘务必要艳惊四座，俘获未来姑爷的心，最好一开春就将婚事定下来。

程瑜瑾反倒没多少热情，这几天一直在烦恼着蔡国公府的事。程元璟说这件事交给他解决，之后就再无动静。她简直抓心挠肝，特别想知道他到底怎么解决。

在热闹中天色慢慢黑了下来。宜春侯府的家眷们今日早早便用了晚饭，然后庆福郡主和阮氏带着各自的晚辈、一众丫鬟，一同坐车去外面看灯。

其实程家未出嫁的女子只剩下程瑜瑾了。程瑜瑾一想到一会儿庆福郡主和阮氏两双眼睛都盯着她一个人，就觉得生无可恋，一点儿兴致都没有。

然而还不止这些，她一下车，都没走两步，就见庆福郡主左右张望，随后惊喜地冲一个地方招手。

程瑜瑾一见对方马车上的标志，脸色便冷了下来。

又是蔡国公府，她不必多想，这必然是程老夫人的安排。

翟二太太其实早就看到了宜春侯府的马车，但她别过脸假装没看见，现在庆福郡主直接冲她招手，翟二太太再也避不过去，只好硬着头皮走上前："程大太太、程二太太，真巧，在这里遇到了。刚才人多，我都没看到。"

庆福郡主没想其他的，热络地上前与之说话。阮氏看到蔡国公府的人，眼睛也亮了，立刻跟着庆福郡主上前寒暄。

唯有程瑜瑾，还站在原地，冷淡地看着前方那伙人。

翟二太太脸上笑着，心里却一直很郁闷，抬起头一瞥正好看到程瑜瑾站在不远处，映着满城灯火，静静地注视着她。

翟二太太的心脏猛地跳了一下，随即想起出门前婆婆交代的事，更愁了。

当她知道婆婆看中了宜春侯府的大小姐时，心里是一万个不愿意。然而蔡国公府毕竟是婆婆和大伯兄当家，翟二太太一个弟媳妇怎么反对得了？她只能垮着脸听婆婆和大伯哥商量娶新妇的事。

蔡国公只是续弦，但听他们的安排，倒比娶原配正妻还要隆重！翟二太太被气得不轻，想到新国公夫人一过门自己就要将管家权交出去，更是气得心肝肺都疼。翟二太太私下打听了程大小姐的风评，许多夫人一提到她就是一阵称赞，评语全是大方得体、上得了台面、聪明能干等。

翟二太太听着，心里就更堵得慌了。

翟二太太本来觉得，让一个小丫头骑在她头上已经够添堵了，没想到这还没完。

大伯兄某天从外面回来后，脸色阴沉，府里的女眷都被吓了一跳。婆婆连忙追问，翟延霖只是摇头，并不说话。翟延霖是蔡国公府的天，他的脸色不对，全府都跟着惴惴不安。

之后的事情翟二太太也不清楚，只知道翟延霖和婆婆单独说了会儿话，婆婆出来后脸色也极其复杂。再然后，婆婆便让翟二太太出门，趁着上元节人多不惹眼，客客气气地将程家的婚事推掉。

上元节出门不是问题，蔡国公府本来就和程家约好了要一起去看灯。但，退婚她可以理解，客客气气却是什么意思？

翟二太太心里发苦，尤其是被庆福郡主热情地拉着，听到她满嘴说的都是即将成为一家人的亲近话，就更头疼了。

翟二太太跟着庆福郡主看了五六个灯摊。庆福郡主满心都是挂名女儿要攀上蔡国公府的兴奋。翟二太太心里惦记着退婚一事，哪有心思看灯呢。翟二太太心神不属，纠结了一会儿，猛地下定决心，说道："程大太太，我有话和你说。"

庆福郡主一脸笑意："二太太怎么还这样客气？你有什么话，直说便是。"

翟二太太幽幽地叹气，扫了一眼跟在后面的程瑜瑾，虽然没有明说，庆福郡主已经懂了。庆福郡主清了清嗓子，对程瑜瑾说："大姑娘，我和翟二太太有些话要说，你先去隔壁那个摊子看看灯。"

程瑜瑾的目光静静地扫过庆福郡主和翟二太太。翟二太太看到她的目光，莫名屏息。好在程瑜瑾没有多问，乖巧地点了点头，就转身走了。

翟二太太这才将那口气吐出，缩头是一刀，伸头也是一刀，横下心和庆福郡主说起了婆婆交代的事。

此时，程瑜瑾站在街对面另一个灯摊前，虽然眼睛看着灯，可表情里没有一点儿欢喜。

小摊主都被程瑜瑾看怕了，笑着走上前，问道："这位小姐，您看中了哪盏灯？小的给您取下来？"

程瑜瑾哪里是在看灯？她明白小摊主的意思，也不想站在这里挡人家生意。她带着杜若和连翘往前走了两步，一旁忽地传来一个将信将疑的声音："程大姑娘？"

程瑜瑾停下，侧过身转头看去。对方发现程瑜瑾有反应，兴冲冲地推开人群挤过来："真的是你，我还以为自己看错了。"

程瑜瑾愣了许久，才回过神。

"林……编修？"

第二章　灯　会

灯火煌煌，程瑜瑾看着眼前的人，不知道这是不是天意。

林清远其实隔着老远就看到程瑜瑾了。她披着白色斗篷，站在一个灯摊前看灯，虽然只是背影，林清远莫名其妙地觉得那人就是程瑜瑾。

林清远试探地喊了一声。今日是上元节，人群川流不息，他不确定程瑜瑾愿不愿意在这种场合与自己见面。没想到，程瑜瑾竟然真的回头了。

林清远立刻来了劲儿，拨开人群挤到她身边，笑道："刚才我还不敢确定，没想到真是程大小姐。"

程瑜瑾一直没有笑，也没有动，就那样静静地站在原地，看着林清远艰难地穿过街道，挤到她的面前来。直到最后，程瑜瑾才微微笑了笑说："我看这里的灯有趣，就过来瞧瞧。刚才人太多了，我没有看到林编修，请林编修恕罪。"

林清远听到后连忙摆手："你没看到我很正常，街上这么多人呢。程大姑娘你太客气了，你我之间哪用得着如此。"

程瑜瑾听到这句话，压抑了一晚上的心情总算轻松一些。她心里那根弦一放松，神态上也轻快起来。她这样的变化，别人看到也跟着感到开心。

林清远素来不拘小节，他在京城里没有多少亲故，出来看灯纯粹是凑热闹，现在遇到了程瑜瑾，想着难得遇到一个熟人，不妨一起去赏灯。林清远这样想，便说了出来："程大姑娘，你接下来可有安排？我见前方有猜灯谜，我们不妨一起去看看？"

杜若和连翘听到林清远的话后脸色微微变了，京城权贵众多，规矩也多，一个男子对一个未出阁的姑娘说出这样的话，可谓十分冒失。

程瑜瑾却不怎么在意，林清远并非京城人士，没那么多拘束。再说，林清远本来就是一个豁达的性子，她笑了笑，并不在意他些许的言语出格："好，有劳林编修了。"

林清远听到后喜出望外，自告奋勇地在前面给她带路。程瑜瑾回头朝后面望了望，庆福郡主和翟二太太站在一块，两人不知道在说什么，庆福郡主的脸色渐渐冷了下来，反倒是阮氏又吃惊又高兴，努力压抑着脸上的笑意。

隔着这么远，程瑜瑾当然不可能听到她们说了什么，但看庆福郡主的表情，可见翟二太太说的事情并没有踩到她的底线。也就是说，她们说的事情不太可能是退婚。

庆福郡主即便和程瑜瑾没有多少感情，但毕竟是她的挂名母亲，若是她一而再，再而三地被退婚，庆福郡主一定早就爆发了，怎么能好端端站在街上听翟二太太说话。

不是退婚，莫非是婚礼或者聘礼上的条件让庆福郡主不满意？翟延霖是续娶，按礼法填房在原配面前是执妾礼，各方面必然不能越过原配，聘礼规格多半儿也要比原配低。可能翟家便是考虑到这个规矩，过来和宜春侯府谈条件了吧。

程瑜瑾心里说不出是什么感觉，看着眼前的灯火怔了一会儿，随后自嘲地一笑。她什么时候变成这样了，竟然依仗起别人活着了。

天底下没有人比她自己更上心这件事了，程元璟虽说了要帮忙，但他事务繁多，哪能方方面面都顾得上？说到底，这件事还得靠自己。

求佛、求人都不如求己，她七岁就明白的道理，怎么现在还会犯糊涂？

林清远往前走了一会儿，和程瑜瑾说了好多话，可半天不见有回音，一回头才看见程瑜瑾还站在原地，正专注地盯着一个灯笼。林清远纳闷，只好又折回来："程大姑娘，怎么了？"

程瑜瑾从思绪中回神，意识到自己失礼了，忙低头咳了一声说："没事，我看到这个灯笼奇巧，不知不觉入神了，没跟上林编修。"

林清远一听竟然是因为灯笼，立刻摆手："没事，程大姑娘不必向我道歉。我是带着大姑娘去玩的，可不是让大姑娘道歉的。只要大姑娘开心就好。"

程瑜瑾听到这样的话心中熨帖。林清远是个正直坦荡的人，有徐之羡的赤子之心，又比徐之羡有才干。这样的人，如果自己能嫁给他，日后一定会过得很舒坦吧？

程瑜瑾垂眸掩下心里的想法，然后抬起头说："谢林编修。"

林清远见程瑜瑾停在一盏灯前，便说："大姑娘若是喜欢灯，前面还有好些新奇的样式，大姑娘不妨到前面看看。"

"好。"程瑜瑾点头道。街上人来人往，她回头瞧了一眼，见庆福郡主几人还在专注地说话，并没有注意他们。

翟延霖此时也在远远地看着程瑜瑾。

正好这时路中间一辆马车经过翟延霖面前，等马车挤过去，程瑜瑾也不见了踪影。

翟延霖皱眉，立刻朝前走了几步，然而上元节街上的人实在太多

了，他张望了很久，都没有找到她的身影。

翟延霖眉头紧锁，上元节街上鱼龙混杂，程瑜瑾身边只带了两个丫鬟，和众人走散也太危险了。他本来想立刻朝程瑜瑾消失的方向冲去，然而才走了两步，就想起前段日子发生的事情。

那天他像往常一样和同僚好友相聚，却在独自出门醒酒之际，被一个陌生面孔拦下。翟延霖见多识广，一听对方的声音就知道来人是个太监。天底下只有一个地方有太监，翟延霖的醉意瞬间被吓醒了一半，然而那位公公皮笑肉不笑、说了一些模棱两可的话，大致意思是不要动不该动的心思，有些福气他消受不起。

翟延霖彻底醒酒了。

翟延霖在寒风中站了许久，脸色从红润变成苍白。他反反复复回想那个太监的话，这段时间自己并无出格之处，唯一不同的便是在计划续娶。

翟延霖想到这里觉得简直不可思议，程瑜瑾竟然被“宫里”看上了？这怎么可能？

翟延霖哪还有什么心思喝酒，让跑堂的去酒桌上跟他人说了一声，就自行回府了。翟延霖回家后的脸色极其难看，内心反复思索了许久，最后告诉母亲暂且将程家的婚事放一放吧。

翟老夫人听到是宫里的太监来提醒翟延霖，被吓得魂都飞了一半，哪敢放一放，直接让翟二太太去退亲。但退亲他们也不敢得罪程家，只好客客气气，近乎是求着对方，说先前他们提到的事就当没发生过吧。

宫里还有皇子尚未娶妃，翟老夫人有天大的胆也不敢和皇家抢人。

先前两家正好约了上元节碰面，原本是两家长辈想给二位新人制造机会，让他们互相熟悉熟悉。其实说穿了，这是翟延霖的私心。然而现在他被宫里警告，蔡国公不敢有任何想法，翟老夫人年纪一大把，不适合上街和众人挤，就让翟二太太出门，好声好气地和程家把话说清楚。

反正两家也没有正式定亲，只要程家不说，翟家不说，便没人知道这回事。这对程大姑娘的名声好，对翟家的前程也好。

翟二太太苦着脸出门了，这种时候翟延霖显然不适合见程瑜瑾了。可他到底心有不甘，远远跟着翟二太太的马车，隔着熙熙攘攘的人群，看见程瑜瑾从马车上走下来。

她今日精心装扮过，虽然在孝期，但她穿着一身纯白色的斗篷站在灯火下，光影交错，火树银花，仿佛漫天星辰都落在她一个人身上。

翟延霖远远地看着，与那佳人恍若隔世。他缩在袖子里的手紧紧握成拳头，不甘心、惊讶、愤慨等念头将他的胸膛灌得满满当当的。

之前在香积寺，程瑜瑾狠狠地打击了他的自尊心，这是翟延霖长这么大以来第一次有人敢这样和他说话。翟延霖被激起了占有欲，越发想将这个女子据为己有。天底下哪有那么多道理可讲？程瑜瑾不愿意就能不嫁吗？

那她也太小看他蔡国公府了。

翟延霖带着私心，强行去捅破了那层窗户纸。这段时间他春风得意，一直在想，等程瑜瑾知道一切已成定局，会是什么表情呢？等她嫁入蔡国公府成了他的妻子，会不会放下身段来求他？

翟延霖光想想就觉得热血沸腾。上元节的这次二人见面，也是翟延霖特意安排的。他想看看，程瑜瑾面对他时会是什么样的表情。

然而太监的话，毫不留情地在翟延霖的头上浇了一盆冷水。明明是他安排的见面，最后他却不敢露面，只能像一只卑微可笑的老鼠，躲在人群中偷看程瑜瑾。

程瑜瑾此时是那么的光鲜耀眼，让人移不开视线。只不过翟延霖没有料到，自己连见程瑜瑾的资格都没有。

翟延霖眼睁睁地看着程瑜瑾带着丫鬟去看灯。她在一个小摊前停了许久，什么也没有买。路上许多人在看她，程瑜瑾却完全没有注意，最后一个男子惊喜地挤到她身边，两人说了些话后，程瑜瑾就不见了。

翟延霖不难猜测，恐怕是这个男子领着程瑜瑾去看灯了。

他生气、愤恨，这些情绪中又掺杂着不敢示人的嫉妒。然而最终，翟延霖只能用力折断手里的灯笼的灯杆，愤怒地转身离去。

他的离去如来时一般，无人得知，无人在意。

翟二太太并不知道她的大伯哥刚才就在自己的不远处。翟延霖内心不舒坦，翟二太太此刻也不好受。

蔡国公府先向宜春侯府提出结亲的意愿，结果这才过了没多久蔡国公府又说都是误会，请宜春侯府大人有大量，就当什么都没发生过。

见鬼的大人有大量，庆福郡主岂能受这种侮辱？

翟二太太心里发苦，又不敢得罪程家，只能不断地放低身段说好话。庆福郡主被翟家这一出给弄蒙了，他们主动说要退婚，按说两家应该此后成了仇家啊！可翟家人的态度十分客气，甚至说得上百般讨好；可说继续交好吧，翟二太太又一口一个不敢高攀，仿佛表态迟了会有祸事。

这到底是什么情况？

庆福郡主和翟二太太相互扯皮，她们都没有注意到程瑜瑾不见了。

程瑜瑾跟着林清远去猜灯谜。林清远毕竟是书香世家、状元出身，一路上引经据典，把程瑜瑾听得也慢慢内心放松下来，不由自主地露出了笑意。

一个灯摊前围了许多人。他们近前去看，发现这个摊子的灯又大又漂亮，明显造价不菲。摊子前面还挂着一根线，上面缀满了花灯。每个灯上都有灯谜，猜中了便可将灯拿走。摊主这么大阵仗，自然不会赔钱，每个灯谜都非常难。若是有人猜不出来，可以直接去摊子上买灯。

程瑜瑾对民间的经营智慧叹为观止，她本来就想“眼不见心不烦”，离庆福郡主那些人远点儿，现在看到这么多灯谜更来了兴致，一个个仔细地研究起来。

程瑜瑾一边看，一边和林清远交流，两人说得极其开心。她越来越放松，林清远给她讲了个典故，惹得她扑哧一声笑了，眼角眉梢都是笑意。

刘义站在僻静处，觉得今天夜里的风越来越冷。他默默搓了搓胳膊，在众人求助的目光中，硬着头皮上前一步，小心问道：“殿下，陛下那里还等着呢，您看……”

程元璟负手站着，隔着一条河，沉默地看着对岸的情景。

河对岸搭了一个很大的棚子，棚子前围了许多人在猜灯谜。刘义真是恨不得将自己的舌头咬下来，明明一切都好好的，自己为什么要嘴欠，指着灯棚让太子殿下看热闹。

现在好了，自己要成热闹了，刘义此刻觉得自己的人头不保。今日是上元节，皇上与民同乐，亲自登灯楼鼓舞民心。当然了，皇上所谓的与民同乐只是幌子，实际上是想趁今日人多作掩护，悄悄见程元璟。

程元璟和刘义一行人便是去见皇上。不巧的是他们正好看到一些不该看的，而这些乱子正是刘义造成的。

刘义悔得肠子都青了，苍天可鉴啊！他当初真的只是想讨主子欢心，想让主子看看“民间百姓安居乐业”，彰显主子治国有方嘛。谁知道程家大姑娘也在那个灯棚下猜灯谜。

程元璟看了一会儿后渐渐稳住情绪，决定先见皇上，再解决程瑜瑾的事情。他回过身来，脸上没什么表情，但周身散发出来的气势冷得吓人。刘义几人心提得更高，都低着头假装自己是哑巴，无声地跟在主子身后。

他们走了一会儿，忽然听到身后有喧哗声。刘义本来没放在心上，上元节这么多人，每年都会发生意外。可喧哗声越来越大，渐渐成惊恐之势。

程元璟回头，发现声音的来源正是程瑜瑾所在的位置。他脸色一沉，立刻朝那个方向奔去。

虽然眼前的灯笼做得惟妙惟肖、璀璨亮丽，但程瑜瑾总是不能集中注意力。猜灯谜诚然热闹，耳边全是众人的说笑声，可程瑜瑾总觉得这些热闹与自己无关。

旁边的一对夫妻带着儿女来看灯，见程瑜瑾在灯前站了许久，笑道："这位姑娘，这个灯谜有些难吧？我们刚刚也猜了好几个，都不对。"

他们以为程瑜瑾刚才一直在想灯谜，语气带着善意的调侃。程瑜瑾对他们点头笑笑，并没有多说。

林清远听到声音，回过头来问道："程大姑娘，怎么了？"

"没事。"程瑜瑾摇摇头。这个地方安全又热闹，连翘和杜若难得出门，此刻都目不转睛地看着四周的热闹，她们伺候自己一年了，几乎没有闲着的时候，程瑜瑾有心给她们放假，便没有喊她们，自己悄悄地往河边走去。

这个灯棚搭在河边，此时河面上的冰还没有融化，倒不怕有人因为拥挤而落水。每个摊位的面积都是规定好的，小摊主想多摆灯，干脆将摊子从河岸延伸到冰面上，偷偷扩大了摊位面积。

不光这个摊主这样想，其他人也都是如此。放眼望去，冰面上宛如一条银带在城中蜿蜒，两侧点缀着星星点点的花灯，犹如九天星火落入人间，美不胜收。

摊主要做生意，所以漂亮的花灯都挂在中央，那里围的人也最多，到了冰面上，便是一些零零散散的小灯笼，人数也逐渐减少。程瑜瑾走到河边，身边清静了许多，也悄悄松了口气。

心里压着事逛街，即便看到好东西，也总是漫不经心。程瑜瑾就是如此，只是觉得在陪人逛街，自己并没有参与其中。

她盯着冰面上倒映的火光略略出神。相比之下，夏天那次她出府去看程老侯爷留给她的店铺，一路走一路逛，倒比现在投入得多。可能视察自己的东西在心态上就是不一样的，也可能是因为人不一样。

程瑜瑾想到这里突然觉得烦躁，深吸一口气，想让冰冷的空气激一激自己的脑子。然而一抬头，她突然发现一个小孩提着一盏老虎灯，跑向河中心去玩。

他家的大人可能是一时没看住，或者觉得河水已经冻结实了不会有事，便让孩子一个人在冰面上跑。可这个孩子渐渐跑到了河中央，那里远离河岸，河中央上的冰并没有河岸厚。今年冬天京城没下几场雪，而过年这几天天气还变暖了。

程瑜瑾倏然生出一种不祥的预感，而这时隐约看到冰层出现了一条细细的裂纹。

程瑜瑾被吓了一跳，下意识地喊人。然而周围声音太嘈杂，众人都围着花灯猜灯谜，哪里能听到她的声音？而那个孩子毫无危机意识，还在往河中间跑。

这个时节人掉入水里，还是个半大的孩子，几乎没有生还的可能。

程瑜瑾精于算计，干什么都要算三步，但关键时刻做决定也非常快。眨眼间程瑜瑾已经拿定了主意，立刻踩在冰面上，飞快地朝河中心跑去，同时试图提醒那个小孩——那里危险，不要往远走了，快回来。

然而河岸上的人没听到程瑜瑾的话，河中心的小孩更是没听到。程瑜瑾眼睁睁地看着那个孩子又往前跑了几步，然后在冰面上蹦蹦跳跳。这场景看得程瑜瑾心惊肉跳，连忙又喊："不要动！"

这时候两边的行人已经发现情况异常，他们看到一个穿着白色斗篷、衣着打扮十分贵气的女子在冰上跑，紧接着就有人发现了河面上的不对劲。

“哎呀，河中心的冰没有冻住，要碎了！”

停下来对河面指指点点的人越来越多，那个小孩也终于意识到不对了。他低头看到冰面上细碎的裂纹，被吓得不轻，顿时哭着往回跑。

即便是小孩，全力踩在冰层上的冲击力也不小，更别说惊慌失措之下，他的动作跌跌撞撞。冰面以肉眼可见的速度在众人面前裂开……

程瑜瑾心中一紧，意识到自己犯了错误。她刚才跑下来是一时情急，要知道冬天救落水的人和夏天完全不同，救援的人最好不要下来，而要找长竹竿救人。要不然救援的人踩碎更多的冰面，很可能导致两个人都出事。

但事到如今，她也没有后退的法子。若是原路返回，被她踩过一次的冰面谁知道会不会碎得更快。最重要的是，众目睽睽之下她若是后退，围观的人才不管她是不是为了更好地找办法救援呢，他们只会觉得这人贪生怕死。

正在这时，她的耳边隐约传来咔嚓声，脆弱的冰层在小孩的用力踩踏之下，碎了。小孩瞬间掉入冰窟窿，被冰冷的河水冻得狠狠一激灵。

程瑜瑾心一横，几乎在小孩落水的一刹那也跳进了水里。冬日的河水温度极低，身体没入冰水中的那一瞬间，程瑜瑾浑身一颤，顷刻间身体失去了控制……稍微缓解过来后，她试图去拉那个小孩，发现自己的披风吸水后阻力太大，便哆嗦着将带子解开，奋力朝小孩的方向游过去。

幸好此时裂开的冰窟窿还不算大，小孩被冰水激得几乎失去了挣扎能力。程瑜瑾将他拉住，转身想找结实的冰面上岸，然而河中心的冰面都是薄冰，她迟迟没有找到能承载两个人重量的地方，更何况还要拖着一个孩子，此时她的体力正在迅速下降。

程瑜瑾立刻意识到，不能继续这样下去了。一旦她体力不支，无法浮在水面上，那他们两人就都完了。加之河面上都是冰，如果她在冰面下漂远了找不到出口，就会死在里面。上面的人隔着一层冰，即使想救她，恐怕也无计可施。

程瑜瑾只好尝试着让孩子先爬上冰面，小孩比她轻，冰面能承受住他的重量。程瑜瑾找到一块不太透明的冰面，让孩子两臂撑在冰面上，努力托举着让他往上爬。

然而仅仅是两人的这一番动作，这块冰已经露出了细小的裂纹。这时候河边的人全被这个变故吸引过来，连杜若和连翘都发现了，她们想冲下去救程瑜瑾，却被林清远拉住了。林清远祖籍济南，他见过冬天落水的悲剧，知道该如何救人，所以拉着两个丫鬟不让她们去，接着从摊子上取下一根长竹竿，指挥众人去用竹竿拽河中心的两个人。

小孩的家人也赶过来了。孩子的母亲看到眼前的景象，被吓得腿一软，几乎跪在了冰面上。众人连忙学林清远的样子，从灯摊上取下长竹竿，拉住小孩让他往回爬。等他爬到结实的地方，大人们一拥而上，七手八脚地将孩子抱起来。

相比之下，程瑜瑾这里的情况就危险多了。刚才那个小孩是程瑜瑾耗费了大部分体力推到冰面上的。她自己体力严重流失，此时她的手脚僵硬，人也开始失去知觉。

杜若几人奋力想伸长竹竿去救程瑜瑾，甚至冒险站到了冰上。但程瑜瑾无论如何都游不过去。林清远见势不对说："她刚才耗费了太多力气，现在已经没劲儿了。你们帮我拿着外衣，我下水去救她。"

林清远解下外衣，顿时被冻得一哆嗦。鉴于林家的书童强烈反对，林清远迟疑了一瞬间。就这一瞬的工夫，另一边的河岸突然传来有人入水的声音，似乎有人喊着什么，紧接着响起扑通、扑通……好几声跳水声。

林清远愕然回头，隔着影影绰绰的灯火，看到了一个熟悉的人。

那是程元璟的侍从，似乎叫刘义，林清远这段时间出入程家，对刘义这人很熟悉。只不过此刻刘义像热锅上的蚂蚁，又急又怕。

杜若和连翘两个丫鬟不顾形象地尖叫，就差跳起来了："是九爷！姑娘得救了！"

她们两人喊着，然后急匆匆地往河对岸跑。这边的人也伸长脖子，对刚才的意外指指点点。林家书童还紧紧地攥着林清远的胳膊，见林清远一动不动地盯着河中心，生怕少爷还想跳下去，连忙道："少爷，冬天下水太危险了，你水性一般，不能冒险啊！"

林清远面上却浮现出一抹苦笑，神情黯淡地说："不用了。"

"少爷？"

"这就是区别吧。我是实在没办法了才下水，而他在看到大姑娘的那一瞬间，就会跳下去救她。"

"少爷，你说什么？"

林清远摇摇头，从书童手里拿过外衣，不再说话了。

程瑜瑾渐渐觉得世界离她远去，岸上的灯光似乎在眼前成了虚影。她不知道是不是体温太低出现了幻觉，竟然看到了程元璟。

程瑜瑾自己都觉得荒唐，幻想神仙来救她都好，为什么会想到程元璟呢？然而下一秒，她的胳膊被一个人握住，随即整个人被一股力道牢牢抓住，她仿佛终于从虚空踩到了实地。

对方的手冷得厉害，可和程瑜瑾相比，还是如热源一般。这股子热量源源不断地流入她的体内。

程瑜瑾盯了对方好半晌，不确定这是自己在极寒中出现的幻觉还是真的："九叔？"

"别说话，保持体力。"程元璟跳下水后，另外几个侍卫也立刻跟着他跳下水。此刻碎冰已经被清理出一条道，尽头是一块足够结实的大冰坨。冰面上早有人接应，刘义看到程元璟没事明显松了口气，一副自己脑袋重新长回来的表情。然而程元璟没有先上来，而是将程瑜瑾托举到安全的地方，自己才跟着跃出水面。

程瑜瑾感到冰水从自己身上淌下，同时寒风吹在身上……她这才意识到，真的是程元璟来了，自己脱险了。

杜若和连翘跪在冰面上，一见到程瑜瑾上来连忙拉住她。二人一直哭，连话都不会说了。杜若还忙着找披风呢，这时候一件黑色大氅从天而降，厚重又温暖，将程瑜瑾包得严严实实。

杜若愣了一下，动作不由得一顿。这时候程元璟说："还不快替她找汤婆子！她受了寒再吹风，撑不到回去就病了。"

杜若飞快地抬头看了程元璟一眼，什么也不敢说，照着他说的去做了。程瑜瑾现在脑子还不清楚，但身上犹带着热意的衣服给了她极强的安全感，接着手里不知道被什么人塞了个汤婆子……这时程瑜瑾终于感觉自己活过来了。

这块地方在程元璟过来时就被圈起来了，看热闹的人都被远远地赶开了。他们只看到最先下水救人的公子带着一个人上来，紧接着众人的视线就被人墙挡住，什么都看不到了。

冬天的衣服本来就厚，程瑜瑾被包裹住，身上的衣服沾了水虽然贴在身上，但并没有走光。再加上有程元璟在，她连落水的狼狈之态都没有被人看到。

她本来在想宜春侯府的马车停得有点儿远，若是这样回去该如何向庆福郡主解释。她还没想明白呢，身体突然失重，连着宽大的大氅被程元璟整个打横抱了起来。

程瑜瑾有些反应不过来，下意识地叫程元璟："九叔？"

程瑜瑾落了水，还在冰水里冻了好半天，此刻声若蚊蝇，混在嘈杂的背景中，显得虚弱极了。可程元璟听到了。他声音低沉，吐字清晰又镇定："坚持一会儿，刘义已经叫了郎中，热水和姜茶都已经备好了。"

后顾之忧都解决了，程瑜瑾的精神顿时有些支撑不住，昏昏欲睡。程瑜瑾许久都没有说话，过了一会儿，嗓音沙哑地问道：“我们去哪儿？”

“正阳门和崇文门都堵住了，回宜春侯府太慢，我带你去另一处宅院。”程元璟以为程瑜瑾害怕，于是替她紧了紧她身上的披风，说，“不用怕，这处宅院没有外人，不会影响你的声誉。”

没有外人？

程瑜瑾顿时明白了，这宅院可能是程元璟名下的私宅。而且很明显，他置办的私宅远不止一处，这只是最近的一处罢了。

程瑜瑾精神不济，头也有点儿疼。她此时有点犯迷糊。

街道两边灯火交错，喧闹声似乎离自己很遥远，模糊的光影映在眼中，给程瑜瑾一种真实和虚幻交错的混乱感，唯有身边人的呼吸是那么的真实。

程瑜瑾停了很久，问道：“为什么？”

对方听见她的这句话，身形似乎停顿了一瞬间，随后抱着她的手紧了紧：“瑜瑾，你向来聪明，你说为什么？”

程瑜瑾昏昏沉沉的，终于再也支撑不住，靠在他身上合上了眼……临睡前，她迷迷糊糊地说着什么，声音有气无力，低得几乎听不见：“我做不到，所以从来不相信，别人会为我做到。”

等程瑜瑾醒来时，只见帷幔四垂……头顶的帐子花纹是精致的蝶穿牡丹，身下的锦被柔软且温暖。程瑜瑾动了下，丫鬟听到动静，轻轻撩开床帐：“姑娘，你醒了？”

来人是杜若。见到熟悉的面孔，程瑜瑾微不可察地松了口气，想支着胳膊起身。杜若连忙上前扶住她。

“什么时候了？”

“未时三刻。”

竟然过了这么久，她这一觉睡得真久，都到第二天下午了。不知道是不是睡得太久，程瑜瑾感到喉咙疼，四肢无力，脑子也昏昏沉沉的。看来，她这次落水，要病一段时间了。

程瑜瑾在杜若的搀扶下坐好，发现自己身上的衣服也被人换了。

杜若察觉到程瑜瑾的视线说："姑娘不必担心，是奴婢和连翘给您换的。姑娘回来时已经晕过去了，九爷将您安置好，就让奴婢二人给您擦身、换衣服，吩咐完之后他就走了。之后太医也来了，替您把了脉，留下了驱寒的方子。现在连翘正在厨房盯着药炉呢。"

杜若细细地将程瑜瑾昏迷后的事一一道出，给程瑜瑾在腰后垫了个软枕，然后叹道："奴婢本来还在惊讶太医怎么来得这样及时？后来才知道太医一早就在前院等着了，等奴婢二人给姑娘更衣之后，他才进来请脉。九爷真是能人，人还没回来，院子里的一切就已经安排好了。不然光等着烧热水、烘地龙，就得耽误一会儿，姑娘当时身上还穿着湿衣服，哪里耽搁得起。"

经杜若这样一说，程瑜瑾才发现屋里暖烘烘的，目之所及并没有炭盆，原来是烧了地龙。程家贵为侯府，也唯有程老夫人的院子里铺了地龙，即便是庆福郡主冬日取暖也要烧炭盆。程瑜瑾先前还感叹当老夫人真好，光取暖这一项就不知道比别人舒服多少，没想到这么快自己便有了程老夫人的待遇。

果然，太子的私宅就是不一样，即使只是私宅之一，亦是奢靡不已。

程瑜瑾活动了一下手腕，舒舒服服地靠在软枕上。屋子里温暖如春，身上的衣物也清爽干燥，虽然脑子还昏沉沉的，但比昨天好多了。程瑜瑾打量着这间屋子，能看得出来这里久无人住，一应物事崭新但没有人气。

程瑜瑾打量之后，收回视线，问杜若："外面怎么样了？侯府知道我的消息了吗？母亲和二婶呢？”

杜若轻轻摇头，低声道：“奴婢不知。奴婢跟着姑娘进来后就一直守在姑娘身边。衣物、热水都是外面的人送来的，奴婢二人并不曾到外边去。”

程瑜瑾又动了动，感觉自己身上有力气了，说道：“先扶我起来换衣服吧，总穿着中衣像什么样子。”

杜若应了一声，体贴地扶起程瑜瑾：“姑娘睡觉时，外面送来了衣物，一共有五六套呢，姑娘可以慢慢挑。”

程元璟名下私产里的用具虽齐全，可绝不会准备女子衣物。中衣还好说，取一套全新的勉强能凑合，但外衣就不行了。

程瑜瑾想到这里才发现不太对，低头看了一眼自己身上的衣物，发现袖口有些长，肩膀处也宽松得不像样子。

“姑娘您在看什么？”见程瑜瑾低头看衣袖，杜若问了一句，随后像是想到了什么，也没声了。

程元璟名下的私宅里，管事想来都会给程元璟准备几套衣服……她身上穿的明显是男子的中衣，这样说来，这应该是程元璟的吧。

即便是全新没穿过的中衣，也让程瑜瑾和杜若两人都闹了个大红脸。

程瑜瑾咳嗽了一声，努力维持自己从容淡定的大小姐形象说：“先更衣吧。”

谢天谢地！程元璟没打算让她一直穿他的衣服将就，屏风后整整齐齐地放着几套女人衣服，从中衣、鞋袜再到罩衣，各种款式，足有五六套。程瑜瑾心想当太子真好，连应急买衣服，都买这么多。

既然程元璟准备好了，程瑜瑾也不客气，大大方方地准备换上。但当她发现衣服里面有小衣时，整个人都不好了。

杜若羞红了脸，低声说：“姑娘，您看这是云衣坊的衣服。云衣坊专门做女子成衣，这些应该是老板娘给您挑的。”

“嗯，应该是。”程瑜瑾佯装淡定地点头。

这是老板娘挑的，没有其他人插手。

程瑜瑾换好衣服，连翘也端着药回来了。她见内室没人，吓了一跳，等见到程瑜瑾和杜若从屏风后走出来，才松了口气，惊喜地道：“姑娘，您醒了！”

程瑜瑾点头，坐到榻上，见桌上已经摆了几碟子酸梅甜点。程瑜瑾挑眉，连翘很有眼力见儿地接话：“这是刘义总管送过来的，说九爷担心姑娘刚醒没胃口，特意送来些开胃的东西，给姑娘提提嘴里的味儿。”

程瑜瑾都要感叹了，行家一出手就知有没有，瞧瞧人家大内太监，果然伺候人的事还是这些人专业。程瑜瑾不太相信这是程元璟吩咐的，多半儿是刘义准备的，最后把功劳安在了自己的主子身上。

药刚刚出炉，还冒着热气，程瑜瑾让连翘将药放在一边，问道：“九叔呢？”

她的嗓音低沉喑哑。程瑜瑾说多了还是嗓子疼，喝了口茶润润，嗓子这才舒服些。

该来的总会来，逃避并不是程瑜瑾的作风。

杜若和连翘对视一眼说：“九爷在前院。”

“昨夜多亏九叔救我，合该当面向九叔道谢。再说，我借住在九叔的私宅里，现在醒了，总该和主人说一声。你们去前面请九叔，就说我有话和九叔说。”

此刻前院里，刘义也在和程元璟说这件事：“太子殿下，陈太医说程大小姐病情已经无碍，再吃两服药祛祛寒就会醒了。陛下昨日没等到您，只能先行回宫，刚刚……陛下还派人来问殿下因何没去。”

程元璟昨天在灯会上救了程瑜瑾，之后直接回了最近的宅子，因一直担心程瑜瑾，换好家居衣服后就立刻去程瑜瑾的身边守着，直到快天亮时她的烧退下来才回去休息。没睡多久，他又起来处理皇宫里的事。

程瑜瑾受寒昏迷，程元璟也泡了冷水，刘义等人担心他的身体，也忙着准备驱寒汤药，这样一来，皇上那里自然是去不成了。

刘义叹气，皇上差人来问了好几次，眼看太子殿下没心思关注其他的，刘义只能挑好听的话告诉皇上。

这恐怕是皇上第一次被人放鸽子吧！估计也是唯一一次，他没见着程元璟，生不生气暂且不论，程元璟到底被什么事绊住了，皇上还是要知道的。

刘义斟酌之后，委婉地转述给程元璟，结果他的主子眼皮都没抬，淡淡地应了一句："嗯。"

刘义头疼，只好再一次委婉地提醒："殿下，圣上没见着您不放心，原定的只在十五这天出宫看灯，刚刚又延长了一天。圣上很关心您昨夜为什么没有去。"

皇上在上元节这天出宫与民同乐，其实所谓的出宫也是在皇家自己搭的塔楼里，与行宫无异。只不过规矩比宫内少了许多，门禁亦容易操控，所以皇上才能脱身，悄悄和程元璟会面。只可惜昨天程元璟没去，皇上没办法，只好再"与民同乐"一天。

"上面动动嘴，下面跑断腿"，先不说皇上的这个临时决定给下面的人带来了多少麻烦，程元璟听到后也是若有所思。

刘义低着头，不敢打搅主子思考。过了一会儿，程元璟放下笔，盖上自己的私印说："我知道了，此事我自会去说。"

刘义明白这是不让他多说的意思。刘义不知不觉出了一头汗，幸好，他时常跟在太子身边，多少能揣摩出太子的心意。陛下派人来问时，他只说殿下受寒，并没有提及程大姑娘。现在看来，他竟无意间捡回一条命。

刘义心情复杂，看到桌子上已经快凉的药，小心提醒："殿下，您该喝药了。”

程瑜瑾昨天回来后直接病倒了，程元璟倒还好，然而伺候他的太监们诚惶诚恐，生怕主子有一点儿不好。程元璟要是有个三长两短，他们就得小心脑袋了。

所以，程元璟这里太医也留了驱寒药，可程元璟觉得自己身体没有大碍，懒得喝。刘义费尽心思，变着法儿提醒程元璟喝药。

果然，程元璟听了这话一副不在意的模样，丝毫没有喝药的打算。刘义十分头疼，还想再劝，忽然耳朵一动，听见外面有声音。程元璟也听到了院外的说话声，沉声问道：“何人？”

侍卫站在门外，恭声回道：“禀主子，是程大小姐的丫鬟。”

刘义发现程元璟的神情仿佛突然就柔和了下来，也跟着松了口气说：“让她进来。”

杜若低着头进来了，根本不敢抬头看上面的人，规规矩矩地行完礼后说：“禀九爷，姑娘醒了，想当面向您道谢。不知九爷方不方便？”

其实太子殿下是不太方便的，刘义默默地想着，皇上还等着呢，太子殿下也有一堆事情要处理，要是现在出去这些事情又要往后推……可刘义知道，程大小姐有事，太子殿下一定是有空的。

果然，听到程瑜瑾醒了，程元璟几乎是立刻站起身来，大步朝外走去：“她醒了？什么时候的事，怎么没有立刻来禀报？”

程瑜瑾靠在榻上搅着碗红豆银耳羹，嘴里还含着一粒梅子。她才尝了两粒，程元璟就来了。

程瑜瑾放下碗碟，站起来郑重地朝着来人行礼：“九叔。”

程元璟看到她已经下地，眉梢轻皱。他抬手示意程瑜瑾不用麻烦，程瑜瑾微微后退一步，避开他的手，规规矩矩地行了全套礼节。

“谢九叔救命之恩。”

程元璟垂眸扫了一眼落空的手，定定地看着程瑜瑾没有说话。程瑜

瑾也不急，依然维持着最端正的礼仪姿势，恭敬地等着。

程瑜瑾不负虚名，大病未愈，维持行礼的动作这么久，身体晃都没晃。程元璟到底不忍心让她受累，她的病还没好，她自己不在意，程元璟却非常在意。

“起来吧。”

“是。”程元璟率先坐下，程瑜瑾应了一声，这才不紧不慢地直起身。她此时对程元璟的态度，和在程家时完全不同。

或者说，这才是他们之间正常的距离。

下人们见势头不对，早就退出去了。屋门一关，屋内只剩下程瑜瑾和程元璟两个人。

程元璟见程瑜瑾微微垂首，规矩地盯着地面，对自己温顺又恭敬。程元璟不觉来气：“你这是什么意思？”

“这是臣女的本分。”程瑜瑾垂下睫毛，掩去眸中的复杂神色，低声道，“太子殿下。”

屋中安静了好一会儿，程元璟才说：“你决意如此？”

程瑜瑾低着头，说道：“殿下误会了，并非臣女有意如此，而是恢复了本来该有的礼仪罢了。臣女先前无状，仗着殿下住在程家，暂时需要程家的掩护，便当真像对待亲叔叔一样叨扰殿下，委实是臣女的过失。殿下乃天皇贵胄，臣女既然巧合知道了您的身份，便理当以君臣之礼对待殿下，更何况昨日幸得殿下搭救。殿下既是储君，又是臣女的救命恩人，臣女自然要毕恭毕敬。”

毕恭毕敬？程元璟笑了一下，而眼中寒芒毕露：“哦？那你先前在程家，为什么不想着对我敬而远之，反而如今才意识到？”

程瑜瑾心里叹气，果然程元璟的势并不是那么好借的。与虎谋皮，皮还没谋到，她就没法脱身了。

程瑜瑾压根儿没想过程元璟会动这方面的心思，故而她一心想着在未来君王面前刷好感，替自己谋取福利，最后挑一个得太子赏识、日后前程无量的潜力股男人嫁了，实现人生梦想。

但昨日程元璟跳下水救她，无疑在程瑜瑾的脑门上狠狠拍了一板砖，让她有点儿找不着北。其实他们之前有许多界限模糊的亲昵举动，放在普通男女身上有些太近了，但那一声“九叔”实在太有迷惑性，程瑜瑾叫久了也渐渐被蒙蔽，觉得亲人之间亲昵一些很正常。

可他们并不是真正的叔侄关系。如果两人谁都不提，等程元璟离开后，那些事情谁都不会知道。可谁知道程元璟并不打算到此为止，竟当着她的面捅破两人之间的那层窗户纸，程瑜瑾不得不面对另一个严峻事实：她在太子殿下面前刷好感，刷过头了。

程瑜瑾是真的没想到，太子殿下会看上自己。她潜意识里已经把这种可能性排除了，挑夫婿时压根儿没把他放在备选项里，所以自然而然地觉得他也是如此。

毕竟程瑜瑾之于他，和先前的寒门学子邹诚之于程瑜瑾并无差别。

他们俩都是个人能力出色，然而背后的家庭处处在拖后腿。考虑到程元璟的特殊身份和地位，宜春侯府拖后腿的程度比邹家还严重。

程瑜瑾很钦佩邹诚，对他们一家人相互扶持的感情也觉得感动，但绝对不会嫁给邹诚，给邹诚当跨越阶级的高门妻。她完全可以在同阶层中挑一个家庭背景好、个人能力稍逊色的人，比如徐之羡，甚至拼一把选择家庭背景和个人能力都好的林清远。

她脑子到底有多大坑才会嫁给邹诚。

她和程元璟之间同样面临如此情形。

如果说平民和士林隔着一道坎，普通官宦家族和公侯门第又隔着一道坎，那公侯门第和皇室就是地和天的距离。

公侯世家的权力与财富都是世袭的，他们的子孙不需要科考，不需要自己博出路，起点就比参加科举的寒门学子高太多了。然而这些公侯子孙在皇亲贵胄眼里，也不过是一个名字罢了，区别在于有些家族的名字值得记，而有些家族不值得。

宜春侯府程家，不巧便是不值得记这一类。京城里公侯遍地都是，一个小小的、毫无建树的侯府，算得了什么。

至于太子的显贵身份还要远超诸多王爷，他从来都不是程瑜瑾能接触的阶层。朝中形势日渐复杂，而程老夫人连夺嫡之争都不操心，由此可见程家在京中的地位。

被上位者注意到的家族才会担心到底站哪队，程家连站队的资格都没有。

程元璟虽然缺席了明面上的皇家之争十多年，但太子之位至今还在他手里，可见皇上分明属意于他。等程元璟恢复了身份，有的是高官名门愿意向他示好。他分明可以轻松地娶到家世、人品、相貌、能力样样不差的高门之女。有强势的妻族助力，对他抗衡杨家有多大好处，程瑜瑾不信程元璟不知道。

而程瑜瑾有什么呢？她只有名不副实的出身、光鲜好听实际却没什么用处的名声，以及一张漂亮的脸。

程瑜瑾处处以利益至上，不困于情，所以也一向这样忖度别人。程元璟的理智远胜于她，只不过他从不表现出来罢了，这样的人程瑜瑾不信他会放弃现成的联姻利益。

既然如此，他昨日的举动就渐渐指向另一个令人脊背生寒的可能。

邹诚和程瑜瑾没有区别，唯一的区别在于程瑜瑾不能二嫁，而男子可以娶三妻四妾。如果可以，她也想选林清远为正室，再养一个邹诚。

程瑜瑾的喉咙渐渐发干，她昨天在冰水里待了许久，现在那种熟悉的冰冷的无力感又回来了。

程瑜瑾极力让自己的声音听起来平缓正常：“九叔，您出身尊贵，天纵之才，可能一辈子都不需要懂得生存艰难。有些事对您来说是一时新鲜，可对我来说，是十五年全部的努力，以及后半辈子的指望。”

或许是太子殿下看她长得好看，一时兴起想把她养在身边。这对程元璟来说是一时兴起，可对程瑜瑾来说就是一辈子。

正妻和妾所隔的岂止是鸿沟？哪怕皇家的妾，也是妾。

程元璟目光深沉地看着她，不错过她脸上一丁点儿的神色变化。她又叫他九叔，这是在变相对自己示弱呢。可这样的示弱，程元璟听起来却刺耳极了。

“一时新鲜？”程元璟一字一顿地慢慢说道，“我在你心里就是这样的人？或者说，一直都是这样的人？”

程瑜瑾低着头，似乎在想如何回话。程元璟坐着，而她垂头站着，露出一截细长白皙的脖颈。

程元璟的目光先是落到那截脖颈上，然后慢慢上移，在她脸上流连……程瑜瑾当真有一副极好的容颜，明眸皓齿，亭亭玉立。她静静地站着不说话时，像是从画中走出来的美人，让人惊叹，更让人想拥有。

程元璟想起她刚才的话，笑了笑：“既然你想划清界限，那我问你，何为事君之礼？何报救命之恩？”

程瑜瑾似乎被吓了一跳，眼睛睁了一下，飞快地瞥了程元璟一眼。虽然她努力掩饰自己内心的慌乱，但眉心还是略微皱起暴露了情绪。这样的话太过强势，程元璟以前从来没有在她面前显露过，程瑜瑾便下意识地觉得他是个谦谦君子。

程瑜瑾从来没想过，程元璟竟然也会说这样的话——强权相逼，挟恩求报。

程瑜瑾顿时说不出话来。她可以壮着胆子和他讲道理，但这一招说白了就是防君子不防小人。

翟延霖都可以逼她就范，更何况是程元璟呢。

程元璟看到她脸色都变了，伸出手道：“过来。”

程瑜瑾迟疑了很久都不曾上前，而程元璟也是好耐性，一直伸手等着。

他有耐心，却也不容拒绝。

程瑜瑾没办法，无声地叹了口气，上前两步，试探着将手放在程元璟的手心里。

她的手指刚刚接触到他的掌心，便被对方的大掌一把包住。随后一股大力传来，程瑜瑾被拉到了坐榻前，程元璟非常自然地揽住她的肩膀，让她坐在自己身边。

这座椅本来是可以容纳一个人的，现在多了一个人，骤然空间逼仄，程瑜瑾几乎是贴着程元璟坐下的。她全身僵硬，程元璟却仿佛没感觉到一般，先试了试她额头上的温度，又翻过她的手腕给她摸了一会儿脉说："好多了，多养些日子就行了。"

程瑜瑾动都不敢动，但也不敢不说话。若是她一直乖巧地任人施为，谁知道一会儿会发生什么？程瑜瑾眼神飘忽，然后问道："殿下竟然会把脉？"

"久病成医，我小时候身体不好，见多了慢慢就会了。"

这个话题涉及宫廷斗争，程瑜瑾不敢随便接，顿了一会儿，保守地选择拍马屁："殿下果真聪慧。殿下如今文武双全，实在看不出来幼时身体不好。"

想来类似的话他经常听，程元璟没有回答，而是看了程瑜瑾一会儿，突然笑了："你很怕我？"

程瑜瑾叹了口气，好好和他说话："是。殿下刚才那样说，我没法不怕。"

程元璟不置可否，把完脉后并没有放开程瑜瑾的手，而是继续将它握在自己掌中慢慢地把玩着。程瑜瑾想抽出来却不敢，只能僵硬地待着。他拨弄着程瑜瑾的每一根手指，忽然说："你昨天见到翟家人了？"

程瑜瑾不知道他为什么说起这个，如实回道："是！昨日我和母亲、二婶出门看灯，正巧在中途遇到了翟二太太。翟二太太有话单独和母亲说，母亲便让我随意看看两边的灯摊。后来……后面的事，殿下就知道了。"

"原来你没听到她们说了什么。"程元璟了然地道，"怪不得！"

"什么？"程瑜瑾不懂他什么意思，疑惑地看向程元璟。

程瑜瑾就坐在他的臂弯内，那双眼睛程元璟近了看，越发觉得长得漂亮。他看了一会儿，突然特别想对其做一些更亲昵的举动，只是鉴于他们如今还未成婚，甚至都没订婚，这些举动太过越界了。

程元璟接受储君教育十多年，终究忍住了自己对她的不轨之心。何况这也是出于对程瑜瑾的尊重。

程瑜瑾只觉得程元璟看自己的眼神让她心生警惕，然后他移开了视线说："翟家去见庆福郡主不是去谈判的，而是去道歉的。"

程瑜瑾皱眉，下意识回道："怎么可能？如果他们想退婚，态度怎么会……"

她的声音戛然而止，程元璟像是早就料到了，含笑看着她："所以，我说他们是去道歉的。"

这个道歉有两个原因：一是因为退婚对不起女方而道歉，程瑜瑾已经见识过了，比如霍家毫无诚意的道歉；二是因为惹了不该惹的人，害怕对方日后算账，忙不迭地上前道歉。

蔡国公府是不可能怕程家的，翟家这样做只能是因为程元璟。

她和翟延霖的婚事只是口头约定，知道的人不多。翟家客客气气地退了婚，程瑜瑾名声上没有损失，还得到了蔡国公府一堆赔罪礼，简直是最理想的情况。程瑜瑾先前最好的打算也不及此。

程元璟之前说她不用担心，他会替她解决，竟然是真的。

程瑜瑾说不出话来，自己信息闭塞，昨夜不知道翟二太太到底说了什么，所以铤而走险，冒死赌林清远的人品。如果林清远跳下水来救她，她就有名正言顺的理由嫁给林清远；如果林清远不下来救她……那她看清楚林清远这个人，免得自己下半辈子遇人不淑，也不亏。

如果再晚一天，程瑜瑾得知来自翟家的危机已经解除，就绝不会做这种冒险的事。但她当时不知道，时机稍纵即逝，那一瞬间必须做出决定。

程瑜瑾良久没说话，最后长长叹了一声："罢了，事已至此，落子无悔，没什么好说的。"

程元璟轻笑了一声，将她的食指从上到下捏了一遍，声音不疾不徐："你不信我。"

"因为你不信任我，才会大冬天跳入河水里，逼人来救你。但凡你对我有一丝信任，都不会如此。"他接着说道。

程瑜瑾沉默不语。她当初救人是真的，但后面看到冰面裂开，也生出些其他的主意。她跳入水中，一半是为了救人，一半是顺势而为。

她骗过了所有人，就连跟她最久的杜若也认为她当时是急于救人，没办法才跳下去的。其实要不是当时林清远在那里，程瑜瑾扭头退回岸上也没什么，名声重要，但她的命更重要，侯府有的是身强力壮、经验丰富的护院小厮，她何必自己去冒险？

但程元璟一眼就看出来了。或许他当初跳下来救她时，就已经明白她想做什么了。

程瑜瑾叹气，问道："您既然已经知道，当初何必还下来救我？冬日的河水到底不是闹着玩的。"

"我不去救你，又该怎么办？我是眼睁睁地看着你力气用尽，还是看着另一个男人去救你？"程元璟的语调不疾不徐，明明语气并不强硬，但程瑜瑾听起来却说不出的吓人，"你为了一个男子，竟然不顾自己的性命。你就那么喜欢他吗？为了嫁给他，连命都不要了？"

程元璟生气了。这次不同于之前刻意板着脸吓她，他是真生气了。

他越生气，表现得就越平静。

程瑜瑾许久没有回话。手还被握在程元璟的掌心，程瑜瑾突然毫无预兆地反手握住程元璟的虎口。

她的眼睛亦瞪得大大的，不闪不避，毫无犯上的顾虑，直接看着程元璟的眼睛："九叔一出生就是嫡长子，很小就是太子，自小想要什么就去拿，行事光明磊落，是不是看不上我这种机关算尽、一心只为攀附的人？"

程瑜瑾不等程元璟回答，自己继续说下去："如果我是男子，也看不上自己。想过人上人的生活，那就自己成为强者，总想着嫁给一个强大的男人算什么？"

"你以为我不想吗？"程瑜瑾的眼睛清澈如水，漂亮得让人着迷。她这样近距离地定定地看着程元璟，程元璟都能在里面看到自己缩小的身影。

"如果我是男子，但凡我有其他选择，我会做这种事情吗？你以为练习仪态比科考更简单？一遍一遍地练习同一个动作，将每一步都落在刚刚好的位置，比挑灯夜读、背书写字容易吗？"

"我背诵诗文比家中所有兄弟都快，写字功底也毫不逊色，如果我能参加科举，自会潜心闭关，一心只读圣贤书，也会日日琢磨如何让自己变得更好。但我没有机会。"

程元璟一言不发地看着她，看到眼泪在那双漂亮的眼睛里打转，倏地掉落下来。

程元璟的手指微微动了一下，仿佛被那滴眼泪烫伤了。过了一会儿，他抬手覆在程瑜瑾的脸上，像是怕碰坏什么易碎的珍宝一样，轻轻擦掉她的眼泪："别哭了。"

程元璟拭去她的眼泪，无奈地叹息一声："我从来没有这样想过，你即便为了转移话题，也不要往我头上扣帽子。"

程瑜瑾的眼泪还在扑簌扑簌地往下掉，根本就不看他。

程元璟有点儿明白为什么古人说女子难养了，只要她们拿住了男人的弱点，当真一试一个准。就算程元璟知道程瑜瑾这是在有意示弱、以退为进，但看到她的眼泪，还是拿她毫无办法。

明明是老掉牙的招数，可谁让程瑜瑾这招有用呢："太子殿下出身不凡，自然不觉得普通人有多难。"

程元璟挑眉，她这么说可就毫无根据了，谁说他不懂民间疾苦？但程瑜瑾此刻情绪激动，不管她给他安上什么罪名，他都一口应下："好，是我冤枉你了。先别哭了，你还生着病，当心嗓子疼。"

程瑜瑾刚才情绪上头，突然觉得特别委屈，别人质问她就算了，程元璟怎么能质问她？现在那股劲儿过去了，程瑜瑾再回想刚才的事才觉得十分尴尬。

程瑜瑾这些年自然不容易，可人生在世，谁活得容易？不必说自己有多么努力，因为这世上但凡成功之人，都很努力。

她将这些情绪倾泻给程元璟，其实是很没道理的，这些关他什么事呢？问题是程瑜瑾也不知道自己为什么突然情绪失控，好像他说她为了嫁人不择手段，她突然就委屈得受不了了。

程元璟被她安了一个好大的罪名，但一点儿都没恼，依然好声好气地顺着她说，连程瑜瑾这种厚脸皮都觉得不好意思了。

程元璟见她慢慢收住了眼泪，显然冷静下来了，才说道："哭出来也好。这些话想必在你心里压了很久，说出来总比一直压抑着好。"

程元璟知道，如果不是程瑜瑾生病了，身体虚弱、感情脆弱，那她是绝不会把这些话告诉他的。夫妻之间最重要的便是沟通，以程瑜瑾的性格，十句话里有九句半都是场面话，现在程元璟阴差阳错地知道了她是如何想的、她有哪些委屈，倒也算好事。

至少现在程元璟知道，程瑜瑾并不是多喜欢林清远，她所做的一切都是为了替自己打算。知道了这件事后，他心里就舒服多了，刚才的怒火也不知不觉地散了："你先前选择林清远，是因为他是你能力范围内的最佳选择。如果出现更好的，你怎么办？"

这句话的暗示太明显了，程瑜瑾想了又想，斟酌着说道："天底下的好是无穷无尽的，唯有能拿到手里的才是自己的。"

程瑜瑾一直偷偷看着程元璟，见他没什么反应，才大着胆子继续说："就比如我们家，我曾听说父亲有一个妾室，貌美乖巧，是金陵商户的女儿。从商户之女变成侯门之妾，按世人的观点来看她是撞了大运，可她到程家后不懂侯门礼仪，后宅潜在的规矩也不懂，几个月后父亲的新鲜劲儿过了，她就失宠了。她得宠时十分张扬，后来落到了我母亲手中，都不消母亲出手，其他妾室便给了她许多教训。我隐约听说，她怀了胎儿，都没到两个月，便流产了。"

程瑜瑾假装无意地说道："所以要我说，侯府对于商户来说当然是好的，可这些好处拿不到自己手里，便是无用。她的孩子流产了，委实可惜，可就算她生下了孩子，恐怕也轮不到她养。最后，孩子不会叫她'母亲'，日后不会给她养老，儿媳妇也不会承认她为自己的婆婆。从一开始她的命运就注定了，中途再怎么努力，又有什么用？远不如嫁给门当户对的人家，一切都能自己做主。'宁做寒门妻，不做侯门妾'，这话终究是有道理的。"

程瑜瑾说完又去偷看程元璟的反应，他听完之后许久没说话，过了一会儿，看了程瑜瑾一眼，表情耐人寻味。

"你觉得我想纳你为侧妃？"程元璟十分费解，在程瑜瑾心里他到底是什么形象？

程瑜瑾一副想承认又不敢承认的模样，低着头、抿着嘴不说话。程元璟算是明白为什么刚才程瑜瑾的情绪那么激动了，她先是批判他只是图一时新鲜，后面又搬出程元贤的事，隐隐谴责程元璟贪图美色，想强纳她为妾室，程瑜瑾可真是……程元璟都不知道该怎么说她好了。

程元璟忍了忍，然后说道："你可真是会想，看在你还生病的分上我先不和你计较，等你好了再和你算账。"

说完之后程元璟皱了皱眉："以后你不要听那些乱七八糟的闲话，什么妾，什么流产，这些是你该听的？"

程瑜瑾不服，忍不住开口道："本来就是事实，只许你们男人做，不许别人说吗？"

程元璟一不留神就被贴了个"你们男人"的标签，忍着气说："谁说我是这样？"

程瑜瑾的瞳孔放大，定定地看着程元璟，等着他后面的话。程元璟接连被拉到和程元贤一样的做男人的水准上早就忍够了，本来打算等旨意出来后再告诉程瑜瑾，可现在再不说明白，程瑜瑾就要把自己当成昏聩好色、不负责任的人了。

程元璟和程瑜瑾对视良久，然后说道："我从没有想过让你当侧妃。准确地说，要不是你提醒，我就没想过纳妾。我昨天从水里救了你，自然也不是白救的，更不是因为你现在还算是我的挂名侄女。我从来不做没有回报的事，瑜瑾，自古救命之恩要如何报答，你知道吗？"

程瑜瑾还是愣愣地看着他，不敢相信。

程元璟等着程瑜瑾的反应。程瑜瑾想了很久，不知道是自己的脑子被水泡了不灵光，还是程元璟的脑子不灵光。程瑜瑾一时没法分清他俩谁的脑子进的水多一点儿，沉思片刻，试探地说道："殿下……"

几乎是同时，屋外也传来了刘义的声音："主子。"

程瑜瑾准备好的话被打断了，整个人顿时清醒了，噌地站起来，连连退了好几步，一直退到离程元璟五步远的地方才站定。

程元璟眼睛微眯，喜怒不辨地朝门口扫了一眼。他本来不想理会外面的人，可刘义没听到主子的回应，竟然又说了一遍："主子，属下有急事禀报。"

刘义不是不知轻重的人，他这样说显然是真的有要紧事。程元璟压下情绪，问道："何事？"

刘义顿了顿，如果他没记错，程大姑娘还在屋子里。刘义见程元璟似乎没有避讳程大姑娘的意思，只能继续说："主子，外面的人已经等久了，刚刚又派人来问主子什么时候到。"

程瑜瑾开始也觉得刘公公禀报急事她旁听不太好。然而这本来就是自己的屋子，她实在不知道自己能去哪儿，只好硬着头皮听下去。

程瑜瑾有些疑惑，刘义打断程元璟和她的谈话过来禀报，她还以为是什么大事，现在看来刘义似乎也没什么要紧事。

外面的人……程瑜瑾下意识地回味这几个字的意思，突然想到程元璟乃是太子，能派人来催他，还让刘义急成这样的人，还会有谁？

程瑜瑾的脸色一下子就变了，她记得程元璟刚来时就换了出门的衣服。程瑜瑾刚才见他一点儿都不急，还坐下来和她说了这么许久，便以为他要出门见朋友，稍微耽误一会儿也没事。可他要去见的人是皇上呢？

程瑜瑾脸都白了，自己竟然耽误了圣上的时间，还又哭又闹地让程元璟等了这么久。程瑜瑾只想让程元璟赶紧出门，哪里还记得自己刚才要说什么。

"九叔，我不知道有人在等您。事不宜迟，您赶紧去吧。"

程元璟心情极其郁闷，他和程瑜瑾的事马上就要说开了，刘义什么时候来不行，偏偏这个时候来。他回过头，见程瑜瑾一脸急切的神情，恨不得将他推出门去。

这个小没良心的。

程元璟在心里叹了口气，只好站起身往外走。刘义见程元璟出来了，长长地松了口气。

然而刘义这口气还没吐出来，就见身前的太子殿下又停下脚步，转过头对后面的程大小姐说道：“我去去就回，等我回来再继续和你说刚才的事。”

程瑜瑾站在门口目送程元璟离去，见他突然停下来……程瑜瑾愣了一下，反应过来之后，立刻应下：“是。”

程元璟也知道自己该走了，看着程瑜瑾似乎百般不放心：“程家那里我已经让人传话了，这段时间你不必搬回去了，安心在这里养病。”

程元璟已经派人和程家说好了，程瑜瑾还能怎么样，只能点头道：“好。”

皇上自从登基以来，已经不知道等人的滋味了，尤其是昨日他等了许久，然而太子走到半路又返回去了。今天皇上三番五次派人去催，才得到太子已经出门的消息。

皇上一时间都说不出话来了，不知道的还以为他求着见程元璟呢。皇上从太监那里知道了程元璟的行踪，算着时间差不多了，才借口更衣，从摘星楼走出来。

皇上走后，原本专心看灯的杨皇后忽然将视线转过来，看着皇上离去的方向，细长的柳眉慢慢拧起。

不光杨皇后，随行看灯的妃嫔们都知道皇上走了。昨天皇上便莫名其妙地消失了一段时间，今日临时加行程要出宫看灯，这一晚上皇上虽然毫无异样地和人说笑，可在座的妃子都是人精，她们早就察觉，皇上似乎心神不属。

现在，皇上听太监耳语了两句，没过多久就找借口离开了。前后迹象联系在一起，杨皇后和众位娘娘难免多想。

她们倒没有往太子那方面想，太子已经失踪十五年了，前朝后宫早就默认太子不在了，娘娘们就算有七窍玲珑心，也不会想到这一层。杨皇后，包括众位妃嫔，都怀疑皇上可能是看上了某个民间女子，这两天借机和她见面呢。

杨皇后脸色微沉，虽然花灯依然华丽，杂耍戏团的表演依然精彩，可脸上再无笑意。杨皇后如此，其他娘娘即便有心凑趣，也都收敛了说笑声。

费尽心思讨好上面的大太监不明所以，这是他特意找来的杂耍戏团，本以为自己能趁机大赚一笔，怎么主子们突然不高兴了？摘星楼上，压抑的气氛一点点地蔓延，而此刻阁楼偏房里面的人却对此一无所知。

皇上沉住气问："你昨日怎么了？听太监说你还叫了太医？"

刘义和众多太监一样候在墙边，低着头大气都不敢出。程元璟不紧不慢地说："路上遇到有人落水，我将她救起来后衣服湿了，不好来面圣，便先回府整理仪容。臣不敢让陛下等太久，就请陛下先行回宫了。"

"救人？"皇上听了后一头雾水，"你救什么人？就算救人，你身边的太监、侍卫呢，竟然让你亲自涉险？"

跟随在程元璟身边的太监、侍卫听到这话全部跪下了。在御前伺候的太监眼观鼻鼻观心，一动不动地看着地面。侍从们被吓得不轻，程元璟倒毫不在意，没有在这个话题上纠缠，而是说："陛下，臣有一事，想请您恩准。"

皇上心里突然生出一种不太妙的预感，原本安排好的事，从昨天程元璟失约后就仿佛脱了轨。皇上十分沉得住气，问道："何事？"

"请陛下为臣赐婚。"程元璟撩开衣摆，对皇上行了标准的跪拜礼，"请陛下为臣和宜春侯府长女程瑜瑾赐婚。"

第三章　正　妃

程元璟说完后，偏房内安静得落针可闻。皇上脸色沉了下去，隔了一会儿，皱眉问道："你这是做什么？"

"臣失踪已有十五年，骤然说找到了，即便有陛下做证，恐怕仍有许多人不信。如果臣孤身一人，无牵无挂，其他人更会觉得这是骗局。就算一部分老臣信了，见臣已二十岁却尚未娶妻，恐怕也不放心。不如将臣归位的旨意和赐婚的旨意一起颁布，有了太子妃，外面的人才会安心。"

成家立业从来都是密不可分的，即便是投降的俘虏，归降多年只要没有成婚，上位者就不会真正放心。唯有他们有了家室之后，才算是真正扎了根，才能让朝廷放心。

程元璟虽然不是归降之人，可太子之位不是闹着玩的。太子失踪了十五年，突然冒出来一个人说自己是太子，谁能放心？要不是皇上一直知道太子还在世上，恐怕他也不会轻易相信。

娶妻成家，确实是安定人心、缓和矛盾的方法。再说太子本来就失踪了很多年，朝廷为了继承人的事吵过好多次，太子归位后确实要赶快生个子嗣来稳定人心。

皇上原本打算宣布找到太子后，缓一两个月就下诏为太子选妃。如果程元璟有中意的人，只要合适，皇上迁就迁就长子也可以。但，无论怎么说，太子妃人选必然要出身清白、门第高贵，父兄都是朝中高官，这对社稷安稳有利。

程家显然不够格。

程家这些年有功，皇上当然会赏，但并不包括让程家女当太子妃。太子妃事关国本，为天下女子垂范，皇上早就想过许多次，岂能如此草率地定下？

皇上沉住气问："这是程家说的？他们竟敢挟恩求报！"

"并不是，臣岂是这样好被拿捏的人？"程元璟已经站了起来，站在皇上下首，说，"宜春侯一生小心翼翼，临死前都保守着秘密，他怎么可能有这个胆子？程家其他人更是完全不知道这件事，挟恩求报，无从谈起。"

程元璟说完顿了顿，然后若无其事地接道："真正挟恩求报的，是臣。"

皇上皱紧眉头："什么？"

"昨夜有个孩子不慎落入河中，程家大姑娘为了救人也跳了下去，是臣将她救起来的。"程元璟说，"这样说来，臣对她也算有了救命之恩，所以让她做太子妃，正好应了滴水之恩涌泉相报这句话。"

皇上先是了然，随后震怒。什么叫"滴水之恩涌泉相报"！

皇上说道："你的太子妃人选事关重大，不必急于一时。等你回到宫中后，我自会下旨为你选妃，到时候名媛淑女云集，你可以慢慢挑。"

"臣知道。臣这几年就在京城，京城里有哪些待嫁女子，臣都知道。"程元璟说，"正好臣已经挑好了，不必再大动干戈，省得劳民伤财，

陛下一同下旨就好。”

皇上的怒火越烧越旺，脸上已经渐渐浮现出不满。皇上勉强克制着说：“你和她毕竟担着叔侄的名分，公布之后，如何堵住天下悠悠众口？”

“那些都是假的。”程元璟不紧不慢地道，“何况，给臣和她赐婚，不正好能证明臣并非程家人吗？”

“你！”皇上气极，“叔叔娶侄女，你觉得这个名声好听？”

“她又不是真的，有何不可？”

皇上被气得不轻，再也坐不住了，直接从座位上站起来，骂道：“荒唐！”

皇上算是看出来了：程元璟虽然和程家没有关系，可这些年毕竟寄居在程家，一来二去便看上了人家的大姑娘。然而天下女子何其多，他何必为了一个女子坏了自己的名声，甚至堵住日后帝王的路？

皇上原本打算让程元璟离开京城，消失一段时间后再以李承璟的身份回归皇家。对外就说皇上派出去的人秘密寻找他多年，终于在民间找到了太子，而程元璟这个人自然永远“死”了。

一个人的长相骗不了人，等李承璟回来后，之前认识他的人肯定能猜出是怎么回事。但有些事情大家可以心照不宣，皇家却没必要昭告天下，毕竟百姓很少见到太子，也不认识什么程家第九子。既如此，皇上为何不找一个大家都有面子的说法？

皇上日后会补偿程家，然而这必然是许久以后的事情，明面上太子必须和程家毫无关系。可一旦程元璟娶了程家大姑娘，就会和程家永远绑在一起。皇上再厉害也没办法堵住每个人的嘴。

到那时，皇上所谓的历尽艰辛从民间找回太子的说法，便再也站不住脚了。

这自然是皇上不愿意看到的。皇上深吸一口气，压住内心的怒气重新坐下。为君二十年，他隐忍的功夫十分了得。皇上的声音喜怒不辨，他问道："你若是执意娶程家女，那身份的事怎么办？你也知道，这种事情根本堵不住悠悠众口，总会有人发现你就是程元璟。"

程元璟眉目低垂，慢慢地道："瞒不过，那就不瞒。"

皇上皱眉："你说什么？"

"臣是程元璟的事，朝中众人都心知肚明，既然如此何必自欺欺人，让众人陪着臣演戏呢？陛下曾在香积寺见过程元璟，由此生疑发现程元璟就是失踪的太子，也无不可。臣直接以程元璟的身份归位，不比重新安排一套说法更令人信服？"

如今杨家未倒，皇上和程元璟绝对不能承认过去十五年是在做戏。最好的办法便是人为制造一场偶遇。皇上在香积寺内遇到了一个人，觉得很似当年的太子，可能冥冥之中父子血脉相连的缘故，派人查访之后，发现这个人正是失踪的太子。

这是程元璟和皇上给朝臣交代的相认理由，日后杨家、朝臣再查，也只能查到这里。后面的事，皇上和程元璟就有了分歧。

皇上觉得失踪的太子竟然在京城长大，这些年一直在杨太后、杨甫成眼皮子底下生活太过挑衅，所以想"抛弃程元璟"这个身份，换一个从民间找回太子的说法。杨家一定能查到太子就是程元璟，可皇上金口玉言，文武百官就算心知肚明，也不得不配合皇上演戏。

这样一来，大家都能将场面圆过去。太子没改姓，而且杨家也不至于在天下人面前被打脸。

但程元璟不这样想。他已经放弃过一次自己的身份，再放弃自己在京城的成长经历、进士出身的仕途履历，以一个长于民间、毫无所长的太子身份回归东宫，天底下的人谁还会信服自己？知道真相的人毕竟只是少数，生活在京城之外的百姓才是他立身的根本。

他们父子的立场并不是完全一致的。

多年前皇上还是不受宠的康王时受制于杨家，登基以后还是受制于杨家，多年来习惯了和稀泥，习惯了顾及杨家的颜面。要是让杨太后、杨甫成知道他们找了多年的人一直住在京城，而且还在他们眼皮子底下考中了进士，这绝对是在杨家的脸上扇巴掌，是对杨太后的极大挑衅。皇上不想节外生枝，便想委屈程元璟，给杨家留些脸面。

然而程元璟觉得给杨家留脸面，便是向杨家示弱。一场战役还没开始他便示弱了，还有什么资格开战。

程元璟一直不太同意皇上的计划，但也没必要和皇上对着干，相比于看不到摸不着的面子，当然是实际利益更重要。他完全可以顺着皇上，皇上自知亏欠，以后一定会补偿他。

如果不是因为程瑜瑾，去年冬天程元璟出门“访友”，就不会再回来了。

他怕她一个人在侯府孤零零地过节，才特意赶回来。程元璟这个人自然也没“死”成！

在京城待的每一天他都顶着众多压力，上元节已经是回归的最后期限了。过了上元节，他就不得不离开京城，改头换面回归皇族。但现在，程元璟改主意了。

他早就有所打算，等真正做出决定的那一刻，才觉得神清气爽，仿佛加在自己身上的无形枷锁被顿时解开了。程元璟微微垂眸，并不直视皇上。这乃是面圣的规矩。皇上和程元璟虽是父子，但他们首先是君臣。

程元璟说：“陛下，臣愿以程元璟的身份回归，并求娶程家长女，以证明自己并非程家血脉。”

皇上看着程元璟，良久没有说话。他的预感果然是正确的，这一桩桩一件件，没一样是顺心的。

皇上沉声问道：“你已下定决心？”

“是。”

“你知道你这样做，放弃了多少助力，又给自己添了多少麻烦吗？”

“臣知道。”程元璟低垂着眼眸，在睫毛的掩蔽下，其他人看不清他眸子中到底存着什么样的神色。程元璟不知道想到了什么，身上的冷硬气场稍微柔和了下来，“臣的妻子将与臣‘生同衾，死同穴’，二人在一起这么久的时间，如果枕边人都不是自己真正信任的那个人，那活着还有什么意思？”

皇上本来按压着火气，听到他说的这些话，神情突然一怔。

“生同衾，死同穴”啊，当初钟氏还在时，也曾说过类似的话。他当年只是不受宠的康王，连封地都说不上广袤。钟氏生在京城、长在京城，一旦随他藩属，基本就没有回来的机会了。

她这辈子恐怕再没有和父母相见的机会了。但钟氏陪他背井离乡，陪他离开繁华热闹的京城，从头到尾都没有怨言。

当年在康王府时，钟氏一脸期待地规划着他们的未来。他也有过一生一世陪一人到白头的念头。

她陪他走过了低谷，却死在苦尽甘来的前夕。

皇上明明可以命令长子听从父母之命，由自己为他挑一个各方面都合适的太子妃，但一想到早逝的发妻钟氏，皇上竟然什么都说不出来了。

皇上想了许久，最终只剩叹息：罢了，终究是他对不起钟氏母子。

皇上最后长长叹了口气：“你想好了？”

程元璟低着头，声音坚定：“是。”

“你已经大了，凡事也有自己的主意，这些事情朕不好再管。罢了，既然你执意如此，那就去做吧。”

程元璟跪下长拜：“谢陛下。”

皇上还想说什么，而这时太监站在门外，小心翼翼地提醒：“万岁，皇后娘娘已经在楼上问了。”

皇上的神色瞬间一变，朗声道：“朕知道了，退下吧。”

“是。”

皇上虽然这样说，其实已经站起身来要往外走。他走了两步，想起长子还在这里，有些犹豫地停下了。

早在太监来时，程元璟就已经起身立在一边了。察觉到皇上停下了，程元璟见怪不怪地说：“谢陛下恩典，臣恭送陛下。”

皇上想说什么，最终还是没能说出口。程元璟字字句句恭敬有礼，可自入门以来，一直以臣自称，从没叫过他“父皇”。

程瑜瑾从小到大很少生病，没想到这次一病却很严重。虽然已经不发烧了，但连续几天她整个人还是昏昏沉沉的。

大冬天在河水里泡了那么久到底不是闹着玩的。程瑜瑾病恹恹的，做什么都提不起劲儿。院子里的下人不敢打搅程瑜瑾养病，说话、走路都尽量避免发出声音。

过了七八日，程瑜瑾的精神头儿慢慢变好，院子里才有了人气儿。

程瑜瑾这几天生病，吃什么都没胃口。杜若和连翘两个丫鬟在小厨房里变着法儿地做吃的，菜肴一日一变，想方设法让她多吃些。今日程瑜瑾一起来觉得神清气爽，连成日感到乏累的身体也轻松了许多。丫鬟们察觉到程瑜瑾的变化，喜不自胜，小厨房的人更是每隔一个时辰给她送来一碟吃食，恨不得将程瑜瑾前几天落下的饭全补上。

程瑜瑾抱着汤婆子，倚在罗汉床上喝杏仁薏米粥，这不知道是今天的第几顿饭了。程瑜瑾就一边喝粥，一边让丫鬟给她讲最近几天发生的新鲜事。

她连着七八天不问世事，倒是与世无争。最开始是程瑜瑾精力不济，后来是懒得管。好几天都没见着程元璟了，他不来她也不问，专心养病。

说是养病，其实程瑜瑾这几天过得非常舒心，宅院里的人都围着她转。她想吃什么只消说一声，不一会儿工夫小厨房的人就将东西送来了。她不需要和任何自己不喜欢的人打交道，不需要打起精神应付长辈和访客，想做什么事也不需要和其他人报备。

这是在她过往的人生中绝没有过的待遇。她在程家虽然有独立的院落，可一举一动基本没有秘密可言。她是被过继过来的长女，没有亲生母亲为她挡着，也不敢像女儿跟母亲撒娇那样肆无忌惮地跟庆福郡主“要东要西”。程老夫人和庆福郡主给她安排的人，程瑜瑾明知道是眼线也只能收下，还要安置在自己身边要紧的位置。

她能信得过的唯有杜若和连翘了。其实她俩原先也不是她的人，只不过时间长了，心就向着她了。

只要有一口气在，程瑜瑾就得应付自己那几个心思各异的兄弟姐妹，还要去程老夫人、庆福郡主那里谢恩，一不留神儿还会成为阮氏攻击庆福郡主的工具……程瑜瑾这些年根本不敢生病。

但在程元璟私宅住的这几天，她终于感受到什么叫宠溺。这些自然都是程元璟的人，但程元璟不在，一切都是程瑜瑾说了算。程瑜瑾难得有如此舒心的日子。

手里的粥慢慢变得温热，刚刚适合入口，程瑜瑾舀了颗杏仁放进嘴里，一边吃一边听丫鬟们说话。丫鬟们故意说笑话逗程瑜瑾开心，程瑜瑾没忍住掩唇轻轻笑了笑。丫鬟们大喜过望，正要继续加把劲儿，外面忽然传来噼里啪啦的爆竹声。

爆竹声不小，屋里的人都被吓了一跳，就连程瑜瑾也放下碗朝外望去。院外的管事十分生气，声音尖厉地嚷嚷道：“正月都快过完了，是谁在外面放炮？一惊一乍的，打扰了姑娘养病，你们谁担当得起？”

这个管事只是普通的男子打扮，程瑜瑾之前也没往深处想，可此刻

他一开口，便是浓浓的宫廷腔。程瑜瑾假装不知道这个管事的身份，问道：“外面怎么了？”

“不知道，可能是哪家有喜事吧。”杜若也不清楚。

程瑜瑾却觉得不像：“我听着似乎不是一家在放爆竹。今儿又不是黄道吉日，不至于这么多人一起办喜事。”

程瑜瑾说着唤连翘过来，吩咐道：“你去外面看看，瞧瞧发生什么事了。”

“是。”

连翘领命离开。程瑜瑾以为这就是一个来回的事，结果过了许久她才回来。

她回来时，脸上的表情难以形容：说惊讶吧不尽是，说恍惚吧仿佛又掺杂着巨大的欢喜。

外面到底怎么了？

程瑜瑾这样想着，便问道：“怎么了？我看你快连话都不会说了。”

连翘没有贫嘴，凑到程瑜瑾身边，眉宇间显露出压抑不住的激动神色：“姑娘，这回可真不怪奴婢少见多怪，外面发生了两桩大事！”

“嗯？”

“失踪十五年的太子殿下刚刚被宣布找到了！圣上大喜，大赦天下，下旨免除今年的赋税。”

程瑜瑾还真惊讶了，竟然是这件事，怪不得外面的百姓放爆竹庆祝。程瑜瑾一时失神，几不可闻地喃喃道：“这么快？”

这话细究就犯忌讳了，皇太子流落民间，十五年不知所终，被找回来乃是天大的喜事，合该普天同庆。她的意思像是太子找回来得太早了。

程元璟昨天还派人来问过她的病情，一夜之间他就变成了太子殿下。

当然，他现在不再是程元璟，应当称呼他的本名李承璟。

连翘兴奋得脸都红了，故意没有说最要紧的事，然而憋了许久，都没等到程瑜瑾的追问。连翘十分失望地说道：“姑娘，您怎么不问太子殿下是谁呢？”

“能是谁啊？”程瑜瑾也以一种奇怪的目光看着连翘，“皇太子名李承璟，乃宫中嫡长皇子，还能是谁？”

其实若换一个人或者连翘再聪明些，就会发现程瑜瑾说太子的名讳时毫不避讳，似乎早就知道了。太子真名要避讳，而且他失踪了十五年，程瑜瑾一个深闺女子，怎么可能想都不想就对太子的名讳脱口而出？

然而连翘并不懂这些，转而放弃卖关子，忙不迭地将听到的八卦分享给众人：“姑娘，你猜太子在哪儿找到的？”

程瑜瑾突然生出一种不好的预感，连翘接下来也忍不住说出了答案：“正是我们府的九爷呢！”

向来行事沉稳的杜若听到这个消息后都狠狠地吃了一惊，良久才回过神来：“这……这是怎么回事？”

“就是我们在香积寺那次，陛下在花园巧遇靖勇侯和二姑奶奶，发现二姑奶奶的娘家人，也就是九爷看着眼熟。皇上回去一查，发现竟然是失踪多年的太子。皇上后来私下见了九爷，询问九爷小时候的事，还有这些年的经历。九爷失踪时还小，不大记事，只记得下雨迷路，再醒来时被一位好心的妇人收留。妇人见太子孤身一人，无依无靠，便收他为义子，把他当亲生儿子对待。之后那个妇人随着夫婿搬入京城，太子也跟着进京，记在宜春侯府程家名下，成了程家第九子。”

连翘说话像竹筒倒豆子，其他人根本插不上话，可见是真的憋狠了。察觉到程瑜瑾的表情变化，连翘用力点头，印证程瑜瑾想得对：“没错，那个好心的妇人正是老侯爷的外室小薛氏。哦，现在已经不是外室了，听说侯府已经将小薛氏抬为贵妾，可以埋在老侯爷的身边。”

程老夫人多仇视小薛氏众人皆知，然而这事情一出态度就发生了天翻地覆的变化。程瑜瑾懒得理会上一辈的烂账，发现如今的情况和她在梦里看到的前世完全不同！

至少前世她非常确定，九叔程元璟在外地不小心染病去世，太子殿下是在民间被暗探找回来的。现在为什么不一样了？

程瑜瑾最开始还懒洋洋地半躺着，现在已经坐直了，态度极其认真：“连翘，你将你听到的从头到尾详细说一遍。”

连翘见程瑜瑾的神情严肃，也不敢大意，连忙按听来的说了一遍。程瑜瑾仔细听着，遇到不清楚的地方就发问，最后她已经理清了事情的大概脉络。

按朝廷放出来的说法，前半部分和程元璟经历的完全一样，只不过说太子年纪小不记事，当年发生了什么已经全忘了。程瑜瑾觉得他就是在睁眼说瞎话，看他的表现分明记得一清二楚。

之后事情在香积寺那里发生了转折……

朝廷寻找多年的皇太子，竟然一直住在京城，还在所有人都不知道的情况下，考中了进士，入仕做官，政绩斐然。这简直比民间戏折子还离奇。百姓对此津津乐道，半天的工夫这件事就传遍了大街小巷。

程瑜瑾反复琢磨前后两世的不同之处，发现程老侯爷丧礼之前，一切都是相同的。只不过前世程元璟回京后住在府外，和程家来往不多。程老侯爷死后，程元璟调到外地，很快就“病逝”了。

之后过了半年，暗探在民间找到太子，恭迎太子回京。

但如今，太子却以程元璟的身份回归，全天下都知道程家第九子便是太子。这两世间的差距委实太大了。

按照前世的说法，太子是流落在外的小可怜，世界上根本没有程家的收养之恩，就连程家的出嫁女，也不知道太子和九叔是同一个人。如今，太子不知为何没有避讳程元璟的经历，这样一来，天下人都知道程家和太子的关系，这两者再也不可分割。

程瑜瑾突然觉得不对，或许程元璟并不是没有试图割裂两者的关系。程元璟在香积寺偶遇之后也出门了，只不过理由是访友并非调令。可能是皇上和程元璟父子二人就回归这件事产生了分歧，所以选了一个折中的理由。按道理，程元璟应当就此淡出京城众人的视线，可在初二那天却风尘仆仆地回了程家。

然后，他在上元节救了她。最后，皇上昭告天下，程元璟就是太子。

程瑜瑾想到这里愣了许久，长长叹息。若是非要比较，显然这一世太子的出场要耀眼得多，科举就是千军万马过独木桥，太子高中进士，这一点让百姓，尤其是读书人，对他都极有好感；而他为官几年，表现亦可圈可点，这又为他赢得了巨大的声誉。这可比前世不声不响地被暗探找回来强多了。

当然了，他赢得了天下人的好感，就得牺牲些其他的，比如杨家的脸面。现在，恐怕宫里的杨太后心情不会太好。

但这两方本身就是仇敌。太子和杨家一开始就注定了只能剩下一方。被敌人讨厌和非常讨厌，其实没太大的差别。相比于太子在这次运作中得到的民心，杨家的态度简直不值一提。

程瑜瑾长叹，无论如何，都要恭喜他得偿所愿。

连翘见程瑜瑾的面部表情先是惊讶，然后变得严肃起来，接着整个人陷入沉思……连翘静静地站着，突然想到大姑娘听到太子被找到的消息时先是惊讶，但得知失踪的太子是程府的九爷时，却一点儿都不惊讶，仿佛这一切就该这样。

连翘不由得想起老侯爷还在世时，程瑜瑾曾跳老侯爷的窗子进屋偷听老侯爷和九爷说话，是不是大姑娘早就知道了什么呢？连翘想到这里连忙打住思绪，不敢再想下去。

程瑜瑾想完这整个事情之后，突然觉得程瑜墨的命可真是好，这辈子太子承认了程家，想必程瑜墨之后的日子又可以过得非常舒心了。不过自己日后也能享受到太子带来的红利，她也是既得利益者之一，倒不至于眼红程瑜墨。

连翘见程瑜瑾又低头喝粥，自己刚才故意隐瞒了一个超级八卦，憋了许久见她没有再问的意思，只能委屈地说："姑娘，奴婢刚才说带回来两个消息，您就一点儿都不关心第二个吗？"

"啊？"程瑜瑾十分意外，"以你的性子，竟然能憋这么久？我还以为没事了。"

连翘露出委屈却又得意的表情，浑身上下都散发着"你不问一定会后悔"的浓重意味。程瑜瑾只好捧场，问道："还有什么事？"

程瑜瑾说完，又低头去搅杏仁粥。连翘看了不无牙疼地想，今天到底是谁熬了这碗杏仁粥，姑娘就这么喜欢喝吗？

但连翘的兴奋劲儿还是压过了一切，她兴冲冲地说："姑娘，还有一道赐婚旨意是跟大赦天下、免赋税的旨意一起颁布的！两道圣旨被一起送出宫，几大城门旁边贴得到处都是，圣上赐您为太子妃，择日完婚。"

连翘说完，杜若惊讶得说不出话来。连翘对杜若的反应十分满意，眼巴巴地盯着程瑜瑾，期待着她的反应。

然而程瑜瑾的反应却十分平淡。她哦了一声，将有些凉了的粥送入嘴里。她心想，果然程元璟，哦不，李承璟恢复身份后，就要选太子妃啊。杨家没有适龄的姑娘，但备选的公侯小姐还有很多，不知道李承璟选了谁？

程瑜瑾都没意识到自己其实很讨厌这个话题，连带着注意力都不集中了，就没有及时捕捉到连翘话里"您"这个关键词。片刻后，她猛地意识到不对。

等等，她刚才听到了什么？

程瑜瑾突然咳嗽起来，米粒呛到了气管里，呛得她眼泪都流出来了。她却根本没时间理会，抓住连翘，在咳嗽的间隙艰难地问道：“你说谁？皇上给谁赐婚？”

程瑜瑾听热闹冷不防地听到自己身上，这可太刺激了。

程瑜瑾不停地咳嗽，两个丫鬟都被她吓了一跳，连忙上前给她顺气。

程瑜瑾实在没想到！

连翘和杜若对视一眼，低声说：“赐宜春侯府嫡长女程氏瑜瑾为太子妃，与太子择日完婚。皇榜都已经贴出来了，现在全城百姓都在看呢。”

杜若到底比连翘稳重，虽然最开始听到这个消息也十分震惊，但之后想想，竟也不觉得意外。九爷对姑娘一直娇惯，姑娘也黏着九爷。除了九爷，杜若没见过姑娘对任何一个男子，甚至任何一个人这样上心过。

如果九爷不是程家人的话，那和姑娘结为夫妻，也是挺好的事。

而程瑜瑾就没那么容易冷静下来了，怔了很久，满脑子都乱糟糟的。

连翘虽然爱玩闹，但并不是不知轻重的性子，再说天底下恐怕没人会拿这种事开玩笑。

这得多不想活了。

她都不知道自己该震惊程元璟选择了一个毫无助力的太子妃，还是该震惊自己成了太子妃。

最开始得知程元璟是太子时，程瑜瑾非常吃惊，但从来没打过他的主意。她刻意接近、小心讨好他，一切都是为了日后能得到太子的照

拂，却从没想过借这个机会上位做太子妃。

她从来不考虑对自己不利的事情，便觉得天下人都如她这样的。何况婚姻乃人生大事，太子的婚姻更是关系到国家大势、朝堂稳定，没人会拿这种事情来开玩笑。

程元璟不是为了儿女情长而耽误正事的那种人，程瑜瑾内心里笃信“打他主意”这种情况不可能实现，也就从来没把二人的关系往男女之情上想。后来她落入水中，被程元璟救起来，才惊觉自己太大意了。

她不想，不代表别人不想。

她生病那几天，内心比较脆弱，一时激动之下和程元璟说了许多气话，还当着他的面哭了。程瑜瑾现在再回想当时的情景，觉得自己简直太丢脸了。不过，她隐约记得，程元璟好像说了什么，还矢口否认“让她当侧妃”这个说法。

程瑜瑾睡了一觉后，好些话都记不清了，之后连着几天都没有见到程元璟，就渐渐忘了这件事。这几天他一直在准备恢复身份和赐婚的事情吗？

今日圣旨已下，君无戏言，这下便再无转圜的余地。圣旨不是一时半会儿就拟好的，找到太子这么大的事，显然也不是皇上一个人说了算的。

这几天想必外面并不平静，在众人不知道的情况下，太子和杨家、内阁，甚至皇上都已经过招好几个回合了。今日众人看到的，只是几方“厮杀”过后的最终结果。

程瑜瑾怔了很久，虽然这件事对她的冲击很大，但一切已成事实，眼下只能尝试接受。何况，她不觉得这是坏事，只是不敢相信天上真的能掉馅饼，还正好掉到了自己的头上。

她头一次审视起太子妃这个角色。太子这些年虽然一直住在京城，可这几天才算真正“复出”。他出场的动静并不小，其之前的经历可比狸猫换太子离奇多了，戏文都不敢这么写。可以想象接下来很长一段时间内，他都是文武百官，甚至百姓关注的焦点。

太子妃这个角色在这个时候被一同推到台前，相比于从小就有家族铺路的其他热门人选，程瑜瑾这个准太子妃无异于横空杀出的一匹黑马。太子还没被找回来时，二皇子就是内定的储君，不少人私下还议论过，不知道二皇子的正妃会花落谁家？甚至有人在想，杨家已经出了一位太后、一位皇后，不知道会不会出第三位后宫之主？

杨家这一辈没有适龄的女子可与二皇子匹配，可杨皇后的姐姐杨妍，膝下有一女，名窦希音，年龄和二皇子正合适。但也有人觉得杨家连出了两位后宫之主，皇上哪怕脾气再好也不会无限制地继续容忍下去了，绝不会让杨家再占着二皇子的正妃之位……所以买股买反，反倒是其他女子的胜算大一点儿。

京中从不缺公侯望族，也不缺野心家，不少公卿从小就给女儿的名声造势，想反其道而行之，取代杨家成为下一任国丈。

然而无论冒险分子如何想，相比于外人杨家当然更中意窦希音。而且窦希音和二皇子乃是表亲，又时常被杨太后、杨皇后接到宫里住，和二皇子相处的机会也多，起点不知道比其他热门候选闺密高了多少。

窦希音对此极为得意，在外做客时总是有意无意地拿自己的优势出来炫耀。和窦希音竞争的闺密们被气得不轻，可又无计可施。

现在好了，无论是窦希音还是想投机的闺密们的算盘都落空了。因为失踪多年的太子回来了，太子妃也落在了程瑜瑾的头上。程瑜瑾都能想象到，这道圣旨会把京城中的不少人气得砸烂花瓶。

程瑜瑾当然知道窦希音，京城就这么大，杨家的外甥女谁不知道？只不过程瑜瑾和窦希音不太熟。窦希音每次出场都是众星捧月，身边也自有一个小圈子，圈子里都是一些名门闺秀，一个个优越感极强。

程瑜瑾从来不白费心思，以前不觉得自己和窦希音会有交集，自然也懒得浪费时间融入她的那个圈子。但如今程瑜瑾成了太子妃，还正巧挡了窦希音的道，以后恐怕和窦希音的摩擦不会少。

然而说白了，窦希音只是个家族拿来争权夺势的工具罢了，不过是个普通三品武官家的小姐，敢张狂成这样……说到底窦希音只是个小卒，程瑜瑾真正的对手乃是杨太后和杨皇后。

一想到杨太后和杨皇后，程瑜瑾默默叹了口气，看来她的婚后之路不太好走啊。

可如果让程瑜瑾用太子妃之位换小家小户的轻松婚后生活，她还不干呢。家家都有难念的经，小户人家的婆婆、小姑子未必就好伺候，既然一样要步步为营，不如选一个权势更大的，程瑜瑾觉得这笔买卖很值。

而且太子直接以程元璟的身份回归，程家无论愿不愿意都已经牢牢绑在太子的这艘船上了。日后若是太子赢了还好说，若是输了，等待程家的也将是举族覆灭之祸。与其将希望寄托在别人身上，不如程瑜瑾亲自上阵。

程瑜瑾突然充满了斗志，身上的萎靡之气也一扫而光。她很小时就为自己做好了规划，包括十二岁崭露头角，十四岁成为模范闺秀……靠着自己的好名声找一个有钱有势的夫婿嫁了。之后，她依然是模范当家夫人、模范儿媳妇……每一步、每一个阶段都规划得很完美。

直到被霍长渊退婚，但她并未在人生大事上消沉，而是想换一个潜力股绝地反杀，可谁能想到突然就成了太子妃。

程瑜瑾完全不排斥太子妃这个身份。连翘见姑娘怔了一会儿，突然跟中邪一样变得神采奕奕，问道："姑娘，您怎么了？"

"我没事，我好得很。"程瑜瑾说着就站了起来，"我还没在这个院子里逛逛呢，都不知道它的全貌。"

程瑜瑾虽然在这个庭院里住了十来天，可很少出门，更别提在院子里转悠了。她原来觉得这是太子的私人产业，和自己没关系，就不想到外面乱走，还怕不小心撞到什么不该看的。

但现在程瑜瑾的心态不一样了。这是太子的私宅，日后便是她的财产。程瑜瑾至少要知道这个庭院的大致状况。

连翘和杜若见程瑜瑾要出门，都大吃一惊："姑娘，您怎么突然想起要散步了？外面风大，您病还没好，当心吹了风。"

"不，我的病已经完全好了。"程瑜瑾的脸色虽然还有些苍白，可眼神闪亮，眉宇间郁气尽散，看着果然和前几天的虚弱状况完全不同。连翘和杜若不知道她这是怎么了，但主子要出门她们拗不过，只能给她系披风，戴暖套，拿熏手炉。

根本没有什么能阻挡程瑜瑾对财产的热情，生病都不行，何况寒风。众人都小心伺候着程瑜瑾让她养病，听说她要出去散步都如临大敌，将她围了一层又一层，最后还是宫里的那些公公办法多，他们在风口扯了一条锦帐替程瑜瑾挡风。

程瑜瑾一出门就看到了那条锦帐，十分无语。

在宫里混的人，果然在讨好主子这一点上，无人能出其右。

程瑜瑾顺着游廊将后面两重院落都走了一遍，默默估算着这座宅子的价格。连翘见程瑜瑾不像是散步，更像是在参观屋子，虽然不明白她的用意，但也慢慢放下心来。

她要被程瑜瑾吓死了，以为姑娘受了刺激，要在大冬天吹冷风散心。今天这么大的风，姑娘吹上一会儿那还了得？

装扮成小厮的太监们见程瑜瑾并不像是要在花园里伤春悲秋，只好收了帐子。程瑜瑾兴致勃勃，一口气看完了后面两重院子，都没有露出疲惫之色。她朝前院扫了一眼，有些迟疑不决。

专职看眼色的小太监瞧见了，立刻上前问道："姑娘，您怎么停下了？"现在程瑜瑾跟太子殿下还未成婚，他们不能称她为太子妃，然而这些太监都不傻，圣旨都下来了，她便是板上钉钉的东宫娘娘，不趁现在讨好太子妃，还等什么？

程瑜瑾问道：“前院还没看过，我方便去吗？”

“怎么不方便？”小太监一脸谄笑地说道，“整个院子都是姑娘的。姑娘想去什么地方就去什么地方，哪还能不行？”

程瑜瑾挑了下眉，听他这意思，这个院子过户到她名下了？程瑜瑾转瞬就明白了，之前她和太子名义上是叔侄，那待在叔叔的院子里养病没问题，但现在身份变了显然就不行了。

男女大防严苛，即便是未婚夫妻也要避嫌，而且他们两人一个是太子，一个是准太子妃，都不能让自己的名声受损，所以太子干脆将这个三进的庭院送给了她。程瑜瑾住自己的房子，外人就不能说什么了。

程瑜瑾十分羡慕他这种将一座三进宅院说送就送的大手笔，但同时她也确定了，太子真的有很多私宅。

程瑜瑾虽然笑着，眼睛却微微眯了眯。

既然太监这样说，程瑜瑾也就没什么可顾忌的，径直朝前院走去。住宅前后有别，女子只能止步二门，但现在也无须顾忌这些，因为避嫌她没有进书房和正房，只在游廊上打转，默默估算着整个宅子的面积，以及日后出手能卖多少钱。

这里靠近京城最繁华的主街，地段一流，房子向来供不应求，而且这个宅邸分前后三进，主房、偏房、后罩房、厨房、花园一应俱全，不愁卖。程瑜瑾在心里默默盘算着，忽然就听到身后有声音。

同时，下人们的问好声也一齐响起：“给太子殿下请安！殿下千岁！”

程瑜瑾慢了半拍，待回头看时，正好和来人的视线撞了个正着。

程瑜瑾回头看到来人时，愣了一下。李承璟一进门就看到了程瑜瑾，先是意外，随后皱眉：“你的病还没好，怎么出来了？”

程瑜瑾没想到会突然在此看到太子。她虽然接受了太子妃这个身份，但在自己的意识里，太子和程元璟是割裂的，太子妃和某个人的妻子也是割裂的。

她完全没想过，自己即将嫁人，还要和自己曾经的九叔共度一生。

幸亏她被人簇拥着围了里三层外三层，才没被他发现自己脸红了。程瑜瑾下意识地要喊他“九叔”，很快就意识到不对，于是敛眸屈膝，标准地行万福礼：“参见太子殿下。”

李承璟一挥手，其余人便识趣地退下。他脚步不停地朝程瑜瑾走去，伸手就将她扶了起来：“外面风大，进去说吧。”

“是。”程瑜瑾确实不想在外面被人围观，便跟着李承璟走进屋内。屋内地龙一直烧着，温暖如春，程瑜瑾顿感热气扑面而来。她拽了拽自己缀着白狐狸毛的围脖。

李承璟看见了，自然而然地伸手来解她的披风：“先把披风解下来，你大病初愈，小心一冷一热，病更重了。”

程瑜瑾赶紧后退一步，抬头惊讶又羞恼地瞪了他一眼。李承璟见状叹了口气说：“好吧，你自己来。”

跟随的丫鬟都被他赶到门外去了，程瑜瑾只能自己动手。她围着毛茸茸的围脖，外面还披着宽大的披风……之前是丫鬟们帮忙穿衣服的，现在要她一个人脱下这些衣服，就格外麻烦。

她先是摘下一只胳膊上的袖套，另一只手还握着手炉……有点儿无所适从。李承璟见状，不紧不慢地接过她的袖套，示意她将手炉递给他。

她让太子殿下给自己打下手？可这时李承璟已经十分自来熟地将东西接过去，程瑜瑾只好硬着头皮继续去解身上的保暖衣物。

两人一个递，一个收，倒也十分默契。不多时，程瑜瑾身上的衣服就全在李承璟手里了。他随手摸着她披风上毛茸茸的领子，还顺手拽下两根毛来。

程瑜瑾欲言又止，最后想到这衣服也是李承璟买的，他想拽就拽吧。

李承璟倒没在意这些，示意程瑜瑾坐下，然后自己坐到她的对面，问道："身体好些了吗？"

"谢殿下关心，今天已经好多了。"

"我今天出宫时还遇到了宜春侯，他特意问起你，我说你在养病，不方便人来探视，他就没有跟着一起过来。"

程瑜瑾眉梢微动，太子说的应该是程元贤，程元贤成了宜春侯？

似乎是看出了程瑜瑾的疑惑，李承璟说："对，宗人府的文书已经办好，你的父亲已经是新任宜春侯了。"

程瑜瑾暗暗咋舌。程家这些年家道运势不上不下，连靖勇侯府当年因为世子年幼，爵位都被压了好几年，更何况程家。程家想承袭爵位，恐怕少不了四处打点。原先程老夫人和庆福郡主觉得，能在三年守孝结束后承袭爵位都算是早的。

谁知道，这才几天宗人府竟然将此事办好了。

程瑜瑾说不出心里是什么滋味。赐婚的事情太过突然，程瑜瑾虽然理智上接受了，其实还没有对此事所带来的利益有什么真实感受。直到听说程元贤承袭爵位，她才意识到，原来自己真的要成为太子妃了。

太子妃的父亲怎么能是个半吊子世子呢？这都不需要太子和皇上说，下面的人早就看风使舵将事情办妥了。

李承璟提起程元贤，本来就是起个话头，真正要说的是后面这些话。他说："今日圣旨正式昭告天下，虽然还没有进行六礼，可你已经是公认的太子妃。这几日有人听说你病了，给宜春侯府送去了拜帖，原先你病还没好，我不让他们打扰你，也没让程家的人来。今天宜春侯又过来找我说，想接你回去养病。”

程瑜瑾先是疑惑，后来明白了，怪不得这几天她这里这么清静，原来并不是没人来找她，而是都被李承璟挡下了。程瑜瑾立刻点头说：“我的病已经无碍，是该回去拜见祖母和父母了，好让长辈放心。”

李承璟仿佛顿了一下，然后才说：“好。”

他说完之后，又特意补充了一句：“你如果身体不舒服，不必勉强。这里虽然小，但很安全。你大可慢慢修养身体，不必着急。”

“没事，我的病基本好了，并不妨碍。我来时只带了一身衣服，也不需要收拾什么，今天下午就能走。”程瑜瑾回答得十分干脆，不想给主人家添一点儿麻烦。

李承璟又看了程瑜瑾一眼，最终什么也没说，淡淡地道：“你自己安排就好。”

正事说完之后，两人陷入了沉默。程瑜瑾有些尴尬，仿佛自己的手脚放哪儿都不自在。以前他们两人也经常互不说话，各干各的事情，但并不觉得尴尬，今日却不知道怎么了，程瑜瑾极其不自在。

李承璟除了最开始那天守着发烧的程瑜瑾，之后并不在这里留宿。程瑜瑾除了刚醒来那一次，就再也没见过李承璟。他们毕竟不是真正的亲人，男女大防不得不注意。而且李承璟若是真的想以正妻之礼娶程瑜瑾，就更要注重她的名声。

所以他虽然不舍，但还是得让程瑜瑾尽早回程家。侯府毕竟有长辈看着她，无论名声还是行事，都要比留在外面好得多。

这回一走，恐怕直到成婚前，他就再也见不到她了。

这时候李承璟很庆幸，幸好他年纪到了，皇上和礼部都想让他早点儿成婚。所以婚期定在今年七月，等程瑜瑾一出孝就成婚。如果慢悠悠地走六礼，走上一两年，他恐怕受不了。

两人相对无言。程瑜瑾看他一眼，又看了一眼，终于忍不住伸手按

住了自己的披风："殿下，您不要再拽了，毛拽光了会很难看的。"

程瑜瑾现在的一举一动都在风口浪尖上，太子妃本来就难当，明明没有皇后的实权，但对这个身份的要求却比皇后还多。对于程瑜瑾来说，压力比其他人更大。

之前被退过一次婚，于名声受损，所以程瑜瑾如今更要谨慎，不能出一点儿差错。她见过李承璟后，立刻让丫鬟收拾行李，同时派太监通知程家，套车来接自己。

其实程瑜瑾的压力大，李承璟也比她好不到哪儿去，他是半路杀出来的太子，面对的各方质疑可比女眷多得多。今天圣旨正式下达，可想而知李承璟该有多忙，饶是如此，他还是专程出宫来见程瑜瑾一面。

她今天才知道赐婚的消息，李承璟于情于理都有义务和她解释一二。不过看起来，程瑜瑾进入角色非常快。

他一点儿都不意外。果然，这才是程瑜瑾，遇事能屈能伸，适应力极强。

如果是之前，李承璟必然要亲自送程瑜瑾回去，但现在未婚夫妻婚前不好见面。李承璟要避嫌，只好留下许多侍卫，让他们护送她回家。等走到外面后，李承璟怎么想都不放心，又让刘义专门去了一趟程家，让程元贤亲自来接程瑜瑾。

就是这样，李承璟都不放心，整个下午都在关心着这件事。等刘义回报说程大姑娘的马车顺利驶入宜春侯府，李承璟才终于放下心来。

刘义忍不住腹诽，才多长一段路，太子妃怎么可能出意外？京城这么多女眷莫非不出门吗？

与此同时，宜春侯府的小厮取下门槛，程瑜瑾的马车晃晃悠悠地驶入了宜春侯府，停在二门前。

除了接程瑜瑾回家的程元贤，程家其他人此刻都站在二门前，看到程瑜瑾回来，一个个兴奋难耐。程老夫人用力敲了一下拐杖，他们才勉强收住脚步。

然而他们虽然脚上没动，眼神却一个比一个炙热，紧紧地盯着车门。程瑜瑾系好披风，在杜若的搀扶下刚走出马车，便看到了这般盛况。

阮氏再也忍不住了，立刻迎上前来，亲热地握住程瑜瑾的手："大姑娘回来了！可怜见的，还生了病，你病好些了吗？头还疼吗，还发热吗？"

阮氏说着用帕子拭泪，殷切地说："上元节那天我一直在找你，一直到人群散场，都没见到你，可把我急得不轻。后来回家我才知道，原来你落水了，被九爷接去养病。当然了现在不该叫九爷，该叫太子殿下。我心里那个疼啊，简直恨不得代你受罪。我本来想过去亲自照顾你呢。你生着病，丫鬟们都粗心，根本顾不到细节，身边没有长辈照顾你怎么行？可太子说不便打扰，我只好忍着，如今好不容易把你盼回来了！"

庆福郡主见阮氏率先跑出去，心里直骂，等听到阮氏说这些恶心的话，更是气得牙根疼。被阮氏抢了先，庆福郡主也不甘示弱，没有理会摆长辈架子的程老夫人，亦以一副正牌母亲的模样迎了过去。

"大姑娘，你可算回来了，这些天可让我这个做母亲的好等。"庆福郡主格外咬重了"母亲"这两个字。这让阮氏的脸色一僵，庆福郡主借机将她挤开，自己站在程瑜瑾身边，"让母亲瞧瞧你怎么样了，身上还有哪里不舒服？为娘亲自给你煲了鸡汤，一直在灶上温着呢，一会儿你跟娘回家喝。"

阮氏最听不得"回家"这两个字，这个恶妇竟然如此花言巧语蒙骗自己的女儿。阮氏又急又气，想赶紧上前提醒程瑜瑾不要被庆福郡主骗了，可庆福郡主的丫鬟婆子都围在自己前面，有意无意地将她挡在外面。

阮氏三番五次都没有挤进去，顿时被气得眼泪汪汪："大嫂您这是什么意思？大姑娘是我身上掉下来的肉，她此番大病不知道受了多少罪，这比在我身上割肉都疼。我想好好看看她，大嫂拦着我是什么

意思？”

“呸！”庆福郡主忍无可忍地啐了一声，柳叶眉竖起，瞪着眼睛骂道，“什么叫你身上掉下来的肉？二弟妹平时脑子不灵光就罢了，对大姑娘说话可过过脑子吧。大姑娘分明是我的女儿，我将她从小一直养到如今亭亭玉立的大姑娘，无论族谱还是事实，她都是我的女儿，二弟妹凑上来干什么？敢情当年养孩子时你比谁躲得都远，等大姑娘有造化了，你倒过来认亲。你哪来这么大的脸啊？”

程瑜瑾刚下马车，一句话都没说，就被庆福郡主和阮氏这两个人围着又哭又闹。她轻笑了一声，穷在闹市无人问，富在深山有远亲，刚刚被赐婚，庆福郡主和阮氏就争着上前来抢夺母亲的身份。可在她年幼无依、无力自保时，这两个人又在哪里呢？

程瑜瑾心中哂笑，轻轻挣开庆福郡主的手，在众人的目光中后退一步，完美得体地给庆福郡主、阮氏行了问好礼：“母亲，二婶。我先前生病，在外面住了好几天，没法来向母亲请安，请母亲恕罪。”

庆福郡主有些失望又有些得意，连忙说道：“大姑娘这是说的什么话，我们亲母女，我还会和你计较这些不成？”

“母亲不怪我就好。”程瑜瑾笑着说道。

她的礼仪姿态完美得无可指摘，可她却避开了庆福郡主的手，头也不回地绕过这群人，上前给程老夫人行礼：“孙女给祖母请安。”

被晾了好一会儿的程老夫人脸色终于好看些了。她拄着拐杖，亲自上前扶起程瑜瑾说：“回来了就好，你还病着，吹不了风，快进来说话吧。”

庆福郡主和阮氏听到后，脸色都讪讪的，程老夫人这话在说谁，再明显不过。

程瑜瑾笑着应下。一群人浩浩荡荡地走向寿安堂，寿安堂的下人似乎早就得了信，此刻全站在外面，一见到程瑜瑾就争先恐后地给程瑜瑾请安。

问好声此起彼伏，一时间程瑜瑾的风头竟然盖过了程老夫人。程瑜瑾想想自己之前来时，再对比如今，实在是感触颇深。

众人进屋后，丫鬟们殷勤地给程瑜瑾搬座椅、上茶。程瑜瑾看得清清楚楚，一个大丫鬟笑容满面地从外面端着热茶过来，在即将进门时被一个府里得脸的婆子拦住，将上茶这活给抢走了。然后就看到那婆子笑得一脸褶子，谄媚地将茶水放到自己手边："大姑娘，今年最新鲜的毛尖，您尝一尝。"

而那个被抢了活的大丫鬟，恨得在门口绞帕子。

程瑜瑾没有动手边的茶，而是看向程老夫人说："祖母，这段时间孙女没能在您面前尽孝，还劳烦长辈担心，实在是孙女的罪过。"

周围一片"大姑娘太见外了""大姑娘这是说的什么话"……就连程老夫人也摇头道："无妨，你生了病，当然是养身子最重要。你今日回来，身体可大好了？"

"谢祖母关心，已经好多了。"

"我就知道大姑娘吉人自有天相。大姑娘为了救人自己不慎落水，现在京城里已经把大姑娘的义举传遍了。"阮氏说着推了程元翰一下，并且用力地给两个儿子使眼色，"你们大姐姐德行这般好，你们还不快去向姐姐请教一二？"

程恩慈、程恩悲早就被提点过，闻声走上前，给程瑜瑾作揖："大姐姐安好。大姐姐德才兼备，实乃我等楷模！"

程瑜瑾笑着嗯了一声。没听到他们意料之中程瑜瑾的谦虚之词，程恩慈和程恩悲都愣了一下，似乎不知道该如何继续说下去。这时，庆福郡主将程恩宝抱来，仗着儿子年纪小，将儿子放在地上轻轻推了一把："你大姐姐回来了，你这几天不是一直念叨想念姐姐吗？你姐姐就在这里，还不快去？"

程恩宝想起母亲昨天夜里的交代，甜甜地喊了一声“姐姐”，然后手脚并用就想往程瑜瑾身上爬。

程瑜瑾眼睛一眯，笑着唤了一声：“恩宝。”

这两个字简直有魔力，程恩宝听到她这熟悉的声音、熟悉的腔调，反射性地腿软，于是揪着程瑜瑾的衣服不敢再往上爬了。

然而大人们并没有看出来，程恩宝揪着程瑜瑾的衣服站在她身边，二人这关系显然比程瑜瑾与程恩慈、程恩悲的关系亲近多了。阮氏又气又恨，气自己儿子和木头一样，只晓得她教什么他们说什么，也恨庆福郡主竟然仗着儿子小就让其去这样黏着程瑜瑾。

程老夫人故意不说话，将机会留给三个孙儿。虽然她不知道程瑜瑾为什么成了太子妃，她这个太子妃能当多久，但既然圣旨已经下了，那让程瑜瑾提携提携娘家兄弟，也是应该的。瘦死的骆驼比马大，太子妃即便再不受宠，提拔三个兄弟，不就是动动手指头的事情吗？

何况，兄弟们得了好官位，程瑜瑾这个太子妃才能坐得更稳。所以这件事并不是程家占程瑜瑾的便宜，而是双方互惠互利。

程老夫人很满意地看着眼前程瑜瑾和自己的孙儿其乐融融的画面，假咳了一声说：“好了，大姑娘刚回来，还要仔细将养，你们有什么话，以后慢慢说。”

屋里的人都站好，一齐应了声：“是。”

程老夫人见时间差不多了，将两房的人都打发走了。程瑜瑾看到程老夫人只留下自己，基本已经知道她要问什么了。她也不急，于是不紧不慢地呷了口茶。

果然，她放下茶杯，程老夫人就问道：“大姑娘，现在没有外人，我也不讲究虚礼了，有什么说什么。太子殿下竟然被寄养在程家十来年，这是我们程家的福分，而你最有福气，被朝廷封为太子妃。你知道为什么吗？”

程瑜瑾就知道程老夫人会来套话，她温柔又孝顺地摇头："我也不知。"

"太子是小薛氏带回来的，你祖父当年是不是知道什么？"

程瑜瑾依旧摇头："祖父的事情，祖母都不知道，我怎么会知道？"

程老夫人有些急切，上半身都忍不住朝前探去："那程家先前不知道太子的身份，对太子的关照多有疏忽，殿下不会在意吧？"

程瑜瑾还是笑道："揣测上意是大罪，太子如何想，我也不知道呢。"

一问三不知，程老夫人叹了口气，不再抱希望了。程老夫人皱眉想了一会儿，看着面前安静喝茶、漂亮得像画一样的程瑜瑾，突然想起一件事。

程老夫人若有所思地看着程瑜瑾："大姑娘，这里没有外人，你和祖母说心里话。你与太子殿下到底是怎么回事？"

程瑜瑾的眼神冷了冷，脸上的神情不变："祖母这话是什么意思？"

"我并不是质问。"程老夫人缓慢地解释，但话锋一转，说道，"可之前，全家就数你和九郎走得最近。"

程老夫人仔细盯着程瑜瑾的表情。程老夫人很想知道，太子到底为什么要娶程瑜瑾？

太子是和程老侯爷达成了什么协议，是对程家有所图谋，还是单纯看上了程瑜瑾这个人呢？

程老夫人当然希望是最后一种。因为前两种只是一时之好，最后一种才能源源不断地给程家生财。若是程瑜瑾能生下嫡长子，他们程家说不定能一飞冲天，让老大当上国丈。

最后那个结果，程老夫人光想想就觉得心潮澎湃，在此之前甚至都不敢想这种事情。程元璟刚回来那天，他和程瑜瑾两人并肩站在满堂绮罗红软中，程老夫人就觉得这两人看起来有点儿像夫妻，并不是说他们长相相似，而是这两人给别人的感觉就是太相配了。

他们都长得好看，虽温文尔雅却又拒人于千里之外。

后来程老夫人想到这两人是亲叔侄，还觉得自己的想法可笑。然而

谁能想到他们真的要成夫妻了？

太子在程家的这些日子，就程瑜瑾和他走得最近。两人无论在什么场合都是一同出场，一同离开，连吃饭都会坐在一起。

程老夫人还听说，程瑜瑾时常往太子的院子跑，两人或读书或写字，一待就是一下午。即便是亲叔侄，这两人的举动也太过亲密了，已经超出寻常人家叔叔和侄女的关系。等后来知道程元璟并不姓程，程老夫人很意外但也恍然大悟。

是呢，抛开叔侄这层关系，若将这两个人当成年轻男女来看，一切违和之处就都有了解释。他们之间的举动根本不像长辈和侄女，更像是互生情愫的恋人！

他们不至于暗通款曲，可太子和程瑜瑾日久生情，或者说太子单方面对她日久生情也是极有可能的。

程老夫人原来觉得和程元璟一个刚刚回归家族、没什么外族根基的外室子走得近并无任何好处，程瑜瑾一向最看得清形势却为何频繁地往他那里跑？可笑程老夫人最开始还暗叹程瑜瑾不聪明，现在看来分明是她自己蠢透了。

程瑜瑾才是真正的聪明人和最后的赢家。

程老夫人得知程元璟就是太子李承璟之后，就怀疑程瑜瑾是不是早就知道什么，所以才提前接近太子。程老夫人暗暗试探，程瑜瑾回答时眼神坚定，不像撒谎的样子。程老夫人有些拿不准了，不知道是程瑜瑾道行太深，还是她当真什么都不知道。

程瑜瑾看着程老夫人，忽然轻轻一笑："所以，祖母在怀疑我和太子殿下私相授受？"

程老夫人脸色微变，就算她真的怀疑也不能承认。私相授受并不是好名声，程瑜瑾可是板上钉钉的准太子妃，往太子和太子妃身上泼脏水，自己是疯了吗？

程老夫人连忙道：“当然不是，太子光风霁月，太子妃德才兼备，你们两位怎么会做这种事情？太子妃误会老身的意思了。”

“是误会就好。”程瑜瑾笑眯眯地说，“我得知九叔是太子，也十分震惊。我何德何能会被圣上看重，赐封为太子妃？然而服从君令是我们的本分，所以即便不懂，我也断不能辜负圣上的信任。宫里这样说，我们便只管照着做，问太多，恐怕会有不忠之嫌。祖母，您说是吗？”

程老夫人脸上的表情渐渐僵硬，勉强笑了笑道：“太子妃所言甚是，是老身疏忽了。”

程瑜瑾的意思非常明显，无论太子寄养程家、程瑜瑾被赐婚有没有隐情，都不是程老夫人该问的。现在一切尘埃落定，朝廷给出的说法，无论有多少人怀疑，程老夫人等人跟着鼓掌就行，其他的不必再问。

她到程瑜瑾跟前套话，这更是逾矩。

程老夫人这些年一直是别人顺着她，从来没有人敢当面给她脸色，谁能知道，她竟然被一个小姑娘警告。程老夫人心中恼火，可又不得不忍着，好声好气地跟程瑜瑾说话。

程瑜瑾听着程老夫人嘴里不重样的好听话，笑而不语。她抬眼朝外面瞅了下天色，程老夫人会意说：“瞧我，见着你太开心，都忘了时辰。太子妃还在生病，合该多加静养，我让下人送太子妃回去。”

“祖母留步，不必送了。”程瑜瑾站起身，按住程老夫人的胳膊，道，“祖母是长辈，我怎么敢使唤长辈的人手？我自己回去就好了。我现在身为病体，不敢往祖母跟前跑，等改日我病好利索了，再来给祖母请安。”

程老夫人笑着点头，坐回软榻上，没有执意送她。程瑜瑾接过丫鬟递来的手炉，整理了下裙角，忽然对程老夫人笑道：“对了，祖母，我现在尚未被册封，并不是太子妃，等礼部送来冠服金册后，才能以太子妃相称。祖母勿要记错了。”

程瑜瑾这话是在提醒程老夫人不要说错话。程老夫人保持着笑容目送程瑜瑾出门。程瑜瑾来时阵势极大，走时也浩浩荡荡。等彻底看不到程瑜瑾后，程老夫人的笑容突然收敛了，这些年养尊处优，自己处处拿捏着老祖宗的架势，还没有人敢在自己面前摆谱，程瑜瑾的架子未免太大了。

然而随即程老夫人想到，这还只是开始，如今程瑜瑾和太子没有正式成婚，一切从简，等成婚后，她的仪仗队怕是足足有一条街了。

程老夫人头疼地抚了抚额。早知今日，她当初何必放弃程瑜瑾，彻底惹恼了程瑜瑾？程瑜瑾和程瑜墨不同，程瑜墨天真，虽然看着敏感易使小性子，会记仇、会抱怨程老夫人，但程老夫人知道，这样的人用亲人恩情最好拿捏。

如果今天的事发生在程瑜墨身上，程瑜墨一定会甩脸子、拿架子，摆足了太子妃的威风，质问程老夫人多年来对自己的不公。然而程瑜瑾呢？她从进门以后，一直笑着，温声软语，细心周到，仿佛生母、养母多年来对她像踢皮球一样的疏忽、被退婚后家族牺牲她捧程瑜墨的偏心都不曾存在。

困顿不见颓唐，得势不见骄狂，这样的人会在乎家族情分吗？程老夫人光想想就脊背生寒。

而且程老夫人和程家的那两个儿子当初动辄就对程元璟摆脸色，生生得罪了太子，早知道……

然而世间没有早知道。

第四章　女　官

程老夫人免了程瑜瑾的请安，第二天程瑜瑾舒舒服服地睡到自然醒。虽说是自然醒，但程瑜瑾多年来对自己要求严苛，作息也十分规律，所以到了平常起身时，她就醒了。

程瑜瑾只躺了一会儿，就起身梳妆。她预料到自己这几天可能不会过得太安生，然而，她还是低估了这些人。

她的发簪才戴了一半，外面就传来了喧闹声。程瑜瑾的院子规矩极严，根本没有人敢大声吵闹，听到外面的声音，内室众人面面相觑，表情都不太好。

程瑜瑾比对着簪子，从镜子里淡淡地瞥了一眼。连翘了然，主动站出来说："姑娘，奴婢出去瞧瞧。"

连翘说着便出门了，没等她回来，外面嚷嚷的声音就已经传到了屋内。

"大姑娘起了吗？老奴奉太太的命，来给大姑娘送鸡丝粥。"

程瑜瑾叹了口气，这个声音她知道，是庆福郡主身边很得势的婆子在说话。毕竟是庆福郡主的人，程瑜瑾总得给庆福郡主颜面，便站起身

朝次间走去。

"原来是刘嬷嬷，请嬷嬷进来。"

刘嬷嬷不等丫鬟指引就走入了西次间，连翘跟在她后面进来，脸色不太好看。程瑜瑾装作看不到刘嬷嬷的失礼，笑着问："刘嬷嬷是稀客，怎么一大早就过来了？"

刘嬷嬷搓着手说："早就听闻大姑娘仁厚慈和，老奴一直想来大姑娘跟前伺候，只是太太那里走不开，这才一直没机会。今儿好容易找到机会，老奴听到太太给姑娘准备了早膳，便自己请缨来给姑娘送吃的。"

刘嬷嬷说着将手里的食盒提上来，觍着脸笑着说道："姑娘，这是太太的一片慈心，您快尝尝吧。"

连翘瞧着刘嬷嬷竟然想自己端东西放到姑娘身前，眼皮子跳了跳，连忙上前夺过食盒，嘴里连珠炮般说道："这些事我们来做就好，嬷嬷歇着吧。"

刘嬷嬷嘿嘿直笑，还在吹嘘鸡丝粥多么有营养，庆福郡主对程瑜瑾多么尽心。二房的盘芝进门，听到屋里有人提到"大太太"，眉头一皱，赶紧走进来。

刘嬷嬷见程瑜瑾的目光朝门口看去，也跟着回头，正巧撞上盘芝的视线。两人视线相对，眼中都闪出仇恨的火花。

刘嬷嬷哼了一声，阴阳怪气地说："哟，原来是二太太身边的大红人盘芝呀，一大早什么风把您给吹来了？"

盘芝也皮笑肉不笑地道："二太太毕竟和大姑娘母女连心，大姑娘大病未愈，二太太吃也吃不好睡也睡不着。昨夜二太太半宿未睡，今儿一早就醒了，亲自给姑娘煮了山药萝卜粥。可怜天下父母心，二太太的心意实在是闻者动容。"

盘芝故意当着刘嬷嬷的面说"母女连心"，可见是有意和刘嬷嬷唱对台戏。程瑜瑾低头咳了一声，抬头笑着说："原来是二婶亲手做的。

长辈的心意我自该收下，但不巧，刘嬷嬷送来的也是粥。我一个人断喝不了两碗粥，这该如何是好？”

连翘心说姑娘可真是看热闹不嫌事大，这两个人明明就杠上了，姑娘还要在旁边点把火。

果然刘嬷嬷和盘芝一点就着，刘嬷嬷瞪着眼睛，指着盘芝叫嚷道：“我们太太是大姑娘的母亲，论亲疏当然比你们一个隔房婶母强。而且太太的鸡丝粥先送来的，你们瞧见太太送东西来了，才有一学一，也不嫌害臊！无论是从亲疏还是从先后顺序来说，都该用我们太太的！”

盘芝也不甘示弱，回嘴道：“姑娘受寒本来就脾胃弱，哪能用大鱼大肉这些东西？瞧瞧你那碗粥上的油星子，不得把姑娘腻恶心了？”

刘嬷嬷哪受得了这种气，撸起袖子就大骂盘芝。盘芝在阮氏身边这么多年，不知道踩下去多少竞争对手，敌弱我强，敌强我更强，一见刘嬷嬷吐唾沫星子大骂，她嘴巴一张，破口大骂起来。

两人越吵越凶，按说在主子面前哪有下人吵架的道理，可程瑜瑾坐在一边不吭声，刘嬷嬷和盘芝都不是善茬，越骂越来劲，完全忘了自己来干什么。最后，刘嬷嬷骂不过盘芝，气得狠狠推了她一把。

这一动手就坏事了，盘芝不甘示弱，两人很快扭打在一起。连翘见状心里一喜，立刻上前骂道：“你们做什么呢？在大姑娘面前，胆敢放肆！”

锦宁院的丫鬟婆子接到指令，也一哄而上，将两个人分开。盘芝和刘嬷嬷被拉开时头发都乱了，衣冠不整，十分狼狈。她们瞧见连翘横眉怒目，而程瑜瑾淡淡地坐在上首，喜怒不辨，都被吓到了。

刘嬷嬷冷静下来回过神，才意识到自己做了些什么。她心里拔凉，脚下的地砖冰冷又坚硬，那股凉意几乎让她半个身子都失去了知觉。

刘嬷嬷不敢直视程瑜瑾，只敢虚虚地看着脚踏和地砖。程瑜瑾坐在靠窗的罗汉床上，刘嬷嬷打量着脚踏，脚踏是黑鸡翅木的，木纹整齐，被丫鬟擦得干干净净，上面堆叠着大姑娘的裙角，隐约在裙子正中看到一双流云鞋，前面缀着珍珠，纤尘不染。今日大姑娘的裙子是银蓝色的，虽然散落在脚踏上，但依然整齐优美，自然堆叠出来的褶子如山峦又如流水，连绵起伏。膝盖处有一圈三寸宽的银色花纹，似乎绣着祥云山河，顺着山河向上，刘嬷嬷看到一双白皙纤细的手，交叠搭在膝盖上。

刘嬷嬷猛地醒过神来，意识到自己逾矩了，赶紧收回视线，慌忙低下头。

程瑜瑾不紧不慢地说："当着我的面打架，可见你们完全不把我放在眼里。你们是长辈的人，我管不了你们，拿着你们的粥各回各院吧。你们送来的东西，我消受不起。"

盘芝顿时急了，抬头道："大姑娘，这是二太太亲手煲好的粥。奴婢做错了事，您要打要骂都可以，却不能辜负二太太的心意啊。"

"放肆！"连翘站在一边大喝，"姑娘面前，哪有你一个奴婢接话的份儿？"

盘芝被噎住，脸色变来变去。程瑜瑾伸手抚了抚裙子上的褶子说："二太太亲手煲粥，这份心意让人感动。可二太太派来的人却当着我的面和其他院的人打架，我几次出言阻止都没用，大概是觉得我不配喝这碗粥吧。两位太太的好心我不敢承受，来人，送刘嬷嬷和盘芝出去。"

说着，程瑜瑾就站起身，头也不回地往内室走去。刘嬷嬷嘴里发苦，但又知道面前这位是准太子妃，不敢辩解，怕惹烦了程瑜瑾。

刘嬷嬷委实冤枉。她真的没听到大姑娘说话啊，要不然，借她三个胆也不敢无视大姑娘的命令。刘嬷嬷办砸了差事，不敢回庆福郡主跟前复命，也不敢继续留在程瑜瑾的屋子里讨嫌，于是在院外找了个地方跪着。说不定她在冷天里跪一会儿，大姑娘就心软了。

刘嬷嬷这样做了，盘芝也跟着照做。程瑜瑾回内室，继续将剩下的几根簪子挑完，然后坐到饭桌前，舒舒服服地用了早膳。

程瑜瑾在洗手盆里洗手，连翘捧着毛巾在一边伺候，低声说："姑娘，那两人还在墙根下跪着呢。"

"跪着呗。"程瑜瑾仔细地洗净了手上的灰尘，接过连翘手里的毛巾，将手上的水吸干，漫不经心地说道，"让她们换个地方跪着，别影响丫鬟当值。"

连翘忍住笑，幸灾乐祸地应了声："是。"

她们指望大姑娘心软，还不如找块风水宝地投胎呢。

连翘扬眉吐气，说不出的得意。她早看这些人不顺眼了，以前她们主仆的处境艰难，程瑜瑾对下面这些刁奴也是客客气气的，倒放纵得这些人无法无天了。他们真以为自己是太太身边的人，就可以无所顾忌了。

杜若见了连翘的行为，悄悄提醒了她一句："不要得意忘形，小心给姑娘惹麻烦。"

连翘睨了杜若一眼："我知道，我还能连这点儿分寸都拿捏不准？"

那两个人没跪多久就灰溜溜地回去了，程瑜瑾安心在自己屋里绣嫁妆，没一会儿，庆福郡主和阮氏就急急忙忙地赶过来了。

刘嬷嬷和盘芝不敢说自己办砸了差事，于是都拼命往对方身上泼脏水，千错万错都是对方的错。庆福郡主听了简直咬碎一口银牙，才赶到院门口，就正好遇到了阮氏。

两人对视一眼，都目光不善。

程瑜瑾听到丫鬟禀报，放下针，笑着走出来："母亲，二婶，你们怎么来了？"

她的目光朝下一瞥，见程恩宝和程恩悲也在，他们身后还跟着小厮，怀里抱着文房箱子。

程瑜瑾看戏的心情顿时一路急转直下，她不喜欢麻烦别人，也最讨厌别人麻烦她。她看庆福郡主和阮氏的意思，莫非还打算长线作战，免费让她看管她们的孩子？

程瑜瑾忍住发飙的冲动，告诉自己吵架最重要的就是要占据道德制高点，一定要让对方打响第一枪。所以她依然和和气气地笑着说：“二弟和三弟也来了，快进来吧。”

程瑜瑾让丫鬟上茶，请庆福郡主和阮氏上座。庆福郡主飞快地扫过罗汉床上的针线篓，布角是红色的，上面绣了金线，可见这是程瑜瑾的嫁妆了。

金线不是什么人都能用的。普通人家即便买得起，用了也是僭越之罪。

庆福郡主心里顿时生出难以言喻的感觉。她一直没把程瑜瑾当回事，这些年来周围人都捧着她，庆福郡主理所当然地对自己的身份充满优越感。她是郡主，是皇族的人，是程家最高贵的人。程瑜瑾过继到她名下，人人都说程瑜瑾走运，占了天大的便宜！可现在，程瑜瑾一跃成为太子妃，地位要比庆福郡主还高，或者说是远超庆福郡主。

说到底，庆福郡主只是个长在藩属的郡主，和当今圣上的血缘已经很远了，放在普通家族都是要降为旁支的。只不过他们家姓李，宁王只要不犯错，王位可以一直传下去。要不是庆福郡主嫁入京城，可能她这一生只能在宁王那一亩三分地上作威作福，一辈子进不了京城。

庆福郡主嫁到程家后，程家外强中干，所以举家都捧着她这个高贵的儿媳妇。可反过来想，庆福一个嫡女郡主却和程元贤联姻，可见宁王在诸多藩王中着实平平。宁王平日里不敢有半分差错，生怕被皇上猜忌。同为郡主，庆福郡主这种远亲藩王之女和皇上的亲侄女完全不能比，至于太子那就更没法比了，把庆福郡主和太子放在一起比较，本身就是在折辱太子。

程瑜瑾成了太子妃，庆福郡主着实又酸又不甘。一直比自己强的人越走越高和本来不如自己、要靠自己施舍的人一朝飞升，其中的感觉可完全不同。前者庆福郡主根本不会嫉妒，但后一种，她便如鲠在喉般难受。

这正是如今庆福郡主面对程瑜瑾的心情。

庆福郡主维持着微妙的酸意，开口问道："大姑娘，你刚才在绣嫁妆？"

程瑜瑾坦然地点头，神态上毫无新嫁娘的娇羞："是。"

庆福郡主和阮氏一时都没有接话，过了一会儿，阮氏笑道："大姑娘果真秀外慧中，你刚生下来时不哭不闹，眨着一双大眼睛，就像能听懂大人说话一样。我就知道你必有福气傍身。可见我当初的料想没错。"

程瑜瑾轻轻笑了："借二婶吉言。"

庆福郡主轻咳一声，说起早上的事："都怪下人愚钝，连送粥都能说差了，明明是好意，被她们说出来就让人误会。刘嬷嬷回来后已经被我骂了一顿，现在还在院子里领罚呢，大姑娘可不要往心里去。"

阮氏听到后也连忙解释盘芝的事，为了表态，咬牙将对盘芝的惩罚说得极狠。庆福郡主一听自己被比下去了，连忙也补充如何惩罚刘嬷嬷。两人都被对方逼着，咬牙狠狠罚了左膀右臂一顿。

程瑜瑾笑而不语，时不时添一句，庆福郡主和阮氏之间的火药味更甚。她们几人一来一回地说着场面话，大人们坐得住，小孩却不行。程恩宝被庆福郡主惯坏了，没一会儿就左右扭动，眼神乱瞟，脚有一下没一下地踢着凳子，很明显不耐烦了。

程恩宝的表现无疑非常没规矩，尤其是旁边的程恩悲安安静静地坐着，对比之下程恩宝尤其没正形。庆福郡主脸色沉了沉，阮氏目露得意之色，而程瑜瑾就像什么都没瞧见一样。

庆福郡主呵斥了程恩宝一句，然后对程瑜瑾说："大姑娘，恩宝被我惯坏了，总是静不下心读书。我三十多岁才有了他，这辈子估计再生不了其他孩子。我不忍心管教他，倒把他娇纵得无法无天。他谁都不怕，唯独怕你，这段时间你不方便出门，也清闲，不如替母亲教一教你弟弟。”

阮氏听到后，也连忙接腔：“正好恩悲也有空。恩悲早就说过仰慕大姐姐的才学，大姑娘和太子殿下学过字，笔墨想必是极好的，不如也顺便抽空指点指点恩悲。恩悲这孩子勤奋安静，不会吵到大姑娘的。”

清闲无事这种话理当程瑜瑾来说吧，帮忙教导熊孩子也是情分而不是本分，庆福郡主和阮氏的意思就是“反正你没事不如来教一教弟弟”，这是什么道理？

程瑜瑾清闲，能管好孩子，就该替她们管儿子吗？

程瑜瑾心想，不给这些人点儿教训，恐怕她们还意识不到她已经是准太子妃了。她们想让她帮忙就得拿出求人的态度，少用一副“这是你应该做的”嘴脸来恶心她。

程瑜瑾笑着看向庆福郡主和阮氏：“我笔墨倒也还行，但我没有教人的经验，恐怕不如二弟原本的夫子。二弟既然勤勉又静得下心，那就去和夫子学吧，想必能一日千里，跟着我才是浪费了二弟的天分呢。”

阮氏笑容发僵。她带着程恩悲过来，哪是真的为了学写字，分明是为了培养程瑜瑾和程恩悲之间的姐弟感情。毕竟，他们俩才是亲姐弟，可比程恩宝这个隔着肚皮的亲多了。程瑜瑾日后成了太子妃，不提携亲弟弟，还能提携谁？

然而程瑜瑾却仿佛看不明白一般，完全不理会。庆福郡主嗤笑了一声，看笑话般瞥了阮氏一眼。可还没等庆福郡主笑完，就听程瑜瑾说：“至于三弟，他还小，学什么规矩，就这样天真可爱、无拘无束的才好呢。三弟不喜欢读书，为什么要逼他呢？反正他还小，玩就是了。”

庆福郡主的笑容也僵住了，阮氏觉得扳回一局，瞬间心理平衡了。

庆福郡主忙道：“可宝儿也不能一直玩下去，总归还是要读书上进的。你对他严厉些，好好拘着他读书写字。”

程瑜瑾一本正经地说：“母亲，若是要严厉，你对他严厉去，我可不舍得。我对宝儿连说句重话都不忍心，怎么能管住他读书呢？要是母亲真有心思，不如去外面找一个严格的夫子。”

庆福郡主想都不想就一口否决了程瑜瑾的提议。那种古板迂腐的夫子最惹人厌，宝儿背不会诗文，必然被打手心，这怎么能行？

程瑜瑾见庆福郡主回绝，自己也摇头：“那我就没办法了，我自己是绝对不忍心打骂宝儿的。若是母亲放心，不如我出面去请一个严格的夫子回来吧。”

程恩宝听到程瑜瑾温柔地说“不忍心打骂宝儿”，竟然生生打了个冷战。程恩宝用力地拉着庆福郡主的衣袖，坚决不肯留在程瑜瑾这里。

庆福郡主内心极其无力。和程瑜瑾这种人交手最恶心了，软硬不吃，套话套不过她，耍阴招耍不过她，连摆大道理都赢不了她，临了她还能给你反扣一顶大帽子，生生把人逼成自闭。庆福郡主沉默了好一会儿，实在想不到还有什么体面的借口，只能没皮没脸地说：“那就让宝儿在你这里玩吧，你过不了多久就要嫁人，让宝儿趁现在多和你相处一段时间。毕竟，你们才是亲姐弟。”

庆福郡主想，她现在完全不要脸面了，程瑜瑾应该没辙了吧。只见程瑜瑾笑了笑说：“我要给太子殿下绣衣物，准备给陛下、太后娘娘、皇后娘娘，以及宫中诸位嫔妃的孝敬礼。给陛下和太后娘娘准备礼物何其重要，宝儿在这里玩，母亲觉得没问题吗？”

庆福郡主一噎，居然说不出话来。哪个未出阁的女子好意思将未来公婆、太婆婆挂在嘴上？程瑜瑾竟然面不改色地说出这些话，她的脸皮也太厚了吧？

庆福郡主比不过，支吾了两声，说不出话来。

阮氏见庆福郡主都败北了，自己根本不抱希望了，但她又实在不甘心放弃这么好的机会。等程瑜瑾入宫，她们连见程瑜瑾一面都要递牌子，像程恩悲这种半大男孩基本见不到程瑜瑾了。他们现在不和程瑜瑾搞好关系，以后她怎么能记得要提携哪个弟弟？

阮氏不甘心，试探着说道："大姑娘，你看恩悲聪慧又听话，绝不会吵到你……"

程瑜瑾都懒得听阮氏说完，拿起绣了一半的盘龙锦囊，状似无意般开口："听说太子大婚是国之重典，太子的聘礼单子是要进国史的，不知道太子妃的嫁妆单子用不用进国史？"

阮氏像是被人掐住了脖子一般，突然说不出话来。因为她刚刚想起，程瑜墨出嫁那会儿，她借口时间紧、来不及，逼着程瑜瑾拿出嫁妆。

阮氏记得清楚，当时她们正在逼程瑜瑾，程元璟突然带人进来了。

程元璟不就是太子嘛。

她现在想想许多事透着诡异，太子来得太巧了，简直像是专门替程瑜瑾出头的一样。

细想极为恐怖，阮氏的脊背瞬间出了一层汗。庆福郡主也收敛了神色，身体不由得绷直了。

程瑜瑾将绣了一半的盘龙锦囊放到小茶几上，锦囊上的龙瞪着铜铃大的龙眼正看着庆福郡主和阮氏。程瑜瑾看着她们，突然笑了笑说："母亲，二婶，我要忙着绣嫁妆，既没时间教弟弟，也没时间和无关人等闲扯。以后，我不想大清早被人打扰，母亲和二婶不必再为我煲粥。对了，如果您二位能约束你们的下人，以后不要再来我的院子里影响我绣嫁妆的心情，那就更好了。"

"母亲，二婶。"程瑜瑾含笑缓缓地扫过这两个人的眼睛，"你们听懂了吗？"

从前程瑜瑾一直以柔克刚，凡事先示弱，庆福郡主和阮氏慢慢以为程瑜瑾的行事风格就是这样。但现在她们知道她们想错了。

程瑜瑾以前示弱，只是因为她没有强大的后盾罢了。一旦有了后盾，她比谁都绝情寡义。毕竟她是准太子妃，绝对的权势压制下，她为什么要怕两个妇人？

即便一个是她的养母，一个是她的生母。

庆福郡主和阮氏被当众驳面子，两人都非常尴尬，同时也彻底死心了。她们这两天对程瑜瑾抱有的幻想都太过天真，程瑜瑾是不会养弟弟的，更不会无怨无悔地供娘家吸血。

程恩宝也好，程恩慈、程恩悲也罢，他们只是她的弟弟，并不是她的儿子，程瑜瑾完全不觉得自己有责任提携他们。

她们不被程瑜瑾算计就不错了，哪来的勇气算计程瑜瑾？

阮氏从没这样难堪过，顿时再也坐不下去，拉着程恩悲灰溜溜地走了。程瑜瑾觉得庆福郡主也该离开了，可看见庆福郡主明明都站起来了，竟然又让奶娘将程恩宝抱出去，自己重新坐在了程瑜瑾对面。

程瑜瑾抬眸，笑道："母亲还想说什么？"

"既然和你说情分没用，那我们来谈笔交易。"庆福郡主收回了曾经高高在上的嫡母姿态，露出势在必得的神情，"我毕竟出身皇家，知道的消息比外人多得多。你既然野心勃勃想当好太子妃，最开始的亮相就非常重要。皇家有许多不成文的规矩，你若是不知道，一开始就会吃亏，众人对你的第一印象就不会太好。我给你内幕消息，你以后护着宝儿，你看这个交易怎么样？"

不论感情，只论利益，这倒是干脆。见程瑜瑾笑了，庆福郡主也露出一切尽在自己掌握之中的笑容，她就知道程瑜瑾抵抗不了这样的诱惑，程瑜瑾终究还是有求于她。

然而程瑜瑾不紧不慢地说："但我只和筹码差不多的人谈交易。母亲说的这些，我完全不在乎呢。"

庆福郡主一愣，以为自己听错了："你说什么？"

“母亲向来以郡主身份自傲，但您所谓的皇家规矩，我迟早也会知道。您用一个有时间限制且我本来就拥有的筹码换我一辈子护着程恩宝，这笔买卖母亲算得真好。”

庆福郡主被戳中心思，心中不由得恼怒。程瑜瑾说得对，庆福郡主知道的那些潜规则，程瑜瑾很快也会知道。庆福郡主只是利用了这个时间差，想算计程瑜瑾一把，无论成与不成都没有损失。这笔交易无本万利，庆福郡主当然乐意极了，反观程瑜瑾其实没什么好处。

但谁让程瑜瑾不敢拿未来冒险呢！杨太后和杨皇后本来就不喜欢她，如果程瑜瑾刚嫁过去就因为不懂规矩而做错了什么事，对太子和程瑜瑾的处境可不太好。庆福郡主就是看准了这一点，知道程瑜瑾不敢冒一丁点儿风险，所以才敢跟程瑜瑾谈判。

但程瑜瑾的话，却让庆福郡主意外了。

庆福郡主以为程瑜瑾被赐婚后飘飘然了，看不清局势，心底嗤笑了一声说：“大姑娘，你现在虽然被赐婚了，但你当真以为，以后就可以仗着太子妃的身份作威作福了？你只是太子妃，上面还有皇后和太后，离你真正做主时还远着呢。而且焉知太子不会有其他宠妃？不是当了正室，就可以高枕无忧的。”

庆福郡主见程瑜瑾没有说话，以为她被自己吓住了，于是又说道：“大姑娘，你毕竟在我名下养了十五年，我把你当自家人，所以才和你说些掏心窝子的话。别看你被立为太子妃，但太子失踪了十五年突然回来，哪里有那么容易服众？而且二皇子勤勉好学，对杨太后十分孝顺，太后和首辅都十分喜欢二皇子。二皇子一样是嫡出，只比太子差了个‘长’字，历朝历代的君主有多少是嫡长子？这些话再说下去便犯忌讳了，但我的意思，大姑娘应该能听懂吧？”

程瑜瑾点头，庆福郡主这些话说得没错，李承璟的太子妃除非是杨家女，否则无论是谁，都是去受罪的，而不是享福的。

庆福郡主见程瑜瑾点头，以为她听进去了，于是志得意满地笑道："我就知道大姑娘聪慧，一点就透。朝堂毕竟是爷们的世界，我们只说内宫，光伺候婆婆这一点，门道就有很多。不说远的，只说我们府上的姑奶奶，二姑娘嫁到靖勇侯府，我们家也是侯府，二姑娘还是平嫁呢，嫁过去之后还不是要被天天立规矩，大气都不敢出。再说姑太太，从侯府嫁到公府，算是高嫁，却也只是个次子媳妇，不管家，压力比长媳少了很多，但你见过姑太太说在徐家过得轻松吗？"

庆福郡主说完，喝口茶润了润嗓子，才慢慢说出了真正的结论："公侯之家都是如此，规矩比天大的皇宫，又该是什么样呢？你去给皇家当儿媳妇，要伺候皇后、太后，远没有你想象得那样光鲜。当太子妃，那可是很难的。"

程瑜瑾低头不语，听到这里，轻声接道："对啊，当太子妃很难。"

庆福郡主神情一喜，随后就看到程瑜瑾抬头，对她温柔地笑了一下："既然这样，那就更要我去当了。先天下之忧而忧，后天下之乐而乐，我自然没有资格救世治国，为他人排忧解难却是我应当做的。太子妃的担子这么重，处境这样难，我怎么能忍心让别人去受这份苦呢？自然要我来。"

庆福郡主完全没料到程瑜瑾会这样说，整个人都被噎住了，瞠目结舌片刻，只能使出撒手锏道："皇家规矩和民间不一样，你若是想借鉴程瑜墨、程敏等人的经验，那就大错特错了。皇后娘娘贵为一国之母，怎么可能亲自动手做那些为难媳妇的事？她仅仅是派一个管教姑姑下来，就够你受了。"

"我知道。"程瑜瑾笑得十分真诚，"皇后娘娘派姑姑来教我规矩，这是为了我好啊，我怎么会不愿意呢？"

庆福郡主沉下脸说："你不要跟我装糊涂，我好心来帮你忙，你休要和我装傻充愣。深宫里的那些嬷嬷手段非凡，不知道多少妃嫔宫女在她们手上吃了亏。你只要护我的宝儿一生无忧，那我就倾囊相授，助你避开宫中嬷嬷的整治。你当真不和我做交易？”

“母亲，您自己生的儿子，那就自己去教！既然不舍得管教他，那就做好孩子一辈子走马斗鸡、一事无成的打算。你将你为人父母的责任转移到我的身上，这是何道理？”

程瑜瑾说完，直视着庆福郡主的眼睛，一字一顿地说道：“我不愿意。”

庆福郡主打心底里升起一股怒意。她的宝儿活泼好动、虎头虎脑，程瑜瑾竟然敢这样说宝儿？但庆福郡主心底有另一个声音无力又绝望地说道，这是真的，程瑜瑾说的都是真的。

她的宝儿，以后可能真的只会吃喝玩乐、走马斗鸡，和他的父亲程元贤一样，一事无成。可程元贤有一个好爹和一个好女儿。前半辈子有爹为他铺路，临死将爵位交到他手里；后半辈子又有女儿为他撑着，作为太子妃的父亲，无论如何都不会被人轻慢。

程元贤一辈子没什么能耐，唯独命好。可庆福郡主的儿子要怎么办？宜春侯府的爵位到程元贤这儿就是最后一代，日后如果没有圣上开恩，程恩宝连祖宗的功劳簿都靠不上。至于宁王，那更是别想指望。藩王不能进京，宁王这一辈子恐怕连程恩宝这个外孙都见不着，谈何为程恩宝安排前程？

庆福郡主想来想去，发现她唯一能指望的竟然只有程瑜瑾这个养女。世事真是讽刺，庆福郡主唯一的救命稻草竟然是阮氏的女儿。

然而当庆福郡主抛下骄傲、拉下脸来求助于程瑜瑾时，程瑜瑾却想都不想就拒绝了。程瑜瑾并不愿意提携程恩宝。

庆福郡主感到茫然。程瑜瑾她怎么敢？姐姐不提携弟弟，出嫁女不帮扶娘家，她怎么能干出这种事情？

程瑜瑾听庆福郡主说了半天，早就听烦了，端起茶杯说：“母亲，人和人之间都是等价交换的，如果程家以后帮不到我的忙，那我也不想帮程家的忙。我们彼此都自求多福吧。”

端茶便是变相赶客之意，庆福郡主脸色僵硬，“噌”地一下从座位上站起来，快步朝外面走去。

阮氏和庆福郡主相继灰溜溜地从程瑜瑾这里离开了，之后好几天果然再没有人敢来打扰程瑜瑾。

没过多久，程老夫人也知道了程瑜瑾的态度。程瑜瑾虽成了太子妃，但并无帮扶娘家的意思，甚至已经将话说得非常明白，程家帮不了她，那她也不会管程家死活。大家公平交易，谁也不要欠谁的。

她能说出这样的话，简直是铁石心肠。程家人的幻想破灭，一个个明显安分了下来，再无人敢惹程瑜瑾。

真是可笑，程瑜瑾原本没跟程家人撕破脸时，他们一个个无赖又理直气壮地对着她索取，等她说出那般绝情的话后，这些人反倒更敬畏她。

这就是人性，讽刺又可笑。

宜春侯府难得度过了一段平静安宁的日子，各房谁都没作妖。

三月，春暖花开，礼部和鸿胪寺在宜春侯府举行了隆重的纳彩礼。从奉天门一直到程家的这段路上都是仪仗的队伍，一路乐声庄严，夹道都是观礼之人。随着皇家礼物一起送来的，还有四位宫廷女官。

杨皇后观望这么久，终于出手了。

宫廷规矩大，每个女人进宫前，宫里都会派女官下来教她们宫中的礼仪。程瑜瑾身为准太子妃，代表的是皇家的脸面，也是天下女子的典范，对她的要求会比旁人更严格一些。

这个道理程瑜瑾明白，杨皇后明白，负责教规矩的女官也明白。

四位女官中以郑氏为首，其实她才三十多岁，但知道的人见了她都要叫一声姑姑。

郑女官未曾婚配，终身侍奉宫廷，负责教导新进宫的秀女。她常年绷着脸，看着非常不好接近。她说出的话也一如她给人的印象，一板一眼，毫无感情：“程大姑娘，您是圣上钦定的太子妃，按理您是主，我们是奴。可奴婢等人奉了皇后娘娘之命，前来指导程大姑娘礼仪。为了避免将来太子妃丢了皇家的脸面，奴婢等人教导您规矩时，必尽心尽力，无有藏私。无规矩不成方圆，奴婢等人都是为了姑娘好，一会儿教起规矩来，姑娘可不要记恨奴婢们。”

程瑜瑾颔首：“我自然明白。谢皇后娘娘的恩典，臣女铭记在心，时时自省，片刻不敢忘。”

郑女官皮笑肉不笑地扯了下嘴角：“那就好。程大姑娘，我们这就开始吧。”

程瑜瑾欣然应允。郑女官已经教导过四五批秀女，在她手下被整治的宫女不知道有多少，便是像程瑜瑾这样的贵族小姐她也见过太多。妃嫔们刚入宫时，个个如程瑜瑾一般，自信骄矜，身上带着被捧出来的小姐架子。她们都觉得自己的礼仪已臻完美，断不会被女官挑出错来，可惜，在郑女官的戒尺下，还不都是敢怒不敢言，只能低头。

教训一个涉世未深的小丫头而已，郑女官自信得很。而教训的人是太子妃，这更让她有成就感。

郑女官不紧不慢，打算看好戏，然而三天后，郑女官的心态变了。

程瑜瑾到底是什么情况？这几天她们四个女官眼睛都不眨地盯着程瑜瑾坐卧、行走、说话甚至睡觉，但她每个动作，竟然精准得像是有一把尺子比着，郑女官即使存心挑错都挑不出来什么。

郑女官入宫二十年，头一次对自己的能力产生怀疑。若是太子妃现在礼仪如此规范的情况传到宫里，她必然会被杨皇后痛骂，以为自己收了程家的好处，故意放水。

郑女官简直是哑巴吃黄连，有苦说不出。她真是对程瑜瑾盯得够仔细了。然而就算如此，程瑜瑾的举止都没有丝毫不规范、不文雅的地方。

郑女官大受打击，忍不住怀疑人生。好在昨天晚上回房之后，和她同住的另一个女官脸色也很难看。两人试探着交谈起来，才知道她们的想法是一样的。

对方也完全挑不出程瑜瑾的错来。她的动作实在是太标准了，甚至换成这几个女官，也做不到如此精确。

郑女官找到了知己，内心的焦灼顿时少了。她们偷偷合计，都觉得是程瑜瑾知道宫里要来人，特意临时恶补，提前纠正过自己的仪态。但临阵磨枪撑得了一时撑不了一辈子，她们慢慢等，总能等到程瑜瑾撑不下去的那一天。

于是四人更加仔细地盯着程瑜瑾的动作。郑女官心想，人又不是木偶，只要是肉体凡胎，就总有松懈时。程瑜瑾还能一天十二个时辰时时刻刻保持完美？

谁知道，程瑜瑾还真能做到。

人总有放松时吧，但程瑜瑾似乎不需要放松。她吃饭、喝水，甚至睡觉都规规矩矩的，仪态标准得仿佛是从礼法簿子上拓下来的。

郑女官让程瑜瑾练习行礼，特意让她维持着半蹲的动作。四位女官则围在她旁边，手中的戒尺已经蓄力，就等她稍微晃动就立刻用力打上去。

这一招不知道整治过多少人了。除了杨皇后，其他的妃子可能都经历过这个噩梦。郑女官眼睛都不眨地盯了许久，程瑜瑾竟然一动不动，而且她脸上的神情还很轻松，似乎只要女官不喊停，她就可以一直这样保持下去。

郑女官没办法，只能让程瑜瑾起来。她们挑不出错，自然没法指点程瑜瑾，宫里整人的阴损招数，竟然一个都使不出来。

郑女官又换了稽首、顿首……每一项程瑜瑾都做得极其标准。四个

女官站在她两边，面面相觑，谁都说不出话来。

郑女官此刻心却慢慢绷了起来。这个太子妃，似乎并不简单。

这份耐力，别说杨皇后，就连以规矩傍身的郑女官都做不到。

最开始众人得知失踪多年的太子被找回来时，可谓举宫皆惊，连带着那位尚未露面的太子妃，也一下子被推到了风口浪尖。

太子的事众人不敢妄加议论，但对太子妃……

尤其是众人听说这个太子妃还被退过婚。女官们的心里开始鄙夷这个家境普通、名声普通，连宫门都没进过的侯门闺秀，觉得太子妃的位置能落到她头上全靠走运。这样的人，有什么资格和时常在宫里小住的窦小姐比？

郑女官出宫时甚至怀疑，这个太子妃指不定还不知道宫礼要怎么行，跪安时要先退左脚还是右脚呢。

但现在，郑女官几人被太子妃狠狠地打了脸，都绷着脸，谁都不想说话。

程瑜瑾自从被赐婚之后，不再每日去给程老夫人请安。但自从宫里四位女官来了之后，她突然变得极其孝顺，天天去给程老夫人和庆福郡主请安。今天也是如此，程瑜瑾在自己屋里抄了会儿《内训》后，径自放下笔。

郑女官在一旁盯着，见此立刻冷冷地说道："程大姑娘，你今日两遍《内训》尚未抄完，不得出门。"

"我知道。"程瑜瑾放下笔，笑着看向郑女官，"'必也恪勤朝夕，无怠逆于所命，祇敬尤严于杖屦，旨甘必谨于馂余。'我抄至这一节，心有所感，想去向祖母、母亲请安。"

郑女官紧紧皱着眉。程瑜瑾若是出门，路上一来一回不知道要耽误多少时间，而且在外面，自己总不方便管教她。可程瑜瑾搬出《内训》的内容，郑女官若是说不行，岂不是和《内训》对着干？

程瑜瑾见状，轻描淡写地加了一段：“‘既笄而有室家之望焉，推事父母之道于舅姑，无以复加损矣。’女子如何孝顺父母，才能推断出其出嫁后如何孝顺公婆。女官阻拦我，岂不是拦着我向皇后娘娘尽孝？”

郑女官彻底说不出话来了，只好硬邦邦地说道：“程大姑娘伶牙俐齿，极会活学活用。但凡事要紧的是行为，您光逞口舌之能，恐怕会对未来不利。”

程瑜瑾哪里听不出郑女官是在威胁她。大意是：现在程瑜瑾要花招，进了宫之后，郑女官只消和杨皇后提上一嘴，就有她好看的。但还是那句老话，仇恨值五十和仇恨值一百没什么区别。杨皇后本来也不会善待她，那她何必让自己难受呢？

程瑜瑾笑着说：“我记住郑女官今日的话了。我们之后的日子还长，有些礼法我研究得不透彻，以后有的是机会向郑女官讨教呢。”

威胁人，谁不会？郑女官眉头皱得更紧，她用杨皇后威胁程瑜瑾，程瑜瑾紧接着又威胁回来。程瑜瑾毕竟是太子妃，杨皇后明面上不会对程瑜瑾怎么样，可郑女官却只是一个小小的宫人，程瑜瑾想捏死她，还是非常容易的。

郑女官被噎得不轻，偏偏程瑜瑾语言功夫极好，威胁之意尽在言外。郑女官目光不善地瞪了她好几眼，程瑜瑾置之不理，舒舒服服地换衣服出门。

现在已经四月了，府中的人都换上了轻薄的装束。府中各处花红柳绿，清香阵阵，丫鬟们在花木中穿梭，瞧着就让人心情愉快。程瑜瑾迈着工整的步伐，身后领着四个女官、众多丫鬟，浩浩荡荡地朝寿安堂走去。下人们瞧见程瑜瑾，远远地就给她让开道路。

程瑜瑾的阵势极大，程老夫人一早就接到了下人的报信。程老夫人听说大姑娘带着那四个女官又来寿安堂了，头疼得连水都喝不下去了。

那四个女官掌戒律，往那里一站比怒目金刚还吓人。虽然她们主要盯着程瑜瑾，但程老夫人等人和程瑜瑾共处一府，怎么可能不受影响？程瑜瑾天天往这里跑，搞得程老夫人这几天也绷着神经，不敢吃不敢喝，每个动作都小心翼翼。

程老夫人都如此，下面的众丫鬟婆子更是如临大敌。几天下来，寿安堂上下都苦不堪言。这些人只是被波及到，就已经如此疲惫了，程瑜瑾每日处在旋涡中心，该有多难？

程家的女眷们越发觉得太子妃果然不是人当的。如今她们看向程瑜瑾的眼神，都满是敬畏。

程老夫人虽然心疼程瑜瑾，但一点儿都不想跟着她受训。庆福郡主还可以借口管家、串门往其他的地方躲，而程老夫人作为侯府老太君，实在拉不下脸面对着女官避而不见。何况程老夫人跑得了和尚跑不了庙，她还能躲去哪儿？

程瑜瑾进门后，笑吟吟地给程老夫人问好。四位女官跟四大金刚一样站在她后面。程老夫人不得不挺直腰杆，坐得极其端正。而众丫鬟婆子也不得不挺胸、沉肩、抬头，收起嬉闹之态，一个个拿出头上顶碗的姿态。

程老夫人暗示程瑜瑾以后不必来了，可她却非常孝顺，表明每日晨昏定省是自己该做的，绝不会因为自己成了太子妃就疏忽孝道。

程老夫人简直糟心透了。

程老夫人就这样痛苦地享受着“天伦之乐”，好在没过一会儿，下人前来禀报，姑太太回来了。

程老夫人精神一振。昨天程敏特意递了话，说今日要带着女儿回娘家，程老夫人从昨日起就盼着了。

程老夫人是母亲，断没有出门迎接女儿的道理。从前都是程瑜瑾一早就等在二门，当时一来她是晚辈，二来也是为了讨好程老夫人。但如今她也只是在听到程敏进门的消息后，站起来对进门的程敏等人点头示意："姑姑，表妹。"从此以后，除了皇族的那几个高位者，天底下已经没有人能让程瑜瑾到门外迎接了。

程敏难得回娘家，见到程瑜瑾后又惊又喜，正要上前说话，但随后就看到了屋子里的那四个女官。程敏脸上的笑容收敛，脚步顿了顿。

程敏险些忘了，程瑜瑾已经快要成为太子妃，她的身边自然是有教导女官的。

本来阖家团圆的场面，因为有女官在场，众人都十分拘束。程敏这么多年一直养尊处优，筋骨早就懒散了，哪能和小姑娘们一样讲究仪态？程敏别别扭扭地问好之后，不知道该说什么。女官就在跟前杵着，她即便想问程瑜瑾一些私密话，也说不出口。

就连程敏和程老夫人说话也不自在起来。

这女官可是宫里的眼线，她们怎么敢当着宫里人的面拉家常？程敏干巴巴地说了会儿客套话，之后也不知道该起什么话题，屋内不由得陷入冷场。她想了想，将她身后的昌国公府的姑娘们叫过来说："你们这群皮猴快过来，早就让你们多和大表姐学学，如今你们大表姐被钦定为太子妃，规矩才学都是一等一的好，你们还不过来向她取取经？"

这才是程敏今日来的真正目的。昌国公府的人得知宜春侯府出了位太子妃后下巴差点儿都被惊掉了。现成的门路不用白不用，徐家一找到机会，忙不迭地把程敏打发回娘家，让她带着府上的姑娘们，赶紧和太子妃混个脸熟。

除了程敏的亲生女儿徐念春、二房庶女徐挽春，徐家大房的庶女徐顾春都跟过来了。

这是早就说好的，徐念春等人挨个给程瑜瑾问好。徐念春虽然被家里养得娇气，但毕竟是国公府的正经小姐，时常在长辈面前请安，各府的大场合不知出席过多少回，请安、问好等礼仪早就驾轻就熟。然而此刻，她站在程瑜瑾面前问好，短短的一句话竟然说得磕磕巴巴。

徐念春这还算好的。徐家其他两个庶女话都说不利索，声音越说越小，后面干脆听不见了。

不能怪几个姑娘失礼，实在是眼前的阵势太过吓人，郑女官这四个人看面相就刻薄难相处。她们板着脸时，比徐府最古板的嬷嬷都吓人。徐念春顶着这样的视线，总觉得下一瞬间戒尺就要打到她身上，半个身体都是僵硬的，哪还能流利地说话？

程瑜瑾见状暗叹，小姑娘们终究还是娇气，幸好这些女官是来盯着自己的，要是轮到徐念春头上，这得吃多少苦头？

程瑜瑾笑着拉起徐念春的手说："我早就想见三表妹了，只可惜不能出府，一直没见到。幸好你今天来了，近来徐老祖宗身体可好？"

有程瑜瑾带着，徐念春放松了许多，跟着说道："老祖宗一切都好，就是这几日天气变得快，她有点儿咳嗽。"

"换季就是容易上火咳嗽。我上次做了些枇杷膏，清热解毒，效果尚可。之前我给祖母送了些，还剩下一罐不曾用过。一会儿我取了，表妹帮我带给徐老祖宗。"

徐念春松了口气，顺势问起枇杷膏怎么做，程瑜瑾也不藏私，详细地讲给她听。众人拉起家常，一下子就将彼此之间的距离拉近了，这种话题即便听不懂，总是可以提问的。徐家其他两个庶女听着，间或也能插一两句。

屋子里的气氛终于和缓了些。徐念春也恢复常态，还不时妙语连珠，同时心里默默地想，原来这就是她和瑾表姐的差距。她时常能说一些俏皮话，将长辈们逗得哈哈大笑。她也一直以此自得，可现在才发现，自己能说妙语，程瑜瑾却可以让其他人说妙语。

其中的功夫，徐念春不知比程瑜瑾差了多少。程瑜瑾的控场能力非常强，只要她想就可以让任何人越说越开心，同样也可以让人丑态毕露。

徐念春叹气，难怪程瑜瑾能做太子妃，这份功力她自愧不如。以前程敏夸程瑜瑾时，徐念春还不以为然，这次才真正见识到二人之间的差距。

众人说了一会儿话，有婆子站在门外禀报："老夫人、太太，二姑奶奶也到了。"

程敏回娘家，庆福郡主和阮氏听到消息都陆续赶过来了。现在听到程瑜墨也回来了，阮氏的眼睛亮闪闪的，恨不得立刻前去迎接女儿。

程敏笑着对程老夫人说："娘，这是我和墨儿约好的，今天一起回来，人多热闹。没想到她住得比我近，倒比我来得还晚，一会儿你们可不能饶了她。"

程家众人都轻声笑了，唯有郑女官听到后，眉头皱了皱。

门口一阵叮叮当当的声音，程瑜墨进来了，屋内大多数人都探身往门口看，郑女官却站在程瑜瑾身前说："大姑娘，您今日的《内训》还没抄完呢。"

屋内的欢声笑语顿时停了下来。程瑜墨刚刚进门，听到郑女官这句话也停下脚步，和里面的人面面相觑。

程瑜瑾心里有些恼，郑女官当着这么多人的面催她走，显然是故意在折她的面子。如果因为女官一句话，她就从家庭聚会里离开，程家人要怎么想？程敏、程瑜墨回府后，徐家、霍家又要怎么想？

如果是平时，女官这样说，程瑜瑾顺水推舟也未尝不可。反正这两遍《内训》一定要抄完，她没必要故意和女官们对着干。但现在当着外人的面，程瑜瑾就一定要把脸面争回来。

她丢什么都不能丢脸！她可是京城闺秀的标杆、家族的楷模，怎么能掉下神坛被人欺压呢？她就算打落银牙和血吞，脸面上也要好看。

于是程瑜瑾没有动，双手交叠放在小腹前说："'事亲如事天。'侍奉公婆要像侍奉自己的双亲一样，同理我如何对待自己的弟弟妹妹，日

后便会如何对待夫婿的。今日姑姑和二妹归家，若我避之不见，日后见到宫里的公主们，该如何？”

郑女官听到她的这些话，条件反射般觉得恶心。要像侍奉自己的父母一样侍奉公婆，这本来是规诫女子的，现在反倒被程瑜瑾拿出来压人，郑女官还是第一次知道《内训》能这样用。郑女官听到程瑜瑾那些歪理后被气得不行，偏偏她一口一句大道理，处处引经据典。如果自己反驳她就是反驳经典，郑女官糟心得不行，忍着气说：“程二姑奶奶是靖勇侯夫人，大姑娘见她恐怕不妥。”

这话一出在场的许多人脸色就变了。郑女官暗指程瑜瑾曾经和靖勇侯有过婚约。皇家女眷见外人本来就敏感，而见的人还是来自曾经的婚约之家，这就十分微妙了。这种事可大可小，往小了说不过碰巧见到臣子内眷，若是往大了说，能发挥成太子妃失德。

程家众人脸色都不太好看，这是能牵连全族的大罪，可不是开玩笑的。郑女官掐着这一点，可谓又狠又毒。

程瑜瑾想都不想，反驳道：“二妹是靖勇侯府的霍家妇，我见自己的妹妹，有什么问题吗？”

郑女官暗暗加重语气：“大姑娘，那是霍家。”

“对啊，我二妹的夫家。”程瑜瑾无所畏惧地盯着郑女官，“是霍家，又怎么了？”

徐家的三个姑娘已经被这个场面吓得完全不敢说话了。徐念春不自觉地屏住呼吸，看了一眼程瑜瑾，又悄悄瞅了一眼脸色黑得像锅底的女官，内心越发对程瑜瑾佩服得五体投地。

郑女官被气得不轻。她的意思之前说得十分明白，程瑜瑾曾和霍家有过婚约，再见面恐怕会牵扯不清。但程瑜瑾仗着郑女官不敢直说，却在这里装傻充愣。

程瑜瑾脊背挺直，眼神如炬，不闪不避地看着郑女官。郑女官阴沉着脸，和程瑜瑾僵持着。

另一个女官看到这种状况，瞧了程瑜瑾一眼，然后上前拉住郑女官的衣袖："既然程大姑娘这样说，我等自当遵从。身为奴婢，遵从主子的命令才是头等要务，我们虽然是来提点程大姑娘的，也不可犯忌。"

这个女官的意思很明显，程瑜瑾毕竟是皇上亲封的太子妃，无论太子出于什么缘由娶程家女，只要程瑜瑾一日没被废，她就一日享受着太子妃的尊荣。敢说太子妃的私事，她们这些女官怕是嫌命太长了。这话要是传到太子耳朵里，她们四人没一个活得了。

郑女官被其他女官拉着，只好低头赔礼道歉："奴婢僭越了，请您治罪。"

程瑜瑾说："四位姑姑专程来指点我规矩，我感激四位还来不及，怎么会治罪？再说四位姑姑是皇后娘娘的人，皇后娘娘掌管六宫，统领内眷，赏罚自有章程。四位姑姑跟在皇后娘娘身边，自然是最知道什么能说，什么不能说。"

郑女官嘴角绷得紧紧的，低头道："姑娘说得是。"

这出短暂但火药味十足的对峙暂告一段落，这时众丫鬟婆子才发现自己出了一身汗。

程瑜瑾和郑女官说话时，程瑜墨一直站在门口，睁着一双大眼睛，无所适从地看着众人。直到此刻小插曲结束，众人才顾得上她，忙搬来绣墩让她落座。

即便女官已经退了一步，但众人仍旧心有余悸，没人敢高声说话。程瑜墨先被晾了半天，如今坐在绣墩上，浑身都不自在。

刚才女官发难便是针对霍家，程瑜墨两头为难，怎么能好受？

郑女官当着众人失了颜面，便怀恨在心，之后一直想扳回一局。郑女官突然眉头一皱，发现程瑜瑾一个动作没做对，立即跳出来："程大姑娘，你刚才的敬茶礼仪不对。"

话一出口，众人的说话声顿时停了，屋子里安静得落针可闻。程瑜瑾不紧不慢地问道：“哦？是哪个动作？”

“姑娘刚才给程老夫人敬茶时，动作轻浮，有失恭敬。”

程瑜瑾哦了一声，慢慢点头，让开位置：“姑姑恕我愚钝，我不知错在哪里，请姑姑示范。”

郑女官不屑地哼了一声，心想程瑜瑾想用这种伎俩拿捏她，也太小看宫廷专司礼仪的女官了。郑女官当真不客气地上前，接过端盘里的茶盏，示范了一遍。

另一个女官嘴唇动了动似乎想阻止，但郑女官接话太快，自己没来得及阻止就看到郑女官出去了。这个女官悄悄摇头，无声地叹了口气。

郑女官做完后十分得意，觉得这次程瑜瑾可算落到自己手里了。然而程瑜瑾突然说：“姑姑且慢，不要将手放下。”

郑女官一愣，下意识地保持着动作。等反应过来后郑女官大怒，程瑜瑾竟敢让她停下动作！往常都是郑女官让别人停下，自己站在一边指点，现在程瑜瑾竟敢让她停下？

郑女官被气得不轻，程瑜瑾又绕着郑女官走了一圈，轻叹了一口气，似乎想说话，又顾及郑女官的颜面不好意思说。

郑女官心里蹿起一股邪火道：“程大姑娘有话不妨直说，叹气做什么？”

“既然郑姑姑这样说，那我就不客气了。”程瑜瑾对郑女官抿嘴一笑，当真用手指在郑女官的手肘、小臂、脊背上点了点，说，“给长辈敬茶，进则趋，退则迟，眼睛要半垂，但脊背不能弓，脖子垂而不折，姑姑您弯腰低头就很不好看。还有姑姑您的手，敬茶切忌手动而臂不动，您的手臂没有抬到位，反而翘起手将茶杯放在长辈跟前，这是极大的不恭敬。”

郑女官不可置信：“你指点我规矩？”

“对啊。”程瑜瑾轻轻一笑，回头朝另外三人看了一眼，“三位姑姑，你们说我刚才的话对不对？”

另外三个女官欲言又止，最后有一人叹了口气道：“程大姑娘所言甚是。”

郑女官顿时面皮爆红。她自命是教规矩的女官，对秀女们一向动辄打骂，却不知有些动作自己做起来也不能尽善尽美。刚才并不是程瑜瑾做错了，而是郑女官以自己的标准衡量，以为程瑜瑾做错了。

郑女官丢了大面子，但毕竟是宫里出来的，赔了礼后就退到了一边，并没有丢了皇家体统，但之后再不敢说话了。

徐念春跟在母亲身后看得啧啧称奇，端杯茶都有这么多讲究，不知道该说皇家真可怕，还是她的表姐真可怕。

瑾表姐竟然能给宫里教规矩的姑姑指出错误！徐念春感到庆幸，幸好程瑜瑾只是她表姐，不是她亲姐。如果家里真有这么一个完美的长姐全方位无死角地比对着，她还活不活了？

和徐念春有同样想法的人不在少数，众人对程瑜瑾的行为叹为观止，不由得都向程瑜墨投去同情的目光。程瑜墨垂下眸子，脸上冷冰冰的没什么表情，内心却烦躁极了。

这一刻仿佛噩梦重演，前世她一直活在程瑜瑾的阴影下，现在一切明明已经改变了，为什么还是如此？

程瑜瑾到底不同于旁人，陪程敏、程瑜墨坐了一会儿，就回去备嫁了。

等程瑜瑾走后，众人才敢大声说话。

徐念春这才悄悄和程敏说：“娘，瑾表姐真厉害，宫里来的女官也不敢对她怎么样，她说呵斥就呵斥，一点儿情面都不留。”

在徐念春眼里，宫廷便是最厉害、最神圣的地方了。她的大姐是淑妃，每年上元节，徐家都能收到淑妃从宫里赏下来的花灯，这是徐念春几个姐妹一年的谈资。宫里的花灯远比外面卖的精巧，富丽堂皇、金光灿灿的走马灯便是徐念春对宫廷的全部印象。

因为淑妃，徐家人出门总是能挺直腰杆。有一个皇妃姐姐，足以让徐念春成为同龄小姐妹中的核心人物，虽然淑妃在宫里不太受宠。

但淑妃毕竟是妃位，这对徐家却是一顶保护伞，所以昌国公府举家供着淑妃也无怨无悔，徐大太太更是时刻找机会和杨家搭上话，想让杨夫人在杨皇后面前替淑妃美言几句，好让自己的女儿淑妃在宫里过得轻松些，可惜始终没有跟杨家搭上话。

徐念春知道，昌国公府每个月都给宫里管事的那些太监一大笔银子。那些太监找上门来要钱，即使他们知道这些太监是在勒索，也不敢不给。毕竟，淑妃娘娘在宫里啊。

一些无赖太监都敢在昌国公府上呼来喝去，那比太监地位更高，甚至有品级的女官就更了不得了。

然而在徐念春看来不可侵犯的人物，程瑜瑾说冷脸就冷脸，连女官指点规矩也被她反击回去了。

程瑜瑾真是厉害啊！徐念春原来并不喜欢程瑜瑾，觉得这个表姐又假又空，不像二表姐那样亲切、好相处。徐念春毕竟是徐家这一辈里唯一一个留在府里的嫡女，从小被娇惯着长大，自然心高气傲。一个没比她大多少，却处处抢在她前头的表姐，她自然不服。

然而今日的事令徐念春彻底服气了。只要是能进宫的人，都是徐念春的偶像，而程瑜瑾能将宫里的女官治得服服帖帖，似乎比她大姐淑妃还要强一点儿。

程敏的内心也受到不小的冲击，听到女儿的话，又气又无奈："别瞎说！祸从口出，宫里来的贵人们还在呢，你就敢说这种话！"

"她们都跟着表姐走了，才听不到呢。"徐念春噘着嘴，不服气地和母亲顶嘴。

程敏瞧着肆无忌惮和她顶嘴、还是一团孩子气的女儿，无声地叹了口气。其实程瑜瑾今年岁数也没多大，不过十五岁罢了，只比徐念春大两岁。但程瑜瑾和徐念春已经完全是两个世界的人了。

若是方才的事情放在徐念春身上，她指不定要受多大的委屈呢。可程瑜瑾却能借势为自己立威，敲打这群仗势欺人的老油条。平心而论，即便是程敏，也不能做到程瑜瑾这样。

"娘，你看着我叹气做什么？"徐念春趴在程敏的身上问道。

程敏回神，没好气地拍了下女儿的脑门："多大人了，还坐没坐样。我也不求你大富大贵，以后找一个踏实温和的夫婿，能时常回娘家看看，我就知足了。"

徐念春也到了少女怀春的年纪，闻言十分羞恼，捂着脸不肯抬头。程敏看着闹脾气的女儿，心中感叹：若是将徐念春放在程瑜瑾的位置，恐怕也不会被立为太子妃。

她的大侄女终究不是凡人，不会走平凡路。

程瑜瑾走后，程敏带着徐念春围在程老夫人身边说家常话。阮氏悄悄带着程瑜墨走到外面，找了个安全的地方，也坐下来说体己话。

阮氏低声问："墨儿，你婆婆对你怎么样？"

程瑜墨的脸上以肉眼可见的速度布满愁云。她低着头，过了一会儿才说道："还不是老样子。婆婆当了半辈子的寡妇，刻薄成性，哪能指望婆婆的性子三两日就改了？"

阮氏叹气，左右看了看，压低声音问道："那侯爷呢？"

程瑜墨咬着唇，最终坚定地道："侯爷对我很好。"

阮氏听到这句话才放心，意有所指地说："谁家的婆婆都难缠，只要爷们的心向着你，日子就能熬下去。要是爷们的心不在了，任你娘家多强硬，任婆婆对你多偏心都没用。毕竟，你总不能和婆婆生一个儿子出来呀。"

阮氏一边说，目光还意有所指地朝正房瞥去。程瑜墨了然，阮氏指的是大伯母庆福郡主。无论程老夫人的为人怎样，她对庆福郡主确实称得上是一个宽厚的婆婆。她平时不用庆福郡主伺候，管家权也给了庆福郡主，但庆福郡主却拢不住程元贤的心，入门多年一无所出，直到中年才艰难地生了个儿子。

庆福郡主就是阮氏多年来教导女儿的反面例子。每次说起为妇持家之道，阮氏就会提起庆福郡主，告诫女儿务必要拢住男人的心，这才是在后宅立足的根本。其他都是虚的。

阮氏照常说了一大通后，提醒女儿："墨儿，你记住了吗？"

阮氏刚才贬低庆福郡主太过瘾，竟然没注意到程瑜墨一直没说话。程瑜墨的神情似痛苦似茫然，时不时还恍惚一下。

阮氏最后提醒了一句，程瑜墨才回神。她立刻将脸上不小心泄露出来的情绪藏起来，低头说："娘，我记住了。我和侯爷感情很好，并没有第三者插足。"话刚说完，程瑜墨的内心一阵疼痛。其实第三者这个人是有的，只不过这个人看不见摸不着，是前世的一个影子罢了。

程瑜墨最近慢慢发现，霍长渊似乎也断断续续地想起了前世的事情。只不过他一直不说，而她一天到晚都被霍薛氏绊住，和霍长渊相处的时间太少，也不知道如今他到底想起来多少。

阮氏越和她强调抓住男人的心的重要性，程瑜墨就越痛苦。要如何告诉阮氏，她可能也要走庆福郡主的老路呢？

程瑜墨只能维持着自己最后的骄傲，忍着不说。

阮氏知道女儿和霍长渊的感情很好就放心了，仔细瞧着自己的女儿，弱柳扶风，我见犹怜，虽不是绝色之姿，但细看之后十分惹人怜惜，是男人最爱的那类女子。相比程瑜瑾这种模样出众但性格死板的女子，显然程瑜墨更容易激发男人的保护欲。

程瑜瑾表面看着光鲜靓丽但肯定是那种不得宠的正室，和男人只有表面情分，程瑜墨才像生活幸福的小女人。

阮氏对程瑜墨太过放心，以至于都没有想过小女儿会骗她。

程瑜墨心情烦躁，此时一点儿都不想谈她和霍长渊感情的事。程瑜墨转移话题问：“娘，你知道为什么她成了太子妃吗？是不是祖父和太子有什么协议？”

别说程瑜墨，程家人也想知道。阮氏叹气道：“娘也不知道。你祖母之前试探着问过，她却说知足是福，让我们不要打听不该知道的事情。你祖母都问不出来，我压根儿不去自取其辱。”

阮氏说着哼了一声：“果然不是自己亲手养大的，就是不亲，还没嫁人呢胳膊肘就往外拐。我只不过让她给恩慈、恩悲一些方便，向太子殿下求求情就办成了，她却不肯。我辛辛苦苦生她一场，最后却给别人养了女儿。”

程瑜墨叹气，看来从阮氏这里是打听不出什么有用的消息了。程瑜墨突然想起众人私底下的传言，有人猜测是程老侯爷救了太子，然后要挟太子娶程家女当太子妃。

要不然他们实在没法解释太子为什么选择程瑜瑾做正妻。

宜春侯府没有权势，在朝堂上不能给太子任何助力，而程瑜瑾本人还被退过婚，要不是程家没有其他女儿，太子无人可选，太子妃怎么也落不到程瑜瑾头上。

这个说法是闲聊时大家胡乱猜测的，无根无据，听一听就算了。可程瑜墨却像中邪了一样，怎么也忘不掉。

要不是程家没有其他女儿，要不是无人可选……那是不是说，若是程瑜墨没有嫁给霍长渊，太子妃的位置应当是她的？

程瑜墨不敢再想下去，明明知道这样想是对霍长渊的不尊重，可……程瑜墨忍不住想知道，当初是不是真的有这种可能？

是不是她真的和太子妃的位置错过了？

阮氏见程瑜墨的脸色不好，以为程瑜墨不甘心程瑜瑾嫁入东宫。那可是太子妃之位啊，程家人连宫里娘娘都没怎么见过，徐家只是出了一个淑妃，就足够程家羡慕了，可程瑜瑾却成了太子妃。

在这之前，他们压根儿想都不敢想，程家居然有这种造化。

阮氏安慰程瑜墨："墨儿，过日子'如人饮水，冷暖自知'，不是嫁得高就能过得好。太子的情形……唉，那些话我也不敢说，但宫里太后、皇后都在，二皇子的能力也一点儿都不差，最后谁是赢家还不一定呢。当太子妃是苦差事，太子败，她跟着一起死；太子赢，她却未必有什么好处。那实在是个吃力不讨好的位置，受尽后宫约束，最后却未必能善终。哪像你，侯爷年轻有为，家里人口简单，你一过门就是侯夫人，自己独门独院，又有夫婿疼爱，不比什么都好？等过两年你生下儿子，日子就更好过了。"

阮氏说到这里欲言又止，隐晦地瞟了一眼程瑜墨的肚子："墨儿，你现在……"

程瑜墨摇头。阮氏叹了口气，难掩失望之情。但紧接着她又安慰女儿说："没事，你还年轻呢，子嗣的事不急。你现在年纪还小，过早生孩子对你身子骨不好，养两年等长开了再生。"

这和吃不到葡萄说葡萄酸一样，程瑜墨只能点头。阮氏见程瑜墨还是悻悻的，劝道："你也别太急了，凡事顺其自然。但你可一定要盯紧了女婿，不能让他去别的房留宿。就算要去，事后也要给那人灌避子汤，即便是娘给你的陪嫁丫头也一样，你可不能心软。"

程瑜墨点头："娘，我知道。"

阮氏看着女儿比待字闺中时还要尖的下巴，心疼得不行。阮氏搂住程瑜墨说："女儿啊，女人这一辈子就是来受罪的，家里千娇百宠把你养大，却要送到另一家去做牛做马、受苦受累。你要恨就恨娘吧，都怪娘把你生成女儿。刚嫁人这一段时间都苦，娘当时也是一样，等你生下孩子，就有盼头了。而且你的姐姐毕竟成了太子妃，你婆婆顾忌着你姐姐，也不敢太过为难你。你以后务必要让霍家人知道，你和大姑娘姐妹情深。你若是受了委屈，就骗你婆婆说进宫找太子妃评理，她肯定就不敢再刁难你了。”

刚才阮氏还说程瑜瑾进宫后一定过得不好，现在就想利用程瑜瑾的名头办事，程瑜墨听了都觉得可笑。

程瑜墨自嘲地笑了，过了一会儿低不可闻地说：“娘，过几天，她真的要嫁给九叔了吗？”

“那是太子！”阮氏皱眉，连忙纠正道。

“我知道。”程瑜墨垂着眼眸，郁郁寡欢，看不清眼中的神色，“但那是一个人啊。”

阮氏似乎有点儿明白女儿的想法了，叹气道：“没错，听说最开始皇上想让太子早些成婚，定在了六月。可太子在皇上面前周旋，改在了七月。那时候你姐姐正好出孝，可以风风光光地嫁人，无所顾忌。”

“七月。”程瑜墨抿唇，“那其实很快了。”

时间确实过得很快，一不留神就到了六月。程瑜瑾自从敲打过郑女官，展示了自己的强硬态度后，女官们果然安分了好长一段时间。“人善被人欺，马善被人骑”，程瑜瑾当众翻了一次脸，女官们反而不敢再试探她的底线。

之后两方相互制衡，倒也平安无事地到了六月。月底，程家举行了隆重的除服仪式，程瑜瑾脱下身上的孝服，换上鲜艳的衣衫。紧接着没过几天，宫里便派遣礼使、仪仗车辂队伍从左顺门出发，浩浩荡荡地穿过主街，停在宜春侯府的正门。

宜春侯府唯有婚丧嫁娶才开的正门，此刻挂着红绸，面朝整个京城大敞四开。

第五章 大 婚

今日纳征礼，代表皇家来给宜春侯府下聘的是遣礼使，有正使和副使两人。即便副使也是朝中品阶不小的官员。想想也是，太子大婚每一步都是要详细记入国史的，露面的都不是无名之辈。

也就是说，在场的每一个人都比程元贤的官位高。

程元贤真是既自卑，又莫名其妙地觉得自豪。

遣礼使进侯府送纳征礼和制书，之后按照烦琐的礼仪，在重重香案、帷幔前拜了又拜，将皇家的聘礼一一陈列在中庭。此刻宜春侯府门外围满了百姓，众人对地上高大气派的红木箱子指指点点，艳羡声、溢美声不绝于耳。

遣礼使恭恭敬敬地将玉质制书奉在案上，然后太子妃的冠服先行，在一路此起彼伏的惊叹声中被送入正堂，后面跟着令人眼花缭乱的仪仗队，将正院塞得满满当当。正使当众宣读制书，看他的脸色就知道，他能参与这种大礼仪，显然与有荣焉。

程元贤等人跪拜接旨后，太子妃的冠服才被女官送入程瑜瑾的屋子。程瑜瑾在自己院内换了全套冠服，由数名女官簇拥着，缓慢地走入正堂。

太子妃垂范天下，这句话不是说说而已。祭祀、朝贺、元日……可以说天下礼仪，有皇上的地方就有太子，有太子的地方就有太子妃。

今日这种严肃的场合，程瑜瑾才是主角。

程瑜瑾露面的地方是在内院，这里不会被外面的人看到。程瑜瑾戴着九翟四凤冠，穿着深青色翟衣，外罩中单，腰束蔽膝、玉佩、朱绶，整套服饰繁复而庄重。

程瑜瑾的仪态完美，姿容绝丽，穿上整套礼服，简直耀眼得不可对其直视。

这种宽袖衣服，让袖子前后摆动是极其失礼的行为。程瑜瑾在众人的注视下缓缓走出来，她的手掌隐于衣袖中，右手贴在左手背上，宽大的衣袖自然垂落，看着庄重又典雅。

顶着众多或善意或不善的视线，程瑜瑾没有丝毫慌乱，稳稳地停在香案前，在赞礼女官的指引下行四拜礼，然后跪下听宣册女官读册书。

这就是程瑜瑾正式的册封旨意，乃是玉质的，是礼仪中最高级别的册书。宣册女官读完之后，程瑜瑾双手接过，跪在右侧的女官见状连忙膝行，恭敬地将手举过头顶。程瑜瑾将册书放在右侧的女官手中，自己在宫人的帮助下慢慢站起来，拿着玉圭又端端正正地行了四拜礼。赞礼女官终于道："礼毕。"

满院子人听到后，立刻上前给程瑜瑾行大礼："恭喜太子妃。"

程瑜瑾也不由得露出微笑，对众人轻轻颔首。

之前虽然全天下都知道她是太子妃，但终究名不正言不顺，其他人称呼她还是要用程家的身份。但从现在起，她正式被册封为太子妃了。日后人人见了她都得恭敬地唤一声"太子妃"。

监官从正门出去，走到外院，吊着长长的嗓子宣布受册礼毕。外面顿时响起一片恭喜声，随行的官员都上来向程元贤道贺，而正使和副使以及监礼太监没寒暄多久就回去了，他们有任务在身，还得回宫里复命。

册封之后，很快就是正式成婚的日子。这几天，整个宜春侯府都忙得脚不沾地。程家从没办过这么大的仪式，皇太子大婚和普通婚宴可不一样。若是普通嫁娶，婚宴上出了什么纰漏，顶多是在其他家族面前丢些脸。若在太子妃的婚礼上出了错，那不是丢不丢脸的问题，那是丢脑袋的问题。

程家的家规算不上好，要不然也不至于祖祖辈辈都不思进取。上行下效，可想而知，宜春侯府下人们的规矩也不怎么样。

程家众人慌得不行，前段时间二姑奶奶大婚时，亲迎时出了好大的乱子。霍家的人都到门口了，新娘房里还没安顿好，到最后险些连盖头都没找到。要不是程瑜瑾在外面拖了很久，恐怕那天程家就要出丑了。

这一次，府里再没有人帮忙拖时间，就算有，恐怕亲迎的人也不允许。

好在这种大典仪，宫里安排了人，术业有专攻，没有人比宫里的人更熟悉这些繁文缛节了。程家人听宫里人的指挥，女官们让做什么，他们就做什么，倒也有惊无险地到了正日子。

亲迎这日，程瑜瑾天不亮就被叫醒了。其实这天谁都没法睡觉，不光程瑜瑾这里，寿安堂程老夫人的正房，萱华院庆福郡主和程元贤的正房，先后亮起了灯。

程瑜瑾先是沐浴、焚香、更衣，换上燕居服，然后拖着长长的正红色大衫，随着程元贤、庆福郡主两人一起去祠堂前行礼、祭酒。此行是专程告诉祖宗，程家有女选做太子妃，今日便要入宫了。家女临行前，特意前来告于祖宗。

长长的祝词读完后，程瑜瑾深拜，辞别程氏列祖列宗。

最外面的一个牌位，正是程老侯爷的。

当日程元璟从外地刚回来，身上犹带着远方的霜雪，快步走入程老侯爷的房间。没过多久，程瑜瑾也跟着跑进来。两人的缘分就从这里开始了。

那时程老侯爷临终前心愿得偿，看着眼前的一切十分欣慰。程老侯爷肯定没想到，一年以后，跟着程元璟进来的那个小姑娘，又跟着程元璟走出了程家。

从祠堂回来后，程元贤和庆福郡主端坐正堂，程瑜瑾在女官的指引下对程元贤、庆福郡主深深四拜。程元贤看着眼前并非自己亲生，但却给他带来荣耀的女儿，感慨万千。

原本担心父亲死了，没人替他张罗，他的爵位可怎么办？然而谁能想到，都不用程元贤费心思，这个爵位就稳稳地掉在了他的头上。

毕竟太子妃的父亲不上不下顶着个世子的头衔算什么？日后史官写皇太子大婚典注，太子妃的出身不够体面，史官怎么下笔？

都不用李承璟说，下面的人就麻利地给程元贤办妥了袭爵一事，一应手续完全不用程元贤操心。

在程瑜瑾的婚礼上，程元贤当真觉得自己命好。他前半辈子有父亲铺路，后半辈子有女儿铺路。

程元贤清了清嗓子，努力露出庄严的模样说："尔往大内，夙夜勤慎，孝敬毋违。"

程瑜瑾应下："女儿受教。谢父亲。"

她又走到庆福郡主身前，庆福郡主也说："尔父有训，尔当敬承。"

"是。谢母亲。"

程瑜瑾的时间非常紧张，每个时辰每一刻都有安排，程元贤和庆福郡主不敢耽误程瑜瑾的时间，赶快让她去进行下一步。

庆福郡主看着程瑜瑾走出正门，身后红色的大衫在门槛上拖出流水一样的弧线。庆福郡主低声叹了口气，即便不情愿，也得承认自己后半生、程恩宝后半生，甚至整个程家的命运都在眼前这个女子身上了。

程瑜瑾毫不在意地坦白自己的冷漠，之前那次庆福郡主和程瑜瑾已经基本撕破脸了。可那又怎么样呢？庆福郡主反而更要讨好程瑜瑾。

程瑜瑾又去拜见了程老夫人，听程老夫人的训话。新妇出嫁，家里的长辈都要给新妇指点，以告诫女儿去夫家的为人处世之道，务必孝顺公婆，相夫教子。但有资格给新娘子训话的都是直系长辈，换言之程元翰和阮氏是没有资格的。

即便他们才是程瑜瑾的亲生父母。

受醮戒结束之后，程瑜瑾回房，换下烦琐的燕居服，又换上更加沉重的翟衣礼服。之后就没她什么事了，只要等着亲迎的队伍到来就行了。

她这里得以轻松片刻，想来李承璟那里应该忙得不行。

事实确实如此。皇太子是一朝国本，婚礼又事关传承，尤其这是李承璟回归太子身份后，举办的第一场大典礼，最能证明他的正统身份。种种原因叠加在一起，这次大婚最终有多隆重，就不必说了。

外面的事情程瑜瑾不得而知，不知道等了多久，听到外面突然喧闹起来……声音越来越大，渐渐礼乐的声音也能听到了。程瑜瑾知道，李承璟来了。

这些流程程瑜瑾明明烂熟于心，甚至她连李承璟会在什么时候到达程家门口都一清二楚，但这一刻真正听到亲迎的礼乐声，内心竟然无端紧张起来。

她要嫁人了！她真的要嫁给李承璟了。程瑜瑾紧张之下竟然记不清李承璟的样貌了，上次他们见面，还是正月里她的病刚好那会儿。那时候她受到的冲击太大，根本没心情注意李承璟的长相，甚至从她知道他不是程元璟，而是宫里的皇太子后，程瑜瑾就不怎么敢直视他的脸了。

结果，程瑜瑾现在记忆最深的一幕，竟然是建武二十二年早春，风扬起隔夜的雪，导致她看不清对面的路，唯有他挺拔的身姿、大红的曳撒格外醒目。

女官们听到声音后都在偷偷看着程瑜瑾。她们见太子妃端端正正地坐着，并没有因为外面亲迎的声音而乱了仪态，都十分满意。

程瑜瑾端庄地坐在床上，纤细的手指交握着掩于袖中。她的脖颈挺直，头上的九翟四凤冠晃都没晃一下。太子妃在人前依然尽职尽责地担当着礼仪典范，心里却在想，她记不清李承璟的脸，那他还记得她的样子吗？

外面敲敲打打的礼乐声渐渐近了，他们已经进府了。今日程元贤要穿正式的朝服，他见到未来女婿，要先向太子下跪行礼，然后才听到赞者在一旁说："皇太子奉制行亲迎礼。"

之后每一个步骤都是这样，李承璟走在最前面，礼官跟上，然后才轮到程元贤。他们停在中堂，而这时候，程瑜瑾也在女官的指引下走到中堂，停在庆福郡主后面。

她人都到了这里，可眼前还是隔着一扇屏风，不让他们夫妻直接见面。其实程瑜瑾脑袋上顶着五六斤重的发冠，也委实没心情去看人。她隐约听到李承璟奠雁，赞者说了许多话，最后那个悠长的声音说道："礼毕，请皇太子出门。"

李承璟似乎也无语了，朝程瑜瑾所在的屏风那里扫了一眼。礼仪官搞了这么多花样，一步一步麻烦极了，最后他连程瑜瑾的人都没见到，就让他出门？尤其是程瑜瑾就在自己不远处，他都看到她的身形了。李承璟头一次觉得这些古板烦琐的礼仪讨厌极了。

此刻正堂里全是人，外面还有不间断的奏乐声，按道理喧闹得很，可随着李承璟的动作，竟然齐齐地安静了一瞬。

最终李承璟还是什么都没说，率先朝外走去。程瑜瑾提着的心放下了，这时候才感觉有些好笑。她嘴角勾了勾，但很快就压了下去，依然还是那个端庄的太子妃。

等程元璟走得看不见之后，女官才带着程瑜瑾往外走。她在中门处上了凤轿，凤轿富丽堂皇，精巧至极，连抬轿子的都是女子。她坐上凤轿后轿帘被放下，把里面的人遮得严严实实。

程瑜瑾从头到尾都没看到李承璟的真容。

皇家的规矩，是真的很多。

今日太子大婚无疑是全城的热点，一路上都有百姓随行围观。大婚的仪驾穿过东长安门，浩浩荡荡地走至午门。护驾侍卫都在此止步，再往前就犯禁了。唯有程瑜瑾的仪仗队继续往前走，走进东顺门。轿子刚刚落地，她就听到轿门被叩响，随行女官在外面轻声提醒："太子妃，请出轿。"

程瑜瑾马上就反应过来刚才叩轿门的人是谁。她握着玉圭的手指紧了紧，随后眼前骤然一亮，轿帘被掀开，只见李承璟穿着一身玄黑冕服站在轿子外，眼前五彩九旒轻轻晃动，让人看不清他的眉眼。可程瑜瑾知道，他正在看着她。

未婚夫妇婚前不得见面，婚后却要生时朝夕相对，死后同一个墓穴。

他们共享命运，共度余生。

李承璟朝她伸出手，仿佛在邀请她进入他的人生。

程瑜瑾犹豫片刻，然后缓慢地伸出了手。

程瑜瑾伸出手的动作有些迟，但当手指触碰到李承璟的手时立即被他反手握住。李承璟的手温暖有力，程瑜瑾被他带着走出凤轿，竟然有一种说不出的安全感。

仿佛无论她有多少迟疑，只要愿意迈出第一步，李承璟就会将剩下的九十九步带她走完。

旁边的女官们面面相觑，搀程瑜瑾出轿本来应该是她们要做的事，但现在被太子抢走了，按理现在礼还没成，太子这样做不合礼仪。

女官们悄悄去看李承璟的脸色……显然，太子知道大婚每一阶段的步骤是什么，每一步该做什么。

此时亲迎队伍已经进宫了，没有百姓观礼，女官们只好睁一只眼闭一只眼，假装没看见。程瑜瑾走出轿子后，试图将手从李承璟手中挣开……东顺门到慈庆宫的路还有很长，程瑜瑾手里要拿着玉圭，如果一直被李承璟攥着一只手可不行。

李承璟顺势松开了手。很快宫内的轿辇到了，他们二人上了轿辇，一前一后往东宫而去。

东宫并不是宫殿的名字，它只是太子居住宫邸的代称，历来建在宫苑东边，故称东宫。本朝皇太子居住的宫殿从先帝开始定名为慈庆宫，之后就一直沿用。

程瑜瑾听到“降轿”的长长唱喏声，心中突然生出一种说不出的感觉，这就是慈庆宫了，大名鼎鼎的东宫，未来许多年自己都要住在这里。

轿门打开，程瑜瑾慢慢下轿。这一步迈下去，她就再不能回头，以后是生是死，是落魄是荣耀，都归于这片红墙青瓦后了。

从程瑜瑾下轿起，女官就用帷幕为她撑出一片空间，不让外人瞧见她的身形。这样一来，程瑜瑾一路根本不知道宫里是什么样。等到了室内，她跟随内官的指引，又是拜又是坐，来来回回换了好几个地方，折腾了许久，最后终于饮完合卺酒。程瑜瑾和李承璟互相对拜，然后各自由宫人、太监引导着去换衣服。

程瑜瑾直到这时，才终于松了口气。

杜若、连翘仅是随行都已经累得够呛，更何况程瑜瑾还要穿着厚重的礼服、戴着死沉的发冠呢。她们俩人一得空就赶紧围到程瑜瑾身边，

低声问道："太子妃，您还好吗？"

"我没事。"程瑜瑾已经没有多少力气说话了，朝着自己头上的九翟四凤冠示意说，"先卸妆吧。"

这顶发冠极其华丽，是用真金打造的，前面缀满宝玉、珍珠，后面有四扇博鬓，只比皇后的发冠少两翅，可谓荣耀之至。程瑜瑾粗略数过，仅这一顶发冠，上面就镶嵌了一百多块宝石、四千多颗珍珠。

别问程瑜瑾为什么要数，她也不知道。

这个发冠好看是好看，但也真是重。

杜若、连翘和几个宫女齐心协力将她的九翟四凤冠卸下来。在发冠被拿走的一瞬间，程瑜瑾感到脖子骤然轻松。她揉捏着脖颈两侧已经僵硬的肌肉，简直怀疑自己脖子都被这发冠压短了。

连翘光和杜若抬了一下这个发冠就觉得手酸，一想到姑娘就这样顶了它一整天，内心由衷地钦佩。杜若上前给程瑜瑾捏肩颈，其手中的力道不轻不重，每一下都正好捏在她僵硬酸痛的地方，这让程瑜瑾不由得呼出一口气，享受这难得的放松时刻。

连翘也十分有眼力见儿地上前来给程瑜瑾捶腿，一边捶一边说："太子妃今日三更天就醒了，一整日下来恐怕累坏了吧。奴婢给您松松腿。"

程瑜瑾说："少贫了，内官还在外面呢，你还不快去给众女官、公公送谢礼。"

连翘恍然大悟，立刻跑回内室拿起早在宜春侯府就准备好的锦囊袋往外走。程瑜瑾歇够了，站起来让众宫女给她脱衣服。翟衣繁复，程瑜瑾没有他人帮忙，还真没法自己穿、自己脱。

程瑜瑾平展手臂，端庄地站着。宫女们训练有素，一组人跪在她身边有条不紊地替她取下玉佩、蔽膝、朱绶等配件，另一组人端着红托盘，次第上前接过配件，如流水般进进退退，忙而不乱。

翟衣被全部收起，程瑜瑾穿着轻薄的中衣，由杜若伺候着打散发髻，轻轻梳理头发。这时连翘回来了，赶紧凑到程瑜瑾身前，压低了声音说："太子妃，奴婢应您的命令出去打赏参礼的众人，您猜怎么了？"

程瑜瑾手中拿着梳子，握着一绺头发轻轻梳到尾端问："怎么了？"

"太子殿下已经派人打赏过了，还是以您的名义打赏的。奴婢不敢托大，又给他们各塞了一份。这样算来，今日来东宫伺候的足足得了三份赏钱——太子殿下一份、殿下以您的名义一份、奴婢刚才送出去的一份。"

连翘掰着手指头算，内心羡慕极了。程瑜瑾淡淡地看了她一眼："太子殿下身家丰厚，岂会在乎区区一份赏钱？太子如何做是太子的事，我们该出的打赏，一点儿都不能省。"

"奴婢知道。"连翘连连点头。杜若在一旁托着程瑜瑾的长发，听到这里，忍不住扑哧一笑："太子妃，连翘哪里是在说殿下出手阔绰，她分明想说殿下对太子妃十分用心。"

连翘也笑了，眨眨眼睛："是呢，太子妃聪明善断，料事如神，如今怎么猜不到奴婢的真实意思呢？"

"还贫嘴。"程瑜瑾佯装恼怒，瞪了连翘一眼，"明日还有正事呢，还不快去看水好了没？"

连翘不敢再贫，唉了一声赶紧溜了。

等程瑜瑾沐浴过后，换了家常衣服出来，时间已经过去很久了。男女洗澡的速度完全没法比，此时李承璟手里的书都看了一半了。

听到声音，李承璟放下书，由衷地感叹："这么久？"

程瑜瑾的头发还是湿漉漉的。净房里水汽氤氲，她在里面绞头发觉得不方便，所以只是大致擦了擦发梢的水，就先出来了。

东宫当然不会只有一个净房，程瑜瑾和李承璟各自分开洗澡，谁也不打扰谁。有记忆以来程瑜瑾一直是自己独自居住，刚才沐浴时没人打搅，身边伺候的也都是熟悉的人，导致自己下意识地以为还在家里。她洗好之后，湿着头发就往外走，直到听到一个男子的声音才猛地反应过来。

她先是被吓了一跳，以为屋里进了男人，然后才慢慢想起来是自己嫁人了。现在，她不是在宜春侯府的锦宁院而是在东宫。

程瑜瑾反应过来，一下子愣在原地，不知道该进还是该退，暗恼杜若和连翘怎么不提醒她，导致自己衣冠不整就出来了。然而程瑜瑾的目光在殿内转了一圈，偌大的宫殿内哪里还有丫鬟的影子？

宫人，包括程瑜瑾的陪嫁丫鬟，都被赶出去了。

撵他们的人，必然是李承璟。

程瑜瑾十分尴尬。她之前从来没有像现在这样披散着头发、穿着宽松的家常衣服现于人前，尤其是头发还在往下滴水。

程瑜瑾转身就想往净房走。这时候李承璟已经走到她的身边，察觉到她的动作，一把就将她拉住："你做什么？"

此刻他手上的力道和下午在宫门前时完全不同，程瑜瑾抽不开手，简直恨不得把自己的脸捂住："殿下，您先放手，我进去把仪容整理好再出来。"

李承璟似乎没想到她居然是为了这个，挑了下眉，没忍住笑了出来："你瞧瞧外面的天色，都什么时辰了，你整理仪容做什么？"

程瑜瑾跟着他的动作往外瞅了一眼，宫里门庭深，太阳落山后夜幕很快就压了下来，到处都黑压压的，威严压抑，看着就让人喘不过气来。

程瑜瑾也意识到自己刚才的话有些可笑，如果还在侯府，大晚上洗了澡才不会重新梳妆，又不是有病。但……现在有李承璟，这怎么能一样？

程瑜瑾欲言又止。李承璟却不管，将程瑜瑾拉到他刚才的座位处，示意她过来坐下，然后从一旁的衣架上取了块干净的毛巾。他一回头见她还定定地站在原地，眼睛瞪得溜圆，似乎看到了什么不敢相信的事。

李承璟只能对她说："先坐，我只是给你擦头发，又不是要做什么，你何必这样看着我？"

程瑜瑾嘴唇动了动，最后十分克制地说："殿下，这……这怎么能劳烦您呢？"

"叫我名字，不要用您。"程瑜瑾的话不知道戳中了李承璟的哪根神经，此时他的脸色不太好看。他见她还是不肯动，干脆长臂一伸将她拉到自己的身边。程瑜瑾哪里敌得过李承璟的力气，被他猛地拽到榻边，整个人即将撞到榻上时，却被一只手牢牢抓住。

李承璟单手握住程瑜瑾的手肘，这样贴近了才发现程瑜瑾很瘦，几乎一只手就能将她完全揽住。他将她放好后，手没有收回，而是就着扶她的姿势，绕到她的背后将她湿漉漉的长发顺到手心，用干净的毛巾包住。

李承璟一边替她搓头发，一边说："我是比你大，但不过五岁而已，还不至于用'您'来称呼吧？"

这就是他故意抬杠了！李承璟倒是比朝中的许多官员小，可在他面前哪个官员敢对他直呼"你"？

程瑜瑾隐约想起来，之前有一次李承璟问过自己对男子年纪大怎么看，程瑜瑾那时候以为他指的是翟延霖，便铆足劲儿骂"老男人"。现在她瞧他这耿耿于怀的劲儿，莫非当初他想说的是他自己？

程瑜瑾无语了，之前实在没想到堂堂太子竟然如此无聊！依她看，最在意年龄的明明是李承璟自己才对！

程瑜瑾也不紧不慢地说："毕竟叫了您好长时间的九叔，我一时转不过来也是正常的。"

李承璟手上的动作顿了顿，抬头瞧了她一眼。他那种眼神让程瑜瑾的神经本能地紧绷起来。程瑜瑾以为自己说错了话，立刻警惕起来："殿下让陛下昭告天下，说您是从程家找回来的，想来并不否认程元璟这个身份。您之前确实是我的九叔，我随口一提，殿下该不会生气吧？"

"程元璟也是我，我有什么可气的。"李承璟语气不咸不淡的，眼神却朝后面瞟了一眼。程瑜瑾好奇，跟着他的眼神方向回头，发现后面除了一对红彤彤的龙凤喜烛并没有什么特别的。

程瑜瑾想不明白，以为自己漏看了什么，还在仔细打量时，却听李承璟手里握着程瑜瑾的长发，说道："头发长，原来这样难拧干？"

程瑜瑾赶紧回头，抬手抢过自己的头发，心疼地看了看。她气恼地瞪了李承璟一眼道："我刚才就想说了，长头发要仔细养护，不能用力搓，更不能拧！松手，我自己来。"

行吧，李承璟从小到大身边不是男人就是太监，也不懂怎样替女人擦干头发，只好乖乖听程瑜瑾的话松开了手。他侧身见程瑜瑾小心翼翼地用布包着自己头发，一下一下地在头上抓……想来这就是她所说的长发要仔细养护的手法。

这种手法外行人一时半会儿还真学不会。

李承璟饶有兴致地看了好一会儿，忍不住又去看燃烧的红烛。算算时间，现在已经亥时三刻了吧。

程瑜瑾到底有没有意识到今天是他们的洞房花烛夜？

李承璟照顾程瑜瑾的想法，等着她打理好湿发。再说他也着实没见过女子私下里如何整理仪容，贵族女眷们别管长什么样子，盛装打扮后都秀美精致。李承璟作为一个男子，对梳妆这门技艺还是非常敬畏的。

李承璟还挺想知道她们到底是怎么做的，如今有机会近距离看着，观察的对象还是自己的妻子，当然乐意之至。

李承璟看了一会儿，发自内心地觉得女子真不容易，难怪程瑜瑾洗澡要那么长时间。她这份细致与耐心，让他叹为观止。当然，也可能只是程瑜瑾如此精致烦琐，其他女子虽然爱美但不至于如此吧。

这些年来，李承璟再没见过第二个人像程瑜瑾这样在意形象、要求完美到近乎变态的女子。他还记得刚见程瑜瑾时，她走路的仪态讲究得每一步都像是测量过的，李承璟一度怀疑她可能不会跑。

因为跑步会影响她的美丽，程大姑娘怎么允许自己做这种事？

程瑜瑾第一次对着一个男人，甚至是第一次对着一个杜若、连翘以外的人擦头发。她表面上浑不在意，其实心里非常紧张。她知道李承璟在看自己，而且他是平静又有耐心、认真而专注地看着自己。若是他嫌不耐烦走开还好，但一直坐在这里注视着她，程瑜瑾更加紧张。

对于程瑜瑾来说，二人之间这样的距离太近了。李承璟就坐在她的身边，她的动作稍微大些，就会碰到他的衣袖。

程瑜瑾尽量收着动作。身边的人像是想到了什么，突然笑了一下。她的动作不由得一顿，抬头瞪他："你笑什么？"

"没什么。"李承璟眼含笑意，伸手将粘在程瑜瑾后颈上的一缕发丝替她拨到前面，像是回忆什么一般，"我只是想到初见你时，你连一根头发丝都是精致的。美则美矣，却没有生气。我那时想若是人间当真有画皮妖，便是如你这般——极尽人间所能想象的美丽，却不食人间烟火、不染凡尘。"

李承璟的手指触碰到她的脖颈，程瑜瑾感觉被触碰的皮肤那里仿佛有电火花蹿过。程瑜瑾说不清那感觉是痒还是麻，下意识想躲可还是忍住了。这时候苦练仪态的好处就显现出来了，无论心里如何慌乱，外表却如同李承璟所说的画皮妖，始终端庄得体。

程瑜瑾沉静地点头，应道："殿下的话应当是夸奖居多吧？谢殿下。"

她这样说，其实特别盼着李承璟将手从自己脖颈上拿下去，然而他

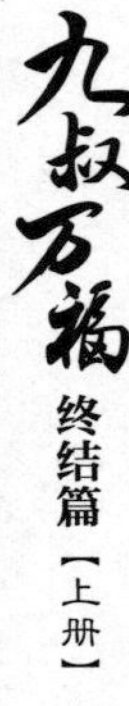

的手指依然在上面流连……

两人之间的距离不足一拳，几乎能感觉到对方的呼吸。这个距离太近了，程瑜瑾想往离他远的地方挪一下，然而多年争强好胜已经成了习惯，又不想露怯。

敌不动我不动，程瑜瑾只能僵硬地保持着自己的姿势。然而这倒便宜了李承璟，这么近的距离，他可以清晰地看到程瑜瑾修长白皙的脖颈、流畅优美的肩线、若隐若现的锁骨……湿发将衣领处的布料打湿，还有些许碎发贴在脖颈处，明明一点儿不该看的都没露，却比什么都勾人。

李承璟低头看着她，鼻尖似乎闻到了一股带着蒙蒙水汽从体内自然散发出的温热体香。这味道难以形容，也不能用任意一种香料去比拟，即便是最名贵的龙涎香，在她的体香面前，李承璟都觉得太刻意了。

李承璟动了动手指，装作替程瑜瑾挽头发的样子，继续触碰那截雪白的脖颈。李承璟渐渐觉得两人浪费的时间太多了，目光又瞥向那两支红彤彤的喜烛。程瑜瑾察觉到他的动作，也顺着他的目光去看，其实是借扭身子的动作躲开李承璟的手："殿下，怎么了？"

李承璟手上落空，他哪里能不明白她的小心思？程瑜瑾这样，李承璟反而愉悦地笑了。程瑜瑾不明所以，整个人下意识地紧绷起来。

"你笑什么？"

"你不是一直想知道我在看什么吗？正是那两支蜡烛。"见程瑜瑾躲自己，李承璟索性也不再跟她兜圈子，主动说，"洞房花烛，花烛已经燃了一半儿，我们是不是也该办正事了？"

李承璟说得太直白，程瑜瑾反倒没法接了。她雪白的脖颈变得绯红，她还在努力维持端庄的仪态："殿下，按规矩……啊！"

程瑜瑾话没说完，人已经被李承璟打横抱起。他一边走，一边闷声笑："有没有人和你说过，宜春侯府的大姑娘美丽得像个木头人？你太过有规矩，反倒显得无趣，不如其他女子活色生香！”

程瑜瑾身子突然腾空，不得不抓紧李承璟肩膀上的衣服。这个动作她以前没排练过，也没法练。追求深度完美主义的程瑜瑾本来就很恼，听到李承璟的话后越发生气。

她当然听过！许多年来程瑜瑾都是程家的排面，前来做客的夫人、少爷第一眼都会被她惊艳，可随后与她接触下来，众人对她的态度就朝着两个方向发展。夫人们对她越来越满意，而年轻的郎君们却更喜欢程瑜墨。

这个说法困扰了程瑜瑾很多年。后来她想开了，觉得没必要以己之短拼人之长，自己就专攻端庄贤淑好了。反正权贵娶媳妇，少爷们自己说了不算，得他们的母亲点头才行。

“美丽而无趣”这个标签几乎跟随了她整个少女时代。

她委实太标准了。

这个说法其实很不友好，简直是在根本上否认了程瑜瑾作为女子的魅力。即便程瑜瑾想开了，也不代表她乐意听别人这样说，尤其这个人还是她的夫婿。

程瑜瑾窝着火，眼睛亮晶晶的。她洗澡后眸子本来就湿润，被怒火灼烧后，简直摄人心魂。

“我当然没有情趣，太子殿下想要如何？”程瑜瑾想，他若是敢说纳一门有情趣的妾侍，自己现在就把他赶出门。

李承璟含笑着将她放在大红的喜床上。床上铺着层层锦被，程瑜瑾落到上面后，仿佛躺在了云朵上，浑身上下都是难以着力的失控感。然而不止如此，不等她爬起来找回身体的控制权，身上就压了一个人……程瑜瑾被迫往后仰着，半干的头发散在大红的锦被上，浓烈的黑红两色碰撞，竟然有种说不出的艳丽。

程瑜瑾想起不能起，只能艰难地半仰着。李承璟跟着压下来，埋首

在程瑜瑾的肩颈处……他笔挺的鼻梁正好压着她的锁骨，呼吸间都是她发丝的清香，以及夹杂在其中若有若无的女人体香。

李承璟附在她的耳边，轻声说道："这个说法不假。可越是完美的东西，才越让人有破坏的冲动。正因为你一举一动都符合规矩，才有男人想看看你没法规矩时是什么样的。"

越是冰冷美丽、不染尘埃的美人，男人越想将其拉落凡尘，破坏她端庄的仪态，打乱她精致的妆容，让她发丝铺散、衣领散乱，让她被所有人称赞的美妙嗓音染上哭腔，让她再没法说出一句完整的话……

这是所有男人与生俱来的破坏欲和征服欲，程瑜瑾集这些特点于一身偏还不自知。

李承璟已经忍她很久了。

程瑜瑾听到这句话后脸染红晕，眼睛黑亮，说不出是气的还是羞的。李承璟竟然会说这种话？明明平日里他可比她端庄多了，举手投足都显示他是庄重威仪的太子。结果，在床上他竟然这样？

然而程瑜瑾却没有机会质问李承璟了。

事了之后，她被李承璟抱着去洗澡，整个人都恹恹的。

太子大婚之夜这么特殊的时刻，屋子外面自然是有人守着的。可从李承璟用锦被包裹着她起来，再到抱着她去沐浴，都没人进来打扰。程瑜瑾只是隐约听到外面有窸窸窣窣的声音，想来是宫人在收拾。

程瑜瑾迷迷糊糊地想了一会儿，思绪又开始涣散。恍惚中程瑜瑾想到，这样一来，她的头发又湿了，那她刚才折腾那么久想擦干，岂不是白费功夫？

李承璟先将她清洗完抱回床上，自己才去沐浴。等他出来，就看到程瑜瑾拢着松松垮垮的中衣，靠在大红床柱上擦头发。她看起来困得很，脑袋朝下一点一点的，手上也没什么劲儿，但还是艰难地用她独有的手法养护头发。

她可真是执着。李承璟无奈，又觉得好笑，坐到床边，自然而然地接过程瑜瑾手里的帕子："我来吧。"

程瑜瑾的手腕都是软的，她实在没力气，只好任由李承璟抽走帕子，拢过她的头发擦拭。程瑜瑾忍不住又打了个哈欠，仿佛连自己的头都支撑不住，软软地抵在李承璟的肩膀上，声音飘忽："不许用力擦，也不许拧。擦到五分干时叫醒我，我要涂花油。"

李承璟应了一声，刚才看过她养护头发的完整步骤，知道这事是多么的繁杂。程瑜瑾此时脑子转得格外慢，不知道在自言自语还是询问李承璟："明日要早起？"

"没错。"李承璟应了一声，低头瞧见她的眼睛都要睁不开了，心疼她今日累坏了，声音也轻轻放缓，"要去见太后、皇上和皇后。你放心，我会陪着你的。"

"朝见要多久？"

"慈宁宫和坤宁宫都要走一遍，不过皇后那里是和皇上一起行礼，有皇上在她不敢为难你的。"

李承璟说完，许久都没听见程瑜瑾的动静。他低头才发现她已经睡着了。

李承璟失笑，小心地移动了下自己身体的位置，让程瑜瑾靠得更舒服些。他伸手抚上程瑜瑾的发顶，多年来被精心保养的头发果然手感不错，他轻易地用梳子从顶端顺到了发梢。

夜深人静，宫殿里唯有红烛跃动，发出噼啪的爆裂声。一室寂静中，李承璟的声音也微不可闻："安心睡吧，一切都有我。"

程瑜瑾原本以为换了床会睡不着，可没想到这一夜竟然睡得格外沉。

但心中始终惦记着事情，清晨时，她自动醒了。程瑜瑾睁开眼，满眼都是明晃晃的红色，茫然了一会儿，才意识到这里是慈庆宫。

此刻帐子四垂，帐内视线昏暗，目之所及都笼着一层模糊的红色，实在判断不出到底是什么时辰了。但程瑜瑾估计时辰还早，因为外面也是静悄悄的。今日朝见非同小可，若是到了时间，杜若和连翘不会不来唤她。

昨天没顾得上，今日程瑜瑾才看到他们的婚床是什么模样。这说是床也不太准确，因为这个拔步床占地极大，四根床柱支撑起偌大的床板，柱子之间用雕花围栏连接着，外罩刺绣锦缎，里面光脚踏就有三层。

紧挨着床铺的那层脚踏上铺着柔软的毛毯，这才是真实意义的脚踏，方便人上下床，而且赤脚踩着也无碍；次一层的脚踏上放着桌几等小家具，可以放些茶水和点心，或者睡觉时随手放些小玩意儿；最后一层脚踏放着衣柜、箱笼，一看就知道是和拔步床成套的；再外面是开放的空间，很宽敞，甚至还能放下一张榻，这是留给丫鬟们守夜用的；再之后才是拔步床的围栏。围栏中间是两扇开合式镂花木门，花纹雕刻和整个拔步床浑然一体，显然是一同制作的。

屋内空间层次分明，帐子就有好几层，合上最外面的帐子，便宛如一个独立的小房间。人在里面，恐怕都感觉不到外界时间的流逝。

这张拔步床的工艺和设计都十分精致，制作这么大件的木质家具，无论是对木料还是对工匠要求都极高。想来也是，太子和太子妃所用的床，意义上仅次于龙床，怎么会是凡物？

程瑜瑾躺在床上看了一会儿，神志渐渐清醒。今天有正经事，不是赖床时，程瑜瑾动了动，悄悄爬起来。她的动作很轻，身边的人并没有察觉，可她起来扣好中衣后就犯难了。

床上空间有限，她只在床内嵌的箱笼中放了自己的贴身衣物，其他衣服都在外面的柜子中。加之昨夜洗澡后她就昏睡过去了，对后面的事一点儿印象都没有……程瑜瑾此时就睡在床内侧，如何越过李承璟出去就是个严峻的问题。

程瑜瑾心想，她堂堂京城闺秀典范，怎么能被这种小问题难住？她悄悄直起身，拎起衣角，先是爬到李承璟的身边，目测了一下距离，然后手撑着床，试图将另一条腿从他身上先迈过去。

膝盖隐约触碰到李承璟外侧的床垫，程瑜瑾刚松了口气，突然因动作幅度太大不小心牵扯到“那处”，下面猛地抽痛起来……猝不及防，程瑜瑾手一软就朝前面扑去。程瑜瑾现在整个人正横跨在李承璟腰腹之上，如果扑下去岂不是正好撞到他了？

程瑜瑾内心一阵惊慌。二人此时这么近的距离她完全没法补救，而且她身体下面还隐隐作痛，高难度的补救动作她也做不来。程瑜瑾都已经绝望地想着一会儿要找什么借口才能让太子相信她并不是意图谋害他。

程瑜瑾的脸正要朝着某人的胸膛撞上去，突然胳膊被人抓住了才稳住了身体。程瑜瑾惊讶地朝那人看去，发现李承璟已经醒了。他面部带着似笑非笑的神情，哪里有一点儿睡意？

程瑜瑾愣了一下，然后问：“你早就醒了？”

“嗯。”

程瑜瑾郁闷地道：“你既然醒了，为什么不说？”

“我想看看你到底打算怎么做？”李承璟说着，挑眉看了她一眼，“没想到，你胆子说大可真大。”

程瑜瑾这时才后知后觉地发现自己的姿势不太对……她两个膝盖分跪在李承璟的腰侧，手撑在他的胸膛上，上半身自然前倾，这样一来像是趴在李承璟的身上欲行不轨一样……

程瑜瑾反应过来后脸颊绯红，出嫁前也看过压箱底的“图”，加上教导姑姑的指点，又经过昨夜后，她还有什么不懂的……

程瑜瑾赶紧手脚并用地从李承璟身上爬下去。李承璟慢慢坐起来，她瞧见他盯着自己的目光，下意识地往后躲了躲："马上就要出去了，时间不够，你不能乱来。"

李承璟挑眉："那等时间够了，就可以乱来了？"

程瑜瑾又羞又愤，气得咬牙："你……你怎么这样！你明知道我不是这个意思。"

李承璟忍不住又笑了，她完全不禁逗，一逗就奓毛。她明明奓毛了还强装镇定的样子太可爱了，这导致他总是想逗她逗得再出格些。

正好这时，外面的人听到他们的动静，在门外试探地唤道："太子殿下、太子妃，起身了吗？"

那是杜若的声音。程瑜瑾长长松了口气，立刻应道："已经好了，进来吧。"

她应得太快，像是生怕被人拦住一样。李承璟觉得好笑，但也知道今天是大日子，不能耽误，也就没再逗她。

其实本来他也没打算对她做什么。李承璟很有分寸，并不会耽误要紧事。但她的反应那么大，倒让他觉得自己不做点什么就亏了。

此刻宫人已经鱼贯而入，李承璟将今早上的"账"记下，然后就和程瑜瑾分开洗漱去了。

寻常人家办婚礼，第一天亲迎拜堂，晚上闹洞房；第二天，新妇给公婆敬茶，从此就是夫家的人。皇家就要麻烦得多了，如果是普通皇子，流程和民间大致相似，只不过细节多一些。但太子成婚是国礼，所以昨日大婚礼仪都是按照国家和宗庙级别置办的，直到婚礼第二天程瑜瑾才能见到自己的公婆——皇上和皇后，第三天盥馈礼才是民间的敬茶。

之后他们还得庙见、祭祖、行庆贺礼……总而言之，太子娶正妻非常麻烦，这也是妻和妾的不同之处。

和昨日一样，今日程瑜瑾依然要穿最庄重的礼服——太子妃翟衣。这套衣服没有三四人合力根本穿不上，程瑜瑾当衣架子，好几个宫女一起上手，都花了好长时间才穿好。

等程瑜瑾准备好后，李承璟已经站在外面等她了。他也换了衮冕，礼服尚古，本朝尊崇秦制，上衣下裳，以玄和朱为尊。李承璟的冕服是黑和红两种配色，辅以鲜艳张扬的刺绣。

事实证明，黑和红两种霸道的颜色撞在一起，当真华贵。程瑜瑾出来后，瞧见一个人影站在晨光中，不发一言却自生威仪。李承璟回头看她，垂在他眼前的五彩冕旒左右晃动，却一点儿没有碰撞出声音。

这大概就是冕旒设计的初衷，因为衣服华重，珠旒摇摆，要求为君者走路时缓慢、庄重。别人如何程瑜瑾不知道，可李承璟显然做到了。

昨天晚上程瑜瑾觉得他从背到腰腹再到腿的线条紧致而流畅，于无言中蕴含着巨大的力量。他面如冠玉，身形高挑挺拔，无形中自有威仪。这一身衣服穿在他身上，就是标准的储君模样。

程瑜瑾十分庆幸自己多年来注意体态，不然此时走在李承璟旁边，一不小心就要被衬得灰头土脸。

程瑜瑾仅仅感慨了一瞬，就走到了李承璟身边，行万福礼道："殿下。"

李承璟伸手将程瑜瑾扶起来，淡淡地道："走吧。"

旁边的众宫女、太监在一边瞧着，眼睛都要看直了：这是什么样的神仙夫妻，两人都是极出众的长相，而且都气质雍容，这无疑又将美貌的杀伤力提高了好几个层次。这套庄严华贵的礼服仿佛就是为他们二人量身定做的。

这才是想象中的太子和太子妃啊！光看他俩并肩站在一起，就让人对国家充满了无限的希望。

二人乘坐轿辇，一路进了太后所居的慈宁宫。等杨太后准备好，才升座唤他们入内。李承璟和程瑜瑾两人并肩行礼，旁边赞礼女官瞧见了，都感叹从没见过这样完美的仪式，太子和太子妃的每个动作都做得完美，简直可以去给其他皇子和公主当典范。

明明这里是杨太后的地方，慈宁宫的宫人却有一种宾主易位的感觉。

杨太后看着下方那对夫妻行云流水般的动作，心中不太舒坦。他们明明是昨日才成婚的夫妻，怎么看起来这样有默契?

哦对，杨太后想起来了，他们原先是叔侄关系。虽然他们刚刚成婚，但两人已经相处许久了。

叔叔娶了侄女，虽然是名义上的，但这种事实在让人诟病，这多半儿会成为李承璟一生的污点。但这倒证明了李承璟不是程家人，加上皇上又主动认子，他是皇子似乎无可争议。而皇长子李承璟本来就被立为太子，这样一来他就顺理成章地从普通人变成了皇太子。

不得不说，李承璟这招虽然险，名声也不太好听，但极为有效。不然，他到底是不是失踪的皇太子，程家有没有狸猫换太子，这两点就能撕扯许多年。

杨太后心里又泛上一股闷气。她从没见过程瑜瑾，但李承璟，杨太后却记得清清楚楚。甚至，他还是在她眼皮子底下出生的，她看着他生病、熬过去，又被立为太子。

如今，她又眼睁睁地看着他回归、娶妻。或许不久之后，东宫还会诞下新生命。人们都说五月出生的孩子活不长，李承璟刚出生时确实也弱得像猫崽一样，从小药罐子不离身，可他为什么还是活下来了呢?

建武八年，山洪冲垮清玄观，年仅五岁的皇太子意外失踪了。杨太后当然知道皇太子并不是失踪，山洪冲垮清玄观更不是意外。可人消失了就好，没了“太子”这两个字在她耳边回响，杨太后舒心多了，连笑容都多了。

她放心地将后宫交到侄女手中，然后等着侄女怀孕、生子，生下一个有杨家血脉的皇子。

当宫人来报喜，说皇后娘娘生下皇子时，杨太后和杨甫成就已经确定，无论这个孩子聪明还是愚蠢，贪玩还是上进，他都会是下一个皇上。好在二皇子比他们预料中的还要有出息些，这简直是意外之喜，慢慢地，连朝臣也默认了二皇子的太子地位。

杨太后本来觉得，他们所缺的不过是一个头衔罢了。前朝、后宫都无障碍，二皇子本人也拿得出手，所谓立太子，无非是找个吉利的日子就能办。

只不过他们多少要顾及些皇上的心情。

杨太后觉得自己对皇上有恩，皇上理应回报杨家。皇上是杨太后一手扶持登上帝位的，他九五之尊的荣耀、这些年一呼百应的好日子都是杨太后一手赐予的。杨家对皇上恩同再造，不然以李桓低微的出身、平庸的资质，凭什么坐这把龙椅？

杨太后觉得这一切都是杨家应得的。只不过皇上毕竟不是她亲生的，天下之主的面子她多少要给，所以杨太后并没有过分逼迫皇上。杨太后原本不急，反正皇上就一个选择，除了二皇子，他还能将皇位传给谁？她没必要为了囊中之物和皇上撕破脸，所以这些年皇上迟迟不提重立太子的事，杨太后就一直等着。

杨太后先前还觉得，皇上兴许是想磨炼二皇子的心性，毕竟太顺风顺水对君王来说不是好事，所以皇上才迟迟不肯把储君的位置给二皇子。杨皇后和二皇子也是这样想的，所以二皇子读书更加用功，杨皇后也经常以储君之位勉励儿子。

杨家自以为已经和皇上达成共识，于是他们拖了一年又一年。谁能想到，皇上迟迟不肯重立储君，并不是为了等二皇子长大，而是另有中意的继承人。

那个失踪了十五年的皇长子，几乎被人遗忘的太子李承璟居然还活着。

杨太后打量着眼前高大、完全看不出幼时影子的青年男子，嘴边冷冷地扯了扯。呵，他并不是十五年不曾露面，而是他一直都在！她和杨甫成认为早就死了的孩子，其实这些年一直生活在他们的眼皮子底下，还当着他们所有人的面高中进士，入仕为官，堂而皇之地在杨家人的眼前晃。

这简直是当着全天下人的面在杨家脸上打了个响亮的耳光。可笑杨家还不紧不慢地等着皇上册立二皇子为太子。殊不知，这对父子联手演了一出戏。

外面突然传来太子还在人世的消息后，杨太后又惊又怒，立刻让杨甫成去查。杨家一直查到了香积寺。查访的探子说，皇上当日在花园里遇到了靖勇侯夫妇和他们的家眷，其中便有程元璟。皇上看程元璟莫名其妙觉得眼熟，事后一查，才知道这是自己的长子。

这个说法听起来合情合理，可太后并不信。天底下不会有这么巧的事，一个年仅五岁的孩子怎么会从千里之外漂泊到京城？他怎么会在公侯门第长大，最后还考中进士，在皇上眼皮子底下当官？就算这一切真是巧合，皇上为何突然要陪杨太后出宫还愿？他又为什么和程元璟不约而同地要去花园里看梅花呢？

皇上，可并不是有闲情雅致的人。

杨太后不信，杨甫成也不信。然而皇上和李承璟把一切都安排得天衣无缝，杨家实在找不到漏洞，只能表面上接受了这个说法。所有人都明白了，皇上依然记挂着钟氏，依然要立钟氏的儿子为太子。

程瑜瑾按赞礼女官的指示行礼后，良久不见太后有反应。程瑜瑾眉梢轻轻动了动，察觉到杨太后的目光落在李承璟身上。

程瑜瑾了然，仇人见面分外眼红，尤其是杨太后以为已经死了的仇人。杨太后此刻的心情程瑜瑾大概能想象得到，可李承璟心里此刻也不好受。

他被剥夺身份，被迫隐姓埋名，用另一个人的身份活了十五年，他又凭什么忍受这些？杨太后视李承璟为眼中钉，李承璟看杨太后和杨甫成又何尝不是如此？

杨太后许久都没说话，虽然没有口出恶言，可谁能看不懂这背后的意思呢？大殿中的气氛都渐渐不对了，宫人们屏气敛声，不敢多看一眼，多听一句。

李承璟十分沉得住气，杨太后不说话，他也不主动打破冷场。程瑜瑾和李承璟都是表面功夫极好的人，他们俩的行礼姿势一点儿不乱，始终礼貌得体。反而是杨太后故意晾着晚辈，有点儿上不了台面。

杨太后最终淡淡地开口："你们有心了。起吧。"

李承璟和程瑜瑾不紧不慢地欠身行礼，然后才慢慢站直，没有露出一点儿焦急不满之态。这回就连杨太后的嬷嬷看到都忍不住在心里叹气。

太子内敛深沉，太子妃美丽端方，世人所期盼的明主气质这两人都有，就连杨家自己人看到都觉得完美至极。这样一来，杨家还有什么理由废掉太子？

直到李承璟夫妇二人离开，杨太后脸色都是冷冷的。嬷嬷扶着杨太后回了内殿，小心伺候着太后换下衣冠，试探地说道："太后娘娘，您如今要什么有什么，再没有什么事不顺心，还忧愁什么呢？别和您自个儿的身子过不去。"

杨太后冷笑一声说："哀家原本也觉得诸事顺遂，等二皇子被立了储，哀家便再无遗憾。谁知道，那位不声不响竟然凭空变出来一个长子。他和皇后做了这么多年夫妻，竟然能瞒这么久。呵，原来是哀家小瞧了我们这位圣上。”

这话嬷嬷不敢接，更不敢劝。她只能等杨太后消消气后，含糊地道：“皇后娘娘是个有福的人，皇后娘娘和二殿下最孝敬您，日后必不会让您劳心。”

杨妙都已经是皇后了，还能怎么有福呢？杨太后听到这话没有回应，但显然是默认的。过了一会儿，杨太后沉沉地道：“事已至此，说什么都没用，既然太子还活着，流落在外不是办法，总是要找回来的。哀家当初听说太子坠入洪流、下落不明时，就觉得不会如此简单，现在人回来了，其实也说不上意外。只不过实在没想到他一直在京城，还在甫成手下做了好几年的官。”

说起这个杨太后就生气，脸色铁青，嬷嬷给她顺了好一会儿气，她才继续说道：“亡羊补牢，犹未晚矣。我们杨家这一辈没有适龄的姑娘，哀家本想着将希音指给他，希音也算半个杨家人，有了太子妃牵缠，太子也不至于和杨家离了心。只是没想到他竟然早就物色好了人选，哀家赐婚的旨意还没准备好，皇上就发了封妃的圣旨。皇上一出口就落地成钉，哀家还怎么好提希音的事。”

嬷嬷试探着说道：“太后，那您看今日这位太子妃……”

这也是杨太后迷惑的地方，她当了多年的皇后，后来又成了太后，一双眼睛早就毒辣无比。可程瑜瑾却让她很迷惑。

这个女子自然是漂亮的，然而后宫之中并不缺美丽的女子，性格和能耐才是最要紧的。但这正是奇怪之处，若说程瑜瑾的性格……似乎她没有性格。

她的一举一动都太标准了，简直就是世人想象中的德良淑静、聪明能干又端庄美丽的正室夫人。因为一切都太过符合想象，没有一点儿个人痕迹，反倒让人不敢相信。

杨太后活了这么多年，还真没见过这种人。看不出对方深浅，杨太后也不知道该拿对方怎么办。这种感觉仿佛让杨太后回到先帝在世，她费尽心思和其他妃子斗法的时候。

杨太后自己都觉得荒唐，一个小小的太子妃罢了，怎么会让她想起当初和宿敌交手的感觉？她曾经的对手，这些年早就被她杀光了，区区一个太子妃能翻出什么浪花来？

杨太后摇头笑了笑，觉得自己这几天思虑过重，都疑神疑鬼了。她不以为意地道：“不过是一个十五岁的黄毛丫头，是人是鬼，又能整出什么花样来。”

程瑜瑾和李承璟从慈宁宫出来，又去了坤宁宫。皇上今日也在坤宁宫，见到李承璟带着妻子来请安，似乎十分感慨，程瑜瑾刚弯下腰就被皇上叫起：“都是自家人，不必多礼。李承璟成婚晚，这些年也多有不易，你们既然成了婚，务必好好过日子。”

两人齐齐应声：“是。”

皇上又勉励了几句，大方地送了见面礼。见皇上如此，杨皇后还怎么说话，只能笑着挑好话说。

然而杨皇后虽然脸上笑着，神情却十分勉强，其实，她此刻的心情非常糟糕。

杨皇后看着眼前的太子妃，这个女子年轻、美丽、端庄大方，是所有人想象中的太子妃的模样。她穿着仅次于皇后的礼服，却比杨皇后更年轻、更鲜活。

杨皇后多年来独霸后宫，没人敢和她争宠，所以她一直感受不到岁月的流逝，也不知道真实的评价。其实杨皇后的容貌只是一般，性情、手段也十分平常，但有杨太后和杨甫成撑腰，众人说奉承话都来不及，怎么敢揭她的短处？

所以这些年杨皇后一直活得舒心而自足，直到这一刻，她看着年轻的太子妃，无比清晰地感觉到自己老了。

当年那个体弱多病的孩子已经长成俊美的青年，李承璟在长大，而杨皇后却一直在老去。如今李承璟带来了他的妻子，太子妃的发冠、翟衣、首饰，无一不在提醒杨皇后，太子妃是来取代她的。

太子，储君也。太子妃，自然便是储备的皇后。

程瑜瑾昨日天不亮就被叫起，从头天三更一直折腾到第二天入夜，只眯了一会儿，就又醒了。今天她和太子朝见太后和皇帝皇后又没少折腾，她顶着五六斤重的发冠，身上还穿着沉重的礼服，尤其是在杨太后和杨皇后面前，绝不能露怯。她就是铁打的人也撑不住了，全靠多年的意志力硬撑着。

好在今天她不必再紧绷一整天，他们见过皇上后，皇上没有为难他们，很快就让他们回去了。杨皇后坐在旁边，脸上笑容微僵，自然也不能说什么。

程瑜瑾和李承璟又去另一处宫殿见宫中的皇子、公主，但现在不是他们拜别人，而是别人拜他们。因为杨皇后，宫里这些年人丁不算兴旺，除了李承璟外，只有一个皇子，两个公主，俱是杨皇后所出。

朝见礼到此已经结束，程瑜瑾来见皇子和公主不过是认认脸，之后就可以自由活动了。二皇子李承钧上前说："恭喜皇兄新婚，臣恭祝皇兄、皇嫂百年好合，白头偕老。"

李承钧的祝贺，自然由李承璟出面应酬："二弟有心了。"

他们两人虽然称呼着兄弟，可语气疏离，没有丝毫亲近。想来也是，二皇子出生时李承璟已经失踪，双方根本没见过面，自是无从谈起兄弟情义。而对于李承璟来说，他五岁时被册封为太子，那年杨皇后怀孕。六岁时，他辗转到程家时，刚好听说宫里新诞下一个嫡出皇子，那个皇子正是李承钧。他险些被杨家人害死，不得不放弃身份，以另一个人的身份活着，可一回京却得知，杨皇后生下了一个皇子。

杨家取代他之心昭然若揭。

李承璟和二皇子的关系非常微妙，他们都是嫡出，生母却分别是两任皇后，中间还掺杂着上一辈的恩怨和彼此的利益。本来，李承钧是众望所归的太子人选，李承钧数年来也以此自居，但李承璟的出现，无疑将这一切都打碎了。

只要李承璟不死，这个太子就不会换人。

他们两人一说话，其他人都不敢开口，宫殿里顿时安静下来。李承钧温和地笑着说："皇兄大婚是全天下的喜事，我朝社稷有望，臣喜不自禁，特意为兄长设宴，还望皇兄务必赏脸。"

另两位公主和程瑜瑾都没有说话，但视线都悄悄在这两人身上扫来扫去。两位嫡皇子之间的较量，谁都不敢掺和。两个公主都想知道，她们这位新出现的太子兄长会如何应对二皇子的邀约。

二皇子主动邀约，李承璟若是推辞，倒像是害怕一样。程瑜瑾察觉到李承璟态度的变化，适时开口，表现出贤惠大度的样子："殿下和二皇子手足情深，这是社稷之福。既然殿下和二皇子有约，妾身不方便打扰，便先行告退。"

程瑜瑾这话说得非常贴心，完全是长嫂的口吻，然而仔细品味却处处偏向东宫。二皇子听到后，拱手对程瑜瑾行礼："谢太子妃。太子妃和皇兄刚刚成婚，臣今日便占了皇兄的时间，倒是臣弟对不住太子妃了。"

"二皇子这是说的什么话。"程瑜瑾笑着说，"殿下的喜好便是我的喜好，你们兄弟团聚是利国利民的好事，我怎么会有异议？"

李承钧忍不住抬头看向程瑜瑾。程瑜瑾和他差不多大，当初李承钧听说他那个凭空冒出来的太子哥哥竟然娶了个家世平庸的女子，而且这个女子曾经还是李承璟的挂名侄女。李承钧先是感到匪夷所思，随后心中鄙夷，觉得这位长兄卧薪尝胆十五年，实际并没有多少长进。正妃这样要紧的位置，他就这样浪费了。

可现在，李承钧有点儿明白李承璟为什么娶她了。这样一个美人，李承钧也愿意背负骂名、不顾曾经的辈分娶她。何况现在看起来，这个美人竟然还谈吐不俗，进退有度。

李承钧的邀约是必然要去的，李承璟先前没说话，是不放心程瑜瑾。既然程瑜瑾主动给台阶，李承璟不再推辞，往外面扫了一眼说："有劳二弟。不过太子妃刚刚进宫，还不太熟悉路，孤先送她回宫，之后自去赴宴。"

李承钧愣了一下，另两位公主也有些意外。

程瑜瑾说："殿下，不必这样麻烦。"

"你的事情更重要。"李承璟语气平淡，但十分坚定，"我送你回去。"

程瑜瑾也怔了一下，没想到李承璟在这么多人面前，竟毫不避讳地说出"你的事情更重要"这种话。

李承钧有点儿看不下去了，莫非现在当太子要求已经这么严格了吗？不光要勤勉自律、礼贤下士，还要和妻子相敬如宾、家庭和睦，务必达到修身齐家治国平天下的目标，从各个方面都成为天下士大夫的表率吗？

李承钧原来还觉得不急，现在忍不住想，他是不是也要赶快娶一个王妃？

程瑜瑾在众人各异的目光中离开了，李承璟果然如他所说，亲自把她送回慈庆宫，自己换了身常服才出门。

李承璟走后，程瑜瑾悄悄松了口气，大殿里其他伺候的人也是如此。他们突然从叔侄变成了夫妻，李承璟也从她的九叔变成了太子，程瑜瑾有点儿不知道该如何面对他。

太子不在，众人都轻松了许多。程瑜瑾让丫鬟将她的发冠取下，脱下一身华服，终于可以好好歇一歇了。杜若进来，低声问："太子妃，午膳已经备好了，您要用膳吗？”

如今李承璟出去赴宴，只剩下程瑜瑾一个人用午饭。程瑜瑾昨天被烦琐的礼节折腾了一天，夜里又被李承璟折腾。今天她又起了个大早，早已疲乏，只想赶紧回床上补觉，便点点头说：“传膳吧。”

杜若应了一声。一个人用膳也清静，宫人们全都按照程瑜瑾的喜好伺候，程瑜瑾只吃了七分饱，就放下碗筷，回内殿休息了。

晚上还有晚宴，程瑜瑾不敢睡太久，早就嘱咐了杜若，未时唤她起来。

李承璟不在，程瑜瑾现在才好好睡了一觉。她这一觉睡得格外沉，再醒来时，满目昏暗。拔步床里看不出时辰，程瑜瑾又躺了一会儿，低声喊道：“杜若，水。”

她刚刚睡醒，嗓音慵懒暗哑，语调也是软的。话音刚落，最外面的帐子就被人拉开，程瑜瑾捂着嘴打了个哈欠，撑起胳膊肘想坐起来。

她刚起身，身后就被一只有力的大手扶住。这个力道明显不是杜若，程瑜瑾惊讶地回头，发现李承璟侧坐在床沿上，一只手扶着她，另一只手将茶盏放在旁边的桌几上。

“醒了？”他放下茶盏后空出一只手，十分自然地抚上她的额头，“还头疼吗？”

第六章　闲趣

程瑜瑾没想到竟然是李承璟，被吓了一跳，立即就要起来行礼："殿下您回来了？妾身失礼。"

程瑜瑾说着就要下床，但被李承璟按住肩膀，压着坐回床铺上："是我不让他们叫醒你的，你安心坐着就是。"

李承璟说完，顿了顿，不甚高兴地瞥了程瑜瑾一眼："都说了不要叫'您'。我看着就这么老？"

程瑜瑾讶然，简直怀疑自己的耳朵。如果她刚才没听错，李承璟的话充满了控诉，甚至还有些委屈？她嘴唇动了动，最后十分委婉地说："殿下，您风华正茂，年少有为，无论在哪里都是少年英才，哪会有人说您老呢？"

"还不改？"李承璟手指在膝上弹了弹，看向程瑜瑾，"不会说，那就是会这样想了？"

他简直不可理喻，程瑜瑾突然就理解了那些男人为什么嫌弃家中妻子麻烦，现在她也对李承璟很无语，不太想理他，但是又不得不和他讲道理。

“殿下，事情不是这样的。”程瑜瑾试图和生气的太子殿下讲道理，“这和年龄无关，这事关礼法体统，是原则问题。殿下，于公您是君，我是臣；于私您是夫，我是妻。夫妻相敬如宾，盛饭尚要举案齐眉，何况称呼呢？称呼乃一切礼法之始，见微知著，不能懈怠……”

程瑜瑾说，李承璟就看着她，一双眼睛黑沉沉的，脸上虽看不出什么情绪，但是看他的眼神，他是不太高兴的。程瑜瑾渐渐说不下去了。

程瑜瑾跟他讲道理他听不进去，和他论对错，他还越来越生气，她没辙了，问：“殿下，您到底要如何？”

李承璟将茶盏端起来，缓慢地说：“刚才那句话再说一遍。”

“殿下，您……”

“嗯？”

真是够了，程瑜瑾忍无可忍，道：“你到底在纠缠什么？”

“这就对了。”李承璟终于满意了，把茶杯送到程瑜瑾的嘴边，“以后记住了，我娶的是妻子不是侄女，可不想听你一口一个‘九叔’，一口一个‘您’。乖，张嘴。”

当初老男人的话题是他先提的，程瑜瑾说了真实想法后，他反而耿耿于怀。程瑜瑾十分无语，但是好容易把太子殿下哄好了，不想再给自己找事，便顺着他的意思应承下来。她伸手去接茶盏，李承璟往后躲，并不给她。她挑了挑眉，抬头看他，他十分坦然：“你刚才不是说口渴吗？你的丫鬟在忙其他的事，我来接替她们。”

丫鬟在忙其他的事？这话纯粹是在胡扯，杜若和连翘等人唯一的任务就是侍候好她，此刻她刚醒，她们能有什么事忙？

奈何李承璟说谎眼睛都不眨，话说得冠冕堂皇，这倒让程瑜瑾没法子了。她只好顺着他的意思喝水，可是他侍候人十分生疏，过了一会儿，她忍无可忍地打开他的手，说：“放手，我来。你刚才把水洒到我

的衣领上了。”

等她换了身衣服出来，罪魁祸首坐在外面的罗汉床上，见了她，还毫无愧疚地招手，说：“换好了？听宫人说你中午没吃什么，一会儿还有晚宴，要折腾到很晚，你不吃东西恐怕会饿，先过来垫一垫。”

李承璟话音未落，一队宫人端着食盒上前，次第在桌子上摆上精致的瓷碟，又退了下去，井然有序。眼前的情景太过熟悉，仿佛他们还在程家，她照例去李承璟院子里偶遇青年才俊，他瞧见她，懒得招呼，只是让人加一副碗筷。

程瑜瑾在这种氛围中不由得放松下来，自然地坐在他的对面。他夹了一块桂花糕放在她前面的碟子里，她咬了一口，道：“有些甜了，等过几天闲下来，我来做些糕点。正好这几日荷花开了，过了这段时间，就不新鲜了。”

李承璟点头。程瑜瑾说的是他的口味，他不喜欢吃太甜、太干的东西，先前程瑜瑾有求于他，时常去他那里用糕点收买人心，时间长了，他案前的糕点都是由程瑜瑾做的，她慢慢将他的胃口越养越刁，现在他再吃尚膳监的点心委实觉得腻过头了。

程瑜瑾这话不过随口一说，他们俩在程家经常这样，各干各的，说起衣食这些细节来，如同多年夫妻一般和对方简单说一声就好了。

恐怕程瑜瑾都没有意识到，她刚才对李承璟说话的口吻多么自然，就连吃东西的口味也不知道从什么时候开始随了他的。

被偏爱的感觉太好，李承璟听到程瑜瑾会专程为他做糕点，顿时桌上的东西碰都不碰一下。他给程瑜瑾舀了碗松子菱芡粥，说：“晚上恐怕要很晚才能回来，外面不方便吃东西，你现在垫一垫，也免得到时候饿。”

程瑜瑾点头。今天晚上皇帝赐宴，庆贺太子完婚。这场宴会规模很大，四品以上的官员都要参加，后宫也以杨皇后为首，招待命妇。前朝后宫两场宴会同时进行，皇帝要昭告天下皇太子顺利完婚，普天同庆，这也是程瑜瑾作为太子妃第一次公开亮相，场面相当盛大。

说是晚宴，但是去参加宴会的人谁也不是抱着吃饭的心思去的，拿筷子夹两口做做样子就行了，没人会真吃。程瑜瑾作为太子妃，是这场宴会的主角，更是不能真吃。

这也是一个可笑之处，贵族一半的时间都在设宴、赴宴，可是真到了宴会上，谁也不会真心吃饭。女眷们出行之前都会在家里垫垫肚子，省得在外面出了丑。

程瑜瑾用汤匙缓慢地搅动着粥，问："殿下，宫里的娘娘们我还不认识呢。这些娘娘殿下知道多少，可否给我说说？"

李承璟离开太久，其实在宫里的时间并不比程瑜瑾长多少，不过毕竟是在宫里出生的，说起宫廷的事，总比程瑜瑾知道得多。

他简单说了说如今后宫里在妃位的人——比四妃地位更低的那些人也没有机会和程瑜瑾搭话，认不认识无所谓。

程瑜瑾一边听一边点头，将要紧的几个人名记下，其中还有一个熟人——徐淑妃。

徐淑妃便是昌国公府的大姑娘，徐之羡和徐念春的堂姐。先前因为徐家出了位宫妃，程敏嫁到昌国公府是高嫁。昌国公府的人说起府上淑妃娘娘都很自豪的，因此程家对徐家更是百般示好，就盼着沾一沾宫里娘娘的光。

程瑜瑾听着徐家这位淑妃娘娘的事迹长大，没想到第一次见面竟然是在自己的大婚庆贺宴上。

人生际遇，委实不可言说。

等到了宫宴，徐淑妃刚入场后便左顾右盼，看到程瑜瑾进场后，隔着老远便向程瑜瑾举杯示意。程瑜瑾看到后，亦举杯微微一笑。

两边的妃嫔见了，都心情复杂。有杨皇后在，她们这些宫妃谁也别想承宠，生出皇子或者公主来傍身就更是痴心妄想。正是这样，后宫妃嫔们的斗争并不厉害，没有奔头，她们斗什么呢？

其他妃子或仰仗资历，或仰仗家世在宫中立足，唯有徐淑妃不上不下，既没得过宠，也没得力的父兄，却因为昌国公府的爵位被封了妃，在后宫中的地位非常尴尬。往常四妃之中徐淑妃排在最末。但是今日，新任太子妃头一次亮相，在众多妃嫔中只给淑妃脸面。淑妃一整晚都得意极了，连酒都多喝了好几杯。另外三个妃子见了，十分看不上，但又无可奈何。

谁让人家娘家和太子妃娘家沾亲呢。二皇子和太子如何争斗又有什么关系呢？她们这些妃子的命运已经定了，没有儿女，后半生没有依靠，等皇帝驾崩后，她们都要去皇陵给皇帝守陵。所以，无论最终胜利者是杨家还是太子，对她们来说都没有区别。

或许，她们还盼着太子赢呢。因为钟皇后不在了，日后太子登基，太后之位空悬，她们这些太妃说不定不用搬离皇宫，还能在宫里享半生清平。要不然，仁宗朝那些妃嫔，也就是杨太后老对手的下场，便是她们的归宿。

反正她们日后无所依靠，倒也不怕冒险。她们讨好太子和太子妃绝对是不亏的买卖，输了不会比现在更糟，赢了，后半生就可以安享太平，也难怪淑妃今夜如此高兴。其他妃嫔嫉妒不已，瞧淑妃的眼神都变了。

徐淑妃也没想到今日会因为程瑜瑾扬眉吐气。她进宫早，没怎么见过程瑜瑾，只是听家人说过，二房婶婶娘家有一个侄女，极其出色，下人们为了讨好淑妃，甚至会用“肖似娘娘”来形容程瑜瑾。徐淑妃听后虽然好奇，但并没有放在心上。对她来说，程瑜瑾不过是一个有些出息的后辈罢了，以后有机会的话，或许她会让家里的妹妹将程瑜瑾带过来给她瞧瞧。

谁能想到，两人第一次见面竟然成了淑妃要小心巴结着程瑜瑾呢？程瑜瑾是太子妃，虽然娘家没出息，但是她身后有太子啊，还要什么其他靠山？而徐淑妃呢，只是一个不上不下、无所倚仗的普通宫妃，两人的地位和前程不可同日而语。

徐淑妃在心中幽幽感叹，原本是程家巴结徐家，一转眼，两家的位置就对调了。程家很快就要兴盛起来了。徐淑妃现在只希望娘家给力，抢先和程家打好关系，可千万别浪费了二房程敏这么好的门路。

今日宫宴十分盛大，或许是宫里少有新鲜血液注入，宴会中不断有人向程瑜瑾敬酒。后来程瑜瑾赶紧让杜若和连翘往酒里兑水，才撑过了一轮又一轮的敬酒。

后宫的宴会和前朝一起举行，女眷这里闹不起来，很快就安静下来，但是一直等到太监传话说皇帝退席了，皇后才宣布散场。后宫和前朝的宴会不在同一个地方，而且皇帝离开了，李承璟未必能立刻离开，程瑜瑾就没有等他，自行回宫。

等一进宫门，程瑜瑾再也支撑不住，连站都站不稳了。连翘和杜若连忙撑住她，一迭声地让小厨房准备醒酒汤。

程瑜瑾醉得不省人事，只隐约记得丫鬟劝她喝醒酒汤，后面殿里忽然安静了，随后一股凉气袭来，一只温热的手覆上她的额头。后面的记忆模模糊糊的，她仿佛感觉有人喂她喝汤，又仿佛在做梦。

梦中似乎有人无奈地叹息："怎么醉成这样？酒量也太差了。"

过了一会儿，他的声音冷静平淡："别撒酒疯。手放好，别乱摸。"

程瑜瑾心想这是谁啊，在她梦里还这么吵？她想把这个人推开，只是手脚不听使唤，使不上劲儿。李承璟被程瑜瑾的手蹭得不舒服，她手上没什么劲儿，偏偏还要一下一下地蹭，他发作不行，不发作也不行，最后只能将那两只不安分的手腕抓住，单手按在床上，小腿微微用力就压住了她的两条腿。

"好好睡觉，不许动。"

程瑜瑾手脚动不了，不知道是委屈还是不舒服，轻轻嘤咛一声，眼角发红，尾调带着哭腔。李承璟的身体一下子就绷了起来，这还没完。她手脚受制还不老实，竟然扭了扭腰肢，意图挣脱束缚。

李承璟沉默了许久，最后狠狠地从她的嘴里吸了口酒气，说："暂且给你记着，等你醒来再算。"

今日是三日回门的日子，程瑜瑾和其他新嫁娘一样，也要在婚后第三天的时候回娘家。出宫前，程瑜瑾去杨太后、杨皇后宫里盥馈，杨皇后知道她今日要回门，没有多刁难，很快就让她出来了。

程瑜瑾回慈庆宫换了身衣服，带着丫鬟登车。此刻宜春侯府的人已经等候许久了：门前被扫得干干净净，大门敞开，程元贤率领程家兄弟子侄，站在门前翘首以待；二门前，程老夫人也由众人扶着，静静地等待太子妃回门。

日头渐高，程老夫人等了许久，终于有下人跑进来通传太子妃来了。程老夫人精神一振，连忙让女眷恭候太子妃。

街上老远就传来了拍手的声音，李承璟的车驾停在正门，而程瑜瑾的轿辇继续往里走，直接进府，一直到二门前才停下。此刻程老夫人带着庆福郡主、阮氏和程家近百号下人，一齐跪在门前，高呼道："参见太子妃。"

几个穿着宫装的女子上前掀开轿帘，小心搀扶着里面的人。程瑜瑾慢慢出轿，站在众人面前，微微一抬手："免。"

众人这才站起身。程老夫人被人扶着站起来，颤颤巍巍地道："老身给太子妃请安。恭祝太子妃万福金安。"

"祖母免礼。"程瑜瑾走上前，作势扶了程老夫人一下，说，"是孙女不孝，有劳长辈在此等候。祖母快进来吧。"

程瑜瑾只是比了个手势，并没有真的来扶程老夫人。程老夫人看到红色织金衣袖在她面前摊开，上面金色的纹路在阳光下熠熠生辉，晃得她眼晕。她恍惚了一下，顺势站好，笑道："是老身想见太子妃，太心急了。太子妃请进。"

程家的下人闻言从中间散开，如潮水般退到两边，等程瑜瑾和程老夫人走过去后，他们才敢依次跟上。

程瑜瑾进院后，走入寿安堂正堂。此刻寿安堂已经布置好了，到处都是崭新的，专程为了迎接她。程瑜瑾请程老夫人上坐，程老夫人不肯，再三推辞，程瑜瑾才半推半就地坐到正位，程老夫人随之坐下。

程瑜瑾此刻身边围着一大堆宫人、女官，屋外还站着众多内侍。庆福郡主和阮氏见了惴惴不安，明明才两天没见，程瑜瑾就跟变了个人一样。

程瑜瑾今日穿了一身大红色的衣裳，端坐正位，只是那样一抬手，尽显皇家威仪。

以前程瑜瑾的仪态也好，坐姿、站姿甚至走路都赏心悦目，众人见了只觉得美，现在她换上皇家服饰，不仅美，还很有威仪。

众人光看着就感受到皇家的威严。美而不妖，威而不怒，所有人都说不出太子妃应该是什么样子，可是见到程瑜瑾后，便觉得太子妃就该如此。

庆福郡主此刻才知道自己枉为皇家人，和程瑜瑾比起来，她这个郡主没什么仪态可言。阮氏更是讪讪的。程瑜瑾刚刚被赐婚那会儿，衣冠还没有送来，阮氏只是觉得程瑜瑾还是程瑜瑾，不过走大运被赐了一门好亲事而已，所以心心念念想巴结程瑜瑾，让她给自己儿子谋福利。后来阮氏被程瑜瑾戗了一顿，讨了个没脸，愤愤不平，又不敢当面说，只好私下里指桑骂槐泄愤。她那时还不觉得太子妃和寻常出嫁女有什么不同，直到今日见了，才感到后怕。

今日，阮氏无论如何都不敢和程瑜瑾抢话，更何况算计。阮氏大气不敢出，庆福郡主也觉得自己这个嫡母很没面子，在养女面前自惭形秽，低着头不想说话。

唯有程老夫人见识过许多场面，此刻还算稳得住，慢悠悠地询问程瑜瑾出嫁后的衣食琐事。

程瑜瑾也含笑回答了，因不可能说宫里不好，当然都是称赞。

程老夫人显然也明白，听到这些中规中矩的话，也松了口气。她们寒暄一会儿后，气氛渐渐缓和一些，程瑜瑾将宫女、内侍都留在外面，自己行了家礼，和程老夫人到内室说家常话。

离开布置得金碧辉煌的正堂，众人神色明显轻松多了。虽然是说家常话，但是程瑜瑾依然是主。她坐在罗汉床主位上，程老夫人在对面落座，庆福郡主、阮氏等人坐在扶手椅上，陪坐在下首。

丫鬟围在程瑜瑾身边，一看，主次尊卑极其明显。

程老夫人已经许多年没给别人做过配角了。她是程家辈分最高的人，去哪儿都是坐在最尊贵的位置，众人小心奉承她。现在她突然坐在次位，感觉别扭极了。可是她再别扭，对程瑜瑾还得笑容满面："太子妃，您入宫不过两日，老身却觉得像过去了三年五载一般。这两天，您在宫里可习惯？"

"一切安好。"程瑜瑾轻轻颔首，"谢祖母关心。"

程老夫人小心地问了最关键的问题："那您和太子殿下相处可好？"

程家人全都竖起耳朵，和那些衣食住行的虚话相比，显然他们只关心这个。太子和程家有些渊源，但是要命的是程家人并不知道此事，还误以为太子只是个外室子，金大腿被他们作死变成了催命符。

程瑜瑾想起昨夜自己醉酒后的事情，觉得惨不忍睹，但是还是端庄地笑着，道："我和殿下一切都好。"

程老夫人试探地问道："老身之前有眼无珠，不识殿下龙章凤姿，言辞多有怠慢得罪，殿下……殿下可会降罪于程家？”

程瑜瑾了然，敢情他们是到她这里求情来了。他们不敢和李承璟说，就跑来找她说，这些人为什么觉得她程瑜瑾能影响李承璟？

程瑜瑾心想程老夫人自己作死，找她可没用。但是现在不是自乱阵脚的时候，杨家尚在，程家岂能先乱？

程瑜瑾实话实说：“祖母和父亲尽可放心，殿下既然娶了我，便表示对程家并无私怨。日后只要程家安分守己，约束己身，殿下明理，不会追究过往的。”

有了程瑜瑾这句话，程老夫人悬了半年的心可算安定了下来。李承璟还在程家的时候，程老夫人一直以为他是小薛氏在外面的私生子，虽不敢直接上手，但背后还是说了不少风凉话，甚至有一次，程元贤当着李承璟的面骂“奸生子”。当时他们不觉得有什么，等得知李承璟的身份后，程家人回忆起这些事，全被吓得直打寒战。

他们也不指望太子给程家什么优待，只要太子能看在程老侯爷对他有恩的分上，不要追究程家的冒犯之举就谢天谢地了。现在听到了程瑜瑾的准话，庆福郡主和程老夫人无疑都大大松了口气。

程老夫人把心事放下后，心思又活络起来。她不动声色地打量程瑜瑾，美人如画，如在云端，心想：自己看着都觉得赏心悦目，想必男人看来，就更漂亮了。

程老夫人旁敲侧击地问道：“太子殿下仁德，老身感激不尽，日后还有劳太子妃在殿下面前替程家转圜。太子妃，您和太子一切可好？”

程瑜瑾心想这个问题刚刚不是问过吗，为什么又问？但她看到程老夫人暗含期待又若有所指的眼神，慢慢意识到程老夫人在问什么了。

程瑜瑾尴尬了。这里已经没有外人，宫里跟来的女官和太监都被打发到外面了——有赏钱拿又不必当差，宫人们都睁一只眼闭一只眼，让程瑜瑾和程家人单独说话。饶是如此，被程老夫人、庆福郡主和阮氏等人盯

着，程瑜瑾也说不出什么来。

她要怎么说？这种事情说好还是不好？

程瑜瑾对于前世的记忆只知道大概，宛如看皮影戏一般，留在脑海里的都是几个最特殊、最关键的画面，具体细节她是记不得的。而其中，和霍长渊的相处画面，几近没有。

印象中，她嫁入霍家后，霍薛氏对儿子的占有欲爆棚，她权衡利弊后，就刻意和霍长渊保持距离，两人之间的亲密接触没有多少，所以，她在这方面的经验并不多。

她也不知道，正常的婚姻应该是什么样的，夫妻之间，这种事情要什么频率才是正常的。

程瑜瑾想：昨夜自己喝醉了，一回去就睡了，一夜相安无事，李承璟只在新婚之夜碰了她，但是洞房花烛本来就是新婚职责的一部分，按这样来算，李承璟的态度和她差不多，一切都是为了礼仪和子嗣。

程瑜瑾给自己留足了余地，只是含笑点头，并不多言。话不能说太满，万一李承璟像其他男子一样飞快地冷下去，她迟迟没有生出子嗣，那她也没办法。

程老夫人瞧见程瑜瑾矜持又冷淡的微笑，有点儿发愁。以前就是这样，其他府里的夫人带着子侄来程家拜访，程瑜瑾笑着打个招呼，就懒得理会那群少年郎，一心和夫人说话。程瑜瑾一冷脸，谁还敢上前自讨无趣，反倒是程瑜墨懂得和男郎们主动说话玩闹。

程老夫人眼睁睁瞧着做客的少年们惊艳地看着程瑜瑾，但程瑜瑾眼风都不扫一个，那些少年根本不敢过来打扰程瑜瑾。程老夫人为此愁了很久，特别怕程瑜瑾结婚后也是这番作态。

现在看来，她的担心果然不是多余的。

程老夫人甚至觉得，程瑜瑾完全干得出关上门不让夫婿进门这种事，或者把夫婿往其他地方赶，总之不要来烦她。

现在程瑜瑾的夫婿是太子，程瑜瑾不至于不让太子进门，但是只消对太子冷淡些，太子便不会再留下。长此以往，夫妻感情岂不是越来越冷？这样一来她哪能生出孩子？

程瑜瑾明明姿容如画，但是没开窍，程老夫人感到十分糟心。程老夫人倒是想提点，但是她一大把年纪，教导刚成婚的孙女夫妻之道，怎么也说不出口。最后，程老夫人隐晦地道："太子妃，太子殿下流落在外多年，成婚又晚，想必陛下早就盼着抱孙子了。太子比你年长，你们夫妻间有什么事，你要听他的，凡事顺着殿下就好。"

程瑜瑾不明白这么浅显的道理程老夫人为什么要特意说，但还是点头："我明白。谢祖母。"

可是程老夫人一看程瑜瑾的表情就知道她没有明白，她根本没懂程老夫人在暗示什么。程老夫人一阵无语，本想一会儿让庆福郡主去教导程瑜瑾，但是想到庆福郡主和程元贤的婚姻，觉得还不如不说。

程老夫人和程老侯爷的感情也说不上好，只不过程老夫人强势，手狠，程老侯爷身边的女人都活不下去。唯有程元璟是六岁时突然回来的，成了漏网之鱼。

庆福郡主和程元贤的夫妻生活就更不必说了，程元贤左一个小妾右一个美姬，庆福郡主常年独守空房，唯有在程老夫人这里才能见到丈夫。程瑜瑾在这种环境下长大，耳濡目染，怎么能学会正常的男女相处之道？

相反，程瑜墨父母感情好，所以程瑜墨比程瑜瑾更会和男子相处。

程老夫人暗自烦心：程家现在已经拴在了太子这条船上，若是程瑜瑾生不出嫡子，那程家的筹码就少了。程老夫人不在乎程瑜瑾和太子是不是表面夫妻，只要程瑜瑾有了嫡子，他们俩怎样都没关系。

程瑜瑾和太子都是美而端方的人，他们站在一起倒是十分好看，可是，两个端方的人在一块，总是让人担心他们生不出孩子。

程老夫人瞧了一会儿，下定决心，悄悄嘱咐了嬷嬷几句。

午饭后，程瑜瑾和李承璟就要回宫了。方才一同吃饭时，果然如程瑜瑾所说，李承璟始终进退有度，温和有礼，对程元贤说话也和和气气的，并没有翻旧账的意思。程家人放了心，下午时欢欢喜喜地送程瑜瑾回宫。

只不过他们临走前，程老夫人交给程瑜瑾一个盒子，还再三嘱咐她等回宫后身边无人再看。

程瑜瑾没放在心上，三日回门时要给娘家带礼物，礼越厚显示夫家越重视，而同样出嫁女离开时娘家也会回赠礼物，显示娘家的底气。程瑜瑾以为盒子里的东西不过是其中之一，并没有在意。

等回宫禀报皇后、太后，又在慈庆宫用了晚膳后，程瑜瑾换上家常衣服，才想起白天程老夫人交给她的那个神秘盒子。

天黑后殿中安静，程瑜瑾无事可干，就翻出程老夫人的东西。最开始她还没看懂，心想程老夫人给她修道的书做什么，直到翻了两页，看到一张十分详细的示意图。

程瑜瑾愣了片刻，“啪”的一声合上了书。

她羞愤得脸都红了，恨不得立刻将这个盒子扔出去。程老夫人一天天脑子里都在想什么？她交代得那样郑重，程瑜瑾还以为是什么要紧事，结果就是这些？

程瑜瑾十分羞恼，然而再恼怒也不能冲动，这种东西不能乱放，要是无意间被宫人翻到，她这个太子妃还有什么颜面？

程瑜瑾正着急找藏盒子的地方，身后传来一个悠悠的声音：“你在看什么，怎么这样生气？”

程瑜瑾正找藏东西的地方，冷不防身后传来了李承璟的声音，被吓了一跳，下意识地将书藏在袖中。

衣袖宽大，能牢牢地盖住手里的东西。程瑜瑾将手放在身侧，用另一只手很平静地合上木盒铜扣：“殿下，您怎么出来了？”

李承璟在东殿看奏折，也不知什么时候回来的，竟然都没人通报。程瑜瑾暗暗气宫人没有通报，可是想到殿内殿外基本都是李承璟的人，似乎也并不是宫人的错。

李承璟一眼就看到了程瑜瑾手里有东西，淡定地走到程瑜瑾身前时平静地摊开手，带着不容拒绝的味道。

程瑜瑾当然不肯给：“殿下……”

她方才下意识地喊他“您”，明显是心虚。李承璟瞧了程瑜瑾一眼，俯身去她手里拿。程瑜瑾手指攥着书，不由得用力，不想交出去，李承璟又看了她一眼，在这样的眼神中，她手上的力道不由自主地小了。她微一恍神，手里的东西就被抽走了。

程瑜瑾绝望地闭上眼。李承璟看到书名时一怔，翻了两页，越发无语，转头去看程瑜瑾，果然程瑜瑾已经闭上眼睛，一脸的绝望。

李承璟瞧着她这个样子，觉得又好气又好笑，忍不住偏头抿了下唇。他坐到榻上，对程瑜瑾示意：“先坐。”

程瑜瑾却站着没动，试图解释：“这不是我的……”

李承璟眉梢轻轻一动，从容不迫地看着她，似乎示意她继续说下去。程瑜瑾张口却说不出话来。别说李承璟，她也觉得这个解释很苍白。书在东宫内殿，在她手里，不是她的东西，还能是谁的？

程瑜瑾真是非常憋闷，本来就是程老夫人自作主张，现在黑锅倒要她来背。堂堂太子妃在内殿看这种东西，成何体统？

李承璟见程瑜瑾脸色不好，眸中有泪，轻轻叹了口气，随手将这本不太正经的书扔在桌上，拉着程瑜瑾坐到自己身边：“我并没有怀疑你。”

李承璟主动递上了台阶，程瑜瑾再不接就是不识抬举。她顺着李承璟的力道坐下，绷着脸，说：“是祖母临走时硬塞给我的。”

"我知道。"李承璟只是好奇，"她为什么给你这个？"李承璟顿了顿，然后挑眉问，"大婚之夜的事情，你是怎么和她们说的？"

"我没有！"程瑜瑾立马否认，说完之后自己又羞又恼，"我是那种口无遮拦的人吗？我怎么会把这种事情和别人说？"

李承璟看着程瑜瑾因为怒火变得晶亮的眼睛，忍不住笑了："好了，知道你没说，怎么气成这样？"

程瑜瑾轻轻哼了一声，偏过脸盯着地面，道："可能是觉得我像个木头，担心我不能侍奉好殿下。"

李承璟眼中笑意盈盈，眼珠像是浸在水中的黑曜石，他轻轻瞥了她一眼，笑道："那太子妃如何以为？太子妃当真觉得自己没情趣？"

程瑜瑾还是盯着地面，不肯看李承璟。李承璟也不着急，长臂一揽拿起书，慢悠悠地翻了两页："我看，根本不是你不懂情趣，只是你不想而已。"

程瑜瑾一怔，然后下意识地否认："怎么会？"

"怎么不会？"李承璟说道，"你从来都目标明确，知道自己要什么，不要什么。一旦确定了目标，无论有多难你都会走过去。同样，对你来说没有意义的事情，你向来是不屑于浪费精力的。"

程瑜瑾沉默。李承璟将书放在膝上，两手握住程瑜瑾的肩，不容拒绝地将她的身子转过来："你从来没有把丈夫当作共度一生的人，他对你来说，不过是一个工具，婚姻对你来说就是人生必须经历的一个过程，所以你积极择婿，积极挑选对你有利的人选，说到底，他们只是你实现人生目标的一个踏板罢了。"

"我没有……"

"瑜瑾，真的没有吗？"李承璟直直地看着她的眼睛，语调缓慢，却字字叩在她的心上，"你只是需要一个满足你条件的男人，只要能达到你的要求，那个男人是谁，并不重要。霍长渊也好，林清远也好，我也好，都是一样。

“你根本不在乎那个男人长什么样子，是什么性格，也从没有把他视为你人生的一部分。只不过你总是要嫁人的，所以才在自己的计划中安排了这一环。你从未考虑过爱，只在乎利。

“就比如我……当然也只能是我。除了大婚那夜你没有转换过来，之后在内殿的每一刻，你都将仪态妆发保持完美。你说过你在外人面前要保持得体，原本你起居的地方不算外面，现在因为有我，已经算了，是吗？”

程瑜瑾最开始下意识地反驳，可是听到后面，就完全放弃了。因为她知道，李承璟说得对。

他一直是这样，活得极其清醒。世人的、亲友的，甚至他自己的那些微妙又自私的心思，他一直都看得明白。

话已经说开了，程瑜瑾倒坦然了。她把脊背挺直，脖颈线因此显得纤长又优美，她无所畏惧地抬头，直视李承璟的眼睛：“殿下可看透人心，妾身佩服。所以殿下欲要如何？”

新婚妻子并不爱自己，甚至不打算爱自己，恐怕对哪个男人来说，都不是一件愉快的事情。然而李承璟的神情却很平静，和刚才的神情相比完全没有变化。他伸手拂过程瑜瑾鬓边的碎发，缓缓说道：“我一直都知道这件事，从我认识你开始，我就知道你是什么样的人。你就是你，我既然娶了你，自然一开始就考虑好所有问题，莫非还能指望你婚后变了性情吗？”

落子无悔，他娶的人是程瑜瑾，他知道她无情、寡义、自私且不愿意付出感情，但是那又怎么样？他的妻子是程瑜瑾，程瑜瑾是什么样子，他就接受什么。后果应该在最开始时就想好，他不会为其他人改变，也从来不奢望别人为他改变。指望别人在成亲后变一个人，实在是很天真的想法。

程瑜瑾本来打算和李承璟约法三章，趁今日说开彼此的义务和责任，共同配合，扮演好东宫模范夫妻，但是她没想到，李承璟竟然说出这样一番话。

她怔了一下，不明白李承璟是什么意思："殿下？"

"你不必向我许诺什么，你寡情淡漠无妨，反正我可以保证，你的利益永远和我一致。你喜欢钱财权力，就是喜欢我。"

程瑜瑾看着李承璟的眼睛良久，他也深深凝视着她。程瑜瑾脸上的神情渐渐收敛起来，她变得冷淡且戒备："殿下想要什么？"

"很简单，待在我身边，永远陪着我就够了。"

程瑜瑾挑眉："只有这么简单？"

程瑜瑾不太信，因为对于夫妻而言，他们本来就应该在一起。而且她又不可能二嫁，只要她活着一日，必然在李承璟身边。

"简单？"李承璟失笑，"我可不觉得。人在我身边容易，心在我身边难。"

李承璟越是分析人心，越是能感受到人情淡薄。人心易变，喜新厌旧，外面的权谋算计李承璟都有信心，可是一个安全的家，一个永远等他回来的人，他却算不来。

他失去过母亲，失去过姓名，失去过一切能证明他存在的东西，最渴望的事情，不过是有一个永远不会失去，无论他是谁，都属于他的角落罢了。

程瑜瑾能在李承璟的眼睛里清晰地看到自己的倒影，抿了抿唇，慢慢地说："殿下，你所求的，任何一个女子都可以做到。只要成了太子妃，无论如何，她都势必要为你打算，与你同生共死。所以，为什么是我？我似乎除了相貌还算拿得出手，其余并无什么特别之处。"

程瑜瑾还是不相信李承璟真的这样轻信于人，这是一个明显不对等的条约，他要分享自己一半的权势和财富给自己，可是自己几乎什么都没有付出。两边不等价，如何能做成买卖？

“为什么不能？”李承璟笑了，瞧着程瑜瑾，眼中闪烁着光芒，仿佛星河倒映在他的眼眸中，“为什么不能，若是我见色起意呢？”

程瑜瑾一噎，一时没接上话来，顿了顿，说：“殿下不至于这样肤浅吧？”

李承璟摇头轻笑：“你未免太高看我了。我也是男人，也好美色，尤其想将你这样的美人放在身边，看一辈子。”

李承璟说着，眼睛朝下扫了一眼，暗示得特别明显。程瑜瑾跟着看过去，发现他的目光正落在他膝盖上的书上，书页上正是某一张很露骨的插图。

程瑜瑾极力控制，脸还是渐渐红了。这个人刚才说得一本正经，清高持重，结果目的竟然是这种事，还一早就想好了。

程瑜瑾分明记得，从她和李承璟谈起成婚这个话题开始，他就没有再碰过那本书，所以，最开始挑起话头的时候，他就打算好了？亏他还能说得那样大义凛然。

这就是他们国家的皇太子，程瑜瑾真是为朝廷的未来感到担忧。

程瑜瑾脸红了，瞪了他一眼：“你怎么净想这些？”

“夜深人静，我的太子妃就坐在我身前，我还能想什么？”李承璟说着伸出两根手指，在她眼前晃了晃，“你已经欠下两次了。”

程瑜瑾咬唇，其实很想质问哪来的两次，但是又怕问出来后会引来更多不正经的话。她贝齿轻咬下唇，狠狠横了李承璟一眼。

欣赏美人的眼神也是要看场合的，若是平时，程瑜瑾的眼神必是凛然高贵不可侵犯的，但是现在，烛光朦胧，美人眸子带水、脸飞薄红，那眼神美艳至极。

李承璟含笑，手指搭在膝上，满意地叩了叩。

什么不懂情趣，美在骨不在皮，媚亦如此。形于外的诱惑、主动，

哪比得上欲说还休？程瑜瑾此刻的样子，岂可为外人道哉？

七月十四，天未亮时，李承璟悄无声息地起身。太监们早就候在外面，听到太子的传唤后鱼贯而入，手中捧着全套朝服。

李承璟因为大婚休假七日，今日婚假就结束了，他要每日上朝听政，所有行程如皇帝一般，风雨无阻，寒暑不改。

早朝天不亮就进行，而且是在承天殿的广场外，无论天气多么恶劣都不能轻易取消。早朝庄严，如果早朝时官员衣冠不整或举止不端，会被言官弹劾，轻则受训，重则丢官，那可不是闹着玩的。至于迟到，更是想都不要想。

臣子都如此，李承璟作为皇太子，要求就更加严苛。

此刻太监们都提着心，因为太子早就吩咐过，准备上朝时他们的动作要轻，万不能吵醒了太子妃。

程瑜瑾正睡着，并没有察觉到李承璟已经起身了。她朝另一边翻了个身，正好面对着李承璟原本的位置，迷迷糊糊之间突然觉得那里没有人了，心里一惊，顿时清醒了。

入目的是尚带着余温的被子，人已经不在了。

程瑜瑾想到今日是李承璟婚后第一日上朝，便立刻坐起身，穿鞋下地。李承璟在外面听到帐子里的声音，立即抬手示意太监们停下，然后折回身，到寝殿撩开床帐："你怎么醒了？"

"今日殿下上朝，我身为太子妃，怎么能缺席？"

"无妨。"李承璟说，"日后上朝的日子还多呢，又不是什么大事，现在时间还早，你回去睡一会儿吧。"

"不。"程瑜瑾坚决摇头，"这么重要的日子，我要亲自送殿下上朝。"

她已经站起身，从衣柜里随意选了一件家常衣裳披上。此刻长发未绾，被压在衣服里面，程瑜瑾不甚在意地将手绕到后颈，轻轻一撩，满头青丝如瀑布般流泻下来，甩出一个优美的弧度。程瑜瑾没有再去管头发，低头将衣衫上的纽扣扣好，然后笑着走向李承璟："殿下。"

李承璟看着程瑜瑾向他走来，眼神不由得柔和了几分："好。"

太子妃来了，所有太监自然让位，捧着衣服站在两边，轻手轻脚地将要用到的衣物呈上来。程瑜瑾踮起脚，为李承璟穿上赤罗衣，将衣领仔细压好，然后从锦盘上拿起革带，绕过李承璟的腰，在前方扣住。

程瑜瑾低头为他束腰时，李承璟也在低头看她。太子的朝服是绛红色的，李承璟穿上英气勃勃又俊美非常。衣袖极宽大，此时为了配合程瑜瑾，他的两臂轻轻朝两侧伸开，长袖自然垂落，仿佛一伸手就能将程瑜瑾整个人都环住。

程瑜瑾立在绛红色朝服前，越发显得眉眼如画。她低头扣革带，眉眼极为认真，态度和刚才从衣领里撩头发时截然相反。

象征着权力和地位的太子朝服，以及站在他胸前、亲手为他穿衣的美人，此刻只要他一伸手，就可以都揽入怀中。

程瑜瑾扣好了革带，从锦盘上接过玉佩、绶带等，一一束在腰带上。做好这一切后，程瑜瑾后退两步，从最后一个锦盘中取过朝冠，抬头对李承璟笑道："殿下，劳烦您低头。"

李承璟深深地看了她一眼，微微低头。程瑜瑾将朝冠束在他的头发上，黑色的系带绕过耳后，系扣在下颌处。

至此，朝服便穿好了。慈庆宫的宫人都候在门外，垂眼等待着。李承璟说："我走了。天色还早，你不用出去了，回去睡吧。"

程瑜瑾还是摇头，从宫女手里接过披风，披在自己身上，说："我想亲自送殿下出门。"

李承璟只好由着她。程瑜瑾跟在李承璟身侧，走到慈庆宫正门前才停下。慈庆宫离上朝的地方不算远，李承璟没有坐车辇，步行去上朝。他走出两步，似有所感地回头，见程瑜瑾披着青色披风，提着一盏灯笼，站在宫门口。

此刻天色将亮，一团火光将程瑜瑾照得温暖又柔和。她站在微弱的光线中，两边是众多宫女，身后是红墙碧瓦，而她皮肤白皙，长发如墨，仿佛星辰误落凡尘。

程瑜瑾看到李承璟回头，轻轻一笑：“殿下，我在这里等你回来。”

直到李承璟的身影再也看不见了，程瑜瑾才回宫。现在天还没大亮，经过这一遭后程瑜瑾睡不着了，干脆沐浴更衣，在书房看了会儿书，等到时间了，便出门去给杨太后、杨皇后请安。

皇帝以孝治国，对嫡母杨太后多有敬重，程瑜瑾作为太子妃，给皇太后请安已经成了每日日常。慈宁宫和慈庆宫一个在西，一个在东，距离不近，等程瑜瑾走到慈宁宫，见宫门前站着许多人。

程瑜瑾一眼就认出来太后和皇后的轿辇。杨太后和杨皇后是亲姑侄，皇后出现在慈宁宫不奇怪，另一个在皇宫有资格乘坐轿辇的人，皇宫上下，唯有那几个人。

程瑜瑾进门，果然，熟面孔不少。皇后陪在太后身边，杨首辅夫人杨钱氏、杨皇后的姐姐杨妍，以及杨妍之女窦希音都在。

程瑜瑾进来后被这一屋子杨家人狠狠晃了晃眼，但只是扫了一眼，就在心中轻笑。敢情一屋子人，唯有她跟杨家无关，不知道是不是该说羊入狼窝？

这么明显的人数差距，程瑜瑾没有露怯，依然不紧不慢、稳稳当当地行礼：“儿臣给太后、皇后娘娘请安。杨夫人安好，窦太太安好。”

杨夫人便是杨首辅的夫人杨钱氏。杨钱氏是杨太后的弟媳，膝下两女一子，长女杨妍，嫁给窦达为妻，次女杨妙，入宫做了继皇后。

窦希音是杨妍和窦达的女儿，但是窦希音很少在窦家住，一年里有一半的时间住在宫里，另一半时间住在杨家，唯有逢年过节，才回窦家露个脸，之后又立刻搬回外祖家。不知道的还以为窦希音的家在杨府，去窦府才是做客。

杨家一连出了两个皇后，而这一代杨家又没有女儿，杨妍和窦希音的打算显而易见，连窦希音都把自己当杨家人。过去十来年，窦希音是京城众人默认的太子妃人选。可惜后来窦希音的太子妃之梦落空了，二皇子的太子之梦也落了空。太子之位一直都有人呢，失踪多年的正牌太子从天而降，自带太子妃，许多人的梦境就此碎裂。

杨妍、窦希音在这种场合见到程瑜瑾，表情都微妙极了。

杨太后看了一眼，淡淡地叫程瑜瑾起身。宫人请太子妃落座后，杨妍似笑非笑地说道："原来这就是太子妃，久闻其名，宫宴那天只是远远一见，今日近看，果然是个不可多得的美人。可算了却我的一桩心愿了。"

从小到大许多人称赞过程瑜瑾貌美，从前无妨，如今她已经成了太子妃，杨妍对她的定位竟然只是不可多得的美人？

程瑜瑾笑容不变，温和地说道："窦太太谬赞，那些不过是闺中虚名。如今我既成了太子妃，自然不能辜负陛下和殿下的信任，当以德行为重，处处以身作则，容貌之类的，已是虚物。"

杨妍被这些话噎住。她见着程瑜瑾心情不爽，难免要刺一刺，所以故意说程瑜瑾是"不可多得的美人"，意思是太子看上的不过是她的容貌罢了。她没想到程瑜瑾一口承认了自己貌美，还谦虚说要以德行为重，容貌都是虚的。

啊呸，谁要真心夸她是美人了？她竟然还真敢应？然而气归气，看着这张脸、这个身姿，无论杨妍还是窦希音，都说不出反驳的话来。

杨家权势盛，然而发迹只是从杨太后开始的，子辈的容貌气质还没法和那些养尊处优好几代的公侯贵族比，尤其是程瑜瑾坐在这里，从相貌到仪态，再到气势，都妥妥地压了杨家众人一头。

美丽端庄的太子妃，莫过如是。

窦希音看程瑜瑾十分不顺眼。她还没有嫁给二皇子表哥，倒凭空冒出来一个太子妃，拦了她的路不说，连二表哥也变得不那么重要了。窦希音岂能忍这种气？她本来打算让姑外祖母好好给二表哥出气，可是瞅了很久，都没有从程瑜瑾身上找出不合适的地方。

杨皇后看着程瑜瑾头疼，脸上冷冷淡淡的，连眼神都不往这边扫。杨太后眼皮子朝上抬了一下，道："太子妃。"

"是。"程瑜瑾说着站起来，稳当当地压手行礼，"太后娘娘有何指教？"

"太子妃的责任重大，你既成了太子的正妃，便要处处守规矩，合体统，以免丢了皇家的颜面。当年太子走失，哀家和皇帝日日忧心，如今终于找回来了，也算解了哀家和皇帝的心结。你既然是他亲自请旨赐婚的太子妃，想必十分合太子心意，如此，你们尽早给皇家开枝散叶，也是指日可待了。"

太后说到子嗣，程瑜瑾不好接又不能不接，只能低着头，说："儿臣铭记太后娘娘教诲。"

她说记住了，却不说自己能做得到。

杨太后耷拉着眼皮说："你是太子妃，和普通王妃不一样。这个宫廷迟早要交到你们手里，协理六宫之事，你也要慢慢学着上手了。"

这话可说不上善意，自古太子难当，太弱了不行，太出头了更不行。皇帝如今春秋鼎盛，杨太后便说宫廷迟早要交到太子妃手中，传到皇帝耳中，皇帝要如何想？

程瑜瑾反应极快，立刻接话道："儿臣愧不敢当。统领六宫是皇后娘娘的事，他人插手是逾矩，儿臣怎会明知故犯，做这等错事呢？何况陛下春秋鼎盛，皇后娘娘也风华正茂，儿臣有许多东西不懂，正想让太后娘娘、皇后娘娘教儿臣做事的道理呢。日后，还请太后娘娘和皇后娘娘不吝赐教。"

程瑜瑾话中的"明知故犯"用得巧，寥寥四字就表明了东宫的立场。她后面的话无疑又将皮球踢回杨太后和杨皇后这里，因为无论她做了什么，都是“和皇后、太后学的”。

杨太后听后不悦，偏偏程瑜瑾这番话她揪不出哪里不对。杨太后不依不饶，说：“无妨，即便是寻常人家的长媳，也要学着帮婆母管家，更何况你是太子妃？正好中秋节要到了，这些日子，你就帮着皇后料理中秋节的事吧。”

杨太后这是打定主意要为难程瑜瑾了。既然对方主动出招，程瑜瑾就不能逃避了。她不紧不慢地行了一礼，说：“既是太后之令，儿臣自当遵从。”

程瑜瑾一句话就将这件事说成是奉杨太后的命令，并不是她逾越，而遵守杨太后的命令，这是孝。

杨太后皱了皱眉，二人一番交战下来，她并没有在口舌上占到便宜，这让她十分不满。她想，程瑜瑾不过是口舌伶俐罢了，管理后宫，可不是动动嘴皮子就行的，尤其是程瑜瑾有名却没有权，想要办好中秋宴根本不可能。等程瑜瑾在中秋宴会上出了错，她倒要看看，东宫要如何收场！

只不过杨太后被人堵得没话说，终究心里不痛快。她故意晾了程瑜瑾一会儿，程瑜瑾却始终不急不躁，举止规矩，没有一处不妥当。杨太后左看右看都揪不出一处毛病，只能无奈地打发她回去：“太子妃，你既入宫，当以侍奉太子为要。哀家这里用不着你，你先回去吧。”

程瑜瑾推辞了两句，然后慢慢行礼：“是。儿臣告退。”

程瑜瑾走后，窦希音拧着眉问：“姑外祖母，您怎么就这样放她回去了？”

窦希音见杨太后将程瑜瑾放出去，顿时着急了。杨太后听到她的话却感到心烦，皱了皱眉，没让厌烦流露出来，沉声说道：“皇家不同于外面，处处以脸面为要。她是太子妃，众目睽睽之下进了慈宁宫，哀家

还能把她怎么样？”

“可是……”窦希音不甘心，“您为什么还让她协理中秋宴？二表哥这些年那么努力，明明二表哥才该是……”

窦希音话没说完，被杨太后的眼神吓得噤了声。杨太后收回视线，语气不善：“你都多大的人了，怎么还这般口无遮拦？这些话是你能说的？”

窦希音委屈地咬唇，但还是垂下头，不敢反驳。杨妍左右看看，干笑着圆场：“姑姑，希音也是为了我们杨家好。她在您眼皮子底下长大，您是最知道她的，惯常心直口快，其实都是为了我们家。”杨妍说着看向杨皇后：“二妹，你说是不是？”

杨皇后低着头，沉默不语，神情却有些阴郁。皇帝突然冒出来一个儿子，而且太子之位这样顺利地落在李承璟头上，杨皇后就是想骗自己皇帝刚刚知晓，也说不过去。皇帝恐怕一早就知道钟氏的儿子还活着，一早就没打算传位给二皇子。

这么多年过去了，他竟然还在念着钟氏，念着钟氏的儿子。夫妻多年，她难道还比不过一个死人？

杨太后瞧见杨皇后的表情，哪里猜不到杨皇后的心思？杨太后叹气，她这个侄女一早就对李桓情根深种，拖到年纪大了嫁不了人，也要死活等李桓。饶是如此，钟氏死后，李桓又给钟氏守了一年丧，才娶杨妙。

杨妙对李桓如此深情，李桓不珍惜便罢了，竟然还打算将大位传给钟氏的儿子？杨家对他的大恩，杨妙对他的情意，他竟然一点儿都不顾。

有杨甫成在，杨家很快就查到香积寺之行时，并没有任何证据表明皇帝一早就知道程元璟就是李承璟，但是直觉告诉杨太后，皇帝在撒谎。

这对父子从头到尾都在戏耍杨家，杨太后独揽大权多年，岂能容忍别人挑衅她的权威？

李承璟自有杨甫成教训，但是宫里区区一个太子妃，杨太后还不放在眼里。

杨太后声音沉沉地说道："皇后你也不必伤心，该是杨家的东西，总会落在杨家手中。"

杨太后这话意思十分明显，杨妍和窦希音精神一振，就连杨皇后也抬起头来："太后……"

杨太后抬手示意她们不必多说，她自有打算。杨太后坐着有些累了，朝后靠在又软又大的引枕上，缓缓地道："来日方长。他们二人俱形单影只，无所依仗，仅凭他们便想和钧儿争，简直痴人说梦。"

得了杨太后这句话，杨皇后表情多少好看些了。她在意皇帝的感情，但是更在意儿子。

皇帝有三宫六院佳丽三千，前面还有个钟皇后，唯有钧儿是完全属于她的。

杨妍动了动眉毛，扫了窦希音一眼，自以为不着痕迹地说："姑姑，东宫那两位虽然翻不出水花，但是有正妃和没正妃到底不一样，二皇子至今未娶妃，许多场合没人帮他张罗。"

杨妍的暗示之意非常明显，太后和皇后都姓杨，那么二皇子的正妻，当然也该是杨家人。弟弟膝下没有女儿，理所应当地便该让窦希音进宫。

窦希音一开始就梦想着嫁给二皇子，虽然凭空冒出来的太子和太子妃打碎了她的太子妃之梦，但是李承钧的正妻之位依然空悬。窦希音气归气，实际并不着急。

她知道，皇位迟早是二表哥的，未来的皇后也必然是她。

杨妍和窦希音都眼巴巴地看着杨太后，指望杨太后说一句准话。杨太后沉吟不语，最后说："娶妻非一朝一夕的事，这些事容后再议。"

杨妍无疑非常失望。她不及妹妹命好，没等到杨家发迹就嫁人了，自己的夫家和妹妹的完全不能比。窦达实在太普通了，根本配不上首辅杨家的门第。窦家全家都巴结着杨妍，杨妍却对窦家极为嫌弃，一天到晚往娘家和宫里跑，话里话外把自己当杨家人，还在杨皇后、杨太后面前积极推销女儿窦希音。

杨妍出嫁早，错过了机会，但是她还有女儿啊，窦希音年龄正好，和二皇子青梅竹马，不是现成的皇妃人选？可是杨太后迟迟不肯松口。

杨妍很清楚，虽然现在杨妙是皇后，可是杨家的事都是姑母太后说了算。杨太后不松口，即便杨妍说服了父亲和弟弟，也是不成的。

杨妍和窦希音只能遗憾出宫。杨太后一直知道杨妍的心思，却只是拖着，不肯答应。

杨妍想让杨家第三代再出一个皇妃，杨太后却觉得没有必要。毕竟窦希音姓窦，而二皇子已有一半的杨家血脉。

他日二皇子登临大宝，还会亏待自己的外祖、舅舅吗？所以着实没有必要再让杨家人占着二皇子的正妻之位，不如腾出来，给二皇子娶一门有助力的妻子。

一家人已经生出两个心思，杨太后没当回事，只是一边吊着杨妍，另一边却在找合适的皇妃人选。

程瑜瑾回慈庆宫后，长长叹了口气。连翘见了，低声问："太子妃，您怎么了？"

婆婆姓杨，姑太婆姓杨，外朝首辅姓杨，偏偏她姓程，正经的婆母钟氏和杨家有仇怨，这简直像是身处地狱。以前，如果哪家的婆母难处，程瑜瑾都不会考虑，没想到，最后她却挑了全天下最难处的一家。但是虽然艰难，却也有利有弊，某种意义上，她不必经营真正的婆媳关系。在婆媳纠葛这一亩三分地上，李承璟是完全和她站在一起的，反而比霍长渊这种“孝子”好得多。而且程瑜瑾也不用做讨好小姑子、小叔子这种事情，李承璟是钟皇后独子，和家人关系非常微妙，他的父亲、兄弟，恐怕还不如程瑜瑾安全可靠。

李承璟说得对，至少在他登基前，他们的利益是一致的，程瑜瑾可以放心地将后背交给他。

交不交给他后背暂且不说，至少，程瑜瑾不必提防着李承璟。

程瑜瑾分析了一番自己目前的形势：杨家来势汹汹，看今天杨妍和窦希音稳坐高台的模样，仿佛紫禁城是杨家的一般。自己与李承璟是一体的，和杨家是天然的死敌，两方不必装傻充愣也不必粉饰太平，一上场便是实打实的交锋，瞧今日杨太后就知道了。然而这些话却不必和丫鬟说，程瑜瑾摇头，不欲多言，道：“没什么。殿下呢？”

“殿下上朝，尚未归来。”

也是，李承璟已经结束休假，不可能再像前几日一样清闲。散朝之后，他还要去乾清宫旁听皇帝理政，去文华阁辅理政事，同时还要召见东宫属臣，恐怕今天会忙到很晚才回来。

程瑜瑾幽幽地叹了口气，看来她和李承璟需要做的事还有很多啊。

果然，程瑜瑾等到了暮色四合，李承璟才从外面回来。李承璟一整日都不得闲，回宫的路上都在想政务上的事。他踏入慈庆宫，两边的宫人跪成一排，齐声道“太子千岁”，李承璟连眼神都没有分过去一个，一路专心往前走。

宫殿此刻已经上了灯，李承璟刚迈进殿门，便看到程瑜瑾站在门口，笑着欠了欠身：“殿下万福。”

李承璟怔了一下，才反应过来程瑜瑾在等他。

这种感觉陌生又新奇，他原以为自己无牵无挂，没想到普天之大，竟也有一盏灯是属于他的。

一路的疲惫顿时烟消云散，连朝堂上那些棘手的问题仿佛也不算什么了。李承璟不由得露出笑容，问："你怎么在这里？"

"我等殿下回来呀。"程瑜瑾说着睨了他一眼，灯光下，这一眼美艳至极，"可见太子殿下没将我放在心上，我明明早上送殿下上朝时才说过，才一会儿的工夫，殿下竟然忘了？"

李承璟失笑，上前拉住程瑜瑾的手，带着她往里走："好，是我错了。吃饭了吗？"

程瑜瑾摇头："不曾，我等殿下回来一起用。"

"我若是议事脱不开身，多半就在外面用了。等久了对身体不好，下次到时间，你自去用膳就是。"

"那等殿下不回来再说。"

程瑜瑾有些地方是薄情，有些地方也是真执拗，李承璟知道劝不动她，叹口气不再多说。两人一同去用膳。晚膳过后，他们回到内殿，程瑜瑾见李承璟似有心事，问道："殿下你怎么了？从刚才吃饭的时候，你好像就不太高兴。"

李承璟摇头："并非不高兴，而是我在担忧。你对人好时事无巨细，衣食住行，无一疏忽，但是你若是改变主意了，便能立刻全部收回。"

李承璟越说越心酸。他抿唇，伸手点了点程瑜瑾的眉心："薄情寡义。"

程瑜瑾脑门上受了李承璟的一指头，还觉得很冤，李承璟居然好意思说别人薄情？她揉了揉眉心，给李承璟倒茶："殿下，你这话可是冤枉我。我对殿下事事上心，但凡是你的东西，我从不假他人之手。何曾薄情？何曾寡义？"

正因如此，他才患得患失。他宁愿程瑜瑾不那么上心，不那么好，这样失去的时候，他也不至于接受不了。

李承璟接过茶，手指摩挲着瓷杯，并没有说话的意思。程瑜瑾也没指望他回答，给自己倒了茶，坐在李承璟对面，问："殿下，今日上朝一切可顺利？"

李承璟道："尚可，皇帝和内阁商讨，最终决定让我去工部历练。"

工部，六部下行，不似吏部主管官员升迁，能积攒人脉，也不似户部调度钱粮，有油水可捞。工部事情琐碎又杂乱，错了工部背锅，对了功劳也落不到自己身上，不算好去处。

程瑜瑾十分委婉地说："殿下，天将降大任，先苦心志，这是对殿下的磨砺。"

李承璟点头，冰冻三尺非一日之寒，杨家把持朝政二十多年，哪有那么好撼动？李承璟道："不算好，但也在意料之中。我曾经在工部任职，如今重新回去，人手都是现成的，倒也不算差。一叶知秋，见微知著，从琐碎处做起，才能让人信服。"他说完看向程瑜瑾，"那你呢，今日去见太后，她说了什么？"

程瑜瑾不由得叹了口气："太后让我学着协理六宫，我推辞无果，她便让我安排中秋宴会的事情。"

李承璟听到后不由得挑眉："吃力不讨好，你刚进宫，本不该过度张扬。她交给你的这件差事不怎么好。"

"彼此。"程瑜瑾毫不犹豫地回敬过去。夫妻二人的境况都不太好，他们对视一眼，都笑着叹气。

李承璟执着杯盏，对程瑜瑾微微示意："有劳太子妃了。"

"不敢当，我不过是小兵小将，撑死了不过是锦上添花。真正出力的还得靠殿下。"程瑜瑾端起茶盏，说，"我以茶代酒，敬殿下一杯。以后，我就仰仗殿下了。"

李承璟瞥了眼她的杯子，道："要谢就有诚意些，用茶算什么？"

"不行。"程瑜瑾拒绝，"我酒量不好，会喝醉。"

李承璟慢悠悠地转着杯子，说："现在在内殿，喝醉了又何妨？"

程瑜瑾板起脸，严肃地说："我和你说正经事呢，别乱想。"

李承璟哑然，忍不住笑道："我还真没往那方面想。侄女，那你觉得我应该想什么？"

程瑜瑾脸越来越冷，忍无可忍地瞪了他一眼："道貌岸然，你自己喝吧。"

李承璟生生忍住笑，伸手将程瑜瑾拉住："好了，别气了，是我错了。这杯茶给你，先消消气。"

程瑜瑾被拉着坐到他身边，勉强接过李承璟的那杯茶。她看着眼前这个人，还是一副光风霁月的模样，觉得简直不可思议："你不是不喜欢我叫你九叔吗？怎么如今你自己这样说？"

"那可不一样。"李承璟单手揽着程瑜瑾的肩膀，眼中含笑，"若是你平日里规规矩矩把我当九叔敬着，我自然觉得不痛快。但若是在闺房之内，倒也是情趣。"

男人大抵都有那么一些不可言说的情结。

程瑜瑾"砰"的一声被气炸了，彻底爹毛，用力拍开李承璟的手："你……你简直……我真是犯蠢，居然还会认真听你说！"

闺房情趣，见鬼的闺房情趣！

第七章　小　产

“太子妃，这是往年中秋定例。”

程瑜瑾接到太后的口谕主管中秋宴会事宜，今日司礼监派了人来，给程瑜瑾送往年卷册。程瑜瑾应了一声，示意连翘接过东西。连翘也机灵，不需要程瑜瑾说，便悄悄给太监手里塞了一个荷包。

太监本来打算放下东西就走，一句话也不多说，可是感受到手中荷包的重量，忍不住掂了掂。

太子妃出手委实大方，太监忍不住压低声音，悄悄提醒了一句：“太子妃，中秋宴会往年都有章程，该置办什么，该如何安排，都是有定数的。只不过每年跟上一年总有不同的地方，难免有些小改动，这一年年积攒下来，变动也不小。”

“哦？”程瑜瑾含笑，问道，“我刚刚进宫，许多事情不懂，望公公提点。”

太监抄着手不说话，程瑜瑾让连翘又送了一个荷包，太监捏到里面的东西，才笑着说：“太子妃向来聪慧，许多事情一琢磨便懂了，奴才不过是觍颜多说两句罢了。太子妃查看往年中秋的定例时，不妨瞧一瞧时间。年代久远的，终究不如这两年的实用。”

程瑜瑾了悟，但是脸上并没有表现出来，依然笑着对太监说道：“多谢公公提醒。连翘，送公公出门。”

“是。”

连翘和太监走后，杜若走到程瑜瑾身边，将桌子上的书册归拢整齐。杜若低声道：“真是用心险恶，幸亏太子妃警觉，要不然我们真按着卷宗上的仪制安排，岂不是要出大乱子？”

程瑜瑾打开册子，发现里面记载时间的那一页缺了。十年前的中秋宴和去年的当然有许多不同，可是乍一拿到记录，谁会注意到这些细节呢？尤其是时间被人刻意模糊了，若是程瑜瑾按照往年记载的准备，到时候，丢脸的就是她了。

杨太后不愧是浸淫宫廷半辈子的人，这些手段让人防不胜防。偏偏就算程瑜瑾反应过来，也没法叫屈，杨太后委实高明。

程瑜瑾又翻了两页，拿出另一本比对。杜若见程瑜瑾不说话，不由得有些急：“太子妃，近两年的记录被他们扣下了，我们该如何是好？”

“急什么。”程瑜瑾不慌不忙，“她此举无非就是想打我个措手不及罢了。一旦我知道卷宗有鬼，她的计策便失效了，再扣着近两年的记录于他们无益。我拿到东西，不过是迟早的事情罢了。”

程瑜瑾倒十分沉得住气，杜若见了，委实佩服：“太子妃说得是，是奴婢急躁了。”

程瑜瑾又翻过一页，说：“如今太后将中秋宴交给我的事情举宫皆知，这些太监拿准了我不敢出岔子，个个狮子大开口。若是不能将他们打点满意，他们都不需要做什么，只需稍微耽搁些，我就吃不消了。”

杜若拧眉，问道：“他们趁着太子妃初来乍到，还没站稳脚跟，居然敲竹杠，我们难道就任由他们这样吗？”

“不然呢？”程瑜瑾放下册子，语气淡淡的，“有人的地方就有争斗，程家一个小小的侯府都分三六九等，何况宫廷呢？天底下虽然各家有各家的情况，但是说到底，道理都是一样的。你自己强大了，底下人主动献殷勤，做什么事都顺顺当当；若是不得势，下面人拜高踩低不说，还会故意给你使绊子。你本来就不受人讨好，又有他们暗地里刁难，无疑陷入一个死循环，境况只会越来越差。世间从来都是这样，一步先步步先，好则越好，差则越差。”

杜若皱眉良久，不得不承认程瑜瑾说的是对的。在程家，程瑜瑾虽然令行禁止，在下人中极有威严，可是最开始的时候，她也诸事不顺、人人可欺。只不过程瑜瑾毕竟有嫡长女的身份，连续几次得到了程老夫人的嘉赏后，锦宁院被人轻视的状况才慢慢扭转。有了第一步，后面的事才能继续下去，程瑜瑾的名望越来越高，等到最后，即便没有程老夫人，下人也不敢不把程瑜瑾当回事。

她花了十年的时间为自己谋名造势，就是为了嫁人后能轻松些，可是现在，却进入一个远比程家更可怕的名利场。

宫廷里各派系的关系盘根错节，能活下来的人都不是省油的灯。整个后宫如同一个庞然大物，彼此牵制又彼此依存，牵一发而动全身，外来者寸步难行。

杨太后是中心，而程瑜瑾便是外来者。

程瑜瑾成为太子妃，虽然在外人看来无异于一步登天，可是她的艰辛，他们根本无法想象。程瑜瑾也不需要外人懂，他们只看到程瑜瑾风风光光、步步荣华，永远都是人生赢家就够了。

杜若跟着程瑜瑾多年，最懂程瑜瑾人人称道背后的艰辛，心有不忍，低声唤道：“太子妃……”

“无妨。”程瑜瑾摆了下手，表情依旧淡漠，“每一步都艰辛，才说明在走上坡路。我日后能到达的层次，岂是外人所能比的？相比之下，区区被人刁难，算得了什么？”

这就是杜若最佩服程瑜瑾的地方，她永远这样坚定勇敢，永远知道自己想要什么，并且不吝于拼搏。程瑜瑾的皮相诚然好看，可是依杜若说，太子妃说话时坚定自信的样子才是最迷人的。

杜若发自内心地说道：“太子妃心有乾坤，有勇有谋，日后必能直上青云，得偿所愿。”

程瑜瑾听到笑了笑，说：“借你吉言。不过，还是那句老话，我说白了只是锦上添花。就像一条船，我只能让船走得更好看一些，实际能走到什么地方，走多远，全看太子。”

杜若却说：“太子妃此言差矣，夫妻一体，内外密不可分，家里有一个贤内助和搅家精差别可太大了。如今宫里看起来对太子没有影响，不过是因为太子妃已经将每一件事都做到极致罢了。不信换一个人，肯定不是现在这般。”

程瑜瑾扑哧一声笑了，瞪了杜若一眼：“你什么时候和连翘一样油嘴滑舌了？”

“奴婢实话实说罢了。”

程瑜瑾收下了杜若的奉承，虽然明知道丫鬟是为了哄她开心，可是心情还是变好了。她让杜若将东西都收起来，站起身，轻轻呼了口气：“现在连慈庆宫都不是铁桶，考虑以后的事实在为时过早。我刚进宫，日后的路还长着呢，慢慢磨便是。”

杜若将历年的定例单子一张张收起来，放在怀里问：“太子妃，您要去哪儿？”

“听殿下身边的公公说，殿下今日中午忙着和内阁议事，午膳只匆匆用了两口。这怎么能行？我去瞧瞧殿下。”

此刻，李承璟正在文华殿看工部历年的卷宗。

直到太监在外面报“太子妃来了”，李承璟才抬起头。他站起身，还不待走到门口，就听到一声熟悉的“殿下”。

人未至声先到，李承璟几乎是立刻就露出了微笑，快走两步，先一步迎上程瑜瑾。

李承璟穿着常服，头束银冠，腰系革带，英姿勃勃。他在屏风前遇到程瑜瑾，问：“你怎么来了？”

虽然这样说，可是他见到程瑜瑾那一刻就自然而然地握住程瑜瑾的手，一点儿都没有放开的意思。程瑜瑾随着李承璟往里走，说：“听刘公公说殿下今日午膳没用几口，我放心不下，所以特意来瞧瞧殿下。”

李承璟淡淡地瞥了刘义一眼，刘义低头，程瑜瑾见状立刻替刘义解围：“殿下，是我特意问刘公公的，怪不得公公。我不能陪殿下在外面走动，便托了刘公公替我注意殿下的饮食。多亏了刘公公，要不然，我都不知道殿下因为政务繁忙，竟然都没来得及好好吃午膳。”

刘义听到暗暗佩服，程瑜瑾这番话可谓处处妥帖，既替他解了围，又暗暗表明自己只托他注意太子的饮食，并没有打听太子的去向，以免太子猜忌。最后她将一切归因于关心太子，任谁听了这样的话，都生不起气来吧。

果然，李承璟听完后无奈地说：“并不是什么要紧事，我自己心里有数。”

李承璟这样说就是放过刘义了。刘义大喜，拱手对李承璟行礼：“谢殿下宽恕。”

李承璟口气淡淡地说：“谢我做什么，应该谢太子妃。”

刘义了然，恭恭敬敬地给程瑜瑾跪下行大礼：“奴才谢过太子妃，太子妃仁厚，人美心善，福泽绵长。”

程瑜瑾笑了，抬手示意刘义起来：“公公快起，我当不得公公这般大礼。”

刘义顺势起身，又说了些吉祥话，才躬身告退。他是觉出味来了，想讨好太子殿下，说一千道一万，都不如恭维太子妃一句有用。

刘义走时带走了殿中其他侍候的宫人。这里是文华殿东殿，并非议事之所，而是李承璟办公休息的地方。后宫不得干政，但皇后可以留宿乾清宫，太子妃也可以来太子办公的文华殿，只不过在有朝臣奏事的时候，她们需要避嫌而已。

程瑜瑾亲手给李承璟倒了杯茶，然后打开食盒，取出里面的碟子。

其实这些事情该宫女做的，但是程瑜瑾说到做到，但凡和李承璟有关的事情，她全部亲力亲为，不假他人之手。这样一来，他们夫妻相处时没有第三人在场，两人尽可自在地说话，有其他琐事也一并动手做了。李承璟常给程瑜瑾搭把手，两人倒是有民间夫妻的感觉。

人和人之间的感情都是处出来的，时间长了，李承璟和程瑜瑾都很喜欢这种轻松自在的氛围，这个不成文的规矩也在两人的默认中延续下来。

效果也很明显，如今程瑜瑾和李承璟两人独处，已经比刚成婚时自在许多。

程瑜瑾将碟子放好，说："殿下，身体是一切的本钱，你这样为了政务亏待自己的身体，我可不依。"

"我知道。"有程瑜瑾在，李承璟也放松许多，难得露出疲态，伸手捏了捏眉心，说，"我小时候身体不好，最知道有一个健康的身体多么重要。只是这两天事情堆积了太多，实在没时间。"

"我明白，殿下行事必然是有数的。"程瑜瑾没有劝他，而是用手指抵住李承璟的太阳穴，缓慢地揉捏，"现在好些了吗？"

如果是别人，或许会说公务总是处理不完的，什么都没有吃饭重要，但是程瑜瑾知道，有些时候，别说吃饭耽搁了，连生病都得挺着。

人们都说推己及人，感同身受，实际上，不在那个位置上，根本不知道其中的艰辛。他是太子，还是失踪多年、刚刚归位的太子，谁都能犯错，唯独他不能。

李承璟额头两侧传来轻柔缓慢的揉捏，这个力道对于缓解头痛来说太小了，可是身体上的疲惫根本不重要，程瑜瑾带来的放松感，才是无可替代的。

果然，他就知道，唯有程瑜瑾懂他。太监们会劝他以保重身体为要，但是程瑜瑾就不会说，因为她知道，并不是李承璟不想，而是实在顾不上。

纤细柔软的手指覆在他的眉骨两侧，鼻尖萦绕着一股似有似无的体香。这个香味李承璟十分熟悉，自从和程瑜瑾成婚后，李承璟就戒了其他香料，睡觉时寝殿里一律不燃香，还有什么比程瑜瑾的体香更能安神？焚烧其他香料，反而是污染这股温软馨香。

从前李承璟还觉得夸张，现在才明白，温香软玉，实在是字字贴切。

他不由得闭上眼，心里很快平静下来。程瑜瑾的气息又轻轻地扑在他的脖颈上，这样近的距离，这样安静的环境，李承璟的喉结忽地上下动了动。

李承璟的脖颈白皙修长，喉结也很明显，他的喉结上下滚动，尤其显眼。

他倏地睁开眼睛，握住那双纤手。程瑜瑾专心地替他揉捏太阳穴，没有注意到其他的，突然被握住手，还吓了一跳。

“殿下，怎么了？”

李承璟没有说话，转而握住她的手腕，带着她坐在自己身边。大白天的，他可不能胡乱挑战自己的忍耐力。程瑜瑾挨着李承璟坐下，他很自然地揽住她的腰肢，问：“你呢，宫里一切还顺利吗？”

程瑜瑾轻轻叹了一声，感受到一种难兄难弟般坚实的友谊。

她说：“尚好。今日司礼监送来了往年的中秋定例册子，只不过看着不像是近年的。”

李承璟被轻轻一点便通晓所有："那些记录和近两年的有出入？"

程瑜瑾轻轻点头。两人对视一眼，不需要多说，一切尽在不言中。李承璟沉默了片刻，叹气道："怪我，如果不是我缺位多年，你何至于处处被掣肘？"

"殿下这是说的什么话？"程瑜瑾说，"你今年才回宫，宫里人手能安排成这个样子，已经极为难得。若是殿下一直在宫里长大，诚然手底下的人脉更广，可是这样一来，殿下还哪能娶我？"

程瑜瑾这话都没有掺假。她刚入宫，人脉门路什么都没有，如果不是李承璟将人手拨给她，她会寸步难行。李承璟不能暴露他早就知道自己是太子的秘密，自然没法将宫外的人手带进来。婢女好解释，那些太监如何解释？

好在皇帝是坚决站在李承璟这边的，有皇帝配合，李承璟一年前就开始送自己人进宫，安插在各个位置，但他的大部分人手在宫外。宫中这一部分，从程瑜瑾进宫那天起，李承璟就转交给她了。

没有李承璟，程瑜瑾今日断没有应战杨太后的底气。现在虽然难，但是只要她小心筹谋，仔细安排，尚有回击之力。李承璟说怪他没有将一切安排好，实在很没道理。程瑜瑾无原则偏袒自己是真，但是她有理智，并不会无理取闹，不知好赖。

李承璟说不出反驳的话来。也是，如果他不曾在山洪中走失，不曾流落民间，自然也不会去程家，更不会认识程瑜瑾。可能他们两人的命运，和现在就完全不同了，李承璟终其一生也不会认识宜春侯府的大姑娘。

李承璟怅然若失，但更多的是庆幸。他突然产生一种极其惊险玄妙的感觉——明明是没有发生过的事情，可就是有一种感觉——他和程瑜瑾一路走来有太多巧合，只要当初差上一步，可能他就不会遇到程瑜瑾，她也不会成为他的妻子了。

就比如建武那年早春，他冒着风雪赶来看程老侯爷，走的那条路一般不会碰到女眷，要不是程瑜瑾和霍长渊在那里耽搁，他不会碰见程瑜瑾，程瑜瑾也不会追着去程老侯爷屋里，程老侯爷也就不会让他们二人合作做屏风。以他和程老夫人的关系，他并不常去寿安堂，程瑜瑾却除了寿安堂很少去其他地方，这次不相遇就算他们以后偶然在程老夫人院里遇到了，可能也就是叔叔和侄女的关系罢了。

然后，他因为宫廷的事时常不在程家，程瑜瑾却早早在家族的安排下定亲、嫁人，从此他们彻底走上陌路。或许等他恢复东宫身份，程瑜瑾作为高门命妇，会在年节时来谒见东宫。只是他们一个是储君一个是臣妇，即便在东宫偶遇，也会远远避嫌，彼此不见。

李承璟突然万分感慨，原以为命运对他不公，却不想，他有今日，已然是命运最大的偏心。太子之位空悬十四年，最终还是他的，他孑然漂泊十四年，却在最后一年遇到了此生之妻。

程瑜瑾见李承璟若有所思，许久不说话，悄悄挑了挑眉，笑着问："殿下，你在想什么？怎么看着这样严肃？"

"我在想，霍长渊和翟延霖这两个人实在应该被远远打发了。"李承璟似乎是在开玩笑，但是低头看程瑜瑾时，眼中幽深冷静，毫无说笑之色，一时让人拿不准他到底是不是随便说说。

林清远因为他而来到程家，要不也不会和程瑜瑾相遇，但是霍长渊和翟延霖，这两人极可能是程瑜瑾本来的夫婿。

李承璟光想想就不痛快。明明人就在他身边，但是李承璟只要一想到程瑜瑾本来应该嫁给霍长渊或者翟延霖，就无法克制自己的嫉妒。

程瑜瑾迟疑了一下，随后想：怎么可能，别的男人或许会借机打压前情敌，但是李承璟怎么会做这种幼稚又偏激的事情？程瑜瑾觉得他在说笑，便笑道："殿下，你这话可是在冤枉我。在程家时我几乎在你眼皮子底下待着，别人不知道，你还不知道我的行动吗？我和这两个人男人从未有过交集，见面能避则避，就算偶然碰到，也向来不涉私情。”

“我知道。”李承璟握住程瑜瑾的手。她手指纤长，肤若凝脂，李承璟只要一收掌就能全部握住。

他淡淡地道：“我从来没有怀疑过你，起心思的是他们。”

至于程瑜瑾曾经为自己筹谋婚事的那些过程，强行被李承璟忽略了。无论如何，程瑜瑾都是没错的，错的肯定是其他男人。

这个话题很危险，程瑜瑾没有接。要说也不怪她，她那时候压根儿不敢想嫁给太子，谁知道李承璟有了心思啊。

李承璟捏着掌心里凝滑如玉的纤手，突然说道：“我少时曾埋怨过上天不公，剥夺我的身份，可是现在想来，我分明该感谢上天。若不是苍天安排，我怎么能认识你？”

程瑜瑾听到这话暗暗挑眉，这些话她是完全不信的。她抽出手，给李承璟倒了杯新茶，亲手递给他，笑着说：“殿下着实高看我了，谢殿下抬爱。殿下午膳用得不多，我准备了几样点心，殿下暂且将就一下，晚上我另外给殿下准备膳食。”

李承璟接过茶，低头扫了一眼，忍不住笑道：“若你这也叫将就，恐怕尚膳监做出来的点心就不能吃了。”

程瑜瑾但凡出手，总要做到极致。她端出来的几样点心精致美观，色香味俱全，让人看了就心生好感。李承璟拈起其中一块，心生好奇：“这个点心是如何做的？”

李承璟手里拈着的那块点心蓝白相间，青蓝色渐渐过渡成瓷白——颜色渐变自然，因为是随着面一起揉的——花纹变化多端，形状又极其自然，看着仿若上等青花瓷。

这是程瑜瑾偶然试出来的样式。她尝了一下味道还可以，难得的是外表好看，就一并带过来了。

没想到，李承璟独独挑了这块出来。也是，这像青花瓷一样的点心，实在太打眼了。

程瑜瑾说：“这是我用蝶豆花浸泡后偶然调出来的颜色，没想到做出来竟然成了渐变，我也很意外。”

李承璟微微颔首，又拿着瞧了瞧，说：“中秋拿它做月饼如何？”

程瑜瑾怔了一下，随后当真拧着眉想起来。因为这种糕点本也是意外产物，她做出来只是图个新鲜，并没有想过更深的用途，但是若用这个配方做月饼，月饼意为团圆又有青花瓷纹样，可谓吉祥又雅致，正合宫廷糕点的要求。而且，今年由她来主办中秋宴会，还有什么法子比在百官面前呈上一碟精致的月饼更出彩呢？

程瑜瑾茅塞顿开，霎时间生出许多想法。她站起身，作势就要给李承璟行礼，李承璟一手扶住，笑问：“你做什么？”

“多谢殿下提点，殿下的建议可是解了我的燃眉之急，这个忙可帮大了。”程瑜瑾这句话说得情真意切，李承璟不愧是皇家人，即便许多年不在宫里，与生俱来的敏锐嗅觉也并没有消退。程瑜瑾需要一个为自己立名的机会，但是又不能太过张扬，抢了杨皇后的风头，这个切入点刚刚好。

李承璟说：“我只是随口一提，还得靠你自己做出来。”他话音没落，突然话锋一转，硬生生转个了大弯，“但是千里马常有，伯乐不常有，提点之恩不能忘，你打算如何报答我？”

他又来了，程瑜瑾瞪了他一眼，起身将空食盒收好：“殿下高风亮节，乐于助人却从不求回报。我十分钦佩殿下高义，自然在心中感念殿下，处处以殿下为榜样，这便是最好的报答了。”

程瑜瑾说完，不给李承璟强辩的机会，行礼告退：“殿下政务在身，却被我叨扰许久。妾身心中惭愧，先行告退。”

下午工部尚书来李承璟这里奏事，几乎是刚进来就注意到太子殿下案前的几样精致糕点。

他隐约记得，上午的时候这里还没有点心。李承璟见工部尚书来了，没有多客套，很快就切入正题。工部尚书赶紧收回杂思，认认真真和太子商议政事。

霍长渊来的时候，太监将他拦住："靖勇侯留步，殿下在里面和工部尚书议事，靖勇侯得等一等。"

"这是自然，多谢公公提醒。"霍长渊赶紧应道。无论是尚书还是太子，哪一个都不是他能得罪的，他只能在外面等着。

不一会儿又进来两个东宫属臣，他们是给太子送卷宗的，此刻也只能候在一边。他们干等着无聊，太监又站得远，不由得低声交谈起来。

其中一个人问道："我方才出来的时候，瞧见太子殿下案前的糕点模样稀奇，以前并没有见过。尚膳监的公公又想出了新花样吗？"

另一人摇头，说："尚膳监送吃食的时辰都是有规定的，太子素来严谨，怎么会在理政期间叫人来送点心？下午并不曾见过尚膳监的人，倒是申时，太子妃来过。"

那个属臣惊讶："太子妃竟然亲自给殿下送点心？"

"这有什么稀奇的？"另一人这几日被太子叫来问了好多次话，对文华殿的了解更多一些。他说："不只是点心，太子殿下从衣食到茶水，都是独一份的，并不和其他人一样吃公膳。"

那个属臣由衷地羡慕。他们下午留在皇城里办公，中午并不回家，而是统一由光禄寺供餐。光禄寺做的饭……唉，味道真是一言难尽啊，偏偏他们不吃还不行。

大人物们也觉得难吃，但皇帝有贴身的太监单独做膳食，而内阁诸位阁老可以开小灶。他们这些普通文官没有此等待遇，只能跟着众人吃大锅饭。

那个属臣心想他还不如不问。另一人对他此刻的心情十分理解，拍了拍他的肩膀，劝道："别羡慕了，我等羡慕不来，还是好好办差，晚上去酒楼吃吧。”

那个属臣叹气，只能寄希望于下职后好好吃一顿。他见霍长渊也在，便和霍长渊打了声招呼：“靖勇侯，你也在？”

“是，我有事要向太子殿下禀报。”

那个属臣点点头。他们一文一武，一清流一勋贵，并没有什么交集，见面打声招呼就已经是极限了。好在没过多久工部尚书就出来了，他和霍长渊相互拱了拱手，霍长渊肃容进入了文华殿。

刚才那两个属官的谈话，霍长渊并没有特意听，但是同处一室，总是听到了一些。他进殿后给李承璟行礼，起来时下意识地找形状新奇的糕点。

他果真在案旁看到了糕点。看碟子大小，这些糕点已经用过了，只剩下寥寥几枚。霍长渊一眼就认出那是程瑜瑾做的。

他曾经在程老夫人那里也见过几碟极其精致的点心，那时候他和程瑜瑾还没退婚，对方的嬷嬷非常骄傲地说，这是大姑娘亲手做的。

此刻太子案前糕点的风格跟他之前见过的是一致的，显然出自一人之手。可是霍长渊分明听程家人说过，程瑜瑾并不常动手。如同她极擅女红，也很擅长厨艺，可是很少亲自动手，外人很少能见到。

霍长渊忍不住想：不是说她很少动手吗？为什么听那些东宫属臣的话，这几天太子的餐后点心全是程瑜瑾送来的？

外人和夫婿之间，差别竟然这样大。霍长渊觉得不可思议，程瑜瑾那样凉薄的性子，婚后竟然这般细心体贴，简直是贤妻良母的典范。

霍长渊一时间心情复杂。这时上首传来李承璟的声音，霍长渊连忙屏息凝神，不敢再乱想。

等天微微暗下来时，也到了下职的时辰。霍长渊因为下午在文华殿看到了程瑜瑾给李承璟做的点心，不知道为什么总是莫名烦躁，没有心思和同僚喝酒，便推掉应酬，独自回家。

他刚刚进府，候在门口的婆子就迎上来了，一迭声地说道："侯爷，您可算回来了！今日表小姐来了，老夫人本来十分高兴，但是不知道怎么碍了夫人的眼。现在正房里夫人正和老夫人闹呢，您快去瞧瞧吧！"

程瑜墨和母亲吵起来了？她为什么如此能闹腾？霍长渊下意识地皱眉，用力一掀袍子，快步向上房走去。

霍长渊快步走向上房，此时上房里，程瑜墨的眼睛瞪得大大的，里面已经隐约闪着泪光。即便如此，程瑜墨始终不肯退一步，委屈又隐忍地瞪着霍薛氏。

霍薛氏到底要怎样？！程瑜墨简直要崩溃了。前世她作为继室嫁进靖勇侯府，霍薛氏拿着程瑜瑾当标尺，处处挑程瑜墨的毛病。霍薛氏每提起一次，霍长渊就会陷入微微的恍惚中，似乎在回忆和程瑜瑾的过往，当天回去后必然又是好一番沉默，弄得程瑜墨和霍长渊的感情越来越不好。

霍长渊在回忆他和程瑜瑾的过往，程瑜墨在一旁看着，心里能好受吗？可是她再嫉妒、再怨恨又有什么用？活人怎么跟死人比？何况死去的那个人是她的姐姐。无论作为继室还是妹妹，她都没法说程瑜瑾任何不是，反而还要咬碎银牙和血吞，强颜欢笑养育程瑜瑾的孩子。

那个孩子长得极像程瑜瑾，霍长渊虽然看起来和长子不太亲近，可是程瑜墨知道，在无人处霍长渊会长久地凝视长子，目光深沉又挣扎，似乎怀念，又似乎后悔。可是每当那个孩子转过身来，霍长渊就恢复了冰冷的模样，仿佛对长子毫不在意。

霍薛氏在提醒她，那个孩子在提醒她，就连霍长渊都在提醒她，她不如程瑜瑾，她做什么都比不上程瑜瑾。程瑜墨回想自己的婚姻，觉得未成婚之前她和霍长渊的感情是块梅子糖，酸中有甜，但总体是快乐的，可是成婚后，是炒煳的糖浆，看似是蜜，可是一入口都是苦味。

她忍了五年，人人都说她命好，早逝的姐姐没享到的福都留给她了，甚至就连阮氏也觉得程瑜墨过得顺心如意，前期不被众人看好，却后劲大，是当之无愧的福娃，但是谁能知晓，她听到这些话时的心情呢？即便程瑜瑾死了，京城众人提起程瑜墨，都免不了会拿姐姐和她比较。她的一生仿佛依附姐姐而活，离开了程瑜瑾，没有人知道她是谁。

这仿佛就是在程瑜墨心上磨刀子，可恨她心里痛得直抖，却还要对着满脸艳羡的人露出微笑。

是啊，霍长渊是对她百依百顺，可是，他为的是谁呢？他对着这张和程瑜瑾有五分相似的脸，缠绵亲吻时，想的又是谁呢？

她成功顶替了姐姐，嫁给了心爱的姐夫，却也从此彻底失去了自己，成了程瑜瑾的附庸。

程瑜墨前世忍了整整五年，活在众人的艳羡中，却日复一日消沉抑郁，最终，因一场风寒而去。再一睁眼，她回到了十四岁的时候。她和程瑜瑾命运转折的那一年。

程瑜墨当机立断，抛去前世不必要的羞涩与纠结，直接找到霍长渊说明真相。为了取信于霍长渊，程瑜墨还说了许多细节，包括她救人的时间、地点，在山洞发生的事情，以及……她解开衣服为他取暖。

她说得如此详细，断不可能是道听途说，这时霍长渊信了，第二天来程家退了婚。

程瑜墨终于如愿以偿，两辈子第一次真正以自己的身份嫁给霍长渊，而不是程瑜瑾的妹妹。但是婚后的日子，和她想象中的差距甚大。前世霍薛氏虽然指手画脚，但只是嘴上恶心恶心人，并没有实际行动。没想到相比于今世，前世实在是太轻松了。

这辈子她嫁进霍家，才明白霍薛氏竟然这般可恶。霍薛氏不让程瑜墨和霍长渊亲近，变着法地让程瑜墨在她身边侍候，却让自己身边的大丫鬟去“贴身”服侍霍长渊。

偏偏霍长渊对此毫无所觉，一点儿都不觉得有什么不对，程瑜墨只是稍微对霍长渊提一提，霍长渊就觉得她不孝顺母亲。第二天，霍薛氏知道这件事，更是变本加厉地刁难她。

程瑜墨被折磨得苦不堪言，去年六月成婚，但是到现在，能不受打扰地和霍长渊独处的次数一只手就数得过来。她已经嫁人一年有余，最开始是阮氏偷偷地问，到现在程老夫人也不住追问，都在催她赶紧生孩子。

程瑜墨倒是想啊，可是霍薛氏故意拦着他们，不让她和霍长渊亲近，她有什么办法？现在霍薛氏也拿她生不出孩子说事，嚷嚷着要给霍长渊纳妾。

程瑜墨心力交瘁，不得不亲手在自己心口插上一刀，搬出程瑜瑾来，明里暗里威胁霍薛氏。好在霍长渊明白事理，主动说不纳妾，程瑜墨才终于松了口气。

天知道她说出自己的太子妃姐姐时，心里有多痛。

她从小生活在程瑜瑾的阴影下，所有人见到她，都会说“你看你姐姐，如何如何”。前世，她程瑜墨当了程瑜瑾一辈子的影子，程瑜瑾这个完美前妻即便死了，影响力也还在。侯府里发的份例，规矩是程瑜瑾定的；办大宴席的菜单是程瑜瑾定的；就连程瑜墨房间里的一块桌布、一个花纹，都是程瑜瑾定的。

她早就忍够了。她这一世豁出去一切，改变了命运，众人在和她说话时，终于不再提她的姐姐如何如何，她终于能彻底摆脱程瑜瑾，以自己的身份被众人记住。

程瑜墨对此又恨又快意。姐妹二人，凭什么妹妹一直是对照组呢？凭什么一直是程瑜瑾踩在她头上呢？她非要让别人知道，只要有同样的机会，她并不比程瑜瑾逊色。

她成了最年轻的侯夫人，夫婿前途无量，而程瑜瑾呢，只是一个被退了婚、从神坛坠落的闺阁女子。

程瑜墨有说不出的快意，心想曾经因为程瑜瑾忽略她的人，她一定要让他们知道自己有眼无珠。程瑜墨享受着迟来的荣耀，虽然关上门，在霍家的日子可谓步履维艰，但是，她依然是靖勇侯夫人，霍长渊日后权势会远超旁人，相比于程瑜瑾，她是不折不扣的人生赢家。

没瞧见，程敏也对她极为热情吗？可是这样舒心的日子，还没持续多久，就猛然而止了。

程瑜瑾被封为太子妃了。仿佛一下子，程瑜墨从阳光下被打回了阴沟里，试图展示给外人的光鲜形象也骤然崩塌。

她依然还是那个做什么都不如姐姐、永远靠姐姐的名声过活的可怜人。这半年不断有人向程瑜墨询问关于太子妃的事情，程瑜墨都说不知道。她咬着牙，不肯借程瑜瑾一丁点儿势，仿佛这样就能证明，她并没有输。但是当她在霍家人面前说出程瑜瑾的名字，以此让霍薛氏打消给霍长渊纳妾的念头后，程瑜墨所有的信心都崩塌了。

她这段时间本来就处在精神崩溃的边缘，不过以为借了程瑜瑾的势，纳妾的事已经解决了，可是今日看到霍薛氏接苏氏入府，而苏氏正是前世差点儿取代她成为侯夫人，并且在婚后依然给她制造了许多麻烦的苏可儿。

她都已经付出了这么多，霍薛氏到底还要怎么样？！程瑜墨彻底崩溃，当即不管不顾地和霍薛氏争吵起来，霍薛氏本来就对儿媳妇用太子妃压她很不爽，现在看到程瑜墨竟然敢顶撞自己，顿时被气得七窍生烟，指着程瑜墨的鼻子骂不孝。

霍长渊就在这时候走入正房。他一进门，就看到霍薛氏指着程瑜墨大骂不孝，而程瑜墨双眸含泪，眼神阴鸷又绝望地瞪着霍薛氏，恨不得将霍薛氏生吞活剥了。

霍长渊一惊，立刻上前拽住程瑜墨的手，将她狠狠地拉到后面："你做什么？！"

霍长渊的手劲儿并没有收敛。他一个行军打仗的人，可想而知全力一甩力道该有多大，程瑜墨几乎是被扔到了后面，站立不稳，后腰狠狠撞上了桌角。

程瑜墨吃痛，摔倒在地，好半晌都爬不起来。

霍长渊这才发现自己下手重了，瞧见程瑜墨痛得浑身弓起的模样，顿生愧疚，正想上前扶程瑜墨起来，却被霍薛氏拦住。

霍薛氏看见霍长渊回来，有了底气，见儿子问都不问便将程瑜墨拽开，更加得意，立刻走过去，拉着霍长渊的手说儿媳不孝，哭自己多年守寡空守侯府的辛酸，哭自己将霍长渊拉扯大的不易。

霍长渊听到这里，心不由得软了。他知道母亲为他付出了许多，所以从不忍违逆霍薛氏的意愿。这样一来，他原本愧疚的心又渐渐变得坚硬。谁让程瑜墨对母亲不孝，她早该被教训了。

想到这里霍长渊硬下心肠，没有管倒在地上的程瑜墨，而是搀扶着霍薛氏，冷冰冰地说："母亲，是儿子管教不力，竟然让她对您不孝。儿子这就回去教训她，母亲切莫为此气坏了身子。"

霍薛氏心中顺畅，拍了拍儿子坚实有力的手臂，欢欢喜喜地将他拉到座位上，另一只手拽着苏可儿，说："我就知道长渊是最孝顺的。你还记得你苏表妹吗？可儿，快过来见过你渊表哥。"

苏可儿走上前，娇羞地对霍长渊行礼："渊表哥。"

霍长渊面有疑惑："这是？"

"这是你姨家的女儿，名唤可儿，你忘了？"霍薛氏嗔怪地看着霍长渊，说，"你们小时候玩得最好了，没想到一转眼，你们都长这么大了，可儿也成了大姑娘。真是女大十八变，瞧瞧可儿的模样、身段，真是无可挑剔，放眼京城里，恐怕没人比得过她。"

苏可儿确实有几分姿色，但若说无可挑剔、无人能及，那就太夸张了。远的不说，仅仅东宫的太子妃，便是苏可儿不能比的。

霍长渊心里微嗤，但是他知道母亲的性子，没有扫霍薛氏的颜面，而是点头应道："母亲说得是。"

霍薛氏越发高兴，拉着苏可儿，不断给霍长渊介绍。他们坐在舒服的内室，仿佛都已经忘了八仙桌旁边程瑜墨这个正牌夫人还倒在地上，痛得冷汗直流。

程瑜墨好不容易在丫鬟的搀扶下站起来，最开始是腰疼，后面变成小腹一抽一抽的，痛得她冷汗直流，直不起身来。程瑜墨冷冷地看了里面一眼，气到极致，只剩下恨。她费力地对丫鬟说："我们走。"

霍长渊虽然坐在内室，其实一直挂念着外面的程瑜墨。他现在冷静下来，又有些后悔：程瑜墨一直体弱，哪受得住他那么大的力道？他即便要管教程瑜墨，也该在无人处，怎么能当众将她摔到地上呢？

霍长渊记挂着外面，根本没心思听霍薛氏回忆往昔，随便找了个借口，就匆匆出去看程瑜墨了。

霍长渊走得突兀，任谁都能看出来他的敷衍。苏可儿小心翼翼地瞧了霍薛氏一眼，一说话便带着哭腔："姨母，都怪我不好，惹表哥生厌，将表哥气走了。"

"好孩子，哪能怪你？"霍薛氏怜惜地拍了拍苏可儿的手，瞥向霍长渊追出去的方向，立即换上厌恶之色，"都怪那个丧门星，还不是她勾走了长渊的魂。恬不知耻，不守妇道。"

霍长渊一路追到后院，发现程瑜墨丝毫没有等他的意思，不由得有些生气：她也太矫情了，这是妻子该有的样子吗？霍长渊忍着不悦走进院子，一进门，就见程瑜墨的丫鬟慌慌张张地跑出来，手上全是血。

霍长渊的脑子"嗡"的一声，眼前竟然浮起一幅画面：丫鬟端着水盆来来往往，霍薛氏抱着一个襁褓又是哭又是笑。这时门帘猛地被掀开，也是一个满手是血的丫鬟跑出来，哭着喊道："不好了，夫人血崩了。"

霍长渊身体晃了晃，手用力按上眉心。他并无怀孕的妾侍，程瑜墨也不曾有孕，血崩的是谁？夫人又是谁？而这时，程瑜墨丫鬟的声音在耳边响起："不好了，夫人小产了。"

程瑜墨倚靠在被褥上，满面泪痕，毫无血色，手腕细得只剩骨头。

阮氏也坐在床边擦眼泪："墨儿，你和侯爷还年轻，以后总有机会的。"

这句话不知道触到了程瑜墨什么痛处，她本来已经平静的情绪又激动起来。程瑜墨这两天已经哭了很久，她的眼睛又红又干，几乎像是要瞎掉。到现在，她明明在哭，却没有眼泪。

阮氏见了越发伤心，紧紧攥着程瑜墨的手，说："墨儿，你可不能如此。侯爷当时并非有意，只怪这个孩子来得不是时候。谁都不知道你已经有了一个月身孕，才落下此等遗憾。说不定这个孩子是来替你挡劫的，他走了，你的劫难也就没了。"

"娘。"程瑜墨紧紧捂住自己的心口，简直像是要将里面挖出一个洞来，"我知道，可我就是恨。我的孩子就这样没了！我足足盼了一年啊。"

阮氏听了也哭。程瑜墨哭了一会儿，眼中还是一滴泪都挤不出来。她眼神绝望，猛地攥住阮氏的手。阮氏冷不防地被她抓住，都被那种干枯的触感吓了一跳："墨儿？"

"娘，都怪那个恶妇，都怪她！"程瑜墨用力攥着阮氏的手，那眼神几乎要吃人。阮氏看着又心疼又害怕，赶紧握住程瑜墨的手，说："墨儿，娘知道你心里苦，可是，她是你婆婆，这种话万万不能说啊。"

因为霍薛氏是婆婆，所以怀不上孩子霍薛氏可以光明正大地辱骂她，没了孩子，也可以理直气壮地骂程瑜墨没有母亲的样子。程瑜墨小腹又一阵阵绞痛，不由得弯下身子，阮氏见到被吓了一大跳："墨儿，你怎么了？"

程瑜墨手指紧紧抓着被褥。短短几天下来，她已经被小产磨掉了所有生气，现在看着几乎不成人形。程瑜墨张着嘴却哭不出声，只能抓着阮氏的手，一遍遍重复："娘，我的孩子没了，没了！但是那个恶妇还不肯罢休，她想给侯爷纳妾！"

"我可怜的墨儿！"阮氏的眼泪止不住地往下落，她用帕子止住泪，朝两边看了看，俯身低声和程瑜墨说："墨儿，一切都是因为那个姓苏的狐狸精。她走路扭扭摆摆，说话也有气无力的，谁不知道她打的什么心思？墨儿，她这般作态，你越发不能落了下乘，若是就此和侯爷有了隔阂，那岂不是正如了你婆婆和苏氏的意吗？"

程瑜墨听到这里又伤心了：明明她和霍长渊情投意合，明明是她在雪山上救了霍长渊，明明这辈子是她做了霍长渊的发妻，到底为什么，事情会变成这个样子？

"娘，可是苏氏是侯爷的表妹，她还有婆婆撑腰。我现在刚刚失去孩子，连床都下不了，我要怎么办啊？"

阮氏心疼地抱住程瑜墨，疼得像是心尖子在滴血一样。阮氏咬咬牙，附在程瑜墨耳边压低声音说："你不能拿你婆婆怎么样，不是还有太子妃吗？"

程瑜墨整个人都愣住了。阮氏不知道是没发现还是没在意，继续说："你是太子妃的亲妹妹，霍家不给你颜面就是不给太子妃颜面。正好中秋马上就到了，娘带你去宫里找太子妃告状，还怕她区区一个霍薛氏吗？"

程瑜墨绝望地闭上眼。阮氏见她没有动静，不禁催了催："墨儿，娘和你说话呢。"

程瑜墨沉默了许久，声音干得像是用锯子拉扯出来的："好。"

中秋这天，程瑜瑾换上礼服，随着杨皇后一同出席中秋宴会。杨皇后穿着皇后大衫，里面是红色鞠衣，外面罩着明黄色广袖大衫，最外面披着红色刺金霞帔。程瑜瑾的衣服和杨皇后的很像，只不过她穿着青色鞠衣，胸背绣有鸾凤云纹，外面罩着红色大衫，衣袖几乎能垂到地上。她肩膀上缀着一条织金深青色霞帔，前后几乎都及地，十分庄重。

又是大袖衫，又是长长的霞帔，这样的衣服穿不好就会显得松松垮垮毫无仪态，但是穿在程瑜瑾身上显得飘逸又不失庄重，远远看着衣袂及地，层层叠叠，宛若云霞堆叠在她身上。

程瑜瑾的大衫是红色的，衬得她美艳不可方物。杨皇后坐在不远处，身上披金本来该贵气，可惜她皮肤不够白，尤为致命的是旁边坐了一个肤白貌美的程瑜瑾，顿时被程瑜瑾这红彤彤的一身映衬得肤黑气颓，一点儿也没气势。

中秋宴会有条不紊地进行，菜上了一道又一道，等最后宫人端上青花瓷冰皮月饼时，杨皇后的脸色彻底不能看了。

月饼通体用白色面粉做成，被压成各种端庄富贵的样子，尤其难得的是，晶莹剔透的皮里竟然带着青色花纹，自然晕染，从青到白过渡得非常流畅，像极了上等青花瓷的花纹，变化多端又优雅写意，可谓将贵和雅融合到极致。偌大的流水宴一席席望去，没有一个月饼的青花纹路是一样的。这才叫宫廷宴会，这才叫皇室范儿。

这样的月饼放在跟前，仿佛艺术品，根本没人舍得吃。

下方一片惊叹声，等众位夫人得知这是太子妃安排的，都由衷赞赏，心服口服。程瑜瑾习惯了当第一，此刻神清气爽，但还是要谦虚一下："让大家见笑了。不过区区小玩意儿，不敢居功，都是太后和皇后教得好。"

这哪里是小玩意儿？偌大的中秋宴会丝毫不乱，菜品荤素凉热都搭配得正好不说，在人人熟悉、几乎所有种类已成定例的月饼上，还能有艳惊全场的新品，岂是一句小玩意儿能概括的？最可怕的是，这才是程瑜瑾进宫的第二个月。

在场众人无一说话，但是心里都对太子妃心悦诚服。她仪态厉害，手段也厉害，在场众多命妇哪一个敢在新婚一个月就应承操持中秋这等大宴？办这种宴会不出错就已经是大功，程瑜瑾却还能别出心裁，这已不是一般人能做到的了。这种新式青花瓷冰皮月饼想必很快就会在京城中流行起来，之后十年，再不会有中秋宴会能压过今年了。

宴席散后，命妇三三两两散开。午宴结束后她们便可以离开了，只不过难得进宫，许多人会多留一会儿，或和熟识的夫人说话，或带着女儿交际，或相看媳妇。其中自然有许多人不约而同来给太子妃请安。

程瑜瑾笑着，始终温和耐心地听一拨又一拨人说话。她虽然话少，可是引导得很好，过来拜会的人谁都不会感觉受了冷遇，反而觉得自己妙语连珠、状态奇佳。窦希音远远地站着，瞧见程瑜瑾那里热闹的样子，冷冷地哼了一声。

“拜高踩低，小人得志。”窦希音咬着牙，恨恨地说。

杨妍听到了，连忙捂住窦希音的嘴。她赶紧前后看了看，见周围并没有外人，才如释重负般松了口气，呵斥道：“希音，这是在宫里，不得胡言乱语。你忘了那天太后说你什么了吗？”

窦希音揪着帕子，愤愤不平：“娘，您看她的样子，您就不生气吗？”

杨妍当然不舒服，但这是在宫廷，她一个外命妇，能对太子妃怎么样？杨妍叹气，说：“希音，我知道你心里委屈，但是她毕竟是太子妃。皇后娘娘虽然疼你，但太子是皇后娘娘的继子，是前皇后留下来的唯一血脉，先前还走失十四年。皇后娘娘如今无论做什么都不讨好，她即便是有心帮你，也不好动手。”

窦希音心情低落。往常那么多年，每一场宴席最耀眼、最风光的都是她，所有人都争相上前巴结她，她得意非凡又不屑一顾，对那些前来和她说话的人爱搭不理，连笑脸都欠奉。现在那些人如她的意不来烦她了，窦希音却难受得不得了。

窦希音咬了咬唇，突然下定决心一般对杨妍说：“娘，先前那些人一直用未来太子妃的名头捧着我，现在我当不成太子妃，她们本来就在心里偷偷取笑我了，若是二皇子妃也落空，我要如何去见其他府的闺秀？娘，你可不能让她们看我的笑话啊。”

杨妍又何尝愿意呢？这些年她时常带着女儿到处招摇，若是最后窦希音太子妃、皇妃一个都没捞着，她杨妍岂不是成了社交圈里的笑话？即便不为面子，为了日后的荣华富贵，杨妍都不能放任二皇子另娶别人。可是，杨太后的态度却很明显——相处了半辈子，杨妍对自己的姑姑最为了解。如果杨太后真的有心让窦希音当二皇子的正妃，肯定一早就说了，好让她和窦家感恩戴德，但是现在杨太后不说同意也不说不同意，只是吊着窦希音。杨妍不得不往最坏的方向上考虑。

杨妍犹豫良久，最终狠下心。杨太后诚然是杨家的靠山，杨家最初发迹确实是靠杨太后的提携，但是现在父亲已经成了首辅，妹妹也入主中宫母仪天下，他们为什么还要处处唯杨太后马首是瞻？二皇子是皇后的亲子，父亲的外孙，二皇子娶谁怎么轮到杨太后一个姑外祖母决定？

杨妍下定决心，对窦希音说：“希音，你不要着急，母亲一定会让你如愿以偿。现在人走得差不多了，你随我去给你皇后姨母请安。”

窦希音大喜，清脆地应了一声。

杨妍带着窦希音去找杨皇后，程瑜瑾这里也迎来了亲人。

程瑜瑾早就瞧见程瑜墨脸色不对了，但是宴席上人多，她的一举一动又都惹人注目，就没有去问。现在宴席已散，入宫的命妇和程瑜瑾说过话后，也次第告退，阮氏和程瑜墨终于逮到了机会，来找程瑜瑾说话。

她们名义上是说体己话，程瑜瑾瞧着，这俩人却是来告状的。

家丑不可外扬，无论程瑜瑾和程家有什么恩怨都不能让外人看笑话。阮氏和程瑜墨走近，行了礼后，程瑜瑾没有多言，只是摆了下手，道：“原来是二婶和二妹，我正好想问问祖母的近况，二婶随我到慈庆宫里说话吧。”

阮氏当然求之不得。阮氏和程瑜墨跟在程瑜瑾身后，朝东宫走去。

进了慈庆宫后，阮氏忍不住四下张望，只见红墙碧瓦在阳光下熠熠生辉。天下唯有皇宫可以用琉璃瓦，而太子主东，东属木，所以一直用青色代指太子，故而东宫的琉璃瓦也是青绿色的。偌大的宫廷，只需要抬头瞧见上面的碧瓦，就知道这是哪里。除了太子，无人能用碧瓦。

她们进入宫门之后，宫人齐齐下跪，姿态娴雅又恭敬："参见太子妃，太子妃金安。"程瑜瑾走了一路，这样的跪拜声便跟了一路。等进入大殿，程瑜瑾引着她们走到西边的一间次殿。

入目所见，到处都是威严尊贵的皇家气派，宫人十步一守，秩序井然，却俱低着头，行动快却没有任何声音，阮氏被这样的气势惊得说不出话来。这远远不是摆设有多值钱、有多奢靡能做到的，站在这里的人，根本没有心思关注旁边的一个花瓶有多贵。这威严的天家气派，赋予了器皿无与伦比的尊贵感。

在这样的气势下，阮氏告状的心思不由得淡了，她连早就想好的话也支支吾吾说不出口。程瑜瑾坐在上首圈椅上，示意阮氏和程瑜墨坐下，问道："二婶和二妹特意等了这么久，所为何事？"

阮氏和程瑜墨坐下，阮氏屁股下面仿佛有什么烫着一般，怎么坐都不舒服，而程瑜墨瞧见程瑜瑾一路走来被众人跪拜的盛况，以及她华服广袖的装扮、端坐高殿的自在，心里突然极不是滋味。程瑜墨完全不想说出自己的事，反而想转身就走。可是阮氏不明白程瑜墨的心里所想，定了定神，鼓起勇气说："我们本来不想叨扰太子妃，但是墨儿实在太可怜了，对方欺人太甚，我和墨儿无计可施，只能前来请太子妃做主。"

阮氏说完见程瑜墨还是呆呆的，不由得给她使眼色。按照她们的计划，此刻程瑜墨应当哭着跪下，请太子妃主持公道。无论事实如何，务必先入为主，给程瑜瑾一种程瑜墨非常可怜的感觉。然而此刻程瑜墨一动不动地坐着，低着头，让人看不清眼中的情绪。阮氏着急，不由得说道："太子妃，墨儿她身体太弱了，这几日精神恍惚，见到太子妃都高

兴傻了，请太子妃勿怪。”

程瑜瑾当然看见了阮氏和程瑜墨之间的眉眼官司，笑而不语，道：“无妨。此处没有外人，二婶和二妹有什么委屈，便直说吧。”

阮氏又给程瑜墨使眼色，见程瑜墨迟迟没有说话的打算，只能瞪了女儿一眼，自己拉下老脸诉苦：“太子妃，按道理家丑不能外扬，但是除了您，我们委实不知道该找谁讨回公道了。墨儿嫁入霍家一年有余，时刻如履薄冰，尽心尽力侍奉婆母、照料家事，可是靖勇侯府却丝毫不顾及墨儿的付出，竟然……竟然要给侯爷纳妾！”

程瑜瑾眉梢一挑，只觉这一切似在意料之外，又在情理之中：“为何纳妾？所纳者为何人？”

阮氏进入了状态，剩下的话越说越顺：“太子妃有所不知，墨儿进门一年多，因为要侍候婆婆，又要操持家事，所以一直未有所出。但是嫡出子嗣和庶出子嗣不同，如今嫡长子尚未出生，怎么能让庶出血脉乱了嫡庶尊卑呢？若是无名无分的通房、侍妾也就罢了，但是抬进来一门正经的贵妾，那岂不是为下一辈埋下祸乱之源？墨儿为了靖勇侯府着想，并不愿意现在给侯爷纳妾，可是，这几日墨儿婆婆像是得了失心疯一般，死活想要将自己外甥女给侯爷做妾。那个苏可儿看似娇娇弱弱，却十分有心机，刚进府就惹得侯爷和墨儿生隙，若是长此以往，墨儿不得被她逼死？”

阮氏话絮絮叨叨地说着，但是程瑜瑾从这一大段话中，很快抓到了关键点：“苏可儿？她是霍薛氏的外甥女，也就是靖勇侯的表妹？”

“没错。”阮氏用帕子擦了擦眼角的泪，继续红着眼眶说，“太子妃您有所不知，这个苏可儿手段十分了得，我的墨儿在她手下吃了好大的亏。苏可儿入府那日，墨儿本来好心去迎接她，结果不知道被她怎么挑唆的，墨儿婆婆竟然骂墨儿不孝，还说要给侯爷找一个真正的贴心人。天可怜见的，我墨儿自从进了霍家后，晨昏定省，事必躬亲，没有一天清闲过，霍薛氏却不看墨儿的付出，只咬准了墨儿不孝。墨儿委屈，便和霍薛氏争论了两句，谁想这时候侯爷刚好回来，竟然、竟然……”

程瑜瑾配合着阮氏，问：“竟然如何？”

“他推了墨儿一把，墨儿撞到旁边的八仙桌上，将仅仅一个月的孕胎撞没了。”

程瑜墨听到这里，终于忍不住哭了。程瑜瑾对纳妾有所预料，但是着实没想到，程瑜墨竟然还因此流了胎。饶是程瑜瑾，脸色都变了，眼神顿时变得凌厉，她看了程瑜墨一眼，道：“这样大的事情，为什么一开始不说？来人，快给靖勇侯夫人换上软垫。”

穿着碧衣的宫女上前，轻柔又快速地在程瑜墨腰后、身下塞上软枕，连茶水也换成了温热补血的。程瑜瑾忍着气，问：“这到底是怎么回事？从头说来。”

程瑜瑾先前一直很温和的，如今突然声音变冷，明明脸上表情没怎么变，可是整个人的气势都不一样了。阮氏吓了一跳，赶紧低着头，一五一十将那天的事情从头说了一遍。

程瑜瑾听完十分无语，看向程瑜墨，明明该气她无用的，可是瞧见程瑜墨瘦得只剩一尖条的脸，以及玉镯晃荡的手腕，到底还是没有将苛责的话说出来。

程瑜瑾也是对这对母女无奈，现在的重点是苏可儿吗？重点分明是霍长渊才对。霍薛氏是霍长渊的母亲，苏可儿是他的表妹，只要霍长渊明确说一声他不想纳妾，霍薛氏还能硬把苏可儿塞给他吗？只有男人想不想，根本没有情难自抑一说。

要程瑜瑾说，纳妾和程瑜墨小产，其实是两件事。无论有没有苏可儿，霍长渊不调和母亲和妻子的关系是事实，他当甩手掌柜丝毫不管家里事，程瑜墨和霍薛氏并无血缘关系，相处不好不是很正常的事情吗？

即便是真的不孝，霍薛氏这句话，也该骂霍长渊，更别说程瑜墨小

产，是被霍长渊推的。

程瑜墨似乎又想到那个离她而去的孩子，在宫殿里哭出了声。其音声声哀戚，闻者动容。程瑜瑾也叹了口气，说："别哭了，事到如今，再哭也没用。不妨收拾好心情朝前看，你要是为此伤了自己的身体，才是真的不值。"

说完程瑜瑾瞥向阮氏，眉尖轻轻一动："二婶，二妹她悲痛不懂事，你也不懂吗？她八月初刚落了胎，小产极其伤身，正该卧床静养，你却带着她入宫参加中秋宴，你到底是爱她还是想害她？"

阮氏着急，一下子说话都结巴了："我……我没有这个意思。若是苏可儿不走，墨儿这些委屈不就白受了吗？苏可儿一直住在霍家，要是霍薛氏给她开了脸，送给侯爷当妾，而墨儿因为落胎不能侍奉侯爷，万一之后苏可儿生出个庶长子，墨儿接下来的半辈子可怎么过？"

阮氏觉得自己的担忧丝毫无错，程瑜墨没了孩子总能再怀，但是妾进了门，那就送不走了。苏可儿和霍长渊有表哥表妹的情分，又有霍薛氏这个亲姨母偏爱，如果真生下了霍家的长子……阮氏真是想都不敢想，程瑜墨后半辈子，在宠妾、庶子的排挤下，可如何过啊？所以，阮氏才在程瑜墨落胎半个月，就强行拉她出门参加宴会，还专程避开了庆福郡主，带着程瑜墨来找程瑜瑾告状。若只有程家，阮氏也不敢张扬，但是程瑜墨如今可不只是宜春侯府的小姐，还是太子妃的妹妹！别人家的正妻小产后都要婆婆给个说法呢，程瑜墨是太子妃的妹妹，阮氏岂能轻易饶了霍薛氏？

阮氏必然要给霍薛氏教训，让霍家人看看，程家不是好惹的。

阮氏哭道："太子妃，墨儿唯有您一个依仗，您务必要给墨儿做主啊！臣妇恳请太子妃，做主将那个苏氏远远送走吧！"

程瑜墨垂着头在下首哭，阮氏也越说越心酸，越说越觉得自己没错。程瑜瑾被她们哭得头疼，捏了捏眉心，忍无可忍地抬手："都够了。"

阮氏的哭声顿停，程瑜墨也有所收敛。阮氏抬头，期待地看着程瑜瑾：“太子妃？”

“此事我自有定夺。”程瑜瑾朝杜若淡淡地看了一眼，“靖勇侯夫人小产体虚，你们扶夫人进去休息。连翘，你去宣靖勇侯老夫人霍薛氏进宫。”

阮氏闻言大喜。

杜若、连翘敛袖应下：“是。”

霍薛氏今日起床便觉得眼皮子跳。她守寡多年，最开始是不方便参加宴会，后来一日日在家窝着，就不愿意出门见人了。今日虽是中秋宴，宫里举办大筵席，但她连其他府的喜宴都不愿意去，怎么肯进宫参加宫宴？

好在如今程瑜墨才是侯夫人，这种社交场合，由程瑜墨代替霍家出面也说得过去。程瑜墨走后许久都没有回来，霍薛氏慢慢算着时辰，不由得皱起眉来。

现在都已经下午了，午宴已散，按理说，程瑜墨早就该回来了。

苏可儿在霍薛氏身侧侍奉，轻轻给霍薛氏打着扇子。她从小到大自负貌美，长这么大从没见过比她好看的女子，故而心气十分高。苏可儿的母亲亡故后，她收拾了细软，来投奔京城的姨母。

一进入靖勇侯府，苏可儿便被那白玉为堂金做马的富贵气象镇住了，见都没见过的金子被侯府视为俗物，指头大的银锞子是打赏下人用的，寸宽的金簪子、金镯子，只有婆子才戴，主子们都嫌其粗鄙。

苏可儿简直被迷花了眼，想留在名利场中的信念也越发坚定了。这半个月，苏可儿的生活水平直线飙升，衣服一天一换，好几根簪子换着戴，这在以前是她想都不敢想的事情。下人为了讨好霍薛氏，铆足劲儿夸苏可儿，她被婆子甜似蜜的好话捧得飘飘然，这几天，仿佛踩在云朵中。

今日，她一如往常地在霍薛氏身边侍奉，想着今天晚上该用什么样的装扮和表哥说话。仅仅半个月，苏可儿就完全被霍长渊迷住了，从没

有见过霍长渊这样英俊、威武又高贵的男子，在她心里，霍长渊便是世界上最好的男人。自然，霍长渊也该是她的男人。

苏可儿正想着，突然见霍薛氏皱起眉，疑惑地朝窗外看："都申时了，宫宴早就散了，她怎么还不回来？"

苏可儿听出姨母口中的她是指程瑜墨。苏可儿对这位身为侯门千金的表嫂十分不以为意，反而摩拳擦掌想和这位京师侯门闺秀一较高下，将长渊表哥抢过来。虽然心里这样想，苏可儿还是担忧地道："表嫂不是遇到什么意外了吧？宫里虽不同于侯府，但表嫂是侯府教养长大的千金，礼数比我好得多，应该不会到处乱走，惹上麻烦吧？"

苏可儿明为解释，其实在暗暗拉踩。然而霍薛氏此刻已经没心思注意这些，眉目焦灼，忍不住坐了起来："她要是胡乱走还好，怕的是她去找人。"

苏可儿不解："找人？"

霍薛氏嘴唇动了动，脸上表情很复杂："你刚来，对程家的情况还不了解。程瑜墨的姐姐是太子妃。"

苏可儿着实吃惊了，这时候才隐约记起来，刚到霍家的时候，侯府嬷嬷跟她说过府中各位主子的身份，当时便提过一嘴，侯夫人是太子妃的妹妹。但是之后霍薛氏对程瑜墨大肆贬低，再加上自己入府当天程瑜墨就流了产，一直闭门静养，她和程瑜墨碰不上面，便慢慢轻视起这位表嫂，程瑜墨的身份也被她抛在脑后了。

现在，苏可儿仿佛被人当头一棒，话都说不利索了："姨母，您……您是说，当今太子妃娘娘是表嫂的姐姐？"

其实她称太子妃为娘娘有些不妥当，但是现在霍薛氏哪有心情注意这些小疏漏，心里不祥的预感越来越强烈。想起今日程瑜墨明明虚弱得站都站不住，却还是坚持进宫参加宴会，她越发觉得自己疏忽了："可恶，她是专程去告状的！"

许是为了印证霍薛氏的猜测，她说完这句话没多久，侯府的婆子就跌跌撞撞地跑进来，磕磕巴巴地说："禀老夫人，宫里来人了。"

霍薛氏脸色一白，仿佛被一盆凉水迎头浇了个透心凉。

苏可儿扶着霍薛氏，战战兢兢地随着内侍进宫。霍薛氏几次想给太监塞钱，太监都一脸冷漠地拒绝了，道："宫有宫规，咱家不敢收靖勇侯老夫人的赏。太子妃有谕，霍老夫人赶紧随着咱家来吧。"

苏可儿哪里见过这种阵仗，吓得头都不敢抬。她一路低头跟着姨母，但仍觉满目都是五彩琉璃，晃得她眼晕。他们七拐八拐，迈过一重重门槛，身边的气氛越来越肃然。终于他们迈入一个侧门，引路的太监也严肃起来。苏可儿心里咯噔一声，知道已经到了。

苏可儿跟着众人进殿，晕乎乎下跪，被吓得缩成一团，完全不敢抬头看周围的摆设。很快，一个沉静的声音不疾不徐地在上方响起："霍老夫人，好久不见。请起吧。"

这个声音极其好听，仅仅是一句话，就让人忍不住想探究它的主人是何模样。霍薛氏听到那句"好久不见"被吓得鸡皮疙瘩都起来了，有些颤抖地站起来。苏可儿本来想跟着一起动，然而身边的太监只是一个眼神，她就被吓得浑身一缩，伏在地上瑟瑟发抖。

苏可儿的三观受到极大的冲击：这便是宫廷，这便是太子妃。她自以为已是人间顶级富贵的靖勇侯府，其实在这些人面前一文不值。

程瑜瑾没有理会地上的苏可儿，而是不紧不慢地掀开茶盖，慢慢撇着里面的茶末。程瑜瑾的姿态极其好看，然而落在霍薛氏眼里宛如要向她索命一般。程瑜瑾抿了一口，将茶杯放在桌子上，发出轻轻一声响。霍薛氏被这声响惊得浑身一哆嗦。

程瑜瑾抬头瞧着霍薛氏，抿唇一笑："霍老夫人站着做什么？给老夫人看座。"

霍薛氏坐立不安，但是程瑜瑾发话，她又不敢不坐，只能虚虚挨着

个边。她忙不迭地解释："太子妃，您可能误会了。您可不能只听她的一面之词，当日的事老身可以解释……"

霍薛氏说完偷偷看程瑜瑾，发现程瑜瑾嘴边含笑，姿态高雅，看到她偷看的眼神，还对她点头笑了笑："那便请霍老夫人解释吧。"

霍薛氏磕磕巴巴地将程瑜墨小产那天的事又说了一遍。霍薛氏心有偏袒，陈述时加了许多有利于自己的描述，反正在她的嘴里，程瑜墨不孝在先，一切都是咎由自取。

屏风后传来隐隐的哭声，霍薛氏心里一动，立刻知道那里坐着什么人了。饶是霍薛氏，此刻都有些脸皮烧得慌。

霍薛氏强忍着难堪，站起来对程瑜瑾行跪拜大礼："当日之事老身问心无愧，请太子妃明鉴。"

霍薛氏记得不过是去年，去宜春侯府退亲时，还对程瑜瑾十分嫌弃。之后霍长渊跟程瑜墨定亲时，她被程瑜瑾当着众人的面骂得狗血喷头，气得要死，大骂程瑜瑾毒妇、恶妇。那时她怎么能想到有朝一日，会对程瑜瑾跪拜磕头呢？

程瑜瑾垂眸看着地上那两个人：苏可儿缩成一团，抖得非常厉害；而霍薛氏下跪时不情不愿，眼中有愤恨、难堪等种种情绪，可是到底，她还是弯着脊背，弓成一个圆球请她网开一面。

程瑜瑾心想，这就是她前世的婆母，这就是前世害死她的人。霍薛氏前世毫不犹豫地说"保小"时，有没有想过今日呢？

她程瑜瑾已经不再是霍家儿媳，霍薛氏的死活，霍家的死活，关她什么事？

前世的事只是在程瑜瑾心上一掠而过，连个影子都没有留下，她便又恢复为端庄高贵的太子妃。

程瑜瑾正要说话，殿外突然传来长长的通传声："太子到。靖勇侯到。"

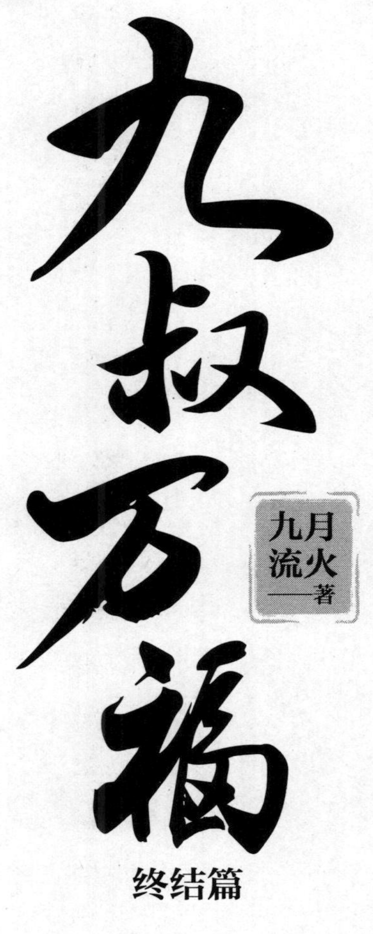

【下册】

青岛出版集团 | 青岛出版社

第八章　侧　妃

“太子到。靖勇侯到。”

太监的通传声传入大殿，程瑜瑾意外了一瞬，很快便站起身来，朝外走去。跪在地上的霍薛氏和苏可儿都傻了，程瑜瑾大红的衣摆拖过，她们才反应过来，赶紧爬起来恭迎太子大驾。

程瑜墨也由阮氏搀扶着，走到外面迎驾。阮氏和霍薛氏两拨人在正堂遇上，看对方的眼神都很不善。

程瑜瑾双臂轻抬，右手覆于左手之上，压在身前缓慢屈膝：“参见太子殿下。”

太子妃行礼，霍长渊可不敢应，他连忙朝旁边避开。满堂中唯有李承璟朝程瑜瑾径直走去，托住她的胳膊，亲手将她扶起。霍薛氏跪在程瑜瑾身后，瞧见太子握在太子妃胳膊上的手，十分惊讶。

满堂众人皆在，太子竟然做到如此地步？他可是堂堂皇太子，亲手扶一个女人，还当着臣子、外命妇的面，难道不觉得有失颜面吗？然而让霍薛氏吃惊的还远不止如此，李承璟扶程瑜瑾起来后，双手并没有收回去，而是自然而然地握着程瑜瑾的手：“你怎么出来了？都说了你不必出来迎，偏偏不听。”

程瑜瑾笑笑，并不在众人面前反驳李承璟，但是也丝毫没有应承的意思。开玩笑，这么多双眼睛看着，太子回宫她却坐在内室，传出去就是现成的把柄。程瑜瑾可不会落下这种把柄。

程瑜瑾说：“不知殿下回宫，妾身有失远迎。殿下怎么回来了？”

“我在宫门口看见了靖勇侯，一问才知靖勇侯夫人和老夫人都在慈庆宫。正好陛下那边的事情了结了，我便带着他一道回慈庆宫看看。”

原来他们是在宫门口遇见的，程瑜瑾了然。传霍薛氏进宫不是秘密，想必霍薛氏出门之前，就赶紧给霍长渊传了急信。霍长渊接到信后赶到宫门，没想到正好被李承璟撞见。

程瑜瑾了悟，问：“殿下刚从乾清宫回来？陛下可好？”

“陛下一切安好。他今日对你准备的月饼格外满意，当着百官的面赞赏太子妃贤德，想必过一会儿还有赏呢。”

程瑜瑾笑着行礼：“妾身用的不过是雕虫小技，让陛下和大人们见笑了。”

此时大殿内外跪了一地的人，而东宫这对夫妻竟然旁若无人地说起话来。霍薛氏跪在地上觉得不可置信，男人对女子和颜悦色是没出息，她实在不明白堂堂皇太子，为何做此等屈尊之事。

苏可儿明明害怕，却还是忍不住偷偷瞄太子殿下。天哪，这便是皇太子？她原以为长渊表哥便是世上顶好的男子，没想到今日见了太子，才知道什么叫皇家威仪。

程瑜墨跪在地上，每听一句，脸上就更白一分。最后是院子里的霍长渊实在看不下去了，微微咳嗽了一声。

李承璟仿佛才想起这个人一般，笑着说：“怪孤记性不好，差点儿忘了靖勇侯还在外面等着。站在外面说话不成体统，靖勇侯先进来吧。”

霍长渊拱手应是。有了太子的话，程瑜墨、阮氏、霍薛氏、苏可儿都起来了。李承璟最先朝里走去，程瑜瑾落后半步跟上，之后跟着宫人、内监。李承璟走入西次殿，自然坐主位，程瑜瑾坐在他对面的位子上，之后霍长渊等人走入殿中，不敢坐下，都恭敬地站着。

李承璟不发话，没人敢发出声音。李承璟先是不紧不慢地倒了杯茶，递给程瑜瑾，然后才将自己跟前的茶杯满上："今日靖勇侯府齐聚慈庆宫，不知有何要事？"

霍薛氏想要说话，但是瞧见太子俊美白皙的侧脸，竟然不敢吱声。阮氏欲言又止地朝程瑜瑾看了一眼，程瑜瑾知道李承璟的话只能由她来接了，便三言两语说了刚才的事："今日中秋，妾身想询问祖母近来状况，便在散席后带着二婶和二妹回宫。不想在说话的时候，得知二妹月初刚小产。她才多大，便遭受这等苦楚，妾身心有不忍，便想着宣霍老夫人进宫仔细问问当时的情形。"

程瑜瑾说着朝下扫了一眼，淡淡地道："不过看起来，霍老夫人似乎误会了什么。靖勇侯也是当事人之一，能直接问靖勇侯，再好不过。"

阮氏立刻露出胜利的神情。程瑜瑾的口才可不是开玩笑的，寥寥几句，时间经过因果都说了，而且经她这样一说，程瑜墨这一方完全占理，反倒是霍薛氏，有无理取闹之嫌。

李承璟淡淡地点头，显然对霍家这些家长里短毫不关心，就连听到程瑜墨小产也全无动容之色。

程瑜瑾说完之后，霍薛氏有些急了，果然太子妃是向着程瑜墨的，被太子妃这样一说，他们彻底成了恶人。

霍薛氏急忙道："太子殿下，臣妇对儿媳毫无苛待。请太子秉公处置，勿要偏听偏信。"

李承璟淡淡地扫了霍薛氏一眼："孤听太子妃说话，怎么就成了偏听偏信？孤不信太子妃，莫非还信你不成？"

霍薛氏被噎住，霍长渊见状皱眉，立即掀袍子跪下："殿下息怒，家母久未出府，不通人情世故，并非有意冒犯殿下。"

见霍长渊跪下，霍薛氏和苏可儿也又惊又惧，跟着跪倒，那声音听着就疼。

"跪孤做什么？"李承璟的声音依然还是冷冷的，"胆敢冒犯太子妃，你们倒是好大的胆子。"

霍长渊先是震惊，飞快地朝上瞥了一眼，隐约生出些模糊的猜测。他转而向程瑜瑾拱手，低头道："家母口不择言，冒犯了太子妃，请太子妃降罪。"

程瑜瑾在心里啧了一声，侧过脸，淡淡地看了李承璟一眼。李承璟察觉到她的视线，毫不避讳地转头，和程瑜瑾对视。

程瑜瑾默默收回视线。李承璟突然搞这么一出，她有点儿肉麻。然而现在她的前未婚夫、现妹夫还在地上跪着，程瑜瑾轻咳了一声，道："念在霍老夫人是初犯，看在靖勇侯的面子上，本宫不予追究。但是，本宫不希望再有下次。"

霍长渊心里的猜测被证实，内心一时五味杂陈，都不知道该说什么了。这时候霍薛氏和苏可儿也反应过来，连忙转过来给程瑜瑾磕头："臣妇失礼，谢太子妃宽恕。"

程瑜瑾淡淡地点头，十分有太子妃范儿地抬了下手："起吧。"

苏可儿什么都不懂，只知道刚才太子说话时她的心被吓得都快停掉了。现在太子妃发话让他们起来，显然便是没事了，苏可儿大喜，想上前来搀扶霍长渊，却被霍长渊皱着眉躲开了。

苏可儿手里落了空，一时不明白这是怎么了。明明在侯府，表哥并不排斥她接近，现在为何对她避如蛇蝎一般？苏可儿手抬着，跪在地上十分难堪。

阮氏在旁边见了，鄙夷地嘁了一声。

程瑜瑾装作没看到，等他们站好后，才转头询问李承璟：“让殿下见笑了，这本是二妹的家事，现在闹到殿下面前，妾身心中实在不安。既然殿下已经知道，妾身便觍着颜逾越一次，向殿下讨些主意。殿下觉得此事该如何处理？”

李承璟想也不想，说：“既然是二妹的家事，自然你说了算。你说如何办，就如何办。”

李承璟面对霍长渊和霍薛氏时自称“孤”，可是对着程瑜瑾，却以“你我”相称，还唤程瑜墨为二妹，他的态度一目了然。

霍薛氏顿时在心里长长叹了口气，进宫时还想着靠她和小薛氏的同族亲缘，或许能让太子殿下帮衬一二，现在看来就是痴心妄想。霍薛氏和小薛氏是远方堂姐妹，小薛氏是李承璟在民间时的养母，但这么远的关系，哪里比得上自己的妻子和妻妹？

霍薛氏怎么也没想到，不过是想留个贴心人在府里，竟然闹到这个地步。尤其想起去年时，得知程元璟外放归来，她还说让霍长渊看在小薛氏也姓薛的分上，提携程元璟一二。霍薛氏现在想想她当时说话的语气，简直觉得自己脸大如盆，可以羞愧而死。他们哪来的脸提携本来是皇太子的程元璟？

现在太子将处置权完全交到程瑜瑾手中，霍薛氏已经死了心——她和程瑜瑾的新仇旧恨委实不少。

程瑜瑾不紧不慢地说：“这本该是霍家的家事，本宫不该插手。不过既然你们求到了慈庆宫，本宫免不了说几句公道话。靖勇侯。”

霍长渊冷不防从程瑜瑾口中听到自己的名字，愣了一下，才应道：“臣在。”

“二妹不慎小产，是不是被你所推？”

这样的话从程瑜瑾口中说出，霍长渊羞愧难当。他攥了攥拳头，最后艰难地应道：“是。”

“霍老夫人所说纳妾，是不是为你所纳？”

李承璟听到这里轻轻挑了挑眉，以为只是普通的家长里短，没想到里面竟然还有这么多事？

身为一个男人竟然把妻子推得小产，在妻子小产之后母亲还想着纳妾……李承璟同为男人都不知道该说什么了。怪不得阮氏带着程瑜墨直接告到程瑜瑾这里来，霍长渊活该。

霍长渊闭了闭眼，口中发苦：“是。”

“那就是了。”程瑜瑾抬起手敛了下长袖，说，“霍老夫人是你的母亲，苏氏是你的表妹，二妹是你的妻子，早殇的那个胎儿也是你的孩子。这里所有的事都是因你而起，但凡你有些作为，二妹和霍老夫人都不会误会至深，二妹的那个孩子也不会离世。二妹刚刚小产，连说话的力气都没有，你竟然还想着纳妾。你这些行为置忠义仁孝于何地，置朝廷法度于何地？”

程瑜瑾骂人的思想高度总是如此之高，霍长渊记得之前他就被程瑜瑾骂过不仁不义不孝不信，然后当着他的面撕毁婚书。没想到，有生之年，他竟然还会被程瑜瑾骂第二次。

程瑜瑾这番话说得有理有据，众人皆被她的气势镇住，满堂皆静。程瑜瑾骂完后习惯性地加总结陈词：“你这等行为，于小处是宠妾灭妻，使家宅不宁；于大处便是是非不分，无视王法。你这样的行径，让朝廷如何敢重用你？让陛下和殿下如何敢将保家卫国、守护百姓的重任交给你？”

李承璟微微转过脸，忍住脸上的笑意。他记得第一次见程瑜瑾时，正值程瑜瑾和霍长渊退婚，程瑜瑾在回廊上铆足劲儿往霍长渊的脸上招呼，发现没将他打破相后，还十分遗憾。

入朝为官第一点便是相貌周正，有残缺、疤痕之人不得入仕，再有便是品行端正了。可见程瑜瑾是真的想毁掉霍长渊的仕途。李承璟心里那些莫名其妙的别扭顿时就消散了。李承璟是男人，当然分得清女人刀子嘴豆腐心和真的恨你之间的区别，无论霍长渊有什么心思，程瑜瑾是真的想让他不得好死，这就够了。

李承璟只遗憾自己出现得晚，没能在程瑜瑾订婚之前遇到她。但既然程瑜瑾已经和霍长渊退婚，并且嫁给自己为妻，他也没必要再纠结往日之事。而且，他能感觉出来，程瑜瑾对他可比对待霍长渊温柔多了。

李承璟心中的芥蒂消散，顿时神清气爽。他此时眉目飞扬，神采奕奕。他微微侧过脸，含笑看着程瑜瑾骂人。

人类的悲欢并不相通，此刻霍长渊脸色极其难看。他在程瑜瑾的连环质问下毫无还口之力，只能有气无力地替自己辩解最后一句："臣并无纳妾之心……是太子妃和岳母误会了。"

"你并未想纳妾？"程瑜瑾挑眉，朝脸色骤变的苏可儿瞟了一眼，道，"那就是说，是你故意拖着人家姑娘，损害人家的名声，耽误苏氏嫁人了？"

苏可儿伤心欲泣，可是她心心念念的表哥一眼都没有朝她的方向看过来，而是抱拳说："是。是臣行为不端，有欠考虑。臣回去后，便为表妹择一门良婿，重金送表妹出嫁。"

苏可儿哭丧着脸，而阮氏高兴得简直要跳起来，就连程瑜墨也讶然朝上首看来。

阮氏几乎喜极而泣，心想她就说程瑜瑾的脑子十分靠得住。从前阮氏和程瑜墨作为反方，和程瑜瑾争辩从来没有赢过，现在换了一个阵营，才觉得程瑜瑾这样的人简直是神仙队友。

瞧瞧太子妃说话，从头到尾没有提一句不同意纳妾，却让霍长渊自己说出送苏可儿离开的话。而且，霍长渊还应承了亲自送苏可儿出嫁，这样一来，就算回府后苏可儿使出浑身解数，霍长渊都不可能将她收下了。要不然，岂不是真应了程瑜瑾口中的不信不义之名？

阮氏和程瑜墨面露释然。事情到此，对她们而言已经算圆满解决，甚至远远超出预料，对于程瑜瑾却不止，她冷冷淡淡地看着霍长渊说道："苏氏是你的表妹，你主动送她出嫁，本宫一个外人不好说什么。可是既然二妹嫁给了你，本宫便少不得多说几句。霍老夫人说二妹不孝，还因此不知怎么惹你生气，才让你将二妹推至小产，依本宫看，真正不孝的人是靖勇侯才对吧？"

霍长渊登时讶然。霍薛氏似乎想要辩驳，程瑜瑾却不给她这个机会，继续说道："不能解决母亲和妻子之间的误会，还让她们为了你越闹越僵，此为一不孝；亲手推得二妹小产，断绝霍家的第一个嫡嗣，此为二不孝。这一件事你对母亲是不孝，对妻子是大不义，还险些害了你表妹的终身。不孝是你，不义也是你，有今日的局面，俱是你之责。靖勇侯，你位列公侯，却做出这等事情，你这个侯爷，这么多年究竟是怎么当的？"

霍薛氏多年来把儿子捧在掌心疼，听不得别人说霍长渊一丁点儿不好，现在听到程瑜瑾说如今局面俱是霍长渊的错，怎么受得了？可惜霍家能由着她撒泼，东宫却不行。程瑜瑾端起茶，说道："靖勇侯，望你回去好好想一想。送客。"

霍长渊仿佛被人迎头打了一棒，他从小被霍薛氏放在心尖上疼，自然也习惯了女子为他无原则地付出。在他看来，女子为他好，为他无私奉献，都是应该的。

霍长渊从没有想过，自己在家庭中也有责任。霍薛氏偏心他，不肯说，程瑜墨爱他，不忍心苛责，唯有程瑜瑾毫不留情地戳破了这一切。

霍家变成现在这般模样，他难辞其咎。

霍长渊失魂落魄地走了，走时甚至忘了等候自己的母亲和表妹。霍薛氏追着霍长渊而去，苏可儿自然紧跟其后。阮氏和程瑜墨的目的已经达到，也是时候告辞了。她们看着程瑜瑾，眼神中有谢也有怨，有敬也有畏。最后还是阮氏出面说：“多谢太子妃。臣妇和墨儿告退。”

程瑜瑾站起来，慢慢走近，居高临下，静静地看了程瑜墨一眼。最后，程瑜瑾劝了一句：“路是你自己选的，日子也是你自己过的。落子无悔，你都这么大的人了，早就该懂得人要为自己的所有行为负责。”

程瑜墨低着头，紧紧咬着唇。程瑜瑾懒得再说，揽着广袖转身，轻飘飘地扔下一句话：“回去后，好好休养吧。连翘，送二太太和侯夫人出去。”

李承璟就坐在上首，似笑非笑，看了全程。

霍家的人都走了，阮氏和程瑜墨也低着头告退，偌大的西殿，很快就只余程瑜瑾和李承璟两人。慈庆宫闹腾了一下午，此刻重归安静。

李承璟抬手一挥，侍奉的宫人、内侍无声退下。李承璟看着程瑜瑾，笑道：“太子妃口才了得，御史台没有遇到你实在是他们的损失，若是你去当御史，天下还哪有贪官污吏，我朝必海晏河清。”

程瑜瑾淡淡地瞥了李承璟一眼：“殿下抬爱，妾身不过一介弱女子，恐怕担当不起此等重任。”

李承璟忍不住笑了，拉着程瑜瑾坐下，问：“是霍长渊害你二妹小产，又不是我。你怎么还这样生气？”

程瑜瑾深吸一口气，闷闷地道：“没什么，就是觉得殿下有点儿幸灾乐祸。”

李承璟挑眉，偏头瞧着程瑜瑾，一双眼睛里面满满都是笑意：“太子妃先是训阮氏、霍薛氏，之后训完靖勇侯，训妹妹，连我也不能幸免是吗？”

程瑜瑾本来有些难言的惆怅，听到他的话，忍不住笑了。被他这样一打岔，程瑜瑾莫名的心绪消失殆尽，她含嗔带怒地瞪了李承璟一眼，道：“太子高洁，没见着今日靖勇侯的表妹见了您都神魂不属，我哪敢说太子殿下的不是？”

李承璟笑着摊开掌心，说："这可和我无关。我今日对这些事全然不知，要不是在宫门口遇到靖勇侯，我还不知道霍家人都聚在了慈庆宫呢。带着他进宫，也不过是顺手而为罢了。"

"殿下当真毫无私心？"

李承璟双眸晶亮，含笑问道："你说我有何私心？"

程瑜瑾本来是故意戗他，没想到他坦然承认，倒让她没法接话了。程瑜瑾抿唇，微微错开眼，回避了这个话题："今日尽是些鸡毛蒜皮的事，妾身娘家让殿下见笑了。"

"这有什么。"李承璟见她不接话，也不逼迫，只是不甚在意地抻了抻袖子，"生活本来就是鸡毛蒜皮的事。你能将这些琐事和我分享，这才是将我视为你生命的一部分。"

说完后李承璟瞥了程瑜瑾一眼，眉梢轻挑："而且，什么叫你的娘家？莫非程瑜墨不是我的侄女？"

他又来了，程瑜瑾一噎，用力瞪了他一眼："你还说！叔叔娶侄女，你当真觉得这个名声好听？满朝文武都刻意规避，你倒好，自己还动不动就提起。"

"实话而已。"李承璟毫不在意，甚至还露出沉思的神色，"程瑜墨是我的二侄女，还是你的妹妹。如今你嫁给了我，你该叫她侄女呢还是妹妹呢？"

程瑜瑾面无表情地看着他，一挥袖就要起身，李承璟连忙笑着拉住她："怪我，我胡乱说的。太子妃莫气，先坐下。"

程瑜瑾被拉着坐回来，看表情完全在忍着怒气。

李承璟心知，再逗她，她就要生气了，于是接下来十分乖顺，不敢胡乱开腔。他瞧着程瑜瑾的脸色，说："不过今日之事，实在是霍长渊做得不对。霍薛氏和程瑜墨如何我不了解，不予置评，但是他将妻子推了一把，害妻子小产，却十分没有男子担当。不管他先前知不知道程瑜墨有孕，对妻子动手就是他不对。莫非程瑜墨无孕在身，他就可以动手了？”

李承璟对此简直十分嫌弃，程瑜瑾嘴上不应，但是心里暗暗点头。她想到曾经在程家时，她偷偷从程老侯爷屋里提了金子出来，李承璟看到后直接让刘义帮她提东西，之后带她去外面看店铺，李承璟也全程陪着，没有丝毫不耐烦。

若是同样的情形放在霍长渊身上，结果必然完全不同。哦不，霍长渊这种人压根儿不会陪女子逛街，在他看来，这恐怕是极其没出息的表现吧。

程瑜瑾有点儿好奇了：霍长渊在寡母身边长大，从小和成年男子接触少，导致被寡母惯坏，视女子的奉献为理所当然，那李承璟呢？

霍长渊只是没有父亲，李承璟可是幼年丧母，五岁便没有父亲照拂，一个人近乎自生自灭地长大。他为什么长成和霍长渊完全不同的模样？

李承璟发现程瑜瑾眼神不对，问：“你为什么这样看着我？想问什么直说便是，别自己乱猜。”

既然如此，程瑜瑾就当真不客气地问了出来。李承璟听到后，忍不住去敲程瑜瑾的额头：“就非得被什么人教的不成？就不能是我自学成才？”

程瑜瑾扑哧一声笑了出来，眼睛里都是亮晶晶的光，嘴上却还捧场地说：“这是自然，太子殿下本来便是不可多得的美玉，旁人不过是锦上添花罢了。”

李承璟也笑了。他似乎想到什么，笑容微敛，语气里突然带了些郑重：“若说教养之恩，我当真要感谢一人。她与我虽无血缘，但是对我恩情极深，没有她，断不会有今日之我，她与半母无异。”

程瑜瑾也郑重起来：“殿下，你说的是……”

李承璟点头:“没错，正是我的养母小薛氏。”

程瑜瑾叹息。小薛氏少有才名，结果却因为薛家一案被牵连至流放，零落成泥香不改，说的便是她了。李承璟失踪后被小薛氏相救、收留，才免于陷入偏激、仇世之中。

那个时候李承璟不过五岁，却经历了生母病逝、父亲另娶等大事。祖母亲口说他不祥，他被排挤至宫外养病，还险些被继母和权臣一家害死，不得不放弃本来的身份，苟且偷生。这样的人生经历，放在另一个人身上，就算不自暴自弃，也要仇恨世界了。李承璟却能百折不挠，依然长成理智明德、端方自持的模样，就连面对一个女子都始终尊敬有礼。

程瑜瑾越想越觉得在人的成长过程中女性长辈的教育十分重要，李承璟和霍长渊便是最明显的例子。

程瑜瑾似有感慨，轻轻叹了口气，说:“殿下，能嫁给你，实在是我之幸运。其实，哪个女子嫁给你都能过得很好吧。”程瑜瑾说完后，见李承璟表情不对，皱眉问:“你这是什么眼神？为什么这样看我？”

“受宠若惊。”李承璟如实说道，“我总觉得你后面还有话。能让你夸赞，后面必有附加条件。”

程瑜瑾瞪了他一眼:“我在你心里便是这种凡事都有目的、无利不起早的人吗？”

李承璟点头，之后他自己也笑了，身子往后一躲，握住程瑜瑾打过来的手。

“好了，不逗你了。”李承璟收敛了笑，认真地说，“你对我评价如此之高，是我的荣幸。可是，我不知道我娶了别人会如何，因为此生我只想娶你。”

“花言巧语。”程瑜瑾在心里骂了一句，嗔怒地瞪了他一眼，眼里却波光潋滟、盈满笑意。

程瑜瑾半开玩笑半认真地笑着问：“殿下精于控制人心，今日对我这样说，换一个人殿下恐怕也是如此吧？”

果然还是来了，李承璟无奈地道：“除了你，我还有别人吗？”

“现在没有，谁知道以后有没有？”程瑜瑾微微扬起下巴，脖颈纤长，姿容绝艳，这样微垂着眼眸看人，冷淡中带着明艳，高傲中带着娇羞，极其吸引人，“今日靖勇侯那位表妹，不就为殿下倾心吗？如今只是靖勇侯的表妹，过几日，谁知道会不会冒出来其他妹妹？”

她明明是质问，但是李承璟听到后觉得极其顺耳。他怕的不是程瑜瑾介意，而是她不介意。要是她对他纳其他女人为侧妃毫不在意，才该他头痛了。

李承璟心情好，连眼睛也是含笑的：“我的母亲是原配，和陛下相濡以沫，在我童年的记忆里，他们之间并无第三人，那也算是我童年为数不多的美好回忆。之后我辗转由养母抚养，她虽未成婚，却极为自重，从不屑于做任何人之妾，若不是为了我，也不至于……”

接下来的话说出来便伤感了，程瑜瑾默默地握住李承璟的手。李承璟顿了一下，略过这一段，说：“所以，我从未想过纳妾。子嗣在于精，不在于多，若连嫡子都教养不好，生再多庶子有何用？反而惹得家宅不宁。”

李承璟深深地注视着程瑜瑾，仿佛她是一坛陈年佳酿，不知不觉引人沉溺其中：“我这一生，有吾妻足矣。”

程瑜瑾脸红了，转开视线不和李承璟对视，嘴边的笑意却怎么也压不住。

李承璟还说她口才好，依她看，他才是真正蛊惑人心的高手。

程瑜瑾本来只是顺势试探，没想到却听到这样一番话，倒把自己弄了个大红脸。程瑜墨和霍长渊那样深沉浓烈的爱，却闹成今日这个样子，程瑜瑾看了实在感慨。她和李承璟的感情没有轰轰烈烈，两人婚前

婚后相处模式基本不变，始终都是平平淡淡的。

他们都是理智又擅长圆场的人，在一起后，彼此都十分给对方颜面，这样的两个人相处起来当然融洽，可是看起来缺少新婚夫妻的亲密。

这也是程老夫人始终担心他们两人是表面夫妻的原因。他们的关系实在太完美、太融洽了，他们不曾拌嘴，更不曾吵架，外人看起来，虽然羡慕他们是模范夫妻，却总怀疑是不是作假。

程瑜瑾刚开始也怀疑过，因为成婚后李承璟对待她着实太好了。程瑜瑾忍不住往最坏处想：莫非李承璟这样做，只是为了营造一个完美的太子形象？家庭和睦、宠妻爱妻，也是他形象的一部分？但是现在程瑜瑾有点儿释然了。一个人怎么说并不重要，如何做才是最重要的。李承璟是太子，还是一个隐忍多年、伺机而动的太子，她所嫁的便是这样一个人，怎能怨他多算？只要李承璟一如既往地对她尊重又爱护，原因为何，有什么可追究的呢？

没有轰轰烈烈便没有吧。其实程瑜瑾觉得他们这样相处的方式很舒服，真把霍长渊和程瑜墨那种感情放在她身上，她反倒要受不了。

连翘送阮氏和程瑜墨回来，正要回去复命，却在大殿门口被杜若拦住。

杜若朝里面使了个眼色，说：“殿下和太子妃正说话呢，你待会儿再进去。”

连翘朝里面扫了一眼，顿时了然。她们俩悄悄走到回廊外，连翘十分感慨：“当初在侯府时，二姑娘和靖勇侯感情深厚，二姑娘说起靖勇侯眼睛都是亮的，浑身都充满了一往无前的劲儿。可是刚刚我送二太太和二姑娘出去，二姑娘上马车时，靖勇侯就站在一旁，两个人竟然一句话都没有说。这才一年啊，怎么就变成了这样？”

杜若也叹了口气，摇摇头道：“求仁得仁罢了。我说句冒犯的话，太子妃和殿下这样的才是长久之道。太子妃从小聪慧，尤其难得的是懂得替人着想，处处顾及别人颜面。她嫁到别人家当然也能过好日子，却不如和太子殿下这般轻松自在。”

连翘点头，显然深有同感。两个情商、智商都高的人，就应该在一起，别去“扶贫”了。

连翘朝宫门的方向看看，再透过窗户，看到太子殿下嘴角含笑，给程瑜瑾倒茶，程瑜瑾端起茶杯，对太子轻轻一笑，两人动作优美，宛如从画卷走出的。

连翘和杜若光看着就忍不住露出微笑。不只是她们，东宫里其他侍候的人，瞧见太子和太子妃神仙一般的相处模式，哪个不是心生珍重，根本不忍心打扰？

今天发生了许多事情，想必对于靖勇侯府和宜春侯府两家的许多人来说，今夜又是个不眠之夜。然而在东宫，这个所有故事发生的地方，这对“始作俑者”夫妻却对坐饮茶，言笑晏晏。

天气渐冷，转眼间，紫禁城的树叶便黄了。秋风吹过，落木萧萧，皇宫在红墙的映衬下格外萧瑟。

又是一个月，京城落了第一场雪。红墙白瓦，宫人肃肃，皇宫又静谧又庄严。

程瑜瑾也换上了毛领衣服，光线渐暗，盯着小字看久了，有些眼晕。她放下书歇了歇，问：“什么时辰了？”

“回太子妃，酉时了。”

“酉时了。”程瑜瑾转脸看向窗外，自言自语道，“殿下也该回来了。”

连翘进来点灯，听到这话应道：“如今殿下受重用，回来得也是一日比一日迟。幸好有太子妃照料着，不然殿下这样辛苦，岂不是要累瘦了？”

程瑜瑾冷冷地瞥了她一眼："你不说话没人把你当哑巴。"

杜若在旁边侍奉，听到这话扑哧一声笑了出来。连翘拍马屁失败一点儿也不怕，对着杜若做了个鬼脸，又无事人一样凑上来说笑："太子妃，您看了一下午礼册了，天黑了盯东西对眼睛不好，您不妨放下，松动松动筋骨吧。"

程瑜瑾却摇摇头，说："没剩多少了，明日另有安排，今天一并解决了。"

连翘知道劝不动，也不再多嘴。她把东西快速收拾好，一边办事一边说道："奴婢知道太子妃自来便是极有主意的，奴婢嘴碎，有道理太子妃便听着，没道理您就只当逗个闷。如今谁不知道太子妃极为贤德能干，宫城内外，提起您，没人能说出什么不好来。奴婢听说，宫外夫人们都把您当作教导女儿的标准呢。"

杜若听到这里轻轻接了一句："太子妃未出阁便是京中闺秀模范，如今被夫人们称赞，有什么可稀奇的？"

"那可不一样。"连翘说道，"以前高门命妇们都把太子妃当作选儿媳妇的标准，如今，却当作女儿学习的榜样。这哪能一样？"

两个丫鬟逗她开心，程瑜瑾不禁轻轻一笑，一下午的沉闷一扫而空："行了，一个比一个会说话，鹦鹉都比不过你们，都消停些吧。"

这两个丫鬟虽然有心哄程瑜瑾高兴，但是她们有一点没说错，那就是这段时间以来，东宫太子和太子妃的名声十分好，外朝内廷提起来，谁都要称一声东宫仁德。

程瑜瑾和李承璟都是半路冒出来的人，无功无绩，无名无望。李承璟比程瑜瑾好点儿，早归位半年，可是仅靠半年便欲取代二皇子十来年的造势，还是太浅薄了。

好在他们两人都是极其克制理智的人，兼之都长得好看，往那里一站，便是众人想象中的储君和储君之妃的模样。

因为根基未稳，两人不适合太过张扬，可是每一次露脸都十分引人瞩目。最开始众人觉得这是他们装出来的，持观望态度，然而二人成婚半年来，行为始终无丝毫不端之处，慢慢地，前朝后宫都接受了这对完美的夫妻，东宫的名望也越来越高。

程瑜瑾在中秋宴上露了一手后，杨皇后心生防备，再也没有给程瑜瑾理事的机会。程瑜瑾也不在意，治理后宫本来就不是太子妃的职责，她无事一身轻，何必和杨皇后抢？

不过这段时间，李承璟在朝中的进度比程瑜瑾顺利许多。李承璟“被找回来”一年，这一年间协理政事无一错处，皇帝问到他时，他次次都能提出直切要害的见解。内阁虽然不方便表态，但是除了杨首辅，其余阁老提到太子，都是满意居多。

而他在工部这半年，上下一清，各项工程进展井井有条，积压多年的卷宗也被梳理妥当。工部尚书对太子最为赞赏，私下里也屡有褒扬。

日久见人心，既然别人不信，他们就一点点证明。东宫从不争功，可是但凡交到东宫手里的，他们都能办好。

李承璟可谓众人理想中的太子：身为嫡长子，他温雅清贵又不失为君果毅，广开言路又不是毫无主张；同时，他又洁身自好，不贪财、不恋色，有一个端庄贤惠的太子妃，和皇帝父慈子孝，和二皇子兄友弟恭；身份上名正言顺，德行上无可挑剔，最重要的是皇帝支持。

这样的太子，实在无可挑剔。朝臣的站位不知不觉间都有了变化。

皇帝当初力排众议，十四年不曾另立太子，等太子回来后直接带在身边让他协理政务，皇帝到底向着谁，其实还挺明显的。

这才是最重要的。皇帝太子相忌是多少朝代祸乱的起源，如今两人相处和睦，已经是盼都盼不来的好事了。杨家诚然势大，但是这天下终究是姓李的。

话说得再糙一点儿，杨太后还能活多久，可是太子能活多久？更别说太子有皇帝的支持，朝臣该向着谁，不是显然的事情吗？

臣子们心中都有了主意。然而李承璟这个太子近乎完美无缺，却有一处不妥。

他膝下尚没有孩子。

为了国家稳定，皇帝要早早立下一任继承人，即太子。同理，太子也要早早为国家准备好下下任皇权的继承人。

才半年，就有各种人询问程瑜瑾有无身孕了。程瑜瑾都如此，想必李承璟面对的压力更甚。尤其过分的是这并不是夫妻私事，太子有没有儿子，是可以放在早朝上当作朝廷大事讨论的。

催生孩子的人越来越多，现在程瑜瑾一听到这几个字就头疼。她倒是也想，但是怀孕这种事，又不是她计划计划就能安排好的呀。

程瑜瑾想到再过一个月便是过年，到时候京城宴会一场接着一场，众多年长命妇聚在一堂，她又要被催生孩子了。

她真是光想想就头痛。

程瑜瑾不愿意想这些让她发愁的事，礼单已经看完了，她将笔放好，把一张张礼单整理好。她理到一半，就听到外面传来宫人的通传声。程瑜瑾起身的工夫，李承璟就已经走进来了。

“殿下。”

李承璟抬了下手，示意她起来。他身上披着厚重的披风，上面还留着雪粒，可见一路风雪萧萧。程瑜瑾上前，亲手拍了拍李承璟肩膀上的雪，解开系带，为他脱下披风，转身交给身后的宫女。

李承璟解开一身沉重的外衣，握住程瑜瑾的手，带着她往里走：“门口漏风，你衣服穿得单薄，别往风口站。”

程瑜瑾顺着他的力道走，一边走着，一边用另一只手试了试李承璟手背上的温度：“殿下的手这样凉，路上遇到了什么人不成？怎么在外面耽搁了这样久？”

“嗯。”李承璟点头，“在乾清宫外面遇到了兵部尚书，便多说了两句。”

程瑜瑾了悟，原来是兵部尚书。宫女此时已经换上了热茶，程瑜瑾和李承璟相对坐在紫檀雕荷罗汉床上，程瑜瑾拿了个橘子，一边剥皮一边问：“殿下可是有心事？”

李承璟轻轻叹气，果然，程瑜瑾最懂他。他进来后仅仅是提了一句，程瑜瑾便猜出来了。

李承璟说：“我在想朝中的事。我缺席太长时间了，仅有工部支持，还远远不够。”

这当然是不够的。六部中吏部最贵，其次户部、兵部，工部乃是下下行，被文官视为明升实贬之地。李承璟诚然在工部积累了名望，可是对于整个朝堂来说，还是没有话语权。

内阁在杨甫成的把持之下，李承璟不可能一口吃成个胖子，先得从六部入手。然而六部中吏部是杨甫成的大本营，户部也被杨家人牢牢把持，礼部无甚紧要，刑部无人，李承璟最好也是唯一的切入口就是兵部。

可是，他是太子，这个身份是依仗，也是桎梏。他身为太子，虽然可以名正言顺地参政，但是行动时也有许多顾虑，比如结党营私，比如招兵买马，便是大忌。

因此，如何结交兵部之人就令他很犯难。

程瑜瑾放下橘子皮，仔细剔除肉上面的白色橘络。她口气温和地说道：“殿下，你不妨换一个角度，迂回结交。”

“怎么说？”

“不方便结交臣子，结交他们的夫人，总是可以的吧？”

李承璟挑眉：“你是说……”

"没错。"程瑜瑾已将一瓣橘子剔到自己满意的程度，递给李承璟，说，"宜春侯府虽然这些年不太争气，但最初确实是以军功封侯的。勋贵和清流不一样，清流以科举进阶，公侯却都是靠军功发家。这些年杨首辅大力提拔自己人，架空老牌勋贵，诸多公府侯府之中早就有不满之语。我是勋贵之女，并非出自书香之家，这就已经是东宫的态度了。"

杨甫成是文臣，靠杨太后发迹，占据了首辅之位，之后许多年也一力栽培自己的学生，在文官中当然一呼百应，但是兵权，却是一丁点儿都不沾。

科举出身的文人忌惮他，行军打仗的武人却未必。

勋贵之家，一代代世袭从武。当然，时至今日依然还走祖宗路子好好去军中历练的不多了，但是瘦死的骆驼比马大，老牌勋贵的号召力在军中依然强大，比如靖勇侯府，比如蔡国公府。

程瑜瑾出于私心，勉勉强强挂上宜春侯府。

霍长渊和翟延霖至今还在军中掌职呢。其他活跃在军中的公侯之子，就更不必说了。程瑜瑾出身勋贵的背景就是天然的优势，一个是素来重文抑武的杨家，一个是祖宗有过命交情的程家之女，勋贵们亲近谁，不言而喻。

实权将军和兵部有千丝万缕的关系，这大可以作为打破僵局的突破口。而且李承璟想结交军中的人，那些勋贵就不想有从龙之功吗？只不过碍于不得结党营私，彼此都不方便出面罢了。李承璟和这些臣子不方便，然而女眷来往却没有限制，程瑜瑾作为太子妃，结交几个公侯夫人，完全顺理成章。

更别说，她本身就是宜春侯府的大小姐，社交圈本来就在勋贵之中。

李承璟一点就透，看向程瑜瑾，眼中十分意外："太子妃一语惊醒梦中人，看来以后我全仰仗太子妃了。”

“少给我戴高帽，我就不信你自己没想到。”程瑜瑾伸出手良久，见李承璟没有接的意思，疑惑地道，“你不吃橘子吗？”

李承璟依然老神在在地坐着：“送佛送到西，太子妃喂人吃东西就这点儿诚意？”

他还要人喂，程瑜瑾懒得理他，放在碟子上，爱吃不吃。

李承璟叹了口气，认命般自己捡起来：“你真的一点儿情趣都不讲。”

“我一直便是如此，太子今儿才知道吗？”

昨天半夜又下了一场雪，早上起来的时候，天地皆白。

今日是腊月二十三，一大早起来宫里到处都洋溢着喜气洋洋的氛围，因为放假了。

从今日起，朝廷便封笔罢朝了，全国各大衙门官署也不再办差，一直到年后二十才重新恢复——因为上元亦有假期，元日和元宵合并，所以年假从腊月二十四持续到正月二十。

寒暑不改、风雨不歇地上早朝的皇帝和太子，终于能在过年这几天好好歇一歇。

今儿是今年最后一天上朝，好在六部的大人物也想着休息，早朝没什么事情，很快就散了。之后李承璟去文华殿走个过场——陆陆续续有臣子来给他贺岁——没过多久，就回慈庆宫了。

程瑜瑾瞧见李承璟回来，笑着给李承璟道喜：“恭贺殿下，今年政务一切顺利，诸事顺遂，圆满落幕。”

李承璟能休息近一个月，也长长松了口气，笑着说：“今年娶到了太子妃，确实大喜，可见你年初时对我说的话十分有理。看来以后每一年，我都得听你第一个说新年好。”

程瑜瑾没想到这么久远的事情，李承璟竟然还记得。去年年节时分，李承璟离开程家出门访友，程瑜瑾以为他不会回来了，却在正月初二这天见到匆匆赶回来的他。那个时候程瑜瑾还在烦恼成婚的事，以为李承璟不在，便放心地去钓青年才俊，结果在和林清远喝茶的时候被李承璟撞了个正着。

那时候程瑜瑾为了脱身，故意讨好他说她在除夕那天等了李承璟许久，想要第一个和李承璟说新年好，结果却没见着人。她不过随口瞎掰，自己都记不得了，李承璟却记到现在。

程瑜瑾有些心虚，但是不能让李承璟看出来，像煞有介事地点头："不错。可见冥冥中人生自有定数，我和殿下说想要每年第一个向你贺岁，后面果真嫁给了殿下，年年岁岁与殿下共度。"

李承璟笑了，点了点程瑜瑾的眉心："这可不是上天注定，此乃人为。"

程瑜瑾本来想端着架子，最后却没忍住笑了。她叹道："是呢，老天安排，怎么比得过殿下手腕。殿下今日放假，先去将朝服脱下，换一身轻便衣服吧。"

李承璟也有此意，走向内殿。自从程瑜瑾来了，这种贴身服侍的事便从太监手中转到了程瑜瑾身上。她亲自给李承璟挑了身浅蓝色织金锦衣，冠懒得再重新束，便依然还是太子金冠。

程瑜瑾踮起脚为他整理衣领，暖香阵阵的内殿里唯有他们两人，李承璟都能感受到她的呼吸扑在自己的脖颈上。李承璟微微低头，侧脸压住她的头发，低声说道："这些日子辛苦你了，多亏了你出面和众夫人交际，东宫有今日的局面，你居功至伟。"

这段时间年节将近，程瑜瑾趁机和众多勋贵夫人走动，进度虽然缓慢，却实实在在地在推进——夫人外交也是一门高深的学问。有双方夫人在中间缓冲，李承璟和其他高官也终于搭上线，彼此之间低调谨慎地试探起来。

“不敢当。”程瑜瑾为他压好衣领，从衣柜里取出玉带，说，“都是殿下得人心，我不敢居功。”

李承璟换上常服。这一身衣服颜色雅致，但他做动作间隐隐有金光流动，使得他清中有贵。浅蓝色衣服和浅金色头冠交相辉映，衬得他剑眉星目，英俊贵气，眉宇间更见俊秀风流。

程瑜瑾拿了玉带，见李承璟还是直挺挺站着，少不得提醒：“殿下，劳烦抬手。”

李承璟垂眸看她，慢慢抬起双手，但是抬得不高。程瑜瑾没办法，只能自己再靠近些，替他扣腰上玉带。

从侧面看，简直像程瑜瑾抱住了李承璟的腰。李承璟很自然地放下手，环住程瑜瑾，说：“与我无关，俱是多亏了你。这段时间辛苦你了，后面一个月我不必上朝，可以好好陪你。”

李承璟的手放在程瑜瑾的腰后，程瑜瑾的胳膊被环住，再扣暗扣就不太方便了。她动了动，隐晦地提醒他：“先把手放好，你妨碍我扣扣子了。”

李承璟惨遭嫌弃，抿着唇看了她一眼，慢慢松开手。

终于将他打理妥当，程瑜瑾心满意足，完全不把刚才的小插曲当回事：“殿下辛苦了一年，如今终于能休息一段时间，实在大好。”

李承璟叹了口气，认命般揽住自己端庄美丽却又完全不徇私情的太子妃，往东殿走，道：“估计最后休不了一个月，但是至少能陪你过年。今日正式停御笔，皇上也高兴，兼之是小年，晚上陛下那里有家宴。”

程瑜瑾点头，小年有宴会，她一早就知道了，尤其是今年李承璟回来了，皇帝第一次过团圆年，十分高兴，早就和杨皇后说过小年宴大办。

因为是家宴，帝后、太后、宫妃、皇子、公主都会出席，这大概是后宫之中难得的盛事了。从半个月前，后宫的妃嫔们便欢欢喜喜准备起今日的穿戴了。

但是宫妃如何争奇斗艳，都和程瑜瑾无关。她一个太子妃，皇子辈里唯一的正牌女主子，和妃嫔们比什么，那是杨皇后该操心的事情。李承璟也是这种想法，所以下午都过半了，这两个人还是不紧不慢，丝毫没有换衣的打算。

他们两人甚至对雪烹了一道茶，时间差不多了，才往坤宁宫走去。

今日家宴，地点设在后宫之主杨皇后的地盘上。程瑜瑾和李承璟到时，坤宁宫里已经有不少人了。

听到程瑜瑾和李承璟进来，殿中除了杨皇后，其他妃嫔、公主纷纷起身，垂首行礼道："参见太子，参见太子妃。"

程瑜瑾和李承璟也一同给上首的杨皇后行礼："参见皇后。皇后娘娘安好。"

杨皇后淡淡点头，对着这两人，实在做不出热络的表情来："太子和太子妃来了，快坐吧。"

两人起身，连站起来的动作都是同步的。他们两人站好后，李承璟才对身后众人微微一抬手："诸位不必多礼，都请起吧。"

满堂女眷次第站起来，各自落座。这种集体亮相的场合，座次就尤其重要，每进来一个人，座位上就打响一场无声的战役。谁地位高，谁最近势头好，看座次就一目了然。

好在这些事情根本不会影响到李承璟和程瑜瑾，只有别人给他们让座的份，断没有他们礼让别人的道理。全天下能劳烦他们站起来的人，总共只有三个。

越是压轴的人出场越晚，程瑜瑾和李承璟到场后，宴席便快要开始了。他们等了没多久，皇帝搀扶着杨太后到场，所有人站起来给皇帝、太后行礼，等太后坐好后，杨皇后宣布："开宴，上菜。"

立刻便有两队太监鱼贯而入，小步快走，给各桌主子上菜。皇帝坐在中央，放眼望去，只见满堂妃嫔环肥燕瘦，各有千秋，而他的两子两女都承欢膝下，尤其难得的是，今年李承璟终于回来了。

皇帝简直感慨不已，说道："朕盼了十四年，如今一家人终于团圆了。此乃大喜，该共饮一杯。"

皇帝发话，坐在殿中的人当然都笑着端起酒杯，纷纷应和。但皇帝这话显然是对太子说的，众人饮过一巡后，皇帝还不尽兴，笑着将杯盏对准李承璟、程瑜瑾这一席。

"这还是这些年来，太子第一次在宫里过年吧？没想到上一次你在宫里时，还不到桌子高，如今竟已经娶妻成家了。"

李承璟站起来，举杯道："是儿臣的错，这些年没能在陛下身边尽孝，儿臣惭愧。"

皇帝面有感慨，大手挥了挥，说："既然已经回来了，还说过去的事做什么？这是大喜事，都该高兴才对。"

李承璟应是，主动敬皇帝三杯酒，程瑜瑾见状也站起来，同李承璟一起给皇帝敬酒。

皇帝看着灯光下长身玉立、清俊端方的长子，再看看端庄美丽、仪态万千的儿媳，心里越发高兴。儿子、儿媳敬酒，父亲岂有推辞的道理？皇帝一高兴，便将酒全部喝了。

殿中其他人见到，心思各异。

李承璟换了浅蓝色常服，名贵面料就是不同，站在灯火中人如美玉，浮光流金。而他身边的程瑜瑾穿了浅粉色立领袄裙，布料和李承璟身上的一模一样，两个人一个浅蓝一个浅粉，站在一起流光溢彩，交相辉映。

杨皇后被刺得眼睛疼，二皇子李承钧默默别开眼，再一次发觉娶正妃之事应当提上日程了。坐在下首的妃嫔们又羡又妒，一入宫门深似海，她们虽是妃，但说白了还是妾，她们这一生，都不会有机会和夫婿穿同款衣服了。

在场中唯独皇帝瞧着这对璧人是乐呵呵的。

程瑜瑾尚不知道她在无意中又当众秀了一把恩爱。其实她还真不是故意的，只不过李承璟的衣服全是她来挑选，给自己做衣服的时候，顺便就给李承璟置办一套，所以两人身上的衣服，无论怎么穿都像配套的。尤其他们俩长得好，仪态好，动作默契，因此光是一起站起来敬个酒，都让别人觉得在刻意秀恩爱。

敬酒后，程瑜瑾坐下，李承璟为她递来一杯茶，轻声在她耳边说了什么，程瑜瑾听后点头。这两人的互动落在旁人眼里，又是一阵牙酸。贵妃忍不住问："太子和太子妃感情真好，当着大伙这么多的人呢，不知道太子在和太子妃说什么悄悄话？"

程瑜瑾讶异地抬头，还没反应过来话题怎么转到自己这里了，李承璟已经接话："太子妃不胜酒力，孤怕她喝醉，便提醒她饮茶醒酒。"

贵妃啧了一声，用帕子掩着唇笑道："少年夫妻到底不一样，本宫牙都要酸掉了，一会儿上了硬菜，恐怕咬都咬不动。"

程瑜瑾只能保持微笑，任由众人打趣。淑妃坐在贵妃侧对面，见状说道："太子和太子妃琴瑟相谐，感情和顺，这乃我朝的大好事。妾身倒盼着多被酸一酸呢。"

淑妃和程瑜瑾有昌国公府这一层关系，向来替东宫说话。程瑜瑾承了淑妃的好意，笑道："贵妃娘娘和淑妃娘娘快不要打趣我了，两位娘娘再说下去，我该无地自容了。这杯酒，我敬两位娘娘。"

太子妃敬酒，贵妃不能不接。接了人家的敬酒，贵妃自然也不好再打趣了。妃嫔这里终于消停下来，没想到上首的杨太后听了一会儿，慢悠悠说道："淑妃所言有理，你们小夫妻感情好，这确实是国家的好事。

只不过太子妃既为正妃，最要紧的职责便是替皇家开枝散叶。太子妃进宫已有半年，如今有消息了没有？”

杨太后这句话一出口，大殿中本来还算融洽的氛围迅速冷了下去。程瑜瑾脸上的笑收起，杨太后当着这么多人的面提起这件事，显然是存心让她难堪。其实他们成婚仅仅半年，没有怀孕是很正常的事，再着急的婆家也不会这般催促媳妇。但是李承璟站在风口浪尖，一举一动都被无数人盯着，身后又有杨太后这么一位继祖母，这事就尤其容易被拿出来做文章。

程瑜瑾放下酒杯，正打算说什么，手突然被一个温热的手掌覆住。李承璟手指修长，骨节匀称，十分好看，此刻他的手虚虚压在程瑜瑾手上，明明力道很轻，但是莫名让人觉得安心。

李承璟看着杨太后，不闪不避，缓缓说道：“不孝有三，无后为大，儿臣已过弱冠却尚未有嗣，实在是对陛下、对太后不孝。儿臣心中不安，太后若是降罪，孙儿绝无二话。”

偌大的宫殿里静悄悄的，众人只能听到李承璟的声音。他说得不疾不徐，话却掷地有声。

李承璟一开口便将所有责任都揽到自己身上，杨太后本意是对程瑜瑾发难，这样，杨太后倒不好继续说了。杨太后抬了下眼皮，道：“太子对太子妃倒是维护。不过既然入了皇家的门，懂礼数、识大体便是最重要的，尤其太子妃是未来的皇后，皇后身上的担子迟早要交到你的手中。太子妃若是不做出表率，天下其余女子见了，有学有样，可如何是好？”

杨太后专门点名到她身上，程瑜瑾不能继续坐着，揽着袖子起身。李承璟坐在她身边，也陪着她一起站起来。

程瑜瑾敛下眼眸听训：“太后娘娘说得是，儿臣受教。然陛下春秋鼎盛，皇后娘娘母仪天下，儿臣还有许多东西要和皇后娘娘学。太后说

这些话，委实让儿臣惶恐。”

杨太后真是锲而不舍地挑拨他们和皇帝的关系，如今当着后宫众人的面，皇帝都在座，杨太后便说什么“太子妃是未来的皇后”，其心简直可恨。

程瑜瑾立马表明立场。杨太后虽有失望，但是也没继续说什么。挑拨这些话轻轻说一点就够了，说多了反而落于下乘。这次没成功，以后还有机会。

杨太后缓了一下，突然话音一转，说道：“太子妃进宫已经半年了吧，这半年东宫都是空的，宫里连个侍候太子的人都没有。虽说这些话讨嫌，但是哀家身为祖母，这个恶人哀家不当，还有谁来当？太子妃，哀家知道这些话你不喜欢听，但你是天下女子的表率，妒乃是大忌。按制太子身边该有才人、选侍、淑女，可是如今都半年了，竟然一个都没有。传出去让其他女子听到，朝廷该如何教化天下？太子妃，你说是不是？”

程瑜瑾低着头。她早就料到过这个局面，只是没想到，这一关会在这种场合下出现。

丈夫纳妾是正妻绕不过去的坎。高门中纳妾简直如喝水吃饭一般，程瑜瑾从小看着父亲叔伯一个个纳妾，甚至她的姑父、表兄弟也不例外，处理丈夫的小妾仿佛和管家一样，成了闺秀生命中必须学会的技能。

程瑜瑾以前不觉得妾有什么，甚至觉得妾和财物并无差别，只要下一代继承人握在她的手中，丈夫爱去哪儿去哪儿，关她什么事？妾生出来孩子她就抱过来养，生不出来那就扔在后院养着，反正又不花她的钱，她才不在意。

程瑜瑾每次见庆福郡主因为程元贤新领回的姬妾气得摔东西，都觉得莫名其妙。至于那些因为丈夫纳妾就心如死灰，把自己弄得形容枯槁、阴郁丑陋的女人，程瑜瑾就更是觉得她们愚蠢。只不过妾多毕竟事情多，在同等条件下，林清远这种洁身自好的状元郎和徐之羡这种温柔多情的公子哥相比，程瑜瑾毫不犹豫选前者。

她以为自己已经足够冷静，理智上她明白太子纳侧妃是迟早的事，与其别人提，不如她主动出击，将人选控制在她能掌握的范围内。但是情感上，程瑜瑾光想到她亲手打理的慈庆宫会搬进来另外一个或者另一群女人，李承璟对她说过的话会再次对其他女人说一遍，就觉得浑身难受。

程瑜瑾悄悄掐了自己一把，想借着疼痛让自己下定决心。她走到这一步不容易，不能为了一时的不忍，毁了多年来的经营。

十指连心，那股刺痛传入脑子。程瑜瑾正打算开口，突然被另一个人拦住。李承璟强行将她的手分开，自己转身，对着上首的杨太后欠了欠身形："太后说得对，孙儿身为太子，理应为天下表率。开国高祖立下律法，亲王妾媵，许奏选一次，多者止于十人；郡王年二十五岁，嫡配无出，于良家女内选纳二人，至三十岁复无出，方许选足四妾；至于庶人，必年四十以上无子，方许奏选一妾。孙儿虽是皇太子，但是王子犯法与庶民同罪，孙儿当以身作则，为天下庶民表率，如今孙儿年未至四十，膝下尚无子嗣，岂可纳妾？"

杨太后听到后不由得皱眉。开国皇帝为人极其严苛，平生最恨贪官污吏和铺张浪费，所以制定了非常严苛的大齐律，连亲王、郡王、官员和平民能纳多少妾都规定好了。时至今日，承平日久，开国皇帝已经逝去多年，当初严苛的律法早就不再严格执行了。

林家有家训，男子不到四十有无子嗣都不得纳妾，这其实是开国时的律法。如今林清远因此成了京中难得一见的香饽饽，便可想而知，这个律法实际执行程度如何了。

这都是多少年前的老皇历了，李承璟突然搬出来开国祖宗的律法，实在把杨太后吓了一跳。刑部都不一定背得出开国皇帝的律法，李承璟却能一字不落，侃侃而谈。而且，这还是杨太后第一次听到有人把“王子犯法与庶民同罪”这样用，真是神一样的逻辑。

理论上平民男子四十无子才能纳妾，但是现在民间男子都不讲究这些，李承璟却搬了出来，还信誓旦旦要以庶民的要求约束己身。

杨太后有点儿无语，偏偏对方每一句话每一个字都是祖宗律法。

杨太后开口道：“这句话不是这样用的，你是太子，岂能和庶民一样？庶民的规矩怕是委屈了你。”

“太后此言差矣。太后既说太子妃是天下女子表率，孙儿自该是天下男子表率。祖宗的法度若是我都不能做到，我置律法威严于何处？传出去被天下人知道，恐有学有样，难以服众。这样一来，还如何教化天下百姓？”李承璟说完，不紧不慢地问，“太后，您说是不是？”

这是杨太后刚才的原话，被李承璟改动一二，竟然抛了回来。杨太后先是被一顶“祖宗法度”的帽子压住，之后又被自己的原话噎得不轻，竟然接不上话来。

杨太后咽不下这口气，道：“但是皇家子嗣重要，尔身为太子，身边岂能无人？”

李承璟低头，只是道：“是儿臣不孝。”

纳妾之事，他却丝毫不松口。

杨太后还要再说，皇帝在旁边咳嗽了两声，说道：“好了，太子还年轻，朕找回他也不过一年，子嗣的事还不急。何况，太子和太子妃大婚才半年，现在就提子嗣，未免逼他们太紧。”

皇帝金口玉言，一接话，杨太后也不好多说了。杨皇后坐在一旁脸色不太好，皇帝向来对杨太后毕恭毕敬，唯命是从，今日竟然为了太子，公然拂杨太后的面子？

杨皇后看向堂下那人，龙章凤姿，风华正茂，任谁见了都要赞一声年少英才。可是这个人却是钟氏的儿子。

她比不过钟氏，如今就连钟氏的儿子也要压在她的钧儿头上。

杨皇后气得嘴唇发白，杨太后的脸色也不好看。杨太后垂着眼睛扫了李承璟和程瑜瑾一眼，程瑜瑾感觉到，规规矩矩地敛下眸子。杨太后最终忍住气，语调硬邦邦地说道："既然皇帝都这样说了，哀家也不好多言。皇帝和太子父子一心，倒是哀家枉做恶人。"

这话皇帝不好接，但也不等皇帝为难，李承璟便已经接了话："不敢，孙儿不过谨遵祖宗规矩罢了。太后既然想早日看皇家开枝散叶，不妨为二弟择妻？二弟也到了成婚的年龄，说不定二弟娶妃后，倒比我更先为长辈分忧。"

这话一出全场都静了。李承钧没防备，不知为何矛头会突然转到他身上，下意识地绷紧身体。

杨皇后不由得屏住气，回头去看杨太后的脸色。皇帝抚须，当真露出思索的神情。

李承璟接着说道："陛下一直遗憾宫里人少，等二弟娶了正妻，人多了，自然就热闹了。依儿臣看，威武将军窦达之女窦小姐便不错。太后不是一直夸赞窦小姐孝顺贴心，如此，何不让窦氏嫁于二弟为妻？一来亲上加亲，二来也能让窦氏侍奉于太后、皇后膝下，以慰太后思念之心，岂不是一举两得？"

要不是碍于场合，程瑜瑾简直都要叫好了。杨太后来势汹汹，李承璟能毫发无伤地挡回去就已经殊为不易，她实在没想到李承璟竟然还能反将一军。程瑜瑾心头暗爽。杨太后一直挑拨东宫和皇帝的关系，还想给东宫塞人，程瑜瑾实在是忍了很久，现在终于以其人之道还治其人之身，换成杨家被挑拨了。

整个大殿所有人此刻都看向杨太后，等着杨太后表态。以前外面早传过，窦希音是内定的太子妃，虽然太子妃已经做不成了，可是本来窦家中意的便是二皇子，如今二皇子还未娶妻呢。

杨皇后也看着杨太后，杨太后迟疑了一下，道："还不急。选妃不是小事，岂是一朝一夕能定下的。钧儿还小，再等等也无妨。"

虽然杨太后没有明说，但是在场的都不是蠢人，哪能听不出来"再等等"，便是"不可以"。贵妃在心里啧了一声，立即去瞧杨皇后，眼中似笑非笑，似嘲非嘲，脸上全是看热闹不嫌事大的笑容。

她原以为不过一场普通的小年宴，没想到，竟然瞧见了这么多热闹。

杨皇后脸面上确实有些过不去，察觉到许多宫妃往她这个方向看，故而用力撑着脸色，不肯让别人看笑话。

最后还是皇帝咳了一声，说："此事再议，家宴上以团圆为要，都先坐下吃饭吧。"

众人微微欠身，齐声应道："是。"

然而后半截宴会谁都没心思吃饭。等回到慈庆宫后，摆脱众人视线，程瑜瑾立刻对李承璟欠身："今日多谢殿下。"

李承璟伸手拦住程瑜瑾："这有什么？这些本来就该我来解决。"

程瑜瑾无声地松了口气。当时杨太后的话她当然也能应对，但是肯定不如李承璟那样理直气壮。李承璟可以毫不避讳地说他不想纳妾，但是程瑜瑾不行。

果然啊，这种事情只要男人不想，无论别人什么理由都能挡回去。

程瑜瑾十分感慨，试探地问道："殿下当真不想纳妾？四十无子方可纳妾并不是给殿下定的，而且现在民间男子也很少有人遵从。殿下当着这么多人的面说出来，日后恐怕有些难办。"

"不当众说出来，岂能让你安心？"李承璟看向程瑜瑾，眼神似笑非笑，"若我当时不说，你打算如何？"

程瑜瑾想起自己手上那几个指甲印。如果不是李承璟突然站出来，她是打算应下的。礼法、七出、子嗣条条都压在她的头上，她不能赌。

程瑜瑾不说话，李承璟也叹了口气，没有等她的答案，探身将她的手拉了过来。李承璟低头仔细看程瑜瑾手上的指甲印，轻轻地叹息一声："以后不许这样了。"

程瑜瑾点头。她没有问到底不许哪样，是伤害自己的手呢，还是给他纳妾？但是这一刻，她宁愿相信这些都有。即便是她自欺欺人，也愿意相信李承璟当真打算四十无子才纳妾。

第九章　除　夕

一转眼，就到了除夕。这一天皇帝设宴，留亲近的臣子一同饮酒作乐，辞旧迎新，太后、皇后这里，身边也围着许多道喜的王妃、命妇。

众人都围在杨太后身边，变戏法一般说着好听的话，妙语连珠，简直热闹极了。然而在这样的热闹中，杨家内部却有一点儿不和谐。杨皇后虽然含笑听着，但是神情僵硬，并没有往杨太后的方向看。坐在杨皇后身边的杨妍就更明显了，她的脸色都是冷的。

程瑜瑾混在人群中，时刻悄悄观察周围的人。杨皇后和杨妍的异样一早就落入了程瑜瑾眼中，不只如此，她还发现，今日窦希音没有来。

稀奇，窦希音恨不得把皇宫当自己家，往日但凡有露脸的机会，她一定会盛装出席，而这次，陪杨太后过年这么重要的场合，王妃、郡王妃都带着女儿齐聚一堂，窦希音却不在。

程瑜瑾注意到杨太后已经看了好几家的小姐，杨皇后坐在一边，连话都插不上。看她的脸色，她并不太高兴。

其实，对于程瑜瑾和李承璟来说，二皇子娶窦希音，对他们才是最有利的。窦希音姓窦还是姓杨并无差别，但让二皇子再添一门有力的外亲，反而不美。

程瑜瑾佯装什么都没有发现，依然笑着听众人奉承。

到了傍晚，许多夫人告辞。能陪着皇帝、太后参加皇家除夕宴的都是大红人，哪家都能拿出去吹一年，往常，杨妍母女都是风风光光地留下，可是今年，没等开宴，杨妍就沉着脸出宫了。

她走后，原本安静听杨太后说话的程瑜瑾朝杨妍离开的方向望了一眼。随后她收回目光，仿佛什么都没有发生。

除夕宴会也分内外，男席、女席分别设在两个大殿里，宫殿之间有回廊相连，宫女太监忙忙碌碌。中间的广场搭了台子，歌舞不停。

杨太后毕竟年纪大了，熬不了夜，在除夕宴上露了个脸，就由嬷嬷扶着回慈宁宫休息了。杨太后走后，杨皇后和程瑜瑾便是主子，然而女子看歌舞能有什么乐子可言？杨皇后和程瑜瑾都没怎么说话。皇后和太子妃如此，下面的人也不敢闹。

相比于女子，男子所在那一殿就热闹多了，时不时有笑声、叫好声传来。晚宴一直要持续到新年到来的那一刻，耗时非常长，因此等到了后面，女眷们纷纷找借口离席，去外面透气。

程瑜瑾耐性极好，稳稳地坐了许久。直到杨皇后也离席更衣，程瑜瑾才带着丫鬟去后殿休息一会儿。连翘跟在程瑜瑾身后，对她十分钦佩。别看在大殿里坐着，其实不比站着轻松，因为要一直保持挺直的坐姿，还要始终微笑，光看着就累，而太子妃近乎一动不动地坚持了两个时辰。这份定力，连翘光想想就心生敬佩。

程瑜瑾在后殿里终于能松口气了，然而即便四周没人，她也不曾做出松散的姿势，保持仪态对她来说已经成了日常。

连翘给程瑜瑾端来醒酒汤，说：“太子妃，用不用奴婢帮您捶捶腰？”

程瑜瑾摇头："不必。我刚才出来时见太监往外搬烟花了，想必很快就要放烟花。我在这里歇一歇就好，万一把身上衣服弄皱了，反而不好。"

连翘应是。程瑜瑾喝了醒酒汤，又饮了两杯茶提神，感觉混沌的脑子渐渐清醒了，才起身往外走。此刻宫里已经非常热闹了，太监们忙着搬烟花，杂耍团在空地上大显神通，围栏上下站满了看热闹的宫女，对着广场兴奋地指指点点。正前方那里已经燃起烛火，将周围明黄色的帐篷映照得恍如白日，两旁挤满了人。

想必是御驾已经从大殿里挪出来了吧，此时不到新年，还不能燃放爆竹，但是已经有机灵的小太监燃放起焰火棒，逗主子开心。

娘娘们此刻也聚在一起，衣香鬓影，满头珠翠，个个手里捧着暖炉，或笑或闲聊，对着台阶下面指指点点。

程瑜瑾走近，宫妃们都退开向程瑜瑾问好。程瑜瑾对她们轻轻点头，笑着和众人说话。此刻已是深夜，风又干又冷，夜幕漆黑一片，空气中弥漫着特有的硝石味，一闻就让人想起这是过年。

程瑜瑾在这种氛围中有些出神，想起去年这个时候，她还待在宜春侯府，面对满堂热闹兴致缺缺。谁能想到一年后，她非但嫁了人，还在紫禁城里过年呢。

程瑜瑾似有所感地抬头，朝另一个方向望去，看见李承璟站在皇帝身边，正看着她。

此刻外面突然响起巨大的爆竹声，各个角落的烟花一起点燃，噼里啪啦震得人耳朵发麻。程瑜瑾被吓了一跳，抬头往上看。与此同时，宫外的天空也亮了起来，闪过一阵一阵的彩光。

时间一视同仁，在这一刻，新的一年同时降临九州大地。

程瑜瑾心里一动，立刻回头去看李承璟，发现那个位置已经没人了。众人此时全在抬头望天，噼里啪啦的烟花鞭炮声震耳欲聋，若不是喊话，根本听不到别人的声音。程瑜瑾悄悄地退到后面，一转身快步朝外走去。

她刚走到一半，便在半路上遇到了李承璟。她露出笑容，冲着李承璟快跑两步。李承璟张开手臂，稳稳地接住了她。

程瑜瑾今日穿着大红的衣服，外面是雪白的斗篷，宛如红梅映雪。程瑜瑾扑到李承璟怀里，斗篷在夜幕中几乎要发出光来："殿下，新年快乐。"

李承璟也含笑将她连人带斗篷拥入怀中："你也是。新年快乐。"

"我是不是第一个向你道贺的人？"

"是。"李承璟的声音在她耳边响起，"我只盼你每年都是第一个。"

在这种时候，程瑜瑾没有理智地和他分析可能性，也没有回避，而是回抱住了他："会的。"

新年时，宫里到处都在喜气洋洋地放烟花，众人见了无论认不认识、有无嫌隙都拱手道喜。皇帝见状十分欣慰，在乾清宫台阶前看了小半个时辰，但因精力不济，便回宫休息去了。

皇帝走后，其他皇子、王爷和臣子才敢散开，宫妃也三三两两回宫了。李承璟送走了皇帝，无意在外面耽误时间，随意应付了几拨来向他贺岁的人，便快步往宫门口走去。

等他在夜幕中看到那个雪白色的身影，李承璟发现自己竟然松了口气："你怎么没走？"

程瑜瑾闻声回头，手里还提着一盏宫灯，将她身上的红衣越发照得暖融融的："我在等殿下啊。"

李承璟将她手中的灯接过，手掌一转就握住了她的手。程瑜瑾笑问："殿下，你这是做什么？"

李承璟垂眸看着她，灯光将他的眼睛照得亮晶晶的："好了，现在你和灯都是我的了。"

按理两人回宫自有步辇，但是今日李承璟不愿意放开程瑜瑾的手。他可记得大婚庆贺宴那天，程瑜瑾在散宴后都没等他，自己直接回去了。今日她肯留在外面等他，着实令他高兴不已。

李承璟不想让第三人上来讨嫌，便将宫人远远打发走，拉着程瑜瑾的手，就这样缓慢地走着。此时烟花已经放得差不多了，唯有乾清宫广场前还有阵阵响声传来，他们背着乾清宫而走，那些喧嚣仿佛也步步远去。

清冷的深夜，空气中弥漫着硝石味，有一种奇异的家的感觉。夜风虽然冷硬如刀，却并不让人厌烦。

两人谁都没有说话，享受着难得的静谧、温馨。李承璟走了一会儿，忽然说："瑜瑾，你说我们以后的孩子像你还是像我？"

程瑜瑾惊讶了一瞬，随后哑然失笑："殿下，你怎么突然问起这个？"

"因为这是我和家人度过的第一个新年，自然就想起孩子了。"李承璟说得平静，程瑜瑾听着却突生心疼。她用力握住李承璟的手，说："所有数字里我最喜欢一，因为有一就有二，接下来就会有许许多多。"

李承璟发出一声轻笑，笑声在夜风中显得很好听，比宴席上的陈年佳酿都醉人。程瑜瑾觉得脸上有点儿热，而李承璟握着她的手，认真地畅想未来的事："要我说，如果是男孩，像我像你都好，如果是女孩，还是像你多一点儿好。"

程瑜瑾好奇，偏过头看他："为什么？"

"男孩娶妻，他无论像谁，都一样。但是女孩总是要嫁人的，如此说来还是像你多一点儿好，这样我不必担心她日后被男人骗。"

程瑜瑾挑眉，似笑非笑地睨着李承璟："殿下，你这话说得可不厚道。你夸你自己就罢了，为什么还要踩我？"

李承璟忍不住笑出了声，虽然平时他总是笑，但是像此刻这般大笑的时候很少："你个傻丫头，我这是在夸你啊。"

程瑜瑾含笑瞪了他一眼，道："那我可真是谢谢殿下。"

两人就这样手牵手，慢慢走回慈庆宫。此刻慈庆宫上下全站在院子中，脸上带笑，看到李承璟和程瑜瑾后齐刷刷行礼："给太子、太子妃请安。太子、太子妃新年康顺，万福到来。"

他们的声音欢喜又响亮，程瑜瑾听了不禁露出笑容，李承璟也露出笑容，说："你们侍候太子妃有功，所有人赏三个月月俸。"

宫女、太监们听到后更加开心，越发卖力地说吉祥话，程瑜瑾在满院祝福声中走回内殿。在广场前看了许久的烟花，身上全是硝石味，净房全天都是有热水的，她简单地沐浴更衣，换了全新的中衣，才慢慢朝外面走来。

内殿里红影幢幢，外面的灯笼将窗花照得红彤彤的。程瑜瑾在内殿里没见着人，早已习以为常，自己单手挽住头发，朝里间走来。

李承璟果然在屏风后坐着，瞧见她，很自然地上前接过她手里的头发。不过今日他却没有像往常那样替她绞头发，而是用力握紧帕子，用帕子吸了吸她发梢的水，便随手往旁边一扔，打横将她抱了起来。

程瑜瑾猝不及防地被他抱起，下意识地抓住他的肩膀："殿下，你做什么？"

李承璟抱着她大步朝床帐走去："自然是办有利于国家传承、宗庙祭祀的大事。"

程瑜瑾听到后十分无奈，双颊绯红，一只手扶在他的肩膀上，不知道该推开还是该应下："你怎么突然这样？明天元日，还要举行大朝会呢。"

"我知道。"李承璟将她放在大红锦被上，笑着将手支在她的颈侧，"正因如此，所以才更要抓紧了。这可是关系国本稳定的大事啊，外面已经催了好几次，你若是再不怀孕，我颜面何存？"

程瑜瑾咬唇，耳根通红：“你这个人简直……你说这种话，竟然还一副上朝奏事的神情。”

李承璟挑眉：“那不然呢？像你这样，脖子都红了吗？”

程瑜瑾气得瞪他，立刻就要伸手捂住自己的脖颈。李承璟轻松截住她的手，压在锦被上：“乖，这是我的职责，今夜配合点儿。”

元日大朝会是一年中最重要的仪式，程瑜瑾被折腾了半夜，第二天又起早，戴着沉重的九翟四凤冠，穿着太子妃翟衣，在大朝会上站了一整天。

等晚上回去，李承璟自知理亏，对程瑜瑾百依百顺。程瑜瑾恨恨地瞪他，简直不想和这个道貌岸然的人说话。直到第二日归宁，李承璟还是想笑又不敢笑，处处对程瑜瑾赔着小心。

初二按照惯例是出嫁女回娘家的日子，程瑜瑾也不例外，要回宜春侯府。李承璟作为夫婿，自然要陪同她一起回去。

他们两人去慈宁宫、坤宁宫拜完长辈，便登车朝宫外驶去。今日宜春侯府格外热闹，程家早就准备妥当了。除了程瑜瑾，程家其他嫁出去的女儿——程敏和程瑜墨今日也各自带了夫婿回来。

程老夫人一早就正襟危坐，庆福郡主和阮氏等人也差不多，都换上了最端庄华丽的衣服。程敏受了徐家的嘱托，一大早就来了，还带来了徐家众多小辈。程老夫人难得见女儿一面，程敏一进门，程老夫人就面带微笑地将她和徐念春拉到身边询问。程敏虽然应和着，但是和屋里其他人一样没法安心，注意着外面的动静。

巳时左右，外面突然咚咚咚跑进来一个小厮。这个小厮还没说话，屋里女眷心里全咯噔一声，纷纷站起身来。

女眷已经猜出来是太子和太子妃到了。果然，小厮还没站稳，就急急忙忙地喊道：“老夫人、夫人、二太太，太子和太子妃的车驾已经出了宫门，侯爷让夫人、太太去二门迎接太子妃。”

程老夫人早就等着这句话了，闻言只觉得一块大石头落了地，松了口气。如今程元贤已经成了宜春侯，程老夫人荣升老封君，庆福郡主成了正经的侯夫人，下人不再以大太太称呼庆福郡主，而是全都改口称“夫人”。

程老夫人带着众人等在二门，过了一会儿，外面传来太监拍手的声音，提醒路人回避。程老夫人低头，领着众女眷给程瑜瑾请安：“臣妇叩见太子妃。”

马车停稳后，众多宫女围上前，簇拥着程瑜瑾下车。程瑜瑾出来后，瞧见跪在地上的程老夫人，抬了下手，说：“地上寒凉，祖母快请起。”

程老夫人这才在丫鬟的搀扶下，颤颤巍巍地站了起来。庆福郡主就跪在程老夫人身边，程老夫人起身的时候她也起身去扶。程瑜瑾见了庆福郡主，轻轻颔首：“母亲。”

庆福郡主却不能应，立刻规规矩矩地给程瑜瑾行了个请安礼：“太子妃。”

“是我不孝，竟然让祖母和母亲在寒风中等了这么久。祖母和母亲快进去说话吧。”

程老夫人连声说不敢，让开通道，等程瑜瑾进门后，才跟在后面进去。程瑜瑾进屋坐好，笑着对程敏点头：“姑姑，您今日倒来得早。”

方才程瑜瑾在二门只和程老夫人、庆福郡主说了话，程敏身为姑姑，没有太子妃亲口免礼的待遇，直到此刻进了屋，两人才能说上话。

程敏受宠若惊，立刻笑道：“不敢当。臣妇思念母亲，兼之想早些来迎接太子妃，便特意起了个大早。”程敏说完，立刻轻轻推了身边的晚辈一把：“你们几个，还不快来拜见太子妃。”

程敏这次带来的不只有徐家的姑娘，还有徐家的几个少爷，几个少年都在前面迎接太子呢。奇怪的是，徐之羡却没来。程敏解释道："臣妇那个讨债冤家如今被他祖父、父亲逼着进学呢。他父亲打算来年打发他进官场，他整天没个正形，在家里便罢了，去衙门怎么得了？他父亲着急，让他在家读书，不让他出门。"

程瑜瑾点头，笑着说了句"二少爷进学是好事"，便不再多说。在程瑜瑾刚刚守孝那段时间，徐之羡大声嚷嚷过想娶她这类话，现在无论徐之羡到底是因为什么不肯见她，无论这是徐家授意还是徐之羡自己的主意，程瑜瑾现在已经成了太子妃，这些事还是避讳些好。

程敏让几个姑娘给程瑜瑾行礼，程瑜瑾笑着点头，让连翘一人给了一份见面礼。徐家几个姑娘对程瑜瑾又好奇又敬畏，行礼时只敢用余光看，拿到见面礼后，忍不住握在手里前后翻看。

外面的荷包精美雅致，不说里面的东西，仅是这个，就已经不是凡物。而且徐家几个姑娘无论嫡庶，荷包都是一模一样的，从外面并不能看出高低贵贱，但是悄悄掂量手中的东西，恐怕里面的东西还是有区别的。

程敏暗暗感叹，程瑜瑾不愧是当了太子妃的人，入宫后做事越发滴水不漏。程敏陪着程瑜瑾说话，慢慢问起淑妃的事。程瑜瑾让杜若将淑妃娘娘托她带出来的包裹递给程敏。

淑妃和程瑜瑾不同，淑妃还不到能随便召家人进宫的地位，所以如果想给家里人捎些东西，就格外麻烦。淑妃的这些东西当然能通过太监带出来，但是一来要破财，二来惹人注意，不如让程瑜瑾借着归宁的时机捎出来方便。

程瑜瑾应承此事，当然也特意存了和淑妃乃至昌国公府加强走动的心思。人与人之间有来有往，感情才能越来越好。

庆福郡主和阮氏眼睁睁地看着程瑜瑾和程敏交流宫里的事，满口都是淑妃、皇后、太后，还当着众人的面递给程敏一包东西。程家众人面面相觑，都感到一丝落后于人的尴尬。

程敏拿到淑妃的书信和包裹后眉飞色舞。她亲手将淑妃娘娘的书信和包裹交给婆母和大嫂，这在徐家当然是极有脸面的事情。因此，程敏对程瑜瑾笑得更加亲切。

程敏刚刚将东西收好，外面就传来声音，阮氏“噌”地一下站起来，险些撞翻茶盏：“墨儿回来了！”

丫鬟们也接连迎到外间打帘子，传话道：“是二姑奶奶。”

阮氏快步走向门口，屋里其他人慢慢站起身，虽然露出了迎接的姿势，但是并没有像阮氏那样迎出去。阮氏是思女心切，但是其他人可个个比程瑜墨辈分高，断没有她们去迎接程瑜墨的道理。而程瑜瑾更是稳稳地坐在位子上，将视线转到门口，就已经算给程瑜墨面子了。

程瑜墨进屋，看到阮氏立刻红着眼睛喊了声“娘”。她和阮氏手拉手进了暖阁，见了里面的人，又一一问好：“墨儿给祖母、大伯母、姑姑请安。臣妇参见太子妃。”

程老夫人暗暗皱眉：程瑜墨这话说得失礼，怎么能将太子妃放在后面？程老夫人悄悄去看程瑜瑾，发现程瑜瑾笑容温和，并没有不快，只能压下担心。

在座的人身份一个比一个高，程敏是个外嫁女不好出口招呼，庆福郡主只能代替程老夫人，招呼程瑜墨道：“二姑奶奶来了。今儿天气冷，二姑奶奶路上可被冻到了？”

“这倒不曾，谢伯母关心。”

庆福郡主应了一声，又问：“这一冬天我都懒得出门走动，已经许久没见过霍家老夫人了。霍老夫人近来身体可好？”

听到霍薛氏，程瑜墨脸色略有僵硬，淡淡地点头道：“婆母身体一向都好。”

当初程瑜墨小产的事程家众人都知道，现在庆福郡主突然提起霍薛氏，气氛尴尬。程敏连忙笑着圆场："好了好了，墨儿刚刚进门，身上斗篷还没脱呢。暖阁里地龙烧得足，一冷一热的，小心得伤寒。"

众人都笑着附和，程瑜墨松了口气，在丫鬟的服侍下解下大斗篷，露出里面的家常衣服。这时候婆子搬来了绣墩，程瑜墨由丫鬟搀扶着，坐在阮氏旁边。

程瑜墨刚才的斗篷又厚又重，看着就让人觉得累。许是为了显气色，程瑜墨特意在下面穿了一身红色袄裙，大红的长袄压着大红的百褶裙，立领和袖口处缀着灰鼠毛——这一身可谓亮眼至极。

但是她太瘦了，手细得几乎只剩骨头，脸虽白，却是不太健康的青白色，隐隐都能看到血管，大红衣服并没有将她的脸色衬得红润，反而显得她尤其瘦小，几乎连衣服都撑不起来。她这样子简直像是大病初愈一样。

程敏看了忍不住在心里叹气，程瑜瑾今日也穿了一身红，可是程瑜瑾穿着便是人比花娇、明艳四射，换成程瑜墨，就显得长袄拖曳、衣服压主。

众人怜惜程瑜墨刚刚小产，都没有提起她气色很差。众人坐着说了一会儿话，院外传来一阵问好声，其中还有给太子的请安声。程瑜瑾马上反应过来，是李承璟和程元贤等人过来了。

暖阁里的女眷全站起身来，本打算在门口给皇太子请安，可是才走了一半，李承璟就已经掀帘子走了进来。众人一看忙不迭地蹲下请安，李承璟只是随意地挥了挥手，说道："程老夫人和侯夫人不必多礼，请起吧。"

他虽然这样说，但是眼神完全没有看程老夫人等人，而是径直走到程瑜瑾身前，握着她的手将她扶起来。

李承璟到后宅，自然是程家男子陪着过来的。此刻所有人的夫婿一同进门，唯有李承璟直接走到程瑜瑾面前，当着这么多人的面亲手扶住程瑜瑾，动作自然，毫不避讳。

庆福郡主战战兢兢地站起来，目光落在太子的手上，简直不敢相信。寻常男人都要在外人面前端着大老爷的架子，和妻子说句话简直像是纡了尊降了贵一样，而李承璟贵为太子，竟然为程瑜瑾做到这样？

这时，庆福郡主听到程元贤拱手喊了声母亲，收回心思给程元贤问好，程元贤也不过点头应了一声，架子十足。他们已经分房睡了许多年，见面打声招呼就已经是给正妻脸面了，早就没了肢体接触。

其他夫妻的相处模式也差不多，而这时，李承璟还握着程瑜瑾的手，探了探她的额头，低声问："还头疼吗？"

昨日朝会，程瑜瑾免不了要饮酒，今早醒来的时候就有点儿头疼，但是并不严重，不至于影响日常行动。程瑜瑾摇摇头，说："早就没事了，我又不是瓷做的，怎么就至于这样娇弱了？"

他们两人低声说话，其他人见着，也不好说什么，最后还是程敏笑着说："太子殿下和太子妃感情真好。我们老夫老妻，比不得你们少年人新婚宴尔、情深意浓。"

这话满是调侃，程瑜瑾脸颊微红，不好意思接口，李承璟笑着应下："她酒量不好，一旦沾酒，第二天起来总是要头疼。昨日朝会，她又喝了不少酒，我若是不看着，她肯定又说没事。"

满屋子人都笑了，程敏瞧着程瑜瑾说："太子妃从小便是这样的性子，无论有什么事都自己一个人撑着，从不肯和大人说实话。如今可算有人管着你了。"

男人的脸皮似乎天生厚一点儿，程瑜瑾做不到像李承璟一样笑着应承，只好在众人的打趣中低下头，避开程敏取笑的视线。

程老夫人见状心生感叹，多么熟悉的一幕啊，她记得李承璟还在程家的时候，就经常提醒程瑜瑾喝水、喝茶，当时她还觉得这两人真有夫妻相，后面果然成了夫妻。而且二人一举一动，像极了世人想象中的完美夫妻关系。天底下夫妻模板，就该照着这两人刻。

程老夫人咳了一声，说："太子对太子妃细心体贴，老身看着着实欣慰。都别站着了，进里面说话吧。"

众人齐齐应声，相互礼让着往里走。无疑，程瑜瑾和李承璟成了众人注目的中心，他们俩进屋后，正堂呼啦一声就清静了。

程瑜墨站在最后，嘴唇苍白，面无血色，连上好的胭脂都遮不住。程敏方才为了颜面好看，说他们是老夫老妻，不及少年夫妻亲密，可是，程瑜墨和霍长渊也是刚成婚的夫妻啊。

中秋出宫后，霍长渊果真将苏可儿嫁了出去——无论苏可儿和霍薛氏怎么哭闹，他都像铁了心一般，完全不留情面。程瑜墨以为闯入他们婚姻的第三者走了，他们就能恢复原样，可是破裂的感情就如破裂的瓷器，即便看起来完好如初，那道裂痕也永远横在那里。

程瑜墨又觉得，或许是他们不小心失去了一个孩子，霍长渊心有芥蒂才变成这样。没关系，她还年轻，等他们再有孩子，霍长渊一定会变回原来的样子。

程瑜墨为自己鼓足了劲，可是这时候她才发现，她和霍长渊基本没有交流了。因为刚被宫里训斥过，霍长渊不能纳妾，只能继续在她屋里睡。可是即便两人同处一室，一天到晚，他们俩也时常说不上一句话。

程瑜墨感到可怕：这不就是她从前最鄙视的庆福郡主和程元贤的婚姻吗？她从前表面上对庆福郡主毕恭毕敬，可是私底下，十分不以为意，甚至恶意地想，庆福郡主又老又凶，像个母老虎一样，难怪男人不愿意碰她。程瑜墨那个时候年轻、活泼、美丽，被表兄弟们捧着，她觉得自己日后嫁人必不会如此。

她看不上周围长辈平淡如水、完全在死熬日子的婚姻，并且武断地想，谁让这些女子没有魅力，抓不住男人的心。她那个时候完全没有想过，自己有朝一日也会成为她们中的一员。

程瑜墨慌了，开始想方设法和霍长渊亲近，觉得只要他们再怀上一个孩子，所有问题都将迎刃而解。可是程瑜墨这时候发现，她对霍长渊没有吸引力了。

霍长渊看着她，平静、耐心，似乎是忍耐又似乎是疲惫。他不再在她面前端着侯爷的架子，不惮于在她面前表现自己最差的一面。程瑜墨觉得这是好事，说明霍长渊视她为自己人，才不再浪费精力。可是霍长渊看向她的目光中，再没有欣赏、打量、色欲，也不会留意她的穿着和打扮，明明他对其他丫鬟并不是如此。他不再以看女人的角度看她。

程瑜墨恍若暑天坠入冰窟，脑子都蒙了。为什么会这样呢？霍长渊为什么也会变成这样？

程瑜墨消沉了很久，最后告诉自己，这是夫妻感情必经之路，是婚姻的最终归宿。热恋如一把火，等烧干净了，就会回到平淡如水的生活中。

程瑜墨一直是这样说服自己的：她和霍长渊有感情基础，已经比那些盲婚哑嫁的夫妻好了许多，如今互不说话，只不过是顺应婚姻发展规律罢了。可是今日程瑜墨亲眼看见太子自然地伸手去扶程瑜瑾，程瑜瑾站在太子身边，听到众人的调侃含笑躲在太子身后。说到醉酒的时候，程瑜瑾还悄悄瞪了太子一眼，太子瞥到，也只是笑。他们的这些动作日常而琐碎，平平淡淡像民间夫妻。

爱是瞒不了人的，同样，不爱也是。

程瑜墨的心突然就像坠入了深渊，她找的借口再也欺骗不了自己。无论演技多么高超，装得多么恩爱，一对夫妻实际相处如何，是骗不了人的。

为什么？程瑜瑾明明那样无趣。程瑜墨忍不住想：自己比程瑜瑾活泼有趣，也比程瑜瑾讨人喜欢，她对霍长渊还有救命之恩，为什么她和霍长渊就走到了这一步呢？是不是当初她嫁错了？

程瑜墨浑浑噩噩，等她醒过神来抬头发现外厅里只剩下她一个人。霍长渊已经进去了，根本没有叫她。

程瑜墨手指狠狠掐入掌心，这就是她的丈夫，这就是她的娘家。一不小心，程瑜墨竟然折断了小手指的指甲。

她盯着小手指上的血丝，面带恍惚，而此刻丫鬟都围在暖阁里，根本没人发现程瑜墨这里的意外。而程瑜墨也没有叫人，将受伤的手藏在袖子里，连伤口都没有包扎，像游魂一般走入暖阁，听着众人说话。

她坐在那里，不禁一阵又一阵走神。

程瑜墨忍不住想：自己并不比程瑜瑾差，甚至远比程瑜瑾有情趣，远比程瑜瑾更得男人喜欢，若不是当初程家再无女儿，嫁给九叔的理当是没有被退过亲的自己，那现在，被太子温柔对待、被众人艳羡的太子妃是不是便是她了？

李承璟来了之后，所有话题都围绕着李承璟和程瑜瑾。他们说了没一会儿，午饭的时辰到了，程老夫人发话，众人移步饭厅，共进午饭。

吃饭的时候，程瑜瑾不小心被辣椒呛住了，皱了皱眉，生生忍住。身后侍候的连翘都没发现，李承璟却往她这里看了一眼，说："拿一盅酪乳来。"

太子发话，丫鬟连忙往厨房传话，饭桌上的人也停了筷子。程元贤朝李承璟看过来："殿下，是臣等疏忽，上菜没有考虑周全。臣失礼，请殿下降罪。"

李承璟摆了摆手，顺手倒了杯茶，握在手中缓慢地晃动着，说："并非我喜欢，只不过酪乳解辣，对嗓子好。"

众人顺着李承璟的目光，恍然发现李承璟是替程瑜瑾要的酪乳。连翘后知后觉，连忙就要盛粥给程瑜瑾解辣，李承璟制止了，说："粥太烫了，喝了越发辣。"

这时候手里的茶似乎凉了，李承璟用手指在杯壁上试了试，说：

“这个温度刚刚好，先清清嗓子。”

程瑜瑾说不出话来，点点头将茶接了过去。她喝茶的时候，李承璟很自然地替她打下手。她喝完后，李承璟将茶盏接过去，放在丫鬟的端盘上，然后轻轻抚着程瑜瑾的后背：“好受点儿了吗？”

程瑜瑾点头，说：“好多了，谢殿下。”

这时候厨房送来了酪乳，程瑜瑾看到后无奈地道：“不过被呛了一下，用不着这么麻烦。”

“怎么就麻烦了？”李承璟语气淡淡的，扶着袖子，给程瑜瑾夹了口菜，说，“这道菜清淡，你试试。”

一桌子的人猝不及防地被秀了一脸。李承璟的动作自然极了，他为程瑜瑾倒茶递水，熟练自在，丝毫不觉得有损男子威严。而程瑜瑾的表现也很平淡，她完全没有炫耀的意思，甚至连翘等人也是司空见惯的表情。

程敏和庆福郡主心有感慨，而另一桌的未婚小姑娘们，看着眼前这一幕春心萌动，惊讶又艳羡。程敏感慨之余又羡慕，悄悄朝坐在另一桌的徐念春看了一眼，心想她的女儿日后找的郎君只要有太子殿下体贴的十分之一，她这个当母亲的就心满意足了。

阮氏瞧见了，忍不住去看霍长渊和程瑜墨。他们这对夫妻也坐在一起，可是两人各用各的饭，从上桌到现在，没说过一句话，甚至连个眼神交流都没有，竟似陌生人一样，不，都不如陌生人，至少对陌生人，霍长渊不会这样冷漠、失礼。

阮氏心中叹息，然而饭桌旁除了她，根本没有人注意程瑜墨和霍长渊，众人都看着太子和太子妃。或许并不是大家没有注意到，而是同桌两对夫妻对比实在太明显，其他人都顾及着面子不说罢了。

程老夫人将众人神色尽收眼底，心中感慨颇多，最终只余长长一声叹息。

她原本觉得太子尊贵、端方，而程瑜瑾的性子也比较冷淡，这两人在一块，恐怕婚后会相敬如宾，毫无情趣。三日回门的时候程老夫人甚至怀疑过他们是不是做戏，这并不是因为她不相信太子，而是因为她不相信程瑜瑾。但是现在，时间证明了一切。三天两天可以装，一个月勉强也行，那半年呢？恩爱可以假装，但是眼神装不了。

程老夫人最开始是不太看好长孙女和太子的。两个冷静聪明的人在一起，谁都没法收服谁，不如在太子身边放一个娇憨天真的女子，更能讨太子欢心，毕竟男人不会喜欢太聪明的女子。像霍长渊和程瑜墨这样一个威武一个不谙世事，一个大刀阔斧一个全身心依赖就很好。可是谁能想到，最后的结果却大相径庭。

事实证明聪明人在哪儿都能活好，而两个聪明人在一块，只会更好。所谓优秀的男人不喜欢聪明能干的妻子，不过是蠢人的自我安慰罢了。

程瑜瑾和太子始终都是和和气气的，听说半年来不曾有一次红脸。而程瑜墨和霍长渊呢？程瑜墨处理不了婆媳关系，一心依靠霍长渊，而霍长渊又不屑于了解女子的心思，时间长了，她仿佛柔弱的藤蔓紧紧缠绕着树木，最后即便是大树也会窒息而亡。如今，一个埋怨丈夫故人心易变，不再像婚前那样呵护她，一个暗暗嫌弃妻子太过黏人，完全不独立。

霍长渊进门以后，向程老夫人问好，向庆福郡主、阮氏问好，对程瑜瑾垂着眼睛毕恭毕敬，对程、徐两家的晚辈也十分有耐心。他是个孝顺的女婿、恭敬的臣子、耐心的姐夫，但是唯独对他的妻子不曾有过片刻的关心。

和李承璟对程瑜瑾的关注相比，霍长渊对程瑜墨太过冷漠了，简直比对陌生人都不如，程瑜墨明明是他的妻子啊。

程老夫人深深叹了口气，程瑜墨当年嫁人时，也是双眸晶亮、一腔孤勇，觉得自己和天下其他女子是不同的，然而到最后，大家都不过普罗大众罢了。反倒是众人觉得太死板的程瑜瑾，用实际行动证明真正厉害的人物做什么都好。

这一顿饭众人吃得各有心思，饭后，男子们去外间说话，程老夫人也带着儿媳、孙女一起去暖阁说家常。程老夫人看着程瑜瑾，嘴唇动了好几次，最后才试探着问："太子妃，您最近可有喜讯？"

程瑜瑾被问习惯了，十分镇定地说道："殿下说孩子都是缘法，不必着急。"

程老夫人欲言又止，但是不敢逼太紧。程瑜瑾最开始被赐婚的时候，他们还想着用家族孝义拴着她，然而她对庆福郡主、阮氏冷了一次脸后，他们都不敢了再逼她了。程瑜瑾如今是宜春侯府唯一的希望，眼见和程瑜瑾说感情没用，程老夫人还哪敢得罪这尊金菩萨。

正如程瑜瑾所说，求人就要有求人的态度。

程老夫人一下子就明白了程瑜瑾的意思，一家子低调地吃喝玩乐，继续不思进取，不帮忙，也不给程瑜瑾添麻烦，总之，十分有自知之明。其实他们还有什么不满足的，只要程家不作妖，这种舒坦日子就能继续过下去。

程元贤对此满意极了。要是程瑜瑾能早日生下皇长孙，那就更完美了，他简直是躺在金山上吃金豆子。

程老夫人听到程瑜瑾说没有，有点儿着急，但是又不敢催。程瑜瑾都这样说了，程老夫人还能说什么，只能应和道："太子妃说得是，儿孙都是缘法，缘分到了自然就有了。"

程老夫人说完看向程瑜墨。她对程瑜墨就没有那样小心了，非常直白地说："二姑奶奶，你也是。你虽然不慎掉了孩子，但是其他女子可不和你讲原委，趁着现在侯爷没有纳妾，早日再怀上一个才好。你被你娘惯得娇贵，但是婆家不同于娘家，没人惯着你，嫁人了可不能再使小

性。头一胎不论男女，只有生下孩子，才算真正在婆家站稳了脚跟。"

程瑜墨被程老夫人说得脸红气弱，低着头，声音细若蚊蝇地应了一声。

程瑜瑾知道自己也很危险，垂着眼睛，完全不吱声。她在程家表现得胸有成竹、不慌不忙，但是等回到宫里，四下无人后，对着贴身丫鬟长长叹了口气。

程瑜瑾忍不住去摸自己的小腹。她今日说"孩子都是缘法"，然而实际上无论后宫还是朝堂都不给他们随缘的时间。程瑜瑾和李承璟都面对着巨大的压力，可是偏偏都半年了，她的肚子也没有动静。

明明李承璟做那档子事情的频率并不低——现在程瑜瑾不需要参考前世的经验，完全可以断定李承璟的频率是非常高的。莫非，是他们频率太高了，反而影响怀孕？

程瑜瑾摸着平坦的小腹，十分认真地思考起来：或许，频率低一些，更有利于怀孕？李承璟从外面回来，瞧见程瑜瑾坐在罗汉床上，长裙拖地，鸦睫低垂，十分认真地思索着什么。

李承璟自然地坐在她的对面，问："想什么呢，这样认真？"

程瑜瑾抬头看了李承璟一眼，明明什么话都没说，但是莫名的，李承璟觉得不是什么好事。

果然，下一刻程瑜瑾就开口说："殿下，妾身刚才想到一个禅理。"

程瑜瑾说话，永远别指望她能一口气说出来，势必要绕很久，将全天下的大道理都说一遍才能带出正题。李承璟叹口气，说："你竟论起禅理来，倒是难得，说吧。"

程瑜瑾清了清嗓子，先从一个自然现象说起："殿下，俗话说月盈则亏，水满则溢，月都是如此，人自然也一样。殿下你说是不是？"

"嗯。"

"凡事都要克制，不然，过刚易折，强极则辱，反而会取得反效果。”

李承璟沉吟片刻，忍不住说：“你怎么还是这样啰唆？”

程瑜瑾情绪酝酿了一半，听到这里抬头瞪他。李承璟坦然又无辜，说道：“我只是实话实说。你到底想说什么，直说吧。明明就是一句话的事，绕来绕去我听着累。”

程瑜瑾被打断，也懒得铺垫了，直接说：“殿下，我仔细想了下，觉得祖母所言在理。我们当以子嗣为要，太耗费精力了不太好。”

虽然程瑜瑾说得隐晦，但是李承璟一下子就听懂了，不禁挑眉，十分无语：“这可毫无道理吧？我们未来的儿女不给面子，为什么要亏了我？”

此刻殿里还有其他侍候的人，程瑜瑾朝两边扫了一眼，轻轻咳嗽道：“殿下，过犹不及。你说对不对？”

李承璟端正地坐着，慢慢地说：“我觉得不太对。”

程瑜瑾又忍不住看后面。她素来注重仪态，当着宫人的面讨论这种事，即便明知道他们听不到，也觉得心虚。恐怕唯有李承璟，能一边正襟危坐，一边说着不肯放松房事的话。

正好这时宫人进来换茶水。程瑜瑾立刻噤了声，端正地坐着。李承璟还很放松，端起热茶，将杯子烫了一遍，一边倒茶，一边说：“依我看，这个禅理应当这样讲：夜光死而又育，潮汐时涨时落。有阳就有阴，有光就有影，实在不能割裂而取其一。就如我的名字，璟，玉光彩也，但凡光彩者则生阴影，曰为瑕。正所谓高下在心，川泽纳污，山薮藏疾，瑾瑜匿瑕。瑕避无可避，无须否认，只要瑕不掩瑜便可。”

李承璟说完，突然想到什么一般，缓声重复：“瑾瑜匿瑕。”

李承璟说的是“瑾瑜”二字的注解，这本来是极其正经的解释，但是程瑜瑾听着，总觉得哪里不太对。

她脑子里不由得浮现出一系列动图，察觉到自己在想什么后，赶紧打住，并且在心里狠狠唾弃自己。她太污浊了，这样正经的词语，她竟然想歪了。

李承璟说完之后，十分郑重地抚手，赞道：“这个匿字用得好。”

程瑜瑾的脸立刻红了，刚才她还以为自己脑子太污浊了才会想差，结果他就是这个意思！

程瑜瑾面红耳赤，咬着唇，说不出话来。此刻周围还有许多宫人，宫人见太子和太子妃讨论禅理，还满口之乎者也，都对他们二人投来钦佩的目光。

程瑜瑾脸烫得快要燃烧，臊都要臊死了，偏偏对面的人还眼带笑意，似有所指地看着她，说：“璟则伴生瑕，而瑾瑜匿瑕。我们的名字发音相似，可见缘分天定，我们注定是要做夫妻的。”

这简直是当众调戏，还是十分下流的那种，程瑜瑾耳尖都红了，说不出是气的还是羞的。李承璟忍笑忍得十分辛苦，这时刘义在门外禀报有臣子谒见，为太子拜年，李承璟只能暂时抛下自己面红耳赤的太子妃，去外面处理拜年的事。

李承璟直到出门的时候，眼睛都是笑着的。

程瑜瑾是真的要被这个人气死了，偏偏他说话时光明正大、端庄持重，周围这么多人没一个看出他的真面目。

程瑜瑾暗暗咬牙。太子出去后，杜若、连翘也慢慢围过来，轻手轻脚地替程瑜瑾倒茶。连翘十分艳羡，说：“太子妃，您刚才在和太子讨论什么呀？句句引经据典，全是玄而又玄的禅理，奴婢听都听不懂。”

连翘本意是恭维太子妃，结果却见程瑜瑾用力瞪了她一眼，脸色冰冷。连翘不解其意，小心翼翼地问：“太子妃，奴婢说错了什么吗？”

杜若见状，连忙上前解围：“太子和太子妃论玄，我们这些奴婢怎么能听得懂？要奴婢说，太子妃和太子不只名字像，连人也很像呢，都是一样的风姿过人，都是一样的端庄。”

杜若本意是救场，结果说完后，却意外地发现程瑜瑾脸色更冷了。程瑜瑾轻轻哼了一声，说："谁和他一样？"

杜若愣住了："啊？"

程瑜瑾抻了抻袖子，淡淡地道："我和他可不一样，我的端庄是表里如一。"

程瑜瑾的端庄是表里如一的，那谁不是呢？杜若蒙了，和连翘对视一眼，低头不敢再问。

年节一日日地过着，很快就到了元宵节。程瑜瑾还记得去年皇帝大动干戈带着宫妃去灯楼"与民同乐"，如今太子被找回来了，皇帝也就没有了与民同乐的兴致，待在宫里过节。

杨皇后瞧见了，心里冷冷地哼了一声。

元宵宴会上，程瑜瑾按照惯例坐在高台上当众人参观的吉祥物。难得的是今年杨太后竟然也给面子出席了元宵宴，坐在上首，时不时召各家夫人和小姐上去相看。

杨太后为二皇子相看正妃的意思已经非常明显了。杨太后一会儿说赵家的小姐贤淑，一会儿说李家的闺秀静美，总之就是不接窦家的话茬。如此，京城中人还有什么看不懂的，窦希音被吊了七八年，如今彻底被杨太后放弃了。

京城因此刮起一阵风，有的人家趋之若鹜，也有的人家让女儿称病，不去参加太后的宴席，私下里赶快给女儿定亲。众人对此各持己见，但是有一点是统一的，那就是都认为窦希音和窦家成了京城里的笑话。

平心而论，程瑜瑾觉得杨太后此举确实不太妥当。既然她当初没这个想法，那就不要给窦希音希望，把人家吊了七八年，活生生从少女拖成大龄待婚女子——如今窦希音已经及笄。在十三四岁最适合议亲的年纪，窦希音和窦家都一门心思想着二皇子，根本没张罗过相看的事。现在杨太后突然说她并无此意，当初只是看两个小孩子可爱随便逗着玩，婚约并不作数，未免太过分了。但是自己做的选择自己承担后果，就算杨太后再不厚道，当初一日日往宫里跑的是窦希音，眼高于顶看不起其他男人的也是窦希音。如今她做不成二皇子妃，还错过了议亲的大好时机，可谓鸡飞蛋打，一切成空，窦希音除了怨自己，其实也怪不了别人。

程瑜瑾这个人就胜在看得清，对别人冷酷无情，对自己同样如此，并不会于人于己两套标准，但是可惜，窦希音显然并不是这样。

程瑜瑾用余光瞧见窦希音悄悄出了门，她眉目不动，仿佛并没有看到。

窦希音在大殿里待着憋闷，实在忍受不了，出门去透气。她在寒风中恨恨地往前走，一路踩得又响又重，幻想着脚底下是那些碍眼的闺秀的脸，暴走了一炷香的时间，才终于冷静了些。

不知不觉她离宴会地点已经很远了，站在寒风里，瞧着再熟悉不过的巍峨宫城，觉得自己可怜又可悲。

她原以为，自己也是属于这座宫廷的，所以每次进宫，瞧着高耸的红墙、金碧辉煌的琉璃瓦，以及森严的门禁都觉得与有荣焉。她认为她会是眼前这一切的女主子，女人最高的荣耀与尊贵都将属于她。

窦希音压根儿没有想过，自己会嫁给其他人，也没想过二皇子会娶其他女子。她是那样相信杨太后，怎么知道杨太后在骗她。

现在好了，杨太后公然打窦家和杨妍的脸，窦希音沦为京城笑柄不说，还面临嫁不出去的窘境。窦家听到风声后将信将疑，又观望了一段时间，见杨太后当真打算给二皇子择妃，这才慌了。杨妍连忙给窦希音相看人家，这时候才发现好的男子早在前几年就被挑走了，剩下的都是些歪瓜裂枣，要么品行不端、眠花宿柳，要么家里是个虎狼窝，甚至还有些人，身份、家庭、才干远远配不上窦家。

换在往常，窦希音和杨妍哪里看得上这种人？这些人给她们提鞋都不配，可是现在，这些人竟然是窦希音最好的选择，何其讽刺。

窦希音被气得浑身颤抖，杨妍也大哭了好几天，跑回去和父母诉苦。杨甫成当然心疼大女儿，大女儿出嫁时他官位低，给杨妍说亲时选了各方面都很一般的窦家，小女儿却成了皇后。两个女儿差距委实太大，因此，杨甫成这些年一直觉得亏欠了大女儿，如果能将外孙女嫁给二皇子，在巩固杨家权势的同时，还能弥补大女儿，他自然是乐见其成的。但是，杨甫成也没想到，杨太后居然出尔反尔，对自家人狠狠捅了一刀。

杨夫人整天哭着闹着要为大女儿讨回公道，杨甫成不胜其扰，私心里也非常怨恨杨太后。杨太后的儿子已经死了，膝下再无儿女，全靠杨家为她延续富贵，可是杨太后就是这样回报他们的。杨甫成如今已为首辅，小女儿贵为皇后，二皇子也是杨皇后嫡亲的子嗣，可是杨太后说给二皇子选妃就选妃，说相看人家就相看人家，连杨皇后这个亲生母亲都没法插嘴。

杨甫成心中有气，多年来积压的不满也一点点浮现出来，渐成爆发之势。杨太后这些年越发颐指气使、唯我独尊，靠着当年对杨甫成的提携之恩，肆无忌惮地支使杨首辅做事，还动不动就在众人面前说她对杨家有大恩。要不是这次的事情，杨甫成都没有发现，这些事他都记着。可是杨太后毕竟是他的姐姐，后宫里辈分最高的太后，皇帝和他都不能把杨太后怎么样，杨太后说什么，他们明面上还得乖乖听着。故而杨妍在家里大哭大闹，寻死觅活，杨甫成除了私下补贴大女儿，也没其他办法。

杨妍不肯罢休，日日往娘家跑，但是窦希音的心却冷了。

此刻窦希音看着熟悉的红墙，微微恍惚，不知道自己该何去何从。许是因为她站了太久，宫墙那边的人以为周围没人，放肆地说起话来。

"二皇子怎么突然去了凌渊阁？"

二皇子？窦希音耳朵一动，忍不住屏息仔细听起来。

宫墙那边是一条甬道，这两个宫女许是没想到墙后站着人，说话无所顾忌。只听另一个人说："是二皇子不让人声张的。今日元宵，圣上高兴，大宴群臣，二皇子喝醉了，他不想扫了圣上的兴致，于是就自己去凌渊阁醒酒，让太监去准备些醒酒汤。"

"那岂不是说二皇子身边没人？"开始的那个人感叹道，"二皇子一个人在凌渊阁，还喝醉了，身边没人侍候，万一出什么事可怎么办？"

"在宫里，能有什么事？"另一个人不以为意，又忽然压低了声音，神神秘秘地说，"你听说太后娘娘要给二皇子选妃的事情了吗？"

"我知道，据说今日太后召了许多家小姐进宫，是不是未来二皇子妃便在这些人里面了？"

"铁定是。我们赶快去大殿里侍候着，说不定，就巴结上了未来的二皇子妃呢。"

"但不是说……窦小姐才是准皇妃吗？"

"你说她呀。她如今就是一个花架子，你现在看她还锦衣玉食、威风十足，但是她说不到好亲事，现在便是她后半生最风光的时候了。你且看着，她还要走下坡路呢。等过两年，恐怕连生计都成问题，到时候谁还记得她？她一路下跌，以后连入宫给二皇子妃提鞋的资格都没有，谁还会在意她？"

"你说得也是，她毕竟不是杨家正经小姐，杨家因为她是准二皇子妃才捧着她，现在不是了，还会供着她多久？单靠窦家，她算得了什么人物？"

…………

声音逐渐远去，两个宫女一边说着话一边走远了。从头到尾，窦希音连对方的脸都没有见过，可是却被气得浑身颤抖。不过区区两个宫女，她们怎么敢这样说她！可是窦希音愤怒之后，又绝望地发现她们说得没错。

窦希音指甲不知不觉掐到掌心里。她不能如此，必须想办法自救，决不能落到宫女们口里的那个境况。

永寿宫。

杜若悄无声息地进门，附在程瑜瑾耳边低声说了些什么。程瑜瑾听到后只是点头，并没有说什么，仿佛什么都不知道。

她依旧微笑地看着台上的喧嚣热闹，看着台下的众生百态，姿态优美端庄，笑容柔和温婉，是谁都挑不出错的太子妃。

宴会过半，突然有人匆匆走进来，低声和杨皇后说了些话。杨皇后的表情变了，她都顾不上说场面话，便匆匆忙忙离席了。

台下的人当然都看到了，没当回事，只以为是宫里突然发生了什么事，杨皇后去处理宫务了。可是又过了一会儿，一个四十岁上下的嬷嬷进殿，弯腰在杨太后耳边说了什么。杨太后的脸色一下子变冷，脸上隐隐浮现怒气。此时本来有一个小姐在杨太后身前逗趣，她准备了一箩筐有趣的话，但是看着杨太后的表情，一时什么都不敢说。

杨太后耷拉着嘴角，在嬷嬷的搀扶下站起来。随着她的动作，永寿宫的人一齐安静下来。杨太后站在宝座前，皮笑肉不笑地勾了勾唇，说："哀家乏了，先走一步。太子妃。"

程瑜瑾应声上前，行了个万福礼："儿臣在。"

"皇后不在，你暂时照看着元宵宴会，有什么事情不懂就到后面来问哀家。"

"是。"程瑜瑾低头，道，"儿臣遵旨。"

杨太后说完就在嬷嬷的搀扶下出去了，大殿里众人看着杨太后的背影，好一会儿都没有声音。

程瑜瑾笑着说："太后和皇后娘娘暂离席片刻，夫人们继续宴饮便是。"

随着程瑜瑾这句话，大殿里重新热闹起来。在座的众多夫人虽然端着酒，但是都在悄悄琢磨太后和皇后今日的异常。此刻，不知道谁最先发现的，杨妍也不在了。

淑妃扫了一圈，果然不见杨妍的踪影。淑妃心痒痒，借着敬酒的机会，悄悄到程瑜瑾身前问："太子妃，这是怎么了？太后和皇后何故双双离席？"

"太后和皇后自家人的事，我哪里知道呢？"程瑜瑾说着端起自己的酒杯，对淑妃示意了一下，笑道，"淑妃娘娘，请。"

淑妃了然，识趣地将酒一饮而尽，不再发问。程瑜瑾只是倾了倾杯子，并没有喝。

程瑜瑾低头瞧着杯中的清酒，酒水清澈，倒映着四周的雕梁画栋。她放下酒杯，心想，今日还有许多事要办，可不能被酒耽误了。醉酒误事啊。

元宵节就在众人心不在焉却又强装太平中过去了。程瑜瑾一直留在永寿宫主持大局，言谈举止都十分妥当。众人突然发现，原来太子妃这样完美，主持大局毫不怯场，而且有些突发事件，她处理得竟然比皇后都好。

太子妃平日里并不争风头，众人也习惯了太子妃仪态万方，仿佛是皇家最漂亮的吉祥物，但是太后和皇后不在的时候，她的才干方显露出来。

太后和皇后出去后，一下午都没有回来。程瑜瑾全程端庄得体，仿佛完全没有察觉宫里发生了什么。一直等到回到慈庆宫，程瑜瑾才敛起笑容，问："殿下呢？"

"殿下还在乾清宫陪圣上宴饮，尚未回来。"

皇帝无论做什么，身边总是要带着李承璟，这种大型宴会，李承璟是必然要陪在皇帝身边的。从这些细节众人也能看出来皇帝的态度。程瑜瑾点头，心想她已经等了一下午，再等一会儿也没什么。她先去净房沐浴洗漱，等出来后，才发现李承璟已经回来了。他身上还带着微微的水汽，想来在另一间净房洗过澡了。

李承璟见程瑜瑾出来，对她伸出手。程瑜瑾坐在李承璟身边，问："殿下，怎么样了？"

李承璟发梢微湿，仅着中衣，衣领处露出一截修长的脖颈，隐约还能看到白皙劲瘦的胸膛。李承璟一只手攥住程瑜瑾的手，放在自己的膝上，微微点头："成了。"

程瑜瑾不禁挑眉，似乎有点儿急切，但是又生生按捺住："外面发生了什么？"

"二弟不小心喝醉了酒，悄悄去凌渊阁醒酒，身边的太监有的去拿醒酒汤，有的去准备热水，竟然没人留在二弟身边。也实在是巧，正好在所有人都在外面忙的时候，窦小姐误入凌渊阁。二弟睡着后没有意识，兼之喝了酒，血气旺，便……"

李承璟没有说完，但是程瑜瑾靠这些话已经知道下午发生了什么。她眸子转了转，说："所以下午，杨皇后匆匆离席，便是去处理窦希音和二皇子的事情了？只不过最后事情实在压不下去才惊动了杨太后？"

"没错。后来杨首辅也过去了，皇上听到后不太高兴，但是也没说什么。我下午一直跟在皇上身边，凌渊阁具体什么情形，我也不太清楚。"

程瑜瑾点头，像煞有介事地说道："这是自然，太后和皇后离席后，我受太后之命在永寿宫主持大局，一下午分身乏术，并不曾注意窦小姐的去向。谁都不想发生这种事情，不过窦小姐本来和二皇子就是青梅竹马、两小无猜，虽然有损皇家声誉，但是有情人终成眷属，也是美事

一桩。”

李承璟不说话，眉梢微微一挑，看着她笑了。程瑜瑾在这样的目光下丝毫不乱，瞪了他一眼：“你笑什么？”

李承璟摇头，说：“没什么。只是感叹太子妃好手段，日后可万不能惹到太子妃。”

程瑜瑾轻哼了一声，道：“殿下过奖，不及殿下教得好。”

他们两人各自装模作样地表现了一番自己的清白高洁。明明天底下不会有人比他们更清楚今天到底是怎么回事，可是这两人心黑手黑，却还能面不改色地说出“我也不太清楚”“谁都不想发生这种事情”的话。

过了一会儿，程瑜瑾问：“殿下，那之后杨家会怎么做？”

李承璟对此毫不在意，不紧不慢地说：“那就是杨家的事了。一笔写不出两个杨，手心是肉，手背也是肉，杨甫成会选择谁都是他们自己的事，与我们何干？”

程瑜瑾轻轻点头，知道李承璟的目的已经达到了，至于最后二皇子妃到底是谁都无所谓了。二皇子即便是赴宴喝醉了酒，身边也不至于一个人都没有，就算太监一时忙不开，窦希音怎么这么巧，正好在所有人都出去的时候走进去？

巧合多了就不是巧合。程瑜瑾和李承璟只是悄悄推了一把而已。程瑜瑾负责将窦希音的火挑起来，然后送她走出内宫，至于凌渊阁的事情，就不是程瑜瑾能管得了的了。但是看效果，李承璟安排得非常巧妙。大摇大摆走进去，还扒了衣服和二皇子有肌肤之亲的乃是窦希音自己。她一没被迷晕，二没被逼迫，她干出来的事和别人有什么关系？

李承璟当然不愿意看着二皇子找一门有权势的人家，但是这个世上皇权最大，二皇子娶另外一位正妃诚然会添些麻烦，但也仅是麻烦。区区一个窦希音，就更不值得李承璟特意算计。

李承璟真正要做的是让天下人看到杨家并非铁板，杨太后和杨首辅嫌隙已生。至于窦希音，不过是一个由头罢了。

李承璟捏着程瑜瑾的手指，淡淡地说道："杨家骤然发迹，家族内部的教养却没有跟上。如今仅仅是外孙女，以后杨家的报应还多着呢。"

程瑜瑾立马想到了一个人，于是试探地问："殿下，你说的是杨首辅之孙，杨孝钰？"

杨孝钰的名声很大，他在京城中经常欺男霸女，吃喝嫖赌样样都占了。杨家这一辈唯有他一个独苗，说是杨夫人的眼珠子、命根子都不为过。窦希音不过是杨妍的女儿就能干出脱衣服倒贴皇子的事，而杨孝钰是杨家的独孙，祖父是首辅，姑祖母是太后，姑母是皇后，祖母和母亲又对他有求必应，会长成一个什么样的人不用想都知道。

杨孝钰猖狂到敢在当街踹摊子打人，调戏朝廷命官的家眷。京中许多人家受过他的气，但是有杨首辅和杨太后，那些人敢怒不敢言。

李承璟似笑非笑地说："那是杨家的事，我可不知道。"

以前杨家只手遮天，能庇护杨孝钰无法无天，然而养蛊终会被反噬。

正月底，二皇子妃人选已定。

杨家内部经历了什么样的撕扯外人不得而知，但是月底，皇后的赐婚懿旨发出，众多人惊讶不已。

当天杨太后和杨皇后失态离去的时候，众人便已经有了诸多猜测，只不过这几天流言只是在悄悄传播，没想到今天却被证实了。

赐婚懿旨总是差不多的，杨皇后先是夸了女方的德行才华，最后赐窦希音为二皇子正妃，择日完婚。

赐婚懿旨公布后，没过多久程家便递了牌子入宫。程瑜瑾派人将程老夫人等人接到东宫，程老夫人照例说了些客套话后，便试探性地问："太子妃，二皇子正妃定了窦家的小姐？"

程瑜瑾点头："嗯。"

这个“嗯”字太过简短，程老夫人都不知道该怎么接。顿了一下，程老夫人又试探着问：“太子妃，去年也是正月，您和太子殿下的赐婚旨意公告天下。太子因为年纪略长，婚礼已经是加急办理了，都足足办了六个月，二皇子年纪比太子小上许多，一样是正月被赐婚，何故五月就要完婚？”

去年李承璟和程瑜瑾正月二十六被赐婚，今年正月三十，二皇子和窦希音公布婚讯。皇家可真是喜欢在正月里扎堆儿办事。

只不过一个是皇帝亲自赐婚，一个是皇后赐婚。虽然皇后赐婚不能说不体面，但是杨皇后是窦希音的姨母，让人感觉像是强行给窦希音做面子一样。即便他们不能请动圣上，让杨太后出面赐婚，也好过杨皇后啊。而且李承璟当初年纪略大，赶着结婚，六礼都足足走了六个月，二皇子今年才十六，正月底赐婚，五月就要完婚，时间这样赶，不得不让人怀疑是不是窦希音有什么不方便的地方，所以才急着过门。

听说这几天，窦希音被禁足了。明面上的原因是备嫁，实际为何，外人就不得而知了。

元宵到底发生了什么，为什么不是杨太后出面赐婚而是杨皇后，婚期何故这样赶，这一切恐怕只有杨家自己人知道。程瑜瑾脸色淡淡的，说：“皇后娘娘是二皇子生母，想将婚期定在什么时候，自然就定在什么时候。何况，皇子大婚，和太子大婚总归是不太一样的。”

程老夫人听到后连忙说：“老身自然知道。太子大婚乃是国礼，礼仪烦琐，和普通婚宴不可相提并论。成婚早也有早的好处，既然是皇后娘娘亲自下旨，想来皇后娘娘必有思量。”

程瑜瑾没有说是，也没有说不是，只是笑笑：“皇后娘娘做事，当然是有道理的。”

除此之外，她再不肯多说。

程老夫人眼见在程瑜瑾这里打听不出消息，只能叹口气，默默放弃，转而关心起另一件事。程老夫人凑近了，压低声音问："太子妃，您近日可有消息？"

程瑜瑾沉默片刻，随后沉着又淡然地摇头："还没有。"

都不需要程老夫人多说，程瑜瑾现在只要听到类似的话，就知道这些人想打探什么。

过年时她已经被催过了，没想到月底二皇子和窦希音宣布婚讯，她还要再被催。

果然，接下来程老夫人着急地啧了一声，忍不住挪得更近一些，和程瑜瑾低语："太子妃，您可不能再这样不紧不慢的了。老身知道您和太子都是心有成算的人，现在你们刚成婚，还不想要孩子。但是今时不同往日，窦小姐从小时常被接到宫里住，是二皇子的表妹，青梅竹马，如今他们俩成了婚，起点就和遵从父母之命、媒妁之言成婚的夫妻不同。"

这话程瑜瑾听着不太舒服，忍不住说："青梅竹马怎么了？"

她和李承璟还是叔侄呢。

程老夫人见程瑜瑾不高兴，连忙说："老身不是这个意思，青梅竹马只能证明小时候关系好，婚前婚后是两码事，玩得好，不代表当夫妻能相处得好。太子妃没明白老身的意思……罢了，老身不妨说得再明白一些，您如今可不能像以前一样等下去了。二皇子和窦家小姐成婚，窦家……谁知道他们是什么情况？他们这么着急成婚，万一日后窦小姐刚过门就怀上了孩子，皇长孙岂不是被他们抢了去？即便不是男孩，是个女孩，也非同小可。第一个孩子总是最稀罕的，皇宫里许多年没有小孩子出生，若是诞下新生儿，圣上不知该多喜欢呢。"

程老夫人看着程瑜瑾，眼神中的意思非常直白："太子妃，您和太子站得高，肩上的担子也要更重些。寻常百姓家都争抢长孙呢，更何况是您？您和太子乃是嫡长正统，万万不能将皇长孙的位置让给别人呀。"

程瑜瑾看着十分沉着，其实心里非常憋屈。她和李承璟一个比一个爱塑造形象，一个比一个爱装腔作势，没想到，倒给别人留下这么一个印象。太子和太子妃刚成婚，暂时不想要孩子……谁说他们不想的？

是她不想生吗？是李承璟不想要吗？都不是呀。

程瑜瑾心里唉声叹气，表面上，还是得胸有成竹地点点头，说："我知道了，我和殿下自有安排。"

程老夫人得了这句话特别放心，她就说，太子和太子妃迟迟不怀孕，一定是另有打算。程老夫人心满意足地出宫，临走前，还悄悄提醒程瑜瑾："太子妃，老身知道您从小就是个端庄聪慧的，但是和自家夫君没必要一直一板一眼的。"许是看到程瑜瑾挑眉，程老夫人连忙补救，"老身自然明白太子殿下威仪凛然，必然是不喜欢太过妖艳的作态。不过闺房无人之处，太子妃不妨和殿下多亲近些。殿下虽然端庄持重，但是男人，一般……都不会拒绝的。"

程瑜瑾勉强控制住脸上的表情，忍着内心的郁闷对程老夫人点头，送程家人出门。等人走了之后，程瑜瑾一口气堵在喉咙里，真是被气得心塞。

为什么所有人都觉得李承璟端庄持重、清冷克制？分明真正端庄克制、表里如一的人是她！程瑜瑾感觉自己背了好大一口黑锅，偏偏她说出来，还没人相信。

程瑜瑾坐了一会儿，想到李承璟平日里的作态，越想越生气。凭什么他总是占尽了便宜，一转身还能留下一世英名？每次都是李承璟调戏她，她被撩拨得面红耳赤，毫无还手之力，到最后，别人还觉得太子殿下端庄持重。

凡事都要争第一的程大姑娘岂能忍这口气？程瑜瑾憋屈到极致，反而镇静了。她的世界里没有第二，她忍了半年，今日，她决定要一雪前耻。

晚上，李承璟回来后，用饭时，总觉得今日的太子妃有什么地方和往日不太一样。

他并没有多想，听说今天下午宜春侯府来人了，或许，是娘家人和程瑜瑾说了什么吧。

饭后，殿内的宫人收拾好碗筷，都不消主子吩咐，就自觉地退出殿内。李承璟也照常去内殿看书，结果才翻了两页，就被一根纤长的手指压住了书页。

李承璟抬头，见他美丽端庄的太子妃对他笑笑，然后说道："殿下，你要看书吗？"

李承璟一只手握着书，另一只手不经意地敲着桌角，脸上露出笑容："那太子妃说该如何？"

"今日祖母来了，又暗暗催促我怀孕的事。"

李承璟眼中笑意盈盈，等着程瑜瑾接下来的话。果然没有压力就没有进步，程瑜瑾今日可实在是出息了。

程瑜瑾手上试探地用力，竟然将书抽了出来。程瑜瑾心里有点儿无语，这个人，手上根本就没有用力，却一定要她来做出抢夺的姿态。她还没有进攻，却发现敌方一点儿抵抗的意思都没有。

程瑜瑾将书扔到一边，笑盈盈地问："殿下，我今日新学了一盘棋，可否和殿下讨教一二？"

"既然太子妃有此等雅兴，"李承璟含笑道，"我却之不恭。"

两人走到棋盘边，相对坐下。两人都很沉得住气，谁都没有先说话，殿内只能听到程瑜瑾放棋子的声音。

程瑜瑾将残局摆好，对李承璟示意："殿下，请吧。"

李承璟摩挲着黑子，打量着棋局，略挑起眉来看程瑜瑾："就只是下棋这么简单？"

程瑜瑾听了又有点儿上头，这个人简直……他这话音到底是期待还是遗憾？

程瑜瑾冷着脸说：“自然是下棋，不然，殿下以为呢？”

李承璟暗暗叹了口气，他就知道，程老夫人一番话，怎么可能把程瑜瑾说开窍？李承璟执黑棋，正要落子，手指突然被程瑜瑾拦住：“殿下，虽然是下棋，但是规则有点儿不一样。”

“哦？”

程瑜瑾一本正经地说道：“输一局，输者脱一件衣服怎么样？”

她虽然脊背挺直，可是说到一半，脸还是红了。李承璟听到后简直惊了。

此刻外面已经黑了，灯火如豆，万籁俱寂，倒确实是下棋的好时候。李承璟回头，对程瑜瑾笑道：“士别三日，当刮目相看啊。”

程瑜瑾挑眉，说：“殿下只说应不应就是了。”

“美人盛情邀约，怎有不应的道理？”李承璟收回即将要落下的棋子，对程瑜瑾比了个手势，“太子妃，请。”

程瑜瑾的目光在他的手上扫了一圈，她说：“执黑子先行，殿下这是什么意思？”

“今日地龙烧得不够热，怕爱妻着凉罢了。”

这话程瑜瑾就不爱听了，轻轻笑了笑，红唇微启：“谁输，恐怕还不一定呢。”

程瑜瑾从小就是一个目标非常明确的人，担着模范闺秀的名，自然不肯让意外砸了自己的招牌，所以当真下了苦功练习琴棋书画。她认真起来，并不是好打发的对手，而且，今日棋谱是程瑜瑾准备的。

她做好了万全的准备，让李承璟输。

李承璟走了两步就发现程瑜瑾是认真的，片刻后，看着眼前的局面，叹息道：“爱妻，不过是闺房情趣，你一定要这么认真吗？”

“谁和你闺房情趣。”程瑜瑾略略一挑眉，眼中争强好胜之意顿生，

“愿赌服输，要脱衣服就脱衣服，转移话题干什么？”

李承璟点头，倒是十分利索地解开外袍，随手扔在一边：“受教了。赢者先行，夫人，请吧。”

程瑜瑾接下来又连赢了两局，看见李承璟十分配合甚至隐隐有主动解衣之嫌的动作，不由得生出怀疑：“殿下，你该不会故意让着我吧？”

“没有。”李承璟此刻已经解下单衣，露出雪白的中衣，说道，“不用怀疑，这就是我的真实水平。”

程瑜瑾完全不信，有点儿不高兴，说：“殿下，赢便是赢，输便是输，让出来的胜利我宁愿不要。”

“我知道。”李承璟抬头，笑着看向她，“可是，我更喜欢看你一次性脱完。”

狂妄！程瑜瑾瞥了他一眼，再不和他废话。然而这一局，李承璟像是摸清了程瑜瑾的下棋路数一样，一改前几局的被动防御，大肆进攻，最后，竟然以半子之差赢了程瑜瑾。

程瑜瑾依然端端正正地坐着，棋局结束后良久未动。李承璟给自己倒了杯茶，说道：“愿赌服输，这是你说的啊。”

程瑜瑾咬牙，心想反正现在是冬天，里里外外穿了好几层，还怕一局失利吗？程瑜瑾手上刚有动作，本来在低头倒茶的李承璟立即将视线转过来。程瑜瑾尴尬，但是这个游戏是她发起的，她怎么能玩不起？程瑜瑾只好硬着头皮，顶着李承璟的目光，将手移到自己的脖颈处，慢慢解开上面的盘扣。

李承璟一只手支颐，欣赏着眼前这一幕，还不知收敛地说道：“我能指定脱哪件衣服吗？”

“不能。”程瑜瑾用力瞪了他一眼，将银红色上袄放在一边，露出里面妃色的单衫。程瑜瑾抿着唇，说：“再来。”

然而之后几局，李承璟突然如有神助。他的目光看向对面，借着高

度优势往下看了看，清晰地数出来她还剩几件衣服。李承璟问：“太子妃，你今日穿得不够多，还要再脱吗？”

程瑜瑾用力捏着手里的棋子，不甘心认输，但是盯了很久，发现白子确实再无反击之力。

李承璟含笑看着对面的娇妻犹抱着最后一丝希望意图突围。从他的角度，能看到美人脖颈纤长，衣领处隐约的锁骨。她端坐在棋案边，一只手夹着棋子，蹙眉思索，美艳至极。

虽然美人身上还剩一层薄薄的中衣，但是里面的景色若隐若现，可比直接暴露有诱惑多了。

对于李承璟来说，结果如何完全不重要，光是这个过程，就很享受了。

李承璟似有所指地说：“其实，你可以来干扰我。说不定我色令智昏，就走错了呢。”

自小秉承胜者为王的程瑜瑾当然看不上这样的行径，放下棋子，咬牙打算认输。她的手指才碰到衣领，李承璟就说：“且慢。内殿虽然烧了地龙，但毕竟还在正月，若是让你露出胳膊在外面久待，我可不舍得。”

程瑜瑾抬头，惊讶地挑眉。他就这样放过她了？他这么有君子风范？然后，她还没想明白，就看到李承璟放下棋子，起身朝她走来：“所以，让我来解吧。我说过喜欢看你一次性脱完，但是更喜欢我自己来。”

第十章　水　患

程瑜瑾下棋本来是打算一雪前耻，只可惜，论棋艺她还是不及李承璟。

李承璟抱着程瑜瑾去洗澡的时候，还十分感叹地问：“这是程老夫人今日教你的？”

“不是。”程瑜瑾靠在他的肩膀上，根本没有力气说话。

李承璟还是不甘心，又问：“那你从何处学来的？”

“就不能是我自学成才？”

他听到后立刻笑了，意有所指地说道：“那可敢情好。”

程瑜瑾闭着双眼，转过头去，都懒得和他说话。两人清洗过后，李承璟胸前都是湿的，抱着她时，水汽透过衣衫，时有时无地萦绕在程瑜瑾的鼻尖。

李承璟将她放在床上，程瑜瑾没什么力气，他倒是神采奕奕。李承璟此时头发还是湿的，寝衣料子本来就薄，被水沾湿后，简直是光明正大地引诱人。

李承璟没有理会自己此刻的状态，拿了毛巾侧坐在床上，替程瑜瑾包住头发："还要像原来一样全部涂一遍吗？"

程瑜瑾睁开眼睛，视线落在他身上。她盯着李承璟半湿半干的衣领看了一会儿，闭上眼睛，有气无力地道："随便弄吧。"

程瑜瑾最开始还是一个早睡早起、自律精致的仙女，现在也堕落了。

李承璟不由得笑了出来。

时间进入三月，不光天气日渐转暖，宫里也因为二皇子的婚事处处热闹起来。

到处喧嚣热闹，柳树萌发新叶。程瑜瑾今日照常去给太后、皇后请安。杨太后似乎因为二皇子的婚事大受打击，没什么精力应付他们这些外人，挥了挥手就让他们退下了。程瑜瑾从慈宁宫出来后，又去坤宁宫请安。

今日杨皇后这里倒是热闹，已经坐了不少人。到底是唯一的儿子娶亲，虽然父亲和姑母闹了不愉快，但杨皇后还是十分开心的。因此二皇子大婚所有的细节全部由杨皇后经手。

今天，杨皇后便叫了许多人过来，一同给二皇子大婚时用的喜糖礼盒选纹样。四妃九嫔到了一半，众多娘娘坐在一排，依次挑选纹样，每一个人都有自己的想法。

对于这些事情，程瑜瑾向来是不沾手的。

不时有妃子问她："太子妃觉得怎么样？"

程瑜瑾只是笑着点头："我觉得哪个都好。我没经历过这种事情，皇后和众位娘娘决定就好了。"

妃子们见程瑜瑾不表态，也没办法。

按道理这是程瑜瑾最擅长的事情，但是今天不知道怎么了，她频频感到胸闷恶心，还一阵阵气虚无力。

程瑜瑾暗想：这是怎么了？莫非她不小心中了别人的招？程瑜瑾一惊，整个人都紧绷起来。这时候终于有人发现程瑜瑾的异样，问："太子妃怎么了？怎么看着不太舒服的样子？"

此话一出，所有人都齐齐朝程瑜瑾看过来。这些日子以来，后宫谁人不知，太子妃最是端庄，无论何时何地，都绝不会有失礼的时候。

就连杨皇后也朝程瑜瑾看过来。在杨皇后的印象中，程瑜瑾从来不会给人留下话柄。自她入宫以来给两宫请安，从无迟到缺席，说话也永远滴水不漏，杨太后和杨皇后明明知道她心生反骨，愣是抓不到她的把柄。除了还没生下孩子，程瑜瑾身上就没有可以被攻击的地方。

这段时间以来，杨太后给程瑜瑾设过的局，程瑜瑾都一个个挨过来了，神态上还没有一点儿怨怼。有时候，杨皇后在旁边看着都累，但是程瑜瑾硬是脸色变都不变。

杨皇后觉得这个人简直可怕，这样的人要么没有感情，要么所图甚多。无论哪种，都让杨皇后脊背发寒。

这还是杨皇后第一次在外人面前看到程瑜瑾的神情有变化。程瑜瑾脸色有些苍白，虽然仪态还是很标准，但是毕竟能看出来很虚弱。

杨皇后问："太子妃，你怎么了？"

既然被人发现，程瑜瑾也不再硬撑着，冲皇后行礼，说："回皇后，昨夜睡觉时不小心受了凉，今天有些没力气。儿臣回去休息一会儿就好了。"

程瑜瑾明着说不舒服，杨皇后倒不好做什么了。皇家到底要脸面，杨皇后贵为国母，还能学着民间的泼妇婆婆一样，明知道儿媳妇不舒服，故意支使着儿媳端茶倒水、用凉水洗衣服吗？杨皇后可丢不起这个脸。

于是杨皇后装出一副慈祥继母的模样，关切地对程瑜瑾说："既然太子妃不舒服，那快回去歇着吧。本宫这里有人手，不缺你一个侍候的。你好好养身子，才是对本宫和陛下最大的孝顺。”

程瑜瑾推辞了两句，顺势应下。她回到慈庆宫后，可能是因为精神放松，那股恶心乏力的感觉越发明显了。程瑜瑾手撑着额头坐在软榻上，杜若从外面端来了养神药，皱着眉问：“太子妃，您这是怎么了？”

程瑜瑾摇头：“我也不知。从昨天起就有些疲乏，总是睡不醒，起来身上还有些乏力。”

杜若皱眉，转身去问连翘：“这几日太子妃进口的东西有什么异样吗？”

连翘也知道利害，拧着眉一样样回想。她和杜若两人对了好半天，还是没发现哪里不对劲。杜若想了半天，突然灵光一闪：“太子妃，您小日子来了吗？”

这话一出，连翘也怔住了。这时候连翘才想起，确实，这个月程瑜瑾小日子还没来。

程瑜瑾皱眉：“还没有。莫非是因为我快要来月事了？”

“哎哟，太子妃。”杜若急得不得了，她们太子妃确实聪明，但是在有些地方也是真迟钝。杜若忍不住压低声音，悄悄说：“太子妃，可能是您有了。”

有了？程瑜瑾猛地反应过来有什么了。她和杜若面面相觑，难得露出犹豫的表情：“真的吗？可是我什么都没感觉到。万一不是，这……”

程瑜瑾有生以来难得拿不准该怎么办。她当然是盼着有孩子的，不只是她，李承璟、皇帝、程家、外面的许多大臣也在盼着她肚子里的孩子早日到来。因为承载了太多希望，程瑜瑾才越发不敢冒险。万一她这里风风火火叫了太医，惊动了后宫、外朝的人，最后却只是空欢喜一场，那岂不是丢人丢大发了？

杜若和连翘两个丫鬟也不知道该怎么办了，她们主仆三人在殿内面面相觑，此时外面忽然传来太监的通传声：“太子回宫。”

程瑜瑾正在想孩子的事，突然听到李承璟回来了，被吓了一跳。她还没反应过来，李承璟已经大步走进内殿。他看起来像是从文华殿赶回来的，身上还穿着绛红色纱衣，迈步间全是威严肃穆之气。

李承璟看到程瑜瑾坐在软榻上，脸色苍白，神情中带着说不出的惶然，心里立刻被刺了一下。他快步走向程瑜瑾，伸手压住程瑜瑾想要起身行礼的动作：“你别动了。我听宫人禀报，说你生病了？”

话音刚落，层层叠叠的绛红色纱衣被李承璟随手掀开，他坐在程瑜瑾身边，伸手扶住程瑜瑾的肩膀，认真看她的神色：“到底怎么了？”

程瑜瑾张了张嘴，不知道该不该告诉他。这只是杜若的猜测，如果不是，她岂不是很尴尬？

李承璟瞧见程瑜瑾的表情，心情更沉重了。能让程瑜瑾欲言又止的事，怎么可能是小事？李承璟没有再磨蹭，又道：“去宣太医。”

“殿下！”程瑜瑾连忙握住李承璟的手，说，“不是什么大事，没必要大动干戈。”

“你都生病了，这还不叫大事？”李承璟这次语气坚决，完全没有迁就程瑜瑾的意思，依然坚定地道，“刘义，你亲自去。”

“是。”刘义打了个千，转身就要走。程瑜瑾眼见事情藏不住，只能豁出去说道：“殿下，我有事和你说。”

刘义听到声音，站住了，然后看向李承璟。李承璟依然看着程瑜瑾，只是抬了下手，示意刘义先别动。

“到底怎么了？”

李承璟眼神沉沉，程瑜瑾心里叹了口气，附到他耳边轻声说了句话。程瑜瑾坐直后，李承璟怔了好一会儿，才反应过来程瑜瑾说了什么。

想明白后，李承璟长眉立刻扬起：“你……”

程瑜瑾连忙竖起一根手指去堵李承璟的嘴唇："只是猜测！殿下不要大肆声张。"

满殿宫人瞧见太子妃的动作，立即齐刷刷低头。李承璟完全没有在意程瑜瑾的动作——现在脑子都是蒙的，哪里会注意到其他的。

他下意识地握住程瑜瑾堵在他唇上的那根手指，反应了好一会儿，才终于找回神志。他看向程瑜瑾的目光顿时变成像看易碎品一般小心，他本来想抱一抱程瑜瑾以表达心中的激动，可是瞧见程瑜瑾纤细的肩膀，愣是不敢抱。

程瑜瑾本来也很慌，但看到李承璟这样，倒有些想笑了："殿下！"

李承璟捏了捏鼻梁，说："稍等，我冷静一下。哦对，现在该找太医。"

程瑜瑾脸色微变："可是……"

"如果你的猜测是真的，那更要找太医了。"李承璟用手掌包住程瑜瑾的手，热量源源不断地传过去，"放心，来的是我的人，信得过。"

程瑜瑾听到这句话就放心了。刘义混迹宫廷多年，一瞧见这架势就知道必有大事，说不定还是关系小主子的喜事。一想到这种可能，刘义都不用太子说，就立刻去请太医了。

很快，赵太医便来了。路上刘义不知道和赵太医说了什么，只知赵太医进门时一脸凝重。他给李承璟请了安，李承璟随便摆摆手，示意他赶紧去看太子妃。

此刻内殿帐子已经放下，程瑜瑾伸出一只手臂，杜若跪在脚踏上，在程瑜瑾的手腕上覆了纱布。赵太医凝神切脉，切了一会儿后，神态严肃地道："太子妃，臣冒犯，可否换另一只手？"

程瑜瑾依言伸出另一只手。赵太医这回切脉比刚才的时间短多了，似乎印证了什么，很快就站起来，对李承璟拱手道："回禀殿下，太子妃脉象往来流利，如盘走珠，脉跳流利而不涩滞，正是滑脉。"

李承璟虽然没有经验，但是也知道女子滑脉便是喜脉。即使早有猜测，但是这一刻真的从太医口中得到印证，李承璟还是喜不自胜。李承璟的眼睛都亮了，只不过他要在外人面前维持端庄持重的太子形象，于是貌似淡定地问道："几个月了？你可确定？"

"应是一个半月，因为月份小，臣也不能完全确定。等三个月时，臣再来诊一次，便能确定了。"

医者不可能打包票，李承璟明白这个道理，不过能让宫廷太医这样说，可见怀孕十成已经稳了六成。

赵太医说的这些话，帐子里的程瑜瑾自然也听到了。杜若几个丫鬟都露出高兴的神色。李承璟朝帷幔后程瑜瑾隐隐约约的身影瞧了一眼，说："赵太医，你随孤到外面说。"

赵太医应是，跟着李承璟转过屏风，走到外间。内殿里侍候的宫人听到太子这话后都退下了，转眼间，内殿里就只剩下程瑜瑾和几个贴身侍候的丫鬟了。

杜若和连翘喜不自胜，眉目间的喜色压都压不住："太子妃，您怀孕了！"

程瑜瑾慢慢从床上坐起来，听到这话笑着睨了她们一眼："别嚷嚷，现在还没确定呢，一切等三个月后太医复诊了再说。"

连翘和杜若齐声应是。连翘已经欢喜得要跳起来了，相比之下杜若就冷静得多，她交代了连翘几句，自己去外面记孕期的注意事项。

连翘小心翼翼地在程瑜瑾腰后垫了个软枕，程瑜瑾摸着自己十分平坦的小腹，简直不敢相信，孩子这就来了。

程瑜瑾的谨慎之心占了上风，她拼命地告诉自己不要抱希望，等一个半月后太医来复诊了再说，然而理智这样想，她还是忍不住高兴，脑海里不由得浮现出孩子的模样。

这是个男孩还是女孩呢？孩子生下来，会更像谁？这个时候程瑜瑾有点儿赞同李承璟的说法了，如果是男孩，像李承璟还是像她都行，如果是女孩，还是像她吧。

程瑜瑾摸着肚子，眉眼不由得柔和起来。李承璟从外面回来，隔着纱帐看到程瑜瑾，脚步慢慢停下。

他现在还记得，刚见程瑜瑾时，那个美丽又理智的少女是如何毫不犹豫地甩了前未婚夫一巴掌。之后很长一段时间程瑜瑾一直如此，美丽，端庄，可是冰冷，没人气。

她太理智了，很多时候让人觉得冷酷，仿佛只要于她无利，她顷刻就能抽身离去。李承璟曾说过，若是人间有画皮妖，便是程瑜瑾这样的，有极致的美丽，却没有烟火气。现在，李承璟在程瑜瑾身上看到了那丝人间烟火气。

程瑜瑾感觉到什么，转过头来，看到了李承璟。

“殿下？”程瑜瑾看到李承璟的那一瞬间，眉眼都染上了笑意，“殿下，太医怎么说？”

李承璟的目光也不由得柔和起来，他轻手轻脚地坐到床上，替程瑜瑾拉了拉被子：“太医说，你脉象平稳，身体康健，这段日子只要好好休息，情绪不要剧烈起伏，不要劳累，就一切无碍。”

程瑜瑾点头，这些话不消太医说，她也不敢再让自己累着了。她是太子妃，本来也不需要做重活，唯一要注意的不过是劳心而已。

今天之后，就算是有什么费心思的事，程瑜瑾也不再管了，什么都没有她的孩子要紧。

此刻屋内没有外人，夫妻两人独处，反倒有些不知该说什么好。李承璟心里有太多感慨，反而觉得用什么语言表达都太过浅薄。

他删删减减许久，最后说：“你这段时间什么都不需要操心，只管待在宫里养胎。赵太医我已经打点好了，今日之事不会有其他人知道，等再过一个半月，满三月之期后，我唤他来给你复诊。”

程瑜瑾点头。李承璟握住她的手，说："瑜瑾，辛苦你了。这段时间，我尽量腾出时间来陪你。"

程瑜瑾听到后失笑："殿下，如果这是真的，我要怀胎十月呢。你若是为此扰乱了正常秩序，足足十个月，那还了得？"

"怎么不行？"李承璟态度十分坚决，"现在我们的孩儿在你肚子里，我多回来陪你们，不是应该的吗？"

程瑜瑾没有再说什么，而是笑着应下了。李承璟看起来十分感慨，说："外面虽然天天催，但是孩子对于我，总是十分虚幻，直到今天你说你怀孕了，我才觉得踩在了实地上。我实在不敢想，有朝一日，在这世上我也会拥有自己的妻儿、自己的家庭。"

程瑜瑾听到后心酸不已，靠过去倚在他的肩膀上，说："殿下，以后等你回家的人会越来越多的。"

李承璟听到后轻轻一笑，越发用力地握住程瑜瑾的手。两人靠在一起，虽没有说话，也没有亲密的动作，但是前所未有地亲近。李承璟扫到殿角落的棋盘，突然笑道："瑜瑾，你记得方才太医说你怀孕多久吗？"

"一个半月。"程瑜瑾抬起头，疑惑地问，"怎么了？"

李承璟指了指角落的棋盘，笑道："你算算时间，一个半月，是不是我们下棋那次？"

果然，刚才的温存都是假象，对这个人就不能指望他说出什么好话。程瑜瑾面无表情，冷冷地瞪了李承璟一眼。

李承璟丝毫不收敛，还笑着思索，不知道是在回忆当时的情形，还是在畅想未来："看来我们的孩子出生后，无论男女，一定要让他学下棋。毕竟他可是我用棋赢来的。"

程瑜瑾气得要打他："你还说！"

李承璟可不敢让程瑜瑾用力，赶紧护住她的手："你生气了尽可以打我，但是现在你不能乱动。忍一忍，等孩子出生后，我让你发泄个痛快，可好？”

李承璟将她护得周全，程瑜瑾也不会不知好歹，故意任性伤着孩子。她顺势放轻力道，说：“你注意些，现在还有孩子，你这些话让孩子听到怎么办？”

李承璟心说他又听不懂，但是现在天大地大程瑜瑾最大，李承璟不敢逆着她，于是无论她说什么，都一口应下：“好，你说得对。”

程瑜瑾瞧着他明明不以为然却还连连点头的神情，扑哧一声笑了出来。

接下来的一个半月，程瑜瑾简直成了东宫里最碰不得的瓷娃娃，人人见了她都绕着走，恨不得连呼吸都放轻，生怕呼吸吹起来的灰尘伤到了太子妃。程瑜瑾见此非常无奈，除了最开始几天有点儿不适应，她并没有不舒服，更不至于脆弱到碰一下就会被伤到。

奈何这一切的“罪魁祸首”是李承璟。李承璟本人还要更小心，程瑜瑾拿他没办法，只能随他去了。

很快，时间就到了四月底，也就是赵太医来复诊的日子。

到了那天，李承璟特意一下朝就回来了，亲自陪着程瑜瑾。说是给程瑜瑾诊脉，其实李承璟比程瑜瑾这个当事人还要紧张。

这回赵太医两只手分别切了一会儿，便站起来对李承璟道喜：“恭喜太子殿下，太子妃确为喜脉无疑。”

虽然早就有心理准备，但是听到这句话，李承璟悬了一个半月的心才算落回肚子里。他先是恍惚，很快眼角眉梢都露出喜意，眼神晶亮，其中的欣喜之意任谁都能看出来，想忽略都忽略不了。不过，李承璟看赵太医的神色仿佛欲言又止。他最擅长捕捉细节，一瞧见赵太医的神情，心里便咯噔了一声。

他用余光扫了程瑜瑾一眼，程瑜瑾此时正沉浸在确定有孕的喜悦中，竟难得没有注意到外人神情的异样。李承璟什么也没说，站起来道：“赵太医，孕期有哪些注意事项，你随孤出来说。”

赵太医混迹宫廷多年，一听太子的话就明白了。他跟着李承璟走到配殿，李承璟挥手，遣退所有侍候的人，才问：“太子妃此胎是否有异？”

赵太医叹了口气，有些不知道怎么说：“殿下，太子妃脉象极好。只不过，可能有些过好了。”

赵太医这句话说得奇怪，李承璟皱眉，突然眉目一动，眼中精光迸发：“你是说，她怀的是双胎？”

赵太医点头，恭立在侧，一言不发。他心里不无遗憾：如果是寻常百姓家，儿媳怀了双胎，哪家不是大贺特贺，可是偏偏，这是帝王家。

如果太子妃生出一对女儿还好，如果是儿子，就犯忌讳了。

李承璟也忍不住踱步。他是太子，还是嫡长子，他的子嗣就是未来的皇位继承人。如果程瑜瑾生下的是对姐妹简直再好不过，这是全天下的吉兆，但如果是对儿子……

双胞胎长子，这是会混淆帝脉的，是大忌。

宫廷里对于这种情况，最常见的解决办法便是趁双胞胎还没出生前就打掉。他们宁肯错杀一万，也不能放过一个。

李承璟忍不住长长叹气，命运总是如此，在他以为峰回路转，终于有了自己的家时，就会有事横插一脚，告诉他一切不过是错觉。

李承璟背着手想了很久，赵太医也一直低着头看地面，不敢说话。过了一会儿，李承璟转过身，对赵太医说：“孤都知道了。你退下吧。”

赵太医躬身，慢慢后退。等退到门口时，赵太医松了口气，正要转身，突然听到太子说：“今日之事，若是有分毫泄露，孤唯你是问。”

赵太医心里咯噔一声，连忙跪地应下。

程瑜瑾在内殿坐着。李承璟给慈庆宫内所有侍候的宫人都赏了三个月月俸，此刻众人笑容满面，都围在程瑜瑾身边说吉利话。

程瑜瑾笑着听了一会儿，忽然似有所感般抬头，环视一圈，发现李承璟还没回来。她觉得奇怪，问："殿下呢？"

连翘闻声也抬起头来，找了一圈后，说："不知道，或许太子殿下和太医的话没说完吧。"

程瑜瑾面上不置可否，却在心里摇头。不会的，若是要记孕期注意事项和温补食谱，有的是宫人——宫里品级高一点儿的太监都是识字的，那些司礼监执笔的太监，文学造诣甚至不比大学士差。这些侍候人的细则让宫里人记不比李承璟更有效？而且，李承璟大可让刘义整理一份直接给他，他不会为了听太医说这些而让她一个人在内室的。上次太医出去后，李承璟很快就回来陪她了。

周围热热闹闹，但是程瑜瑾突然没了说笑的兴致。

过了一会儿，李承璟回来了。他虽然神色如常，可是以程瑜瑾对他的了解，她知道李承璟有心事。周围有许多宫人，程瑜瑾压住不提，等到晚上，殿内只剩下他们两人时，程瑜瑾直接问道："殿下，你是不是有事瞒着我？"

李承璟顿了一下，随即淡然道："没有，怎么可能？孕期忌多思，你不要多想。"

程瑜瑾却更加确定了，不依不饶地追问："是关于孩子的，是吗？"

李承璟沉默了，虽然没说，但是程瑜瑾已经知道了答案。她坐在软榻上，十分冷静："殿下，如果真有什么事，你还是提早告诉我为好。我与孩子一体，若是瞒着我，我对情况一无所知，心里毫无准备，反而会害了我们。"

李承璟叹了口气，有时候欣赏她的聪明理智，有时候又恨她的理智。明明是这样绝望的话，她竟然能如此冷静地说出来。但是李承璟知道程瑜瑾说得对，双胎非比寻常，她迟早要知道，现在不告诉她才是对她残忍。李承璟本来打算等他将形势控制住，等程瑜瑾有了心理准备后，再循序渐进、缓慢地告知她。没想到，仅仅一天，程瑜瑾就发现了。她果真极了解他。

李承璟轻轻叹气，将程瑜瑾拉到自己身边，轻手轻脚地扶着她坐下。他的手掌下意识地护着她的腰，他说："瑜瑾，我说的这些话，你要有心理准备。"

"嗯。"她的目光澄澈坚定，此刻正专注地看着他。

李承璟嘴唇动了动，目光中有些不忍，又有些悲伤："你大概猜出来了，你怀的是双胎。"

程瑜瑾听到后只是恍神了一瞬间，就继续点头道："合情合理，我和二妹便是双胞胎，我怀双胎并不意外。"

李承璟说不出话来。他多么期盼这个孩子，多想和程瑜瑾一起看着孩子出生、长大。本来在今天之前，他都是全心全意地期盼着这个孩子到来的，可是命运偏偏跟他开了这样一个玩笑。

程瑜瑾很冷静地说："我和二妹是双胞胎，想来我的孩子也很可能是姐妹。殿下，你说是不是？"程瑜瑾说完去看李承璟，那双大眼睛一动不动地盯着他，但猛地泛起泪花。

李承璟捧住她的脸，手指轻轻擦干她眼角的泪水："我知道。我已经将消息压下，我会尽我的全力保住你们，保住我们未出世的孩儿。"

程瑜瑾的眼泪终于忍不住落了下来："如果是男孩呢？"

"是男孩也好，一次长子、次子都有了。"李承璟小心避开程瑜瑾的肚子，环着她的肩膀，紧紧抱住程瑜瑾，"到时候，我会想办法的。你唯一要做的就是安心休息，安心养胎。"

程瑜瑾泪流满面，靠在他的肩膀上，闭着眼点头。

程瑜瑾怀了双胎，这明明是众人期待良久的事，李承璟也没有宣布，反而还给东宫内的宫人下了禁口令，严禁外传。

程瑜瑾确诊有孕在四月底，一转眼，就到了二皇子和窦希音成婚的时候。

大婚这日特别热闹，杨皇后可谓无所顾忌。不知道她是有意还是无意，许多仪制超出了皇子大婚。

成婚是代表男子成年的一个重要标志，皇子也是如此。赐婚旨意下发后不久，皇帝就召集礼部给二皇子选了封号，敕封他为寿王。

当初皇帝给二皇子选封号的时候，杨皇后去了御书房好几次，试图给二皇子挑秦、汉之类的封号，但是皇帝态度十分坚决，没有理会杨皇后特意挑出来的那几个字，而是最终拟了“寿”字。

寿，长寿也。这是一个父亲对儿子最悠长的爱，但绝不是一个帝王对继承人的态度。

名字是一出生就起的，但是封号是成年后才拟的，从中能看出来许多东西。若是以国为号，比如秦、楚、齐、汉等，越是强国越能表明帝王的器重；如果是以吉祥寓意为号，比如荣、宁、康、寿等，就意味着皇帝只希望这个儿子一生安康顺遂。

前朝因为二皇子大婚而闹腾不休，但是瞧见圣上亲自给二皇子拟的封号后，一半的臣子沉默了。

帝心属意太子为继承人的态度，越发明确了。在皇帝心里，他当然偏爱从小承欢膝下的次子，但也仅希望他一辈子平安长寿。太子殿下在皇帝心中继承人的位置无可动摇。

杨皇后深受打击，但是还不肯放弃，铆足劲儿给儿子大办婚礼。聘礼这些朝廷都是有明确规定的，皇太子多少抬，亲王多少抬，郡王多少抬，白纸黑字写得清清楚楚。杨皇后不能逾越，就一心大搞排场，隐隐有和当初李承璟大婚相比的意思。

程瑜瑾也去寿王府参加婚宴，作为全场身份最高的人，是最后一个出场的。她到了后，婚礼流程才能开始。

程瑜瑾看到周围的摆设，笑而不语。其间有人悄悄凑上来试探程瑜瑾的口风，程瑜瑾只是笑着，一口一个“寿王大喜”“弟妹有福”，别的什么都不说。但仅是这几句话就够了，程瑜瑾是皇帝亲口赐婚的太子妃，就连杨太后和杨皇后都挑不出她的错，人家是未来的皇后，和一个普通王妃比什么？而且，窦希音是如何被赐婚的，虽然没人说，但是私底下谁不清楚？婚前有这么大的污点，她低调做人还来不及，竟然还敢张扬，实在是觉得丢脸丢得不够多。

众人看到程瑜瑾从头到尾落落大方的举止，越发觉得这才是国母的气度，相比之下，杨皇后这样的做法倒有些小家子气了。

宾客心中一半感慨，一半不屑，但是还是热热闹闹地捧着皇后的场子。

来参加皇子婚宴的都不是傻子，其中有些人，在窦希音进入王府拜堂的时候，忍不住将视线投向新娘子宽大衣摆下的肚子。婚礼举办得这样急，不知道是不是……

说来也是巧，新娘的礼服很宽大，层层叠叠，新娘难免看起来要比原来胖一些。有心人越发相信二皇子和窦希音着急办婚礼是有鬼了。

等拜堂结束后，新人被送入洞房。程瑜瑾身份尊贵，本来也不是爱热闹的性格，现在肚子里还有胎儿，完全没有去闹洞房的兴致。程瑜瑾派了连翘去洞房代替她出面，自己就回前面宴席了。

程瑜瑾如今是场上当之无愧的中心人物。她往宴席走时，很快就跟来一大帮人。众人上来笑盈盈地和程瑜瑾打招呼，客套一会儿后，次第入座。

程瑜瑾自然坐在首席，沾了她的光，程家也能坐到上座。庆福郡主见到程瑜瑾，笑着打了招呼，恭敬又微妙地询问了程瑜瑾近来的状况，就安静地坐下了。

身为母亲，有朝一日，竟然要坐在养女下首。不只如此，她今日能坐在这里，还是托了养女的福。庆福郡主心里深深叹了口气。

没一会儿，徐家人也过来了。程瑜瑾这一桌坐的都是亲近东宫的人，有程家人，也有淑妃的娘家徐家。徐大太太和程敏跟程瑜瑾打招呼后，才小心翼翼地坐下。

徐大太太试图和程瑜瑾搭话，道："太子妃今日气色真好。"

程瑜瑾笑了，说："谢徐大太太美言。"

徐大太太虽然存了讨好程瑜瑾的心思，但是这句话还真不是奉承。程瑜瑾今天的气色当真非常好，她穿了一身正红色衣衫，脸色白里透红，坐在这里明艳照人、光芒四射。

徐大太太的目的是搭话，然而看见程瑜瑾，也真是羡慕。今天虽然是寿王和寿王妃大喜的日子，窦希音全身凤冠霞帔，但是不及太子妃一半容光。

众人渐渐开始说起家常话，有人问起靖勇侯夫人，程瑜瑾摇摇头，说："我今日还不曾见过她，可能她正在什么地方和人说话吧。"

程瑜墨按资历还不能坐到第一桌，即便她是太子妃的妹妹。然而今日这种大场合，程瑜墨不往程瑜瑾身前凑，还能指望程瑜瑾主动去找她说话吗？程敏听到后心里感叹了一句。她听说，这段时间，程瑜墨和婆婆的关系更加紧张了。程瑜墨进门已经快两年了，但是自从小产后她再无怀孕的迹象，哪个婆家看到这种情况都要着急，而霍薛氏还是那样的性情，霍家如何鸡飞狗跳，光想想就能猜到。

她们说了会儿话，丫鬟便开始上菜了。席间，杨妍像只开屏的孔雀一般凑到程瑜瑾这一桌，老远便能听到她的笑声："臣妇招待不周，太子妃切勿怪罪。"

程瑜瑾举着筷子在盘子边点了点，完全没有吃东西的意思。听到杨妍的声音，她顺势放下筷子："窦夫人客气，本宫来参加二弟的婚宴，并非外人，如何需要招待？”

杨妍一下子没接上话来，但没有其他夫人想得那么深。她今日实在是觉得扬眉吐气，得意非凡。她盼了七八年，今日女儿真成了二皇子妃，这让她怎么不高兴？

皇帝和皇后贵为帝后，即便是儿子成婚，也不可能出宫亲临寿王府，但是高堂不在，自然有杨皇后身边的嬷嬷出来主持大局。杨妍作为新娘的母亲，却在新婚这天不在窦家主持大局，反而在寿王府安排宴席，说得好听些是热心，说得不好听些就是上赶着。但是当事人杨妍一点儿都不觉得，今日得意极了，尤其是看到宜春侯府的人，越发想要上来比较一下。杨妍在程瑜瑾面前明里暗里地显摆杨皇后对窦希音的看重，显摆窦希音的陪嫁多么丰厚。

程瑜瑾端坐首席，始终微笑着点头，不搭话也不冷场。等杨妍终于显摆够了，像花蝴蝶一样去招呼另外一桌的时候，徐家大太太实在忍不住，压低声音说道：“窦夫人今日委实热情。只不过她毕竟是娘家人，不留在窦家主持婚宴，来寿王府做什么？”

另一位徐家少奶奶听到了，压低声音说道：“我年纪轻，有些事情想得不周全。我倒是想着，等日后我有了女儿，务必要端起岳母的姿态，让男方千恩万谢地娶自家闺女，断不会自降身价，帮着男方招待宾客。”

众人听了后，瞧了那个说话的媳妇一眼，然后都悄悄去看程瑜瑾的脸色。程瑜瑾什么都没说，仿佛没听见一般，低头吹杯中的茶。徐大太太这便放心了，佯装恼怒地骂道：“太子妃面前，不得胡言乱语。”

说完，徐大太太面带歉意地对程瑜瑾说：“太子妃，家里晚辈不懂事，让您见笑了。”

程瑜瑾笑笑，说：“少奶奶快人快语，无妨。”

徐大太太语气虽然是斥责，但是神态并没有生气。这个说话的媳妇是晚辈，年纪轻、辈分低，只是年少无知，才说出众人都想说而不能说的话，长辈训斥一句年轻人不懂事就好了，但能借此讨好太子妃何乐而不为呢？徐大太太虽然嘴上骂着，其实心里却对媳妇的机灵十分满意。

这时候丫鬟端来一条鱼。程瑜瑾闻到味道，猛地一阵恶心。这股恶心来得又急又快，程瑜瑾忍不住掩住嘴，转到一边一阵阵干呕。

这个变故把所有人都吓坏了。端鱼的丫鬟膝盖一软，当时就跪倒在地，不断地磕头说："并不是奴婢，奴婢什么也没做。"

其他人哪有心思理会小丫鬟，纷纷站起来，紧张地望着程瑜瑾。在座几位夫人都生过孩子，徐家一个夫人灵机一动，试探地说："鱼味腥，太子妃闻到鱼恶心，是不是……"

程瑜瑾实在没想到一切来得这样快。此刻喜宴上一半的人停下了筷子，一动不动地望着程瑜瑾这里。程瑜瑾好不容易忍住恶心，苍白着脸点点头："没错，已经三个月了。"

她怀孕的事瞒不过众人，等过几天肚子大起来，就要传得朝野皆知。她可以不主动说，但是此刻众目睽睽之下，如果她否认，那就是撒谎了，还不如大大方方承认。反正她只说怀孕，至于她怀的是双胞胎一事，能瞒多久是多久。

徐大太太没忍住，当即喊了句"天啊"。等反应过来，她实在又喜又惊，都不知道该说什么好。

"哎哟，太子妃，您和太子真的是……也未免太过谨慎了吧？这么大的喜事，都三个月了，还不告诉我们？"

程瑜瑾只能笑着，坦然接受众人的道喜。然而实际上她不想，很无奈。

太子妃有孕，而且已满三个月的消息立刻像长了腿一样传遍喜宴。所有人听了都十分高兴，因为于公这是太子的头一胎，是国家、李家宗庙之喜；于私，怀孕搁在哪家都是好事。而且是在婚宴上发现的，大家都想上来沾一沾喜气，于是婚宴的后半截，所有人都争相来给程瑜瑾道喜，至于真正的主人公寿王妃窦希音，倒没人注意了。

杨皇后花了大力气给二皇子办婚礼，最后，众人记住的竟然全是太子妃有孕。窦希音的风头被抢了个干净，只能说世事难料。

窦希音第二天进宫叩见婆母时，还在向杨皇后诉苦："姨母，我看她就是故意的。不然已经过了前三个月，早不宣布晚不宣布，偏偏在我的婚礼上宣布，可不是故意下我面子吗？"

杨皇后也觉得很没脸，然而颜面终究是小事，杨皇后更多的是担心。

李承璟全须全尾地回来了，这一年半他声望日盛，入朝以来从无差错不说，还接连办了好几桩漂亮的差事，十分得民心。如今朝野中说起太子，都是好评。

他这个太子唯一不完美的地方就是至今未有子嗣。如果李承璟迟迟没有儿子，那他这个太子之位就不稳。可是现在，程瑜瑾怀孕了，而且已经度过了最危险的前三个月。杨皇后想到这里十分憋闷，这两个人一个比一个黑，明明都是魔王段位，为什么还这么能装？

第一个月他们瞒着，是怕孩子被人加害，杨皇后可以理解；前三个月不说，是怕折了孩子的福气，杨皇后勉强也能理解，但是都到现在了，他们还瞒着，要不是程瑜瑾闻到鱼腥味反胃，外人根本不知道什么时候才能知道真相。东宫这对夫妻未免也太谨慎了吧？

杨皇后的心情一言难尽，窦希音见皇后脸色不太好，不敢惹皇后厌烦，很快就收敛了情绪，说："姨母，他们这样做，分明是不把您放在眼里。现在他们还没有成气候，尚有挟制的机会，姨母，您看何不趁着这个机会，往东宫送几个眼线过去？"

眼线？杨皇后看向窦希音，口气不善："你以为本宫没有试过吗？但是进去的人，没过多久就没了动静，本宫前前后后已经折损了不少人手。”

窦希音压低声音说：“那就送一个让程瑜瑾不能私底下处理的眼线。”

“你是说……”

“东宫仅有太子妃一人，先前为了子嗣，情有可原，但是如今太子妃已经怀孕，不能再侍奉太子，该为太子挑选侍奉的人了。”

杨皇后听到后拧眉，犹疑不定：“你是说……借着给太子选侍妾的机会，放几个眼线进去？”

“没错。”窦希音忍不住往前凑了凑，压低声音说道，“姨母，圣上有三宫六院，太子也有选侍才人，天底下哪个男人不是三妻四妾？程瑜瑾占着太子妃的贤名，却行妒妇之实，都快一年了，太子身边有名分的只有她一个人。姨母，别说她是太子妃，就算放在寻常百姓人家，这也是极其霸道之举了。”

杨皇后听到后没说话，看样子在思考。确实，虽然说少年夫妻因为初经人事，热乎劲儿会长一点儿，但是一年了还没有通房、侍妾，实在太少见了。

普通官宦人家都是如此，那些公侯伯府，男子更是早早就有了通房、侍妾。即便婚前为了给正妻颜面，没有将她们抬正，等到了婚后，正妻往往也要给这些人正式的名分了。正妻之外，身边只有一两个侍妾都算洁身自好。这还是有名分的妾，至于晚上侍候爷们睡觉、白天继续当丫鬟的通房，那是不算在姨娘的名额里的。

若是哪家儿子身边没有通房、侍妾，简直能拿出去当资本炫耀。但是李承璟的情况有点儿吓人，他都成婚快一年了，别说正式的选侍才人，通房丫鬟杨皇后好像都没有听说过。

杨皇后也拿不准了，不知道是程瑜瑾治宫严厉，处理女人的手段高明，还是李承璟当真没有通房丫鬟。杨皇后不太信最后一点，可是在皇宫里，悄无声息地处理掉侍寝的女子，还不惊动任何人，她杨皇后都做不到，何况是没有治宫权的太子妃呢？

杨皇后有些动心，在她看来，男子没有不爱新鲜的。太子身边没人，多半是因为程瑜瑾防得严，太子不好意思不给正妻面子罢了。如果外人把美人送到榻前，太子还能推出去？

到时候，在美人中混几个她的人，岂不是在东宫里有了自己的眼线？至于这些女子能不能在程瑜瑾手下活下去，那就不是她关心的事了。

杨皇后迟疑地道："这倒确实是个法子，但是太子妃自入宫以来，行为、说话无丝毫差池，如今还怀了孕，本宫若是给她塞人，恐怕别人会说本宫不慈。"

杨皇后毕竟是李承璟的继母，当年和太子的生母钟皇后还有仇怨。虽然杨太后处理后，现在已经没人知道当年的事情，但是杨皇后看到李承璟，还是底气不足。

窦希音说道："姨母，这就是您想差了。您是皇后，太子的嫡母，如今太子妃有孕在身，不能侍候太子，您为子嗣考虑，让人去侍候太子，有何不妥？再说，本来也是程瑜瑾理亏。太子按礼制该有两个选侍、四个才人、八个淑女，她霸占太子，肆意打压其他侍寝的宫女，您为太子选侍妾，分明是维护礼法，给众女子立规矩。"

杨皇后渐渐被说动了，点头道："你说得在理。只不过，太子在去年小年宴上才说过要遵循祖宗礼法，等四十岁无嫡子再纳妾。现在太子妃有孕，本宫若是在这个时候往东宫塞人，总会惹人生嫌。"

"嘁。"窦希音不屑地笑了一声，说，"姨母，这种话您也信啊？男人嘴上说得再好，真有年轻女子送到手边，他们还能拒绝了？"

杨皇后最后的一丝顾虑也被打消了，道："没错，你说得对，是本宫太瞻前顾后了。"

自从五月在寿王婚宴上程瑜瑾意外暴露了有孕后，李承璟顺势承认此事，她也因此深居简出，整日待在东宫养胎。现在全天下都知道太子妃怀孕了，她闭门不出，没人敢多说什么。

时节渐渐进入雨季，这几天，京城连下了好几场大雨，一半的时间天是阴的。今天一早起来，外面又是淅淅沥沥的雨声。雨滴从青色琉璃瓦落到石阶上，发出有节奏的声音。

下午时分，雨终于停了。慈庆宫的人长长松了口气，连翘连忙指挥宫女，将窗户打开，通通风。

屋外的风裹挟着水汽扑面而来，凉爽又舒适。程瑜瑾倚在窗前看书，刚翻了一页，宫人禀报皇后娘娘派人来了。程瑜瑾眉尖一挑，知道这本书今日她是看不完了。

程瑜瑾索性合上书页，坐起身来，说："宣。"

来的是杨皇后身边的得力嬷嬷。程瑜瑾瞧见这个人，心里就已经明白了。看来，这次她是一定得出去一趟了，要不然，皇后也不至于派一个年老功高、她完全没法推拒的人过来了。但是表面上，她还是装作不知，笑着问："竟然是周嬷嬷，本宫何德何能，竟然劳动周嬷嬷亲自走一遭？"

周嬷嬷给程瑜瑾行了礼，说："太子妃抬爱，老奴惶恐。太子妃，皇后娘娘十分挂念您的身体，但是又不好宣您去坤宁宫。这几天时常下雨，甬道上又滑，万一在路上有个长短，倒成了皇后娘娘的不是。皇后娘娘放心不下，故而特意派老奴来问问。"

"谢皇后娘娘关怀。"程瑜瑾说着站起来，道，"皇后娘娘召见，本宫自然遵从，哪能让皇后娘娘派人来问我？周嬷嬷，请带路吧。"

"可是外面刚下了雨，路上滑……"

"无妨。皇后娘娘有事找我，莫说是下雨，便是电闪雷鸣也不敢耽误。”程瑜瑾笑道，“再说，皇后娘娘主管六宫，宫中上下都在皇后娘娘的治理之下。如今皇后娘娘召见我，若是这样路上都能出现问题，那也太不成体统了。皇后娘娘身为六宫之主，怎么可能允许这种低级纰漏出现？”

周嬷嬷说不出话来。被程瑜瑾这样一说，杨皇后像是被架在火上烤一样，哪敢让程瑜瑾在路上出事？周嬷嬷干笑着应是，出门后，看路格外小心，比自己怀孕还提心吊胆。她生怕一个不注意，这位主子摔了，那杨皇后可就有嘴说不清了。

程瑜瑾现在怀有身孕，兼之天刚下了雨，抬轿辇的人十分小心。等他们终于到了坤宁宫门口，上上下下的人都抹了把汗。

程瑜瑾不紧不慢地进了坤宁宫，刚进去，就发现了亲王妃规制的轿子。这个时候，里面还有谁，不用说也知道。

她进宫后，果然发现窦希音已经在那里了。

程瑜瑾刚刚做出行礼的样子，杨皇后连忙让宫女将她扶住，说：“太子妃有孕在身，不必多礼了，快快坐吧。”

程瑜瑾确实也只是做做样子，没有推辞，在一边的扶椅上坐下。

程瑜瑾坐下，窦希音站起来给她行礼：“参见太子妃。”

“寿王妃请起。”程瑜瑾仅是扫了窦希音一眼，就再没关注，又将视线落在杨皇后身上：“儿臣身体不便，多有怠慢，请皇后见谅。”

“无妨。”杨皇后说，“你现在怀的是太子的第一胎，若是男孩，便是我朝的嫡长孙了。你的肚子如此金贵，合该千尊万贵地护着，这些虚礼能省则省了。”

程瑜瑾含笑：“谢娘娘体谅。只不过太子和我说过，觉得儿女都是缘法，这一胎无论是男是女都好，不强求。皇后娘娘一口一个男孩，倒让我无所适从了。”

杨皇后嘴角不甚痛快地撇了撇，果然老虎即便吃素，实际上依然是老虎。程瑜瑾半个月没有出门，一张嘴还是这样滴水不漏。杨皇后想到今日有正经事，没有理会被程瑜瑾将了一军，而是继续说："太子妃说得对，你现在静心养胎才是最重要的事，其余的都是虚的。只不过太子贵为国本，不能疏忽，太子妃这几日身子重，不方便侍候太子，不知道是如何安排侍寝的呢？"

哟，皇后的手都伸到她宫里来了。程瑜瑾撇了撇茶叶，完全没有喝茶的兴致，重新将茶盏放回桌上："我刚进宫，年纪轻，见识浅，今日才知道，原来除了后宫侍寝，东宫侍寝的事也是皇后娘娘安排的。"

杨皇后是继母，安排继子的妃子侍寝那叫什么事？杨皇后脸上难堪，连忙说："自然不是。本宫主管六宫，但东宫并不在六宫范畴内，太子宠幸哪个女子，当然是太子自己决定。"

"哦。"程瑜瑾点点头，笑着看向杨皇后，"那就好，我还以为这么些年，我从律例上看来的规矩都是错的呢。刚才皇后娘娘那样说，儿臣误以为皇后要为殿下安排侍妾，是儿臣错怪皇后了，请皇后降罪。"

杨皇后要说的话都到嗓子眼儿了，突然被她这句堵住了，面色十分古怪。窦希音看到这里着急，连忙插嘴道："皇后娘娘，您不是说给太子妃准备了贴心人吗？如今太子妃就在这里，您此刻不送，更待何时？"

窦希音一句话捅破了最后一层窗户纸，杨皇后没法，只好继续说了下去："没错，本宫倒确实寻了几个合适的人，来给太子妃分忧。来人，叫那几个良家女上来给太子妃磕头。"

磕头敬茶是侍妾面见正室的礼节，只有正室接了茶，这个妾的身份才算真正被承认。

从侧殿走出来四个水灵灵的美人，环肥燕瘦各有千秋，一见到程瑜瑾全齐刷刷跪在她脚下："见过太子妃。"

眉间楚楚，我见犹怜。程瑜瑾看见她们跪下，不慌不忙地说："皇后和寿王妃也在这里呢，你们只给我请安成何体统？你们莫不是以下犯上，不敬皇后？”

四个美人惊了，万万没想到是这种情况。皇后早就跟她们说过她们是要被送给太子的，因此四人上来行礼时使出了浑身解数。她们也早知太子妃似乎并不好相处，但是并不以为意，然而怎么也没想到，争宠之路还没开始，便要栽倒了。

不敬皇后的罪名她们哪里敢认，几个人面面相觑，赶紧又冲着皇后和窦希音磕头：“奴不敢。奴拜见皇后娘娘，拜见寿王妃。”

杨皇后本来是打算将这四个人送给程瑜瑾，软硬兼施的话都想好了，没想到一转眼就看见一排娇滴滴的美人冲她磕头，真是一言难尽。

这到底是谁给谁送人？杨皇后赶紧说：“太子妃，东宫至今尚无选侍，你有孕在身，不能费神，一时半会儿不好找身家清白、品性纯良的女子。本宫心疼你，便替你找了四个人。她们四个人的底细本宫都探查好了，俱是十分温柔、孝顺的性子，必然能侍候好太子，无聊时还能给你解解闷。太子妃，你看如何？”

杨皇后这话礼法、人情都占全了，程瑜瑾无论如何都没法推托。窦希音听到后露出笑容，看着程瑜瑾。

“皇后娘娘的好心，儿臣心领了。”程瑜瑾话音刚落，杨皇后和窦希音的眼神明显亮了，可是程瑜瑾话锋一转，又突然问，“皇后娘娘，儿臣有一事不明：为妇者，当听从父母之令，还是夫君之令？”

杨皇后骤然警惕起来。虽然不明白程瑜瑾提这些做什么，但是直觉告诉她，程瑜瑾在下套。杨皇后想了又想，谨慎地说道：“在家从父，出嫁从夫，夫死从子。人人皆当孝顺父母，妻子顺从丈夫，儿子顺从母亲，故而，公婆和夫婿不会有分歧。听从父母和听从丈夫，俱是一样的。”

杨皇后自认为这番话说得毫无漏洞，躲过了所有陷阱。她不可能两次都掉进一样的圈套里，程瑜瑾如果还用原来的办法，想借她的话来反将一军，那就太天真了。可是杨皇后没想到，程瑜瑾听到这里还是露出了微笑。杨皇后看到程瑜瑾笑了，忽然心生不好的预感。

程瑜瑾笑着说："皇后娘娘果然明理，经皇后一说，儿臣豁然开朗。"

杨皇后被她绕晕了，有点儿慌又有点儿恼，不禁皱眉："你说什么？"

程瑜瑾说："正如皇后娘娘所说，为人子者当孝，为人臣者当忠，太子殿下既是子又是臣，自然该奉祖先法令为圭臬。开国祖宗说过，男子四十无子方可纳一妾，太子殿下尊敬祖先，早和妾身说过要以身作则，追随祖宗的脚步。皇后娘娘对我一片好心，我十分感动，因此我们更应该孝顺长辈。太子殿下说过四十之前不纳妾，我若是自作主张将人领回去，岂不是忤逆祖宗，还陷太子殿下于不信不孝之地？"

杨皇后听到后眉头越皱越紧，意识到自己中计了。她明明想到了程瑜瑾或许会用她的话做文章，却还是避不过。

因为当顺着程瑜瑾的思路回答问题的时候，杨皇后就已经被套住了。如果杨皇后说女子要听从夫君，那程瑜瑾就会说太子不想纳妾，她应当听从太子的；如果杨皇后说女子要孝顺，在丈夫和公婆之间选择顺从公婆，那程瑜瑾就搬出开国皇帝，说她和太子要孝顺祖宗，遵从祖宗的法度，还是不纳妾。

杨皇后算是明白了，程瑜瑾从一开始就没打算将人领走，所以无论自己说什么，程瑜瑾都准备好了说辞。杨皇后说应该孝顺长辈更好，她能仗着辈分压太子，但是绝对不敢说开国皇帝不对。

杨皇后此刻的心情一言难尽，她刚刚还在想一个人不会在同一处被绊倒两次，转眼间，就又摔进坑里了。

杨皇后认识程瑜瑾这一年来，程瑜瑾以一己之力改变了她对于规矩这两个字的认知。曾经杨皇后仗着自己是后宫之主，动不动就教妃嫔学规矩，但是自从程瑜瑾进宫，杨皇后现在听到“规矩”这两个字就反射性地恶心。

窦希音瞧见杨皇后被绕进坑里，偏偏程瑜瑾搬出开国皇帝，搬出孝道，她们谁都没法辩驳。窦希音咬牙。这些日子她慢慢觉出些门道，总觉得元宵节那日去找二皇子，一切未免太巧了。

那日她虽然本是气性上头，却没想到一路顺畅无比，导致做了错事，险些身败名裂。现在如愿嫁给二皇子，窦希音又开始懊恼先前的事，想如果名节没有受损就好了，如果是名正言顺地嫁给二皇子就好了。

这时候窦希音再回想，就觉得元宵节那次宫宴巧合太多了，甚至在宫墙后面听到宫女说她坏话都处处是疑点。如果不是那两个宫女的话，她的火也不会被撺掇起来，她也不至于做下让家族蒙羞的事，而这些嫌疑都指向东宫。程瑜瑾还故意在她的婚礼上宣布有孕，抢她的新婚风头，可见，这一切就是程瑜瑾在背后策划的。

窦希音气不过。而且二皇子也因为被窦希音算计，对她不再像曾经那样和气，过了新婚三天，就直接搬到书房去住了。窦希音不敢怨二皇子，也不觉得自己有错，反正都是别人的错，都怪程瑜瑾害她。

窦希音在王府里眼睁睁地看着丫鬟对二皇子献殷勤，而这一切的罪魁祸首都是程瑜瑾。窦希音被气得不轻，故意跑过来撺掇杨皇后，给程瑜瑾塞人添堵。

这也不光是窦希音的私怨，用侍妾分化东宫同样有利于皇后，所以杨皇后被说动了。然而窦希音绝望地发现，说服杨皇后，好像并不能说明什么。因为连杨皇后都搞不定程瑜瑾。

窦希音不甘心无功而返，脱口便说了出来：“太子妃，皇后娘娘给你拨人，你竟然推三阻四？你这是不孝。”

窦希音说话之前，程瑜瑾完全没有看窦希音。窦希音突然抢话，倒让程瑜瑾认认真真瞧了她一眼。

原本程瑜瑾都懒得理她，不过一个喽啰，不值得浪费力气，但既然扑了上来，程瑜瑾也不介意顺手修理一下。

程瑜瑾笑着问道："寿王妃这话莫非是在说高祖定下的规矩不对？还是说只能孝顺皇后娘娘，不用管高祖的规矩？那这就为难了，我们该听高祖的，还是该听皇后娘娘的？"

杨皇后一听就慌了，赶紧说："高祖奉天承运，英明神武，本宫最是敬仰，何时说过不尊重高祖的规矩？"

程瑜瑾露出松了一口气的神色，由衷地道："既然皇后娘娘也这样认为，那就好了。寿王妃方才的话着实让我出了一身汗。"程瑜瑾说完，不给其他人反应的机会，含笑看向窦希音："这些娇滴滴的美人真是我见犹怜，只可惜太子殿下在圣上面前说过，四十无子才纳妾，我们万不可犯欺君之罪。正好寿王不曾说过这种言论，不如二弟妹将这些美人领回去吧？二弟妹一口一个孝顺，想来不会拒绝皇后娘娘的好意的。"

窦希音脸上的表情一下子就僵了，她面色僵硬地看了杨皇后一眼，连忙摆手："不必。我们寿王府好好的，不需要这些人。"

其实杨皇后本来没打算在儿子、儿媳新婚半个月的时候就给儿子塞人，但是窦希音当着她的面这样说，顿时把她惹恼了。窦希音这是何意？窦希音为了抓住钧儿，都能做出自荐枕席之事，竟然还有脸对钧儿的身边人指手画脚？

曾经杨皇后对窦希音好，那是因为窦希音是她的外甥女，是自家人，但是现在窦希音嫁给了二皇子，外甥女变儿媳，她的态度就微妙地发生变化了。说到底，杨皇后和儿子才是一家人，窦希音闯进来后，便成了外人。

最后，这四个美人没送成，窦希音还给自己惹了一身臊。程瑜瑾瞧见两人反目，十分满意。

刚进宫一个月的时候程瑜瑾没有底气拒绝皇后送人，如今她地位稳固，最重要的是她知道了李承璟的态度，为什么还要忍着？没有女人喜欢眼皮子底下戳着妾室，程瑜瑾开始觉得自己可以忍，现在她发现好像不行。反正这几个女人爱谁要谁要，程瑜瑾是绝不会领回去的。

等程瑜瑾走后，杨皇后的脸色彻底阴了下来，她有些恨铁不成钢地看着窦希音："你都这么大人了，竟然连这点儿脑子都没有吗？高祖如何，轮得到你来评说？"

"我没说。"窦希音十分委屈，"我什么都没说，是程瑜瑾扣在我头上的。"

杨皇后才不理会，她在程瑜瑾那里窝了一肚子火。她说不过程瑜瑾，教训窦希音，窦希音竟然也敢顶嘴？杨皇后沉着脸，呵斥道："若不是你什么都没想清楚就乱说，能被她找到漏洞？"

窦希音咬唇，不明白杨皇后这是怎么了。杨皇后被程瑜瑾反将一军，凭什么拿她撒气？窦希音敢怒不敢言，低头应道："是我的错，请皇后息怒。"

杨皇后骂了窦希音一顿，心里的气可算顺畅了。她睨了窦希音一眼，道："程瑜瑾都已经怀孕了，你什么动静都没有。你还是好好侍候钧儿，早日怀上子嗣才是正经事，不要总将心思花在这些诡计上。"

诡计？窦希音的火气一下子上来了，可是她又怕惹恼杨皇后，于是生生将火气压下。杨皇后当了快二十年的皇后，结果在后宫里毫无建树，之前比不过杨太后，现在还比不过程瑜瑾。杨皇后除了有一个好爹、好姑姑，还有什么能耐？杨皇后不过是靠着杨家罢了，现在，竟还在她面前摆皇后的谱。

窦希音心里想，杨皇后对东宫束手无策，她进宫献计时，杨皇后一口一个好孩子，结果现在事情被杨皇后办砸了，杨皇后还倒打一耙，怨她心思不正。窦希音被气得不轻，但是想到自己的势力还不足以和杨皇后抗衡，日后还要用到杨皇后，才勉强忍住不悦，伏低做小认了错，然后起身告辞。

等窦希音出去后，杨皇后头疼地捂着额头。她感到十分疲惫，儿子、儿媳、姑姑、父亲……

明明最初，他们一家人齐心协力，相互信任。杨家什么时候变成了如今这种四分五裂的局面?

而且杨皇后还有一件糟心的事情，为了补偿姐姐和外甥女，她让窦希音嫁给了二皇子。她本来以为自己深明大义，可是皇帝颇有微词，杨太后说她是白眼狼，儿子怨她向着娘家，如今连窦希音也怨她。

窦希音婚礼办得急，有些人恶意揣测是不是窦希音怀孕了，等不起，所以才要赶紧嫁过去。其实这还真是错怪窦希音了，她当时虽然和二皇子有了肌肤之亲，但是也仅限于两人衣冠不整被逮了个正着而已。二皇子当时醉酒，并不能做什么，何况他们被发现得太早，也来不及做什么。

窦希音要是怀孕还好了，偏偏担了奉子成婚的污名，实际却并没有怀孕。杨皇后现在被夹在其中，真是哪头都不是人。

杨皇后长长叹了口气，抬头望向屋檐外的天幕，不知道从什么时候开始，外面又滴滴答答下雨了。雨幕连绵，仿佛看不到尽头。

杨皇后看着阴沉的天色，心头莫名压抑不安。

今年京城的雨季格外长，最开始众人还说雨水多收成好，可是连续下了十来天大雨后，所有人都坐不住了。

此时，江南等地接连发来急报：江南暴雨，洪涝成灾，已因水患死伤五百余人，流离失所者不计其数。水患严重，急需朝廷赈灾。

朝廷收到急报，君臣大惊，程瑜瑾亲眼看着李承璟回到东宫后，筷子刚刚动了一下，收到太监的禀报后立刻起身往外走。程瑜瑾知道事情紧急，赶紧安排宫人准备雨具，亲自送李承璟出门。雨水仿佛瓢泼似的落下来，李承璟和太监的身影很快就被大雨挡住，模模糊糊，再也看不见了。

连翘跟在程瑜瑾身边，见状心里慌张得不行："太子妃，是不是出大事了？"

程瑜瑾抿着嘴，难得没有给丫鬟吃定心丸。最后，她只是摇摇头，对着雨幕叹气："靠山吃山，靠水吃水，生死由天，我们也只能等殿下和其他大人们商议对策了。"

接下来好几天，朝中都在议论江南水患的事情。这场雨成了宫廷内外所有话题的中心。国难面前，所有事情都要让步，杨皇后即便不甘心准备好的侍妾被程瑜瑾挡了回来，但是在这种情况下也只能暂时按下不提。

事到如今，派人去江南赈灾是首要大事，但是人选是个很大的问题。早朝上各路人马大吵特吵了好几天，最后杨甫成强横拍板，派了他麾下的徐文去赈灾。

徐文是杨甫成的学生，很受杨甫成重用，如今已官至户部侍郎。侍郎是尚书的副手，而且还是户部这样要紧的地方，可见其在杨甫成心中的位置。

李承璟回来后，程瑜瑾看他虽然下了朝，但是看书时频频走神，显然还在想朝廷上的事。她给李承璟盛了碗汤，亲自端到书房："殿下，你已经看了小半个时辰了，喝碗热汤歇歇吧。"

李承璟见是她，放下书，连忙扶着她的胳膊，道："你有孕在身，不能劳累，这些端茶送水的事怎么能让你来做？"

程瑜瑾觉得好笑："不过是端碗汤罢了，有何劳累可言？殿下，我的身体自己知道，我没你想象得那么脆弱。赵太医说了，四到八个月胎

位稳固，反而要加强运动，省得生产时难产。”

李承璟光听到“难产”那两个字就觉得揪心，连忙止住她的话：“好了，我知道了，这些字眼以后不许再说。”

程瑜瑾瞥了他一眼，调侃道：“先前你还总说我，原来殿下也信这些？”

李承璟叹气：“我原先觉得求神拜佛，甚至过年那天必须说吉利话都是自欺欺人。现在有了你，我倒有些理解了。不求许愿，只求心安。”

李承璟扶着程瑜瑾坐下，程瑜瑾坐好后，将瓷盅端出来，用汤匙搅拌了下，递给李承璟，问：“殿下，我看你今日眉宇深锁，是因为赈灾的事情吗？”

李承璟接过瓷盅，叹气道：“没错。杨首辅力排众议选了徐文去赈灾，徐文此人虽有才干，但是太过贪财，而且刚愎自用，遇事喜欢铤而走险。他虽然也曾在江南一带任过知府，但是太平时候和灾年完全不同。他自视甚高又贪财喜功，我怕他在赈灾时管不住自己的手，反而耽误了灾情。”

程瑜瑾听到后也觉得心情沉重，然而这是外朝的事情，她帮不上忙，何况人选还是杨首辅一力举荐的，恐怕朝中压根儿没有反对之声。程瑜瑾轻声问：“人选已经确定了吗？”

李承璟点头，道：“对。”

那就更没办法了，程瑜瑾十分看得开，从不因为已成现实的事情为难自己。她柔声劝道：“殿下，赈灾大臣的人选已经确定，你再担忧也于事无补。杨首辅既然敲定了主事人，那其他人选势必要让出来，殿下不妨趁这个机会，在赈灾队伍里放几个信得过的副手。国难当头无须在乎名，只要能真正起到作用，就足矣。”

李承璟长长叹了口气，伸手覆住程瑜瑾的手背，说道：“你言之有理。多亏爱妻深明大义，玲珑心窍，要不然，我不知道还要耽误多少工夫。”

程瑜瑾笑着睨了他一眼，说道：“你惯会哄骗我，这些话我可不信。我都能想到的事情，太子殿下会想不到？”

“那可不一样。”李承璟放下瓷盅，起身坐到程瑜瑾身边，轻轻揽住她的肩膀，将下颌靠在她的头发上。他声音低沉，近乎自言自语：“有妻如此，夫复何求。”

程瑜瑾感受到头顶的重量，没有躲也没有动。程瑜瑾虽然看不到，但是能感觉到，李承璟非常累。

国家发生大灾，百姓流离失所，灾区每时每刻都有人死去，而朝中臣子还因为派系之争吵嚷不休，这些事放在谁身上都非常累吧。

程瑜瑾心里叹了口气，主动握住李承璟的手：“殿下，多难兴邦。一切都会好起来的。”

第十一章　危　机

江南水患告急，没过多久，赈灾队伍便从京师出发，带着赈灾银两赶往江南。

这支赈灾队伍可谓承载了满朝的希望，内阁日日问，驿站严阵以待，但是众人期盼了很久，与灾情有关的消息迟迟不来。

即便徐文送来了奏折，上面也全是些花团锦簇的官话，关于大水和赈灾的事情，三言两语就带过了。皇帝想着京城与江南相隔甚远，许是徐文忙于安置灾民，没有时间写文书，所以才良久没有消息，于是强行压抑着内心的焦虑，耐心等着。然而皇帝和文武百官并没有等来洪水被治好、一切回归正轨的消息，李承璟安置到徐文身边当副手的臣子久劝无果，冒着越级上奏的风险，将加急奏折送回京城。他的奏折分由几路同时护送，最后唯有一份到了李承璟手里。李承璟看到奏折后立即沉下了脸，第二天，在早朝上当众将这份奏折呈给皇帝。

“陛下，江南急报：徐文贪功冒进，贪污赈灾银两，用霉米替换新米，灾民食后上吐下泻，短短十天内死亡人数飙升至一千三百余人。徐文闯下大祸后还妄图掩盖，在奏折中丝毫不提，还打压下属，不许众人向朝中报告，结果因为尸体处理不及时，竟然暴发了瘟疫。这几天江南一直阴雨连绵，瘟疫传播极快，到赵梁冒死上奏时，已经有一整个村子的人感染了。”

“瘟疫！”朝中众人大惊，水旱灾害后最怕的就是瘟疫，历史上因为瘟疫而十户存一、尸横遍野的情况屡见不鲜。瘟疫若是处理不好，那是损伤国家气数的大劫难啊。

这个消息宛如一滴水落入滚油中，朝廷众臣马上炸了锅。杨甫成用力甩袖，大喝道：“荒谬！赵梁不过一个副手，并没有向朝廷禀报的权力，如今他越级上奏，已经犯了不敬之罪。此人的话不足为信，当立刻撤掉他的职位，永不复用。”

“首辅此言差矣。”李承璟分毫不让，“赵梁并非没有禀告过长官，只不过徐文刚愎自用，贪功冒进，将此事强行压下。若是赵梁死守着规矩不禀报朝廷，莫非要等到江南百姓死光了，徐文彻底压不住了，杨首辅才派人去管百姓的死活吗？身为朝廷命官，第一忠君，第二爱民，第三才是恪敬长官。杨首辅这样做，置天下百姓于何地？又置大齐庙堂于何地？”

“他越级上奏，可见品行不端，谁知他是不是为了抢功，刻意捏造名目陷害长官？”

“是与不是，派人去江南一探便知。杨首辅不知情况如何就想着罢官治罪，莫不是想替什么人打掩护？”

…………

早朝一直争论到午时，最后因皇帝疲惫，众人才散朝。虽然双方暂停争议，但是火药味一直笼罩着宫城，整个下午气氛都是紧张的。

李承璟见皇帝面露疲色，跟着皇帝一同回了后宫。他在皇帝身边陪了一下午，又是请太医又是旁听内阁、六部议事，一直忙到亥时才

回去。

程瑜瑾虽然待在内宫，但也知道外面出大事了。洪涝灾情尚未控制住，竟然暴发了瘟疫。此刻草药稀缺，正经学过医理的郎中更是少之又少，平民百姓生了病都得靠身体扛着，更别说传染性强、发病快、死亡率高的瘟疫了。宫女、内侍等人光是听到“瘟疫”这两个字就觉得心惊胆战。

李承璟大晚上才回来。刚听到开门声，程瑜瑾立刻披上斗篷往外走：“殿下！”

李承璟看见她，连忙伸手扶住：“你怎么出来了？”

“我见殿下久久不归，实在担心。”

李承璟面色沉重，他刚从外面回来，手也是冰凉的。他用力握了握程瑜瑾的手，说：“没事，先进去说。”

进殿后，程瑜瑾立刻吩咐宫女去取水，自己亲手倒了驱寒的姜汤，端到李承璟身前。李承璟正坐在桌前疲惫地捏眉心，听到声音冷眼看过来，见是程瑜瑾，眉目才柔和了些。

程瑜瑾坐到他身边，亲眼看着他喝下姜汤，才轻声问：“殿下，怎么样了？”

李承璟没有说话，程瑜瑾坐在一边陪他。过了好一会儿，李承璟说：“瑜瑾，我可能要去一趟江南。”

“什么？”程瑜瑾被吓到了，眼睛瞪大，“殿下！”

“我知道。”李承璟用力握住程瑜瑾的手，说，“我也知道现在江南有瘟疫，此刻去灾区十分危险，但是，我必须去。”

程瑜瑾眉尖皱起，显然还是不同意：“殿下，瘟疫不是闹着玩的。现在灾区到底是什么情况谁都不知道，如果在送奏折的这段时间，疫情又扩大了呢？瘟疫因何而起不知，如何传播不知，该用什么药、该如何预防更是无人知晓。殿下，我知道你心系百姓，但是你才是天下人的定海神针，只有你好好的，才能救治更多的百姓。你实在不能以身犯险。”

李承璟叹了口气，说道：“我明白你的顾虑，如果不是实在没时间了，我又何尝会冒这种风险？”

程瑜瑾皱眉，本能地觉得不对：“殿下，你这是什么意思？”

“今日下朝时皇上脸色不对，朝臣以为皇上生气，只好停止争吵，散朝出宫。但是我跟着皇上回宫，他……当时并不是装出来的。”

程瑜瑾倒吸一口凉气，身体里的血都凉了。这短短几句话里包含了什么样的信息，程瑜瑾再明白不过。

程瑜瑾不由得压低了声音，悄声问：“殿下，你是说……”

李承璟脸色沉重地点头：“我先前也不知道，皇上身边都是自己人，这些事情并没有传到外面。直到今日我跟在皇上身边，亲眼见太医给皇上请脉，才知道他身体有恙已经有一段时间了。”

“陛下他……”

“不是什么大病，但是无法根治，动不动就头疼。头疼严重时坐卧不安，饭都吃不下去。以前并不频繁，但是最近一段时间事情多。本来皇上就因为江南水患的事情忧心，现在得知水灾非但没有治好，反而暴发了瘟疫，急怒之下，头疾越发严重了。皇上在乾清宫宣了太医，又喝了好几服药，才出去和众臣议事。太医说皇上这病要长期养着，最忌劳神，但是瘟疫一事非同小可，我今晚回来的时候，他的头疼病又犯了。”

程瑜瑾叹气，皇帝身体不好，这对他们来说，委实不是好消息。东宫能顺利走到今日，都是因为皇帝的支持。如今杨家未倒，杨甫成把持朝政，杨太后在宫中虎视眈眈，这时候若是皇帝倒下去，那东宫的处境就不妙了。

李承璟见程瑜瑾已经明白，心中微微叹了一声，两只手掌紧紧握住程瑜瑾的手：“我的时间不多了，我必须尽早做最坏的打算。我原本以为时间来得及，想着拔起杨家这棵大树，非一朝一夕之功。但是现在，

我没时间了，我需要有和杨家抗衡的功绩。”

程瑜瑾看着他，一双眼睛盈盈带水，但是什么都没说。程瑜瑾私心里当然不愿意让李承璟去冒险，瘟疫不是闹着玩的，但是她知道李承璟说得对，他们现在已经走到悬崖边上，指望从长计议显然来不及了，他要赌一把，筹码就是自己的性命。

程瑜瑾最终还是没有劝他，起身道：“我去给殿下准备防疫病的艾草和熏香。殿下身上的香囊、衣服，也全要换新的了。”

李承璟神色一松，这便是他的妻子，即便心里不愿意，也还是会理解他、支持他。李承璟站起身，从后面抱住程瑜瑾，说：“今天已经晚了，不要忙这些了。我生出这个念头时，觉得最对不起的就是你。若我尚未成婚，独来独往，无所牵挂，我会毫不犹豫地用这条命去赌一把；可是现在有了你，我竟然怕了，生怕我回不来，不能看着孩子出生，不能再看见你。”

“殿下！”程瑜瑾皱着眉，轻轻呵斥了一声，说，“你说什么呢？你一定会平平安安回来的。我还等着你回来给我们的孩子取名字呢。”

“我知道。”李承璟低头，脸埋在程瑜瑾脖颈处，低声道，“我怎么舍得不回来。”

第二天一早，每个官员来上朝时，脸色都是凝重的。

早朝开始没多久，朝臣又因为赈灾一事吵了起来。昨天因为皇帝疲困而中止的争吵，并没有因为过去了一夜而消失，反而经过一晚上的发酵后越发厉害。就在朝臣为该不该另派人去赈灾一事而吵成一团的时候，太子主动请命，说愿意作为特使前去灾区查明情况，安抚民心。

朝堂的火药味，因为这句话而消散。

是啊，还有谁比太子更能安抚民心呢？现在这个烂摊子，派哪一方的人去都会引发派系争斗，资历浅的人支使不动当地官员，资历老的人年老体衰不适合长途跋涉；地位低的人不能服众，处理不好会让灾民怀疑朝廷不作为，而地位高的人，又不愿意以身犯险。但是李承璟满足所有条件，年轻位高有能力，同时因为太子的身份，也最能安抚民心。朝廷当务之急是赶紧稳定人心，向天下人表明天恩浩荡，绝不会放弃黎民百姓，而李承璟是皇太子，他的作用最为明显。

只要人心齐了，事情就已经解决了一半。无论江南官场到底什么样，太子往那里一站，谁敢阳奉阴违？李承璟能不能查明真相并不重要，安定民心的作用才是最要紧的。

李承璟说了这句话后，朝堂很快安静下来，过了一会儿，众人纷纷称赞太子高义，实乃朝廷之福。皇帝借此机会敲定副手，没一会儿，特使队伍就组建好了。

赈灾刻不容缓，李承璟请命当天，便忙着让人熟悉情况，第三天，他们就从京城出发了。

李承璟走了，慈庆宫仿佛顿时空了一半。程瑜瑾看着窗外的绿叶，一日日在心里算着，他如今应该到哪儿了，他今日应该在做什么。

她以前一直都是一个人住，从没有觉得房间这样空旷，现在简直能听到脚步的回声。

因为李承璟不在，程瑜瑾越发懒得出门，整日除了给太后、皇后请安，其他时间根本不出慈庆宫一步。

日子一天天过去，京城的雨停了，露出大大的艳阳。赵太医今日照常来给太子妃请平安脉，回太医院后，亲自盯着药童煎药，回来时，突然发现自己的医箱似乎被人翻过。

赵太医皱眉，陡然生出一股不祥的预感。

“你此话当真？”窦希音坐在寿王府的高椅上，因为太过激动，身体下意识地前倾。

“千真万确。”

窦希音瞳孔放大，若有所思地倚在扶手上。她想了一会儿，突然兴

奋起来，站起来说道：“来人，备车，本王妃要进宫。”

“刘太医有功，重重有赏。之后你要盯紧赵太医，一有消息立刻来禀报本王妃。只要你做得好，本王妃绝不会亏待你。”

慈宁宫里，杨太后在嬷嬷的搀扶下坐起身，缓慢地喝着药。今年这场雨下得太久，京城中许多人生了病，杨太后因为年纪大了，也染了病。

她已经病了许久，太医日日来诊脉，名贵药材流水一样地用，但是杨太后的病还是不见好。

宫人禀报“寿王妃来了”的时候，杨太后下意识地皱了皱眉，嫌弃地道：“她怎么来了？”

自从元宵节那件事后，杨太后和杨甫成就闹僵了，对杨妍母女更是不待见。杨太后这一辈子心狠手辣，对不起很多人，但是对杨家绝对仁至义尽，给了窦希音十五年的荣宠，结果窦希音就这样回报她。杨妍那个白眼狼，居然还敢说都怪杨太后偏心，在她们姐妹中只偏心杨皇后，不管她的死活。

杨太后被气急了，从此不再管二皇子的事。她劳心劳力为二皇子挑选政治势力，结果没人领情，一转身还要被人说她手伸得太长。二皇子爱娶谁娶谁吧，杨家的事，她再也不会管。

因为心情郁结，六月开始下雨后，杨太后就病倒了。

这一病，人宛如山倒。杨太后虽然每日有人陪着，但是环顾大殿，都是衰老的宫女和嬷嬷，没有儿子、儿媳侍疾，也没有孙儿承欢膝下，委实伤感。

这几日虽然也有人来请安，比如程瑜瑾便每日雷打不动地来请安，但是那些人都是走个过场，程瑜瑾是孙媳妇，侍候太婆婆本来就不是她的职责，更别说她还有孕在身。至于理当给杨太后侍疾的儿子、儿媳，一个是皇帝，日理万机，一个是皇后，主管六宫，都是大忙人，每日着人过来问一句就已是孝顺至极。至于其他妃嫔，杨太后嫌她们吵闹，算计太多，一律挡在门外不见。杨太后如今的身体状况已经不允许她成日和年轻人们斗心眼了。

眼前空空荡荡的，唯有自己一个人躺在床上养病，整日见不着阳光，宛如等死一般。杨太后不由得想起自己早逝的儿子，心情越发抑郁，病得更重了。

今日听到宫人说窦希音来了，杨太后着实意外。窦希音虽然是二皇子妃，但是王妃和太子妃不一样，太子和太子妃住在宫里，王爷和王妃另有府邸，住在宫外。住宫外自由，但是距离宫廷这个权力中心自然也就远了。

外人进宫一趟不方便，二皇子要上朝还好，窦希音住在宫外，想要日日给太后请安就不太现实了。窦希音一直都是初一和十五跟随众人来一趟，其他时间并不往杨太后这里跑。所以今儿窦希音来慈宁宫，真是挺稀奇的。

窦希音进入慈宁宫，一进门就被殿中那股浓郁的药味呛了一下。外面连着下了半个月雨，杨太后一个老年人独居，还生病，殿里的气味非常难闻。药味混着潮气，闻着就让人心情沉重，仿佛整个大殿都透露着一股衰亡之气。

窦希音忍受着难闻的气味，努力笑着走入落地罩，对杨太后说道："太后，您今日身体可好些了吗？"

杨太后冷笑着看了窦希音一眼，说："让你失望了，还没死。"

窦希音顿时尴尬不已，笑了笑，说："您身体康健就好，儿臣在宫外也就放心了。"

杨太后冷笑了一声，显然十分不以为然。窦希音想到自己今日的来意，硬是忍住尴尬，凑上去给杨太后捶腿："太后娘娘，儿臣最近偶然

得知了一件事情，深感为难，不知道当讲不当讲？”

杨太后勉强提起些兴致，终于赏了窦希音一个正眼：“什么？”

窦希音心里笑了，故意神神秘秘地左右看了看，凑近了杨太后，压低声音说：“儿臣偶然从太医院得知，太子妃这一胎怀的是双胎。”

杨太后听到这里，死气沉沉的脸上终于出现了些许情绪：“双胎？”

“没错。”窦希音非常得意，说道，“太子妃的平安脉一直是赵太医负责，连怀孕也是赵太医诊出来的。今日刘太医偶然看到了赵太医掉在地上的药方，发现其中的几味药像是配给怀双胎的孕妇调养身子的。太子对太子妃如此在意，断不会让人胡乱给太子妃吃药。太后，您看是不是……？”

杨太后已经听懂了，无论刘太医到底是如何发现赵太医的药方的，程瑜瑾怀的是双胞胎这件事，基本可以确定了。杨太后意外之余，生出一种恍然大悟之感。怪不得李承璟将程瑜瑾怀孕一事捂得严严实实，怪不得程瑜瑾怀孕都过了三个月危险期，东宫还是没有宣布喜讯。

最开始杨太后还觉得奇怪，如今结合双胎的事情，很多疑惑也都解开了。窦希音见杨太后听进去了，继续说：“太后，您看自从五月起，又是阴雨连绵又是江南瘟疫，您也突然生病，听说前几日连圣上都不太舒服。而五月，不正是太子妃被发现有孕的时候吗？”

杨太后暮气沉沉的眼睛忽然迸发出精光，宛如鹰隼的双目。窦希音被这样的眼睛看着，吓了一跳，浑身的汗毛都竖起来了。

杨太后定定地盯了她一会儿，慢慢收回目光，又变成那个病恹恹的太后：“寿王妃，你已经不是小孩子了，须得注意一言一行。”

听到这一句窦希音才深深吸了口气，发现后背被冷汗打湿了。她连忙笑着说道：“太后娘娘教训得是，儿臣从小最是敬仰太后娘娘，还请太后娘娘多教我。”

杨太后冷冷地瞥了窦希音一眼，闭上眼，没有再说话。

程瑜瑾照常在慈庆宫养胎。自从李承璟走后，程瑜瑾做什么都没兴趣，衣服没心情画图样，连点心也懒得做，早晨出去给太后、皇后请安，回来后便绕着庭院走几圈，之后所有时间都窝在殿内看书、发呆。今日，程瑜瑾临完一张字帖后，不知道怎么了，心跳莫名加快。她本来打算临两张字帖，但是因为心神不宁，第二张没写两个字，就放下笔，再也静不下心。

她正在奇怪，外面忽然禀报："太子妃，赵太医求见。"

"赵太医？"程瑜瑾皱眉，心里那股莫名的烦躁更强烈了。今日并不是请平安脉的日子，李承璟也不在宫内，赵太医一个外男为什么会在这时候突然上门？

程瑜瑾不知不觉敛起神色，说："请。"

赵太医急匆匆进宫，进来后都没有抬头，弯着腰就要给程瑜瑾下跪："臣参见太子妃。"

"赵太医这是做什么。"程瑜瑾连忙让杜若拦住，问，"太医对我有恩，何故行此大礼？"

赵太医跪了下去，低着头不敢起来："微臣有罪，特意来向太子妃请罪。"

程瑜瑾和杜若对视一眼。

程瑜瑾微微改变了一下坐姿，沉声道："赵太医，有话不妨站起来说。这到底是怎么回事？"

赵太医起身，将他发现自己行医箱子被人翻过一事如实禀报给了程瑜瑾。他说："微臣是行医之人，对医箱极为在意，所以臣的东西被翻动过后，虽然没什么痕迹，微臣还是第一时间发现了。微臣先前给太子妃配的药有一味拿不准，打算回家翻翻书，没承想，却被……微臣有罪，微臣万死难辞其咎。"

赵太医是真的非常愧疚。只要水平相差不大，行医之人看对方的药方多少能看出门道来。太子早就吩咐过，但凡走漏风声，唯他是问。赵太医知道此事非同小可，故而十分谨慎，千防万防，却没想到在太医院内有人敢翻他的医箱。

程瑜瑾摆了下手，说："事已至此，追究责任有什么用？解决问题才是最要紧的。你可知是谁动了你的箱子？这段时间，太医院有何人出入？"

赵太医也是有备而来，沉声说道："臣发现东西被翻过后立刻去问看门的童子，童子说一盏茶前，刘太医出去了，说是去宫外出诊。"

程瑜瑾眉目一动，已经猜到他去了哪里。正在这时，太监特意抬高了声音，在门外喊道："太后娘娘派人到。"

赵太医皱眉，没想到事情发展得这样快。他有些为难地看着程瑜瑾："太子妃……"

"无妨。"程瑜瑾慢慢站起身，眉目间一派镇定，"该来的总会来。太后有命，怎么能不走这一遭？"

太后派来的嬷嬷果然是请程瑜瑾去慈宁宫的，而且寸步不离地守着她，显然是防着程瑜瑾去通知别人。程瑜瑾十分冷静，什么话也没说，便跟着太后的人出门了。

等到了慈宁宫，一进门她就感觉气氛不对。程瑜瑾假装不知道，照常给杨太后行礼："儿臣见过太后娘娘。太后今日咳嗽可好些了？"

杨太后冷眼看着，心中还是不由得叹了口气。瞧瞧，一样是面子情问好，窦希音只会说"您今日身体可好些了吗"，但是程瑜瑾就能准确地问出咳嗽怎么样了。

如果窦希音有程瑜瑾这样的才干，她怎么会不同意二皇子娶窦希音？

可惜啊，她们不是一路人，终究要毁掉对方。

杨太后点点头，声音嘶哑，说："好些了。听说这几日太子妃一直留在东宫内养胎，一般不踏出宫门。这可不行，怀孕虽然要静养，但是基本的走动还是不能缺，要不然，临产时恐怕会很艰难。"

杨太后都开始关心她的生产了，程瑜瑾知道今日这一关不好过，于是越发冷静，笑着点头："谢太后教导，儿臣记下了。"

杨太后偏头咳嗽了一声，说："哀家这几日身体不舒坦，精神头不好，好久没有问过小辈们的事了。说来着实惭愧，宫里添丁这么大的事，哀家反倒是最后知道的。你肚子里的胎儿已经六个月了吧？哀家还不曾好好看过他，快坐下，哀家让懂这方面的嬷嬷给你摸一摸。"

程瑜瑾一惊，眼睛微动，果然看到杨太后身边站着两个嬷嬷。她们穿着一身深蓝色衣服，色调暗沉，脸上也毫无表情，头发扎得紧紧的。这两个嬷嬷看人的眼神阴冷，不像是看人，倒像是打量货物。

程瑜瑾知道了这两人的身份，再打量她们的手，光看着就生出一股寒意。宫里阴私多，许多宫女不明不白怀了孕，有的主子就让一些手上有经验的嬷嬷去灌药打胎。她们手上的功夫极其邪门，一碗药下去，手在宫女的腰上、肚子上用力揉捏，保准这一胎掉得干净，甚至以后都再也怀不上。

杨太后即便贵为太后，也没有强行让太子妃堕胎的理由。程瑜瑾出门时就心里有数，杨太后今日恐怕是听到了风声，想确定程瑜瑾怀的到底是不是双胎。程瑜瑾到底是光明正大过来的，真让程瑜瑾有什么三长两短，杨太后还不敢。然而即便心里明白，程瑜瑾还是不敢冒险，不敢让这些人碰她的肚子。杨太后说是检查，但是谁知道这些人会不会暗地里下黑手？

许是见程瑜瑾久久不说话，杨太后也没了耐心，沉声道："太子妃年轻，没反应过来，你们还不去教教太子妃？"

两个嬷嬷应了一声，一左一右就要往程瑜瑾身前走。这时候程瑜瑾身后无声无息地贴上来好几个五大三粗的嬷嬷，将她的后路堵住了。

连翘和杜若都被这个阵势吓住了，但杜若立刻上前挡在程瑜瑾身前。然而这是慈宁宫，连翘、杜若即便再努力，也无法拦住那些人。杨太后混迹宫廷半辈子，不知道有多少腌臜的手段对付人，杜若和连翘被看不见的手扭了一下又一下，明明看着只是轻微的拉扯，可是当事人疼得站都站不住。

杜若最开始还想着躲开这些人的手，但是发现那两个嬷嬷就要走近后，彻底放弃躲避，护着程瑜瑾后退。杜若忍着一阵阵钻心的疼痛，说："太子妃，您出来时刘公公还问过要不要跟着，您说陛下可能有事吩咐，将刘公公留在宫里。但是奴婢刚刚突然想到有东西落在慈庆宫里，可能需要刘公公送过来。"

李承璟临走时将刘义留给了程瑜瑾，她今日走时特意没带刘义，让他悄悄跟着，见势不对就去乾清宫请皇帝。杜若现在如此说，就是想提醒杨太后要顾忌皇帝。

杨太后果然皱了皱眉，但也只是如此。如果李承璟在宫里，那刘义还能施些手段，但是现在李承璟不在，任刘义手眼通天，也不可能单枪匹马闯到皇帝面前。

只要确定了程瑜瑾怀的是双胞胎，杨太后大可以用不祥的名义压制东宫，逼程瑜瑾堕胎，皇帝即便知道了，也无话可说。

杨太后眼皮子依然耷拉着，程瑜瑾渐渐退到墙脚，不小心踢到了多宝槅，知道自己再无路可退。

两个嬷嬷显然也发现程瑜瑾没有退路了，毫无顾忌地朝程瑜瑾走来。两个嬷嬷转瞬逼近，程瑜瑾毫无预兆地转身，搬起多宝槅上的花瓶，也不看到底是哪个朝代的东西，用力朝两个嬷嬷砸去。

两个嬷嬷没料到看着柔弱的太子妃竟然这么烈性，下意识朝旁边躲开。价值不菲的花瓶砸到地上，发出刺耳的声音。程瑜瑾借着这个空当又砸了好几个。

转瞬间价值连城的孤品花瓶就成了地上的一堆碎片，慈宁宫众人都被这个变故吓住了。程瑜瑾捡起一块尖锐的瓷片，“噌”地一下指向外面，眼神决绝：“你们若敢碰我的孩子，最好让我今日一起死在这里。不然但凡我活着一日，就绝不会放过你们。”

程瑜瑾说的话很是疯狂，可是看她的眼睛，就知道她是冷静的。她并不是崩溃、狂妄地放狠话，是真的会做到。

两个嬷嬷手上不知道沾了多少女人的血，往常也有宫女竭力反抗但还是失去了孩子，为此嘶吼、尖叫，绝望地咒骂她们，她们顶着那些尖锐的叫喊声不为所动。但是这一刻，面对程瑜瑾清澈的眼神，字字清晰的话，她们竟然犹豫了。

两人不由得对视一眼。程瑜瑾和她们处理过的女人不太一样，是太子妃，杨太后不是皇帝的亲生母亲，太子却是皇帝的亲儿子。如果程瑜瑾软弱，她们尚可依靠杨太后躲过一劫，但是显然，程瑜瑾十分记仇，也摆明了是要报复的。

在后宫，这样的人是最不能得罪的。美貌会消逝，可是一个人的心性、手腕不会消失。程瑜瑾毕竟是太子妃，如果这一胎真的出了什么问题，杨太后或许不会有事，可是她们两个普通宫廷嬷嬷，是绝不会有好下场的。

宫里的人最凉薄，但也最惜命，谁也不想拿自己的命去给别人铺路。见程瑜瑾如此狠绝，两个嬷嬷都迟疑了。她们这一迟疑，程瑜瑾就找到了机会，又用力砸了一个花瓶，见机脱离包围圈。

杨太后皱眉，用力拍了下床榻：“一群废物，如今你们连哀家的话都敢不听了？”

杨太后最近在养病，说话总是有气无力的，突然抬高声音，倒是把所有人都吓了一跳，尤其杨太后的嗓音是苍老沙哑的，宛如一把生锈的锯子拉过枯木，那里面的偏执、强横令人心惊。

两个嬷嬷反应过来，无奈地互看一眼，只能继续向程瑜瑾逼去。形势比人强，明知道得罪太子妃以后要遭殃，但是如果她们不作为，现在就要遭殃了。既然她们无路可退，不如趁这个机会拿下心志强但势弱的对手，这才是明智之举。

慈宁宫的人逼得越来越紧，杜若推倒周围的摆设，这些人已经不会避开了。程瑜瑾皱眉，手里悄悄捏紧从赵太医那里拿来的粉末。她可以将粉末撒向这些人的眼睛，趁机逃脱，但是这样一来，她袭击太后身边的人，不敬不孝的名声就被扣死了。程瑜瑾正在权衡利弊，外面突然传来一阵叫嚷声，好几个人惊慌失措地嚷嚷“走水了”，与此同时，还有一股烟从窗缝飘进来。

大殿里的人都被吓住了，尤其是杨太后，她本来就在生病，猛地被外面的声音一惊，又闻到呛人的烟味，当真以为慈宁宫失火了。杨太后大声疾呼，太监嬷嬷们听到太后的声音赶紧往回跑，结果因为混乱而撞在一起。

程瑜瑾一闻到这熟悉的艾草味道心里就有数了。她赶紧趁着大殿里短暂的混乱往门外跑。

杨太后身边的人乍然听到走水，又闻到烟味，以为真的失火了，所以才慌了手脚。等有人反应过来这不是失火的烟，而是艾草的味道时，大殿里已经不见程瑜瑾的身影了。

刘义在外面看到程瑜瑾，真是被吓得腿肚子都软了。他连忙上前扶程瑜瑾上步辇，道：“太子妃您没事吧？”

程瑜瑾摇头，来不及说话，刚坐稳就立刻说：“快去乾清宫。”

她出行前得到了赵太医报信，料到了杨太后有打算，自然也准备了后招。她本想让刘义看到情况不对就去乾清宫，没想到他竟然利用艾草和叫喊声制造恐慌，让慈宁宫的人乱了阵脚。

太监一刻也不敢耽搁，不等慈宁宫的人追来，他们一行人就已经到了乾清宫。

此刻乾清宫前太监、臣子来来往往，许多人朝程瑜瑾这里投来探究的目光。乾清宫是皇帝起居的正宫，并不是一个女人可以随意来的地方。

程瑜瑾在众人惊讶质疑的目光中，一步步走上乾清宫前的台阶，随后跪下，手掌交叠放在身前，高声道："儿臣求见陛下。"说完，她不顾已经显怀的肚子，深深拜伏在地。

她这边的动静不小，早就有人跑进去告诉皇帝了，没一会儿，就有一个抱着拂尘的公公走出来，说道："太子妃有孕在身，不必行此大礼，快快起来吧。"

程瑜瑾却依旧跪在地上，朗声说："儿臣有事求见陛下，望陛下救命。"

当朝太子妃当着众人的面跪在乾清宫前，本来就已经够引人注目了，她还说出这种话，可见事情非同小可。太监不敢做主，又回去了。

大殿里许久没有动静，程瑜瑾始终笔直地跪着，虽是求人之姿，但丝毫不见卑微狼狈。过了一会儿，皇帝从里面出来了，瞧见程瑜瑾，眉头皱得更紧："你这是做什么？"

话音刚落，一行人叫喊着从巷道冲入乾清宫广场。

杨太后被气得暴跳如雷，万万没想到，竟然有人敢用干艾草给慈宁宫制造混乱，还造谣说走水了。这简直是往杨太后的脸上踩，她下令让人去追，务必将以下犯上的人逮回来。

太监们奉了命，不敢怠慢。他们路上遇到了几个穿着东宫服饰、鬼鬼祟祟的人，其中有一个人手里还拿着艾草。慈宁宫的太监们瞧见后大喜，铆足劲儿追这几个人。他们原本以为追上这群人再轻松不过，结果一路就跟捉迷藏一样，那几个人的身影一会儿消失无踪，一会儿又出现在视线里。慈宁宫的太监被搞得疲惫不堪，又着急又窝火。等再一次发现他们的身影后，慈宁宫的人立刻不管不顾地往前追，结果一不小心，便跑到了乾清宫广场上。

为首的太监眼尖，一眼就望到了台阶上站着一个明黄色的身影。全天下能穿这个颜色的人只有一人，而跪在那人跟前的居然还是太子妃。

慈宁宫的领头太监心里一惊，立刻明白自己中计了。这时候他再瞧东宫的太监，手里哪还有艾草？慈宁宫的太监明知中计，但是皇帝在这里，他们赶紧齐刷刷跪下。

皇帝站在台阶上，看看下面刚刚你追我赶的太监，再看看跪着请求救命的太子妃，勃然大怒，拂袖道："这到底是怎么回事？"

但凡说话的场合程瑜瑾从来就没有输过，她的眼中立刻流下一行清泪，不顾隆起的肚子，深深地给皇帝叩了一头："父亲，儿臣有罪。"

听到那声"父亲"，皇帝恍惚了。他膝下有儿有女，却从来没有被人唤过"父亲"，即使李承璟恢复身份后，也始终唤他陛下，从没叫过父亲。

程瑜瑾将感情戏的时间把握得恰到好处——没有让哭耽误时间——之后就悲痛而坚定地说道："儿臣今日本在东宫养胎，突然被太后娘娘叫到慈宁宫。太后娘娘不知听了何处的谣言，竟然觉得儿臣这一胎不吉利，想让宫廷嬷嬷强行流去胎儿。儿臣实在不知道该怎么办了，只能冒死前来打扰父皇。"程瑜瑾说完后眼泪无声地从眼中落下。

这时候杨皇后也听到了消息，在窦希音的搀扶下匆匆赶到乾清宫。皇帝听完程瑜瑾的话，一抬眼望见消息格外灵通的皇后，再扫到跪在墙根下的慈宁宫太监，格外愤怒地甩了下袖子："荒谬！"

杨皇后急了。今日她并不知道杨太后的打算，突然听到宫外喧嚣，刚想让人去问问情况，窦希音就急急忙忙跑进来报信，这才知道发生了什么。杨皇后心知不好，连忙站起身就往乾清宫走，但是紧赶慢赶还是晚了一步。

杨皇后看见皇帝动了怒，连忙往前走了两步："陛下，此事必有隐情，请您暂且息怒……"

"放肆！"皇帝冷冷地对着杨皇后吼了一句，"朕做事何时轮到你来指点？"

杨皇后从没见过皇帝如此动怒，她养尊处优二十多年，甚至没有人和她大声说过话。此刻皇帝当着众多宫人的面冲她发火，她后退了一步，要不是窦希音扶住，站都站不稳。

"陛下！"杨皇后捂着心口，也作势要跪下。皇帝却完全懒得看她，让御前太监把程瑜瑾扶起来，说："宣太医来，瞧瞧太子妃有没有被伤到胎气。"说完，皇帝冷冷地扫了眼台下，道："将这几个胆大包天的奴才全部关起来。"

"是。"

程瑜瑾由宫人扶着站起身，到乾清宫侧殿诊脉。太医在侧殿给程瑜瑾诊脉时，其他人都在外殿等着，皇帝脸色铁青，杨皇后咬着唇，几次欲言又止，而窦希音扶着杨皇后，低垂着眼睛，眼神闪烁。

诊脉结果不是一会儿就能出来的，这时候杨太后也在嬷嬷的搀扶下走过来了。杨太后一见着皇帝，就沉声问道："皇帝，听说你今日大动肝火，连皇后都呵斥了？"

皇帝在这种情况下见到杨太后，心情着实复杂到极点。最终，他还是忍住波动的情绪，一如往常般向太后问好："太后，您怎么也来了？"

杨太后轻笑一声，声音极冷："哀家不来，恐怕皇帝就要给杨家治罪了。哀家路上听人说，太子妃口口声声说哀家要谋害她肚子里的皇嗣，要强行给她流去胎儿？"

皇帝没说话，但是沉默显然表明了态度。杨太后冷笑一声，道："可真是天大的冤枉。哀家何时说过要谋害她的子嗣？哀家只不过是想

让有经验的嬷嬷摸一摸她的胎儿罢了。”

其实杨太后这话倒也不算说谎，然而皇帝刚才看到慈宁宫的人追着东宫之人，甚至都追到了他的乾清宫的乱象，不信事情会这么简单。而且现在杨太后也承认，说要让有经验的嬷嬷给程瑜瑾摸胎儿。皇帝当了多年的帝王，哪里不知道后宫那些见不得光的事，所谓摸胎、正胎，不过是这些人折磨宫女、妃嫔的手段罢了。

曾经皇帝因为顾忌杨家势大，他们这样处理怀孕的宫女，他睁一只眼闭一只眼，但是没想到，上了皇家玉碟的太子妃居然也被他们这样对待。他们竟然猖狂嚣张、无视天理到这种地步。

杨太后完全没有料到自认为问心无愧的一番话，在皇帝听来，竟然完全是撒谎。一个人的风评是非常重要的，杨太后惯常跋扈，皇帝先入为主，即便听到辩解的话，也觉得是在狡辩。

杨太后自忖皇帝冷静下来了，便不紧不慢地道：“其实哀家想让人给太子妃摸胎儿，也是事出有因。太子妃才六个月，肚子都快赶上寻常人八个月了，多半怀的是双胎吧。”

双胎？皇帝皱眉，帝王家的第一胎是双胎极为犯忌讳，程瑜瑾怀的竟然是双胎吗？

皇帝心念电转，最后没有表态，只是沉声说：“朕已经派了贴身侍候的太医去给太子妃诊脉，无论是与不是，片刻便知。”

过了一会儿，几个太医出来了。他们躬着腰，见到皇帝、太后后立刻下跪：“微臣叩见陛下。陛下万岁，太后娘娘千岁，皇后娘娘千岁。”

“起吧。”皇帝挥手示意他们起来，问，“太子妃如何了？”

为首的太医摸着自己花白的胡须，说：“太子妃脉象稳固，只不过今日受了不小的惊吓，接下来很长一段时间都需要静养。”

皇帝点头，说：“你给她开些固本培元、安胎养神的药，以后去请平安脉，便你去吧。”

老太医躬身应道："微臣遵命。"

皇帝的御用太医去给太子妃请平安脉，窦希音心里一凉，太子在皇帝心中的位置竟然这么重要吗？

杨太后见皇帝说来说去都没说到关键点，反而还让自己的贴身太医去给太子妃请平安脉。她看不下去了，问道："太医，哀家问你，太子妃如今是不是怀了双胎？"

老太医顿了一下，似乎是拧眉思索，片刻后躬身，恭恭敬敬地回道："微臣医术不精，并未发觉。双胎前期很难诊断出来，得等到临产前后才能确定。太后放心，微臣日后必定加倍留心。"

杨太后听到太医说未发觉是双胎，十分怀疑："你这话可当真？是不是诊错了？"

老太医掀袍子跪下，低头道："微臣才疏学浅，请太后治罪。"其他几人也跟着跪下，一齐请罪。

这些可是专门给皇帝看病的太医，杨太后公然质疑他们的医术，还让人跪下请罪，皇帝已然不悦地皱了皱眉。皇帝很快将情绪压下，说："太后，如今事情已经清楚了，外面天色都黑了，再闹下去恐惹臣子笑话。"

皇帝的人亲自给太子妃做证，杨太后也没有办法。她在后宫横行无忌，但是在皇帝面前不得不让步。杨太后只好点了点头道："哀家也累了。今日就到这里，都散了吧。"

宫人齐齐跪下恭送杨太后。杨太后转身，才要走，身后突然传来一个声音："太后留步。"

杨太后回头看到明黄色的罩帘后，正站着一个脸色苍白的女子。

程瑜瑾被丫鬟扶着，一副勉力站立的样子，却还是挺直脊背，不卑不亢地说："太后劳累，儿臣不敢阻拦。只不过，太后素来明理，今日误会儿臣，定是被有心人挑拨。"程瑜瑾的目光慢慢落在窦希音身上，

“此人挑拨东宫和太后的关系，意图谋害皇嗣，其心可诛。寿王妃，你说是不是？”

窦希音没有料到程瑜瑾会冲她来，顿时整个人都愣住了。她本来打算今日借杨太后之手除掉程瑜瑾肚子里的孩子，毕竟在最看重继承人的皇家，长孙出自谁家实在太重要了。如果程瑜瑾这一胎真的是男孩，东宫无疑又增加了筹码，除非李承璟谋反，否则东宫绝不会易主。

窦希音故意将消息透露给杨太后，之后杨太后让嬷嬷给程瑜瑾摸胎时，她不在场。窦希音就在侧殿等消息，结果好消息没等来，却等到“走水”的叫喊声。

窦希音被吓了一跳，赶紧跑出来，看见慈宁宫众人乱作一团，而宫里没有任何一处有火光。窦希音察觉到不妙，然而这时候程瑜瑾已经趁乱逃出去了。窦希音急中生智，赶紧往坤宁宫跑，请杨皇后来救场。可惜她们还是晚了一步。或许并不是她们晚了，而是无论杨皇后说什么，如何解释，皇帝更愿意相信太子和太子妃。窦希音瞧见皇帝派人去给程瑜瑾诊脉，太医当众说并没有发现程瑜瑾怀的是双胎，心里十分惋惜，并且对太医的话一点儿都不信。

窦希音敢确定，程瑜瑾怀了双胎。要不然，她为何这样心虚？但是太医是皇帝的人，太医说不是，那就相当于皇帝说不是。皇帝显然打算袒护程瑜瑾了。

窦希音极其失望，安慰自己一次铩羽而归没什么，还有下次，可是没想到，才走了两步，就被程瑜瑾叫住了。

程瑜瑾的话虽然是问句，可是她盯着窦希音，其中的恨意毫不掩饰。

皇帝不至于连这么简单的意思都听不出来，看看面色苍白但是强撑着的程瑜瑾，再回头看看面色红润、全程躲在杨皇后身边的窦希音，剑眉皱起，语气中厌烦之意非常明显：“竟然又是你！”

程瑜瑾问窦希音，她本来就有点儿慌，现在还没想到如何回话，就听到皇帝极为厌恶的话，她彻底怕了，哪里还顾得了面子，立刻扑通一声跪倒在地，说道："父皇您听儿臣说，儿臣什么都不知道，这都是误会。"

杨太后见程瑜瑾对窦希音发难，本来打算替她挡下，结果正要开口就听到窦希音说她什么都不知道，一切都是误会，脸色顿时沉下去了。她窦希音什么都不知道，那就是说都是自己的错了？

杨太后脸色难看。窦希音是晚辈，地位还比太子妃低，她本来也没打算将窦希音牵扯进来，可是人心就是这样微妙复杂，她主动袒护是一回事，窦希音急急忙忙撇清关系，那就是另外一回事了。

杨太后心想她还在这里呢，窦希音就敢睁眼说瞎话，将所有责任都推到她身上，那如果她今日不在呢？

杨太后心里不快，顿时对庇护窦希音没那么热衷了。杨太后一时没接话，程瑜瑾抓住机会，立刻说："太后娘娘吃斋念佛，往常最是和善，何故会突然对一个尚未出生、压根儿都不知道性别的孩子发难？而且，太后娘娘这些天静心养病，不问外事，太医都不知道我怀的是双胎，太后如何得知的呢？说来也是巧了，今日只有寿王妃入宫，并且太后宣我去慈宁宫时，正好在寿王妃去慈宁宫之后。而且皇后娘娘会出现在此处，也是寿王妃通风报信。寿王妃，你不妨解释一下，为什么你身上的巧合这样多？"

窦希音支吾了一会儿，看向杨太后，然而杨太后并没有看她，她只能硬着头皮说："我今日进宫给太后请安，之后又去了坤宁宫，并不曾见过太子妃，对太子妃可能怀双胎一事也完全不知道。"

"哦，寿王妃什么都不知道吗？可是，你分明是在我离开慈宁宫后才去的坤宁宫，你居然说没见过我，而且不知道主殿发生了什么？"

窦希音支支吾吾，彻底说不出话来。其实程瑜瑾的话里并没有确凿的证据——她不能暴露自己怀的是双胎的秘密，所以不可能说刘太医翻了赵太医的医箱，并且出宫跑去寿王府报信——她也不过是靠着窦希音在宫里可疑的行程冲她发难罢了。

仅凭这些并不能证明什么，说白了这只是一些疑点。但是有时候有疑点就已经够了。皇帝本来就因为窦希音婚前不检点，赖上二皇子而不喜，现在得知窦希音还在宫里乱窜，到处挑事，对她的厌烦简直达到顶峰，根本不需要什么确凿的证据，就相信了程瑜瑾的话。

皇帝厌恶地扫了她一眼，说道："你身为王妃，却不守闺训，不敬长嫂，还在太后和皇后之间撺掇，挑拨太后和东宫的感情。从今天起，你就不要再入宫了，好好待在寿王府里闭门思过，通读《论语》《女诫》，什么时候将德行学好了，什么时候再入宫来给太后请安。"

窦希音如遭雷击，身子一歪倒在了地上。杨太后皱眉，刚才不接腔，诚然想晾一晾窦希音，但是并不希望她被禁足。皇帝的斥责可谓十分不客气，他让窦希音闭门思过不说，还直言她德行有亏。皇室女眷最要紧的便是名声，一个王妃背上德行有亏的名声，连二皇子也会受到影响。而且皇帝将窦希音禁足，却并没有说什么时候放出来。德行学好才许出门，那怎样才算学好呢？

杨太后开口劝道："皇帝，寿王妃的行为虽有不妥之处，但念在她年轻不经事，情有可原。你的惩罚是不是太重了？"

"什么年轻不经事，太子妃和她一样的年纪，太子妃什么时候做过这些没头没脑的事情？瞧瞧太子妃，再瞧瞧她什么样子。"皇帝口气依然不善，对杨皇后怒道："子不教父之过，女不教母之过，她敢这样无法无天，全是长辈纵容。皇后，你若是真为了她好，就不该这样惯着她。"

这话可太重了，窦希音的生母虽是杨皇后的姐姐，但现在婆母是她，女不教母之过，这说的不就是杨皇后吗？杨皇后立刻垂首，应道：

"是，臣妾知罪。"

皇帝金口玉言，出口成旨，已经说出来的处罚，怎么可能收回去？杨太后叹口气，知道皇帝现在正在气头上，便不再替窦希音说话了。

窦希音确实太没脑子了，该让她吃些苦头。

窦希音倒在地上，见杨太后、杨皇后接连噤了声，彻底慌了神。她被皇帝斥责，皇帝还下了禁足令，这让她以后如何在宗族命妇面前抬起头来？而且她被禁足的理由还是德行有亏。

窦希音万万不敢直接去拽皇帝的衣角，惶然四顾，一转头看到一双冷冰冰的眼睛——程瑜瑾的眼睛。这双眼睛极其漂亮，宛如工笔画画的，窦希音作为女人也不得不承认美极了，可是这一刻，这双眼睛冷静又毫无感情，远远盯着她。

她们俩离得不近，中间还隔着众多侍从，但是窦希音就是能从程瑜瑾的眼神里看出恨意。

窦希音受到极大的惊吓，可是周围所有人仿佛都没有注意到这一幕。那种感觉宛如暑天见了鬼，并且只有自己一个人能看到，身边所有人都不当回事。

窦希音先前还觉得一次铩羽而归没什么，还有下次，但是，程瑜瑾似乎要让她再没有下一次。

等所有人都散去后，乾清宫又恢复了庄严肃穆。程瑜瑾被宫女扶着喝安胎汤，听到外面接连喊"万岁"，也放下碗，端端正正地行万福礼："参见陛下。"

皇帝瞧见程瑜瑾已经隆起来的肚子，摆手道："你有孕在身，先起吧。"

"是。谢陛下。"

皇帝坐在龙榻上，打量着下方。先前他还不觉得，今日经杨太后一提醒，才发现程瑜瑾的肚子跟同月份的孕妇相比确实过大了。

程瑜瑾慢慢站直了，低着头，恭敬地说道："今日多谢陛下为儿臣主持公道。"

程瑜瑾谢的是什么，皇帝和她心里都明白。

皇帝身边的太医医术当然高超，赵太医都能诊出来是双胎，经验丰富的胡太医怎么不能？胡太医当众说并没有发觉程瑜瑾怀的是双胎，只不过是得了皇帝的授意罢了。

而且胡太医只说没发现，并没有说不是。毕竟这事谁都不能百分之百确定。

今日之事虽不能全赖杨太后，但是杨太后和皇帝毫无血缘关系，程瑜瑾怀着的却是皇帝的亲孙子。皇帝向着谁还用想吗？然而皇帝偏袒程瑜瑾是一回事，对太子的第一胎是双胎这事还是介意的。

皇帝说："李承璟不在，最近你辛苦了。你不必多想，从今以后只管待在东宫里养胎，每日去慈宁宫、坤宁宫请安也免了。"

皇帝的贴身太医都亲口说程瑜瑾受到了惊讶，应当安心养胎，杨太后和杨皇后怎么能听不懂这是皇帝不想让程瑜瑾去两宫请安的意思？不用说，等待会儿程瑜瑾回慈庆宫，杨皇后就会主动差人来说免了太子妃每日请安，杨太后本来就在养病，自然也一并免了。

有了皇帝发话，程瑜瑾就能名正言顺地不出门了，这再好不过。程瑜瑾赶紧行礼道："多谢陛下开恩，儿臣感激不尽。"

皇帝沉默，过了一会儿，缓慢开口道："你先养胎吧，一切等孩子出生后再做打算。生男生女都是天定，如果是两个女孩，皆大欢喜。宫里已经好些年没有小孩子出生了，若是能诞生一对姐妹花，委实吉利。"

程瑜瑾垂着眼，沉默了许久，最终还是问了出来："陛下，如果是两个男孩呢？"

皇帝停了片刻，徐徐道："如果是两个男孩，出生后，便溺毙身体弱的那个。李承璟，只能有一个嫡长子。”

程瑜瑾听懂了，皇帝今日授意太医说未发觉她怀的是双胎，一来是为了应付太后、皇后，二来也是给日后铺路。如果是两个女孩，胡太医就改口说每个人脉象不一样，当初不敢确定是双胞胎；如果是两个男孩，留一杀一，公告天下的时候，也只是皇太子喜得长子。

太子妃只生下一个孩子，双胎从来都是没影的事。

皇帝的态度十分坚决，程瑜瑾身子轻微地晃了晃，但不等宫女反应就自己稳住了，她平静地给皇帝行礼告退：“儿臣明白了。儿臣告退，陛下万岁万万岁。”

有了皇帝亲口发话，程瑜瑾接下来的日子闭门不出，整日待在慈庆宫里养胎。这一日连翘进来给程瑜瑾送点心，见程瑜瑾又坐在窗前描字，忍不住叹息。

她将点心放在桌上，轻声说：“太子妃，您看了一整天了，歇歇吧。”

程瑜瑾头也不抬，只是点点头，看样子并没有听进去。连翘叹息，道：“太子殿下不知道何时回来，就是因为太子不在，这些人才敢这样猖狂。若是殿下在宫里，太子妃怎么会整日待在慈庆宫？”

程瑜瑾放下笔，说：“这不是挺好的嘛，清清静静过日子，锦衣玉食，生活无忧，自己想做什么就能做什么，还不需要花精力应付其他人。我小的时候最想过这种日子了。”

连翘当然知道怀孕期间，像程瑜瑾这样清净度日才是最好的，然而总有些意难平：“但是太子妃好几天连大门都没有出去过。一个人闷在宫里，都没人和太子妃说说话，也太憋闷了。”

程瑜瑾听到后失笑，抬起头看了连翘一眼：“你不是人？”

连翘嘟嘴：“太子妃，您明知道奴婢不是这个意思。”

程瑜瑾却只是笑笑，继续低头描字，并没有搭话。过了一会儿，她

说：“我不觉得闷，这样挺好的。”

连翘还是噘着嘴，喃喃地道：“要是太子殿下能早点儿回来就好了。”

连翘说完后就知道自己这话不妥，妄议主子是丫鬟的大忌，但是偷偷去看程瑜瑾的脸色，发现太子妃并没有呵斥她，侧颜平静，仿佛没听到一般。

连翘明白了。即便程瑜瑾喜静，也是盼着太子尽快回来吧。

连翘放下碟子，悄悄退出去了。等书房里安静下来之后，程瑜瑾看着眼前的墨迹，心里轻轻呼出一口气。

李承璟七月请命出发，现在，已经八月底了。不知道水灾和瘟疫的事，他处理得怎么样了。

过了两天，临近黎明时下了一场雨，清早起来的时候，紫禁城里到处都是湿漉漉的。石板路被冲刷得干干净净，树叶仿佛也更绿了。

杨太后生病，今日皇后请尼姑进来作法。这样的事情程瑜瑾向来是懒得关心的，何况她“奉命养胎”，这些场合更不必出席。但是今日法事结束后，宫里竟然流传出一个消息，说太后之所以久病不愈，全是因为被金相之人克制。

用师太的原话说：“金，锐也，虽然富贵，但是有凶煞尖锐之嫌。如果金相之人‘行势’太冲，会妨碍到其他属性，此消彼长，一家独大，反而对整体不利，尤其金克木，木受到的冲击最大。而木又主长寿，所以，金相之人会对老人不利。”

最后师太算来算去，指出那个金相之人是太子妃所怀之人，因为一出生便投胎到帝王家，而且还是太子嫡长血脉，福气深厚，天生带着旺盛的金属性。而杨太后历经两朝，一直受土、木所温养，所以才被克制，并且久病不愈。

至于如何破解，自然是让金相旺盛之人移居别处，避开冲撞之势。

杨太后这套说法冲着谁来的，显而易见。窦希音因为程瑜瑾被禁足，成了京城的笑柄，而李承璟跑去江南，当众拆了杨首辅的台，这口气她能忍下，便不是多年来横行无忌、不可一世的杨太后了。

程瑜瑾听到后，不由得冷笑：又是不祥，杨太后当年这样迫害李承璟，如今，竟然还要用同样的方法害她的孩子。

杨太后辈分高、身份尊贵，当然不可能移居，那么只能让程瑜瑾避到宫外。程瑜瑾现在已经怀孕七个月了，避到外面，谁知道会不会碰上天灾人祸，最后一尸三命？

偏偏后宫中的底层宫女、太监十分迷信，信鬼神的妃嫔也不少，而且，有些事情即便你知道对方借鬼神之手谋私利却奈何不了对方，当年杨太后说李承璟是恶月恶日出生的，于家国不利的时候，皇帝难道不知道杨太后在迫害钟皇后和皇长子吗？

皇帝当然知道，但是那又能怎么样？她贵为太后，她说不祥，皇帝还能顶着不孝的罪名让晚辈克太后吗？当年闹到最后，皇帝还不是迫于无奈，送李承璟到清玄观静养，本想暂且避一避风头，但是谁能想到，那一去父子二人险些成了永别。如今，同样的事情竟然又发生在李承璟的孩子身上。

杨太后仗着自己是太后，肆意摆弄别人的命运。

杜若和连翘听到流言被气得发抖。连翘骂了好几个乱嚼舌根的宫女，回来后脸色通红。

她愤愤地骂了两句，期待地看向程瑜瑾："太子妃，这些人竟敢这样说小主子，实在太过分了。我们该怎么办？"

"该怎么办就怎么办。"

"太子妃？"

程瑜瑾剪掉盆栽上的老枝枯叶，悠悠地说："养花最重要的就是勤修剪。如果不及时剪去长歪的、腐朽的枝杈，那这些枝杈就会抢夺整株花的养分。长此以往，曾经的功臣也会变成使整个盆栽枯萎的罪人。”程瑜瑾说着，精准地剪断一根枝杈，“所以，下决心一定要快，而且出手就不能反悔。不然要剪不剪，或者剪了一下却没有掉，还不如不剪。”

连翘听得似懂非懂，程瑜瑾已经放下剪刀，在银盆中洗手了。和着清脆的撩水声，程瑜瑾的声音也几不可闻：“到了时机当机立断，没到时机……那就忍着。”

外面流言越传越厉害，许多人等着看程瑜瑾的反应，然而他们等了许久，程瑜瑾却没有任何反应。无论外人如何说，程瑜瑾都只是待在慈庆宫，大门不出二门不迈，每天读书写字养花散步，十分沉得住气。

最后，反而是杨家沉不住气了。九月中旬的时候，杨太后的病急转直下，她一下子病得下不了床。杨皇后急召所有宗亲入宫侍疾，连窦希音也被放出来了。

皇帝虽然没有通知程瑜瑾，可是这种情况，她再窝在慈庆宫就要被人说不孝了。她在名声上绝对不能有亏，于是特意让人拿着软垫、急救药等许多东西，大张旗鼓地赶去慈宁宫侍疾。

程瑜瑾带去的人几乎占了半个宫殿。程瑜瑾怀孕已经七个多月，普通孕妇七个月的肚子也已经很大了，何况程瑜瑾怀的是双胎。她艰难地进殿后，所有人瞧见都捏了把汗，根不得给她搬张座椅，让她赶紧坐下，千万别走动了。程瑜瑾还偏偏要孝顺地挤到杨太后榻前侍疾。程瑜瑾随便拿点儿东西，两边人就看得心惊胆战，纷纷夺过来代替她。最后，哪里像是程瑜瑾来给太后侍疾，分明是这些人侍候程瑜瑾。

杨太后看着她不说话，脸色还如往常一般没有精神。人们看不出杨太后的病情有没有恶化，但是从脸色来看病情不像好转。他们这里折腾了半天，外面传话，说法灵寺的师太来了。

法灵寺的师太便是说程瑜瑾怀的孩子克杨太后的人。众人听到后纷纷让路，程瑜瑾也抬起手，让杜若扶着她起身。

法灵寺师太进殿后，先给皇帝、皇后请安，然后又双手合十给众宗亲请安。杨皇后面有焦急，说：“师太，先不要讲究这些虚礼了，快先来看看太后娘娘。”

“贫尼遵旨。”老尼姑对皇后行了一礼，上前对着杨太后掐指推算。老尼姑掐了一会儿，又仔细看看杨太后的面门，最后双手合十，长叹一声：“贫尼无能为力。”

众人大惊，杨皇后更是蹙眉问道：“师太，你这是何意？上次来你还说没事，这才过了几天，你怎么就说无能为力了？”

老尼姑一派方外之人的慈悲模样：“上次贫尼来，太后虽然病弱，但是木相蜿蜒连通，尚有生机流转，如今贫尼再看，木相已经被金相从根上斩断，只剩下根部勉强维持生存。若再耽搁几日，紫禁城内木相被克死，太后无天生土木温养，恐怕病更难好了。”

众人面面相觑，一时都没人说话。杨皇后轻轻地瞥了程瑜瑾一眼，问：“那师太说，如今该如何做呢？”

“贫尼上次便说过，五行相生相克，金相太强，便会削弱与其相克的木相，等木被消磨殆尽，五行缺了一行，整个循环便不能再继续。如想让太后病愈，只需让金相太强的人暂避宫外，等木相集聚天地能量慢慢恢复过来，五行正常循环就好了。到时，自可让金相之人回来。”

这个师太说的话环环相扣，两边的人听了都连连点头，觉得很有道理。因此，便有些忍气功夫不好的人，悄悄去看程瑜瑾。

宫中早就有流言，程瑜瑾肚子里的小主子投胎到东宫嫡长位置，贵气太重，克太后，也有碍别人的运道。结合这段时间程瑜瑾的表现，和杨太后越发严重的病情，似乎和老尼说的情况十分吻合。

程瑜瑾察觉到许多人在看她，脸上没有一点儿退缩、害怕，依然镇定自若地站着。她表现得无所畏惧，可是心里忍不住涌上一股无力。

她不怕阴谋、阳谋，甚至不怕背后的暗箭，但是这种莫须有的、众

口铄金的“不祥”，她实在不知道该如何自证。

听闻民间有村民会烧死他们认为的不祥之人，没想到宫里，这样可笑可悲的事情也不能幸免。她可以证明自己无辜，可以证明自己有能力，但是要怎么证明肚子里的孩子并不是不祥呢？

这种东西虚无缥缈，但是经巫道嘴皮子一碰，有心人一煽动，便能毫无理由，也不需要理由地逼死一个人。

皇帝此刻也沉吟不语。其实，他是有些信的，因为这段时间以来，他的身体也不好。

金木水火土，五行相生相克，如果是宫里的木被克制得奄奄一息，他近来莫名身体病弱，也找到了理由。

程瑜瑾看向皇帝，当发现皇帝也不说话的时候，心就彻底凉了。皇帝能毫无感情地说出生出两个男孩就溺毙一个的话，程瑜瑾怎么能指望皇帝站在她的角度上保护她的孩子呢？程瑜瑾的心越来越沉，她正打算说话自救，宫外突然传来尖锐的通传声：“太子到。”

太子？所有人都吃惊地朝外看去，太子回来了？

第十二章　龙　凤

太监喊“太子到”的时候，许多人震惊了。太子明明在外地赈灾，怎么会突然回来？

程瑜瑾先是惊讶了一下，随后终于意识到发生了什么，立刻快步朝外走去：“殿下！”

李承璟已经进殿，许是刚刚到达京城，身上还穿着靛青色的常服，窄袖束腰，修长挺拔。不同于上朝时的宽袍大袖，这身衣服更显得他修长挺拔、精干利落，气势也更凌厉。

他走入大殿，没有言语，可是浑身的气场让众人朝后散开，为他让出一条长长的通道。李承璟眉目含霜，举手投足都带着从灾区修罗场磨炼出来的杀气。这几个月李承璟整日在灾区面对死人，那样的景象，岂是京城这些锦绣堆里滚大的人能想象的？李承璟的气场因此发生了变化。

李承璟身上的气势毫不收敛，直到他在人群中看到程瑜瑾向他走来，眉眼才柔和了些，露出难得的暖意。

程瑜瑾走到李承璟身边。这段时间她一直都冷静理智、见招拆招、寸步不让，这一刻心头却涌上无限委屈，话音都带着哭腔：“殿下。”

李承璟快步上前，接住程瑜瑾。李承璟看到程瑜瑾发红的眼角，水盈盈的眼睛，整个心揪成一团。他替程瑜瑾擦去眼角的泪，轻声说：“我回来了，没事了。”

说完之后，他将程瑜瑾拉到身后，抬头看向上面那几个人时，从眼神到气场都不同了：“孤在外赈灾，不在宫中，结果你们就是这样对待太子妃和孤的孩儿的？”

杨皇后有点儿尴尬，李承璟怎么正好这时候回来了？她笑着，试图遮掩：“太子回来是喜事，我们高兴还来不及呢，太子此话是何意？”

“高兴？如果这便是太后和皇后的高兴，孤恐怕消受不起。”李承璟眼中满是冷漠，说，“孤今日急行进京，却在刚进东宫时得知，太后娘娘召月份已大的太子妃侍疾。孤这一路上也隐约听到一些关于孤孩儿的言论。”

杨太后对程瑜瑾无所顾忌，但是看见李承璟进来，腰背下意识地绷直了。就连方才一脸高人相的老尼姑此刻也低下了头，悄悄往旁边让了两步，不敢直面太子殿下。

众人都有些讪讪的，看热闹的宗亲此刻都跟鹌鹑一样，不敢有丝毫存在感。皇帝脸上也有些过意不去，轻咳了一声，说：“太子，你怎么回来了？先前怎么都不送消息回来？”

“儿臣将灾区诸事安排好，立刻动身回京复命。儿臣向朝廷报信的奏折已在路上，只不过儿臣比驿站的人马快，先于奏折一步到京。”李承璟说完，对皇帝拱手，“儿臣幸不辱命，瘟疫已经根除，灾民俱安置妥当，儿臣走时，房屋重建已步入正轨。儿臣特回京向圣上复命。”

听这意思，江南水灾、瘟疫乃至灾后重建的事，他已经全部处理好了。皇帝听完大喜，顿时将刚才那些神神鬼鬼的事情抛到九霄云外，高声道："好！太子差事办得好，大赏。"

"谢陛下。"李承璟说完，脸上没有丝毫受到封赏后欢喜的神色，而是瞥向杨太后，话锋一转："孤肩负重命，以身涉险，好不容易从瘟疫之地活着回来，本想回东宫休整仪容再面圣复命。结果回宫后却发现东宫空无一人，询问看门的太监才知道太子妃早早就被太后叫走了。除了太子妃，陛下、皇后甚至宗室诸亲，今天都在慈宁宫里。孤不想惊动他人，便独自往慈宁宫赶来，没想到，却在进门时，听到好一场精彩的推论。"

杨太后不敢和李承璟对视，默默转开视线。李承璟冷冷地看了杨太后一眼，目光转向一脸高人相的老尼姑："这位师太，你刚才说谁不祥？说要将谁移到宫外？当着孤的面，你再说一遍。"

老尼姑双手合十，道了声"阿弥陀佛"，看着地面，哪里还能说出话来。李承璟上前一步，眼神缓慢地从两边众多亲王、王妃身上扫过："你们也是这样想的？"

众人连忙道不敢，又往后退了退，表情十分尴尬。李承璟见众人都说不敢，微微点了点头，看向杨皇后："那便是皇后的意思了？"

杨皇后有些难堪，周围人散开后，她站在中间，进也不是退也不是，十分下不来台。听到李承璟的话，她勉强笑了笑，道："太子刚回来就忙着给太子妃出头，未免太着急了吧？太子妃之事，和本宫并无关系。"

"孤若是再不急，或者再晚回来两日，恐怕就见不到太子妃和孤未出世的孩儿了吧。"李承璟冷冷地笑了笑，眼中尽是寒光，"皇后想不起来，那孤来提醒皇后一二。孤一出生就被说不祥，五岁时也是以同样的理由，被移到宫外养病。然后那一年，山洪冲垮清玄观，孤险些丧命。如今皇后想将太子妃也移到宫外，这次，莫非也有什么天灾？"

杨皇后被逼问得连连后退，说不出话来。她是继室，对上原配皇后的嫡长子，天生气势弱。杨太后听到后就恼了，从病榻上坐起身来，说道："太子，皇后乃是你的嫡母，你对她如此说话，莫非这就是你身为太子的体统？"

"孤在外为国效命，而宫里先是太后听信谣言，让专门给宫女堕胎的嬷嬷为太子妃摸胎、正胎。如今，皇后又请了法灵寺的尼姑，口口声声说太子妃腹中胎儿不祥，冲撞长辈，要将堂堂太子妃移到宫外。这就是太后和皇后当长辈的体统？"

李承璟声音暗含威压，竟然将所有人都镇住了。杨太后也在这样的气势下接不上话。李承璟目光扫过众人，另一只手紧紧握着程瑜瑾的手，说道："孤便是不祥不吉之人。五月是恶月，五月初五是大恶之日，孤出生于端午，已然是天下阴祟之至，即便太子妃腹中胎儿真的不祥，克的也是孤这个父亲，孤心甘情愿。太后若是要除邪，就先把孤处置了吧。"

太子这话十分攻心。他当年流落民间，确实是宫里的原因，而关于太子生辰不祥、养不大之类的话，现在虽然没人再提了，可是在当年，真的伤害了李承璟。自从李承璟回来后，众人都刻意回避当年的事，如今李承璟自己说出来，谁都说不出话来。

旁边的一个王爷素来和善热心，在宗亲中最有人缘，闻言笑着拱手道："太子此言差矣，您虽然是端午所生，但是区区生辰哪能决定一个人一生的命运？关于生辰吉与不吉这些话，不过是众人说出来凑趣罢了。鬼神之言各家有各家的说法，有时候，也不可尽信。何况，鬼神亦是活人所变，太子殿下连疫区的灾民都能救回来，可见龙气清正，上天庇佑。有太子在此，区区鬼祟，哪敢造次？"

有了这个王爷开头，其他人也纷纷应和。皇家人吵架，必然是不能指望这几尊大佛自己找台阶下。皇帝、太后、皇后、太子，这几个人一个都得罪不起，众人只能在其中和稀泥。

等气氛渐渐缓和了，皇帝出来打圆场："好了，太子连日赶路，舟车劳顿，想必已经累了。太子先回去休息一下，一会儿朕召集内阁，太子也来乾清宫复命。江南之事非同小可，不能耽搁。"

李承璟应下。有了处理国家大事的名头，皇帝就名正言顺地往外走。有皇帝打头，其他人也次第跟上，打算顺势退场。众人散去，李承璟安抚性地握了握程瑜瑾的手，程瑜瑾对他摇头，示意自己没事。

李承璟一颗心勉强放下，牵着程瑜瑾走了两步，突然停下，一双眼睛冷冷地望向那个老尼姑："师太，暂且留步，孤有一事要问。"

老尼姑实在没料到会在中途被太子叫住。她头都大了，还是勉力道了声"阿弥陀佛"，慈眉善目地说道："贫尼不敢当太子此言。请问太子有何事吩咐？"

李承璟和老尼姑停在大殿中间，这里前后通畅，距离先前跟着皇帝走出去的一众人不远，与杨太后养病的床榻，也不过隔着一道帷幔。李承璟的话清晰地传到每个人耳中。

"师太刚才说孤的孩儿金气太盛，不利五行，所谓金害木。东宫便属木，孤如今回宫，宫里木相该不会后续乏力吧？"

老尼姑支吾，一时没想到该怎么说："这……贫尼此刻不敢妄下断言。"

"师太竟然不敢确定？"李承璟脸上微微带笑，但是他的声音暗含着穿皮透骨的寒气，"孤身为太子都不能压住金相，莫非师太的意思是孤不配做太子？"

老尼姑哪里敢应这种话，浑身一哆嗦，立刻重重地跪倒在地："贫尼不敢，贫尼并非此意。"

"这最好不过。"李承璟慢慢地说，"孤看师太对于阴阳五行研究得并不是很透彻，从此以后，师太还是潜心在法灵寺里修行吧。己身修好之前，不要再在外行走。要是下次进宫，你再胡乱说出什么，冲撞的就

不只是孤了。”

老尼姑冷汗涔涔，对于李承璟近乎直白的威胁十分害怕。她知道，自己恐怕很长一段时间都不能出来见人了，要不然，不光她的性命不保，连法灵寺恐怕也会被牵连。

帷幔后始终没有动静，走到宫殿门口的众多宗亲对视良久，也绷着脸，静悄悄地离开了。

等回到慈庆宫后，程瑜瑾再也忍不住，险些当场落下泪来：“殿下……”

李承璟一身冰冷的铠甲顿时卸下，他捧着程瑜瑾的脸，心疼地发现两个月过去，程瑜瑾反而更瘦了。他叹口气，道：“是我不好，我答应了照顾你，结果又让你受委屈了。”

程瑜瑾摇头：“没有。只要殿下回来，我就永远不受委屈。”

他擦掉程瑜瑾眼角的泪，叹息道：“别哭了，你这样我更心疼了。”

其实程瑜瑾也奇怪她这是怎么了，自己并不是爱哭的性子，更不会依赖人，为什么现在一见到李承璟就委屈得忍都忍不住？李承璟说完后，程瑜瑾更尴尬了，躲开李承璟的手，擦干眼泪，说道：“并不是哭，是孕期情绪波动大，我自己控制不住。”

“好，你说得都对。”李承璟当然不会和程瑜瑾争，拉着程瑜瑾的手，小心翼翼地扶着她，“你站着累，先到殿内说话吧。”

两人坐到宫殿内后，程瑜瑾问：“殿下，你这一路可好？”

李承璟并没有多说：“平安无虞，你大可放心。你这段时间累着了，先安心睡一觉吧，我一会儿要去向皇帝复命，等你睡醒了，我就回来了。”

程瑜瑾最近月份大，确实精力不济，今天闹了这么一出，她早就累了。李承璟亲自扶着程瑜瑾上床，她闭眼之前，看到李承璟坐在床帐前，对她轻轻一笑：“安心睡吧，一切有我。”

程瑜瑾闭眼之前都在想，一切真的好像梦境啊，甚至让她觉得，她再一睁眼，就会发现东宫里依然空空荡荡的，李承璟没有千里急行从天而降，也没有为了她在慈宁宫大发脾气。

程瑜瑾睡觉前总觉得一切恍如梦境，但她很快进入梦乡，梦中一片漆黑，后面渐渐出现了红墙青瓦的东宫，宫里安安静静的，一个人都没有。

梦境到这里，程瑜瑾突然醒了。她刚睁开眼睛时，都分不清哪个是现实哪个是梦境。身边人给她递来一杯水，程瑜瑾回头，李承璟看着她笑道："你醒了？做梦做糊涂了？"

程瑜瑾的心顿时放下，她支撑着要起身："你回来了！我不是做梦？"

"当然。"李承璟笑着回答，然后小心地将程瑜瑾扶起来，"小心，你的肚子都这么大了。听丫鬟说，你晚上睡觉有时候会抽筋，还没法翻身？"

程瑜瑾轻声说道："怀孕都是如此，哪个母亲是轻松的？我孕吐不严重，已经比许多人好了。"

李承璟叹息，由衷地说："辛苦你了。你这样辛苦地怀着孩子，而我还离宫好几个月，是我对不起你。"

程瑜瑾摇头道："殿下此言差矣，每个人都有自己的责任。你去完成自己的职责，这是好事，我怎么会因为怀孕就强行绑着你呢？"

李承璟叹息，知道这种事情没有两全之策，没有再说，转而说道："好在接下来就没事了，从现在到你临产，我都能陪在你身边。"

程瑜瑾听着有些不对劲，轻声问："殿下，江南的事……转交给别人了？"

后续灾区重建和安置难民的事，都不是一时半会儿能完成的，李承璟说接下来几个月都能留在宫里，那就是说另有人接手了。

程瑜瑾心情有些复杂。发放米粮、安置受灾的百姓，这简直是刷名望、收民心的最好的举措，日后履历上也会增添金光闪闪的一笔，李承璟将最艰难、最危险的部分处理完，却把善后的工作拱手让人。

她听着都难以接受，而李承璟作为当事人，经历了那么多辛苦，该是什么感受？程瑜瑾目带关切，但是怕他有压力，不敢安慰。李承璟将靠枕放好，一回头看到程瑜瑾的眼神，不由得笑了："你这样看着我做什么？我回京之前，就知道接下来会发生什么了。如果我真想要这些功绩，最开始便不会亲自回京复命，我既然回来了，就代表什么都安排好了。"

程瑜瑾心中一动："殿下，是不是你听到了什么才着急回宫的？"

"不是。你不要乱想。"李承璟扶着她坐好，轻描淡写地说，"我本来就想回来了。臣子需要履历，需要功名，我着急什么？没身家、没背景的小官会被人抢了功劳，我是太子，还有人敢抢我的功劳不成？"

程瑜瑾想想也是，全天下都知道江南暴发瘟疫的时候，是太子亲自请命前往，无论治理之功实际上是不是李承璟的，最终天下百姓都只会记得他。杨甫成抢着派自己人去收割民心，夺取胜利果实，但是一个普通臣子哪里比得上太子名气大。李承璟功成身退，还能在皇帝和文武百官面前留下一个不贪权的好印象。

然而话是这样说，程瑜瑾知道，这样做只是损失没那么大，并不是没有损失。如果没有她，李承璟不会着急回来。只要他在江南一日，杨首辅就算派了人过去，也没人敢和他抢功劳，然后他大可将所有事都安排妥当，刷足了太子心系苍生、德才兼备的名望后，再慢悠悠回京。

李承璟轻描淡写地带过，是不想给她压力，她心里明白，微微叹了口气后，也不再提起。

程瑜瑾刚才想安慰李承璟，但是怕贸然说到痛处会让李承璟不舒服。不是所有的安慰都能恰到好处，也不是所有人都愿意接受别人的安慰。自以为是的善良，有些时候只能感动自己。

程瑜瑾习惯于替别人着想，李承璟也是如此。程瑜瑾不贸然表现自己的体贴，李承璟也将自己为程瑜瑾做出的牺牲压下不提，到最后，只剩一句轻飘飘的“不是什么大事”。

两人都尊重对方，才能从不拌嘴，相处越来越融洽，感情越来越好。人心都是肉长的，李承璟为她做的点点滴滴，她虽不说，但是都记在心里。日后她会投桃报李，更加用心地对待李承璟。

她又问道：“殿下，那赈灾的事换谁去收尾？”

“自然是杨首辅的得意门生。”李承璟谈起了外面的局势，“今日只是内阁相互角力，等明日上朝，还有的吵呢。”

果然，第二日，对江南赈灾一事朝堂上再次争论不休。

赈灾主帅临时换人，换的还是杨首辅的亲信，其他臣子听到后便炸了锅。朝臣因此吵嚷不休，争执中，又牵扯出当初徐文贪污赈灾银两，以霉米充好米，好大喜功，以致暴发瘟疫的事。朝堂中有人让皇帝严惩罪臣，还有人说杨首辅结党营私，明明当初便是杨派之人弄出来的乱子，如今，杨首辅竟然又派自己的门生去收尾，天下为私，有何公正可言？

这大概是杨甫成当上首辅以来，第一次遇到弹劾了。

所有新仇旧怨一起清算。有了第一个人开头，其他臣子也纷纷跟着弹劾杨甫成，从徐文之事扯到杨首辅擅权，又从擅权扯到后宫干政，最后，连杨家独孙杨孝钰欺男霸女、杨家奴仆仗势欺人都被翻出来了。

弹劾之势如洪水决堤，一发不可收拾。

这场大弹劾持续了一个月，每天皇帝案头都堆着弹劾首辅的折子。文臣们充分发挥当年考科举时的文才，引经据典、骈散并济、洋洋洒洒、感情充沛地骂杨首辅。他们写了一道奏折还不尽兴，第二天见皇帝没处理，又接着写奏折骂杨甫成。

杨首辅处理过许多被人弹劾、引咎辞职的官员，但是从没想过，有一天，主人公会变成他自己，而且这样大规模的弹劾前所未有，最后众人已近疯魔，不管事实、不管真相，只是为骂而骂。

杨甫成动了气，欲处置其中几个领头人，但是开国皇帝留下祖训，不杀言官。杨甫成不能下死手，只能杖责，然而对于言官来说，因上谏而被杖责乃是荣幸，说出去这是清官烈臣的美名。所以尽管杨首辅下手越来越重，但言官只要没被打死，第二天由人搀扶着也要继续骂。

杨首辅强硬地压下所有反对的声音，依然派自己的门生代替太子去灾区收尾。他以为，这只是再寻常不过的一次弹劾，把几个最高的声音镇压下来就好了，然而这场弹劾的强度和时间长度，却远远超出杨甫成的预料。

最终，连后宫中的杨太后也被惊动了。即便杨太后和杨甫成有了嫌隙，可是毕竟是亲姐弟，外人面前杨太后当然向着自家人。杨太后以病相逼，最终皇帝下令，将带头弹劾杨首辅的几个官员全部降职，给杨甫成的儿子杨世隆升了官，还给杨首辅送去赏银和名贵药材，安抚之意十分明显。

因皇帝出面强行镇压，弹劾杨甫成的事不了了之，代替李承璟去灾区收尾的人依然是杨甫成的门生，徐文也只是被降了职，被皇帝斥责了几句。这么多人豁出性命求正义，最后杨家在风雨中岿然不动，反而是最先弹劾的几个人被降了职。

在瘟疫和赈灾一事中真正立下大功的太子，如今也避居东宫，甚少露面。弹劾风波中有人义愤填膺地请太子去讨回公道，李承璟说圣命自有道理，一切听从圣上的安排。

最后所有的事情果然都被压下，皇帝给足了杨首辅颜面，杨首辅依然一家独大。朝中人看见一切尘埃落定，被气得不行却又无可奈何，纷纷替太子感到不值。

在这疯魔的一个月中，李承璟很少出门，下了朝就回宫陪程瑜瑾。东宫这对夫妇一个比一个宅，全是不喜欢热闹的性子，在慈庆宫里一待就是一整天。

十月底，几乎将全京城人牵扯其中的弹劾风波在皇帝出面后终于停歇了。

进入十一月，杨首辅毫发无伤，杨家人经历了这件事，出门在外越发神气。而程瑜瑾的肚子也非常大了，平安脉变成一日一请，慈庆宫所有人都不知不觉紧绷起来。

程瑜瑾临产期将近，宜春侯府来探望她。程老夫人瞧见她的肚子，欲言又止，最后所有的话只能全吞到肚子里。

程老夫人只能变着法提醒程瑜瑾："太子妃，虽说孕妇要静养，但是适当运动有益无害。您现在虽然肚子大了不方便，但是每日走动也不能松懈，让丫鬟扶着，早晚好歹走三四圈。现在多活动，临产的时候才能少受罪。"

程瑜瑾点头："我知道，自从胎儿稳固后，我每日的活动从没有松懈过，即便不能出门，也会在东宫花园里走上三圈。"

程老夫人点头，好歹放心了些。现在宜春侯府全府人的身家性命都系在程瑜瑾身上，没有人比程老夫人更盼望程瑜瑾母子平安，健健康康，甚至说句不好听的，哪怕孩子留不住，大人也决不能有事。如果母子出现意外，要程老夫人选，一定毫不犹豫地选择保大。

虽然宫里不承认，但是圈子里许多夫人悄悄猜测，太子妃这一胎，可能是双胞胎，尤其是程老夫人，当年看过阮氏怀孕，现在再看见程瑜瑾的肚子，心里已经确定了八成。

这个话题太沉重，程老夫人和程瑜瑾谁都没有主动提及，但是程老夫人回府的时候，望着晃动的花穗，忍不住叹息：寻常人家都盼着长媳一胎得男，如果是两个男孩，欢喜得怕不是要当场给祖宗烧香，然而这事搁在皇家，却成了忌讳。

现在，竟然所有人都盼着太子妃千万要生一对女孩。这让其他求子无果的人家见了，不知道心里要作何感想。

十一月，宫里许许多多的人为了东宫中的事牵肠挂肚，晚上都睡不安稳，经常稍有风吹草动，许多宫殿灯就亮了。杨太后和杨皇后都算着日子，就连皇帝也忍不住一日日问："太子妃还有多久临产？"

众人都紧绷着，话题中心的东宫却很安静。稳婆和奶娘早就准备好了，李承璟不让人露出紧张之色，怕影响程瑜瑾的精神状态，然而他自己动不动就失眠，稍有动静就被惊醒。

程瑜瑾好吃好睡，李承璟却明显瘦了一圈。程瑜瑾看到后，自己都不好意思了："殿下，其实你不必如此紧张。儿女都是缘法，等到时间了，他们自然就出来了。"

"我知道。"李承璟揉了揉眉心，一派平静地说，"我没紧张。"

程瑜瑾默默看着他，没说话。

众人提心吊胆了一个月，然而直到十一月底，程瑜瑾也没有丝毫要生产的迹象。紧张的时间长了人慢慢就会麻痹，众人都觉得这两天程瑜瑾恐怕也不会生，没想到在十一月的最后一天，程瑜瑾在深夜里突然发动。

程瑜瑾深夜发动，主殿里的灯光立刻亮了。很快连翘从殿里跑出来，衣服都来不及套，就急忙喊道："快去叫稳婆过来，小厨房赶紧烧水，太子妃发动了！"

这一声叫喊，把东宫所有的人都惊了起来。随后消息如波纹层层传递，整座紫禁城一座接一座宫殿亮起小灯，消息顷刻间传遍宫城的每个角落。

太子妃要生了。

程瑜瑾疼得几乎失去意识，半夜突然疼醒，感觉到身下不对劲，知道这是羊水破了，立刻叫人。所幸李承璟觉轻，她一出声他就醒了，之后她被挪到产房，眼前全是一重重人影晃动，她都分不清到底谁是谁。

她疼了许久，生孩子说起来简单，因为每个女人都要经历，所以看起来似乎没什么要紧的，但是唯有经历过的人才知道到底有多痛。

最后，程瑜瑾都有点儿神志不清了。她记得自己半夜时发动，现在，外面似乎都快亮了。她耳边全是各种叫喊声，有稳婆的，也有丫鬟的。

程瑜瑾记得，前世她生孩子的时候难产了。这一辈子是双胎，似乎还要更艰难些。

恍惚之间，她隐约看到一个人影。她看不清对方的脸，但是脑海中有一个莫名其妙的声音告诉她，那是她前世的孩子。

前世，她拼了命生下她和霍长渊的孩子，结果却无缘一见。后来，这个孩子由程瑜墨养大。因为程瑜墨受宠，很快又生下了孩子，所以程瑜瑾的孩子从小缺乏关注，小时候唯唯诺诺，长大了浑浑噩噩地活着。

霍长渊对他越来越失望，最后，终于决定换世子。那个孩子深夜买醉，失足落入河中，就此结束短暂的一生。

程瑜瑾听到那个人影凄厉地尖叫："你怎么能这样自私！遇到了太子就另攀高枝，当了太子妃不说，还要放弃你前世的孩子吗？你有没有想过，你这样做，你的孩子就彻底消失了！"

十一月三十，入夜后极冷。霍长渊在寒风中训练了一天。因为杨首辅一事，军中也受到影响，近来站队之风极盛。霍长渊身心俱疲，以为回家后终于可以松口气，却发现侯府一片死寂。

霍长渊去给母亲请安，却见霍薛氏冷着脸坐在那里，阴阳怪气地说："养儿子果然都是亏本买卖，女儿好歹还知道向着娘家，养了儿子，为他掏心掏肺，最后人家只记得自己媳妇。"

霍长渊没办法，只能好声好气地劝了好久。霍薛氏转了脸色，拉着他絮絮叨叨说了很多程瑜墨的坏话。没有人听了别人的抱怨后还能保持好心情，即便那个人是自己的母亲。霍长渊疲惫之意更甚，回到自己房中，发现院子里也没有点灯，正房一片漆黑。

霍长渊油然生出一种厌倦感，还没进去，就已经对一会儿要面对的事情生出烦躁。

果然，程瑜墨坐在黑乎乎的屋子里，低声哭泣着。看见霍长渊回来，程瑜墨没有跟他打招呼，而是背过身去，哭得更大声了。

霍长渊刚刚开解完霍薛氏，现在程瑜墨也这样，他实在没有多余的心情去哄程瑜墨了。他非常疲惫，坐下来给自己倒了杯茶，发现竟然是凉的。

霍长渊已经有点儿生气了，勉强忍住，问："你又怎么了？"

又？这个字眼不知道戳中了程瑜墨哪里，她一下子爆发了，回过身大喊："我能怎么了？我不过就是一个泼妇，比不得侯爷的解语花善解人意，你要是嫌弃，那就出去啊！"

刚回来就被人这样吼，霍长渊当真有扭头就走的冲动，但是他知道他要是走了，事情只会更棘手。说到底，这些烂摊子都得他收拾。

霍长渊强忍着情绪，说："我只是问了一句，你就像个爆竹一样爆炸了。有事说事，你到底怎么了？"

"都怪我没能耐，既无姮娥之貌，也无班曹之才。我掉了孩子，根基被伤到了，这么多年了都没有再怀上孩子。我已经是个废人了，长相不好看，性格不讨喜，也不会八面玲珑讨大家欢心，侯爷还留着我做什么？不妨一纸休书将我打发回娘家，我也能落个清清白白来，清清白白走，免受风霜雨雪糟践。"

霍长渊听到“糟践”二字，冷笑了一声，冷冰冰地说道：“在你眼里，嫁到我霍家，竟然是被风霜雨雪糟践？既然如此，我也不敢留你，哪里温暖，程二小姐便往哪里去吧。”

程瑜墨的哭声一下子变弱了，她怎么想真的被休，只是故意气一气霍长渊，想让他来哄自己。她没想到，霍长渊竟然真的答应了。

程瑜墨不接茬，哭得更加伤心了：“当初你是如何求着我嫁给你的，当初你对我海誓山盟，这才多久，你就都忘了吗？我就说婆婆为什么又提起纳妾，依我看，分明是你自己想纳妾了吧！”

原来又是因为纳妾，霍长渊真是有说不出的疲惫：“我当初在太子妃面前起誓，说不会纳妾，自然便不会纳妾。你为什么总是纠缠不休？”

提到太子妃，他们两个人都静默了一下。程瑜墨心里陡然一酸，霍长渊说得斩钉截铁，可见说话时确实问心无愧。那么，他到底是在对妻子做出承诺呢，还是对太子妃？

程瑜墨心里酸楚，说出来的话便越发刻薄：“到底是谁纠缠不休？好，你说你不想纳妾，那你去告诉婆婆啊。她整日得了失心疯一样想给你塞女人，这些话，你去和她说啊！”

霍长渊勃然大怒：“放肆！你竟敢这样说母亲？”

程瑜墨说完之后也觉得失言，但是霍长渊这样吼她，她反而不肯改口了。程瑜墨大声嚷嚷道：“难道她不是吗？哪家的母亲会这样看着儿子？哪家的婆婆会询问儿子和儿媳房事的细节？你真的不觉得你的母亲有问题吗？”

霍长渊用长袖把桌子上的茶盏全部扫到地上，指着程瑜墨怒不可遏地道：“你，你……”

程瑜墨被接连打碎的瓷器吓了一跳，浑身瑟缩了一下，险些被迸溅的碎渣戳到眼睛。程瑜墨既委屈又害怕，呜呜哭道：“你竟然对我摔东西，你竟然这样对我！你干脆把我摔死吧，就像上次摔死我们的孩子那样，我死了，正好和泉下的孩儿团聚。我们娘儿俩走了，给你腾出位置，好让你去娶自己的意中人！”

提起上一个孩子，霍长渊的气势明显弱了下去。对于失手伤害了他们的孩子，霍长渊也十分自责。程瑜墨第一次提起，霍长渊还愧疚得不能自已，只觉对程瑜墨万分亏欠，但是程瑜墨一遍又一遍地说，每次想达到什么目的的时候，就搬出他那次的错误。霍长渊的愧疚也在一遍遍凌迟中，变成了麻木、厌恶。

霍长渊久久没有说话，最后冷冷地问：“是我对不起你。所以你想怎么样？和离吗？”

程瑜墨心惊，抬起头，一双眼睛满满都是不可置信：“你说什么？是你的母亲逼着我给你纳妾，是你们家对不起我，你竟然跟我说和离？”

霍长渊皱眉，口气十分不耐烦：“有事说事，你再牵扯我的母亲，休怪我对你无情。”

程瑜墨的眼睛瞪得大大的，她慢慢崩溃：“所以，你从来没有觉得你母亲有错，是吗？”

霍长渊忍无可忍地道：“你一而再，再而三地冒犯母亲，你能不能成熟点儿？”

霍长渊虽然没有回答刚才的问题，但是看他紧皱的眉头，显然深以为然，甚至觉得程瑜墨这样问，本身就是在冒犯他的母亲。

程瑜墨的眼泪扑簌簌落下来：“你不是说最喜欢我天真懵懂的样子吗？果然得到了就不再珍惜。你明明说你最爱我不谙世事的纯洁，现在娶了我，却说我不成熟？”

霍长渊亦觉得满腔憋闷，不满地道：“你都这么大的人了，连自己生活中的小事都处理不好，你竟然觉得骄傲？”

程瑜墨的情绪本来还算稳定，但她听到这句话后一下子炸了。她站起来狠狠地将身边的东西扔到地上，大声质问："那你是不是后悔了？你觉得谁成熟，程瑜瑾吗？"

程瑜墨还没说完，已经被霍长渊用力地捂住了嘴巴。程瑜墨呜呜直叫，霍长渊心有余悸地看了看窗外，见并无人听见，才后怕地松开捂着程瑜墨嘴巴的手，低声呵斥道："你疯了！这种话你也敢乱说？那是太子妃！"

程瑜墨好不容易挣脱霍长渊的手，大口大口地喘气。她神色凄然，脸颊上挂着泪，表情似哭又似笑，看起来十分怪异："太子妃！哈哈，太子妃！"

"太子妃"这三个字说出口，程瑜墨和霍长渊都沉默了。这个名字仿佛是钥匙，只要不被提起，他们两人还可以装作夫妻拌嘴，大肆争吵，然而今日程瑜墨情绪激动之下不管不顾地说出，就像是用钥匙打开了关押凶兽的铁笼，两人心中尽力掩饰的情绪，终于一览无余。

他们以为自己的感情是天上月，有阴晴圆缺是正常的。但是捅破两人默认的那层窗户纸后，他们才发现内里全是伤痕，几乎没有完整的地方。外人以为虐恋情深，越伤害，感情越真挚，时间长了他们自己也这样以为，但其实，感情早已伤痕累累。

这个名字，就是他们两人心中的禁忌，尤其这个人现在成了太子妃，有孕在身，众星捧月，他们言语里流露出的丝毫不敬都会给霍家带来杀身之祸。

两人良久相对无言，最后是霍长渊率先受不了，匆匆抛下一句"我去书房睡"，就转身离开了。

霍长渊走后，程瑜墨对着一地狼藉，脱力般滑到地上，捂着脸痛哭出声。

霍长渊独自走在寒风呼啸的过道里，明明理智知道不能这样，但是脑子里忍不住想：如果今日站在这里的是程瑜瑾，她会如何处理呢？

如果是程瑜瑾，不会说“休书”这种话，一旦说出，就代表她已经准备好一切，考虑好了要正式分开。她也不会用失去的孩子攻击丈夫，不会当着丈夫的面说婆婆的坏话，不会让丈夫寒夜回家，一推门却是一屋子冷寂，连杯热茶都没有……

不，如果是程瑜瑾，今日这一切根本就不会发生。程瑜瑾不会和婆婆闹得不死不休，他们不会因为纳妾而夫妻反目，不会失去第一个孩子……

霍长渊心里突然涌上一股绵绵剧烈的痛。他前世和程瑜瑾的第一个儿子，死在了冰冷的河里。这是他的报应吗？两辈子，最期待、最爱的孩子，注定留不住。

如今人人称赞的太子妃，本该是他的妻子。

京城何人不羡慕东宫太子和太子妃鹣鲽情深、琴瑟和鸣，太子的常服都是太子妃亲手置办的，太子妃无论去哪儿，太子必亲自接送。两人容貌般配，气度不凡，既能一同下棋作画，谈今论古，也能彼此开玩笑，说只有两人才懂的笑话。他们势均力敌又亲昵，可谓将夫妻之间的“齐”和“亲”示范到极致，是众人能想象到的最完美的夫妻。然而，这些美好的婚姻生活本该是霍长渊的。

霍长渊用力闭上眼睛，心里生出密密的痛。他当初为什么鬼迷心窍去和程瑜瑾退了婚？前世，他为什么没有珍惜程瑜瑾，而是害她早亡？

众人口中的佳话本来该是他们。

情感宛如一只被关押的凶兽，一旦脱笼便再也压抑不住。霍长渊紧接着想起更多的画面。这些日子以来他一直苦苦压抑着自己不去想它们，它们却在此刻一起涌入脑海。

前世，他不该在程瑜瑾怀孕期间因为狠不下心而纵容程瑜墨，不该在得知真相时心生动摇而去军营逃避，他最不该的，是因为不知道怎么面对程瑜瑾，而在程瑜瑾生产那天住在官邸，导致程瑜瑾难产而死。

他终于明白，当他在冰天雪地中恢复知觉，费尽全身力气将眼睛支开一条缝，第一眼看到的那个光芒四射的少女才是他幻梦中的美丽神女。

少女美艳不可方物，对着他点头一笑。

那一瞬间，霍长渊听到心里有什么东西碎掉的声音。他以为自己是对那个救了他的女子动心了，其实，令他动心的是第一眼看到的那个少女。

之后霍长渊对程瑜墨所有的喜欢、痴迷，甚至执念，其实都是因此而起，并不是因为有人救了他，那只是感激而已，真正让他沉迷疯狂的是当初第一眼看到的女子。

从此救命恩人的影子和眼前的神女重合，以至于霍长渊非卿不娶、无法自拔。霍长渊将这份感情移植到了程瑜墨身上，也一直以为，自己爱的是程瑜墨，所以前世程瑜墨告知他真相的时候，他才会那样纠结、痛苦。他对自己心中神女的感情那样真挚，以至于这个人和妻子分割开来的时候，他痛不欲生。他逃避良久，不知道该如何面对这一切。然而他才想清楚，过往已逝，那一眼的迷恋比不过柴米油盐的责任，于是下定决心对妻儿负责，就听到侯府下人禀报，夫人死了。

她死了。

霍长渊顿时心疼得喘不上气来，问了好几遍，才绝望地发现那是真的。后来好长一段时间，霍长渊都不敢看长子的脸。只要看到长子五分像程瑜瑾的脸，霍长渊就仿佛回到了听到程瑜瑾死讯的那个清晨，心痛得无法呼吸。

几乎要将他撕裂的心痛终于让霍长渊明白，他爱的人，一见钟情非卿不娶的人，到底是谁，可惜，已经太晚了。

前世的痛仿佛和记忆一并被带到了今世，现在霍长渊的胸腔里也开始隐隐作痛。霍长渊痛苦万分，也悔恨万分。他最后悔的事情就是前世在程瑜瑾生产时，没有守在那里，以至于让霍薛氏冷漠地说出："保小。"

这时候，霍长渊在冥冥之中产生一种直觉，抬起头，极目眺望正北方的紫禁城。"她是不是生产了？"

此时此刻，程瑜瑾正陷在前世今生的迷雾中。那个声音还在竭尽全力地嘶吼："你不要你前世的孩子了吗？你身为母亲，就这样不负责任吗？"

程瑜瑾痛了很久，不知道眼前这个人到底是她幻想出来的，还是真实的。

她看着那团模糊的影子，问："你是谁？"

"我是你前世未得善终的孩子。"

"不，你不是。"程瑜瑾说出这句话后，灵台突然清明，浑浑噩噩许久的神魂仿佛骤然踩到实地，所有的理智都慢慢流回她的身体。

程瑜瑾说："照你这么说，我要想善待自己的孩子，还要嫁给霍长渊那个混账，再死一次？不，那才是对孩子真正的不负责任。想对一个人好，最应该做的就是先对自己好。父母如此，丈夫如此，子女亦如此。你不是我前世的孩子，你是我。"

程瑜瑾说出这些话后，一直萦绕在那个人身上的迷雾散开，果然，黑影后面是她的脸。

"我不知道我为什么会梦到前世，可是，你不是我，我不是你。我这辈子从来没嫁给过霍长渊，所谓无缘的孩子，更无从谈起。只要是我生的，都是我的孩子，根本没有前世今生之别。对于前世，我最后悔的，不是被妹妹鸠占鹊巢，不是独子不得善终，更不是所托非人。我最后悔的就是我为自己算计了一辈子，却在性命攸关时，将决定我生死的权力交到了霍薛氏手中。但是现在，在我过鬼门关时站在外面替我做决定的是李承璟。他值得我交托性命，所以，前世种种是非，再也影响不了我了。”

她以为她不在乎前世，以为没有什么可以影响她的神志。其实是有的，尤其是她在梦中看到因为难产血崩而死的自己，那个因为落入河中而早亡的孩子，一直在梦里侵扰她的心神。程瑜瑾想用理智压制内心的恐惧，然而越压抑越恐惧，终于在她生产这天，精神、身体都是最虚弱的时候，这种恐惧彻底爆发。

直面心病才能真正走出来，程瑜瑾看着逐渐消散的迷雾，她知道，她的心病彻底好了。

程瑜瑾的神志终于回来，所有的声音一下子涌入她的脑海。稳婆和丫鬟见程瑜瑾好久没有反应，都要被吓死了，拼命往程瑜瑾嘴里塞人参。现在程瑜瑾终于有了反应，她们大喜过望，纷纷大喊：“太子妃，坚持住，再用力。”

程瑜瑾的眼角突然有了泪意。她依然活着，李承璟还在外面等她。他是她的九叔，是她的夫婿，也是她孩子的父亲。他在世间漂泊十四年，她怎么舍得抛下他一个人？

程瑜瑾突然爆发出一股蛮力，渐渐地，耳边传来稳婆惊喜的喊声：“看到头了！太子妃再加把劲儿，孩子马上就要出来了！”

李承璟站在产房外。一夜过去，此刻东方已经隐隐发白。李承璟在寒风中守了一夜，前来问询的人来来回回走了好几拨，唯有李承璟一直站在这里。

不断有太监来请李承璟到侧殿休息，他都摇头拒绝了。他怎么能放心去休息？好几次他听到里面惊险的叫声，都恨不得推门进去，最危险的一次，里面所有人都大喊程瑜瑾的名字，仿佛她晕倒了，他的手已经放在了产房门上，但是最终他忍住了。他知道自己什么都不懂，进去只能给稳婆、宫女增加心理负担，而程瑜瑾那么爱美好强，没有主动出口，必然是不愿意让他看到那样狼狈的模样的。再说他在外面站着，身上有灰尘、有风沙，贸然进入产房，恐怕会感染程瑜瑾和孩子。

他硬生生忍了一夜，寒风瑟瑟，太监们都忍不住换了三拨，唯有李承璟一动未动。外面传来打更声，天上落下细碎的雪花，他抬头望向无尽的苍穹，天要亮了。

程瑜瑾疼了一晚上。

李承璟叫来刘义，说："去向皇上禀报一声，说今日早朝，孤不去了。"

"是。"刘义小心应下。

刘义出去后，李承璟又拦住一个端着热水的宫女，说："传话给里面所有人，无论发生什么情况，无论付出什么代价，务必保太子妃安全。"

宫女被李承璟的眼神吓了一跳，磕磕巴巴应下。

又过了一会儿，产房里面突然爆发出一阵喊叫声，最后，稳婆嗓子都哑了，还兴奋地大声嚷嚷："是个男孩，太子妃喜得贵子！"

"哎呀，还有一个！"

是个男孩？李承璟的手指一下子攥紧了，她怀的是双胎，莫非……当真是最坏的情况？

此刻刘义正好传话回来，带来了皇帝身边的人。御前公公对李承璟打了个千，说："太子金安。万岁十分体谅太子的心情，说让您安心守在东宫，早朝不必操心了。对了，陛下也牵挂了一个晚上，太子妃生了吗？"

李承璟将手掌紧紧握成拳，正要说话，产房里面爆发出另一阵叫嚷声。连翘惊喜地大叫，嗓子都破音了："是双胞胎！"

杜若瞪了连翘一眼，一路小跑着冲出产房，出门时险些摔倒：“太子殿下，是龙凤胎！太子妃生了龙凤胎！”

龙凤胎？院里的人无不惊讶，御前公公更是惊讶得嘴巴都张圆了。

“龙凤胎？”御前公公终于反应过来，用力拍了下手，“恭喜太子殿下，大喜啊！龙凤胎乃是吉兆，降在东宫，更是天佑我朝，国祚千古！”

宫里消息传递得向来快，皇帝派人来没多久，杨太后和杨皇后派的人也到了。

杨太后身边的老嬷嬷进门时，正好听到皇帝跟前有头有脸的公公激动地大喊：“龙凤胎乃是吉兆，降在东宫，更是天佑我朝，国祚千古！”

其他人仿佛也被公公这句话惊醒，纷纷喜气洋洋地向李承璟道喜：“恭喜太子，天佑我朝！”

杨太后和杨皇后的人面面相觑，都从对方眼里看到了不可置信。太子妃竟然生下了龙凤胎？龙凤胎何其难得，太子妃能一胎得男就已经够幸运了，怎么就这样巧竟然还生了对龙凤胎？这得是什么样的运气啊？命也太好了吧。然而此刻满宫殿都是道贺声，两个嬷嬷站在这里突兀又尴尬，只能堆起一脸的褶子，强颜欢笑，和众人一起给太子道喜。

李承璟的心神骤紧骤松，他有些愣怔。在原地站了一会儿，他感觉自己的脑子清醒过来，才不失太子威仪地让众人平身。

虽然李承璟的神情平静无波，但是他一开口还是暴露了此刻的心情：“今日是郡主和郡王的诞辰，前来向小郡主和小郡王道喜的全部有赏。”

众人一听，太子这是要广散钱财了。只要今日来道喜的都有赏，那就是不限于慈庆宫，后宫所有宫人都有机会了。

大家越发高兴，道喜声、祝福声不绝于耳。杜若看着这一幕也高

兴，竟然忍不住落下泪来。她擦掉眼角的泪，高兴地说：“太子殿下，两位小主子在里面呢，要将两位小主子抱出来给您看看吗？”

“抱出来做什么？”李承璟一掀袍子，快步走向产房，“外面还下雪呢，在里面待着，我进去看。”

产房里的众人正在清理血迹，收拾各种器具，一转头发现太子推门进来了，全被吓了一跳：“太子殿下，产房不吉利，会有血光之灾的！”

“孤身为太子，若连这等无稽之谈都顾忌，还如何辅政治天下？”李承璟完全不把产房不吉利这种话放在心上，说，“太子妃现在还在里面，再让孤听到类似的言论，传者必究。”

众人都被吓住了，慌忙跪地应道：“是。”

李承璟不理会众人，绕过在地上跪成一片的宫女、嬷嬷，大步朝里面走去。

“太子妃怎么样了？”

“太子稍等，宫女还在清理血迹，更换染血的被褥，劳烦您在这里稍等片刻。”

李承璟听到“血”字就头晕，按捺住着急，问道：“她怎么样了？现在还好吗？”

“太子妃和两位小主子都平安。太子妃并无大碍，只不过累极了，现在精神不大好。”

李承璟立刻挥手吩咐：“立刻去厨房准备补品、汤药，拿着孤的令牌去，要什么直接去仓库拿。”

杜若从外面跟进来，笑道：“谢太子殿下。补药奴婢们已经准备好了，等收拾好了，就端进来了。”

这时候连翘和一个稳婆抱着两个襁褓过来，稳婆抱着大红色的襁褓，笑得脸上褶子都挤出来了：“奴婢有福，有生之年有幸给太子妃接生不说，还能抱到龙凤胎。这可是给子孙积福的大好事啊！”稳婆说完，对着李承璟的方向松了松襁褓：“太子殿下，您要看看小主子吗？小郡王是哥哥，极为稳重呢。”

“嗯。”李承璟扫了一眼，道，“很好。”这时候内室里面的宫女出来了，向两边掀起遮挡的帷幔，露出里面的地板。太子妃生产，自然是不能被外人看到的。

李承璟二话不说，立刻朝里面走去。

连翘和稳婆都愣住了，太子那一眼扫得那么快，走得毫不留恋，她们忍不住怀疑，太子真的看清楚两个小主子的脸了吗？

程瑜瑾生的时候艰难，好在双胞胎比寻常孩子个头小，生产之前遭罪，一旦头出来后，后面就很顺利了，之后止血也快。程瑜瑾身上身下的被褥全由宫女换了干净的，身上的血迹也被丫鬟用温水擦干净，可以说舒服了很多。

她熬了一整夜，实在是累了，嗓子也发不出声音。里面刚收拾好，程瑜瑾就看到一个人影大步朝她走来，他掀开床帐，倒把两边的宫女吓了一跳。李承璟哪里还有心思管其他人，看见程瑜瑾苍白的脸后，心疼得都抽起来了。

他坐到床边，轻轻握住程瑜瑾的手：“辛苦你了。怎么样，现在还疼吗？”

其实还疼，但是程瑜瑾笑着摇头，说：“好多了，我已经没事了。对了，孩子呢？”

李承璟这时候才想起来，刚才好像看到他们的孩子了。李承璟给程瑜瑾掖了掖被角，说：“他们很健康，身体健壮，长相也好看，像你。”

“是吗？”程瑜瑾听到后也打起精神来。生孩子的时候筋疲力尽，身边人又多，她还没有仔细看过孩子。程瑜瑾想爬起来，被李承璟按住：“你想要什么和我说，不要自己动。”

程瑜瑾胡乱点点头，着急地道：“我想看孩子们。”

“好。”外面的丫鬟早就抱着孩子站在门口了，李承璟回头，道：“将小郡王和小郡主抱进来。”

连翘和稳婆接连上前，李承璟接过一个，小心地放到程瑜瑾身边，才转身去抱另一个。

因为李承璟说两个孩子健康好看，所以程瑜瑾对孩子抱了很大的期望，结果看到襁褓里皱巴巴的婴儿后，惊讶地睁大了眼睛，随后惊恐地看向李承璟。

这就是身体健壮，长相也好看，还像她？这就是李承璟对好看的定义？

李承璟看到襁褓里面又红又皱巴巴的脸后，也沉默了一下。他刚才没注意，靠着自己的想象给程瑜瑾描述的，好像差别有点儿大。

李承璟只是停顿了片刻，随后镇定自若地给自己圆场：“他们是我们的亲生孩儿，无论像你还是像我，都不会难看。长相好看，这都是迟早的事。”

程瑜瑾当着亲生孩子的面，到底忍住了，点点头道：“对，殿下观察得真仔细。”

这个人，刚才压根儿就没看吧？亏他能面不改色、像煞有介事地回想，并且给她形容。

李承璟的应变能力极好，他一点儿都不觉得尴尬。他和程瑜瑾看了会儿孩子，眼角瞅到杜若端了汤药进来，就让人将两个孩子抱走，亲自喂程瑜瑾喝药，然后就强行让程瑜瑾睡觉。

程瑜瑾也确实累了，喝了温养的汤药后，没一会儿就睡着了。等程瑜瑾睡着后，李承璟拂去程瑜瑾耳边的湿发，轻轻在她的额头上印下一吻。

她是他的妻子，他的太子妃，他人生中最大奇迹的缔造者。

李承璟悄悄退出内室，让宫女合上帷幔，时刻守着太子妃。交代好一切后，李承璟才将几个奶娘叫来，接过孩子，郑重又耐心地学习如何抱孩子。

他做了许多准备，甚至做好了最坏的打算，却没想到上天给了他一个这么大的惊喜。这段时间以来，李承璟觉得最好的结果也不过是一对双胞胎女儿了，甚至都不敢往龙凤胎的方向想。谁能知道奇迹真的发生在他的身上。

他的嫡长子，他的嫡长女，这是命运肆意摆弄他的人生后给予他的最好的补偿。

今日太子没来上朝，可是朝堂上到处都有太子的消息。

众人在承天门集合时，发现太子不在，东宫的太监前来禀报皇上，说太子妃临产，今日太子不来上朝了。这是李承璟第一次缺席早朝。

早朝的前半截，老臣慢悠悠地奏事，众人表面上耐心听着，实际上全在惦记东宫的消息。皇帝也很少发言，想来也在走神。

早朝到一半的时候，御前公公喜气洋洋地站在金水桥前。众人的注意力一下子就转移过去了，皇帝也很快注意到了，暂停商议朝廷大事，让太监上前禀报。

众人毫无异议，连正在奏事的那个人也眼巴巴地盯着御前公公。御前公公满脸堆笑，给皇帝磕了个头，高声道："恭贺陛下，太子妃诞下一对龙凤胎，母子平安。瑞雪兆丰年，又有龙凤胎降世，可见天佑我朝，陛下福祚绵长！"

听到太子妃生下了龙凤胎，举朝哗然。皇帝大喜过望，站起来连说了三个"好"字，大手一挥说道："这是举朝大喜，当贺！传朕命令，小郡王和小郡主的洗三礼、满月礼，都大办！"

文武百官齐齐下跪，长袖及地，对着皇帝深拜："恭喜圣上！恭喜太子殿下！天佑我朝！"

早朝的后半截，自然更没人有心思听奏事了。众人喜气洋洋地道贺，好端端的早朝倒像过年一样。等早朝散了，皇帝便急匆匆走下御座，去东宫看孙子、孙女了。

太子妃喜诞龙凤胎的消息传遍了宫城内外。

之后整整一天，太子没有露面，但是到处都在谈论太子。龙凤胎是大吉之兆，历来被视为家族祖上积德行善，故而上天降福庇佑的象征。而龙凤胎降生在皇家，岂不是证明皇室顺应天命，得上天眷顾？

难怪皇帝那样高兴。太子不光一下子有了嫡长子、嫡长女，还得了吉兆。他们的生辰是十二月初一，出生时降雪，没学过算命的人也知道这是大好的生辰八字。这简直是现成的招牌，李承璟太子之位顺天应德，旁人再无异议。

之前有传言说太子妃怀的是双胎，杨太后和寿王妃还暗指这一胎不祥，会招致祸患，还把太后克病了。皇帝让自己的太医出面说明不确定是双胎，种种流言下，众人越发觉得太子妃怀双胎的事恐怕是真的，所以皇帝才会这般遮掩。

最终结果出来，什么不祥，人家是龙凤胎！所有谣言不攻自破。杨太后和杨皇后折腾了那么多，又是请尼姑又是召集所有宗亲侍疾，搞得所有人都知道了，最后，这一巴掌却狠狠地扇在了自己脸上。这一巴掌打得十分响亮，且尽人皆知。

众臣子讨论完今日最大的热门话题，顿时对太子又羡又妒。太子殿下作为男人，未免也太招人嫉妒了吧。

他一出生便是嫡长子，五岁被封太子，后面不慎遇到天灾，正好被三十年前京城有名的才女所救，虽然失去了身份，但是十六岁考中进士，机缘巧合下，又在香积寺引起皇帝的注意，被认了回来。

他高中进士，这已经是多少学子终其一生求之不得的荣耀了，而李承璟考中进士时才仅仅十六岁。少年天才，名副其实。后来证明，他不仅有出众的智商，还有高贵的出身——皇太子。

恢复太子身份后，他还娶了曾经的侄女。当然这没什么好宣扬的，但是太子妃美丽大方，两人琴瑟和鸣、夫妻和睦，并且在婚后第二年，生下一对龙凤胎儿女。

太子的事业、家庭、名望，样样都让众人可望而不可即。京城的重臣勋贵们最开始还试图比较，后来就彻底放弃了。

世界上总有那么一些“妖孽”，全方位告诉普罗大众，一个人到底能做到多好。

皇帝在早朝上亲口说小郡主和小郡王的洗三礼和满月礼要大办，于是东宫奉旨大办洗三礼，场面极其盛大。

前来参礼的人数众多。这是太子的嫡长子和嫡长女，没出生时，他们就是京城关注的焦点，一出生，热度更是爆了。

就算不看这对孩子背后的政治意义，仅凭他们是龙凤胎，宾客就能踏平门槛。无论是有儿子的当家夫人，还是刚成婚的少奶奶都想来沾沾喜气。

宾客云集，慈庆宫正殿里人来人往。众夫人笑着聚在一起说话，这时候太监从外面鱼贯而入，众人都停止了说话，纷纷朝外看去。

两个嬷嬷分别抱着一个襁褓进来，众人一见，立刻道喜。襁褓这些东西都是之前就准备好的，但是未出生前谁也没料到太子妃居然会生下龙凤胎，这两天，尚衣局的女官连夜赶制，特意给两位小主子准备了大红绣金龙、绣金凤的襁褓，正好应了龙凤胎的名头。现在观礼之人仅从襁褓上就能知道哪个是小郡王，哪个是小郡主。

太子之子为郡王，女儿为郡主，这两个孩子一出生，就已经比在座一大半夫人品级高了。夫人们也是第一次瞧见龙凤胎，一个个赞不绝口，眼睛里面的喜欢几乎要化为实质。皇家监礼官唱了词后，嬷嬷口里说着吉祥话，给两个孩子清洗身体。

这对兄妹刚出生时皱巴巴、红通通的，但是过了一天之后，和吹了气一样变得干净白胖。现在他们身上虽然还有浅淡的红色，但是已经算得上好看了。一众贵妇围在两边，看着嬷嬷往两个孩子藕节一样的小胳膊、小腿上撩水，无论生过孩子的没生过孩子的，此刻喜欢得心都要化了。

其实两个孩子身上非常干净，当众洗三不过是取个象征意义罢了。嬷嬷用温水给两个孩子撩了撩后，就赶紧用干净的白绸布擦干，重新包上龙凤襁褓。众人赞叹声、祝福声不断，两个嬷嬷各自抱着一个孩子，笑呵呵地听了一会儿，就将孩子的头盖住，又往后走去。

此刻后殿里，地龙烧得温暖如春，室内飘着淡淡的奶香，两个嬷嬷抱着孩子进来，给床上的人行礼："太子妃，小主子的洗三礼完成了。"

程瑜瑾应了一声，刚有动作，杜若连忙上前接过襁褓，小心地放到程瑜瑾怀里。程瑜瑾现在身体还弱，没办法一次性抱住两个，只能怀里抱一个，床上放一个，看哪个都看不够。

"陛下和殿下那里看过了？"

"最先去的乾清宫，陛下还亲自抱了两位小主子，给众位大人看过后，才让送到女眷这里来。"

程瑜瑾点头，又问："一路没见着风吧？"

"没有，奴婢小心着呢。殿下也特意嘱咐过，从乾清宫一路回来，两边都有太监支了行障，将风挡住了。奴婢又在襁褓外面包了层大红棉被，断不会让两位小主子见了风。"

程瑜瑾放心了，轻轻去握床上小家伙的手。双胞胎比寻常胎儿要小，程瑜瑾出生时就是如此，然而事情发生在自己身上不觉得稀奇，发生在儿女身上，感觉就立刻不一样了。程瑜瑾自己健健康康长大，但是看到两个小家伙身体弱，就总是担心得不得了。偏巧他们出生在冬天，洗三时免不了要在全朝人面前露面，路上就要格外小心。

程瑜瑾又问了两个孩子的喝奶和睡觉怎么样，这时，连翘进来说：

“太子妃，老夫人和大太太来看您了。”

连翘是程家出来的丫鬟，她这样称呼的人，除了程老夫人和庆福郡主没有别人。程瑜瑾点了下头，道：“请。”

程老夫人和庆福郡主进殿。今天是小郡王和小郡主的洗三礼，众人翘首以待，最终也只能见一面，但是程老夫人作为娘家人有体面，可以直接来慈庆宫内殿探望太子妃。程老夫人和庆福郡主依次坐下。程老夫人问：“太子妃，您身体可好？产后恢复得怎么样？”

“一切都好。”这话不假，程瑜瑾现在衣食无忧，全宫人都把她当菩萨一样供着。李承璟对她关心备至，她只是稍微动动手指头，丫鬟就立刻上前代劳。皇帝赏了很多东西，杨太后和杨皇后见了，也得赏赐，免得被人议论。

程瑜瑾什么都不需要操心，每日只管看着两个孩子，心情舒畅，产后恢复自然是好的。

程老夫人照例询问过后，看向庆福郡主。庆福郡主非常上道，立刻也上来嘘寒问暖。程瑜瑾嘴角含笑，将好话一一收下。

等庆福郡主和太子妃沟通完母女感情后，程老夫人才状若无意地解释：“今儿老二家的也要来，但是我怕所有人都出门，府里没个主事的，就让她留在侯府里看家了。”

程瑜瑾嘴角弧度不变，她说道：“祖母是当家人，侯府的事自然由祖母来安排。”

程老夫人说实话有些忐忑，毕竟阮氏才是程瑜瑾的生母。如今太子妃生了龙凤胎，在宫中地位也高了。京中众人都明白，只要太子不犯谋反这等大罪，或者皇帝不突然发疯，下一任帝后必然是太子夫妇了。他们讨好太子、太子妃，和讨好准帝后，这其中还是有些区别的。

程老夫人十一月提心吊胆了一个月，不光是她，其他程家人都吃斋念佛，连程元贤也不出去鬼混了。十二月初一那天清晨，程老夫人得知太子妃诞下一对龙凤胎时，当即念了声佛号，高兴得差点儿没晕过去。宜春侯府众人高兴极了，府中喜气洋洋，简直比过年还高兴。

今日是孩子的洗三礼，程老夫人高高兴兴地带着儿媳入宫参礼，然而出门前，却因为阮氏的事犯愁。程瑜瑾虽然是阮氏生的，但是已经被过继给庆福郡主，如果带阮氏进宫，倒显得宜春侯府故意提醒太子妃身世一样。而且，庆福毕竟是郡主，程老夫人为了给大儿媳颜面，就强行拍板，把哭闹不休的阮氏留在侯府里，只带庆福郡主入宫。

程老夫人做决定的时候丝毫不留情面，但是现在见了程瑜瑾，到底心虚，小心翼翼地试探太子妃的态度。程家有今日全靠程瑜瑾，全家都要捧着她，怎么敢惹她不快。程瑜瑾虽然从小聪明、拎得清，但是谁能知道，她对生母、养母到底是什么态度？

程老夫人小心地看了半天，见程瑜瑾并无不快之意，才略略放下心来。其实，现在就算程瑜瑾心里有想法，程老夫人也看不出来了。

程瑜瑾入宫一年半，不知道是宫廷磨砺人还是太子教得好，她本来就好的表面功夫又大大精进。如今，即便程老夫人有多活四十年的经验，也看不透只是她孙辈的太子妃了。

程老夫人勉强安心，慢慢说起外面的事。如今宜春侯府大改曾经不上不下的边缘化地位，一跃成为京城里最热门的权贵。程元贤虽然被人捧得浑身舒服，但本质上还是一个没能耐的纨绔子弟，对仕途毫无兴趣，依然专心吃喝玩乐。某种意义上说，他十分让人省心。

一个只会花钱、没有丝毫政治野心的准国丈，其实最好不过了。京城众人发现这一点后，竟然奇异般地放下心来。

程老夫人唠了会儿家常，不知怎么说起二皇子和窦希音来："太子妃，寿王妃前段时间被圣上禁足，但是自从太后生病，她的禁足不知道怎么就解了，又在京城里活动起来。直到您前天传出诞下龙凤胎的消息，她才消停了些。"

当时，窦希音被无限期禁足，被责令在府里学习德行，只不过一个月后，杨太后突然“病重”，召宗亲进宫侍疾，她自然也被放出来了。

杨太后除了用不祥的说法对付程瑜瑾，解除窦希音的禁足，恐怕也是她的目的之一。不过这些事程瑜瑾也不怎么在意，现在全京城都知道皇帝不喜寿王妃，都知道寿王妃进宫撺掇太后害太子妃。

窦希音原本的政治资本基本被她糟蹋完了。窦希音一手好牌打了个稀烂，如今的她，根本不足以做程瑜瑾的对手，程瑜瑾都懒得再关注她。

就连程老夫人说起窦希音，都带了些幸灾乐祸的味道：“寿王妃前段时间上蹿下跳，话里话外说太子妃这一胎是双胎，兆头不祥。如今确实是双胎，只不过是大吉大利的龙凤胎，寿王妃讨了个好大的没脸，如今许多人暗地里笑她呢，不知道她以后还有没有脸出来走动。”

“无妨。”程瑜瑾说，“她爱怎么说是她的事，和她争什么高下长短。”

程瑜瑾心态特别好。她为什么要和傻子讲道理？打到傻子没力气说话就好了。

话虽如此，但是程老夫人想到程瑜瑾前段时间受的气，总有些意难平。

庆福郡主也压低声音说：“那位还不是有人撑腰，才敢如此猖狂。也是陛下太孝顺了，江南赈灾明明是太子的功劳，最后大好的功绩却被其他人抢了去，那可是几个月的辛苦啊。许多夫人和我说起这件事，还为太子抱不平呢。”

程瑜瑾淡淡地说道：“朝中之事我不懂，但既然是杨首辅举荐的人，圣上和内阁各位阁老都同意，必然是有道理的。”

庆福郡主撇撇嘴，因为现在殿里都是信得过的人，她又说得更直白些：“要我说，还是杨太后的手伸得太长了。后宫不得干政，杨太后却提拔自己的弟弟，让自己的侄女当皇后，最后，连太子的功劳她也要施压抢了去。真是过分，太子的功劳被人抢去真是太可惜了。”

程瑜瑾轻轻笑着说：“不可惜。”

庆福郡主和程老夫人都愣了一下，程瑜瑾笑着将话补全：“听从陛下和太后的话怎么能叫可惜呢？”

何况吃亏的又不是东宫。

李承璟确实将功绩拱手让人，但是所有人都知道太子被抢了功劳。他们名利双收，不需要善后，还稳赚同情，这就已经够了。

杨家名义上占了便宜，实则落了下乘。如果赈灾收尾做得好，那是太子之功；如果收尾做得不好，那是杨家尸位素餐，糟蹋太子的心血。

无论如何，吃亏的都不是东宫。然而这还不是最大的收获，杨首辅树敌众多，众人积怨已久，他失去人心是迟早的事，但是这一次，太后也失去了人心。

杨家的立身之本，不是杨皇后，不是二皇子，也不是杨首辅，而是杨太后。

仅此一事，京城所有人都知道太后干政，仗病施压，是非不分。以前杨太后占领着皇太后的高地，礼教和道理天然站在她那一边，某些古板的老臣不管事实，盲目追随，但是现在太后有了污点，以后皇帝和太子若是做出什么，那些文臣儒生都不能再谴责了。

杨太后失去人心，德不配位，这分明是东宫赚大了。程瑜瑾笑而不语，这些真正的缘由，她自然不会告诉程老夫人和庆福郡主。

隆重的洗三礼结束了，内阁这群代表着全天下文学水平最高值的臣子，争论良久，才郑重地给皇长孙、皇长孙女列了一个名字备选单。皇帝接到单子后思考了很久，又叫李承璟过来商量半天，最终，集众人之力，给这对龙凤胎起了名字。

李承璟这辈从“承”字，取承前启后、中兴国家之意，孩子这辈从“明”，取继往开来、国家清平的意思。最终，哥哥叫李明乾，妹妹叫李明月。

众人听到太子的嫡长子的名字后，又是一片哗然。

程瑜瑾听到后都小小地惊讶了一下，预料到两个孩子的名字必然贵重，但是没想到，竟然贵重到这个地步。

乾，为天，为君，为阳。明乾，皇帝给太子的嫡长子定了这个名字，其中期许一目了然。

而女孩的这辈其实不是从“明”字，据说这是李承璟的意思，说两个孩子既然是龙凤胎，便该一视同仁，明月朗朗照九州，所以给女儿起名明月。

丫鬟们听到后，全围在程瑜瑾身边说吉祥话：“太子妃，小郡王叫明乾，是太阳，小郡主叫明月，是月亮。一个小太阳，一个小月亮，可见以后全是太子妃的贴心小棉袄。”

程瑜瑾笑着把儿子抱起来，点了点李明乾的脑门，说：“就知道吃你妹妹的手，就欺负她爬不动。”

李承璟进来，听到程瑜瑾在说孩子，笑道：“怎么了？一进门就听到你在教训儿子。”

“你问他。”程瑜瑾心疼地抱了抱自己的小月亮，说，“他不吃自己的手，非要咬明月的。明月没他力气大，每次都抢不过他。”

李承璟听到后笑了，走过来看李明乾，果然，这个小子嘴里没东西，伸着小胳膊想抓明月的拳头吃。

李承璟把儿子抱起来，说：“你看你娘她偏心，从来不喊你名字，却一口一个明月地叫。”

程瑜瑾眼风都不往这两个男人身上扫，李承璟抱了一会儿，没有引来任何关注，只好叹了口气，如实评价道：“他又长胖了，沉了许多。”

这个程瑜瑾倒是赞同：“小孩子一天一个样，刚出生时那么小、那

么皱，现在也变得白白胖胖的了。”

李承璟点头，将李明乾放在程瑜瑾手边。程瑜瑾奇怪地抬头看他，他诚实地说道：“他太沉了，你来抱他吧。”

“我想抱明月。”

第十三章 满 月

等到了正月，程瑜瑾月子坐完了，可以短暂地去外面走动。正好正月初一时有元日大朝会，还是两个孩子的满月礼。无论如何，这次程瑜瑾都必须露面了。

一大早，程瑜瑾就起来给孩子换新衣服。程瑜瑾特意早起，对李承璟说："我的发簪怎么找不到了，你去梳妆台帮我找找那支镏金镶蓝宝石的簪子。"

李承璟当真去梳妆台给她找簪子，程瑜瑾有好几个首饰盒子，他不如程瑜瑾熟悉，翻了许久，才找到程瑜瑾说的发簪。等李承璟拿着簪子回来，发现程瑜瑾已经抱起了女儿，正在给女儿换新衣服。

李承璟顿时无奈："你怎么这么幼稚，为了给明月换衣服，还特意支开我？"

程瑜瑾才不管他，已经给明月换好了小棉袄，红彤彤的布料衬得明月的胳膊像藕节一样。明月并不知道今天是初一，母亲在给自己换见外人的衣服，还以为程瑜瑾在和她玩，握着拳头笑。

明月一笑，程瑜瑾的心都要跟着化了。程瑜瑾和李承璟两人早就说好了一人给一个孩子换衣服，程瑜瑾不守规则抢跑，李承璟只能抱起李明乾，不甚熟练地给儿子换衣服。

程瑜瑾给女儿换好衣服后，擦掉女儿的口水，看见李承璟还在折腾李明乾的扣子，忍不住说道："要不我来吧。"

"不。"李承璟非常坚持，"这有什么难的，我能做好。"

程瑜瑾欲言又止，最后还是没忍心伤害李承璟作为父亲的爱子之心。当着妻女的面，李承璟堂堂太子怎么可能承认自己不会给小孩子穿衣服？他现场自学，折腾了许久，可算将李明乾的衣服穿好了。李承璟心里悄悄松了口气，抬头后发现程瑜瑾怀里抱着明月，一大一小两双漂亮的眼睛都含笑注视着他。

李承璟心里顿时软得一塌糊涂，一只手抱着李明乾，另一只手揽住程瑜瑾，一下子就将自己整个世界抱住了。

李承璟轻声说："如果母亲能看到这一幕，看到你为我生了两个漂亮可爱的孩子，她在九泉之下也能安息了吧。"

程瑜瑾神色一顿，抬头小心地去看李承璟："殿下……"

"我没事。"李承璟摇摇头道，"只是突然有些感慨罢了。其实时间过去了太久，我都记不清母亲长什么样子了。"

程瑜瑾静静地看着他，目光温柔又专注。李承璟从来没叫过杨皇后母亲，都是直接称呼其为"皇后"。他口中的母亲，只能是一个人，曾经的康王妃，早逝的钟皇后。

"我对她的所有印象似乎都和病榻有关。两岁之前的记忆已经很模糊了，只记得嬷嬷将我抱到一个充满药味的地方，指着病榻上的女子对我说，这是我的母亲皇后娘娘。她身体不好，我那时身体也不好，昏暗的宫殿，长年不散的草药味，便是我对母亲的全部记忆。"

李承璟很少提起钟皇后。他不说，程瑜瑾也从来不问，难得他今日主动提起，程瑜瑾安静地当一个倾听者，轻声问：“然后呢？”

“然后？然后在我两岁那年，她病逝了。我哭闹不休，陛下将我抱到寝殿，亲自照顾起居。之后有人提出另立皇后，陛下不许，然而在一年妻丧结束之后，他还是立了杨妙为后。”

“杨妙据说早就对他情根深种，为了他，拖到十八岁都不肯嫁人。后来如愿嫁入宫里，她当皇后的第一年，不知道谁给她献的策，她说要亲自抚养我。陛下不许，依然将我带在身边，吃住都在乾清宫。那时候我身体不太好，一年中有一大半时间都在生病，所以乾清宫也日日飘着苦药味。”

李承璟回忆往事，极淡地笑了笑，说：“有些时候他真的是一个很矛盾的人，既对杨家妥协，却又不答应让杨妙抚养我。因为有人说我生在端午，活不长，他就亲自照顾我，事无巨细，甚至手把手教我写字。他和朝臣议事的时候，不放心让我一人待在内殿，就搬个宽榻，让我在上面玩耍。后来我四岁时学写字，他就让人准备了小号的桌椅，他在一旁批奏折，召见臣子，我坐在一边描字帖。”

从这个角度来说，皇帝是个好父亲，然而李承璟对皇帝的情感始终很复杂。皇帝对李承璟这样在乎，却在他五岁那年，又对杨家妥协，让年仅五岁的儿子自己去深山道观里养病。紧接着，李承璟就出意外了。

程瑜瑾听了也叹息一声。人是最难评价的，一个人的优点，往往也是他致命的缺点。

皇帝性情中庸，一辈子都在和稀泥，想让各方势力和平共处。他当皇子的时候如此，登基后还是如此。

他对李承璟耐心、温和，然而差点儿害死李承璟的也是这份温和。皇帝不想跟杨家撕破脸面，所以对杨家妥协，试图在儿子和杨家之间折中，结果，差点儿让李承璟死于人祸，之后十四年，李承璟都不得不隐姓埋名。

所谓清官难断的就是家务事，程瑜瑾明白这是他们父子之间的心结，没有试图去开解李承璟，而是默默握住他的手，无声地支持他。

她是李承璟的妻子，无论李承璟做出什么决定，她都会无条件地支持李承璟。

李承璟察觉到自己今日情绪失控了，收敛了心神，自嘲地笑笑："都这么大人了，竟然还会被过去的事影响情绪，实在是徒增年岁，令人汗颜。"

"怎么会呢？"程瑜瑾柔声问，"殿下，那……母亲的家人，如今还在吗？"

李承璟想了很久，最后缓慢地摇头："我也不清楚。我已经许多年没有他们的消息了。

"母亲本是京城清流钟家之女，外祖父钟弼为人耿直，在文人中略有才名。外祖父一生未纳妾，仅有一子一女，母亲是幼女，从小被双亲宠爱、兄长纵容，性情太过温顺有礼。她当年本来是王妃，陛下奉杨太后之命进京后，过了许久才去接母亲。母亲搬进宫里后始终身份不清不楚，只以一个皇帝潜邸女人的名分住在宫里。建武元年二月，甚至有人公然提出另立皇后，所立之人自然是杨首辅的小女儿，对陛下一见钟情的杨妙。陛下并不答应，耗了六个月，杨家顶不住舆论压力，才勉强退步，同意立母亲为后。而这六个月，我母亲就一直以一个无名无分、非妻非妾的尴尬身份住在宫里。

"母亲被册封为后，杨太后一直以无子之名苛责于她，母亲委曲求全，对杨太后忍让，甚至对杨妙都礼敬有加。直到第二年八月，她好不容易怀了孕，但是赴杨太后之约赏花时，无意摔倒，险些流产。她在床上躺了三个月，直到怀胎五个月，才敢下地走动。"

程瑜瑾听着这些叹了口气，身在宫廷之中，再听这段前尘往事，只觉得处处都是疑点。杨太后怎么会这么巧约看不顺眼的继儿媳赏花？钟皇后怎么会这么巧摔倒？程瑜瑾觉得钟皇后多半是被人算计了。

"母亲的预产期本来在六月，但是五月初五那天，不知为何她突然发动，足足疼了一天，才艰难地生下我。当时母亲虽然被救了回来，但是之后她的身体就不好了。果然，仅仅过了两年，她就撒手人寰。那些年，因为母亲被立后一事迟迟不定，外祖父十分生气，屡次公然弹劾杨首辅，最后仕途再无寸进。外祖父被贬官本就抑郁，后来母亲死后，外祖母大受刺激，同年去世，他悲愤交加，带着舅舅怒而辞官离京，听说都没到两年，便因病死在路上了。舅舅的消息很少传入京城，我后来特意打听，也只知道他辗转去了西南小镇，在那里安家立业，教书育人，不再做官了。"

程瑜瑾听到这里感叹良久，好好一个家庭，就这样支离破碎。钟家父子当初离开京城后，身边不可能没有盘缠，钟弼却不到两年就因病死在路上，是否也是杨家所为？李承璟的舅舅远去西南，避而不入世，是不是也和杨家有关系？

听说仁宗朝得罪过杨太后的妃嫔，一个个都不得善终，连家人也没能幸免，而没得罪过杨太后的妃嫔，全被发配帝陵，了此余生。这般对待仇人，程瑜瑾可以理解，但是并没有得罪过杨太后的无辜妃嫔，她又何苦这样糟践人家？

杨太后做人做事太过狠绝，在她眼里，恐怕压根儿就看不得别人好吧。能对一个五岁孩子下此毒手，杨太后无论做出什么都不奇怪了。

程瑜瑾拧眉想了一会儿，试探地问李承璟："殿下，刚才你说母亲的预产期本来在六月，却突然早产，而杨太后这些年一直揪着你在端午出生的事不放，口口声声说你活不长，还借此将你挪到道观养病，莫非……"

李承璟的目光沉重得让人窒息。程瑜瑾看了一会儿，心里明白了。

怀里的孩子突然哭起来，程瑜瑾连忙低头，才发现竟然又是李明乾那个小子，他在掐妹妹的胳膊。程瑜瑾赶紧将明月抱开。李明乾在众目睽睽之下暴露恶行，这回就连李承璟都没法给他洗白了，只好不轻不重地打了一下他的手，教训道："你是哥哥，你就这点儿当哥哥的肚量？"

夫妻二人将孩子收拾好后，又各自换了大礼服，出去参加元日大朝会。今日程瑜瑾是当之无愧的焦点，走到哪里都被众人注目，风头甚至盖过了杨皇后。

自从龙凤胎出生后，皇后十分没脸，窦希音更是不好意思进宫。今日实在避无可避，窦希音硬着头皮和程瑜瑾同时出席元日大朝会，众人见了她虽然一样问好，但是她们的目光明显是在看笑话。

窦希音气恼极了，尤其让人生恨的是，程瑜瑾备受瞩目。上前向程瑜瑾祝贺的人越多，窦希音心里就越恨。

窦希音心里如何想，程瑜瑾此刻完全无暇理会。从她露面开始，就不断有人上前来搭话，尤其是朝会大典结束后，命妇们可以自由活动，众人的流动趋势越发明显。

今日是初一，是新年的第一天，也是李明乾和李明月的满月礼。皇帝有心借龙凤胎振奋民心，因为去年又是洪涝又是瘟疫，民间有许多不好的流言。皇帝下令将龙凤胎的满月礼和元日大朝会一起办，也是存了讨吉利、去晦气的心思。

程瑜瑾因为刚出月子不能久站，朝会结束后就去后面的偏殿休息。此刻离宴席开席还有一段时间，许多人拖家带口来给太子妃贺新年，这些人到偏殿后，免不了要大肆赞美两个孩子一番。

其中一个侯夫人看见李明乾和李明月，眼里是毫不作假的喜欢、羡慕："太子妃真是好福气，得了一对龙凤胎。这样两个一般大小的孩子，放在一起就让人心生欢喜。臣妇希望多沾沾太子妃的喜气，只盼今年几个儿媳也能给家里添丁。"

程瑜瑾笑着说："侯夫人宅心仁厚，家宅兴盛，自然会如愿以偿。"

新年谁都愿意听吉利话，侯夫人听到后感激地笑笑，说："多谢太子妃，那臣妇就借太子妃吉言了。听说圣上极喜欢小郡王和小郡主，每日总要问一问，可惜现在是冬天，小郡王和小郡主刚满月，不能见风，等到了夏天，想必就能带他们到外面晒太阳吹风了。到时候，恐怕宫里都抢着抱两位小主子呢。"

听到这些话程瑜瑾只是抿嘴笑笑，并不言语。众人讨好程瑜瑾之意近乎直白。毕竟如今任何一个人都能看清局势，不存在站不站队，只要京城里的人脑子还没坏，都知道要赶紧来抱未来帝后的大腿。

程瑜瑾看向两个孩子，眼中满是温柔："他们只要平平安安的，我就心满意足了。"

侯夫人看着眼前的太子妃，太子妃今年还十分年轻，曾经就以风姿仪态名满京师，现在有了孩子，身上带着一层柔光，越发如一颗莹润的明珠般耀眼夺目。

侯夫人打心眼里羡慕程瑜瑾。一个女人婚后过得好不好，看脸就知道了。这无关长相，眼角眉梢的神态以及一举一动都能暴露她的真实生活。生活舒心的人，举止神态会更加放松、从容，有一种光彩，这种光彩宛如瓷器上的釉光，会让整个人都变得明亮起来。

对啊，有一个清俊端方、位高权重且始终对自己温柔体贴的夫君，有一对可爱的儿女，后宅还没有通房、小妾，这样的生活天下哪个女人不羡慕？

侯夫人渐渐说起宫里的人，问道："今年怎么没见太后娘娘露面？"

杨太后去年染了病，反反复复一个冬天都没好利索。这几天天气干燥，杨太后体内积了热毒，又病倒了。

程瑜瑾解释道："这几天天气又冷又干，太后娘娘积热致病，正在慈宁宫养病。太后养病为要，元日这等吵闹的场合就不敢劳烦太后出面了。"

侯夫人听到后点点头，说："确实呢，这几日过年，饮食大鱼大肉，又被地龙烘久了，确实容易虚火旺盛。不过太后娘娘吉人自有天相，必然能逢凶化吉，早日康复。"

程瑜瑾点头称是，这个侯夫人或许是因为杨太后，想起一桩趣事来："话说，最近上火的人还真不在少数。听说杨家的小少爷在街上看中一个女子，竟当场就要将女子纳为妾室。那个女子不愿意，他们还在街上闹出来不小的动静。"

杨家唯有一个小少爷。杨首辅有两女一子，两个女儿分别是杨妍和杨皇后，儿子杨世隆虽然十分好色，府中姬妾成群，可是多年来只生下一个孩子，即杨孝钰。杨家三代单传，杨孝钰被杨家视为命根子，十分受长辈宠爱。杨太后和杨皇后也对杨孝钰非常看重，动不动就发赏赐。

杨孝钰在这种环境下长大，继承了他父亲好色的秉性，却没继承他父亲和祖父对政治的敏感，反而学了一身毛病。他好色就不说了，偏偏喜欢强买强卖，大家闺秀、官家小姐，或者清白的良民女子，人家越不愿意，他越是要收入府中。总之，行径非常可恶。

杨家的话题，程瑜瑾无论说什么都容易被揪住话柄，所以并不接腔，只说自己不知道。这个侯夫人提起杨孝钰的事也不是想揪程瑜瑾的话柄，只不过借机向她传递消息，顺道卖个好罢了。现在话已经传到，程瑜瑾不接茬，侯夫人自然很快就换了话题。

杨孝钰的事只是在程瑜瑾心里留下了一丝痕迹而已，她虽然留意了，但是并没有太过关注，但是谁也没想到，杨孝钰看中民女一事，竟然还有后续，并且闹出了不小的动静。

杨孝钰见那个民女长得不错，当街调戏，民女忍下羞辱，拒绝后就离开了。没想到他还不肯善罢甘休，几次三番纠缠这个民女无果后，竟然直接将人抢走了。

对方的哥哥发现后，连忙追出来阻止。杨孝钰从小被家里惯得无法无天，见居然有人敢不给他面子，当即让家丁教训这个不识趣的平民。谁承想女子的哥哥是条烈性汉子，竟然冲破家丁的包围，揍了杨孝钰几拳。杨孝钰哪里丢过这么大的人，也被激起凶性，让家丁将人架住，自己拿着九节鞭狠命抽。九节鞭那可是钢鞭啊，最后，他竟活生生将人打死了。

这一切就发生在大街上。大白天街市热闹，等京兆府的人赶来时，女方哥哥已经被当街打死了。

这件事性质之恶劣，场面之血腥，一下子激起了民愤。

杨孝钰做出的事激起了民愤，言官得知后上奏要求皇帝将杨孝钰从严处理，以儆效尤。

杨孝钰可是杨家的独苗啊，杨首辅怎么舍得将自己的孙子交给大理寺处理，即便只是进去走个过场也不行。杨甫成还想像上次那样将这件事压下去，可是这次的事情仿佛弹簧触底反弹了一般，他越压制，舆论越汹涌。

讨伐杨孝钰的声音越来越大，最后，已成无法收拾之态，上至朝臣下至百姓，全部要求将杨孝钰交出来，按律处置。

按律处置，应杀人偿命，而当街杀人更加严重，斩立决都是轻的。

杨甫成怎么肯？杨首辅稍想妥协，他的夫人就在家里大哭大闹，儿媳也哭成一团，抱着儿子死都不肯松手。这些事传到深宫里面，杨太后在病榻上被气得直拍床："放肆！这群草民，命比草还低贱。不过是死了一个平民，竟敢让孝钰偿命？何况那个刁民打伤了孝钰，给孝钰赔条命本来就是应该的。"

杨皇后来侍疾，见杨太后被气得直咳嗽，又焦灼又担心："太后您消消气，不要气坏了身子。我也是这样觉得的，虽然孝钰不该当众打死人，可是这个人挑衅孝钰在前，孝钰防卫，本来就是很正常的事。只不过孝钰下手重了些，骂他一顿，让他反省反省也就是了，怎么能交给大理寺呢？听说牢狱那种地方阴气重得很，孝钰才多大，是我们家独苗，万一有个三长两短那可怎么办？！”

杨孝钰闹出这么大的事，杨皇后也颇为不满：不过为了一个民女，他就惹出这么多麻烦事。明明这段时间宫里就不太平，程瑜瑾生下龙凤胎，皇帝大喜，太子有了功绩又有了子女，在朝堂上也极为顺利。她和二皇子的地位本来就岌岌可危，然而在这种时候，杨孝钰还要给她惹事。

杨皇后忍不住发狠地想，就不该总帮杨家收拾烂摊子。杨家人有什么事都让她善后，她倒把他们一个个惯得得意忘形，真以为自己是什么人物了。可是她气归气，却不能真的不管杨孝钰。杨孝钰小的时候，杨皇后也照顾过他几天，最重要的是杨孝钰是杨家独苗，就凭这一点，她就不能不管他。

昨天杨孝钰的母亲又到宫里来哭，杨皇后本来就为窦希音的事烦恼，被杨孝钰母亲哭了半天后头都大了，只好忍着疲惫去向皇帝求情。然而乾清宫的太监推说圣上正在和朝臣议事，不肯通禀。杨皇后在外面等了很久，都没能见到皇帝，后来太子来了，太监远远见了立刻谄媚地迎出来，讨好地将人带进了乾清宫。

前后对比如此强烈，杨皇后被气得不轻，但是也知道，皇帝是不愿意管杨孝钰的事了。

杨皇后心寒不已，心寒的同时又蹿出一股火来：皇帝全靠杨家一手扶持才有今天，如今，他找回自己的长子了，就不想管杨家死活了？杨皇后憋着一口气，今日跑来找杨太后主持公道。

杨太后生病一直不见好，没人敢让她知道这些事，万一把她气出个好歹来就麻烦了。要不是外面的形势越来越不利，杨皇后实在没办法了，也不会来找她。

谁知道杨太后听到后暴怒，气急攻心，咳嗽得阵阵头晕。杨皇后被吓到了，连忙扶住杨太后，劝道："太后您别着急，孝钰现在还好端端在家里呢，那些人再猖狂，还不敢闯到杨家抢人。"

"他们敢！"杨太后咳得眼睛都红了，用力拍了下床，声音嘶哑地喊道："唤皇帝来，就说哀家有话和皇帝说。"

太后召见，皇帝不好推托。大臣出去后，李承璟见皇帝要出门的样子，眉梢动了动，问："天已经快黑了，陛下要去哪里？"

皇帝叹了口气，说道："下午的时候慈宁宫派人来了，朕当时脱不开身，现在奏折看得差不多了，朕去看看。"

李承璟了然："太后是为了杨孝钰的事情吗？"

皇帝冷哼一声："必然是。昨日皇后就来过，朕有心给她一个教训，故意晾着她。没想到她竟然如此不懂事，还让太后出面。得寸进尺，越来越拎不清自己身份了。"

李承璟听到后没接话，皇帝口中"越来越拎不清自己身份"的人到底是杨皇后，还是杨首辅呢？李承璟没说话，而这时皇帝看过来，问道："太子，你觉得此事该怎么办？"

李承璟不紧不慢地说："儿臣以为，无规矩不成方圆，先例不能开。若是陛下为他们开了这次先例，日后如何约束文武百官和百姓？"

这话很合皇帝心意，皇帝就是这样想的。定罪是一回事，实际执行又是另一回事，这里面可操作的空间太大了。皇帝并非不懂刑狱里面的黑暗，但是杨家如今牢牢护着杨孝钰，竟然连问罪流程也不让走，这就太不把律法放在眼里了。

皇帝心里有了想法，大步朝慈宁宫走去。李承璟跟在后面，垂着眼送皇帝出去。

等皇帝走后，两边的太监给李承璟行了个礼，谄媚地笑道："太子殿下，您还要在乾清宫里看折子吗？"

"不必。"李承璟说，"将剩下的折子带回东宫吧。陛下不在，孤再

待在御书房于礼不合。”

“太子殿下仁德明理，还如此谦和守礼，实在是万民之福。”太监奉承了几句，殷勤地帮李承璟搬折子。

李承璟听到这些话只是笑笑。皇帝如今看起来确实信任他，但是十多年来，皇帝亦是同样相信杨家、倚重杨家。把帝王的信任当真就会带来灾难，凡事小心些肯定没错。

李承璟回到慈庆宫，宫女、太监们见了他纷纷跪拜。他在外殿扫视了一圈便往里面走去。

程瑜瑾正在内殿哄孩子，听到熟悉的脚步声，回过头食指触唇，轻轻比了个手势。

李承璟了然，放轻脚步，慢慢走过来，弯腰看木床里面的小家伙。两个小家伙睡得正香，明月还在吐着泡泡。

李承璟的眉眼渐渐柔和下来。程瑜瑾给两个孩子盖好薄被，和他一起走到落地罩外。

出来后，程瑜瑾才说：“他们刚刚睡着，睡得不安稳，我不敢大声说话，所以殿下回来的时候，我没有应答。”

“无妨。”李承璟说，“我们都做这么久的夫妻了，还在乎这些做什么？他们俩今日闹腾吗？”

“还好，凡事都有人做，我只是在旁边看着，应付得来。”程瑜瑾说到这里，突然像是想到什么得意的事情一般，微微抬了下下巴，说道，“殿下，今日明乾会翻身了。”

李承璟挑眉：“哦？今天刚刚学会的吗？我竟然没看到。”

“你一整日不在东宫，哪有那么巧，刚好在你回来的时候让你看到？”程瑜瑾尽量克制着，但是小表情还是暴露了她的得意，“明乾力气比明月大，自己就能翻身。明月见了着急，不停地蹬腿，还是我在背后托着她，她才能翻过来。”

李承璟看着程瑜瑾的笑容，一双眼睛亮如星辰。无论是程大小姐还是太子妃，她一直都显现出远超于她年龄的理智、成熟，哪里露出过这样幼稚的神情？在儿女的事上，程瑜瑾非要和他比出个高低，就像一个争糖吃的小孩。

李承璟笑着配合她说道：“那我可亏大了，我不光没看到李明乾人生第一次翻身，竟然连明月的都错过了？”

程瑜瑾抬着下巴，虽然忍住没动，但是能看出来她正在心里用力点头。李承璟失笑，伸手刮了下程瑜瑾的鼻尖：“和孩子待久了，你也越来越孩子气了。”

程瑜瑾被他说“孩子气”，内心十分不服。她轻哼了一声，拿起茶壶给李承璟倒茶，然后换了话题，问道：“殿下，你今天回来得这么早，是外面发生了什么吗？”

“皇帝去慈宁宫陪太后说话，我不好继续留在乾清宫，就将折子带回来了。”

“陛下去见太后了？”程瑜瑾放下茶壶，眉尖轻轻一挑，“太后也知道了？”

“迟早的事。”李承璟接过茶水，轻轻抿了一口，不甚在意地道，“有皇后和寿王妃，这些事迟早要闹到她那里。闹过去才好，同样的事只有一而再，再而三地发生，陛下才会彻底厌烦。”

程瑜瑾点头，深以为然：“人命关天，这次杨孝钰惹下的可不是小事。事关人命，杨家还想像以前一样压下去，那就太无视法纪了。殿下，你说这次陛下会答应杨家的要求吗？”

李承璟一只手端着杯子，轻轻笑了笑：“我看未必。”

“嗯？”

李承璟却不欲再说，道：“且看着就是。”

杨家草菅人命，弹劾经久不息，经过长时间的发酵，弹劾已经从杨孝钰当街打死人，转移到杨首辅只手遮天、包庇孙子上。火渐渐烧到杨甫成身上，他实在收不了场，杨太后见状故技重施，想像上次一样，借病向皇帝施压，让皇帝以雷霆手段驳回所有弹劾，但是这一次，皇帝没有答应。

杨太后被气得七窍生烟，在慈宁宫里骂多管闲事的言官，骂不知好歹的草民，骂居心叵测的朝臣。最后，她怨到了皇帝身上。

还没等杨太后消气，宫外忽然传来一个晴天霹雳：杨孝钰被人勒死在卧房里了。

杨太后听到这个消息，咳出一口血后，就两眼一闭晕了过去。

杨孝钰从书房出来，一脸阴郁，本来想出去找朋友喝酒，但是走到半路被家丁拦下，家丁说首辅有令，这几天少爷不许出府。

杨孝钰心里的不痛快更甚了。他不能去外面找女人，那就只能在家里挑一个通情达理的侍候他了。杨孝钰在心里来来回回挑选，他的女人太多，有些女人他都分不清谁是谁。

杨孝钰没有挑选出来，想着干脆去好友前段日子送给他的扬州瘦马那里吧。专门调养出来的瘦马不一样，无论床上床下，功夫都极好。此刻他心情不好，正好去她们那里发泄发泄。

杨孝钰这样想着，刚穿过月亮门，门后一个丫鬟见到他连忙追上来："少爷！"

杨孝钰转过身，看见这个丫鬟，实在想不起来这是谁。他连侍妾都分不清，更别说这些侍妾的丫鬟。

"你谁啊？"

小丫鬟似乎有点儿怕他，畏畏缩缩地说："奴婢是侍候邵姑娘的，邵姑娘想请您过去。"

听到这个姓，杨孝钰可算有些印象了。杨孝钰挑眉，他本身长相还算白净俊俏，但是常年纵情声色，双眼浮肿，脚步虚浮，整个人的气质也是流里流气的：“她不是贞烈得很吗？怎么，也念起男人的好了？”

这话有些下流，但丫鬟不敢得罪少爷，又低了低头：“奴婢不知，邵姑娘派奴婢来找少爷……”

“什么姑娘？”杨孝钰合上扇子，甩着袖子朝另一个方向走去，“都开了苞，还哪里是姑娘？”

邵姿今天基本没碰什么吃的，脸色实在太差，只好给自己抹了口脂，在脸颊两侧涂上胭脂。她坐在梳妆镜前，盯着镜子里面的人，良久没有眨眼睛。

不知过了多久，屋里光线渐渐暗下来，外面丫鬟突然说“少爷来了”，邵姿才愣了一下，慢慢回过神来。

杨孝钰已经掀开帘子进来了，进屋时皱了皱眉，嫌弃地道：“怎么黑漆漆的？”

邵姿站起来，跪到门口，深深垂下脖颈道：“是奴忘了点灯，奴错了。”

杨孝钰虽然嫌邵姿这里冷清，但是看着美人在朦胧中跪在地上，温顺地露出白净的脖颈，心情顺畅了不少。杨孝钰笑着走近邵姿，用扇子拍了拍她的脸：“你先前不是很贞烈吗？表现出一副贞妇烈女的模样，怎么现在不装了？”

邵姿又低了低头：“先前是奴家想差了，请少爷原谅。”

杨孝钰笑了一声，坐在邵姿面前的凳子上，双腿正对着邵姿的脸：“你凭什么让我原谅你？”

邵姿僵硬了许久，打发丫鬟出去，自己慢慢跪着爬到杨孝钰的两腿间，伸手解开他的裤腰带。

杨孝钰这几天不能出家门，整日憋在家里十分腻烦，好在先前抢回来的这个民女识趣，主动放下身段来讨好他，他要做什么都百依百顺。

杨孝钰被侍候得十分舒服，虽然这些事瘦马做得更好，但是熟练有熟练的好，青涩也有青涩的妙处。邵姿的技巧还差些，但是带给杨孝钰的满足感是无穷的。

杨孝钰觉得这个女子也还不错。自己抢来的和别人送的到底不一样，要不是邵姿长得着实出众，让他在街上一眼就注意到，他也不至于费这么大力气，几次三番地想将邵姿弄到手。

事毕后，杨孝钰躺在床上，满意地对着邵姿指点道："你还比较笨拙，多亏了你这张脸，要不然，本少爷可懒得来你这里。另一个院里的思思可比你厉害多了。"

邵姿低头不语。杨孝钰大肆点评了一番各个女人在床上的表现，疲惫感涌上，打了个哈欠道："你以后还是要多学习，不然这么多女人，你凭什么让爷来你这里？要小爷我说，你能攀上我简直是祖坟冒青烟，你看看你这里的胭脂、衣服，哪一个是凡品？随便取一盒胭脂，都比你们家半年挣的钱多。要知道我姑奶奶是太后，姑姑是皇后，祖父是首辅，我爹也做到了四品侍郎，全京城再大的烟花场子，只要小爷出场，就没人敢和小爷抢。外面那些疯狗吠得再厉害，刮下我们杨家丁点儿皮没有？根本没有。我姑姑依然还是皇后，我祖父照样管着朝廷上的事，他们又是请命又是弹劾，我不过是在家里躲两天罢了。等风头一过，小爷还是风风光光的京城第一人。"

杨孝钰似乎是真的困了，闭上眼，慢慢说道："所以你跟了我，绝对亏不了。你只要把我侍候好，这段时间你给我惹下的麻烦，我全可以不追究，我娘和我祖母那里你放心，有我顶着，她们不会把你怎么样的。看小爷对你多好，你好生跟着爷，以后的好日子长着呢。最好你给小爷生个种，一定要是男孩，说不定，你以后还能给公主当婆婆呢。我表姐已经是寿王妃，以后妥妥的皇后，我跟她说说，说不定能娶个公主回来。"

“算了，公主太麻烦，我表姐那种性格，她教出来的公主指不定得横成什么样子。那还是再生个女儿，当国丈好了。”杨孝钰嘴里喃喃着，慢慢坠入梦乡。他说这些话的时候，邵姿躺在一边，只是听着。等杨孝钰良久没动静后，邵姿支起身，轻轻唤道：“少爷？”

杨孝钰没反应，她又唤了两声，他还是没反应，然后她慢慢爬向床尾，取出一根长长的腰带。

“你对我好？”邵姿冷笑。刚刚侍候完杨孝钰，身上未着寸缕，但是现在她坐在床上，丝毫没有为自己披衣的打算：“你再有钱又如何，杨家再有权势又如何？你杀了我的哥哥，还想让我给你生孩子？”

邵姿就这样下了床，将腰带绕过杨孝钰的脖颈，然后紧紧缠在床柱上。她早就用自己试过，知道怎样打结勒得紧，哪根床柱结实，从哪个角度勒人没办法挣脱。

腰带一点儿一点儿收紧，杨孝钰感到呼吸困难，猛地惊醒，发现自己的脖子被人勒住了，顿时整个人都被吓傻了。他用手揪住腰带，想将脖子上的结解开。借着手指撑出来的些许空隙，杨孝钰艰难地说：“我对你这么好，你居然想杀我？”

邵姿的情绪突然激动起来，她道：“你个杀人犯，就算再有钱、再好看，对我再好，怎么比得过父母兄长的养育之恩？我怎么会喜欢自己的仇人？我要杀了你，为哥哥报仇！”

邵姿说着更加用力地拽紧腰带。杨孝钰剧烈挣扎，甚至用床边的东西砸伤了邵姿的头，可是邵姿无论如何都不肯放开拽着腰带的手。杨孝钰的挣扎渐渐弱了，最后他一动不动。邵姿像是魔怔了一般，又用力勒了很久，直到手都被磨掉了一层皮，再也握不住腰带，才失力般跌倒在地。

邵姿愣愣地看着自己渗血的手，突然又哭又笑：“哥，我为你报仇了。爹，娘，女儿不孝，下辈子再来报答你们的生养之恩。”

第二天丫鬟打来洗脸水，在外面唤了好几声，里面都没有动静。丫鬟不耐烦了，推门而入，一抬头便是一具尸体在眼前晃荡。

桌子上，压着一条血淋淋的碎布，看布料是从杨孝钰身上撕下来的，上面不知道用谁的血写着“杀人偿命”四个字。

丫鬟被吓得魂飞魄散，“啊”的一声尖叫。邵姿杀了杨孝钰，自己也悬梁自尽的消息迅速传遍杨家。杨家上下如遭雷击，杨孝钰的生母听到消息就晕过去了，杨家又是忙着叫太医又是哭小少爷。

没过多久，杨首辅又听到一个噩耗：杨孝钰被勒死的消息不知为何传到了杨太后的耳中，杨太后当即吐了口血，病情加重了。

杨家死了两个人，杨首辅当即就下了封口令，但是这桩丑事还是迅速传了出去。仅仅半天工夫，这事就闹得满城风雨，众人皆知。

街上人听到了，愤愤地朝地上吐了口唾沫，骂道：“该！”他们替那位烈性的民女惋惜，又觉得她实在狠狠出了口恶气。

邵姿的父母几乎哭倒在地，一辈子谨小慎微、勤勤恳恳，连和人吵架都不敢，却遇上了这种事情。一子一女相继离世，邵父彻底没了活下去的欲望，带着人去京兆府击鼓鸣冤。

邵家鸣冤一事迅速传到朝堂上。京城这些年来，从来没有发生过这样的恶性案件，好些古板的老臣几乎被气疯了。有位老臣第二天直接脱下官袍，穿着平民布衣上朝，见到皇帝后直接行稽首礼，说道：“杀人偿命，天理昭昭。臣今日拼着这条老命不要，也要恳请陛下处置杨首辅，为民除害！”

许多人跟着跪下。早朝气氛十分凝重，最后，皇帝看向李承璟：“太子，你说当如何？”

李承璟上前一步，拱手对皇帝微微躬身，沉声道：“臣以为，国法威严不容侵犯，对事不对人，一切都当按律处置。”

皇帝挥了挥手，说：“那就依太子说的，大理寺介入杨孝钰一案，查明后按律处置吧。”

跪在地上的老臣上前一步，慨然道：“陛下圣明。然杨甫成是内阁首辅，门生遍布朝野，若是他暗地里给大理寺施压，谁敢查？”

杨甫成绷着脸不说话，他已到知天命之年，却在这把年纪遭受独孙死于非命的打击。白发人送黑发人，杨甫成大受打击，这几天头发都白了一半，根本没有心思再管外面的事，然而偏偏外界风雨步步紧逼。杨甫成紧绷着脸，出列道：“臣问心无愧，一切听从陛下安排，请陛下明察。”

皇帝颔首，道：“这些年杨首辅劳苦功高，为朝廷立下不少功劳，不会做结党营私之事。杨首辅刚刚丧孙，这段时间心力交瘁，也该休息一段时日了。传朕旨意，首辅暂停职十日，以示避嫌。大理寺听令。”

“臣在。”

“限尔等十日之内，查明真相，还首辅清白。太子，刑部尚书。”

李承璟和刑部尚书接连出列，躬身行礼。

“你二人协助大理寺破案，三方会审，相互监督，不得徇私。太子，你作为此案主审，十日后来向朕禀报。”

李承璟缓慢地拱手：“儿臣领旨。”

杨皇后坐立不安地等着太监打探消息回来，瞧见太监跑进来，连忙问：“怎么样了？陛下今日说了什么？”

太监脸上似有为难，低声道：“娘娘，陛下有令，暂停杨大人首辅之职。”

杨皇后跌坐在榻上，身上的血液一下子冷了：“父亲被停职了？”

“暂时停职。待大理寺三方会审、查明真相后，自会官复原职。”

“三方会审？”杨皇后抚了抚额头，只觉得一阵阵眩晕，“主审是谁？”

“太子殿下。”

皇帝让太子去审杨家的案子……杨皇后苦笑，这个案子审和不审还有区别吗？虽然真相还不清楚，但是皇帝的态度已经非常明确了。不过现在杨皇后还好端端地坐在坤宁宫内，窦希音和二皇子也能正常入宫，说明皇帝虽然生气，但是并没打算彻底扳倒杨家。杨皇后还是抱着一丝希望，等着会审结果。

杨孝钰之死一案并不难审，难的是背后错综复杂的关系。第五天，杨孝钰一案的结果还没有出来，突然又有人敲响了鸣冤鼓，要告御状。

击鼓的是个老妇人，她说自己是永和朝的宫女，建武五年被放出宫，这次冒死回来，是为死去二十年的钟皇后鸣冤。

老宫女告御状本来就够让人吃惊的了，然而更让人吃惊的还在后面。

她拿出证据，说钟皇后当年并非因病而死，钟皇后难产，也并非偶然。

“奴婢斗胆，状告杨首辅之妻杨夫人，谋害前皇后钟氏。”

慈庆宫里，杜若垂手在一边侍奉，眉头紧锁。

此刻殿里没人，杜若忍不住问道：“太子妃，那个老宫女的话……您说是真的吗？”

最近杨家的事一桩接一桩，孙子杀人及被杀一事还没有了结，杨首辅的夫人就被老宫女告了。谋害前皇后，这个罪名可和打死了平民不一样，尤其是其中还涉及皇后难产。

钟皇后怀孕时胎儿就不稳，由于提前发动，太子一出生就体弱，她也因此落下了病根，缠绵病榻两年后离世。据那个老宫女说，钟皇后本来并不会早产，用了一道粥后突然发动。生产那日，一开始很顺利，后来是稳婆故意耽搁，才害得钟皇后生产不顺，元气大伤。

在女子生产的时候动手脚，这无异于谋杀。如果老宫女的话是真的，那杨夫人要面临的可不只是牢狱之灾了。

程瑜瑾手指翻动，刺破锦面，右手握着针在空中轻轻转了个弯：“她敢在明面上说出来，并且将证据摊在众人面前，必然是真的。只不过这些事过去了这么多年，即便有确凿的证据，复查也不容易。真正要看的，其实是皇帝的态度而已。”

仅凭杨夫人在钟皇后临产的时候动手脚这件事，杜若就很难对杨家生出好感来。女子生孩子就是一脚踏进鬼门关，生产的时候疼得根本无暇注意其他，可谓毫无自保之力。杨家在这时候害人，还买通稳婆故意耽搁时间，真的太恶毒、太阴损了，杜若同为女子，本能地唾弃这种行为。

如果这是真的，那现在一切大白于天下，杨夫人一定会为自己的恶行付出代价。杜若皱眉想了又想，还是觉得忐忑不安：“太子妃，那您说，陛下会为先皇后做主，惩治杨夫人，为先皇后报仇吗？”

靠皇帝报仇？程瑜瑾完全不看好。皇帝若是有心，当初钟皇后难产的时候，就应该有所察觉并往下追查了。但是他没有追查，还和杨皇后做了十来年夫妻。

当年钟皇后在跟前时都指望不上皇上，何况她死了二十年呢？程瑜瑾又刺下一针，手指转动，将线头和最后一针同时压好：“属于先皇后的公道一定会到来，但是，不是靠陛下。”

杜若福至心灵，知道了程瑜瑾未说的后半句话——要靠太子。

多年后追查钟皇后的事情，多方搜罗人证、物证，并且保存证据多年，在合适的时机公告于天下，会这样做的人，有能力这样做的人，不过一人而已。而且，老宫女鸣冤的时机也很巧，正好在大理寺调查杨孝钰一案的第五天。杨孝钰一案并不难查，真正难的是背后的关系，皇帝、太子、首辅三方势力胶着，另有中间派四处站队，大理寺的这件案子十分难办。

杨家本来就在风口浪尖上，忽然出现了涉嫌谋害前皇后的事，引得宫闱内外议论纷纷。钟皇后一事如果属实，杨夫人势必难逃罪责。这无异于在杨家头上狠狠砸了一锤子，三足鼎立的局面顷刻间会被打破，杨家势力也会大为削弱。

程瑜瑾基本确定，老宫女及她拿出来的证据一定是李承璟安排的。只不过他原本计划的时间未必是现在。杨孝钰被勒死一事发生得太过突然，众人始料未及，李承璟也很是惊讶，但是时机稍纵即逝，他当机立断，立刻将钟皇后的事翻了出来。

外界的政治斗争血腥残酷，杀人不见血，但是东宫里还是一片祥和。程瑜瑾安心休养身体，照顾两个孩子，因生产而损伤的元气一点儿一点儿在恢复，李承璟晚上回来，也只是陪她照顾孩子、聊天说话，很少提外面的风风雨雨。

程瑜瑾知道李承璟不想让她为外面的事担心，但是不掺和并不代表不知道，她在白天的间隙，还是会听一听后宫和前朝的事的。

程瑜瑾给两个孩子绣好了外衣，杜若立刻接过，仔细叠起来。程瑜瑾揉了揉手腕，长叹道："这是殿下和杨首辅之间的对决，我们等着就好了。"

这确实是李承璟和杨甫成的战争。太子和首辅、东宫和后族，两个庞然大物正面对抗，小官、小族根本不敢靠近。神仙打架，凡人遭殃，有人始终观望不敢站队，也有人下场表态支持太子——虽然危险，但一旦成功了，他们就是从龙之臣。而且，杨家大势已去。杨家多年故步自封，积重难返，但是太子正在努力上升，一个尽失人心一个众望所归，一个摇摇欲坠一个冉冉升起，等李承璟使出钟皇后这道撒手锏后，果然打得杨家招架不住了。

杨家的口碑可谓在几天内迅速败坏，现在人人走过杨家大门，都敢明着骂奸人只手遮天、丧尽天良。十天过后，大理寺有了最终结果：杨首辅之孙杨孝钰强抢民女，当街打死对方哥哥，事后还侮辱此女。此女怀恨在心，借杨孝钰睡着之机，用腰带勒死了他。

他死在女人床上，也算是因果有报。

皇帝看到这个结果后对杨家极为失望，在早朝上当众斥责杨首辅治家不力。原本说好杨甫成只是暂时停职，等大理寺查案结束后就官复原职，但是现在，杨甫成被无限期停职，起复之日遥遥无期。同时，老宫女鸣冤一事，也交给大理寺核查。负责此事的人还是太子。

杨皇后得知杨甫成被无限期停职后立刻去乾清宫求情，但是皇帝避而不见。杨皇后在外面跪了两个时辰，皇帝始终都没出来看一眼。

杨皇后在坚硬的汉白玉地上跪了两个时辰，起来后膝盖就不行了，都不能走路。皇帝因此让杨皇后好生在坤宁宫养病，无事便不要在外走动了。这个旨意看似体恤杨皇后，其实是变相将杨皇后禁足了。

皇后膝盖受损，自然是没法去侍疾了，程瑜瑾理所应当地去侍奉病重的杨太后。杨太后猛地听到杨家独苗惨死、杨氏香火不继的时候，急火攻心，当即吐了一口血。杨太后吐血之后，病情明显急转直下，越发严重了，加上最近杨甫成被停职，杨夫人卷入命案风波，杨皇后被变相禁足，传来的消息一个比一个差，能好转才怪。

往常的慈宁宫密不透风，任何消息都传不进来，此刻杨家的坏消息却一个接一个往里传。太医嘱咐让太后静养，千万不能操心，程瑜瑾当时点头记下，一转身，杨家有一点儿风吹草动都会传到杨太后这里。

杨太后的病久久不见好转，甚至有恶化的趋势。程瑜瑾对此十分着急，各种药像不要钱一样给杨太后送，太医开的药方无论什么，全部煎一服试试。

慈宁宫里的苦药味日夜不散，杨太后从并不算安稳的梦境中醒来，鼻腔闻到的便是这个。

此刻殿里十分安静，没见着几个宫人。杨太后发出响动后，过了一会儿，帘子才被掀开。程瑜瑾站在帘外，对杨太后一笑："太后，您醒了。您感觉怎么样了？"

杨太后费力挣扎，看样子想起来，程瑜瑾还是站着不动，只是使了个眼色，就有宫女扶着杨太后坐起来。所谓亲自侍疾，不过是宫人代劳罢了，可别指望程瑜瑾自己动手。

宫女给程瑜瑾搬来了圆凳，程瑜瑾坐在杨太后床边，笑问："太后娘娘，药煎好了，您是现在用还是待会儿再用？"

又喝药，杨太后就算过了小孩子怕苦的年纪，一醒来就喝药也实在不是什么美好的体验。杨太后阴沉着脸说："再等等吧。"

"好。"程瑜瑾点头，回头吩咐："把药炉的火看好，让药一直温着，千万不能变凉。如果时间太长有损药效，那就全部倒了，重新煎一炉。"

"是。"

宫女领命退下。杨太后看着眼前这一切，冷冷地笑了一声。

"你们都退下。"杨太后扯了扯嘴角，冷冷地说，"哀家有话和太子妃说。"

宫人都抬头去看程瑜瑾，程瑜瑾抬了下手，他们才次第后退。

杨太后皮笑肉不笑，浑浊的眼中满是寒光："太子妃好威风，连哀家宫里的人也要听你的号令。"

"不敢。"程瑜瑾脊背挺直坐于圆凳上，两手交叠，宽大的褶裙在地上散开，她道，"儿臣不过是和太后娘娘学了三分罢了。"

现在宫里没有其他人，杨太后直接问道："这一切是谁在推动？"

杨太后能走到今日，不光靠她的狠辣和绝情，还有智慧。诸事环环相扣，舆论一边倒，从一片雪花滚成雪球之势，背后若没有人操纵，杨太后当然不信。

程瑜瑾没有回答，而是挑了下眉，笑着反问："太后以为是谁？"

有能力推动舆论，有能耐让朝中许多臣子接连向皇帝和杨家施压，手里留着钟皇后被害证据的人，杨太后早就有了答案，只不过是想让程瑜瑾亲口承认罢了。杨太后扯动一边的唇角，皮笑肉不笑地说：“果然是你们。也是，除了你们，还有谁会恨杨家？还有谁会巴不得杨家倒台？”

“太后这话恕我不能认同。”程瑜瑾理了理长袖，抬头对杨太后一笑，“恨杨家的不止我们，想让杨家倒台的也不止我们。”

杨太后愕然，程瑜瑾看着她，缓慢地说道：“太后莫非以为，雪崩之时，只是一片雪花的力量吗？每一个在后面推了一把的人，都想让杨家倒台，都想让公道现于人间。”

杨太后沉默了，良久后，哼笑一声：“我自认为多年来谨慎持重、劳苦功高，原来，外面竟有这么多人看不惯哀家、看不惯杨家吗？”

“劳苦功高？”程瑜瑾听到后也轻轻笑了一下，说，“太后竟然觉得自己多年来十分辛苦？这样说倒也没错，只不过劳是对杨家，功是对自己。太后娘娘踩在云端，生杀予夺，怎么会看到你脚下的累累尸骨？又怎么会在意那些因你的一己之私而无辜死去的人呢？”

“嘁。”杨太后不屑，“哀家纵横后宫的时候，你还没有出生。现在，你一个区区小儿也敢在哀家面前大放厥词？”

“儿臣自然不敢。”程瑜瑾唇边带着柔和的笑，轻启朱唇道，“儿臣不过是顺应民意，替众人实现他们期望多年的事情罢了。”

杨太后被狠狠噎住。是啊，无论她话说得有多狠，曾经多么辉煌，都不能否认现在杨家已是墙倒众人推的事实。就连她也垂垂老矣，在后宫顶端摇摇欲坠，连曾经不放在眼里的宫女下人也支使不动了。属于杨家的时代已经结束，即便杨太后纵横后宫多年，即便杨家巅峰时权倾朝野、风光无限，都改不了现在众叛亲离、香火断绝的局面。

杨太后的心里极为悲怆。早知如此，这些年她劳心劳力是为了什么？她苦心孤诣为杨家铺路，又为了什么？就算家财万贯、权倾天下又

如何，她留给谁呢?

杨孝钰死了，杨世隆已经年近四十，这把年纪再生个儿子并不现实。就算没有程瑜瑾和李承璟在背后推动，杨家坍塌也是迟早的事。杨太后心里恨死那个害死杨孝钰的民女了，简直恨不得生啖其肉、饮其血，将其千刀万剐、挫骨扬灰。但是外面的人称其为烈女。

这可真是讽刺。

杨太后心里其实有些后悔，但是在程瑜瑾面前还是摆出一副强硬的模样，冷嘲道："太子妃还是多担心担心自己吧。你以为推倒了杨家，你们就能得了好？快省省吧，飞鸟尽，良弓藏，狡兔死，走狗烹，杨家倒了，下一个就是你们。"

"这些就不劳太后操心了。"程瑜瑾不为所动，"太子和陛下之间无论如何都是家事。太后和首辅毕竟姓杨，殿下和我的孩儿却都姓李，您说是不是？"

这句话可谓戳到了杨太后的痛处，杨太后脸上冷硬的表情都维持不住了，她冷冷地啐了一声："不过是一个不祥之人罢了，生在五月，即便能长大，一辈子也是孤独终老的命。当年他刚出生的时候，哀家就不该心软。"

之前杨太后无论说什么，程瑜瑾都面带微笑，语气始终温和，但是听到杨太后这样说李承璟，心头猛地蹿起一股无名之火。

程瑜瑾笑容不由得收敛，眼神清亮。她笑的时候宛如画中之人，不笑才显出那双眼睛里的冰冷来："太后娘娘仗着辈分，就肆意评说别人的命运。殿下刚出生时被你说不祥，我的孩子未出生时，也被你说不祥。太后你看，你恶事做多了，果然给自己招来恶果了。杨家已经绝种了，太后您也是。"

杨太后眼睛瞪大，气急地道："你……"

杨太后曾死过一个孩子，那是她的独子，是光风霁月、英姿勃勃的怀悯太子殿下，少年意气风发、挥斥方遒，可是，却被人害死了。

哪个母亲失去独子不痛？哪个母亲愿意眼睁睁地看着别人子孙满堂，自己却再无后代？这就是杨太后心里碰不得的伤，多年来后宫无人敢提起此事，就连杨皇后也处处避讳，此刻却被程瑜瑾挑开了，将所有伤口平摊在阳光之下。

“太后总说别人不祥，对太子殿下是这样，对我的孩子也是这样。或许对太后来说，确实不祥吧。你所有的子孙都死了，而我们会好好活着，比你命长，比你好千倍万倍地活着。”

杨太后急怒攻心，被气得直咳嗽。她咳了很久，终于缓过来的时候，隐约闻到一股香味。

有些时候，嗅觉的记忆比视觉更长久。闻到这股香味的日子太过久远，杨太后怔了一下，即便刻意让自己遗忘，但是悲痛还是立刻将她带回那一天。她失去儿子的那天。

她的儿子曾经也是太子。那一天，怀悯太子照例向杨太后请了安，去外面赴约。那个时候杨太后还是皇后，在坤宁宫里准备了新鲜蔬果，等儿子赴宴归来，可是下午的时候，杨太后还没等到独子的消息，却听到宫人说，贵妃娘娘有请。

杨太后没有多想，随便收拾了下就去长春宫赴约。那天贵妃穿着一身白色衣裙，杨太后见了，还奇怪地问：“贵妃为何穿得如此素淡？”

贵妃看着她笑了，说：“偶然听到一个故人身亡的消息，妾身为故人悲伤，不忍穿得鲜亮。”

杨太后在心里轻嗤了一声，没有多问。谁能知道她茶水才喝到一半，忽然接到太监传来的噩耗：太子发生意外，当场死亡。

杨太后唯一的儿子，被贵妃的儿子荣王害死了。

原来，贵妃口中身亡的故人，竟然是杨太后的儿子！可恨，她还接了贵妃的茶，和贵妃言笑晏晏。

杨太后当即晕倒。她记得分明，那天贵妃在长春宫里点的香料正是这个味道。

杨太后突然惊惧，心脏紧紧收缩，一时疼得说不出话来。那是她唯一的儿子啊，是在世上真正与她血脉相连的人。要不是儿子死了，杨太后何至于召李桓进京，将皇位拱手让人？要不是独子死了，杨太后这些年必定不会一个劲儿地扶持杨家，那些资源本来都是留给她亲生儿子的。

大概是因为她的儿子死了，杨太后无根可依，只能拼命补贴弟弟，想让弟弟和侄儿成为自己的依靠。

这就是杨太后心里永远的痛，这些年无人敢提起贵妃和荣王，更不敢提怀悯太子。时间长了，杨太后几乎忘记了这些事，但是熟悉的味道顿时将她带回丧子之痛中，几乎让她疼到无法呼吸。她并不是忘了，只是不敢让自己想起来。

人影幢幢、视线错乱，杨太后猛地发现，程瑜瑾今天也穿了一身白色的衣服，只在袖口处绣了碎花。

袅袅香气中，面前的程瑜瑾隐约和当年的贵妃重合。杨太后心中剧痛，指向程瑜瑾，手指不停地哆嗦："你……你为何知道这身衣服？"

程瑜瑾唇边含笑，说："娘娘这是说的什么话，我为您侍疾，合该穿得素淡，不忍穿得鲜亮。"

杨太后听到后半句，眼前一黑，几乎昏厥过去。程瑜瑾站起身，居高临下地望着倒在床上的太后。她扫了一眼，一挥袖朝外走去："来人，太后犯病了。喂太后娘娘喝安神助眠的药。"

从杨太后的角度看，程瑜瑾离开的背影，尤其像她的死对头，仁宗的贵妃。

鼻间闻着熟悉的味道，眼前那个素淡的影子来回晃动，恍惚中，杨太后几乎以为贵妃又活了。她从阿鼻地狱爬回来，来找杨太后报仇了。

杨太后彻底昏了过去。

钟皇后一案还没查出结果，但是这段时间，杨皇后被限制行动，杨甫成曾经的亲信、门生纷纷被降职，而杨甫成起复之日依然遥遥无期。

杨夫人不久前还是风光无限的首辅夫人，顷刻间，就卷入人命官司中，成了害死前皇后的嫌疑人。

屋漏偏逢连夜雨，偏偏这种时候，杨太后病倒了。杨甫成的儿媳几次递牌子想进宫探望杨太后，都被拦下了。

这几日杨太后没日没夜地做梦，梦中全是早逝的怀悯太子。杨太后时不时梦魇，经常对着空气大喊大叫，有时候喊仁宗的贵妃，有时候又喊怀悯太子。后面越发严重，她甚至会冲着虚空又抓又挠，像是在和什么人对抗一般。

在慈宁宫侍候的宫女都瘆得慌，不敢独自在杨太后榻前待着。慈宁宫内殿那股淡淡的香味始终悠悠地飘着，无人在意。

这段时间发生了太多事情，宫里宛如笼罩着阴云，众人连走路都悄无声息，更不敢大声说话。月末，下了一场雨后，端午来了。

往年宫里都会举办端午祭典，集中驱五毒、赶晦气。今年太后病重，皇后被禁足，后宫里没人张罗这些事情，端午自然没有大办。宫女们自己系一根五色丝线，剪一张彩色符纸，就算过端午了。

李承璟从外面回来后，发现慈庆宫里没有点灯。他心里一紧，快步走向正殿，手中暗暗带着力，一掌推开殿门。

殿内忽然次第亮起红灯笼，众多宫女提着宫灯，跪在地上齐声道："恭贺太子殿下，千秋快乐。"

李承璟愣了一下，想起来端午亦是他的生辰。最近是多事之秋，他既要忙杨家的事，又要查钟皇后当年之事，哪里有心情过生辰？而他缺位多年，宫里没有先例，能将端午和他的生辰联系起来的人，寥寥无几。

程瑜瑾站在最前面，笑盈盈地对李承璟行万福礼，一如他们第一次相见："殿下万福，生辰快乐。"

李承璟真是无奈极了，屋里没点灯，他被吓了一跳，结果只是她为了和他说生辰快乐。然而心里再无奈，他到底还是笑了出来，走上前握住程瑜瑾的手："好端端的不点灯，吓我一跳。你竟然还记得？"

"我怎么会不记得？"程瑜瑾站起身。这时候大殿里的宫灯次第亮起，他们二人相携往里面走，她说："我忘了什么也不能忘了殿下的生辰呀。"

好听的话谁都拒绝不了，李承璟也是如此。他的神色不知不觉变得柔和。两人走入内室，程瑜瑾将他按在椅子上，然后亲自端了一碗长寿面回来。

李承璟看到后惊讶地道："你还准备了吃食？"

"对啊，我亲手做的。"程瑜瑾将碗放在他面前，说，"许久没进厨房，厨艺生疏了。如果有不好的地方，殿下海涵吧。"

李承璟不由得拉住程瑜瑾的手看："你还在恢复身体，怎么能自己动手？厨房的水是凉的还是温的？有没有伤到你？"

"殿下，我又不是面做的，早就没事了。"程瑜瑾笑着坐在他旁边说，"想来想去我没有什么好送殿下的，就只能做些吃食聊表心意。长寿面一碗只有一根，绵长不断，寓意长寿长福。愿殿下年年有今日，岁岁有今朝。"

李承璟眼睛里全是光，看着程瑜瑾温柔极了："你的心意我知道。你现在还在恢复身体，这些事情不必你来动手，交给宫人就好了。"

"那怎么能行？"程瑜瑾笑着，瞥了李承璟一眼，"我的生辰在十二月，两个孩子的生辰也在十二月，我们一家人只有你生在夏天。我当然不能委屈了你，不然像是我们三个在排挤你一样。"

李承璟忍不住笑了，眼中碎金点点，宛如星辰。

李承璟吃完长寿面，和程瑜瑾一起进内殿看明月、明乾。他们身体日渐壮实，再也看不出刚出生时柔弱的样子。李承璟抱了抱两个孩子，如实评价："李明乾又胖了。"

"什么胖？"程瑜瑾从箱笼里取东西出来，听到这话瞪了李承璟一眼，"孩子那叫胖吗？那分明是健康壮实。"

"好，你说得对。"李承璟将两个"健康壮实"的娃娃放到榻上，让他们自己爬着玩。他一转身瞧见程瑜瑾手里拿的东西，问道："你拿了什么？"

程瑜瑾侧坐在榻边，握住李承璟的手，在他手腕上系上五色丝线。

"我记得我第一次知道九叔生辰的时候，便是在端午。那时候我仓促间全无准备，只好为九叔送上一条自己编的五色丝线。他们说你生在恶月恶日，我偏不信。"程瑜瑾在李承璟的手腕打了个细细的结，抬起头笑道，"好了，九叔必长命百岁，折而不挠。"

灯火温柔，给眼前的一切都打上了柔和的光。李承璟看着眼前细瓷一般的美人，不禁想起刚认识程瑜瑾那一年，她突然听到他生在端午，吃了一惊，随后取出自己的五色丝线系在他的手上，还特意开解他五月只是毒虫多，并非不吉利。

李承璟当时就看出来了，程瑜瑾给他系的多半是她自己的五色丝线。那样精致细腻、能让她随身携带的，必然是她给自己编的五色丝线。没想到那条五色丝线成了红线，程瑜瑾不只将自己的祈福辟邪之物送给了他，最后连自己也赔了进来。

同样的场景，只不过景中之人的心境已经完全不同。那时候，程瑜瑾对他而言还是一个挂名的侄女，而如今，已成了他的妻子，旁边还爬着他们的两个孩子。

李承璟没让程瑜瑾的手退开，反手抓住那双纤纤素手，问："你和孩子们的呢？"

“他们俩早就系好了。”程瑜瑾指给李承璟看，果然，两个孩子的脚腕上已有细细的丝线。

李承璟问：“那你的呢？我记得你不喜欢系在手上，那就是随身带着了？”

程瑜瑾看了他一眼，磨磨蹭蹭没动。李承璟笑道：“你自己拿还是我来找？”

流氓。程瑜瑾只好自己取出来，说：“系在手上太孩子气了，我都多大人了，系了被人笑话。”

“你才多大，总是一副老气横秋的口气。”李承璟接过来，给她绕在手腕上，“本来就是个孩子，嫌什么孩子气？”

这话程瑜瑾听了忍不住反驳：“殿下，你也没比我大多少吧，怎么对我总是一口一个小孩子？”

一语惊醒梦中人，李承璟像煞有介事地点头：“也对。可能给你当叔叔当久了，总拿你当晚辈看。”

程瑜瑾笑了，作势去打他，李承璟轻松握住她的手，在灯光下细细欣赏她纤细白皙的手腕，五色丝线挂在上面，精致又艳丽：“美人如玉，诚不欺我。”

程瑜瑾想把自己的手抽回来，抽了两次都没成功。李承璟的视线顺着纤手转移到眼前人的脸上。程瑜瑾自从生产后调养得十分精细，如今腰肢恢复如昔，胸和臀却比往日更丰盈。她皮肤本来就白，现在增添了为人母的柔和，在灯下宛如细瓷，莹莹生辉，美得让人心生妄念。

李承璟手指在程瑜瑾手腕上打圈。程瑜瑾怀孕后，他们两个都是谨慎的性子，自然一点儿风险都不敢冒，再没行过房事。之后李承璟去江南赈灾，回来后程瑜瑾很快临盆，产后程瑜瑾调养了好几个月，李承璟怕伤到程瑜瑾的根基，不肯让她冒险，直到她产后三个月，两人才小心翼翼地试了一次。这段时间朝中的事一件接着一件，他们俩又许久没有行房了。

今夜，李承璟就有些意动了。他由衷地叹道：“瑜瑾，美玉也，果真人如其名，美玉无瑕。若往后日日如今日，岁岁如今朝，我就心满意足了。”

程瑜瑾有点儿不好意思，但是在这样的目光中，又忍不住笑道：“你想就想，干什么要给自己找这么好听的理由？”

李承璟也笑了，拉着她坐过来：“可能是太子当久了，改不过来了。”

李承璟正打算叫人将李明乾和李明月抱出去，外面忽然传来急促的脚步声，随后刘义的声音在门口响起：“殿下，急报。”

程瑜瑾和李承璟对视一眼，都不由得收起笑容。李承璟问道：“何事？”

“太后娘娘，薨了。”

太后薨逝不是小事，程瑜瑾很快就换好了衣服，赶到慈宁宫。

慈宁宫此刻哭声一片，宫女、太监惶然无主，见到她齐齐下跪：“参见太子妃。”

程瑜瑾应了一声，沉着脸走入宫内。她进殿后率先去看杨太后，杨太后刚断气没多久，一动不动地躺在往常养病的榻上，周围跪了一地人，低声哭泣。程瑜瑾站在榻前，仔细闻了闻，发现香料已经换了。

程瑜瑾放心了，也十分哀戚地上前探了探太后的脉搏，随后含泪跪下。

这时候宫里的变化就体现出来了，杨皇后得到消息反而比程瑜瑾这个太子妃晚。她跌跌撞撞地跑过来，瞧见杨太后已经薨逝，整个人都魔怔了。她上前探了探太后的鼻息，不想相信，又去看了看太后的瞳孔，直到太医在一旁低声提醒太后已经薨逝了，才如遭雷击般扑通一声跌倒在地，恸哭出声。

杨皇后哭得哀戚，简直说得上撕心裂肺，一听就知道是真心哀痛，毫不掺假。过了一会儿，皇帝也在李承璟的陪同下过来了。见着杨太后

的尸身，皇帝叹气道："子欲养而亲不待，太后这就去了。吩咐礼部，准备太后的身后事吧。"

杨太后的丧礼极尽哀荣，内外命妇全部入宫哭丧，杨皇后尤其悲痛，哭得死去活来。太后出殡那天，杨皇后哀痛过度，直接在灵堂上哭晕了过去。

杨太后一死，皇帝再无顾忌。太后刚出了头七，钟皇后一案就定案了：杨夫人因为谋害先皇后，理当斩首示众，但念在其生育了杨皇后，皇恩浩荡，赐其全尸，着杨钱氏饮鸩酒而死。

杨首辅管妻不力、教孙无方，私德有亏，撤去首辅之职，不过念其多年功勋卓著，饶其一命，贬为庶民，没收全部家产。其子杨世隆，同样贬为庶民，永世不得复用。

窦希音也被牵连，被褫夺王妃封号，贬为庶民。窦家见势不对，赶紧将杨妍休了，把人扔回杨家。

杨太后已经下葬，但是杨皇后还是恹恹的，仿佛彻底失去了生机。杨皇后如今确实没什么盼头，杨家一夜间就倒了，父兄被贬为庶民，所有财产充公，连上路的盘缠都没有。而她的母亲死了、姑姑死了、姐姐被休，外甥女无名无分，连妾室都不如地寄居在寿王府。

树倒猢狲散，曾经巴结着杨家的人，如今一个个避之不及。而杨皇后自己也面临被废的危机。

二皇子跪在乾清宫前，请求皇帝看在杨皇后替皇家开枝散叶、生儿育女的分上，饶过杨皇后。皇帝大怒，让二皇子回去闭门思过，二皇子认错，却一动不动。

他依然跪在乾清宫前，不吃不喝，太监偷偷塞过来的软垫也不要，就那样跪着。儿子毕竟和女人不同，之前杨皇后来求情的时候，皇帝看都不看，如今换成二皇子，才跪了没一会儿，就不忍心了。

等到日头正中、最折磨人的时候，皇帝从乾清宫里出来，叹了口气，让太监给二皇子撑伞，扶二皇子起来。

二皇子随着皇帝进殿，在御书房内又跪了很久，为杨皇后求情。皇帝最后没有表态，只是挥手让人送二皇子回府。

李承钧从乾清宫出来的时候，正好遇到李承璟。他们两人在台阶上，一个上一个下，擦肩而过时，李承钧停住，对李承璟说："长兄，你的仇已经报了，杨家沦落至此，母亲也成日以泪洗面，你还要如此咄咄逼人吗？得饶人处且饶人，你非得把母亲逼死才甘心吗？"

李承璟停住，侧过身，隔着两个台阶，看着他："我咄咄逼人？我将人逼死？"

李承璟像是听到什么好笑的话，轻轻挑了下唇角："可是，我的母亲已经被他们逼死了。你这个从小被人捧在手心、坐享一切利益的天之骄子，和我谈得饶人处且饶人？"

李承钧说不出话来，后退一步，对着李承璟长长作揖，手几乎碰到台阶："太子殿下，兄长，是我的母亲和外祖父对不起你，我代长辈请罪。你有什么气有什么恨，冲我来就是，请放过母亲。"

李承璟没有理会，无喜无怒地转过身，继续朝着坐落在汉白玉高台上的乾清宫走去，眼中一点儿感情都没有。

"冤有头债有主，你有什么资格代母受罪？你代替你的生母，那谁又来替我的母亲受罪？"

李承钧惊讶地抬头，看见李承璟缓慢地拾级而上。他朝着象征全天下最高权力的乾清宫走去，似乎不会为任何人停留。李承钧再也忍不住，朝上追了两步，问："所以，你还是不肯收手了？"

李承璟已经跨上最后一级台阶，站在高台上，没有回头，淡淡地说："孤还是那句话，是非对错，全交由律法处置。"

第十四章　夺权

李承璟走进乾清宫后，皇帝没有问刚刚外面的事情，他也没有提。

皇帝一手撑着额头，李承璟看到后，问："陛下，您头疾又犯了？"

皇帝叹了口气，道："不费神还好些，一动脑子就头疼。"

李承璟听到后皱眉："陛下，儿臣这就为您宣太医。"

皇帝摆摆手，说道："不必了，老毛病了，太医来了也没用。这是江南分巡道的折子，你看看。"

皇帝说着拿起一本折子，旁边的太监用盘子接住，双手呈到李承璟面前。

李承璟拿起折子，翻开扫了一眼，里面大部分是对他的称赞。

李承璟眼神微动，放下奏折时，一切又恢复如常。他将折子还给皇帝，拱手道："分巡道谬赞，儿臣愧不敢当。儿臣不过是借了圣上的光，才得众大人高看，若不是有圣上的颜面，儿臣江南一行怎么会这般顺利？更不会被众大人交相称赞。"

皇帝随手把折子扔回已阅的那一堆里，老神在在地说："你不必谦虚，盛名之下无虚士，这么多臣子对你赞许有加，连江南百姓也供奉你的长生牌位，自然是你差事办得好。这个折子呢，你怎么看？”

皇帝又扔来一道奏折，李承璟接过来看了一下，发现是言官弹劾皇后的。这个臣子洋洋洒洒写了一大堆，从商纣写到仁宗朝怀悯太子之亡，全是在指责皇帝纵容后宫干政，杨家祸乱朝纲，谋害前皇后。如今杨家被治罪，杨甫成之女也没有资格再做后宫之主，应当废后。

李承璟做出逐字逐句读完的样子，算着时间放下奏折：“这人是御史台的言官，素来眼里容不得沙子，文武百官几乎都被他弹劾过。如今杨家之事正在风口浪尖，他瞄准了皇后，虽有无礼之嫌，但也情有可原。”

“哦？”皇帝喜怒不辨地应了一声，问，“那你如何看？”

李承璟垂眸，敛下眸中的情绪，直接说道：“事关皇后，儿臣不敢妄言。为政者当公，用人当不拘一格，论功行赏也该一视同仁。处理纠纷之时，对事不对人，是非曲直都该按律法处置。”

“按律法处置……”皇帝的手按在折子上，他沉声说道，“你还年轻，一腔热血，锐意进取，但是世间之事不是非黑即白，为君者，看的也并不是对错。你要知道，法外亦有人情。”

“儿臣自然知道人生在世皆有关系，人情是难免的，但是既然设了律法，就该法为天下至公。”

皇帝有些生气了，面色不显，声音却沉了下来：“那这么说，你是同意处置皇后，废去她的皇后之位了？”

李承璟敛眸不语，但是沉默已是表态。皇帝等了许久，不见李承璟说话，不由得越发气恼：“朕本以为你谨慎稳重，没想到你还是如此激进。为太子者，当仁；为君者，更当纵观大局，眼里容得了沙子。”

李承璟听到皇帝的评语，良久未动。他早就知道自己的话说出来，必会惹皇帝不快，但是他没想到，皇帝对他的评价竟然是这样的。他沉

默良久，抬头看向皇帝："陛下觉得我不够仁？"

这样说长子，皇帝也觉得有些过意不去，毕竟杨家一事，他出力最多。但是皇帝的愧疚宛如一朵浪花，在洪涛里打了个旋就没了。皇帝依然冷着脸，说："你这些年的努力为父看在眼里，但是你太过想当然了。什么是对？什么是错？法理亦有人情，顺应大部分人利益的才是对的，让大部分人不满的，那便是错的。皇后她入宫快二十年了，为朕生儿育女，主持后宫，还是你二弟的生母。论起礼法来，你也当叫她一声母亲。我们本是一家人，家里的事合该关起门自己说，搬出律法上纲上线，就太不应该了。"

一家人？李承璟脸色阴沉，目光深深地看着皇帝："可是陛下，不久之前，您才下令将杨钱氏赐死，抄没杨家财产，永不叙用杨甫成和杨世隆。就连杨甫成的外孙女窦氏都被您下旨褫夺封号，贬为庶民。你对待杨甫成的外孙女都如此绝情，为何面对杨皇后时倒顾念起家人情义了？"

皇帝被问得恼怒，皱起眉呵斥道："放肆！杨家和皇后如何能相提并论？杨家把持朝政，祸乱朝纲，当然该斩除，但是皇后嫁入皇家为后，侍候朕多年，怎么能因为杨家的事就不顾皇后多年的功劳、苦劳，动摇皇后的正宫之位？"

李承璟一直静静地听着，手不知不觉地紧握成拳，青筋暴起。他们到底是快二十年的夫妻，皇帝即便不怎么喜欢杨妙，但她毕竟是自己的女人，还是不忍心让杨妙太过狼狈。那他呢，他算什么？

李承璟忍不住在心中轻嘲：何其可笑！因为皇帝多年不曾废除他的太子之位，李承璟这些年心怀感激又充满压力，处处以太子的标准约束自己，数年来不曾有一日懈怠，可是，在他即将实现当初对母亲的诺言之时，他的父亲，他的君主，一句话就否定了他的全部努力。

皇帝说他不仁。不仁，这是对一个储君从根本上的否定。这与能力无关，他都不需要再努力了：身为太子却不仁，还有什么努力的必要？

李承璟这些年来对皇帝的感情很复杂。他天性渴望父爱，而且这些年朝廷内外压力重重，皇帝却始终坚持立他为太子，他心里十分感激，越发不敢懈怠，可是他又是怨皇帝的。

要不是皇帝不作为，钟皇后不会无辜丧命，他不会流落在外，钟家也不会家破人亡。

多年来他就这样感激又怨恨，渴望又克制。他不肯叫皇帝父亲，也是这个原因。

因为在乎，才会觉得别扭。像程瑜瑾，她就完全不在乎，无论对程家还是对皇帝，想叫什么张嘴就来。

现在李承璟感到心里有一块地方慢慢冷下去了。原来，他渴望多年却又不敢靠近的父爱，不过是他想象出来的虚影罢了。

在皇帝心里，他不过是个符号。他是皇帝的儿子，所以必须为皇帝卖命，皇帝让他停手，他就必须放下自己和母亲多年的仇恨。

在皇帝心里，他自己才是一切的中心。所有人都该没有情感，为他所用，一起陪他演君为臣纲、父慈子孝的戏码。他竟然渴望皇帝对他有感情，对钟皇后有愧疚，真是天真。

李承璟心中变冷，语气也慢慢透出寒气来："陛下如今顾及夫妻情分，那我的母亲呢？她也是陛下的妻子，她就白死了吗？"

"放肆！"皇帝大喝一声，用力拍向桌子。内外侍奉的太监纷纷下跪，大气都不敢出。乾清宫里一时间落针可闻，皇帝怒气冲冲地盯着李承璟，李承璟也始终笔直地站着。

最终，李承璟也没有认错，而是抬起手欠了欠身，说道："儿臣告退。望陛下保重身体。"

李承璟转身走出乾清宫，隐约能听到皇帝拍桌子的声音，还有太监一个劲儿规劝的谄媚声。

他头也不回地走出了乾清宫后，阳光铺洒而下，晃得人眼晕。

他和皇帝终究走到了这一步，君臣父子，互生猜忌。

杨太后死去的第一个月，皇帝才发现，原来至高无上的感觉，原来无人制约的权力，是这样令人着迷。

皇帝想做什么，再不需要经过杨首辅同意，想去后宫哪里，再不用顾忌杨皇后的面子，甚至他不用再对任何一人忍让。

前朝后宫，已无人可以约束他。皇帝渐渐沉迷于这种大权在握的感觉，但是他的身体日渐不好，时不时发作的头疼更是耗费了他绝大部分精力。他突然就像许多暮年君王一样，开始渴求长生。

二皇子日日往宫里跑，对皇帝嘘寒问暖、端茶送药，而李承璟跟皇帝闹得有些僵。

皇帝头疼不能理政，这些事情就得他来。奏折永远批不完，每日突发的急事、琐事层出不穷，哪一个都不能耽搁。

皇帝享受着帝王的权力，责任和义务却全转移到李承璟这里来了。二皇子天天在皇帝面前尽孝，安心当孝顺儿子，而李承璟要处理政务，要和朝臣议事，每日最多抽空去乾清宫问一句。孰亲孰疏，一目了然。

这些事情李承璟从来不说，但是程瑜瑾见了格外心疼他。李承璟又一次半夜回来后，程瑜瑾给他端来了热茶，站在榻边为他揉额头。

“殿下，你这样辛苦，那边却一点儿情都不领。寿王每日在陛下身边尽孝，说一些似是而非的话，听说这几日陛下都颇有微词，觉得你醉心权势，机关算尽，不够忠孝。”

李承璟叹口气，握着程瑜瑾的手将她拉入怀中，将额头放在程瑜瑾的肩膀上：“我尽自己应尽的职责就行了，公道自在人心，些许流言不必理会。”

“随他去？”程瑜瑾挑眉道，“殿下，若是我和孩子被人说不吉利，恐会祸乱宫闱，你也不理会？”

李承璟抬起头，眉眼冷峻，毫无疲惫之色："是谁说的？"

"是我自己说的。"程瑜瑾坐好，往李承璟身边挪了挪，虽然神态依然十分嚣张，但是手悄悄拽了拽李承璟的衣袖，"我只是举个例子。"

"这是能胡乱打比方的？"

程瑜瑾盯着他，突然偏了偏头，说："殿下，你有没有发现，你最近变了？"

李承璟神色微顿，他明显紧绷起来。

程瑜瑾依然歪头看着他，说："你以前矜贵内敛，待人接物温润如玉，可是现在，你说话时从来不会顾及对方的感受，有些锋芒毕露、咄咄逼人。"

李承璟愣住了，似乎没料到程瑜瑾会这样说。有时候一个人的变化自己根本察觉不到，唯有身边人才能看得清楚。

许是如愿瞧见李承璟的沉默，程瑜瑾突然扑哧一声笑了，主动环住李承璟的脖子，说："殿下，你以为我怪你变了？人总是要变的，我以前在程家时，一言一行务必处处圆滑，不敢得罪任何一人，但是现在，我说给祖母甩脸色就甩脸色，你也不曾怪过我骄狂啊。"

李承璟反应过来，很想给她甩脸色，但是程瑜瑾主动抱住他，让他实在没法抵抗，他高冷克制地搂住程瑜瑾的腰，依然冷着脸教训她："胡闹，连我的玩笑都敢开？"

程瑜瑾心想：你真生气的话躲开啊，手都搂上来了，还和我装模作样。程瑜瑾顾及太子殿下的面子，点了点头道："是，是我得寸进尺了。太子殿下饶我这次？"

"下次还敢？"

"对。"

李承璟没忍住，笑了，无奈地捏了捏眉心，一天的疲惫仿佛也消散了。程瑜瑾瞧见他脸上终于有了笑意，慢慢收回手，坐回原位："你笑了就好。这几日你太紧绷了，我看根本不是我在乎你变了，而是你在和自己较劲。”

“我太在乎做一个合格的太子了，过往二十年，这是我所有的信仰。我以为我做到了，现在看来似乎并没有。”

李承璟有些感慨。这些话，这些怀疑，他从来不会在朝臣面前显露出来，甚至面对刘义等人，他也始终是胸有成竹、端方持重的太子。唯有在程瑜瑾面前，他才会流露出真实的心意。

他们俩非常像。没有经历过的人，不会懂一个人能对自己严苛到什么程度，更不会懂他们完美背后的压力。

对于李承璟的感叹，程瑜瑾十分理解，甚至知道症结出自哪里，但是虽然明白，她却不能说。原因其实很简单，一山尚且不容二虎，一国，如何容得了两个君王？

李承璟这些天这么累，还不是因为既要处理朝政，又要顾及他爹那颗敏感的帝王心？李承璟批好折子后，还要送到乾清宫让皇帝过目。皇帝过度劳神会头疼，所以那些所谓的“琐碎又没意义”的折子都交给他处理，等他筛选过后，再交给皇帝过目。

皇帝就是典型的管不了事，还要瞎指挥。他本来就不擅长干这些事情，要不然也不至于被杨甫成把持朝政二十年，然而如今大权在握，尝到天下之主的甜头，不肯放手了。皇帝乱指挥一通，自己倒是过瘾了，剩下的烂摊子全部得李承璟收拾。最近不光李承璟累，内阁和六部尚书也累。但那是皇帝啊，谁敢对皇帝说这种话？对皇帝的决策众人只好应下，勉强赔笑，等皇帝过了瘾后，他们再加班加点将不妥之处圆回来。六部尚书好歹有分工，每人负责一部分，李承璟这里却要总揽全局。光想想就知道李承璟有多累。

如果所有事情都让李承璟一人决定，会快很多。这个道理李承璟明白，内阁明白，绝大部分的其他臣子也明白。李承璟怎么会不知如今的破局之路在哪里？然而这些话，只要说出来就是触犯天威，犯忌讳。

为今之计，他唯有等。李承璟心里什么都知道，但是一个人承担了太久，偶尔也需要倾诉。

李承璟说完之后，等了很久，忍不住垂下眼睛瞪程瑜瑾：“不上道，你得寸进尺的时间就不能长一点儿吗？”

她才搂了那么一下就松开了，成何体统？

程瑜瑾无语，小时候果然不能给孩子太大压力，不然长大了真的会成变态。

程瑜瑾内心嫌弃，但还是不得不主动靠在李承璟身边。李承璟的脖颈白皙修长，程瑜瑾近距离看着，突生坏心，伸出手指在他衣领处挠了挠：“比如这样？”

李承璟不为所动地睨了她一眼，说：“虚张声势，我还不了解你？你也就这点儿胆量了。”

程瑜瑾什么话都听得，偏偏听不得别人质疑。她程大姑娘出手必巅峰，什么时候被人看轻过？程瑜瑾当真扯松了他的衣领，手指在里面挠了挠，若有若无地在他的胸膛上画圈。

李承璟点头，一副师父看有出息徒儿的表情：“孺子可教。”

程瑜瑾气恼，在他身上轻轻一掐。他隔着衣服捉住她的手，挑眉笑道：“要掐换个地方？”

程瑜瑾脸都憋红了：“下流！”

“我说什么了你就骂我下流？”

程瑜瑾愤而抽回手，耳根都红了。李承璟默默感慨妻子果真解压，但心里还没感叹完，就听到程瑜瑾说：“殿下，寿王天天在圣上面前晃，不光给你上眼药，连杨皇后也因此解了禁足。你就不做些什么敲打敲打他吗？”

李承璟啧了一声，说：“你转移话题还能再明显一点儿吗？”

程瑜瑾不肯认输。李承璟轻叹，点了点程瑜瑾的眉心：“不解风情。”

程瑜瑾瞪他：“我和你说正事呢，少打岔。”

这可真是委屈，李承璟竟然成了打岔的那个人。李承璟只好认命，在这样旖旎的气氛里给心系国家大事的太子妃解惑：“一个人的心会失之偏颇，天下人可不会。寿王实在太幼稚了，他被杨家和杨皇后保护得太好，至今……说得不客气些，都很天真。我在他这个年纪都考中进士去外地做官了，他却依然自作聪明，摆弄些一眼就可以看穿的把戏。我知道他在皇帝面前抹黑我，其他人也都知道，便不足为惧了。”

寿王没有实权，没有人心，没有名望，仅靠一张巧嘴，李承璟有何可惧？李承钧压根儿威胁不到李承璟，李承璟当然乐于做大度的兄长，让他可劲儿蹦跶。

程瑜瑾听后叹气道：“皇上也太偏心了。他也不想想，如果没有你，他怎么能安心养病，怎么能和二殿下享受天伦之乐？”

“不是他偏心，是他压根儿没有把我放在心里过。”李承璟语气平和地道，“我本来也没在他身边待多久，再见到时，就是建武十九年的殿试了。我对他而言，也不过是一个参加殿试，之后被他重用的陌生臣子罢了。”

“殿下……”

“我没事。”李承璟握住程瑜瑾的手，轻轻笑了，“我以为我在乎，那天说开之后，我发现我也没把他当父亲。真论起感情来，他还不如程老侯爷。他对我而言，也只是一个称号。”

李承璟将这些话说出来后，发现自己心里的结也一点点解开了。其实他没在皇帝身边待多久，皇帝当初虽然亲自抚养他，事无巨细、不假他人之手，但那毕竟是五岁之前的事情了。一个五岁的孩子能指望他记多久？五岁流落民间之后，直到十六岁，李承璟才重新见到皇帝。

五岁到十六岁，十一年的时间足以让一个人脱胎换骨，完全变成另一个人。其实李承璟在殿试之前，都不记得皇帝长什么样子了。

他在殿试时远远望了一眼，才发现皇帝和他想象中的完全不同。他以为终于见到父亲后会激动、孺慕之情爆发，可是真到了那一刻，什么感觉都没有，只有一种完成任务的释然。

想必皇帝对他更是如此吧，疏远、陌生，而不是亲近。两人虽为父子，其实没比普通君臣更亲近。他哪里比得上从小养在膝下，真正以儿子身份成长起来的二皇子？

皇帝偏心二皇子，怜惜陪伴自己多年的杨皇后，李承璟都可以理解，但是可以理解，并不代表能够接受。

钟家可以放弃钟皇后的仇恨，从此好好生活，李承璟却不行。他过不了自己这一关。

李承璟默默握紧程瑜瑾的手。

程瑜瑾沉默不语。李承璟和皇帝的父子感情本来就脆弱，经历过这么多风风雨雨后，杨家倒了，他们父子也终于反目。此刻任何语言都无比苍白，她默默地抱住李承璟，两人依偎了一会儿，李承璟打横抱着她往里面走去。

程瑜瑾没有挣扎。没有人是铜墙铁壁、金刚之身，李承璟再厉害也有脆弱的时候。此刻，他一定很需要安慰。

皇帝终于扳倒了杨甫成、杨太后这两座大山，登基二十多年来第一次感受到一个帝王应该是什么样的。他手握大权，唯我独尊，正待大展拳脚，可是头疾却时不时发作，他的宏伟构想自然也没精力去实施。

皇帝对头疾十分恼火，但是脑袋里的病，最厉害的太医也无计可施。针灸、喝药、按摩皇帝全部试过，但是功效有限，头疾发作的时候都无法缓解疼痛，只能靠自己熬过去。

皇帝渐渐不再相信太医，而是寄希望于一些神佛之术。他想求健

康，更想求长生。

二皇子听了幕僚的建议，为皇帝引见了一些奇人异士。其中有一个道士仙风道骨，道号冲虚散人，自言在终南山救了一只白鹿后得到神鹿回报，赐其长生药。他进山追寻白鹿踪迹，无果后在终南山隐居二百年，如今终于求得大道。

冲虚散人一派世外高人的模样，看着确实隐居避世过。皇帝一下子就被对方离奇的际遇吸引了。皇帝向冲虚散人询问了许久，又听他讲修道心得，没多久就心服口服，将冲虚散人奉为上宾。

冲虚散人从此频繁出入宫廷，给皇帝传授延年益寿之道。不知道他给皇帝吃了什么，皇帝服用后果然感觉头疾发作时没那么难受了，连身体也轻盈了。皇帝对冲虚散人更加信服，专门在紫禁城西北角的英华殿里求仙问道。

英华殿里烟雾缭绕，皇帝日日待在那里，无心外事，更不许别人在他修道的时候打扰。因为冲虚散人是二皇子引见的，二皇子又对皇帝百依百顺，他成了少数几个能够随意出入英华殿的人。

好好的皇帝去修道了，大臣们都十分糟心。冲虚散人救白鹿的事或许是真的，但是他活了两百年，他们万万不信。但是谁让皇帝相信呢？百官即便着急，也只能忍着。

门禁森严的宫廷因为方士频繁出入，一下子变得乌烟瘴气。李承璟对于那些道士的话一个字都不信，可是碍于皇帝的颜面，也不好说什么。

皇帝本来就是因为头痛久治不好，对医术失望才寄希望于神佛的，如果李承璟阻拦皇帝求道，倒显得他别有居心一般。李承璟自认已经非常隐忍了，可是那些道士搜刮金银珠宝还不够，竟然将目光转移到朝廷权力上。

人皆如此，知足常乐是不可能的，有了财，就想要权。

冲虚散人知道太子无论在民间还是在朝堂都有极高的名望。他不敢明着针对太子，只说要修建一座白鹿台。按他的说法，盘古开天辟地时清气上行，为天，浊气下行，为地，在距离天最近的地方修行就可事半功倍。他修得正果全靠白鹿指引，故而要建一座高耸入云的白鹿台，说不定这样就能将当年的神鹿吸引回来，从而赐予皇帝长生药。

皇帝立刻就被说动了，当即下令修建白鹿台。因为神鹿是何模样，如何才能吸引来神鹿全由冲虚散人一个人说了算，所以白鹿台要如何修，也全凭冲虚散人一人决定。

突然降下来这么大一个工程，六部众人本来就有所不满，而冲虚散人手下的道士们还指手画脚，今天说这里不对，明天指责那个人消极怠工，气焰十分嚣张。六部官员全是登科入仕的精英，能站在这里的，每个都是读书人中的佼佼者。而道士却是不入流的术士，往常连见他们的资格都没有，现在，这群人却踩在他们头上指手画脚、评头论足，他们如何能忍？

不断有人来向李承璟抱怨，李承璟最开始还能忍，但是看到皇帝打算倾尽国力修建白鹿台的时候，终于忍不下去了，去和皇帝反映此事荒谬。

去年刚刚发生了洪涝和瘟疫，此时国家正该休养生息、减轻赋税，结果皇帝却要大兴土木，只为修建一个毫无用处的白鹿台，简直荒谬至极。然而皇帝现在哪里听得进这种话，尤其是冲虚散人这些天在皇帝耳边状似无意般念叨了好几次，说太子有意阻拦修建白鹿台，就是因为不想让皇帝求得长生药。太子的用心就十分微妙了。

皇帝本来就有所怀疑，听完李承璟的劝谏后大怒，越发觉得冲虚散人所说都是真的，太子果然有不轨之心。皇帝怒斥李承璟，撤掉了太子辅政之权并将其禁足东宫，将辅理政务的事交给二皇子，并让二皇子全权负责修建白鹿台一事。

坤宁宫。

杨皇后听到宫女的禀报，连忙迎出来："钧儿。"

"母亲。"二皇子快步上前给杨皇后行礼，被杨皇后强行拦住："钧儿，快进来说话。"

杨皇后拉着二皇子进入坤宁宫后，马上屏退众人，母子二人单独说话。杨皇后问："钧儿，皇上这几日怎么样了？"

"父皇服用了冲虚散人的丹药，觉得对身体大有裨益，十分高兴。冲虚散人许诺说十日之后，他会再次开炉炼丹，为父皇炼长生丹。"

"长生丹？"杨皇后皱眉，不禁问道，"当真可以长生？"

二皇子摇头，说："儿臣也不得而知。但是父皇服用后说头疾发作没以前那样频繁，想来当真是有用的吧。"

杨皇后似懂非懂，觉得或许是真遇上了神仙。杨皇后想了一会儿，轻声嘱咐二皇子："钧儿，这位散人当真是神人，你不可得罪他，但也不要过分靠近，如果散人要带你去修道，你可万万不能答应，知道吗？"

这些世外高人都是怪脾气，杨皇后特别怕对方突然兴起，带着二皇子云游天下，若再隐居个百八十年，她就没处去哭了。

"儿臣晓得。"二皇子点头，说，"儿臣必不会抛下母亲。我只办好父皇交给我的差事就好了，和道长走得太近，恐怕父皇会起疑心。"

杨皇后突然想起了什么，低声问："那太子呢？"

母子二人对视，都明白对方的意思。说起疑心，皇帝如今最疑心的莫过于太子了。

太子强势，有功高盖主之嫌，皇帝猜忌的种子已经埋了许久，最近因为长生一事，彻底发芽了。

一柄削铁如泥的刀主人当然喜欢，但如果割伤主人的手，那就会被折断。

李承璟要怪就怪自己太锋芒毕露了。他毕竟只是储君，怎么能压过君王呢？

二皇子低声回道："太子因为劝阻父皇修建白鹿台一事，将父皇彻底惹恼。这几日他已经被禁足，没有了参政之权，政务全部移交到儿臣手里了。"

杨皇后听到长长抽了口气。杨太后和杨甫成在时，用尽心思却始终无法完成的目标，竟然就这样实现了。杨皇后的心不由得揪紧，她越发感觉紧张。

杨皇后赶紧嘱咐儿子："辅政大权得来不易，你可千万要守好。皇上现在虽然生气，但是太子毕竟是他培养了多年的继承人，说不定过几天，你父皇气一消，还是属意太子的。权力能给你，自然也能拿走，你一定要趁这段时间好好表现，让皇上看到你的能力。"

"儿臣明白。"二皇子说完，突然露出些犹豫之色，"母亲，不瞒您说，这几日，冲虚散人隐隐透露过愿拥立儿臣为主的意思。儿臣拿不定主意，又不敢和道士走太近惹父皇猜忌，便一直没给他回信。冲虚散人还说，如果我同意他的提议，他之后会不遗余力地在父皇面前为我说话，还会将进献长生丹的功劳让给我。只待事成之后，封他为国师就好。"

杨皇后也为难了，其实她并不擅长算计，尤其是朝堂上的事情，一点儿都听不懂。她只管听父亲和姑姑的话，多年来舒舒服服地在后宫中享福，从没有操心过朝廷之事。在她看来，朝堂上的事和她没关系，那是父亲和姑姑该操心的。现在保护伞突然没了，杨皇后猛地被推到台前，根本就没有主意。

她连那些官名都分不清，怎么能分析出各个党派之间的利益关系？二皇子虽然比杨皇后好些，但是也没好到哪里。

二皇子被杨太后和杨甫成视为全族的希望，从小在密不透风的保护墙中长大。他过去十多年里只管埋头读书，在各位长辈面前尽孝，立储之路自有杨甫成和杨太后为他筹谋。这导致二皇子不擅长权谋。

他如今的一切，并不是他自己争取来的。没有杨甫成在前面保驾护航，二皇子独自面对内阁、六部那些修炼成精的老狐狸时，幼稚的一面也就完全暴露出来了。

就如现在，冲虚散人对他示好，二皇子就不知道该接还是不该接。如果这时候杨太后和杨甫成但凡一个人在，马上就能看出来冲虚散人背后的盘算，可是凡事没有如果，二皇子自己拿不定主意，只好过来问杨皇后。

偏偏杨皇后也是个没主见的，想了半天，觉得皇帝这样信任冲虚散人，多一个人给二皇子说好话有利无弊，没必要拦着。杨皇后便说："他既然有心，你暂时应下也无妨。反正等日后你称帝时，国师封与不封，不就是你一句话的事吗？皇帝深受头疾困扰，等那枚长生丹炼出来，他必然十分高兴，如果由你来进献，功劳就都落到你的身上。这也正好能提醒皇帝，他寄予厚望的长子狼子野心，反倒是一直被遗忘的你才是真正的纯孝之人。"

二皇子听后了然，站起身拱手道："母亲说得是，儿臣记住了。儿臣告退，母亲好好保重身体。我们来日方长。"

杨皇后听到这句话忍不住眼眶发酸，用帕子压了压眼角，说："你也要万事小心。窦希音虽然做了错事，但是毕竟对你一片真心，现在她被褫夺王妃封号，只能无名无分地住在寿王府上，不知道受了多少委屈。她毕竟是你的表妹，你回去后，能关照的就多关照些。"

"儿臣明白。时候不早了，儿臣得出宫了。孩儿告退。"

这段时间，京城每个地方都不安定。冲虚散人大肆嚷嚷着献长生丹，而二皇子和冲虚散人往来也越来越密切。

东宫属臣也纷纷急了。

慈庆宫前殿，东宫属臣们正在激烈争辩。

一个幕僚说："如今圣上亲近奸佞，迷信方士，甚至听信小人之言猜忌殿下，实乃我朝之祸。殿下，如今皇上将您的参政之权交给寿王，寿王整日出入英华殿，和冲虚之流往来甚密。殿下，您要早做防备啊。"

这番话无疑是众人的心声，在座的人纷纷应和。其中一个幕僚站起来，对李承璟拱手："殿下，卑职有一个想法，不知当讲不当讲。"

李承璟淡淡地点头："但说无妨。"

"虽然圣上素来英明宽厚，但是此时被奸佞蒙蔽，难保之后会更加猜忌殿下。殿下当早做打算，以备不测。"

"你的想法是什么？"

"殿下如今后院空缺，不妨纳一侧妃，为东宫增加助力。正巧五军营左掖提督董大将军有一独女。听闻董小姐十分倾慕殿下，她感动于殿下对太子妃的深情，愿意自贬为妾，侍奉殿下左右。殿下不妨纳董氏为侧妃，如此一来，五军营左掖兵力全落入殿下之手。而且董小姐不求名分，想来不会令太子妃为难。太子妃素来深明大义，必然能明白此举的背后之意，殿下不妨考虑一二。"

程瑜瑾坐在内室，静静听着宫女说前殿之事。这个宫女在前殿倒茶时正好听到太子和幕僚议事。她听到太子要纳侧妃，吃了一惊，赶紧跑到后面向太子妃报信。

程瑜瑾听完后没说话，杜若和连翘在一旁侍奉，听到宫女的话后脸色微变："太子妃。"

程瑜瑾脸色平静，看不出变化。她坐在那里静默了很久，抬了下手，说："我知道了，你下去吧。"

宫女不敢多说，赶紧退下。等宫女走后，杜若和连翘都皱着眉围上

来：“太子妃，此事兴许有什么误会。会不会是那个宫女听错了？”

“连对方姓甚名谁、父亲官居何职都一清二楚，怎么可能是听错了？”程瑜瑾坐在那里明明姿势都没变，可是看着眼前这一切，突然失去了兴致，“五军营董大将军的独女，家世不凡，自然是配得上殿下的。”

连翘听到“五军营董大将军的独女”这几个字，宛如吞了只苍蝇般恶心：“她可真是……若真是感动于殿下和太子妃的深情，便应当远远看着，祝福太子妃和两位小主子。她倒好，想嫁进东宫来做妾，还说什么不插入太子和太子妃之间的感情，只是就近守护神仙眷侣……我呸！不过是眼红太子妃的荣宠，觉得自己也行罢了，偏要找这许多借口。”

连翘被气得不轻，杜若听到后也觉得十分无奈，担忧地看着程瑜瑾，问：“太子妃，若是平时此女不足为惧，但是正巧此刻殿下处境艰难，急需人手……太子妃，您看该怎么办？”

“怎么办？”程瑜瑾极淡地笑了一声，站起身朝后走去，“太子殿下想做什么，谁能拦得住？董将军想借机投靠，和殿下结成翁婿，董小姐得偿所愿，太子也能得五军营半数人马，这分明是一桩对三方有利的大好买卖，和我有什么关系？我想怎么办又能有什么用？”

“太子妃……”

程瑜瑾却明显露出不想再谈的神情，问：“明乾、明月呢？”

“两位小主子还在睡着，奶娘和嬷嬷都在跟前守着呢。”

“嗯。”程瑜瑾点头，说，“好生照看，这几天蚊虫多，他们皮肉嫩，不可被蚊虫叮了。”

“是。”

程瑜瑾走进书房，全程脸色冷淡，声音平静，看起来和平常一般无二。连翘和杜若对视一眼，都不敢再提刚才的话题了。

太子妃明显心情不好，连杜若这些从娘家跟过来的老人都不敢说话，更别说其他人。慈庆宫里安静又压抑。

李承璟得知有一个宫女从前殿出来后直接往后面去了，心里微微一沉。这个宫女多半是报信去了，李承璟心道疏忽了，赶紧结束议事，立刻朝寝宫走来。

李承璟进殿后，发现宫里的气氛说不出的沉闷。心里的猜测越发被证实了，他向宫女问了程瑜瑾在哪儿，然后径直朝书房走去。

李承璟进门，见程瑜瑾正在画画。他放轻脚步，上前将盛放红丹的碟子拿到程瑜瑾手边，道："你在给明乾、明月画中秋花样？"

程瑜瑾却忽然放下笔，将卷轴从一边收起来，说："不敢劳烦殿下动手，妾身自己来就好。"

李承璟手里落了空，他眉梢一动，慢慢看向程瑜瑾。

程瑜瑾垂着眼眸，将几碟颜料依次放回盒子中，仿佛没有看见李承璟站在一旁。李承璟收回手，拢着袖子将手背在身后，道："你知道了？"

程瑜瑾收拾好画轴和颜料，归置整齐就要往外走："妾身不知道殿下在说什么。"

李承璟忽然伸手握住她的胳膊，力气之大，直接将程瑜瑾牢牢制住。程瑜瑾用力抽手，尝试了几次都没有挣脱。李承璟将她转过来，强行让她看着自己的眼睛："你就不问我？"

程瑜瑾还在试着挣扎，听到李承璟的话，眉尖轻轻一挑，觉得十分可笑："前脚宫女才过来，后脚殿下就回来了。我还需要问吗？"

李承璟忍住怒气，尽量平静地说："哪个宫女私自泄露机密，假传消息，当罚。她在哪儿？"

"不行。"程瑜瑾终于忍不住了，用力挣脱李承璟的手，后退一步，抬头直直地盯着李承璟的眼睛，"殿下这是什么意思？若是这次处罚了她，以后，还有谁敢向我传递消息？"

李承璟语气中隐隐含怒："她的行为有悖宫规，且私自泄密，挑拨

你我二人的关系，不严惩不足以服众。”

“她的行为到底是有悖宫规，还是有悖太子殿下的规矩呢？”程瑜瑾突然抬高了声音，盯着李承璟，眉眼含霜，“以前宫人报告殿下的行程，你从未追究过，现在宫女在你尚未纳侧妃之前偷偷将消息传给我，就惹怒太子殿下了？”

李承璟深吸一口气，上前一步握住她的肩膀，说：“我从未有过这个打算。陛下刚赐婚时，你觉得我看中了你的美色强占你为妻，现在，你又仅凭一个宫女的只言片语，便怀疑我想纳侧妃？你就从未信任过我，是吗？”

程瑜瑾眼睛里忽然涌出水光，她猛地转过头，用力掰李承璟的手，然而两手使上了全部的力气都没法将他的胳膊撼动分毫。她挣扎无果，回过头用力瞪着李承璟：“放手。”

李承璟视若无睹，依然盯着她的眼睛，似是想看到她心里去：“为什么不回答我的问题？成婚两年，你信任过我吗？你有过哪怕丝毫动心吗？”

到上个月，他们成婚整整两年了。两年来他们从未争吵过，甚至都没有红过脸，外人将此传为佳话，处处宣扬太子和太子妃温和明理，从不吵架。然而童话终有破灭的时候，成婚以来他们第一次有了争吵。

程瑜瑾和李承璟都是谨慎、做事周全的性子，不似其他夫妻一言不合就大吵大闹。但是有些时候，两人吵一吵，矛盾就没了，像程瑜瑾和李承璟这样一直沉积，一直压抑，矛盾一旦爆发就是致命的危机。

程瑜瑾情感淡漠，利益至上，李承璟刚成婚时觉得无所谓，只要她人在身边就够了，可是事实上人都是自私且贪婪的。李承璟对程瑜瑾的感情再明确不过，这些年程瑜瑾也对他温柔体贴。但她做得实在太完美了，李承璟忍不住怀疑，是不是换任何一个人，她都是这样一个好妻子，是不是换任何一个男人，她都会这样对待。

这些事情李承璟不愿意想，有些事情一旦弄明白了就回不去了。他一直在心里告诉自己，这样也很好，她和孩子都在自己身边，他儿女双全，家庭和睦，被众人称赞，这一切已经足够完美，还奢求什么？可是今日纳侧妃一事，还是瞬间将李承璟内心深处的怀疑引燃了。程瑜瑾一句话不问就认准了他想纳董将军之女为侧妃。在她心里，他究竟是什么？这两年朝夕相处，她有将他放在心上吗？

侧妃一事充其量只是个引子，两人对彼此感情的怀疑，才是争吵的根源。这个隐患极其致命，但是两个人谁都不说，相处时依然温柔体贴，宁可委屈了自己，私下里在心底不断猜测，也从不肯将问题现于人前。他们俩的矛盾平日里看不出来，直到今日，终于爆发了。

程瑜瑾听到李承璟的话，眼泪在眼眶里打转："你说什么？你竟然这样质疑我？"

李承璟看到程瑜瑾哭了，神情明显一怔，手上的力道也不知不觉小了。程瑜瑾完全没有注意肩膀上的力道小了，极力忍耐，眼泪还是扑簌簌地从眼眶滑落下来："你有什么资格质疑我？你都要纳侧妃了，我有没有把你放在心里，对你来说有区别吗？莫非，太子殿下也觉得我应当满心满眼都是你一个人，你却可以三妻四妾、左拥右抱？李承璟，就算是我父亲，素来被京城众人看不上的酒囊饭袋，也从没有对妻妾有过这样的要求。"

李承璟无奈地道："你又拿我和程元贤比。"

"太子运筹帷幄，步步为营，我父亲当然不配和殿下比。"程瑜瑾眼角还挂着泪，可是眼神却咄咄逼人，"太子殿下如今为奸人陷害，被夺职禁足东宫，百姓和官员都十分为殿下抱不平，殿下此刻正该顺应民意，拨乱反正、诛杀妖道，恢复朗朗乾坤。殿下接下来要做的事情如此要紧，兵力当然越多越好，势力越大越好。殿下已经筹谋了这么久，为什么在最后一步反而犹豫了？你纳董将军之女为侧妃，对东宫、对董将军都好，还能收获一位对殿下极为痴心的千金小姐，殿下究竟在犹豫什么？反正我已经有了明乾、明月，殿下也不必再担心嫡长子的问题了，我身为太子妃理当深明大义，无条件支持殿下。殿下放心，我绝不会成为你的阻力。"

"我从没有想纳侧妃。"李承璟发现程瑜瑾现在在气头上，试图避开这个话题，"你先冷静一点儿。纳侧妃只是幕僚的提议，我已经否决了。那个宫女只听了半截，事实并非如此。"

"你平时如果没有流露出类似的想法，幕僚会提这种建议吗？"程瑜瑾完全不管，眼睛亮得惊人，里面简直要飞出刀子来，"你想纳侧妃，却还想让我对你死心塌地。担心我不同意，便率先倒打一耙，说我对你不上心，从没有信任过你。你这般行径连程元贤都不如！"

李承璟发现他完全说不过程瑜瑾，只好叹了口气，说："我不和你做口舌之争，等你冷静下来我们再谈这个问题。"

"有理就是有理，没理就是没理，道理只会越辩越明。太子说不和我做口舌之争是什么意思？莫非觉得我在强词夺理吗？"

李承璟被堵得说不出话来，曾经他还看霍长渊的热闹，然而着实没想到，有朝一日自己也会被程瑜瑾说得无言以对。

李承璟终于体会到当初阮氏、霍薛氏、霍长渊等人的心情了，程瑜瑾太能说了，他完全无回嘴之力，说什么都是错，不说更是错。李承璟彻底放弃了和程瑜瑾讲道理，一把将程瑜瑾抱起来："好了，你说什么就是什么，我争不过你，但是纳侧妃之事纯粹是你冤枉我，你好歹听我把后面半截话说完。"

"你放开我！"程瑜瑾正在气头上，突然整个人被李承璟搂住，气得不轻，"别碰我，少用动手动脚这一招转移话题。"

这些话李承璟听了就生气，将程瑜瑾抱起来放在书桌上，扣住她的下巴直接吻了下去。程瑜瑾话说到半截，突然嘴被堵住。李承璟以前很温柔，从没有这样强迫她的时候，他的气势太强，程瑜瑾全然被压制，她不由得向后仰倒。胸腔里的空气越来越少，她渐渐感觉呼吸困难，不由得用手打李承璟的肩膀。

李承璟终于放开她后，两个人都剧烈地呼吸着。程瑜瑾这时候才发现她已经完全仰躺在桌子上，两边的卷轴不知道什么时候被扫落在地。程瑜瑾捂住不知道被谁咬破的唇角，环顾四周，觉得简直不成体统。她想赶紧下来恢复仪态，却被李承璟拦住。李承璟两臂撑在她的身体两侧，堵死了程瑜瑾的路。程瑜瑾着急，用力推他的手臂："快让开，一会儿有人进来了成什么样子？"

"早就没人了。"李承璟淡淡地说道。

宫里侍候的人听到书房的动静，早就识趣地退出去了。

李承璟拦住程瑜瑾，态度十分坚决："先把话说完再下去。不让我碰你，嗯？"

程瑜瑾拍开李承璟的手："青天白日，你做什么？"

"我若是非要做什么呢？"

程瑜瑾捂住领口，眼睛瞪得圆溜溜的。李承璟叹口气，伸手理了理程瑜瑾在方才挣扎中落下来的头发，道："我从不会逼你做你不喜欢的事情，你对我连这点儿信任都没有？"

程瑜瑾沉默不语。她此刻半躺在宽大的书桌上，笔墨、卷轴散落一地，李承璟的袖子拢在她身边，和她的裙摆交叠。

李承璟说："言出必行，是我的原则。我最开始单独向你承诺，你不信，我便当着众人的面说四十无子才纳妾。如今多亏你，让我在二十多岁就有了儿子，纳妾这条路已经被堵死了，你还有什么不放心的？"

程瑜瑾没有说话，但是眼神明显表露出内心在评估他的话。李承璟微微叹气，说："刚才是我不好，我太过着急，把你气哭了。我从没有想过让第三个人插入我们之间，董将军那里我也已经明确给了推拒的口信。”

“真的？”

“真的。”李承璟说到这里不由得挑了挑眉，“要不是那个宫女听风就是雨，什么都不清楚就来给你传信，这件事你压根儿不会知道。此事因我而起，我会处理妥当，绝不会让这些事再打扰到你。如今不会，以后也不会。”

程瑜瑾与人争辩未逢敌手，现在听李承璟这样说倒有点儿不好意思了：“刚才，是我误会你了？”

“对，我是真的冤枉。”

程瑜瑾又愧疚又觉得好笑，忍不住扑哧一声笑了出来，轻轻推了他一把：“好了，是我错怪你了，以后我一定相信你。快让开，孩子们要醒了。”

“急什么？”李承璟却一动不动，甚至单手撑着身体，另一只手擒住程瑜瑾的下巴，朝下慢慢逼近，“我最开始问你的问题，你还没回答呢。”

眼看他要贴下来，程瑜瑾只好往后挪，胳膊肘一动又扫落很多东西：“什么？”

“你不知道？”

“你刚才说了那么多话，我哪记得是哪一句。”

“好。”李承璟十分“大度”地点点头，看着快从桌子上掉下去的爱妻，“你想不起来，那就别下去了。”

“你快走开！一会儿孩子要哭了。让宫人们进来看到，成何体统！”

“书房里动静这么大，你以为他们不知道发生了什么？我总不能凭空担了白日宣淫的名声吧。”

程瑜瑾听到“白日宣淫”这个词脸都红了：“你闭嘴！”

“说不说？”

程瑜瑾暗暗咬唇，脸一直烧到脖颈，憋了许久，终于用低不可闻的声音说道：“嗯。”

李承璟等了半天，只听到这一个字，惊讶得眉毛都挑高了：“我等了半天，你就说一个‘嗯’字？”

“你烦不烦？”程瑜瑾气恼地在他的肩膀捶了一下，“你见好就收，不要得寸进尺。”

身为太子的李承璟第一次被人警告“见好就收”，只好委屈地收了力道，眼看程瑜瑾就要挣脱，又突然改变了想法，一把将程瑜瑾的腰揽住：“冤枉我这么久，不给补偿？”

李承璟朝自己的唇边示意了一下，程瑜瑾睁圆了杏眼瞪他。他见索吻无果，自己低头在程瑜瑾唇边印了一下：“那我给你补偿好了。”

程瑜瑾忍了忍，没忍住扑哧一声笑了出来。她瞪了李承璟一眼，美人含羞带怒，俏脸通红，美艳至极。

李承璟也不由得笑了出来，这次他没有再为难程瑜瑾，放她离开了。

程瑜瑾像兔子一样溜走后，李承璟看着一片狼藉的书房，唇边不由得浮出满足的笑。程瑜瑾最后那句话，显然在回答他之前的问题。

成婚两年，你动过心吗？

虽然她只是轻轻“嗯”了一声，但是已经足够了。她那样的性格，能承认一分，心底便是有了十分。

其实他早就该想到的，程瑜瑾今天听到他要纳侧妃，突然发这么大的火，已经很能说明问题了。她如果真是他以为的那样对他毫无感情，听到他要纳侧妃，应当会很理智地分析董家的势力，而不是生气。可惜当时他们两人都被情绪左右，谁都没想明白。不过好在心里有怀疑，发作出来就好了，要不然压抑得久了，说不定什么时候就侵蚀了夫妻感情的根基。

如今两人彼此说开，都明白了对方的心意，简直是意外之喜。

程瑜瑾跑去侧殿看孩子，好在两个宝贝睡得踏实，并没有被吵醒。

程瑜瑾完全不好意思叫人进来，轻轻摇晃着两个宝宝，心思慢慢飘远。不知道是不是她多疑，总觉得自己脸上好像还残留着热意。

程瑜瑾在走神，自己也在不知不觉中对李承璟动了真心吗？她不知道如何定义爱，可是至少知道，这种强烈的排他的感觉，绝不会在亲人、朋友之间产生。

程瑜瑾想着心事，不知不觉间入神，连连翘和杜若什么时候进来的也不知道。连翘和杜若不敢听太子和太子妃说了什么，但是现在，眼看两位主子重归于好，太子妃的气也消了，她们长长松了口气，笑容重回脸上。不光是她们，大殿里其他宫人也是如此。

明乾没一会儿就开始哭，闭着眼睛，两条腿不停地蹬。程瑜瑾一看就知道他又尿了，给他换了干净的衣服、被褥后，他又沉沉睡去。

程瑜瑾轻手轻脚地给李明乾换衣服，之后又给两个孩子擦拭手脚。忙完后，她抬头发觉外面好一会儿没有动静，问："殿下呢？"

"方才有公公传信，太子殿下去乾清宫面见圣上了。"

程瑜瑾应了一声，从一旁取了团扇，轻轻给两个孩子扇风。不知道为什么，她坐了好一会儿都觉得心神不宁。宫女接过程瑜瑾手里的扇子，程瑜瑾仔细嘱咐过后，带着人往外走。她走了两步，猛地顿住："不对，皇上为什么召他去乾清宫？皇上这几日起居不都在英华殿吗？"

第十五章　大结局

宫女没想到这些，听到程瑜瑾这样问也皱眉，摇头道：“奴婢不知。”

程瑜瑾莫名觉得不安，宫里皇帝身边的人过来宣召，谁不是得到消息马上就去了，哪里会细想其他的？程瑜瑾立刻叫来负责打探消息的太监，问道：“今日有谁进宫？”

太监想了一会儿，说：“回太子妃的话，今日未时冲虚散人进宫了。哦对，寿王也来了。”

“冲虚散人，寿王……”程瑜瑾凭直觉觉得不会是什么好事。最近寿王和冲虚散人走得很近，时常一同去给皇帝灌迷魂汤。皇帝沉迷于长生之道，本来就有些神志不清，如今被冲虚散人和寿王联手把控，越发不问世事，外人根本接触不到皇帝。

以往寿王和冲虚散人进宫后，总要在宫里待好几个时辰。今日他们未时才进宫，现在不到酉时，寿王和冲虚散人多半还在宫内。圣谕宣李承璟去乾清宫，当真是皇帝宣召吗？

程瑜瑾问："今日冲虚散人进宫所为何事？"

太监挠挠头，不太确定："似乎是为了长生丹一事。十天前冲虚散人得了好大一笔赏赐，为皇上炼长生丹，今日好像就是献丹的日子。寿王随同进宫，多半也是为了献丹一事吧。"

"长生丹？"这个丹药她从未听过。程瑜瑾追问："长生丹是哪里来的方子，以前可曾进献过？"

太监摇头："不曾。这是冲虚散人在梦中受仙人指点，偶然窥到的仙家法术。今日是散人第一次给陛下献丹。"

程瑜瑾坐了半晌，猛地站起来："不好！"

周围侍奉的人都被吓了一跳："太子妃，怎么了？"

程瑜瑾哪里还有心思给下人解释，连忙提着裙子往外跑，高声喊道："备轿，去乾清宫。"程瑜瑾的心跳得极为剧烈，如果她没猜错……皇帝现在应该已经驾崩了。

炼丹从来都是碰运气，道士将一堆自己都不知道是什么的东西扔在丹炉里，能保证炼出来的是什么？偏偏一个敢献，一个敢吃，历史上因为丹毒而驾崩的君王数不胜数。其中大部分丹毒是慢性的，所以那些道士才安然无恙，但是皇帝今日吃的这个保不准就是即刻丧命的丹药。

如果程瑜瑾猜得没错，寿王和冲虚散人毒死了皇帝，害怕被追究责任，所以才把皇帝送到乾清宫，并且假借皇帝口谕召李承璟觐见。李承璟毫无防备地被叫到乾清宫，若是被人撞见皇帝驾崩，而李承璟正在现场，那他岂不是百口莫辩？

程瑜瑾简直不敢想下去，坐在轿子里，紧张得手都在发抖。李承璟离开的时间还不长，她或许还来得及阻止李承璟。

李承璟此刻已经走进了乾清宫。

乾清宫此刻安安静静的。往日恢宏、肃穆的帝宫，此时静得出奇，仿佛刻意压着什么。

自从皇帝亲信道士后，身边跟随的人都换成了道士，曾经的内侍公公也被冲虚散人以不得进去打扰皇帝清修为由拦在门外。皇帝大部分时间待在冲虚散人的眼皮子底下。一朝天子一朝臣，曾经风光无限的乾清宫太监纷纷失了势，赶紧巴结冲虚散人。

冲虚散人狐假虎威，已不是一天两天了。

李承璟拾级而上，守在宫门口的太监见了，赶紧给他推开殿门："太子殿下，陛下已经在里面等着了，您且进去就是了。"

李承璟对太监笑了笑，道："有劳。"

他掀袍迈过高高的门槛。守门太监悄悄松了口气，然而还没收敛起脸上的神色，见太子突然停下来了，转身问："殿中何故这样安静？"

守门太监没料到太子突然转身，一颗心被吓得险些跳出来。他努力压住紧张的神色，低头道："陛下宣了殿下之后，突感困乏，便去西殿小憩。陛下说了，等太子来后无须外面通报，直接去西殿见他就是。"

"原来如此。"李承璟似笑非笑地看着守门太监。守门太监以为太子发现了什么，可是下一刻，太子又往西殿走去，毫不犹豫。

守门太监看不见太子的背影后，终于敢将剩下半口气吐出。还好，只是虚惊一场，太子并没有发现事有蹊跷。

李承璟一直走到西殿最里间。这是皇帝起居的地方，明黄色的龙床格外显眼。此刻明黄色的帷幔已经放下，隔着帷幔，他隐隐约约看到床上有个人侧躺着，看衣服，那人正是皇帝。

此情此景，还真的很像皇帝小憩。李承璟垂眸，两手齐平，缓慢地躬身行礼："儿臣参见陛下。"

李承璟说完之后，里面许久没有应答。李承璟身形不动，他又朗声重复了一遍，里面还是没有动静。他低声道了句"儿臣冒犯"，随后掀开帷幔往里走。

李承璟走到龙床边，正要掀开最后一层帷幔时，身后突然传来一个声

音："殿下！"

李承璟手一顿，回头看到来人不由得皱眉："你怎么来了？"

程瑜瑾顾不得将气喘匀，快步跑到李承璟身边，握住李承璟拿着帷幔的那只手，用力摇头："殿下，圣上正在休息，不可打扰。"

她的眼睛瞪得极大，其中满是焦灼、恳切，几乎让人怀疑这双眼睛要开口说话。李承璟的手覆在程瑜瑾的手背上，坚定有力地握了握，还是一把掀开了帷幔。

皇帝背对着他们，他们看不清他的脸。程瑜瑾忍不住抓紧了李承璟的衣袖："殿下……"

"没事。"李承璟侧身挡住她的视线，说，"你害怕的话就不要看了。"说完，李承璟缓慢地将皇帝翻过来。

程瑜瑾想看又不敢看，躲在李承璟身后十分纠结。过了一会儿，她感觉李承璟良久未动，慢慢睁开眼睛："殿下？"

李承璟将手从皇帝鼻子下收回来，仔细看，能看到他的手指在颤抖。他没有说话，程瑜瑾已经明白了一切。

李承璟默不作声地掀开衣摆跪在床榻边，程瑜瑾也跟着跪下。

这回程瑜瑾也看清楚了，皇帝平躺在龙床上，胸腔已经不再起伏。他嘴唇发黑，脸色也极为苍白，看起来并不像自然死亡。

程瑜瑾隐约听到李承璟低低喊了声："父亲。"她想再听，却已经不可再闻，似乎刚刚只是她的幻听。

"儿臣离开您十四年，不能承欢膝下，已是不孝，这两年回来后，也时常忙于朝政，很少在您身边侍奉。儿臣幼时承蒙您亲自照料三年，饮食日日问询，喝药也必是亲眼看别人试过后才肯让儿臣喝。此身为父母所予，此名为父母所赐，儿臣却从未侍奉过生身父母。儿臣不孝，请陛下恕罪。"

李承璟端端正正地给皇帝磕头，程瑜瑾在心中叹息，也跟着给皇帝行最肃穆的大礼。即便父子猜忌，君臣相疑，可是皇帝终究是他的父亲啊。

李承璟磕第二个头的时候，外面突然传来吵吵嚷嚷的声音，很明显进来了一群人。可是李承璟置若罔闻，依然给皇帝磕了第三个头。

李承钧带着人闯进来，发现李承璟正在给皇帝行叩首礼，顿时高声叫道："太子，你在做什么？！"

李承钧飞快地掀开最外面的帘子，远远地看了一眼，立刻露出不可置信之色："你竟敢弑君！父皇已经驾崩了！"

李承钧的话宛如一道惊雷，后面跟着的几位老臣被惊得猛地一颤，声音都变了："什么？陛下怎么了？"

李承璟一眼都没看李承钧，而是扶着程瑜瑾一起起身。李承钧还在大声叫喊，最后突然跪倒在地，恸哭道："父皇，儿臣不孝，儿臣来晚了！"

现在的首辅，曾经的次辅颤巍巍上前，手指在皇帝鼻子下试了一下，然后脱力般跪倒在地："陛下……驾崩了。"

后面跟着的几个老臣面面相觑，一起跪倒在地，掩面而泣："陛下！"

相比于李承钧的痛哭流涕，李承璟很内敛。几个老臣掩面哭了一会儿，再抬头时，他们眼睛中的精光仿佛一点儿都不受痛哭的影响。

"太子，寿王，这到底是怎么回事？"

李承钧突然站起身，指着李承璟大喊："一定是他，他杀了父皇！之前一直是他和父皇独处，而且我们进殿时，正好听到他说不孝，还给父皇行礼。不是他动的手，还会是谁？"

李承钧此刻泪流满面，情绪激动，有崩溃之兆，看着并不像装的。听到李承钧的话，几位老臣相继站起来，跟李承璟和李承钧保持距离，在二人之间来回端详，似乎想找出什么破绽。

冲虚散人在最后面，此刻才慢慢走进乾清宫。他看到众人僵持，装模作样地掐指算了半晌，叹息着摇头："陛下被人灌了见血封喉的剧毒药物，此刻魂魄已散，回天乏术。"

李承钧抬头问道："父皇竟然是死于剧毒？"

"没错，此毒一入口则发作，毙命只在顷刻间。我们来晚了，陛下就是刚刚被人毒死的。"

皇帝刚刚被人毒死？刚才在皇帝身边的人只有李承璟。

众人的视线都朝李承璟看来，李承璟眉目不动，丝毫没有惧色。

李承钧看到他的表现，更加激动："父皇尸身在前，你竟不哭不悲？可见你冷血麻木，大逆不道。来人，还不快将弑君之人拿下！"

众臣面面相觑。首辅出列拱了拱手，道出众人心中的疑问："太子殿下，您为什么会出现在此处？这究竟是怎么回事？"

李承璟回答道："我受陛下口谕而来，我进来的时候，陛下已经……驾崩了。"

"果然是你！"李承钧激动地道，"父皇以口谕传你前来，可见当时父皇还好好的，但是我和诸位阁老进门时，父皇已经驾崩。这中间不是你暗下杀手还能是谁？李承璟不打自招。"

李承钧的话听起来很有道理，首辅看向李承璟："太子殿下，这一点你如何解释？"

李承璟说："我无法解释，我来时陛下已然仙去。"

"呵，被我们抓了个正着，你是没法辩解了吧？"李承钧咄咄逼人，怒道，"父皇传口谕时还好好的，你来了之后就驾崩了。之前大殿里只有你一人，而我们进来时，你还给父皇下跪，自言不孝。铁证如山，你还有什么可狡辩的？"

程瑜瑾皱眉，长这么大，她还没有在吵架上吃过亏。向来只有她诬陷别人的，如今二皇子竟想往他们身上泼脏水？那得看她同不同意。

程瑜瑾抬眸，轻声说：“寿王，你说的话本宫实在听不懂。殿下口称不孝，乃是因为子欲养而亲不待，殿下还没来得及侍奉圣下，圣上便仙去了。至于下跪行礼……圣上驾崩，本来就该立刻行大礼，寿王和诸位大人进来不也下跪行礼了吗？”

李承钧被噎住，茫然片刻，又说道：“父皇给他传口谕后就遭遇了不测，这还不够明显吗？”

“寿王如何知道那是圣上的口谕，”程瑜瑾看着李承钧道，“而不是什么人假传圣旨呢？”

李承钧一时接不上话来，这时冲虚散人说：“太子妃对太子果然情深义重，处处为太子说话。然贫道可以做证，太子对陛下积怨久矣，以至于频频针对贫道和座下弟子。陛下仙去前和贫道谈及此事，还十分为太子惋惜。”

冲虚散人说起皇帝，程瑜瑾不好接了。君臣猜忌就是东宫的致命伤，无论怎么说，东宫都讨不了好。

李承钧得到了冲虚散人的指点，立刻斩钉截铁地说道：“原来是你对父皇有怨，父皇将你禁足，还撤了你的参政之权，你因此怀恨在心，所以才弑君，意图取而代之。此种乱臣贼子怎堪当太子？来人，还不快将他拿下！”

李承钧话音落下，立刻有几个道士朝李承璟和程瑜瑾冲过来。程瑜瑾不由得后退一步，正要反驳，忽地被李承璟揽住肩膀护在身后。

此刻冲上来的几个道士还没靠近李承璟和程瑜瑾就被东宫的太监拦住，一脚踹倒在地。李承钧看到后挑眉：“你疯了，居然敢在御前动武？果真是司马昭之心，路人皆知。太子，你的狼子野心再也藏不住了吧！”

说完，李承钧对几位阁老和众多宫人大喝：“太子杀父弑君，意欲谋反，被发现后恼羞成怒。尔等还不快将他拿下！”

对太子来说，谋反就是致命伤，李承钧觉得他喊完后李承璟会被众人拿下，再不济场面也会陷入混乱。然而他说完很久，回音都散了，也不见众人有反应。

李承钧觉得不可置信，目光从阁老、太监、侍卫身上一一扫过："你们包容反贼，想造反吗？"

被李承钧看到的人或低下头，或错开视线，但是没有人有动作。

李承璟轻轻笑了一声，缓慢地走向李承钧："二弟，难为你设了这样一个局，为了栽赃于我，还将内阁拉过来。可惜，你忘了一句话，得人心者得天下。"

李承钧皱眉，十分不服气，正要说些什么反驳，李承璟已经失去了耐心，不想再听他废话，猛然高声道："来人，将妖道和寿王拿下。"

他护着程瑜瑾时小心谨慎，和李承钧说话时理智从容，直到此刻突然沉下声音，明明神色没怎么变，可是身边的杀伐之气顿时横扫全场。

李承璟话音刚落，方才一直不见踪影的御林军便拥了进来。为首的将军对李承璟跪下，抱拳道："卑职参见太子殿下。"

"妖道冲虚散人向陛下进献有毒的丹药，致陛下殒命，寿王为虎作伥，罪同合谋，将这两人一齐押入天牢，等候发落。"

李承钧被吓了一跳，对着一众披挂整齐、携带兵器的御林军，大喝道："荒谬，你们胆敢以下犯上？分明他才是害死父皇的真凶，你们认贼为主，要造反不成？"

李承璟神色不变，道："二弟，你为何一口咬定是我？你进殿掀开帘子时，都没有走近，为何便断言陛下驾崩了？而且，你怎么知道陛下并非自然死亡而是被人害死的？"

李承钧声音一顿，明显接不上话来。旁边几个老臣都微微点头，没错，二皇子进殿后，只是掀开最外面一道帘子就开始跪地哭泣。首辅是冒着犯上的危险试了皇帝的鼻息，才敢宣布皇帝驾崩。相较于首辅的反应，二皇子哭得太急切了。

“我……我那是关心则乱，惊慌之下失去了主见。”李承钧辩道。

“还不肯认罪？”李承璟挥袖，朗声道，“将冲虚散人和寿王进献的长生丹呈上来。”

一听这句话李承钧脸就白了。阁老们看到这里，心里已经有了决断。给帝王进献的东西，为了吉利，一般都是双数，长生丹正好有两枚。李承钧眼睁睁看到另一枚本该已经被销毁的长生丹被人送到李承璟的手里。李承璟早就有所防备，也早就吩咐他的人，一旦李承钧向陛下献丹药，就要留下一枚以防万一。

李承璟随便刮了一点儿，喂给从英华殿取来的一只鹤，鹤扑棱翅膀哀鸣了一会儿，便垂颈死去。

李承璟看到鹤没了动静，冷冷地道：“这只鹤只服用了刮下来的些许粉末便死了，陛下用了整整一枚丹药，可想而知该会如何。陛下意外身亡，俱是被你们二人所害！冲虚散人欺世盗名，祸乱朝纲，如今竟还毒害圣上；寿王身为人子，让妖道将丹药进献于陛下，亦是帮凶。陛下驾崩，你二人万死难辞其咎！”

“我，我……”李承钧张口结舌，再说不出辩驳的话来。冲虚散人见势不妙，想悄悄溜出去，结果被守在外面的御林军捉了个正着。宫外响起冲虚散人的求饶声，李承钧的心理防线彻底崩溃，他连连后退，嘴里还在喃喃地道：“不是我，不是我……”

然而御林军可不管二皇子的话，已经将李承钧押着跪倒在地。首辅扫过周围的御林军，上前毕恭毕敬地给李承璟叩首：“陛下驾崩，实乃天下大悲。然国不可一日无君，老臣恳请太子殿下顺应民意，早日登基，以主持大局！”

殿内殿外顿时响起一片下跪的声音，程瑜瑾看到后也后退一步行礼：“请太子殿下登基。”

乾清宫里此刻的人员非常杂乱，有内阁文官，有御林军武官，有红衣太监，有青衣宫女，也有一身华服的程瑜瑾。此刻，这些人都恭恭敬敬地齐齐地跪拜在李承璟脚下，齐声道："请太子殿下登基。"

众人皆跪，唯独李承璟一人站着，越发显得他长身玉立、挺拔如松。李承璟的目光扫过众多跪着的人，最后他亲手将程瑜瑾扶了起来。

程瑜瑾在李承璟的搀扶下站直。等程瑜瑾站好后，他一只手拉着她，同自己比肩而立，另一只手缓慢地抬起："免礼，平身。"

众人却更深地拜了下去："恭喜陛下。陛下万岁万岁万万岁。皇后娘娘千岁千岁千千岁。"

"明帝，孝宗嫡长子，少流落民间，建武二十三年归。帝五岁封太子，同年因病去清玄观静养，为时首辅杨甫成所害，重伤失踪，幸得民妇薛氏所救。帝少而聪慧，虽寄养于民间，但是敏而好学，于建武十九年高中进士，为官期间功绩斐然。后被孝宗认回，重居皇太子之位。

"帝一生勤政明德，广开言路，创元熹盛世，万国来朝。帝仅娶后一人，帝于登基大典言，高祖遗命男子四十无子方可纳妾，朕二十二而有长子，故日后不再纳妃，众臣不得再提后宫选秀诸事。终帝一生，始终未立嫔妃，与后举案齐眉，感情和美，乃传世佳话。"

——《齐书 · 明帝本纪》

历代正史，无论主编者为何人，都在不遗余力地打压小道消息，而打压的关于明帝的是：英明神武、一生未有污点的齐明帝居然娶了在民间的侄女。但野史称，帝后二人于闺房无人之处时，明嘉皇后会笑称帝为九叔。

谣言，都是谣言。

后来，元熹十三年，已经到了怀春年纪的大公主李明月问母亲如何找到如意郎君。美丽端方、姿容宛如皓月的皇后想了想，笑着说：“你要先找一个叔叔，然后，让他帮你介绍身边的青年才俊。”

清俊完美、气度雍容的李承璟，此刻唯有无奈地看自己的皇后一眼。

他们如此相似，以至于他们的人生轨迹也本该是不相交的。要怪只能怪建武二十二年早春的那场雪，乱雪迷人眼，李承璟隔着风雪看到一个漂亮的少女毫不犹豫地打了前未婚夫一巴掌，突然心生好奇。

她是谁?

那人并非程家人，眼前这对年轻男女有什么恩怨？然后，他就看到那个少女回头，看到他似是评估了一下，然后淡定地行礼：“九叔万福。”

最终李承璟还是知道了，她是宜春侯府大小姐，勉强也算是他的侄女，亦是他此生之妻——程瑜瑾。

番外一 盛世

“皇后娘娘，这是蔡国公府进献的绿菊，请您过目。”

程瑜瑾只是淡淡地扫了一眼，点头道：“本宫知道了，放到花园吧。”

“是。”

陛下八月初九登基，现在已经快一个月了。先帝因丹药中毒驾崩后，陛下十分悲痛，然国不可一日无君，在众多臣子的劝说下，陛下才强打精神，登基为帝，改年号为元熹。现在，已经是元熹元年九月了。

太子顺应天命登基为帝，程瑜瑾也成了皇后。由于先帝是暴毙而亡，李承璟和程瑜瑾作为儿子、儿媳，理应守孝三年，但是国家大事不能没人主持，所以内阁主张以日代年，皇帝、皇后为先帝守孝二十七日，即可脱下孝服，恢复正常行动。

程瑜瑾在月初除服，很快，重阳节就到了。这是李承璟登基后的第一个大典，所有人都主张大办，万象更新，以显示新朝的喜气。李承璟却觉得没有必要，因为前段时间妖道祸乱朝纲，以炼丹之名搜刮了许多民脂民膏，百姓叫苦不迭——虽然李承璟一登基就立刻废除了白鹿台修建事宜，但是为此散出去的银两收不回来了。李承璟体谅生民不易，国库空虚，不欲再大肆铺张，所以一切庆祝从简。

皇帝陛下这样说了，下面的人自然无有不应。眼看重阳将近，程瑜瑾作为皇后，将会亲自出面主持重阳庆典。这可是程瑜瑾成为皇后后第一次公开露面，京城中的人家哪个不想趁这个机会讨好皇后？然而陛下不让送贵重的礼，京城众人为此挖空了心思，想尽了办法送不贵却奇巧的礼，以讨皇后一笑。

蔡国公府送上来的东西就非常独特，因为是重阳节，他们送花进宫，应景又讨巧。而普通的菊花未免太过平庸，他们特意找来了绿色的菊花，精心栽培，在重阳时送到了宫里。

可惜蔡国公府的人花了那么多心思，绿菊抬到程瑜瑾跟前时，她不过淡淡地扫了一眼，就让宫人抬到花园了。这和翟老夫人预想的皇后见了花十分喜欢、大加赞赏大为不同。淑太妃陪坐在侧，瞧见后问道："绿色的菊花难得一见，正巧赶上了重阳，这几盆绿菊送得讨巧。皇后娘娘直接让人送到花园里，可是不喜欢这绿色的菊花？"

程瑜瑾摇头，一语双关："万花都是一样的，本宫一视同仁。陛下说了，国库空虚、民力不继，京城众官邸不许铺张浪费。本宫作为后宫之主，更该以身作则。绿菊不是寻常草木，要培育这样一株，不知道要耗费多少人力、物力，其背后的花销肯定不少。耗费这么多财力只为了一朵开十几天就要凋谢的花，委实浪费。此奢靡之风不可长，断不能给京城之人开这等风气。"

因为新帝体恤，免了妃嫔殉葬、守陵等仪制，淑太妃等人依然还能住在紫禁城里，安安稳稳地生活。

淑太妃本来猜测皇后不喜欢蔡国公府送的绿菊，是因为记恨当年蔡国公府对皇后的冒犯。淑太妃娘家和宜春侯府走得近，隐约听说过，当年先帝给太子和娘娘赐婚前，蔡国公府想把娘娘娶回去的事。最后这事自然没成，而且等赐婚圣旨公告天下后，蔡国公府的老夫人差点儿被吓个半死。

在这之后，蔡国公府的人见了皇后就绕着走。当年皇后还是太子妃时，翟家人对娘娘就多有讨好，生怕娘娘追究老账。后来太子登基，太子妃也成了皇后，翟家人越发心惊胆战。这不是，皇后主持的第一个重阳节，他们就忙不迭地跑出来讨好皇后了。

淑太妃听完程瑜瑾的话，愣了一下，淡然一笑："是妾身目光太短浅了。皇后说得对，此风不可长。陛下说了不铺张，可不是让他们变着法投机取巧的。皇后娘娘心有乾坤，妾身狭隘。"

淑太妃确实把程瑜瑾想得太狭隘了，程瑜瑾如今已成皇后，得独宠于后宫，膝下儿女双全，怎么还会揪着未出阁时的那些小事不放手？蔡国公府此举实在是想太多了。他们这样做不光是看不起皇后，也是看不起陛下。

陛下还是太子的时候，在公论公，就私论私，从来没有为难过蔡国公翟延霖。翟延霖只是起了个心思，还未来得及过明路呢，靖勇侯府霍家，那是确确实实和皇后定过亲，后来又退了亲的。此事京城皆知，直到先帝赐婚后才没人敢提了。然而就算如此，陛下在东宫辅政之时，也没有苛待过靖勇侯。

众人本来担心陛下掌权后会秋后算账，然而一个月过去，皇帝没有因为任何私人恩怨迁怒过什么人。皇帝践行了他登基时的诺言，用人只看才能，不问来路。从元熹元年起，除去触犯律法、作奸犯科之人，其余臣子的过往一笔勾销，他们只需安心办差。即便曾经是杨甫成的门生，只要有能力、有实绩，愿意继续为元熹朝发光发热，皇帝都既往不咎。

当时皇帝这样的说法，无疑在朝廷中引起了热议。这才是为帝者的胸襟和气度，曾经因为局势不得不投靠杨甫成的臣子大感安心，从此对新皇越发心悦诚服。

皇帝和杨家有仇，尚且能放过杨家的门生，何况是前情敌呢？至于锱铢必较的程瑜瑾，都不太记得翟延霖这号人了。

蔡国公府这样急急忙忙地讨好，程瑜瑾都觉得很尴尬。

淑太妃心想怪不得最后是人家二人成为新朝帝后。

程瑜瑾问："太妃近日搬迁，可有不适应的地方？"

"妾身一切都好，多谢皇后挂心。"淑太妃说。淑太妃从宫妃升级为太妃，住所自然也要搬到西三宫，将原来的住所给新帝嫔妃让出来。虽然新帝也用不上这些宫殿，但是身为先帝的嫔妃，淑太妃必须搬离原来的住所。

程瑜瑾听到淑太妃说一切都好，笑着点头。她又自然地问道："那杨太妃呢？近来神志恢复了吗？"

杨太妃……淑太妃的笑容不知不觉收敛了，这个姓氏、这个辈分，后宫中没有第二人。

杨太妃，便是曾经的皇后杨妙。皇次子李承钧被妖道蒙蔽，私自向先帝进献有毒的丹药，致使先帝暴毙。妖道冲虚散人被打入天牢，没为奴籍，全部家产充公，流放三千里。李承钧也被剥夺寿王封号，贬为平民，终身监禁。因为指责太子谋反，李承钧还被治了一个污蔑的罪名。

得民心者得天下，李承璟做了那么多事，而二皇子先是依仗杨家不问世事，后又和道士勾结作乱，人心背离，失败已是定局。

说来世事真是难料，窦希音在杨家失势时，被先帝褫夺王妃封号，贬为平民，无名无分地住在寿王府。当时还有人说寿王大度，收留她，然而没过多久，李承钧因为谋害先帝之罪也被贬为平民，两人地位完全一样了。

如今这两人被圈禁在一个小院子里，倒也成了患难夫妻。李承钧犯下的事被揭露后，杨皇后当即便晕了。等她醒来后，二皇子已经被圈禁，自己也被废除了皇后的称号。从此杨妙的神志就不清醒，她不和外人交流，只抱着膝盖自言自语。

李承璟废了杨妙后位后，没说将她贬为什么品级，大家只好以“杨太妃”代指杨妙。杨妙既然还是先帝的妃子，那这次先帝嫔妃迁宫，她也必然在列。

淑太妃不太想提这个人，只好含糊地道：“妾身和杨太妃并不亲近，并不清楚她的现状。陛下与皇后恩德广布，想来她的病应该好些了吧。”

程瑜瑾点头，淡淡地道：“那就有劳淑太妃照看一二，本宫先行谢过淑太妃。”

淑太妃连称不敢。她心里明白了，皇后并不想要杨妙的命，但是也不希望杨妙再惹出什么乱子来。安安静静在宫中了此残生，大概便是杨妙最好的结局了。

建武年间风光无限、权倾朝野的杨家，至此彻底倒了。

李承璟登基之后，当即下令重审建武八年清玄观被毁一案。最后查出，山洪并非天灾，而是上游有人炸毁堤坝放水导致的。

从一开始，这就是针对太子的阴谋。背后主使正是当时的杨太后和杨甫成。

谋杀太子，还涉嫌谋害前皇后钟氏，杨甫成被追加罪责，可惜在毒酒到来之前他就因贫寒交迫，染病而死。杨太后也被剥夺尊位，不准合葬帝陵，不配安享太庙。

人并不是死了，曾经的罪孽就可以一笔勾销，杨太后死后，依然为自己年轻时的行为付出了代价——身败名裂。杨甫成把持朝政二十多年，敛财无数，然而临死时，连抓药的铜板都没有。前皇后钟氏，被李承璟尊为太后。

自从皇帝在登基大典上宣布不再选秀之后，五军营董将军觉得十分没脸，灰溜溜地将女儿禁足，听说这几天，已经在张罗给董小姐选婿一事了。

皇帝敢当着天下人的面说，可见决心有多大。淑太妃对程瑜瑾十分艳羡，然而不是羡慕程瑜瑾当了皇后，也不是羡慕程瑜瑾有一对可爱的儿女，而是羡慕李承璟对她的真心。她何其有幸，此生能得夫婿如此对待。

这时候又有宫人进来禀报事情，但她给程瑜瑾和淑太妃问好后，就垂手站在一边，不再说话了。淑太妃了然，借口刚搬到西三宫，宫中还有事，先行告退。

程瑜瑾客气两句，让连翘送淑太妃出去。淑太妃出门时，隐约听到里面提到了“靖勇侯夫人”。

靖勇侯夫人啊。淑太妃了然，怪不得不方便让她知道，原来是程瑜墨的事。淑太妃以前就听说过，宜春侯府有一对双胞胎姐妹，姐姐聪慧端庄，妹妹活泼天真，后来，靖勇侯和姐姐订婚，过了两个月后说认错了人，改成了妹妹。最后是妹妹嫁给了靖勇侯。妹妹对姐夫有非分之想，这本来已经够让人诟病的了，要是程瑜墨婚后和靖勇侯和和美美地过日子倒也算了，偏偏她嫁过去后，霍家鸡飞狗跳，不得安生。听说程瑜墨和婆婆霍薛氏三天一小吵五天一大吵，好几次都动了手，简直成了勋贵人家的笑话。

霍长渊摊上这么一个妻子和母亲，有他受的。可能是因为家事不顺，耗费了太多精力，霍长渊在仕途上也毫无寸进，甚至因为疏忽，犯了好几次错误。

朝廷命官像他这样，家宅不宁，官场上也没有多大功绩的，仕途基本也就到头了。听说靖勇侯爵位到他这辈已经是末代了，以后，还不知道京城里有没有靖勇侯这号人。

反观姐姐，被退婚后在家里待了一年，最后嫁给了借住在程家的太子，也就是当今陛下。人生的际遇难以言说。

宫女扶着淑太妃回宫，听淑太妃感慨完这对姐妹的际遇后，说道："太妃娘娘，您说是不是因为姐姐被退婚在家，说不上亲事，才捡了天大的漏？毕竟人们私底下一直说，陛下当年娶程家女，是因为答应了程老侯爷。程老侯爷挟恩求报，让陛下娶程家女作为报答。二小姐已经嫁人，家里只剩下大小姐，所以才……"

淑太妃愣了一下，反应过来宫女话中的意思后，十分不屑："可笑，这不过是庸人给自己贴金罢了。我们如今这位陛下，虽然看着光风霁月、礼贤下士，但是满朝文武谁敢顶撞陛下一句？外和内刚，谦和而有主见，这位主子的能耐大着呢。如果当初不是他自己愿意，谁能逼迫他娶不喜欢的女子？别说程老侯爷，就算先帝也不行。你再看看陛下对皇后的感情，说当初他不是自己愿意娶的皇后，本宫第一个不信。"

宫女想了想，就被说服了。陛下无论是在东宫时还是登基后，种种表现确实很能说明问题。

淑太妃说了一会儿，缓缓叹息："这个说法是谁传出来的，本宫大概也能猜到。可怜啊，一辈子只看到别人得到了什么，却不想人家付出了什么。姐姐未被退婚时，怨恨姐姐抢了自己的姻缘；等如愿嫁了过去，却把日子过得一团糟。这时候见姐姐又嫁了好人家，心中不平，反而怨祖父偏心，说姐姐捡了自己的漏。呵，可怜、可笑、可悲。"

宫女沉默。淑太妃给自己打着扇子，似有所指地道："本宫虽然不知道程家的事，但是本宫猜测，若当年没有被退婚的事，大姐姐嫁了过去，之后的太子妃、皇后，也不会和妹妹有什么关系。"淑太妃感叹了一会儿，突然笑笑，"这些和本宫有什么关系。新朝的事，本宫这个太妃操什么心。以后陛下和皇后的事，不许再说。"

"是，奴婢遵命。"

夜色渐深，紫禁城里次第亮起灯火。李承璟在坤宁宫里逗孩子，分别抱了两个孩子后，道：“明月又漂亮了，果真是我大齐的明月。不过李明乾也胖得太快了，他以后要注意形象，可不能吃成个胖子。”

程瑜瑾听到这话瞪他：“说谁胖呢？这分明是圆润。”

“圆润？”李承璟捏着儿子胳膊上的肉笑道，“你看看他的胳膊，这还叫正常？”李承璟在程瑜瑾的眼神中败下阵来，笑道，“好好好，我不说了。你平时看着还挺明理的，怎么对两个孩子这么没底线？”

程瑜瑾轻哼了一声，把他手里的孩子夺过来：“你竟然还嫌弃上了。挤对完明乾挤对我，看不惯的话，回自己宫去。”

李承璟笑了，连忙伸手护住程瑜瑾：“他是真的重，你小心抱不住。好了好了，我怎么可能说你，别生气了。”

小孩子精力不济，没玩一会儿就困了。李承璟让宫女将小皇子、小公主分别抱回去睡觉。没了碍手碍脚的孩子，他终于能和程瑜瑾单独相处。

他屏退宫人，和程瑜瑾对坐窗前，亲手给她倒满杯盏，说：“重阳将至，登高去疾。今年我们恐怕是登不了高了，先喝杯菊花酒，应应景。”

酒是橙红色的，倒在白玉杯里极为好看。程瑜瑾拿起来试探地抿了一口，发觉并不辛辣，才慢慢喝尽：“这个酒甜甜的，一点儿都不呛。”

李承璟又给她倒了一杯，然后给自己满上，说：“不要喝得太急，虽然是花酒，口感清甜，但是后劲并不小。喝太快，一会儿你就该晕了。”

这时程瑜瑾又喝了半杯，低头看了看，无奈地道：“后劲不小，为什么不在我喝之前说？非得看着我喝完了，才告诉我？”

李承璟摩挲着酒盏，挑眉笑道：“可能许久没见你撒酒疯了，有点儿怀念。”

“别诬陷我，我什么时候撒过酒疯？”

“还不承认？你之前喝醉了，那可是酒壮㞞人胆，对我极为放肆。”

程瑜瑾将胳膊撑在小桌上，发觉这个酒上头真快，现在就有些晕乎乎的了。程瑜瑾侧着头，笑问：“殿下怎么知道那是喝醉了？”

她叫他殿下，显然已经喝醉了。李承璟配合地点点头，说：“有理，很可能是你借酒装疯，为平时之不敢为。”

“那我做了什么？”

“动手动脚，抱着我不放，还意图强吻我。”

少来，她根本没有。程瑜瑾微笑着看他一本正经地胡扯，点头道：“那可真是委屈殿下了。后来成了吗？”

李承璟停顿片刻，义正词严地摇头：“没有。”

程瑜瑾笑了，突然撑起身，越过矮桌凑到他脸前，轻轻一吻：“那现在就成了。”

程瑜瑾做完之后脸就红了，想撤回去，却发现腰已经被人扣住。李承璟反手将她放倒，一脸正经地说：“你这样强吻人不对，为夫教你。”

程瑜瑾的脸越发红了，她心想借着酒劲儿装疯的人分明是他才对。窗外苍穹深邃、繁星满天。她眼里映着漫天繁星，只能装下一个人。

她脸颊绯红，最后，含嗔带怒地瞪了眼前人一眼：“道貌岸然，毫无长辈的自觉。”

“既然承你一声九叔，我这个叔叔当然要为你答疑解惑，将你教好。好好学着，下次强吻人不许这么敷衍。”

番外二　前　世

元熹五年。

乾清宫的太监早早捧着朝服，守在殿外等待陛下传唤。陛下自从登基后，勤勉仁德，开明清正，是众人心中完美的圣贤君王。若较真论起来，陛下什么都好，唯有一点不好，那就是登基五年尚未立后。

当年，先帝因为陛下从小流落民间，十分愧疚，便想为他指一位温柔、体贴的太子妃，免得自己的长子总是孤零零的。结果准太子妃尚未跟他成婚，竟然得了急病死了。先帝想再为陛下赐一门婚事，陛下却说大业未竟，无心私事，何况前面那个闺秀虽然没有被册封，不算正经的太子妃，但是毕竟和陛下有了夫妻名分，他合该为其守妻丧一年。先帝见状只好作罢。

一年后，东宫和杨首辅争斗得越发激烈，首辅和太后等人不想让陛下有一门强力的妻族助力，所以一直不肯让陛下娶妻，陛下又忙于朝政，着实没有心思。后来杨家倒台，杨首辅被革职，杨太后病逝，紧接着二皇子伙同妖道给先帝呈献仙丹，竟把先帝毒死了。

杨家经此一事彻底倒了，陛下顺应民心登基，改年号元熹。之后，他也如同众人期待的那般，从一个完美的太子变成一个完美的帝王。

陛下五年来无一处不好，唯有一点让朝臣操碎了心，那就是中宫空悬，陛下至今尚未立后。先帝孝期结束后，内阁代表众臣请命，请陛下选秀。陛下应允了，礼部慎重地挑选了一位身家清白、品行端正的适龄闺秀，结果在正式册封之前，这个闺秀失足落水，溺死了。

这回连内阁都无话可说了。新娘屡次在成婚前出意外，李承璟的心也凉了，他觉得或许真的是因为自己生于端午，天生命格不好，所以降生以来，克死了母亲，克死了外祖母、外祖父，等从民间归来不久，皇帝也驾崩了。连妻子也是如此，谁和他订婚，谁就出意外。

李承璟彻底没了娶妻的心思，一心治国。内阁不敢再劝，只好听之任之，唯有贴身侍候陛下的太监，看到深更半夜陛下还在书房内批复奏折，一人、一桌、一盏孤灯，委实心酸。

今日，御前大太监早早就捧着御冠等在乾清宫外。陛下这五年来，早朝风雨无阻，从不迟到。他根本不需要太监提醒，到了点便唤人进来，准时得可怕。大太监以为今日也是如此，可是他等了一会儿，眼看已经过了时辰，里面还是没有动静。

大太监有点儿着急了，压根儿没有想过陛下睡过了、忘了之类的可能性，最先想到的是陛下是不是出了什么意外。大太监忍不住上前，轻轻叩响殿门："陛下，该早朝了。"

大太监数息等着，打算三息没有动静，就闯进去。好在他数到二的时候，里面传来熟悉的声音："进。"

大太监长长松了口气，领着人推门而入。

李承璟的脸色一如往常，平静淡漠，不怒自威。他是位好看却让人不敢生出丝毫亵渎之心的帝王。他在太监的侍奉下换上赭红色朝服，冕旒之下，更显帝王威仪。

太监围在他的身边为他系各种配件时，李承璟竟忍不住走神。说来惭愧，他今日起迟了，以致要太监提醒才起，全是因为做了一个梦，还是一个不太好说的梦。

李承璟身为成年男子，还是一个十分健康的男子，觉得偶尔做些巫山之梦实属正常，但是昨天的梦……怎么说，真实得有点儿过了。

层层衣袖之下，李承璟的手指忍不住轻轻摩挲。

指尖似乎还残留着温软的触感，李承璟今日才知温香软玉竟字字属实。他昨夜批折子到深夜，入睡之后，竟然莫名来到一个陌生的寝殿，见到了一个陌生的女子。

李承璟半天才认出来这是坤宁宫。自从杨妙被废以后，李承璟迟迟没有立后，皇后寝宫坤宁宫也就空了下来。虽然有宫人日日清扫，但是一个不住人的宫殿会处处显出清冷与荒凉。

然而眼前的坤宁宫暖香阵阵，每一处的摆设都雅致精巧，一看就知道花了心思，并且显示出主人品位不俗。

奇怪，他睡前并未察觉到不对，不可能有人作乱，而且，天底下也不会有人能复制出一模一样的坤宁宫。李承璟以为自己是在做梦，但是过了一会儿，看到一个端庄美丽的女子走过。李承璟对她的脸隐约有些印象，但是并不认识。

在梦中，会出现一个不认识之人的面容吗？李承璟觉得不会，然而之后的事更加奇怪，殿中之人仿佛看不到他一般，宫女往来穿梭，还称那位漂亮得出奇的女子为皇后。

皇后？

听到这个称呼，李承璟突然生出些奇怪的感觉。冥冥中有一股强烈的感觉指引着他，但是眼前仿佛被什么遮住了一般，他始终看不清前面的路。

后来，他还看到两个四五岁的孩子跑进来，后面的小姑娘小小年纪就眉眼精致，明显像母亲。最让李承璟震惊的还是为首那个男孩，那个孩子眉眼酷似他。

李承璟很快就得知，男孩叫明乾，是皇长子，即将被册封为太子；女孩叫明月，是宫里人捧在手心的公主。他们两人还是双胞胎。

这样的双胞胎，似乎该叫龙凤胎。明乾似乎极为苦恼，总担心自己不小心吃胖了，损害了太子的形象。李承璟听到这样的话极为恼怒，小孩子正是长身体的时候，能吃是好事，是哪个不负责任的人说他胖？而且李明乾身形匀称，小小年纪就能看出来腿很长，长大了必然玉树临风。到底是谁说他胖？

可能是因为一把年纪还没有孩子，李承璟看到这两个孩子，对他们有说不出的喜爱。众人都看不到他，他就那样站在坤宁宫中，看着母子三人说话、用膳。饭后那位女子哄两个孩子睡觉，朦朦胧胧的光线中，她的侧颜好看得出奇，李承璟发现自己竟完全挪不开视线。

下午的时光一晃而过，其间李承璟甚至还去侧殿无声地指点两个孩子写字。这个梦到此李承璟极为满意，虽然这并不是他的孩子，但是他竟非常满足。或许，上天看他太过孤寂，让他在梦中享受天伦之乐。

李承璟都已经做好梦醒的准备了，谁知道天色渐渐暗下，宫人们突然齐声称陛下。听到这个称呼，李承璟先是愣了一下，然后瞬间生出一种被冒犯后的不悦。

他自己都觉得奇怪。古往今来，不可能只有他一个皇帝，陛下这个称呼也不为他所独有，而这个女子是皇后，她的丈夫显然是另一个皇帝，但他就是觉得不悦。他沉着脸转身，想看看被称为“陛下”的那个人是何等人物，结果，竟看到了自己的脸。

是他？不，李承璟很快反应过来，不可能是他。他并未娶妻，更没有子嗣，怎么会有这种妻儿双全的美满生活。莫非是他近来政事太忙，以致魔怔了，竟然幻想了这么一个圆满到虚假的梦？

李承璟有些尴尬。他可能真的需要暂时放松，休整一二，瞧瞧他梦里都在干些什么。然而这还没完，李承璟眼睁睁地看着自己走入宫殿，和妻儿一同吃饭，饭后去指点了明乾和明月写字，然后就打发他们回自己的宫殿了。之后夜深人静，夫妻二人做些什么都理所应当。李承璟尴尬非常，想要回避，可是触觉、嗅觉都和另一个人绑定，甚至某个地方的感觉也是互通的。

克制、端正的大齐陛下做了一个自己都看不过去的梦，就是因为这个梦，他五年来第一次起晚了。

此时太监们已经为皇帝陛下穿好了朝服，李承璟自己正了正朝冠，大步朝外走去。

今日的陛下依然勤政爱民，冷静自持，然而只有李承璟自己知道，早朝时走神了多少次。

晚间，李承璟放下朱笔的那一刻，竟然奇异地生出些期待来。

他对自己的这种心理十分唾弃。然而入梦后，他又来到了那个地方。

几天过去后，李承璟简直怀疑自己被狐妖迷惑了，夜夜入梦行难以启齿之事。他也终于忍不住，暗暗留意起梦里那个女子是谁，然而答案来得猝不及防。

又是一个无人之夜，他眼睁睁地看着自己把女子灌醉，然后将人拐上床榻。美人在事中体力不支，他却始终不肯给个干脆，非要问："你该叫我什么？"

"陛下……"

"不对，再说。"

"太子殿下？"

"还不对。乖瑜瑾，你再说不对，就该受罚了。"

美人乌发凌乱，汗湿红被，只好无力地道："九叔。"

李承璟醒来后，觉得难以置信。这个称呼虽然久远，但是并不陌生。他当初借住在程家，是程家的第九子。

他竟然娶了自己在程家时的侄女？他自记事以来，处处以史书中的圣贤太子为标准，严格约束己身，但是他竟然干出了求娶侄女这种事？

以这几日的观察，他甚至觉得未必是求娶，说不定是强娶。

李承璟对自己产生了极大的怀疑，并且对另一个自己极为唾弃。可能是因为心里产生了排斥，自此之后他一觉睡到天亮，再也没有梦到另一个世界的自己和程瑜瑾的相处细节。

他怀疑，那是前世或者来世——或许随便怎么定义都行，总之是不同的世界——另一个自己的生活。

李承璟清正严谨、严格自律地过了几天，在第五天时，实在忍不住，非常不经意地问："宜春侯府之人都怎么样了？"

大太监不明白陛下为什么突然想起宜春侯府。他拣了重要的人说。虽然程元璟已死，李承璟回归，但是亲近些的人都知道，陛下便是曾经宜春侯府程家的第九子，建武十九年的进士——程元璟。

虽然陛下和先帝都没有承认程家，但是在陛下登基后，程家还是过得极为安逸——不用担任要职，依然富贵。大太监说完了宜春侯和庆福郡主，见陛下还没有喊停的意思，只能继续往下说。李承璟听了半天，忍着不耐烦听了很多程元贤的风流事之后，可算得知程家两位姑娘的下落了。

其实她们已经不能叫姑娘了，应当叫姑奶奶。程家两位姑娘都嫁到了靖勇侯府霍家。

她嫁人了。李承璟的心突然漏跳一拍，他感受到一种铺天盖地、令人窒息的绝望。他沉默良久，还是逼着自己问出来："程大姑娘，近来过得可好？"

他执着地叫她程大姑娘，仿佛这样，她就依然是待嫁之身，并不曾嫁给另一个男子为妻。

“程大姑娘？陛下您是说靖勇侯先夫人？靖勇侯原配夫人已经死了，现在在霍家当家做主的是程二姑娘，程大姑娘的妹妹。”

她死了。

他得知她的消息这样晚，缘分对他竟然这样刻薄。他和她也曾同住一个府邸，但是他常年客居在外，程瑜瑾谨守闺礼，不出二门，他们在最该有交集的时候却并没有见面。此后，他们就如两条平行线，各自奔赴前程，再不相见。

她死了。这在之后很长一段时间，都成了李承璟的梦魇。他让人暗暗调查程瑜瑾身亡一事，得知竟然是霍长渊和程瑜墨在她怀孕时私相授受，影响了她的情绪，霍薛氏又在她难产时一心想着孙子，变相害死了她。李承璟大怒，越怒到极致越不动声色，但是之后本应对霍长渊的优待，给霍长渊的升迁机会，他全部收了回去。

他因为程家而悄悄优待霍家，结果，这些人竟如此对待程家人。

他能饶霍长渊和霍薛氏不死，已经是多年来以史书要求己身而练就的最大自制力。

他查得深了，渐渐发觉现在被众人称为人间真爱的靖勇侯夫妇二人，未必真的相互深爱。至少霍长渊认错人了吧。

李承璟是男人，并且是喜欢程瑜瑾的男人，很容易就能发现霍长渊的秘密。霍长渊认错了人却不自知，自以为爱的是救命恩人，其实只是将对程瑜瑾的感情转移到程瑜墨身上了。霍长渊骗过了自己，也骗过了程瑜墨。程瑜墨坚信霍长渊爱她，但是曾经远远看着还好，婚后朝夕相处，发现现实和想象差别太大。

这个真相是如此残酷，以至于程瑜墨不敢细想，宁愿自欺欺人。但是情绪是控制不住的，程瑜墨郁郁度日，日渐消瘦，听说最近身体也不太好了。

李承璟觉得他不过是和程瑜墨一样的可怜人罢了。程瑜墨至少还嫁给了霍长渊，而他自始至终都没有机会认识程瑜瑾。

那一刻，他无比痛恨另一个世界的自己。既然没有可能，那就不要让他知道。为什么明明给他展现了美好世界的一角，却又毫不留情地全部夺走？

又过了两年，李承璟依然无后嗣。一次微服出行时，李承璟遇到了一个道士。那个道士一副骗子的模样，见了他，非说他俩有缘。

李承璟含笑看着道士行骗，问："因何有缘？"

"贫道师承清玄观，建武八年时外出云游，因此躲过一劫。贫道和君上算不算有缘？"

听到他的身份，李承璟身边的人都默默握紧刀柄。李承璟抬手阻止了侍卫的动作，依然笑着问："看在清玄观的分上，朕多忍你两句胡言。你还有何话想说？"

"君上是不世明君，造福千秋，但是寡亲缘。修道本是逆天而行，贫道与天争命，便愿意多结些善缘。"

"你想说什么？"

"贫道想为君上算一卦。"

"算什么？"

"姻缘。"

李承璟听到这句话，忽然变了脸色。侍卫立刻便要拔刀，李承璟猛地抬手拦住，浑身气势已经彻底改变："你说什么？"

"大道五十，天衍四九，人遁其一。绝处必有生机，君上并非完全的孤寡之命，您本该有一线亲缘。只不过阴错阳差，错过了。"

李承璟没说话，静静地看着他。道士在这种眼神的注视下有点儿扛不住了，终于一五一十地说了出来："君上的皇后，其实已经死了。诸位军爷且冷静，听贫道将话说完。正所谓天无绝人之路，阴阳相生，剧毒之物旁边必有解药。君上的姻缘之路看似是绝路，其实，暗暗伴着转机。”

“将他带走，押入暗牢审问。”

“别……别……别，我真的什么都不知道，我只是看您面相猜出来的。陛下饶命啊……”

后来李承璟逼问了很久，那个道士脸都长了，还真的什么都不知道。道士万万没想到皮了一下，把自己作进了牢里。李承璟见真的问不出来什么话，便让人将道士一直关在密牢里。道士肠子都悔青了。

后来有一天，暗卫突然禀报李承璟说道士失踪了。李承璟派人去找，然后只是在书房里打了个盹，再一睁眼，竟然发现地点变了，季节也变了。

身边的小厮下了马，殷勤地问道：“九爷，前面就是宜春侯府了。我们进去吗？”

李承璟骤然生出一股深深的茫然的感觉：“宜春侯府？”

“没错。程老侯爷病重，想最后看您一眼。您前段日子发话，回京城看望程老侯爷，以全了这段缘法。”

“宜春侯病重，程老侯爷……”李承璟不由得将手握紧，想起这是哪一年了。此时宜春侯还是程老侯爷，老侯爷病重，日薄西山，这是建武二十二年。

这一年，他十九岁，而程瑜瑾才十四岁。

李承璟立刻下马，快步往宜春侯府里走去。他走得太快，以至于身后的人都追不上他。

穿过一个游廊时，他似有所感地停下脚步。刘义气喘吁吁地追上来，瞧见太子殿下停下，问：“九爷，怎么了？”

此刻一股风刮过，将夜雪扬起。

对面的走廊里空无一人。

李承璟喃喃地道："这里应该有人的。"

刘义没太听清，问："九爷，您说什么？"

李承璟没有回答，而是问："今日可有人来退亲？"

"退亲？"刘义更不明白了，"宁拆十座庙不毁一桩婚，好端端的，为什么要退亲？"

李承璟再没有说话。刘义发觉明明只是一眨眼的工夫，年轻的太子殿下已变得不可捉摸，简直如在位多年的帝王一般深不可测。当然，这种话他不敢说，只好清了清嗓子，说道："九爷，老侯爷还等着您呢。"

刘义说完这句话，眼睁睁地看着刚才还喜怒不定的太子突然笑了。他没有再停留，大步向前走去："是啊，她还等着呢。"

刘义听不出是哪个他，下意识地觉得太子说的是程老侯爷。

过了几天，锦宁院里，丫鬟们小心翼翼地围在大姑娘身边，轻声问道："姑娘，靖勇侯府上门来退婚了。您看，这如何是好？"

"他退婚是好事。"十四岁的程瑜瑾端坐在梳妆台前，眉眼尚且稚嫩，说出来的话却冷静理智，"他竟然和二妹妹有这些纠葛……早退了才好，若真等我嫁过去，我指不定要怎么恶心呢。"

连翘和杜若都不敢多说，拣好听的话安慰程瑜瑾。事实上程瑜瑾并不需要安慰，没想到，霍长渊提亲是因为把她当成程瑜墨了。

幸亏靖勇侯发现得早，要是走了六礼，或者再糟糕些——她已经嫁过去了——那她就得被耽误一辈子了。

程瑜瑾突然感到庆幸，这时候外面一个丫鬟跑进来，恭声道："大姑娘，老侯爷叫您。"

"祖父叫我？"程瑜瑾皱眉，程老侯爷很少管他们这些小辈，她和程老侯爷一年也见不上几次面，如今为何突然叫她？

程瑜瑾谨慎地问："为何？"

"老侯爷说九爷回来了，让您去认认九叔。"

程瑜瑾这回真的迷惑了。什么，认叔叔？

李承璟坐在程老侯爷屋中，都不消下人禀报，听到外面的脚步声就知道谁来了。

这回，她是真的比他小很多了。她这声九叔，他当之无愧。李承璟内心多少有些自我唾弃，可是眼中渐渐浮起笑意。

好久不见，程瑜瑾。

又让她被退了一次婚，李承璟心有愧疚，但是一点儿都不后悔。至于为什么要让霍长渊出面退……程瑜瑾心眼小又记仇，霍长渊一退婚，她心里能把霍长渊骂死吧。

李承璟毕竟当了好几年皇帝，心思越来越深沉。情敌还是早点儿摁死好。

他们错过的初遇，他们错过的朝朝暮暮，他会一一为程瑜瑾补上。

前世今生，上天入地，她都只会是他的妻子。